Sherlock
Holmes *6*

셜록 홈즈의 귀환

셜록 홈즈 전집6
셜록 홈즈의 귀환

아서 코난 도일 지음
정태원 옮김

발 행 일   초판 1쇄 2013년 9월 28일
　　　　　초판 2쇄 2014년 1월 13일
발 행 처   시간과공간사
발 행 인   최석두

등록번호 제1-765호 / 등록일 1988년 7월 6일
주　　소 서울시 마포구 서교동 480-9 에이스빌딩 3층
전화번호 (02)325-8144(代) FAX (02)325-8143
이 메 일 pyongdan@hanmail.net
I S B N 978-89-7142-252-6 14840
I S B N 978-89-7142-246-5 (세트)

SHERLOCK HOLMES

최신 완역본

아서 코난 도일 지음 │ 정태원 옮김

셜록 홈즈의 귀환

The Return of
Sherlock Holmes

시간과공간사

Contents

셜록 홈즈의 귀환

Sherlock
Holmes

빈집의 모험

The Empty House

1894년 4월 5일 (목)

오너러블(귀족의 아들에게 붙이는 호칭) 로널드 아데어가 이해할 수 없는 방법으로 살해되어, 런던 전체가 그 사건으로 떠들썩했고, 상류 사회가 발칵 뒤집힌 것은 1894년 봄의 일이었다. 경찰 수사 중에 드러난 사건의 내용은 이미 널리 알려졌지만, 이 사건은 검찰이 확보한 증거가 너무도 결정적이어서 제대로 된 사실을 공표하지 못한 채, 상당 부분이 세상에 알려지지 않고 끝이 났었다.

그로부터 거의 10년이 지난 지금에서야 비로소 그 기이한 사건의 공표되지 않은 부분을 내가 발표할 수 있도록 허락받았다. 그런데 이 사건 자체도 틀림없이 흥미로웠지만, 그 뒤에 일어난 믿을 수 없는 일에 비하면 아무것도 아니란 사실을 밝혀 두고 싶다. 그만큼 그 뒤에 일어난 일은 누구보다 모험적인 삶을 살아온 내가 지금까지 겪은 어느 사건보다도 더 뜻밖이었고, 놀라웠다. 그로부터 오랜 세월이 흘렀지만, 지금도 그때를 생각하면 온몸이 짜릿하고, 당시 내 마음을 뒤덮었던 갑작스러운 환희와 놀라움, 그리고 믿을 수 없었던 감정들이 생생하게 떠오른다.

지금까지 내가 가끔 발표한 아주 색다른 인물의 생각과 행동에 얼마쯤 흥미를 가져 준 사람들에게 말하고 싶은 것이 있다. 이 사건에 관해 내가 알고 있던 모든 지식을 지금까지 여러분에게 알리지 않았던 점을 부디 책망하지 말기를 바란다. 그가 내게 굳게 함구령만 내리지 않았더라면 무엇보다도 먼저 그 일에 대해 여러분에게 알리는 것이 나의 임무였겠지만, 지난달 3일에야 그 함구령이 풀렸으므로 나는 별도리가 없었다.

셜록 홈즈와 친구로 지내면서 나는 범죄에 깊은 관심을 갖게 되었고, 그가 행방불명되고 난 후에도 세상에 발표되는 사건들을 주의 깊게 읽었다. 나만의 만족을 위해서였고, 별로 성공을 거두지는 못했지만, 실제로 그런 문제들을 해결하려고 그의 수법을 응용해 본 적도 한두 번이 아니었다. 그러나 로널드 아데어의 비극적인 사건만큼 마음이 끌리는 사건은 없었다. 검시 재판의 결과는 한 명 내지 몇 명에 의한 고의적인 살인이라고 결론이 났지만, 나는 증언 기록을 읽으면서 홈즈의 죽음이 얼마나 사회적 큰 손실인지를 새삼 실감했다.

이 이상한 사건에는 홈즈의 흥미를 끌 만한 점이 몇 가지 있어서, 유럽 최고 명탐정의 훈련된 관찰력과 재빠른 두뇌로 경찰의 노력을 보충하거나 그 이상으로 도와주었을 것이 틀림없다.

나는 환자들의 집을 하루 종일 마차로 왕진하면서 사건에 대해 생각해 보았지만, 끝내 만족할 만한 설명은 찾지 못했다. 이미 알고 있는 사실을 다시 말하는 것이지만, 그 당시 세상 사람들에게 알려진 검시 재판의 결과를 요점만 말하겠다.

오너러블 로널드 아데어는 오스트레일리아 식민지 총독의 한 명이었던 메이누스 백작의 둘째 아들로, 때마침 백내장 수술을 받기 위해 귀국해 있던 어머니 그리고 여동생 힐다와 함께 파크 레인 427번지에 살고 있었다. 로널드는 상류층 사람들과 교류를 했는데, 알려진 바에 의하면 원한을 살 만한 일도 없었고 특별히 품행도 나쁘지 않았다. 그는 카스테어즈의 이디스 우들리 양과 약혼했지만, 사건이 일어나기 몇 달 전에 서로 합의하에 파혼했다. 그러나 그로 인해 깊은 감정의 골이 남았다는 징후는 어디에서도 찾아볼 수 없었다. 또한 그의 일상생활은 조용한 습관과 냉정한 성격으로 인해 한정된 범위 안의 평범한 사람들과만 접촉했을 뿐이다. 그런데 이 태평스러운 젊은 귀족이 1894년 3월 30일 밤 10시부터 11시 30분 사이에 갑작스레 살해된 것이다.

로널드 아데어는 카드를 즐겨 했지만 자신을 위태롭게 할 만큼 큰 도박은 결코 하지 않았다. 그는 볼드윈, 캐번디시, 바가텔 카드 클럽의 회원이었다. 살해된 날 저녁에도 식사 후에 바가텔 클럽에서 휘스트를 했다는 것이 밝혀졌다. 그와 함께 판을 벌인 사람들인 머레이, 존 하디 경, 모런 대령의 진술에 의하면 그들은 휘스트를 했고, 승부는 격렬하지 않았다. 아데어는 5파운드 정도 잃었지만, 그 이상은 아니었다고 한다. 그는 상당한 재산이 있었으니 5파운드쯤 잃었다고 해서 그에게는 아무런 영향도 미치지 않았으리라. 그는 거의 하루도 빠지지 않고 어딘가의 클럽에서 카드를 했지만, 조심스러운 승부사였기 때문에 주로 따는 편에 속했다. 조서에 의하면, 몇 주일 전에도 모런 대령과 편을 짜서 고드프리 밀러와 발모랄 경을 상대로 하룻밤에 420파운드나 땄다고 한다. 이상이 검시 재판에서 밝혀진 피해자의 신변 정황이다.

사건이 있던 날 그는 밤 10시 정각에 클럽에서 돌아왔는데, 그의 어머니와 여동생은 친척집에 가고 집에 없었다. 그가 평소에 거실로 사용하던 3층의 앞쪽 방으로 들어가는 기척을 분명히 들었다고 하녀가 증언했다. 하녀는 그 방 난로에 불을 피웠고, 연기가 나서 창문을 열어 두었다고 했다. 그리고 11시 20분에 노부인과 딸이 돌아올 때까지 3층에서는 어떤 소리도 나지 않았다고 진술했다.

집에 돌아온 노부인은 밤 인사를 하기 위해 아들 방에 가 보았지만 방은 안에서 잠겨 있었고, 문을 두드려도 아무런 대답이 없었다. 사람들을 불러 억지로 문을 부수고 방에 들어가 보았더니 불쌍한 젊은이는 테이블 옆에 쓰러져 있었다. 그의 머리는 탄두가 퍼지는 리볼버 탄환을 맞아 무참하게 박살나 있었지만, 방 안에는 흉기라고 할 만한 것은 아무것도 없었다. 테이블 위에는 10파운드 지폐 두 장과 금화 그리고 은화를 합쳐 17파운드 10실링의 돈이 각각 액면이 다른 여러 개의 무더기로 쌓여 있었다. 그리고 종이가 한 장 있었는데, 그 종이에는 클럽의 몇몇 친구들의 이름과 이름 밑에 숫자가 기록되어 있었다. 이것으로 보아, 그는 죽기 직전까지 카드에서 따고 잃은 돈을 계산하고 있었던 것으로 추측된다.

그러나 세밀하게 조사를 할수록 사건은 점점 더 복잡하기만 할 뿐이었다. 첫째로 그가 무엇 때문에 문을 안에서 잠갔는지 그 이유가 명백하지 않았다. 가해자가 자물쇠를 안으로 채우고 창문을 통해 달아났을 가능성도 있었다. 그러나 창문은 높이가 20피트나 되었고, 창문 밑에는 활짝 핀 크로커스 꽃밭이 있었다. 꽃밭은 꽃도 흙도 전혀 흐트러진 데가 없었고, 집과 도로 사이에 있는 좁은 잔디밭에서도 아무 이상이 발견되지 않았다. 이런 점으로 볼 때 방문을 안에서 잠근 사람은 도널드 자신인 것 같은데, 그렇다면 그는 누구에게 살해되었단 말인가?

그 누구도 아무런 흔적을 남기지 않고 벽을 기어올라가서 창문을 통해 방 안으로 들어갈 수는 없다. 그럼 창 너머로 총을 쏘았다고 한다면? 리볼버로 그렇게 치명적인 상처를 입힐 수 있다면 상당한 솜씨라 하지 않을 수 없다. 게다가 파크 레인은 사람들의 왕래가 많은 거리이고, 집에서 100야드도 떨어져 있지 않은 곳에 영업 마차의 대기 장소도 있건만 누구 한 사람도 총소리를 듣지 못했다.

그러나 분명히 사람이 살해되었고, 그곳에는 권총 탄환도 있었다. 로널드는 틀림없이 총을 맞자마자 즉사했을 것이다. 파크 레인 사건의 정황은 대략 이러한데, 내가 말했다시피 아데어에게는 적이 없으며, 또 방 안의 현금 및 그 밖의 귀중품도 없어진 것이 없어서 살해의 동기가 없어 사건은 더욱 복잡했다.

나는 이 같은 사실들을 생각하면서 모든 정황에 맞는 합리적인 설명을 해 보려고 하루 종일 노력했다. 또 모든 수사는 가장 허술한 부분부터 시작해야 한다고 홈즈가 항상 말하던 것을 상기하고, 그 허술한 부분이 어디일까 생각도 해 보았지만 아무런 진전이 없었다. 저녁 때 집을 나와 나는 공원을 가로질러 어슬렁거리며 걷다가 6시쯤에는 파크 레인 끝에 있는 옥스퍼드 가로 갔다. 길에는 한 무리의 한가로운 사람들이 모여 서서 모두 어떤 집의 창문을 올려다보고 있었으므로 내가 보러 온 집이 그 집이라는 것을 곧 알 수 있었다.

　사복형사가 틀림없어 보이고 색안경을 쓴 키가 멀쑥한 남자가 주위에 모인 사람들을 향해 사건에 대한 자기의 생각을 말하고 있었으므로 나는 되도록 가까이 다가가서 들어 보았다. 그런데 그의 사건에 대한 관찰이 너무 엉터리여서 나는 정나미가 떨어져 뒤로 물러났다. 그 순간 뒤에 서 있던 장애인 노인에게 부딪쳤고, 노인은 들고 있던 책을 몇 권 떨어뜨렸다.

　나는 그 책들을 황급히 집어 주었는데, 책들 중에 《나무 숭배의 기원》이라는 책이 언뜻 눈에 띄었다. 노인은 가난한 애서가로 장삿속인지 취미인지는 모르나 세상에 파묻힌 이름도 없는 서적을 수집하는 것

이 틀림없다고 나는 생각했다. 나는 실수를 정중히 사과했지만, 노인에게는 떨어뜨린 책이 대단히 귀중했던지 내게 저주가 섞인 욕설을 내뱉고는 몸을 홱 돌려 급히 자리를 떠나 버렸다.

파크 레인 427번지의 집을 관찰해 보아도, 사건 해명의 단서는 아무것도 발견할 수 없었다. 집과 길 사이에는 낮은 담과 난간이 있었지만, 담과 난간을 합쳐도 높이가 5피트가 안되어 아무나 쉽게 뜰 안으로 들어갈 수 있었다. 그러나 3층 창문은 절대로 접근할 수 없었다. 잡고 올라갈 수 있는 것은 아무것도 없어서, 아무리 날쌘 사람이라도 올라갈 수 없었다. 점점 더 혼란스럽게 된 나는 켄싱턴의 집으로 돌아갔다.

서재에 들어가서 5분도 지나지 않아 하녀가 와서 나를 찾아온 사람이 있다고 말했다. 놀랍게도 방문객은 아까 만난 서적을 수집하는 노인이었다. 적어도 열 권은 됨 직한 책들을 오른쪽 옆구리에 소중한 듯 끼고 있는 흰 수염의 노인은 눈빛이 매우 날카로웠다.

"선생, 깜짝 놀랐지요?"

노인은 이상하게 들리는 쉰 목소리로 말했고, 나는 고개를 끄덕였다.

"마음이 꺼림칙해서 왔지요. 선생을 따라 절름거리며 걷다가 선생께서 이 집으로 들어가는 것을 봤지요. 아까는 내가 너무 퉁명스럽게 굴었지만, 나쁜 감정이 있어서 그랬던 것은 아닙니다. 그래서 친절하신 분을 찾아뵙고, 책을 주워 주셔서 감사했다는 말을 해야겠다고 마음먹고 찾아왔습니다."

"별것도 아닌 일에 너무 신경을 쓰십니다. 그런데 어떻게 저를 아시지요?"

"저는 이웃에 살고 있습니다. 처치 가 모퉁이에 있는 작은 책 가게가 제 것인데, 만나 뵙게 되어 반갑습니다. 선생도 책을 모으고 계시는 모양이지요? 여기 《영국의 조류》, 《캐툴러스 시집》, 《성전》 등이 있는데 모두 희귀한 책들이군요. 저 책꽂이의 두 번째의 빈칸은 다섯 권만 더 있으면 다 채워지겠군요. 저 상태로는 좀 보기 흉하지 않습니까?"

나는 고개를 돌려 뒤에 있는 책꽂이를 보았다. 그리고 다시 고개를 돌리자 책상 앞에 셜록 홈즈가 미소를 머금고 서 있었다. 나는 깜짝 놀라 자리에서 벌떡 일어나 그를 잠깐 동안 멍하니 보다가 생전 처음이자 마지막으로 기절했다. 정신이 들었을 때는 옷깃이 풀어헤쳐져 있었고, 입술에는 브랜디의 찌르는 듯한 뒷맛이 남아 있었다. 홈즈가 술병을 들고 의자 위로 몸을 굽혀 나를 내려다보고 있었다.

"왓슨." 귀에 익은 홈즈의 목소리였다. "이거, 정말 미안하게 됐네. 자네가 그렇게까지 충격을 받으리라고는 생각지 못했어.”

나는 그의 팔을 잡고 소리쳤다. “홈즈! 정말로 홈즈인가? 자네가 정말 살아 있었어? 어떻게 그 무서운 심연에서 기어올라올 수 있었지?”

“잠깐 기다려. 이야기해도 괜찮겠나? 내가 극적으로 모습을 나타내는 쓸데없는 짓을 해서 자네를 정말 놀라게 했군그래.”

“나는 괜찮지만 내 눈을 믿을 수 없어, 홈즈. 세상에! 다른 사람도 아닌 자네가 내 서재에 나타나다니!”

나는 다시 한 번 그의 팔을 잡았다. 가늘지만 힘이 센 그의 팔이 옷 밑에 느껴졌다.

“역시 유령은 아니군. 자네를 다시 보니 미칠 듯이 기쁘네. 어쨌든 앉아서 그 무서운 절벽에서 어떻게 살아 나왔는지 이야기해 보게.”

홈즈는 나를 마주보고 앉아, 대범한 태도로 담배에 불을 붙였다. 입고 있는 옷은 서적상의 초라한 프록코트였고, 아까 변장했던 흰 가발과 변장용 수염, 헌책들은 테이블 위에 쌓여 있었다. 홈즈는 전보다 더 여윈 것 같아 더욱 날카롭게 보였다. 독수리 같은 얼굴에는 창백한 빛이 엿보여 근간의 생활이 힘든 것처럼 보였다.

“팔다리를 마음대로 뻗을 수 있어 아주 좋군, 왓슨. 키가 큰 내가 계속해서 1피트나 몸을 오그리고 있으려니 얼마나 힘들었겠나. 왜 이런 짓을 하고 있느냐 하면, 오늘 밤에는 어렵고 위험이 따르는 일이 있는데 자네의 협조가 필요해서 그렇게 했다네. 모든 설명은 그 일이 끝나고 하는 편이 좋겠어.”

“나는 호기심으로 가득 차 있어. 지금 설명을 듣고 싶군.”

“그럼, 오늘 밤 같이 가겠나?”

"때와 장소를 막론하고 자네 말대로 하겠어."

"전에 우리가 같이 일하던 때와 똑같군. 출발하기 전까지 식사할 시간은 있으니 설명해 주지. 절벽을 기어올라오는 일은 조금도 어렵지 않았어. 애당초 나는 절벽에서 떨어지지 않았으니까."

"뭐, 떨어지지 않았다고?"

"그래, 떨어지지 않았어, 왓슨. 그러나 내가 자네에게 쓴 편지는 진짜야. 안전한 곳으로 통하는 좁은 길목을 모리아티가 막고 서 있는 것을 보았을 때, 내 삶도 이것으로 끝장이라는 것을 똑똑히 깨달았지. 나는 그의 회색 눈에서 냉혹한 그의 목적을 읽었어. 그래서 나는 그와 두서너 마디 말을 나눈 뒤, 유서를 쓸 수 있는 시간을 달라고 했지. 그는 친절하게도 허락해 주더군. 그리고 나는 유서를 담뱃갑과 지팡이와 함께 그곳에 두고 좁은 길을 걸어갔어. 모리아티는 내 뒤를 바짝 쫓아왔지. 막다른 골목에 다다르자 나는 궁지에 몰려 그곳에 섰어. 모리아티는 무기는 꺼내지 않고 내게 달려들어 긴 두 팔로 나를 껴안았지. 그는 자기의 악운이 다 되었음을 알고 내게 복수할 일념만 갖고 있었어. 우리는 맞붙은 채로 폭포의 절벽 위에서 뒤엉켜서 싸웠어. 나는 일본의 무술 바리츠를 배워서 그전에도 여러 번 유용하게 사용한 적이 있었지. 그래서 그의 팔을 쉽게 빠져 나올 수 있었고, 모리아티는 비명을 지르며 미친 듯이 헛발질을 하더군. 두 팔을 허공에 휘저었으나 그는 애쓴 보람도 없이 몸의 균형을 잃고 절벽 밑으로 떨어졌지. 나는 절벽 끝에서 고개를 내밀고 내려다보았는데, 그가 아득한 밑으로 떨어져서 바위에 부딪친 뒤 튕겨서 물속으로 빠지는 것이 보이더군."

나는 홈즈가 담배를 뻐끔뻐끔 피우며 설명하는 것을 놀라움을 금치 못하며 들었다.

"하지만 발자국은 어떻게 된 거야? 두 사람이 좁은 길을 가기는 했지만 돌아오지 않은 발자국들을 나는 내 두 눈으로 똑똑히 봤어!" 내가 소리쳤다.

"그것은 이렇게 된 거야. 모리아티가 사라진 순간 나는 문득 운명의 신이 대단한 행운의 기회를 내게 마련해 준 것이라는 생각이 들었어. 내 목숨을 노리는 것은 모리아티 한 사람뿐이 아니라는 사실을 나는 알고 있었지. 두목이 죽었다는 사실을 알고 나에 대한 복수를 더욱 염원할 놈들이 적어도 세 명은 있어. 놈들은 대단히 위험해서 그 가운데 분명 누군가가 목적을 달성할 것이 틀림없다고 생각했지. 반면에 여기서 내가 죽은 것으로 세상 사람들이 믿도록 해 두면 놈들은 해방된 줄로 알고 못된 짓을 시작할 거라고 생각했지. 그러면 언젠가는 놈들은 약점을 보일 것이고, 그러면 그놈들을 파멸의 구덩이로 몰 수 있고, 그런 다음에야 비로소 내 모습을 나타내기로 마음먹은 거라네. 내 두뇌는 참으로 재빠르게 움직여서 모리아티가 라이헨바흐 폭포 바닥에 떨어지기도 전에 이런 일들을 생각했어.

나는 일어서서 뒤쪽의 암벽을 조사했지. 그때의 일을 쓴 자네의 생생한 기록은 몇 달이 지난 다음에야 읽었는데, 자네는 그 암벽이 깎아지른 듯하다고 썼더군. 하지만 그것은 사실이 아니야. 거기에는 발을 디딜 만한 곳도 있었고, 돌이 약간 튀어나온 곳들도 있었어. 그러나 암벽은 대단히 높아서 기어 올라가는 것은 불가능하게 보였고, 눅눅한 좁은 길에 발자국을 남기지 않고 돌아가기도 불가능했어. 이것과 비슷한 상황에서 전에 했듯이 구두를 거꾸로 신고 걷는 방법도 있지만, 그렇게 하면 세 사람의 발자국이 같은 방향으로 간 게 되므로 금방 속임수라는 것이 드러나겠다고 생각했지.

결국 나는 위험을 무릅쓰고 그 절벽을 기어오르기로 했어. 그것은 결코 쉬운 일은 아니었네. 밑에서는 폭포 소리가 크게 들렸는데, 나는 결코 공상가는 아니지만 모리아티의 목소리가 심연 속에서 나를 부르며 고함치는 듯했어. 조금만 잘못해도 끝장나는 판이었지. 붙잡고 있던 풀이 뽑히거나, 젖은 바위 모서리에 걸치고 있던 발이 미끄러진 일도 한두 번이 아니었는데, 그때마다 이제 죽었다는 생각이 들더군.

그러나 나는 버둥거리면서 기어올라서, 마침내 바위가 5, 6피트 움푹 파인 곳에 다다랐어. 그곳은 부드러운 녹색 이끼가 깔려 있었고, 남의 눈에 띄지 않고 편안하게 누워 있을 수 있는 곳이었지. 자네들이 나타나서 내가 죽었다는 것을 애석하게 생각하면서 나의 죽음을 전혀 효과가 없는 방법으로 조사하는 동안, 나는 그곳에 누워 있었네. 결국 자네들은 전혀 다른 결론을 내리고 호텔로 돌아갔고, 나는 그곳에 혼자 남게 되었지. 자네들은 그럴 수밖에 없었어. 그래서 나는 이것으로 모든 것이 잘됐다 싶었는데, 그 순간 뜻하지 않은 일이 생겼어. 커다란 바위 하나가 위에서 굴러 내 옆을 아슬아슬하게 스치고 좁은 길에 떨어져서 튕긴 다음 폭포 아래로 떨어진 거야.

처음에 나는 그것이 우연히 생긴 일이라고 생각했지. 그러나 흘끗 위를 올려다보았더니 어두운 하늘을 배경으로 사람의 머리가 보였고, 또다시 큰 바위가 내 머리에서 1피트도 안 되는 곳에 떨어지는 것이 아닌가. 나는 곧 그 의미를 깨달았지. 모리아티는 혼자가 아니었던 거야. 그의 패거리 중 한 놈이 모든 것을 지켜보고 있었던 거지. 놈이 얼마나 무서운 작자인지는 한 번 흘끗 보고서도 알 수 있었어. 그놈은 멀리서 내게 들키지 않도록 숨어서 모리아티가 죽고 내가 살아남는 것을 목격하고 있었던 거야. 그래서 놈은 기회가 오기를 기다리다가 우회하여 절벽 끝으로 와서 모리아티가 실패한 일을 성공시키려 했던 거지.

그렇게 됐다는 것을 생각하는 데는 그리 시간이 걸리지 않았네, 왓슨. 나는 절벽 위에 있는 무서운 얼굴을 다시 보고, 바위가 또 떨어질 것을 알아차린 후 밑에 있는 좁은 길로 급히 기어 내려갔어. 내가 냉정하게 생각했더라면 그 일은 할 수 없었을 거야. 내려가는 일은 올라가는 일보다 100배는 더 힘들었으니까. 그러나 내가 움푹 파인 곳 끝에 매달려 있을 때 다른 바위가 소리를 내며 내 옆을 지나가는 바람에 나는 위험에 대해서는 생각할 겨를이 없었어. 도중에 손발이 미끄러졌지만 운이 좋아서 살갗이 여기저기 벗겨지고 피가 나는 것으로 끝났지. 그렇게 나는 좁은 길에 내려선 뒤, 캄캄한 산속을 10마일이나 도망쳐서 일주일 후에는 세상 누구도 모르게 이탈리아의 피렌체에 도착했어.

나는 단 한 사람에게만 사정을 털어놓았지. 마이크로프트 형이야. 자네에게는 정말 미안하지만, 세상 사람들이 내가 죽었다고 믿는 것이 내게는 대단히 중요했어. 만일 자네가 나의 불행한 최후를 정말 믿지 않았다면 내가 조난당한 이야기를 그토록 설득력 있게 쓸 수는 없다고 생각하고 나는 자네에게 알리지 않았던 거라네.

지난 3년 동안 나는 자네에게 편지를 쓰려고 펜을 몇 번이나 잡았는지 몰라. 하지만 나에 대한 자네의 애정 때문에 자네가 이 비밀을 폭로하는 경솔한 짓을 하지 않을까 염려하여 그때마다 편지 쓰는 일을 그만두었지. 같은 이유로 자네가 오늘 내가 책을 떨어뜨리게 했을 때도 나는 자네로부터 급히 떨어졌는데, 그때 나는 위험한 입장에 있었기 때문에 자네가 나를 알아보고 놀라서 떠들던가 하면 나라는 사실이 발각되어 대단히 비참한 일이 일어났을 거야.

마이크로프트 형에게는 돈이 필요해서 부득이하게 털어놓을 수밖에 없었어. 런던에서의 사건 결과는 내가 희망했던 것처럼 되지 않았어. 모리아티 일당의 재판 결과, 놈들 중에서 가장 위험하고, 나에 대한 복수심이 가장 강한 두 놈이 석방되었지. 그래서 나는 2년 동안 티베트를 여행하며 라싸(티베트의 수도)도 방문하고 라마교의 성인도 만나면서 재미있게 세월을 보냈다네. 시거슨이라는 노르웨이 사람의 훌륭한 탐험 기사를 자네도 읽었겠지만 그 사람이 나였다는 사실은 짐작도 하지 못했을 걸.

그런 다음에 나는 페르시아를 지나 메카를 방문하고, 하르툼에서 칼리프를 잠시 접견했지. 이러한 일들의 결과는 외교부에 보고했어. 프랑스에 돌아와서는 남프랑스의 몽펠리에에 있는 한 연구소에서 몇 달 동안 콜타르 유도체에 대한 연구를 했지. 그에 대한 만족할 만한 결과를 얻은 다음, 런던에는 적이 한 사람밖에 없다는 것을 알고 런던으로 돌아오려고 하던 참에 파크 레인 사건이 일어나서 급히 서둘러서 왔다네. 이 사건은 사건 그 자체에 마음이 끌린 것도 사실이지만, 나에게 어떤 개인적인 기회를 제공했어.

런던으로 즉시 돌아온 나는 베이커 가를 찾아가서 허드슨 부인을 까무러칠 만큼 놀라게 해 주었지. 옛 보금자리는 마이크로프트 형의 수고로 서류들을 포함해서 옛날과 같이 보존되어 있더군. 오늘 오후 2시에는 그 방의 늘 앉던 안락의자에 앉아서, 친구 왓슨도 옛날처럼 낯익은 의자에 앉아 있었으면 하고 생각했지."

이상이 4월 어느 저녁에 홈즈에게서 들은 놀라운 이야기다. 이야기 하는 사람이 두 번 다시 못 볼 줄 알았던 키가 크고 여윈 몸에 날카롭고 진지한 얼굴을 가진 사람이라는 것을 내 눈으로 똑똑히 보지 않았다면, 도저히 믿을 수 없는 일이었다. 내가 홈즈를 잃고 슬퍼했다는 사실을 느꼈던지 그의 동정심은 말보다는 태도에 더 잘 나타나 있었다.

"왓슨, 슬픔에는 일이 가장 좋은 약이야. 오늘 밤에 둘이서 할 일이 있어. 그 일을 성공시킬 수만 있다면 우리가 지구상에 존재하고 있다는 것을 정당화할 수 있을 걸세."

나는 좀 더 자세한 이야기를 들려 달라고 부탁했지만 홈즈는 응하지 않았다.

"아침까지는 모든 것을 보고 듣게 될 거야. 우리에게는 지난 3년 동안 쌓인 못 다한 이야기가 있네. 9시 30분에는 우리가 빈집으로 모험을 떠나야 하니 그때까지는 쌓였던 이야기나 하세."

이윽고 9시 30분이 되었다. 나는 주머니에는 권총을 넣고, 가슴에는 모험에 대한 기대를 품고서 옛날처럼 홈즈와 나란히 이륜마차에 앉았다. 홈즈는 냉랭한 표정으로 말없이 앉아 있었다. 가로등 불빛으로 그의 엄한 얼굴을 살펴보니 눈썹을 모으고, 입술은 굳게 다문 채 생각에 잠겨 있었다. 범죄 도시 런던의 검은 정글에서 어떤 맹수를 사냥하려는 것인지 모르지만, 뛰어난 사냥꾼의 태도로 보아 오늘 밤의 모험이 대단히 중요하다는 걸 알 수 있었다. 그러나 고행자 같은 그의 얼굴에 때때로 떠오르는 쓸쓸한 미소는 오늘 밤의 추적에 좋은 징조라고는 생각되지 않았다.

나는 우리가 베이커 가로 가는 줄로 생각하고 있었는데, 홈즈는 캐번디시 광장의 모퉁이에서 마차를 세웠다. 그는 마차를 내릴 때 주위를 둘러보며 세심한 주의를 기울였고, 걷기 시작한 후 모퉁이를 돌 때마다 미행자가 없는지 유심히 살폈다. 걷는 일도 쉽지 않았다.

홈즈는 런던 시내의 골목길을 놀라울 정도로 훤히 알고 있었다. 이날 밤도 그는 아무 망설임 없이 나는 전혀 알지도 못하는 마구간 사이의 골목을 빠져나가 재빨리 걸어갔다. 이윽고 우리는 낡고 음침한 집들이 늘어선 작은 길로 나왔고, 그 길을 지나 맨체스터 가를 거쳐 블랜드포드 가에 도달했다. 그곳에서 홈즈는 재빨리 좁은 통로로 들어가서 나무문을 통해 인기척이 없는 어느 뜰로 들어갔다. 그는 열쇠를 꺼내 어떤 집의 뒷문을 열었고, 나와 함께 안으로 들어선 뒤 급히 문을 닫았다.

안은 칠흑같이 깜깜했지만 빈집이라는 것을 알 수 있었다. 바닥에는 두꺼운 판자가 깔려 있어 발을 움직일 때마다 삐걱거렸고, 앞으로 뻗은 내 손끝에는 리본처럼 찢어진 종이가 매달려 있는 벽면이 닿았다. 홈즈의 마르고 차가운 손이 내 손목을 잡고 긴 복도를 지나 문이 있는 곳으로 이끌었다. 그 문의 위쪽에 있는 채광창을 통해 희미한 불빛이 보였다. 그곳에서 홈즈는 갑자기 오른쪽으로 방향을 틀어 커다란 빈방으로 나를 데리고 갔다. 방의 네 귀퉁이는 깜깜했지만, 방 가운데는 밖의 길에서 들어오는 불빛으로 어렴풋하게 물체를 볼 수 있없는데, 가까스로 서로의 모습을 알아볼 수 있을 정도였다.

홈즈가 내 어깨에 손을 얹고 속삭였다.

"여기가 어딘지 아나?"

"저기는 베이커 가가 틀림없어."

나는 먼지투성이 창문으로 밖을 내다보며 대답했다.

"맞아. 이곳은 캠던하우스로 우리 집 바로 맞은편에 있는 집이야."

"그런데 우리가 왜 이곳에 온 건가?"

"그 아름다운 건물이 여기서는 매우 잘 보이기 때문이야. 왓슨, 좀 더 창문 옆으로 다가가 자네 모습이 밖에 보이지 않도록 조심해서 우리의 추억의 방을 올려다보게. 자네의 그 많은 동화 같은 이야기들의 출발점인 그 방을 말야. 내가 이곳에 없던 3년 동안에 자네를 놀라게 하는 내 힘을 잃었는지 알아보자고."

나는 창문으로 살살 다가가서 눈에 익은 창문을 올려다보았다. 창문이 눈에 들어오는 순간 나는 놀라서 낮은 비명을 질렀다. 창문에 커튼은 쳐져 있었지만 방 안은 대낮처럼 밝았는데, 그 커튼에 남자의 그림자가 비쳤다. 의자에 앉아 있는 그림자는 창문의 밝은 커튼에 검은 빛으로 똑똑히 비치고 있었다. 머리를 들고 있는 모습이며 반듯한 어깨며 날카로운 얼굴 모습 등, 그것은 홈즈의 모습이 틀림없었다. 얼굴은 반쯤 옆으로 돌리고 있었는데, 나는 너무 놀라서 손을 뻗어 옆에 진짜 홈즈가 서 있는지 확인해 보았다. 홈즈는 소리 내지 않고 배를 잡고 웃었다.

"어때?" 홈즈가 물었다.

"세상에! 정말 똑같군." 내가 소리쳤다.

"세월도 습관도 나의 끝없는 재능은 무디게 하지 못한 모양이야."

그의 목소리에는 예술가가 자신의 작품에 대해 갖는 환희와 자랑이 담겨 있었다.

"어때? 나와 똑같지?"

"하늘에 맹세할 정도야."

"그르노블의 오스카 무니에 씨의 작품이지. 그는 내 사진 한 장을 보고 며칠을 소비해 저 작품의 주형을 만들었어. 저 흉상은 밀랍으로 만든 거야. 그 밖의 것들은 내가 오늘 오후에 집에 갔을 때 준비했지."

"왜 이런 일을 하는 거지?"

"왜냐하면 내가 실제로는 다른 데 있으면서, 어느 놈들에게 내가 방에 있다고 생각하도록 하고 싶은 강력한 이유가 있기 때문이야."

"그럼, 자네는 누가 저 방을 지켜보고 있다고 생각한단 말인가?"

"그렇다고 확신해."

"누가?"

"내 오래된 적들. 두목이 라이헨바흐 폭포에 빠진 집단의 패거리들이지. 내가 아직도 살아 있다는 것을 알고 있는 자들은 놈들밖에 없다는 것을 기억하게. 따라서 놈들은 언젠가는 내가 베이커 가의 방으로 돌아오리라고 생각했을 거야. 놈들은 지금까지 내 방을 계속해서 감시했고, 오늘 아침에 내가 도착하는 것을 봤어."

"그걸 어떻게 아나?"

"내가 밖을 흘깃 내다봤을 때 내 방을 지켜보는 감시자를 봤거든. 파커라고 하는데 대단한 놈은 아니야. 주로 사람의 목을 죄고 강도짓을 하는 놈인데 유태 하프를 잘 다루는 녀석이지. 나는 놈은 걱정하지 않지만, 그의 배후에 있는 만만치 않은 놈이 대단히 신경 쓰이네. 그는 모리아티의 어릴 적부터 친구로, 라이헨바흐 절벽 위에서 나에게 바위를 떨어뜨렸고, 런던에서 가장 교활하고 위험하지. 놈은 오늘 밤 나를 노리고 있는데, 반대로 우리가 자기를 노리고 있다는 사실을 모르고 있어, 왓슨."

나는 차츰 홈즈의 계획을 이해하게 되었다. 이 은신처는 감시자를 감시하고, 추적자를 반대로 추적하게 만들었다. 저 위쪽 창문의 여윈 그림자는 미끼였고, 우리는 사냥꾼이었다.

우리는 말없이 어둠 속에 서서 창밖을 바쁜 걸음으로 오고 가는 사람들을 보고 있었다. 홈즈는 말없이 꼼짝도 않고 서 있었으나 잔뜩 긴장하고 있는 것이 느껴졌다. 차가운 바람이 심하게 부는 밤으로, 바람은 소리를 내며 거리를 휩쓸었다. 많은 사람이 거리를 오가고 있었는데, 대부분 외투와 머플러로 몸을 감싸고 있었다. 나는 그들 중에 같은 사람이 몇 번이나 왔다 갔다 하는 것을 보았다. 특히 조금 떨어진 곳에 있는 집의 현관에 바람을 피하려는 듯이 서 있는 두 사람이 눈에 띄었다. 홈즈에게 그 사실을 알려 주려고 했지만, 홈즈는 조바심 나는 듯한 목소리를 내면서 계속 거리만 쳐다보고 있었다. 그가 여러 번 발을 움직이고 손가락으로 벽을 빠르게 톡톡 치는 것으로 보아 걱정되기 시작하고, 계획대로 되지 않고 있는 게 분명했다.

드디어 자정이 가까워지고 거리에 사람들의 발길도 뜸해지자, 홈즈는 마음의 동요를 억제할 수 없는지 방 안을 서성거리기 시작했다. 그에게 말을 걸려는 찰나, 나는 불이 켜져 있는 창문을 보고 조금 전에 경험한 것과 같은 놀라움을 맛보았다. 나는 홈즈의 팔을 꽉 잡고 위쪽의 창을 가리키며 소리쳤다.

"저 그림자가 움직였어!"

실제로 창문에 비친 홈즈의 그림자는 옆모습이 아니라 등을 우리쪽으로 향하고 있었다.

"물론 움직였을 테지." 홈즈가 계속해서 말했다. "언뜻 보아도 인형이라고 알 수 있는 것을 세워 놓고 유럽에서 가장 날카로운 놈을 속일수 있다고 내가 생각했을 것 같나? 자네는 내가 그렇게 남을 웃기는 바보라고 생각했단 말인가, 왓슨?"

그의 무뚝뚝함과 자기보다 지능이 낮은 사람을 대할 때의 성급한 태도는 그를 보지 못한 3년 동안 하나도 변하지 않았다.

"우리는 이 방에 두 시간 동안 있었어. 그동안 허드슨 부인은 여덟 번이나 저 상반신을 돌려놨어. 15분마다 바꾼 셈이지. 부인은 방의 안쪽에서 돌렸기 때문에 부인의 모습이 창문에 비치지 않은 거야. 앗!"

홈즈가 갑자기 날카롭게 숨을 들이켰다. 어둠 속에서 홈즈가 긴장으로 온몸을 굳히며 머리를 앞으로 내미는 것이 보였다. 밖의 거리에는 아무도 없었다. 아까 두 사람은 아직도 현관 출입구에 웅크리고 있을 듯한데 보이지 않았다. 주위는 조용하고 어둡기만 했다. 다만 맞은 편 창문만이 밝은 노란 불빛 속에 서 있는 홈즈의 모습을 보여 줄 뿐이었다.

나는 완전한 정적 속에서 숨을 들이마시는 나지막한 소리를 들었다. 그것은 홈즈가 격한 흥분을 숨기려고 낸 소리였다. 잠시 후에 그는 나를 방의 가장 어두운 구석으로 끌고 가서는 소리를 내지 말라고 손으로 내 입을 막았다. 그 손가락은 떨고 있었다. 홈즈가 이토록 감정을 나타낸 적을 본 적이 없었다.

창밖에 보이는 거리는 어둡고 쓸쓸했으며 움직이는 것은 아무것도 없었다. 그러나 나는 갑자기 나보다 날카로운 홈즈의 감각이 이미 감지한 것을 듣게 되었다. 은밀하게 움직이는 희미한 소리가 내 귀에 들렸다. 그 소리는 베이커 가 쪽에서 나지 않고 우리가 숨어 있는 집의 뒤쪽에서 들렸다. 문이 열리고 닫히는 소리가 들렸다. 잠시 후에 사람의 발소리가 복도를 통해 우리 쪽으로 다가왔다. 발소리를 내지 않으려고 했지만 빈집이라 소리가 울려 퍼졌다.

홈즈가 벽에 기대어 몸을 웅크렸으므로 나도 권총을 단단히 쥐고 그의 행동을 따랐다. 어둠 속을 지켜보고 있으니 검은 문에 사람의 모습이 더 검게 나타났다. 그는 그곳에 잠시 서 있다가 몸을 구부린 채 위협적인 모습으로 살금살금 안으로 들어왔다. 그는 우리가 있는 바로 앞으로 다가왔다. 나는 그를 상대할 태세를 취했는데, 그는 우리가 그곳에 있다는 사실을 모르고 있었다. 그는 우리 바로 옆을 지나 창문으로 살금살금 다가가서 창문을 소리 없이 반 피트쯤 들어 올려 열었다. 그가 열린 창문만큼 몸을 낮추자 창밖의 가로등 불빛이 그의 얼굴을 정면으로 비추었다.

그도 흥분으로 제정신이 아닌
모양이었다. 두 눈은 반짝반짝
빛났고, 얼굴은 꿈틀꿈틀 경
련이 일고 있었다. 나이가
꽤 들었으며, 가늘고 오똑
한 코에 이마가 높았고,
반백의 굵은 콧수염을
기르고 있었다. 오페라
모자를 뒤로 젖혀 썼
고, 열려 있는 외투 앞
섶으로 하얀 야회복 셔
츠가 보였다. 얼굴은 검
고 수척했는데 잔인해 보
이는 주름살이 깊게 파여 있

었다. 손에는 지팡이로 보이는 것을 들고 있
었는데, 그것을 바닥에 놓자 금속 소리가 났다.

그다음 그는 외투 주머니에서 부피가 큰 물건을 꺼내 작업에 열중
했다. 이윽고 스프링이나 볼트가 제자리를 찾는 듯한 찰칵하는 소리
가 났고, 그제야 일이 끝난 듯싶었다. 그러나 그는 계속 바닥에 무릎
을 꿇고 앞으로 몸을 굽혀 무슨 지렛대 같은 것에 온몸의 무게를 실어
힘을 가했다. 그러자 무엇인가가 돌아가는 삐걱거리는 소리가 나더니
다시 한 번 찰칵하는 소리가 크게 들렸다.

그런 다음 그가 몸을 일으켰는데, 이상한 모양의 개머리판을 댄 총으로 보이는 것을 들고 있었다. 그는 총열을 꺾은 다음 총신에 무엇을 넣고 총열을 닫았다. 그런 다음 바닥에 쭈그리고 앉아 총신 끝을 열려 있는 창턱에 걸쳤다. 그리고 총을 조준했는데 기다란 콧수염이 개머리판에 닿았고 눈은 섬뜩한 광채를 내뿜고 있었다. 그는 만족스럽다는 듯이 작은 한숨을 내쉬고 총대를 어깨에 대고 조준했다. 그가 노리는 것은 놀랍게도 맞은편 밝은 창문에 비치고 있는 홈즈의 검은 그림자였다.

그는 잠깐 동안 꼼짝도 하지 않다가 방아쇠를 당겼다. '쉿!' 하는 이상한 소리가 들린 다음 유리창이 깨지는 소리가 길게 울려 퍼졌다. 그 순간 홈즈는 호랑이처럼 저격자의 등에 달려들어 그의 얼굴이 바닥을 향하도록 메다꽂았다. 그러나 그는 즉시 일어나서 무서운 힘으로 홈즈의 목을 움켜잡았다. 내가 권총의 손잡이로 그의 머리를 후려치자 그는 다시 바닥에 쓰러졌다. 나는 즉시 놈에게 몸을 던져 꼼짝 못하게 했고, 홈즈는 날카롭게 호루라기를 불었다. 즉시 거리를 달려오는 발소리가 들리고, 제복 경관 두 명과 사복형사 한 명이 방으로 뛰어들었다.

"레스트레이드, 당신이군요." 홈즈가 말했다.

"네, 홈즈 씨, 제가 직접 이 일을 처리하기로 했습니다. 런던에서 다시 뵙게 되어 반갑습니다."

"당신에게 비공식적인 도움이 필요할까 싶어 제가 나섰습니다. 미궁에 빠진 사건이 1년에 세 건이나 생기면 곤란하니까요. 당신은 몰세이 사건을 당신답지 않게……. 아니, 내 말은 훌륭하게 처리했단 말이지요."

  우리는 모두 일어섰고, 우리에게 잡힌 남자는 건장한 두 경관 사이에서 숨을 몰아쉬고 있었다. 밖에는 구경꾼들이 벌써 몇 명 모여 있었다. 홈즈는 들창으로 가서 창문을 닫고 커튼을 쳤다. 레스트레이드는 촛불을 켰고, 경관들은 갖고 있던 랜턴의 덮개를 벗겼으므로 나는 드디어 잡힌 남자의 얼굴을 똑똑히 볼 수 있었다.

그의 얼굴은 놀랄 만큼 남성적이고 사악했다. 철학자 같은 이마와 호색한의 턱을 갖고 있는 대단한 악인 아니면 선인으로 보였다. 그러나 냉소적으로 보이는 잔인한 푸른 눈, 무섭게 공격적인 코, 깊은 주름이 팬 이마를 보고 있으면 위협을 느끼지 않을 수 없었다. 그는 우리를 거들떠보지도 않고 증오와 경탄이 섞인 눈으로 홈즈를 쏘아보았다.

"너는 악마야!" 그는 계속해서 중얼거렸다. "이 간사하고 교활한 악마 같은 놈!"

"대령!" 홈즈는 흐트러진 남자의 칼라를 고쳐 주면서 말했다. "옛날 연극 대사에 '나그넷길의 끝은 애인과의 만남이다.'라고 했던가? 내가 라이헨바흐 폭포 중간에 있을 때 나를 공격한 이후로 처음 만나는군."

대령이라 불린 남자는 얼빠진 사람처럼 홈즈를 멍하니 쳐다보면서 계속해서 악마라고 중얼거릴 뿐이었다.

"당신을 아직 소개하지 않았군." 홈즈가 말했다. "이분은 세바스찬 모런 대령으로 한때는 우리 대영 제국 인도군의 장교였지요. 또한 맹수 사냥에서는 가장 훌륭한 명사수였습니다. 호랑이 사냥에 있어서는 아직도 당신의 기록을 깬 사람이 없지요, 대령?"

사납게 생긴 남자는 아무 말도 하지 않고 홈즈만 노려보았다. 사납게 부릅뜬 눈과 뻣뻣한 수염의 노인은 마치 호랑이처럼 보였다.

"내 간단한 계략에 당신 같은 노련한 사냥꾼이 걸려들다니 이상하군." 홈즈가 계속했다. "이런 계략은 당신도 많이 썼을 거야. 나무 아래에 어린 양을 미끼로 붙들어 매어 놓고, 호랑이가 나타날 때까지 총을 갖고 나무 위에서 기다린 적이 있었겠지? 이 빈집은 내 미끼였고, 당신은 내 호랑이였소. 그런 경우에 당신은 호랑이가 동시에 여러 마리 나타나거나, 그럴 가능성은 적지만 혹시 호랑이를 맞추지 못했을 때를 대비해서 예비로 다른 총을 준비했겠지요? 이들이—"

그는 우리를 가리키며 말했다. "내 예비 총이었소. 당신이 호랑이 사냥 때 준비한 예비 총이나 이 사람들이나 같은 역할이오."

모런 대령은 분노의 욕설을 퍼부으며 홈즈에게 덤볐지만 경관들이 그를 제지했다. 노기를 띤 그의 얼굴은 무시무시했다.

"솔직히 말해서 나도 놀란 점은 있소." 홈즈가 말했다. "당신이 직접 이 빈집과 이 편리한 창문을 이용하리라고는 생각하지 못했소. 나는 당신이 집 밖에서 조준할 줄 알았소. 그래서 내 친구 레스트레이드와 그의 동료들이 밖에서 기다리고 있었던 거요. 그 점만 빼면 모든 것은 내가 예상했던 대로 되었소."

모런 대령은 레스트레이드를 향해 말했다.

"당신이 나를 체포할 정당한 이유가 있는지는 모르지만, 내가 이 남자의 빈정거림을 참아야 할 이유는 없어. 나를 체포했다면 법대로 합시다."

"이치에 닿는 말이군." 레스트레이드가 말했다. "이 사람을 데리고 가기 전에 더 할 말은 없습니까, 홈즈 씨?"

홈즈는 바닥에 있던 강력한 공기총을 집어 들고 살핀 다음 말했다. "훌륭하고 진기한 무기군. 대단한 힘을 가졌을 뿐만 아니라 아주 조용한 무기요. 죽은 모리아티 교수가 독일의 폰 헤르데르라는 시각장애 기술자에게 만들도록 한 것입니다. 이 총이 있다는 것은 알고 있었지만 실물을 보는 것은 처음이오. 이 총과 총알을 조심해서 관리하세요, 레스트레이드.”

“그 점은 믿어 주십시오. 홈즈 씨.”

경관들이 모두 출입구 쪽으로 향하자 레스트레이드가 말했다. “다른 하실 말은 없습니까?”

“대령을 무슨 죄로 연행하는지 그 점을 알고 싶군요.”

“무슨 죄를 졌느냐고요? 그야 물론 셜록 홈즈 씨 살인 미수죄죠.”

“그렇지 않아요, 레스트레이드. 나는 이 일에 이름을 드러내고 싶지 않아요. 경감이 참여한 대령 체포에 대한 모든 명예는 경감에게 가야 할 겁니다. 경감 혼자서 대령을 체포한 것입니다. 그래요, 레스트레이드, 축하합니다. 언제나 그랬듯이 경감의 교묘하고도 대단한 행동이 놈을 체포한 거요.”

“체포해요? 누구를 체포했다는 말입니까, 홈즈 씨?”

“경찰이 온 힘을 기울이면서도 아직 잡지 못하고 있는 범인 즉, 지난달 30일에 파크 레인 427번지 건물 3층 앞쪽의 열려 있는 창문을 통해 공기총으로 목표를 맞추어 오너러블 로널드 아데어를 사살한 범인, 세바스찬 모런 대령을 말하는 거요. 이 사람의 진짜 죄명은 그것이요. 왓슨, 유리창이 깨져 바람이 들어오는 것을 참을 수 있다면 내 서재에서 시가를 피우면서 30분쯤 보내는 것도 자네에게는 유익한 즐거움이 될 거야.”

과거의 우리의 방은 마이크로프트 홈즈의 감독과 허드슨 부인의 관리 덕분에 옛날 모습 그대로였다. 방에 들어간 순간, 지나치게 정리되었다는 느낌이었는데, 중요한 것은 모두 옛날 그대로의 장소에 있었다. 구석에는 산으로 더러워진 테이블과 화학 실험 설비, 선반 위에는 많은 런던 시민이 태워 버리고 싶어 하는 스크랩북과 참고 서류, 그리고 도표, 바이올린 케이스, 파이프 걸이, 담배를 넣은 페르시아 슬리퍼에 이르기까지.

방을 둘러보니 모든 것이 눈에 들어왔다. 방에는 손님이 두 명 있었다. 한 사람은 허드슨 부인으로 우리를 보고 싱글싱글 웃는 얼굴로 맞아 주었다. 또 한 사람은 오늘 밤 모험에서 아주 중요한 역할을 한, 홈즈와 똑같이 만든 밀랍인형이었다. 인형은 홈즈의 옛날 가운을 입고, 작은 받침대 위에 놓여 있었다. 길에서 보면 틀림없이 진짜 홈즈로 보일 것이다.

"지시대로 잘했어요, 허드슨 부인." 홈즈가 말했다.

"말 한대로 무릎으로 걸었지요."

"좋아요. 정말 잘했어요. 총알이 어디에 맞았는지 보았나요?"

"보았죠. 이런 훌륭한 인형을 망가뜨리다니. 어쨌든 머리를 뚫고 벽에 맞았어요. 카펫에 떨어진 것을 주워 두었습니다. 봐요, 이거예요!"

홈즈는 손에 들어 나에게 보여 주었다.

"보게, 왓슨, 역시 리볼버 탄이야. 정말 천재적이군. 공기총에서 이런 탄환이 날아간다고는 아무도 생각하지 않을 거야. 허드슨 부인, 정말 수고했어요. 왓슨, 옛날처럼 그 의자에 앉겠나? 몇 가지 이야기해 줄 게 있네."

그는 초라한 프록코트를 벗고, 인형에게 입혔던 회색 가운을 입고 옛날 홈즈의 모습으로 돌아왔다.

"노련한 사냥꾼은 배짱도, 날카로운 눈도 옛날 그대로군." 홈즈는 자신의 인형의 부서진 이마를 보고 웃으면서 말했다.

"후두부 정중앙에 명중해서 뇌를 날려 버렸군. 인도 최고의 사격의 명수였는데, 런던에서도 그와 겨룰 사람은 없을 거야. 그의 이름을 들어 본 적이 있나?"

"아니."

"그래, 명성이란 그런 거야! 자네는 금세기 최고의 두뇌를 가진 사람 중 하나인 제임스 모리아티 교수의 이름도 몰랐어. 그 선반에서 내가 만든 인명록을 꺼내 주겠나?"

그는 의자에 깊이 파묻혀, 담배 연기를 내뿜으며 페이지를 넘겼다.

"여기 M 항 목은 정말 장관 이야. 모리아 티만으로도 화려한데, 그 위에 어떤 가? 독사 같은 모건이 있고, 생 각하기만 해도

기분이 나빠지는 메리듀도 있어. 그리고 채링크로스 역 대합실에서 내 왼쪽 송곳니를 부러뜨린 매튜스, 마지막으로 오늘 밤, 모런. 정말 대단한 인물들이군.”

홈즈가 인명록을 넘겨주어서 나는 살펴보았다.

“세바스찬 모런 대령, 무직. 벵골군 제1공병대 소속, 1840년 런던 출생. 아버지는 페르시아 공사로, 배스 훈작사 오거스터스 모런 경. 이튼 교와 옥스퍼드 대학에서 공부. 죠와키, 아프간 전쟁에 참가, 챠라시압(수훈자 보고서에 이름을 올리다), 셔풀, 카불에 전전. 저서《서부 히말라야의 맹수 사냥(1881)》,《정글의 3개월(1884)》. 주소 콘듀잇 가. 앵글로 인디언 클럽, 탱커빌 클럽, 바가텔 카드 클럽 소속.”

여백에 홈즈의 글씨로 ‘런던에서 두 번째 위험인물’이라고 쓰여 있었다.

“놀랍군.” 나는 인명록을 홈즈에게 돌려주며 말했다. “군인으로서 훌륭한 경력을 갖고 있군.”

“그대로야. 어느 시기까지는 잘하고 있었지. 원래 강철같은 신경을 가진 사람으로 식인 호랑이를 쫓아 배수구를 기어간 이야기 등은 지금도 인도에서 화제가 되고 있네. 왓슨, 어느 높이까지 곧바로 뻗다가 갑자기 추하게 구부러진 나무가 있지. 인간도 때때로 그런 경우가 있지. 개인은 그 성장 과정 가운데 조상으로부터 받은 모든 인자를 재현하는 것 같아. 선과 악, 어느 쪽으로 향하든 그런 변화는 혈통에 흐르는 강력한 인자에서 생기는 거야. 즉, 개인은 일가의 역사의 축도라고 할 수 있지.”

“어쩐지 공상적인 이야기 같군.”

"자, 나도 고집할 생각은 없어. 원인은 어쨌든 모런 대령은 나쁜 방향으로 가기 시작했지. 겉으로는 스캔들이 있는 것도 아니었지만, 그는 인도에 살 수 없게 되었어. 전역한 후, 런던에 돌아왔지만, 다시 나쁜 평판이 나기 시작했지. 이때 모리아티 교수를 만났고, 한때는 보스 역할까지 했어. 모리아티는 그에게 아낌없이 돈을 주고, 보통 악당은 할 수 없는 최고급 일만 시켰지. 1887년에 로더에서 스튜어트 부인이 죽은 사건을 기억하겠지? 생각나? 그것은 분명히 모런의 짓이었는데 증거를 잡을 수 없었어. 전혀 증거를 남기지 않기 때문에 모리아티 일당이 괴멸했을 때도 그만은 죄를 면했지. 언젠가 자네의 방을 방문했을 때, 내가 공기총을 두려워하며 덧문을 단 것을 기억하지? 자네는 나의 망상이라고 생각했겠지만 나는 당연히 경계했어. 그 무서운 총의 존재를 알고 있고, 세계에서도 손꼽는 사격의 명수가 그것을 사용하는 것도 알고 있었기 때문이야. 우리가 스위스에 갔을 때도 그는 모리아티와 함께 우리를 쫓아왔네. 라이헨바흐 바위에서 나에게 공포의 5분간을 맛보게 해 준 것도 그가 틀림없어.

그를 감옥에 처넣을 기회가 없나 하고 나는 프랑스에 있을 때도, 계속 주의해서 신문을 읽었지. 그가 활개를 치며 런던을 돌아다니는 한, 나로서는 살아 있다는 느낌을 가질 수 없었어. 밤이나 낮이나 그의 그림자에 위협당하다가 언젠가는 꼭 당할 거라고 생각했다네. 그러면 어떻게 하면 좋을까? 발견하자마자 그를 쏘아 죽일 수는 없는 노릇이야. 그렇게 하면 내가 피고석에 서야만 하지. 치안판사에게 하소연해도 소용없어. 확실한 증거가 없는데, 법의 힘을 행사할 수는 없으니까. 결국 어떻게 할 수도 없었어. 하지만 언젠가는 내 손으로

잡을 것이라고 믿고, 범죄 뉴스를 열심히 체크했지. 그런데 로널드 아데어 살인 사건이 일어났어. 드디어 기회가 온 거지. 모든 정보로 판단해 보면, 모런 대령의 짓이 틀림없었지. 그는 아데어와 카드를 하고 클럽에서 집까지 뒤를 쫓아와 열린 창으로 쏜 거야. 의심의 여지가 없었다네. 증거품인 탄환만으로도 그를 충분히 교수대로 보낼 수 있다고 생각했지.

나는 런던으로 돌아왔지만 감시자에게 발견되었어. 대령은 내가 돌아온 것을 곧 알았을 거야. 그리고 나의 갑작스런 귀국을 자신의 범죄와 연결시켜 생각하고 당황한 것이 틀림없어. 그는 곧 나를 제거하려고 계획하고, 그 목적을 위해 다시 그 무서운 총을 사용하려 했지. 나는 창에 멋진 표적을 준비하고 만일에 대비해 경찰에도 도움을 요청했네. 그런데 왓슨, 자네는 그 문에 있던 경관들을 알아본 것 같더군. 나는 감시하기에 아주 좋은 장소를 선택할 생각이었는데 설마 그가 같은 장소를 저격 지점으로 선택하리라고는 꿈에도 생각하지 못했어. 자, 어때, 아직 더 설명할 것이 있나?"

"있어. 모런 대령이 오너러블 로널드 아데어를 살해한 동기에 대해 아직 아무 설명도 하지 않았어."

"아, 그것은 추측할 수밖에 없어. 지금 단계에서는 아무리 논리적인 두뇌를 가진 사람이라고 해도 정확히 알 수는 없지. 현재의 증거를 근거로 가설을 세워 보면, 자네나 나나 답을 맞힐 가능성은 동일해."

"자네는 벌써 생각했나?"

"사실의 설명은 그렇게 어렵지 않아. 모런 대령이 아데어와 함께 많은 돈을 딴 것은 증언으로 알 수 있어. 그리고 모런이 속임수를 쓴 것도 틀림없어. 나는 전부터 알고 있었네. 사건이 있던 날, 아마 아데어가 모런의 속임수를 눈치챘을 거야. 그래서 아데어는 모런과 둘이서 이야기를 했지. 즉 모런이 자발적으로 클럽을 탈퇴하고 앞으로 카드를 하지 않겠다고 약속하지 않으면, 부정을 폭로하겠다고 강하게 협박했을 거야. 아데어 같은 젊은 사람이 자신보다 훨씬 나이가 많고 유명한 인물의 스캔들을 갑자기 폭로하지는 못했을 테니 말이야. 아마 지금 말한 대로 행동을 했겠지. 한편, 모런으로서는 클럽에서 추방당하면 파멸이지. 속임수 트럼프 수입으로 생활했기 때문이네. 그것이 아데어를 죽인 이유인데, 살해되었을 때 아데어는 돌려주어야 할 돈을 계산하고 있었어. 상대의 속임수로 딴 돈을 주머니에 넣을 수는 없었지. 방문을 잠근 것은 어머니와 동생이 갑자기 들어와서, 종이에 쓴 이름과 현금을 보고 이유를 묻는 것이 싫어서였겠지. 자, 이제 됐나?"

"그래, 그것이 진상이라고 생각해."

"진위의 여부는 재판에서 밝혀지겠지. 어쨌든 모런 대령이 두 번 다시 우리를 괴롭히는 일은 없겠지. 폰 헤르데르의 유명한 공기총은 스코틀랜드 야드의 박물관을 장식할 거야. 셜록 홈즈는 다시 자유롭게 인생을, 런던의 복잡한 생활이 풍요롭게 제공해 주는 흥미로운 작은 사건 수사에 바칠 수 있게 된 것이지."

역주 —
〈빈집의 모험〉의 아이디어와 〈콜리어즈〉와 〈스트랜드〉에 홈즈를 논리적으로 되살릴 것인가에 대해서 코난 도일에게 힌트를 준 사람은 그의 두 번째 부인이라고 한다. 코난 도일은 이 작품을 베스트 12중 6위에 선정했다.

노우드의 건축 업자

The Norwood Builder

1895년 8월 20일 (화) ~ 8월 21일 (수)

"범죄 전문가의 시각에서 보면 모리아티 교수가 죽은 후로 런던은 정말 재미없는 도시가 되었어." 셜록 홈즈가 말했다

"선량한 시민 중 대부분은 자네 말에 동의하지 않을 거야." 내가 대꾸했다.

"하긴 그렇겠지. 내 생각만 해서는 안 되겠지." 홈즈가 테이블 쪽으로 의자를 끌어당기며 말했다. "분명히 세상을 위해서는 범죄가 줄어들수록 좋겠지. 그것으로 손해를 보는 사람은 일이 없어서 어슬렁거리는 불쌍한 전문가뿐이니. 그렇다고 해도 모리아티가 활약했을 때는 매일 아침 신문이 무한한 가능성을 제공해 주었지. 아주 작은 흔적, 아주 미세한 힌트에 지나지 않은 것도 많았지만 그 위대한 악의 두뇌를 가진 사람이 배후에 숨어 있다는 사실을 알기에는 충분했지. 마치 가장자리가 희미하게 흔들리는 거미줄을 보고, 한가운데 자리 잡은

흉악한 거미의 존재를 느끼는 것처럼 말이야. 하찮은 절도 사건, 방종한 폭력 사태, 목적이 없는 난폭함마저도 실마리를 쥐고 있는 사람에게는 연관성이 있는 것으로 보이지. 고도의 범죄 사회를 과학적으로 연구하려는 사람에게 그 당시의 런던은 유럽의 어느 수도보다도 좋은 도시였는데 그것이 요새는 통……."

홈즈는 어깨를 으쓱하며 자신이 그렇게 힘들여 이룬 결과에 대해 농담을 섞어 불평한 것이다.

이때는 홈즈가 돌아와 몇 달이 지났을 당시로, 나는 그의 부탁으로 개업의 일을 다른 사람에게 넘기고 베이커 가의 옛 둥지에서 다시 홈즈와 함께 살고 있었다. 켄싱턴에 있던 나의 작은 진료소의 권리를 산 사람은 버너라는 젊은 의사였는데, 그는 내가 터무니없이 불러 본 비싼 값에도 전혀 주저하지 않고 돈을 지불했다. 몇 년 후에 알게 된 사실인데, 버너는 홈즈의 먼 친척으로, 그때 돈을 낸 사람은 홈즈였다.

나중에 사건 기록 일지를 살펴보니, 홈즈가 불평한 대로 처음 한 달은 사건이 별로 없었다. 전 대통령 무릴로, 네덜란드 증기기관선 프리스랜드 사건으로 그럭저럭 생계를 꾸려 갈 정도였다. 차갑고 자부심 강한 홈즈는 어떤 형태로든지 대중의 찬사를 꺼렸기에 나에게 더 이상 자신이나 수사 방법, 성공적인 사건 해결에 대해서 아무 말도 하지 말라고 단단히 경고했다. 그러나 내가 베이커 가의 홈즈 하숙집으로 돌아오면서 자연스럽게 사건 일지를 다시 기록하기 시작했고, 사건에 대해 아무 말도 하지 말라는 홈즈의 당부도 자취를 감추고 말았다.

홈즈는 별난 불평을 하더니 의자에 기대앉아 천천히 조간신문을 펼쳤다. 그때 갑자기 벨이 요란하게 울리고는 문을 두드리는 소리가 들렸다. 누군가 현관을 주먹으로 쾅쾅 치는 듯했다. 이어서 문이 열리고 복도를 달려 계단으로 뛰어올라오는 발소리가 났다. 그리고 방문이 열리면서 한 젊은이가 들어왔다. 젊은이는 얼굴이 창백하고, 머리는 온통 헝클어졌으며, 온몸을 부들부들 떨었다. 정신이 완전히 나간 모습이었다. 나와 홈즈가 그를 의아하다는 듯 쳐다보자 젊은이는 자신의 무례한 방문에 대해 뭔가 사과의 말을 해야 한다는 사실을 깨달은 모양이었다.

"죄송합니다, 홈즈 씨. 죄송하지만 어쩔 수 없었습니다. 정말 미칠 것만 같아서요. 홈즈 씨, 제 이름은 바로 존 헥터 맥팔레인입니다." 젊은이가 숨을 헐떡이며 말했다.

젊은이는 자신의 이름만 말하면 이렇게 갑작스러운 방문의 이유가 설명될 것이라고 생각하는 모양이었다. 그러나 홈즈의 무표정한 얼굴을 보니 홈즈 역시 나처럼 영문을 모르기는 마찬가지인 듯했다.

"일단 담배를 한 대 피우시지요, 맥팔레인 씨." 홈즈가 담배를 내밀면서 말했다. "여기 있는 제 친구 왓슨이 당신에게 진정제를 처방해 줄 겁니다. 요 며칠 날씨가 굉장히 포근했지요. 자, 이제 좀 진정되었으면 차근차근 무슨 일인지 설명해 주시면 고맙겠습니다. 이름만 듣고 제가 알 수 있는 건 아무것도 없으니까요. 물론 당신이 독신 변호사이고 프리메이슨 회원이란 점 그리고 천식을 앓고 있다는 것 정도는 알고 있습니다만."

홈즈의 추리 방법을 잘 알고 있는 나로서는 그가 그 사실을 어떻게 알았는지 짐작이 갔다. 단정하지 않은 옷차림, 법률 서류, 시곗줄, 가쁜 호흡을 보고 알아냈던 것이다. 그러나 맥팔레인은 몹시 놀란 듯 눈

을 크게 뜨고 홈즈를 보았다.

"네, 맞습니다. 홈즈 씨. 아울러 현재 런던에서 제일 불행한 사람이기도 합니다. 하늘이 보고 계신다면 저를 버리진 않겠지요. 홈즈 씨, 만약 그들이 제 얘기가 끝나기 전에 체포하러 온다면 제발 시간을 좀 달라고 해 주세요. 진실을 모두 말할 수 있도록 말입니다. 홈즈 씨가 이 사건을 맡아 주신다면 감옥에 가더라도 상관없습니다."

"체포라고요! 이거 정말 참 고맙, 아니, 흥미로운 일이군요. 무슨 혐의로 체포되는 겁니까?" 홈즈가 물었다.

"로어 노우드의 조너스 올데이커를 살해한 혐의입니다."

홈즈의 얼굴에 동정심과 함께 약간의 만족감이 동시에 떠올랐다.

"지금 친구 왓슨과 조간신문에 난 그 사건에 대해 막 얘기하려던 참이었습니다." 홈즈가 말했다.

맥팔레인은 떨리는 손으로 홈즈의 무릎 위에 놓여 있던 〈데일리 텔레그래프〉를 집어 들었다.

"신문을 보셨다면 제가 이른 아침부터 홈즈 씨를 찾아온 용건이 무엇인지 아시겠군요. 제 이름과 불행이 모든 사람의 입에 오르내리는 것처럼 느껴집니다."

맥팔레인이 신문 한가운데 페이지를 펼쳤다.

"여기 기사가 실려 있습니다. 제가 읽어 드리지요. 기사 제목은 이렇습니다. '로어 노우드의 괴사건. 저명한 건축가의 실종. 살인과 방화. 범인 추적 중.' 경찰은 이미 저를 범인으로 지목해 추적하고 있습니다. 런던 다리 역에서부터 경찰이 쫓아오고 있으니까요. 분명히 저를 체포하려고 기다리고 있었습니다. 어머니가 이 사실을 아시면 무척 힘들어하실 텐데. 아, 이 일을 어쩌면 좋단 말입니까."

그는 정신적 고통이 심한 듯, 손을 비틀며 초조하게 몸을 앞뒤로 흔들었다.

나는 흉악한 범죄 용의자로 지목된 맥팔레인을 자세히 관찰했다. 금발에 잘생긴 얼굴이었으며, 자주 빨아서 해진 옷을 입고 있었다. 푸른 눈은 겁에 질려 있었고, 섬세해 보이는 얇은 입술과 깔끔하게 면도한 턱이 인상적이었다. 나이는 스물일곱 살쯤 된 것 같았고, 옷차림이

나 소지품으로 보아 중류 계급임을 알 수 있었다. 얇은 여름용 코트 주머니 밖으로 변호사라는 직업을 말해 주는 돌돌 말린 서류 뭉치가 튀어나와 있었다.

"시간이 없군. 왓슨, 신문에 실린 사건 기사를 읽어 주겠나?" 홈즈가 말했다.

나는 강한 어조로 좀 전에 맥팔레인이 읽은 제목 아래 실린 기사의 내용을 읽었다.

어제 늦은 밤에서 오늘 이른 새벽 사이에 교외 노우드 지역에서 심각한 범죄가 발생했다. 조너스 올데이커는 유명한 건축가로 52세의 독신이다. 시드넘 가의 딥 딘 저택에 살고 있는 그는 건축 일을 그만두고 몇 년 동안 집에 틀어박혀 살아왔다. 그동안 모아 놓은 재산이 상당하다고 한다. 어젯밤 새벽 2시경, 뒤뜰에 있는 작은 통나무 창고에서 화재가 발생했다. 곧 소방차가 현장에 도착했으나 바싹 마른 목재 때문에 불길을 빨리 잡지 못했다. 통나무 창고 화재는 그다지 특이한 사건이 아니었지만 곧 중대한 범죄임을 알려 주는 일이 발생했다. 집주인 조너스 올데이커가 화재 현장에 보이지 않았다. 집 안에 올데이커가 없다는 사실이 확인되었고, 그의 침실을 조사했으나 침대에서 잠을 잔 흔적은 없었다. 또 금고 문이 열려 있었고, 중요한 서류들이 바닥에 떨어져 있었으며, 심한 몸싸움이 벌어진 듯 약간의 핏자국이 방 안에서 발견되었다. 바닥에 떨어져 있던 떡갈나무 지팡이 역시 손잡이에 피가 묻어 있었다. 지팡이의 주인은 그날 밤 늦게 올데이커를 찾아온 존 헥터 맥팔레인으로 밝혀졌다. 맥팔레인은 런던 시 이스트 센트럴 그레셤 건물 426호의 그레이엄 맥팔레인 법률사무소에서 일하는 변호사다. 경찰은 범죄 동기를 알 수 있는 확실한 증거를 확보한 것으로 보이며, 추후 범인 체포 등 사건 수사가 순조롭게 이어지리라 예상하고 있다.

경찰은 존 헥터 맥팔레인을 조너스 올데이커 살인 혐의로 체포할 계획이다. 구속영장이 발부될 것이 확실하며 노우드 사건 현장에서 더 자세한 수사가 실시될 예정이다. 또 방 안에서 발견된 올데이커의 혈흔 이외에도 크고 긴 프랑스식 침실 창문이 열려 있는 것이 확인되었다. 이 창문 밖으로 부피가 큰 물체를 목재 더미가 있는 곳까지 끌고 나간 흔적이 발견되었고, 화재 장소에서는 목재가 타고 남은 재 가운데 새까맣게 숯으로 변한 물체가 발견되었다. 범인이 피해자를 침실에서 살해하고 서류를 훔친 다음, 목재 더미가 있는 곳까지 시체를 끌고 나가 흔적을 없애기 위해 방화를 한 것으로 경찰은 추정하고 있다. 이번 사건을 담당한 스코틀랜드 야드의 레스트레이드 경감은 앞으로 최선을 다해 사건을 해결하겠다고 밝혔다.

눈을 감고 손끝을 모은 채 사건 내용에 귀를 기울이던 홈즈가 마침내 입을 열었다.

"재미있는 사건이군요. 우선 하나 물어보지요. 맥팔레인 씨, 모든 혐의가 당신에게 집중되어 있는데 지금까지 경찰이 당신을 체포하지 않은 이유는 뭔가요?"

뭔가 석연치 않은 사실이 있다는 듯한 말투였다.

"전 토링턴 로지의 블랙히스에서 부모님과 함께 살고 있습니다. 어젯밤 늦게 조너스 올데이커 씨를 방문한 뒤 바로 노우드에 있는 호텔에서 묵었습니다. 그리고 다음 날, 곧장 사무실로 출근하려고 기차를 타고 나서야 신문을 보고 방금 말씀드린 사건을 알게 되었습니다. 위험한 지경에 처했다는 사실을 깨달은 저는 서둘러 홈즈 씨에게 의뢰해야겠다는 생각이 들었습니다. 런던에 있는 사무실이나 집에서 체포당할 것이 틀림없으니까요. 런던 다리 역에서부터 누가 절 쫓아왔습니다. 틀림없이. 세상에 맙소사, 이게 무슨 소리죠?"

벨이 울리고 계단을 올라오는 무거운 구둣발 소리가 들렸다. 조금 뒤 우리의 오랜 친구 레스트레이드가 문간에 나타났다. 그의 뒤에는 순경 두 명이 서 있었다.

"존 헥터 맥팔레인 씨?" 레스트레이드가 물었다.

완전히 맥이 빠진 맥팔레인은 조용히 자리에서 일어났다.

"조너스 올데이커 살해 혐의로 당신을 체포합니다."

맥팔레인은 절망적인 표정으로 우리를 쳐다보더니 의자에 쓰러지듯 다시 주저앉았다.

"잠깐, 레스트레이드. 30분 정도 지체한다고 해서 크게 달라질 것은 없지 않나요? 이 젊은이가 아주 재미있는 사건을 들려주던 참이라서요. 우리가 사건을 해결하는 데 도움이 될지도 모릅니다." 홈즈가 말했다.

"사건은 이미 해결되었다고 생각하는데요, 홈즈 씨." 레스트레이드가 퉁명스럽게 말했다.

"당신이 거절하지만 않으면 맥팔레인 씨의 이야기를 더 들었으면 좋겠습니다."

"제가 홈즈 씨 부탁을 거절할 수는 없지요. 과거에도 두어 번 도움을 받았으니 스코틀랜드 야드로서는 홈즈 씨에게 빚이 있는 셈이니까요. 하지만 용의자 옆을 떠날 수는 없습니다. 그리고 제게는 맥팔레인이 지금부터 하는 말이 본인에게 불리한 증거가 될 수 있다는 점을 경고할 의무가 있습니다."

"물론입니다. 저는 여러분이 제 이야기를 듣고 진실을 알아주기를 원할 뿐입니다." 맥팔레인이 말을 이었다. "먼저 설명드리고 싶은 점은 전 조너스 올데이커 씨를 전혀 모른다는 겁니다. 부모님이 그분과 오랫동안 알고 지낸 사이라서 이름은 들어 봤지만, 멀리 떨어져 살기 때문에 만난 적은 한 번도 없습니다. 그래서 어제 그 사람이 3시쯤 런던에 있는 제 사무실로 찾아왔을 때 깜짝 놀랐습니다. 하지만 올데이커 씨가 방문한 이유를 듣고 더 놀랐지요. 그가 수첩에서 무엇인가 적힌 종이 몇 장을 찢어 제 책상 위에 올려놓더군요. 바로 이겁니다.

올데이커 씨는 '이건 내 유언장이오'라면서 '맥팔레인 씨, 이걸 법적으로 효력이 있는 정식 유언장으로 만들어 주시오. 작성하는 동안 여기 앉아서 기다리겠소.'라고 말했습니다.

저는 유언장을 작성하려고 종이에 적힌 내용을 읽다가 깜짝 놀랐습니다. 전 재산을 저한테 남긴다는 내용이었으니까요. 올데이커 씨는 족제비처럼 생긴 인상에 눈동자는 회색이고 눈썹은 흰색이었는데, 어쨌든 인상이 좋아 보이진 않았습니다. 게다가 어리둥절한 나를 보는 표정이 왠지 음흉했습니다. 저는 유언장을 읽으면서 제 눈을 의심했습니다. 올데이커 씨는 자신은 독신이고 친척도 없는 데다 젊었을 때 우리 부모님과 알고 지낸 사이였는데, 제가 성실하고 똑똑한 젊은이라는 칭찬을 많이 들었기에 자기 재산을 물려줄 만하다고 생각했다고 이유를 설명하더군요. 물론 너무나 뜻밖이어서 고맙다는 인사도 제대로 하지 못했습니다. 서명도 마치고 사무소 서기가 입회인으로 연서도 해서 유언장 작성을 완전히 마쳤습니다. 이것이 완성한 유언장 원본이고, 이건 올데이커 씨가 손으로 써서 작성한 초안입니다. 그랬더니 올데이커 씨는 내가 살펴봐야 할 서류들, 그러니까 건물 임대 계약서, 부동산 권리증, 저당 증서, 가증권 등이 있다고 했습니다. 그리고 전부 확실히 마무리될 때까지는 안심이 되지 않으니, 오늘 밤 유언장을 갖고 노우드의 자기 집으로 와 달라고 부탁했습니다. '다만 이 일이 끝날 때까지 부모님이나 누구에게도 말하지 말게. 나중에 깜짝 놀라게 해 주고 싶어서 그러네.'라고 덧붙이더군요. 어찌나 신신당부하던지 전 그렇게 하겠다고 굳게 약속했습니다.

도저히 부탁을 거절할 분위기가 아니었습니다. 졸지에 재산을 물려주겠다는 사람의 부탁을 들어줘야 하는 상속자 처지가 되었으니까요. 우선 저는 급한 일이 생겨서 늦게 갈지도 모른다는 전보를 집으로 보냈습니다. 그리고 올데이커 씨가 자신은 9시 전에는 집에 없을 거라면서 9시에 저녁 식사를 하자고 해서 그 시간에 그의 집으로 갔습니다. 그런데 집을 찾느라 고생하는 바람에 9시 30분이 되어서야 그 집에 도착했습니다. 전 그를 찾―"

"잠깐, 누가 문을 열었나요?" 홈즈가 물었다.

"중년 여자였습니다. 아마 가정부였겠지요."

"그 여자가 당신 이름을 알고 있던가요?"

"그랬습니다."

"알겠습니다. 계속하세요."

맥팔레인은 이마에 맺힌 땀을 닦은 후 이야기를 이어 나갔다. "그 여자가 응접실로 저를 안내했습니다. 검소한 저녁 식사가 준비되어 있더군요. 얼마 후에 올데이커 씨가 자기 침실로 저를 데리고 갔습니다. 그곳에는 큰 금고가 하나 있었어요. 그는 금고 문을 열고 서류를 한 아름 꺼냈습니다. 서류 정리를 마치고 나니 밤 11시가 훨씬 넘었습니다. 올데이커 씨는 가정부를 귀찮게 깨울 필요 없이 큰 프랑스식 창문으로 나가면 된다고 하더군요. 창문은 우리가 일하는 내내 열려 있었습니다."

"창문 블라인드는 내려져 있었나요?" 홈즈가 물었다.

"정확히 기억나지 않아요. 하지만 반쯤 내려져 있었던 것 같아요. 네, 맞아요. 창문을 열려고 블라인드를 올린 기억이 납니다. 그런데 제 지팡이가 보이지 않았어요. 그러자 올데이커 씨가 신경 쓰지 말라면서 찾아놨다가 나중에 오면 돌려주겠다고 하더군요. 그래서 저는 올데이커 씨와 작별 인사를 하고 나왔습니다. 금고 문도 열려 있었고, 서류 더미들도 책상 위에 그대로 둔 채 말입니다. 시간이 너무 늦어서 블랙히스에 있는 집으로 돌아갈 수 없었기에 애널리 암스에서 하룻밤을 묵었지요. 다음 날 아침 조간신문을 읽을 때까지 전 이 사건에 대해 아무것도 모르고 있었습니다."

"더 질문하고 싶은 게 있나요, 홈즈 씨?" 맥팔레인이 자초지종을 설명하는 중간 중간 약간 눈을 치켜뜨며 듣고 있던 레스트레이드가 말했다.

"블랙히스로 가서 조사해야겠습니다." 홈즈가 대답했다.

"사건이 일어난 노우드 말입니까?" 레스트레이드가 물었다.

"아, 그렇군요. 거기 말입니다." 홈즈가 알 수 없는 미소를 지으며 대답했다.

레스트레이드도 그동안 경험해 온 바로 홈즈의 날카로운 추리는 도저히 따라갈 수 없다는 사실을 알고 있었다. 레스트레이드는 신기한 듯 내 친구를 보았다.

"홈즈 씨, 몇 마디 얘기를 나누었으면 좋겠군요. 자, 맥팔레인 씨, 경관이 당신을 체포하러 문 앞에서 기다리고 있소. 사륜마차도 길에서 대기하고 있고." 레스트레이드가 말했다.

맥팔레인은 불쌍하게도 자리에서 일어

나 마지막으로 우리에게 간절한 눈길을 보내면서 방을 나갔다. 순경들은 맥팔레인을 마차에 태우고 돌아갔지만 레스트레이드는 방에 남아 있었다.

홈즈는 유언장 초안이라는, 올데이커가 갈겨쓴 글이 적힌 종이들을 유심히 살펴보았다. 예사롭지 않은 흥밋거리가 홈즈를 사로잡은 것이 분명했다.

"이 유언장을 보니 몇 가지 단서가 있군요. 그렇지요, 레스트레이드?" 홈즈가 종이를 경감에게 건네주며 말했다.

유언장을 보는 레스트레이드의 얼굴에는 당혹스러운 표정이 역력했다.

"처음 두세 줄 그리고 중간 부분, 음…… 맨 끝장 한두 줄은 알아볼 수 있네요. 그런데 나머지 부분은 알아보기 힘들군요. 전혀 읽을 수 없는 부분이 세 군데나 있고요."

"이게 무슨 뜻 같습니까?" 홈즈가 물었다.

"글쎄요, 홈즈 씨는 무슨 생각이 드십니까?"

"기차에서 썼다는 뜻이지요. 글씨가 정확한 부분은 역에 정차했을 때 쓴 것이고 약간 갈겨쓴 부분은 기차가 막 움직였을 때 썼다는 뜻입니다. 그리고 아주 알아보기 힘든 부분은 기차가 서지 않고 계속 달릴 때 쓴 겁니다. 전문가라면 교외 기차에서 이 유언장을 썼음을 즉각 알아볼 수 있습니다. 런던에서 매우 가까운 지역을 제외하면 이렇게 쉬지 않고 빨리 운행하는 기차는 하나밖에 없습니다. 기차를 타고 오는 내내 이 유언장을 작성했다는 것은 바로 특급열차를 타고 있었다는 뜻이지요. 노우드와 런던 다리 역 사이에 정차 역이 한 번밖에 없는 특급열차 말입니다."

레스트레이드가 웃었다.

"홈즈 씨가 추리를 시작할 때면 전 늘 따라잡기 힘듭니다. 그게 이번 사건과 어떤 상관이 있습니까?"

"글쎄요, 맥팔레인 씨의 이야기 가운데 조너스 올데이커가 작성한 유언장이 겨우 어제 만들어졌다는 사실을 어느 정도 뒷받침해 주지요. 그렇게 중요한 유언장을 이처럼 서둘러서 작성했다는 것이 이상하지 않습니까? 바로 올데이커 씨는 이 유언장을 그다지 중요하게 여기지 않았다는 뜻입니다. 별로 중요하게 생각하지 않는 유언장이라면 기차 안에서 작성할 만도 하지요."

"동시에 그 유언장 때문에 죽음을 당하기도 했고요." 레스트레이드가 말했다.

"아, 그렇게 생각하나요?"

"홈즈 씨 생각은 다른가요?"

"글쎄요, 그럴 수도 있지만 이번 사건은 그렇게 단순하지는 않은 듯싶군요."

"단순하지 않다니요? 이보다 더 확실하고 명백한 이유가 어디 있습니까? 맥팔레인은 어떤 노인이 죽는다면 자신이 막대한 재산을 물려받을 수 있다는 사실을 갑작스럽게 깨달았습니다. 그럼 그는 어떻게 했을까요? 이 사실을 아무에게도 알리지 않고 그날 밤 노인의 집으로 찾아갈 구실을 만들었습니다. 그 집 사람들이 모두 잠들기를 기다렸다가 노인 혼자 있는 침실로 가서 그를 죽이고 시체를 나뭇더미에 숨겨 불을 지른 겁니다. 그리고 근처 호텔에서 하룻밤 묵었습니다.

방에는 약간의 핏자국과 지팡이가 남아 있습니다. 맥팔레인은 자신이 피 한 방울 흘리지 않고 노인을 죽였다고 생각했고, 시체가 불에 타서 재가 되면 노인이 어떻게 죽었는지 아무도 모를 거라 생각했겠지요. 그러나 남아 있는 흔적으로 보아 젊은이의 짓이 틀림없습니다. 너무나 확실한 사실 아닙니까?"

"사소한 단서를 그렇게 확실한 증거로 생각하다니 놀랍군요, 레스트레이드. 뛰어난 능력에 약간의 상상력을 더하시면 좋겠군요. 만약 당신이 그 젊은이라고 처지를 바꿔 생각해 보기 바랍니다. 유언장을 작성한 그날 밤을 골라서 범행을 하겠습니까? 위험한 짓이 아닐까요? 하필이면 그날 바로 성급하게 범행을 저지를 필요가 있겠습니까? 그리고 자신이 그 집을 방문한 사실을 모두 알고 있는 날 일부러 가서 범행을 저지르겠습니까? 하인이 나와서 자기를 맞이할 텐데요? 마지막으로 시체를 숨기기 위해 화재까지 저지르는 대담하고 치밀한 범인이 자기 지팡이를 두고 나오겠습니까? 자신의 짓이라는 사실이 뻔히 드러날 텐데요? 레스트레이드, 이런 일이 가능하다고 생각합니까?"

"지팡이 문제라면 홈즈 씨, 당신도 잘 아시겠지만 범죄자들은 가끔 허둥대다가 그런 실수를 저지르지요. 냉정한 사람이라면 저지르지 않았을 실수지요. 아마 지팡이를 찾으러 방 안으로 돌아가기가 겁났을 겁니다. 좀 더 상황에 들어맞는 근거를 제시해 주시지요."

"여섯 개도 넘게 제시할 수 있습니다. 아주 그럴듯하면서도 증명할 수 있는 예를 들어 보지요. 한 노인이 값나가는 서류를 보여 주고 있습니다. 지나가던 부랑자가 창문으로 그 서류를 봤습니다. 블라인드는 겨우 반쯤 창문을 가린 상태였으니까요. 변호사인 젊은이가 나가자 부랑자가 방으로 들어왔습니다. 젊은이가 두고 간 지팡이로 올데 이커를 죽이고 시체를 태운 후 사라졌습니다."

"부랑자가 시체를 태워야 할 이유가 어디 있습니까?"

"그렇다면 맥팔레인이 시체를 태워야 할 이유는 어디 있습니까?"

"증거를 없애기 위해서겠죠."

"부랑자 역시 살인의 흔적을 없애기 위해 시체를 태웠을 수 있지요."

"그렇다면 부랑자는 왜 아무것도 훔치지 않았습니까?"

"그 증서들은 부랑자가 팔 만한 물건이 아니었으니까요."

이 말에 수긍하기가 어렵다는 듯 레스트레이드는 고개를 저었다. 그러나 이전보다는 자신감이 약간 떨어진 듯 보였다.

"홈즈 씨, 그렇다면 그 부랑자를 한번 찾아보세요. 그동안 경찰은 맥팔레인 씨를 붙잡아 두고 있겠습니다. 누가 옳은지는 두고 보면 알겠지요. 단, 이 점만 알아 두십시오. 우리가 알기론, 사라진 증서는 하나도 없습니다. 그리고 증서를 훔칠 이유가 없는 사람은 바로 맥팔레인뿐입니다. 본인이 올데이커의 유산 상속자니까 굳이 번거롭게 증서를 훔쳐서 팔 이유가 없기 때문이죠. 올데이커를 죽이기만 하면 유언장에 적힌 대로 모든 재산이 자기 손에 들어올 테니까요."

홈즈는 이 말에 약간 멈칫했다.

"당신이 유리하다고 생각하는 증거가 몇 개나 있다는 것은 나도 부정하지 않아요. 다만 다른 추리도 가능하다는 점은 말하고 싶군요. 당신 말대로 두고 보면 누가 옳은지 알게 되겠지요. 좋은 아침 보내십시오. 오늘 노우드에 가서 당신의 수사가 어떻게 돼 가는지 한번 보고 오지요." 홈즈가 말했다.

레스트레이드가 떠나자 홈즈는 일어나 자신의 마음에 드는 일을 발견한 듯이 서둘러 외출 준비를 했다.

"왓슨, 우리가 가장 먼저 해야 할 일은 블랙히스에 있을 거야." 홈즈가 프록코트를 입으면서 말했다.

"왜 노우드로 가지 않지?"

"이번 사건 뒤에는 또 다른 사건이 숨어 있기 때문이지. 경찰은 겉으로 드러난 사건에만 주목하는 실수를 저지르고 있어. 왜냐하면 실제로 범행이 드러난 사건이기 때문이지. 하지만 논리적으로 사건에 접근하는 길은 뒤에 숨어 있는 사실을 찾아내는 데 달려 있어. 급하게 작성한 희한한 유언장은 생각지 않았던 사람에게 재산을 물려준다고 쓰여 있지. 어쩌면 그 사실이 사건 해결에 도움이 될 거야. 아, 그러고 보니 왓슨, 자네까지 갈 필요는 없겠어. 저녁때쯤 돌아올게. 나에게 보호해 달

라고 부탁한 불행한 젊은이 맥팔레인을 위해서 뭔가 해야겠어."

홈즈는 상당히 늦게 돌아왔다. 지치고 흥분한 기색이 엿보였다. 기대했던 바가 모두 뜻대로 이루어진 것 같지는 않았다. 홈즈는 마음을 가라앉히기 위해서인지 한 시간 동안 바이올린을 켰다. 마침내 홈즈가 바이올린을 놓고 하루 종일 겪은 일을 상세히 설명했다.

"왓슨, 모두 헛수고였어. 아무것도 알아낼 수 없었어. 아침에는 레스트레이드 앞에서 자신만만하게 굴었지만 오후가 되자 내가 잘못 판단했다는 생각이 들었어. 아무래도 이번엔 레스트레이드의 생각이 옳을지도 몰라. 내 직감은 딱 하나였어. 그런데 눈에 보이는 사실은 내 직감과는 정반대였어. 그리고 아무리 생각해도 영국의 배심원들은 레스트레이드가 늘어놓는 증거보다도 내 추리를 중요하게 여길 정도로 지능이 높지 않아."

"블랙히스에 갔었어?"

"그래, 왓슨. 거기 가서 알아낸 것은 죽은 올데이커가 아주 나쁜 사람이었다는 사실이야. 맥팔레인의 아버지는 아들을 찾으러 나가서 어머니만 집에 있더군. 몸집이 작고 눈이 푸른 다소곳한 여성이었어. 화도 나고 겁에 질려 있는 것 같았어. 물론 아들이 그런 죄를 저지를 사람이 아니라고 항변하더군. 하지만 올데이커가 죽었다는 소식에는 놀라거나 슬퍼하지 않았어. 오히려 쌀쌀맞게 말하더군. 경찰이 그 얘기를 들었다면, 어머니가 올데이커를 싫어해서 무의식적으로 맥팔레인이 그에 대한 증오와 폭력을 키웠다고 생각했을 거야.

'그는 사람이라기보다는 사악하고 교활한 원숭이예요. 젊었을 때부터 항상 그런 식이었죠.'

'젊었을 때부터 알았나요?' 내가 물었지.

'네, 아주 잘 알아요. 사실을 말하면 옛날에 나에게 구혼했어요. 하지만 나는 분별력이 있어서 그 사람과 결혼하지 않고, 가난하지만 더 좋은 사람과 결혼했어요. 홈즈 씨, 사실은 올데이커와 약혼까지 한 사이였는데 어느 날 그가 새들이 있는 우리에 고양이 한 마리를 풀어놓았다는 충격적인 이야기를 듣고, 그 잔인함에 오싹해서 더 이상 그 사람을 만나지 않겠다고 결정했어요.'

그리고 맥팔레인 부인은 책상을 뒤지더니 여자 사진을 한 장 꺼내 보여 주더군. 사진은 칼로 마구 그어서 찢어져 있었어. '이건 제 사진이에요. 제가 맥팔레인과 결혼한 날 아침에 저주의 편지와 함께 이 사진을 보내왔어요.'

'음, 그래도 지금은 당신을 용서한 것 같군요. 아드님에게 전 재산을 남긴다는 유언장을 쓸 정도니까요.'

'제 아들이나 저나 올데이커에게는 한 푼도 받고 싶지 않아요. 그가 살았거나 죽었거나 상관없이 말이에요! 홈즈 씨, 신이 있다면 내 아들이 흰 눈처럼 결백하다는 사실이 꼭 밝혀질 거예요. 그리고 흉악한 올데이커는 결국 천벌을 받을 거고요.' 부인은 화를 내면서 말했지.

나는 맥팔레인 부인에게 질문을 두어 개 더 했지만 추리에 도움이 되는 단서는 얻을 수 없었어. 오히려 아들의 결백함에 방해만 될 뿐이었지. 결국 나는 질문을 그만두고 노우드로 출발했지.

딥 딘 저택은 아주 큰 벽돌 건물이더군. 저택 앞 정원에는 잔디밭이 펼쳐져 있었어. 길에서 좀 떨어진 오른쪽은 목재 더미가 쌓여 있는 곳

으로, 화재가 일어난 현장이었어. 수첩에 대충 그려 놓았지. 봐, 올데
이커 방으로 들어가는 창문은 왼쪽에 있고, 이 길에서 보면 창문을 통
해 올데이커의 방이 보여. 오늘 내가 한 일은 이게 전부야. 레스트레

이드는 현장에 없었고, 경관들이 조사하다가 막 대단한 것을 발견한 참이었지. 불에 타서 재가 된 나뭇더미를 오전 내내 뒤지다가 둥근 금속성 물체들을 찾아냈더군. 자세히 살펴보니 모두 새까맣게 변한 바지의 금속 단추였어. 나는 그중 '하임스'라는 이름이 흐릿하게 남아 있는 단추를 발견했지. 바로 올데이커의 단골 양복점 이름이었어. 잔디밭을 조사하면서 뭔가 단서가 발견될까 하고 살폈지만 날이 워낙 건조해 풀밭에는 아무런 흔적도 남아 있지 않더군. 낮은 울타리를 넘어 시체나 어떤 커다란 것을 나뭇더미가 있는 곳까지 질질 끌고 간 흔적 외에는 아무것도 없었어. 결국 경찰의 이론을 뒷받침해 주는 상황뿐이었지. 8월의 뜨거운 햇볕 아래서 잔디밭을 기어 다니며 한 시간이나 애를 썼지만 아무 수확도 없이 일어섰지.

　헛수고 끝에 나는 올데이커의 침실을 조사하러 들어갔어. 핏자국은 아주 흐릿했고 색도 변해 있었지만 아주 최근의 것임은 틀림없었어. 지팡이에 묻은 핏자국도 희미했고……. 경찰에서 지팡이를 치우긴 했지만 맥팔레인의 것이 맞았어. 본인도 자기 물건이라고 인정했으니까. 올데이커와 맥팔레인의 발자국은 카펫에 남아 있었지만 제삼자의 발자국은 없었어. 유감스럽게도 이 역시 내 생각과 반대되는 사실이었지. 경찰의 주장을 뒷받침할 만한 사실들은 속속 발견되는데 나는 아무런 진전을 보지 못하는 상황이었어.

　내가 희미하게나마 희망을 찾은 것은 아직 내세울 만한 것은 아니지만 금고 내용물을 조사했을 때였어. 금고에 있던 서류들은 대부분 테이블 위에 남아 있었지. 봉인된 편지들 중 한두 개는 이미 경찰이 뜯어 보았더군. 그런데 내가 판단하기에 서류의 대부분이 별 가치 있

는 물건은 아니었어. 올데이커가 꽤 재산이 많았을 텐데도 은행 통장
에는 잔고가 거의 없더군. 분명 남아 있는 서류 외에 무언가 중요하고
더욱 가치 있는 것들이 어딘가에 있으리라는 생각이 들었네. 이 사실
만 증명한다면 레스트레이드의 등등한 기세도 한풀 수그러들겠지. 조
금 있으면 물려받을 재산을 구태여 훔칠 사람이 어디 있겠나?

　아무튼 구석구석 살펴봤지만 아무것도 찾아내지 못했어. 그래서 가
정부를 만나기로 했지. 렉싱턴 부인은 몸집이 작고 까무잡잡한 피부
에 조용한 여자더군. 가늘게 뜬 눈에 의심스러운 빛이 가득한 것이 뭔
가 할 말이 있는 게 분명해. 마음만 먹었으면 아마도 무슨 말을 했을
거야. 그런데 꿀 먹은 벙어리처럼 아무 말도 하지 않더군. 가정부 말
이 맥팔레인이 9시 30분쯤에 방문했는데, 자기가 문을 열어 주었다고
했어. 문을 열어 주지 않았으면 주인이 살해당하는 끔찍한 일을 막을
수 있었을 텐데, 하고 후회하면서 안타까워하더군. 그리고 10시 30분
쯤 잠자리에 들었는데 자기 침실은 집 한쪽 구석에 있기 때문에 누군
가 지나가는 소리를 전혀 듣지 못했다고 해. 맥팔레인이 모자도 두고
갔고 지팡이까지 복도에 두고 갔으니 그가 범인이 확실하다고 말하는
거야. 자기는 불이 났다는 소리에 잠에서 깨어났다면서 불쌍한 주인
님 올데이커 씨가 살해된 게 분명하다고 했어. 내가 올데이커 씨와 사
이가 나쁜 사람은 없었냐고 묻자 '글쎄요, 적이 없는 사람이 어디 있
겠어요. 하지만 주인어른은 사람을 많이 사귀는 편도 아니었고 일 때
문에 오는 손님이 전부였어요.'라고 대답하더군. 잿더미에서 발견된
바지 단추를 보여 주자 올데이커가 그날 밤 입었던 옷에 달린 단추가
확실하다고 했지.

그녀는 허겁지겁 불이 난 장소로 달려 나왔지만, 한 달 동안 비 한 방울 내리지 않은 탓에 나무가 워낙 바싹 말라 있어서 불길이 거셌고, 달려 나갔을 때는 불길밖에 보지 못했다고 말하더군. 그리고 소방대원들과 마찬가지로 자기 역시 시체가 타는 고약한 냄새를 맡았지만, 올데이커 씨의 중요한 서류나 다른 물건들이 불에 타는 것은 보지 못했다고 했어. 왓슨, 이렇게 오늘 하루는 완전히 허탕이었어. 하지만 아직은…….."

홈즈는 손가락을 움켜쥐면서 확신에 차서 말했다. "난 분명히 뭔가 잘못됐다는 걸 알아. 직감적으로 느끼고 있는데, 가정부가 뭔가 알고 있는 게 분명해. 그 여자의 어두운 눈빛을 보고 알 수 있었지. 죄를 지었을 때 나타나는 눈빛 말이야. 하지만 이렇게 말만 하면 뭐 하나. 왓슨, 행운의 여신이 우릴 반기지 않아서 이번 노우드 실종 사건이 나의 실패담이 될까 걱정이군."

"그렇게 순진무구해 보이는 맥팔레인이 법정에 서게 된단 말인가?" 내가 물었다.

"그건 아직 몰라, 왓슨. 1887년 우리에게 사건을 맡긴 버트 스티븐슨을 기억하나? 사실 범인은 그 젊은이였지. 겉보기에 그처럼 점잖고 착한 젊은이가 어디 있었나?"

"그건 그랬지."

"뭔가 다른 방향으로 추리하지 않는다면 맥팔레인은 교수형을 당할 거야. 지금 경찰이 생각하는 이론에는 아무 결점도 없어. 앞으로 경찰 수사가 진행될수록 맥팔레인에게는 불리하게 작용할 거야. 그런데 이상한 점이 하나 있어. 바로 올데이커의 서류들인데, 뭔가 우리에게 도움이 될 것 같더군. 올데이커의 은행 통장을 살펴보다가 발견한 사실인데, 은행에 돈이 거의 남아 있지 않은 이유는 작년 한 해 동안 코넬리우스라는 사람에게 큰돈이 지급되어 빠져나갔기 때문이야. 코넬리우스는 도대체 누구이기에 은퇴한 건축가 올데이커와 그렇게 큰돈이 오가는 거래를 했을까? 이 점을 꼭 알아봐야겠어. 이 사건과 관련이 있을 수 있으니까. 코넬리우스는 아마 브로커일 텐데, 집 안에서는 올데이커가 그 사람에게 준 거액의 영수증은 하나도 발견되지 않았어. 영수증이 발견되지 않았으니 은행에 가서 돈을 찾아간 코넬리우스란 사람이 있었는지 물어봐야 해. 하지만 왓슨, 좀 걱정이 되네. 은행에서도 만약 아무 성과가 없다면 레스트레이드는 맥팔레인을 교수형에 처할 텐데 말이야. 스코틀랜드 야드로서는 살인자를 잡았으니 큰 성과가 아니겠나."

그날 밤 홈즈는 한숨도 자지 못한 듯했다. 다음 날 아침, 식당으로 내려가자 창백하고 날카로운 얼굴빛의 홈즈를 만날 수 있었다. 잠을 자지 못해 눈 아래가 어두웠지만 두 눈은 더욱 빛나고 있었다. 카펫 주위에는 간밤에 홈즈가 피우고 버린 담배꽁초가 여기저기 널려 있었고, 조간신문도 바닥에 떨어져 있었다. 테이블 위에는 봉투를 뜯은 전보가 한 통 놓여 있었다.

"왓슨, 어떻게 생각하나?" 홈즈가 전보를 내게 건네며 물었다.

노우드에서 온 전보였다.

새롭고 중요한 증거 확보, 맥팔레인 유죄 확실. 사건에서 손 떼기 바람.
– 레스트레이드

"심각한데." 내가 말했다.

"레스트레이드가 승리를 확신하는 것 같군." 홈즈가 쓴웃음을 지으며 말했다. "하지만 아직 포기하기엔 이르지. 사실, 새롭고 중요한 새 증거는 양날의 칼과 같아서 레스트레이드가 상상하는 방향과는 전혀 다른 쪽으로 사용될 수도 있으니까. 아침 식사를 해, 왓슨. 그리고 나와 함께 노우드로 가세. 자네와 동행해야 할 것 같아. 오늘은 왠지 자네의 도움이 필요할 듯하네."

홈즈는 식사를 하지 않았다. 그는 사건에 온 신경을 쏟을 때는 아무것도 먹지 않았다. 음식을 전혀 먹지 않고 완전히 허기에 지쳐서 쓰러질 때까지 사건 수사에 강철같은 정신력을 쏟아붓곤 했다. 행여 내가 의사로서 당부의 말이라도 할라치면 홈즈는 지금은 음식물까지 소화시킬 여력이 없다고 입버릇처럼 말했다. 그날 홈즈는 아침 식사에 손도 대지 않고 노우드로 출발했다.

딥 딘 저택 주변에는 아직도 구경꾼들이 몰려 있었다. 딥 딘 저택은 내가 머릿속에 그렸던 교외 지역의 저택과 다를 바 없었다. 문 안으로 들어가자 레스트레이드 경감이 있었다. 승리감에 도취된 듯 얼굴에는 홍조가 가득했고, 태도는 의기양양하기 짝이 없었다.

"홈즈 씨, 경찰 수사가 잘못됐다는 사실을 아직 증명하지 못했나 봅니다?" 경감이 물었다.

"아직 결론도 내지 못했습니다." 홈즈가 대답했다.

"허, 이것 참. 경찰은 어제 결론을 내렸는데 역시 우리가 내린 결정이 옳았습니다. 이번에는 당신보다 경찰이 한발 앞섰다는 것을 인정하시지요, 홈즈 씨."

"뭔가 특별한 증거를 잡았나요?" 홈즈가 말했다.

레스트레이드가 소리 내어 웃었다.

"홈즈 씨도 지고 싶지는 않은 모양입니다. 하지만 사람이 항상 옳기만 할 수는 없지요, 안 그렇습니까, 왓슨 씨? 이쪽으로 오세요. 이번 살해와 화재 사건의 주인공이 존 맥팔레인이라는 사실을 확인시켜 드리지요."

그는 통로를 지나 어두운 복도로 우리를 안내했다.

"맥팔레인이 범행을 저지른 후에 모자를 가지러 돌아온 게 분명합니다. 여기를 보세요."

그는 과장된 몸짓으로 성냥불을 켰다. 불이 켜지자 하얀 벽에 찍혀 있는 핏자국이 드러났다. 레스트레이드가 성냥불을 벽 가까이 대자 핏자국은 다름 아닌 지문임을 알 수 있었다. 아주 선명한 엄지 지문이었다.

"돋보기로 한번 보시지요, 홈즈 씨."

"네, 안 그래도 보고 있습니다."

"이 세상에 지문이 똑같은 사람은 없다는 사실을 알고 계시지요?"

"네, 그렇다고 들었습니다."

"흠, 그렇다면 벽에 찍힌 이 지문을 오늘 아침 경찰이 채취한 맥팔레인의 지문 사본과 비교해 보시겠습니까?"

경감은 지문 사본을 벽에 가까이 대었다. 돋보기로 새삼스럽게 확인할 필요도 없이 두 개의 지문은 완전히 일치했다. 나는 맥팔레인에게 더 이상 희망이 없음을 깨달았다.

"결정적인 증거입니다." 레스트레이드가 말했다.

"네, 결정적인 증거군요." 나도 모르게 경감이 한 말을 따라 했다.

"결정적이군요." 홈즈도 따라서 말했다.

그런데 홈즈의 어투가 좀 특이했다. 그래서 나는 홈즈를 쳐다보았다. 홈즈의 표정이 완전히 바뀌어 있었다. 속으로 즐거워하는 빛이 역력했다. 두 눈이 샛별처럼 빛나고 있었다. 터져 나오려는 웃음을 애써 꾹 참고 있는 것이 분명했다.

"이런, 세상에, 세상에." 홈즈가 흥분하며 말했다. "흠, 도대체 누가 이런 생각을 했을까? 정말 깜박 속아 넘어가기 딱 좋은 얄팍한 속임수군요. 그렇게 얌전해 보이는 맥팔레인이 이런 짓을 하다니. 우리가 내린 판단을 항상 믿어서는 안 된다는 교훈적인 증거군요. 안 그렇습니까, 레스트레이드?"

"예, 겉모습만 보고 섣불리 판단하는 사람들이 있지요, 홈즈 씨." 레스트레이드가 대답했다.

콧대가 하늘을 찌를 정도로 오만한 태도였지만 나는 화를 낼 수 없었다.

"범죄 현장에 두고 온 모자를 다시 가지러 오다가 벽에 엄지 지문을 남기다니, 하늘이 경찰을 도와주는 것 같네요. 참, 자연스러운 행동입니다, 한번 생각해 보세요."

홈즈는 겉으로는 차분하게 말했지만 속으로 터져 나오는 웃음을 참고 있는 듯 몸이 약간 흔들렸다.

"그나저나 레스트레이드, 누가 이 놀라운 엄지 지문을 발견했나요?"

"가정부 렉싱턴 부인이 발견하고는 야간 경비를 서고 있던 순경에

게 신고했답니다."

"그 순경은 어디 있었습니까?"

"범죄 현장인 올데이커의 침실에서 경비를 서고 있었지요. 사건 현장을 누군가 훼손하면 안 되니까요."

"그런데 경찰은 왜 어제 이 지문을 발견하지 못했습니까?"

"글쎄요, 복도까지 전체를 구석구석 살펴볼 이유가 없었으니까요. 게다가 보시다시피 이곳이 눈에 잘 띄는 장소도 아니고요."

"물론이죠. 눈에 잘 띄지 않고말고요. 어제도 벽에 지문이 있었던 게 확실하겠지요?"

레스트레이드는 홈즈의 질문 공세에 화가 난 듯 그를 똑바로 쳐다보았다. 한편 나는 경감의 의기양양한 태도와 꼼꼼하지 않은 수사에 어이가 없었다.

"글쎄요. 그 전에 없었다면 어젯밤에 맥팔레인이 감옥에서 나와서 아무도 없는 틈을 타 확실히 자신에게 불리한 증거를 남기기라도 했단 말입니까? 이건 누가 보아도 맥팔레인의 지문이 틀림없습니다."

"물론 맥팔레인의 지문이 틀림없지요."

"그럼, 된 거 아닙니까? 증거는 충분합니다." 레스트레이드가 말을 이었다. "전 실질적인 사람입니다. 홈즈 씨, 증거를 모두 확보했으니 이제 마무리해야겠습니다. 할 말이 있으면 거실에서 사건 보고서를 쓰고 있을 테니 그리로 오세요."

아직 홈즈의 얼굴에는 즐거움이 서려 있었지만 원래의 냉정을 되찾은 듯 말했다. "왓슨, 이것 참, 아주 슬픈 일이군. 그런데 우리의 맥팔레인에게 한 가닥 희망이 엿보이는 면이 있어."

"그 말을 들으니 기쁘군. 맥팔레인이 완전히 끝난 건 아닐까 걱정했어." 나는 진심으로 대답했다.

"그런 말을 하기에는 이르지. 왓슨, 이 엄지 지문에는 중대한 결함이 있어. 레스트레이드야 중요하게 생각하지만."

"정말? 어떤 결함이 있지?"

"딱 하나야. 어제 내가 복도를 조사했을 때는 분명히 없었던 자국이라는 거지. 왓슨, 이제 햇볕을 쪼이면서 잠시 산책이나 할까."

나는 머릿속이 엉킨 실타래처럼 혼란스러웠지만, 가슴에는 한 줄기 따뜻한 희망을 안고 홈즈와 함께 정원으로 나가 산책했다. 홈즈는 저택의 동서남북, 네 곳을 꼼꼼히 살피고는 다시 집 안으로 들어가 지하실부터 다락방까지 구석구석 살피며 돌아다녔다. 대부분 비어 있는 방들이었는데도 홈즈는 하나하나 모두 점검했다. 마침내 침실 세 개가 있는 맨 위층 복도에서 홈즈가 또 한 번 기쁨의 미소를 지었다.

"아주 재미있는 사건이군, 왓슨. 이제 레스트레이드를 만나서 내 생각을 확인시키고 동참하게 해야겠어. 우리의 조사를 비웃을 테지만, 내 생각이 옳았음이 증명되면 상황이 거꾸로 변할 걸. 좋아, 이제 어떻게 해야 할지 알겠어."

우리는 레스트레이드를 찾아갔다.

"사건 완료 보고서를 쓰고 있군요." 홈즈가 말했다.

"그렇소." 레스트레이드가 대답했다.

"조금 성급하다고 생각하지 않나요? 저는 증거 수집이 아직 완전히 끝나지 않았다는 생각이 자꾸 드는데요."

레스트레이드 역시 홈즈를 알 만큼 아는 사람이었기에 이 말을 놓칠 리 없었다. 그는 펜을 내려놓고 홈즈를 재미있다는 듯 쳐다보았다.

"무슨 말입니까, 홈즈 씨?"

"경감이 아직 만나지 못한 중요한 증인이 한 명 있습니다."

"그럼 홈즈 씨가 그 증인을 데리고 올 수 있나요?"

"그럴 것 같습니다."

"그럼 데리고 오세요."

"최선을 다해 보지요. 경관이 여기 몇 명 있습니까?"

"세 명 정도 부를 수 있습니다."

"아주 좋습니다. 몸집이 좋고 목소리가 큰 사람들입니까?"

"네, 그렇습니다만 경관들의 목소리가 크다고 해서 사건에 무슨 도움이 될지 모르겠군요."

"사건을 해결하는 데 분명 도움이 될 겁니다. 경관들을 불러 주세요, 제가 보여 드리지요."

5분 후 경관 세 명이 복도로 왔다.

"밖의 헛간에서 짚 더미를 찾아 갖고 오세요. 두 다발 정도면 됩니다. 내가 말한 증인을 불러오는 데 아주 큰 도움이 될 겁니다. 감사합니다. 왓슨, 주머니에 성냥 있나? 나에게 줘. 자, 레스트레이드 경감, 저와 함께 꼭대기 층으로 갈까요?"

맨 위층에는 침실이 세 개 딸린 넓은 복도가 있었다. 복도 끝에서 우리는 홈즈를 따라 멈춰 섰다. 경관들은 히죽히죽 웃었고, 홈즈를 보는 레스트레이드 경감의 얼굴에는 차례로 놀라움과 기대 그리고 비웃음이 스쳤다. 홈즈가 마술을 보여 주려는 마술사처럼 우리 앞으로 나와 섰다.

"경관 한 명이 양동이 두 개에 물을 떠 오면 좋겠군요. 그리고 바닥에 짚을 뿌리세요. 벽 가까이 닿지 않게 조심하시고요. 좋아요, 이제 준비가 끝난 것 같군요."

레스트레이드 경감의 얼굴이 붉어졌고, 급기야 화를 냈다.

"지금 우리를 데리고 장난하는 겁니까, 셜록 홈즈 씨? 알고 있는 게

있으면 이런 장난은 그만두고 직접 말을 하시지요.”

“레스트레이드 경감, 제가 이러는 데는 다 이유가 있습니다. 불과 얼마 전에 저를 놀리시던 분이 아닙니까? 그러니 제가 지금 약간 번잡스럽게 하더라도 넓은 마음으로 양해해 주셨으면 좋겠군요. 왓슨, 창문을 열어 주겠나? 성냥불을 켜서 짚 가장자리에 던지게.”

나는 홈즈가 말한 대로 했다. 잘 마른 지푸라기에는 금세 불이 붙어 회색 연기를 내며 타닥타닥 불길이 올라오기 시작했다.

“이제 그 증인이 나타날 겁니다. 레스트레이드 경감, 자 다 같이 ‘불이야!’ 하고 크게 외칩시다. 지금입니다. 하나, 둘, 셋!”

“불이야!” 모두 고함을 질렀다.

“감사합니다. 한 번 더 하지요.”

“불이야!”

“한 번만 더요. 여러분, 다 같이.”

“불이야!”

노우드 사방에서 모두 들릴 만큼 정말로 큰 소리였다. 그런데 ‘불이야!’ 소리가 채 사라지기도 전에 놀라운 일이 벌어졌다. 단단해 보이던 복도 끝의 벽이 갑자기 문으로 변하더니 서서히 열리면서 마치 굴속에 있던 토끼가 튀어나오듯 자그마한 노인 한 명이 튀어나왔다.

“옳지!” 홈즈가 나직이 말했다. “왓슨, 짚에 물을 부어. 어서, 됐어. 레스트레이드 경감, 여기 사라졌던 제일 중요한 증인을 한 사람 소개하지요. 조너스 올데이커 씨입니다.”

경감은 새로운 인물의 출현에 너무 놀라 얼떨떨한 표정을 감추지 못했다. 벽에서 튀어나온 노인은 밝은 복도로 갑자기 나와서인지 눈

을 깜박거렸다. 그는 모락모락 타다 만 연기를 내고 있는 짚 더미와
우리를 번갈아 보았다. 정말 교활한 인상을 풍기는 얼굴이었다. 약삭

빠르게 보이는 눈동자는 회색이었고, 눈썹은 흰, 사악하게 생긴 노인이었다.

"이게 뭡니까? 도대체 그동안 무슨 짓을 했던 겁니까?" 경감이 놀라며 말했다.

올데이커가 분노로 얼굴을 붉히는 경감에게서 한 발 물러나며 초조한 듯 소리 내어 웃었다.

"나쁜 뜻은 없었습니다."

"나쁜 뜻이 없었다니요? 아무 죄도 없는 젊은이를 교수형에 처하게 할 뻔하고도 나쁜 뜻이 없었다고요? 여기 계신 홈즈 씨가 아니었으면 결국 당신 뜻대로 되고 말았을 겁니다."

올데이커 노인이 애처로운 목소리로 말했다. "장난이었을 뿐입니다. 그럼요. 장난이고말고요."

"장난이었다고요? 장담하지만 올데이커 씨, 다시는 그런 장난을 못 치게 될 겁니다. 데리고 내려가게. 내가 갈 때까지 거실에 붙잡아 두고 있게."

경관들이 올데이커 노인을 데리고 내려가자 경감이 말을 이었다.

"홈즈 씨, 부하들이 있어서 말하지 못했는데 왓슨 씨 앞에서는 거리낄 게 없으니 말하겠습니다. 정말 탄복했습니다. 도대체 어떻게 하신 건지 도저히 영문을 모르겠군요. 죄 없는 맥팔레인의 목숨을 구한 것뿐만 아니라 제 체면도 살려 주었습니다. 하마터면 큰 실수를 저지를 뻔했군요."

홈즈는 웃으면서 경감의 어깨를 두드렸다.

"체면만 살린 게 아니라 경감의 명성이 더 올라갈 겁니다. 사건 보고서를 약간 고치기만 하면 됩니다. 레스트레이드 경감의 눈썰미가 얼마나 뛰어난지 다들 알게 되겠지요."

"그럼 이 사건에 관여하지 않은 걸로 하겠단 뜻입니까?"

"네, 그래요. 나에게는 일 자체가 보수니까요. 그리고 언젠가 이 열성적인 친구에게 이 사건의 기술을 허락해도 좋은 때가 오면, 내 이름도 남을 테니까요. 그렇지, 왓슨? 그런데 그 쥐새끼가 숨어 있던 방이 어떤지 한번 살펴볼까?"

그곳은 복도 끝에서 6피트 정도를 벽으로 막아 만든 방이었다. 문은 벽처럼 보이도록 교묘하게 위장되어 있었다. 가구 몇 점과 음식과 물이 있었고 신문과 책도 구비되어 있었다.

"건축가였기에 가능한 일이지. 다른 사람의 도움 없이 혼자 힘으로 이런 은신처를 만들 수 있었겠지. 물론 그 가정부의 도움이 있었겠지만. 레스트레이드, 가정부도 빨리 체포해야 할 겁니다."

"물론 그러겠습니다. 그런데 이 은신처를 어떻게 알아냈습니까?"

"올데이커가 집에 숨어 있다는 사실을 확인한 것은 이 복도를 걷다가 아래층 복도보다 6피트 짧다는 점을 발견한 뒤였습니다. 올데이커가 어디 숨었는지는 뻔했지요. 불이 났다는 소리를 듣고도 편안히 은신처에 숨어 있을 만큼 대담한 사람은 아니라고 생각했습니다. 물론 우리가 직접 들어가서 데리고 나올 수도 있었지만 올데이커 스스로 뛰어나오게 하는 편이 더 재미있을 것 같았지요. 게다가 오늘 아침 경감에게 한바탕 비웃음을 산 이유도 있었고요."

"아, 이젠 홈즈 씨나 저나 피장파장인 셈이군요. 그런데 도대체 올데이커가 숨어 있다는 건 어떻게 알았습니까?"

"벽에 찍힌 지문 때문이지요, 레스트레이드. 결정적인 증거라고 했는데 정말 그랬습니다. 물론 내가 말한 의미는 다르지만요. 전날에는 그 지문이 분명 없었습니다. 벽은 물론 온 집 안을 구석구석 자세히 조사했기 때문에 확실히 알고 있었습니다. 벽에 찍힌 지문은 밤사이에 누가 만든 것이었습니다."

"하지만 어떻게?"

"아주 간단합니다. 올데이커가 서류 정리를 하면서 안전하게끔 촛농으로 봉투를 밀봉하라고 맥팔레인에게 말했겠지요. 그런 일이야 워낙 자연스럽고 잠깐이면 끝나는 일이니까, 맥팔레인은 전혀 의심을 하지 않았겠지요. 기억도 나지 않았을 테고요. 올데이커 역시 당시에는 맥팔레인의 지문이 찍힌 밀랍을 범행에 사용하겠다는 생각은 못했을 겁니다. 골방에 숨어서 곰곰이 생각하다가 갑자기 결정적 증거가 되리라는 생각이 떠올랐던 게지요. 맥팔레인에게 불리한 증거로 말입니다.

지문이 찍힌 밀랍 봉인이야 간단히 얻었을 테고 그걸 피에 담갔다가 밤사이에 벽에 찍었지요. 벽에 묻힐 피야 자기 손가락을 찔러 얻었을 테고요. 가정부의 도움을 받았든지 본인이 혼자 했든지 간에 직접 간밤에 벽에 지문을 남겼을 겁니다. 올데이커의 서류를 검사해 보면 사라진 서류가 있을 겁니다. 그 지문이 있는 봉인된 서류는 비밀 장소에서 찾을 수 있을 테고요."

"훌륭합니다!" 레스트레이드가 외쳤다. "정말 훌륭한 추리입니다. 설명하신 덕분에 내막은 이제 불을 보듯 훤해졌습니다. 그런데 이런 못된 일을 저지른 동기는 뭘까요, 홈즈 씨?"

경감의 의기양양했던 태도가 일순간에 선생님에게 질문하는 학생처럼 변한 것을 보고 있자니 나로서는 정말 재미나는 일이었다.

"글쎄요, 뭐 그다지 어렵지 않습니다. 아래층에 있는 올데이커 노인은 한번 원한을 품으면 절대 잊지 않는 음흉한 인물입니다. 맥팔레인의 어머니와 한때 약혼했던 사이란 걸 압니까? 이런, 몰랐군요. 그래서 제가 블랙히스로 먼저 가 보라고 하지 않았습니까. 노우드는 그후에 조사해도 된다고요. 맥팔레인 부인에게 거절당한 상처가 평생 원한으로 남았던 거지요. 어떻게 하면 복수할까, 하는 생각이 늘 머릿속을 떠나지 않던 차에 드디어 기회가 왔습니다.

그는 요 근래 몇 년 사업이 시원치 않자 아마 다른 사업에 손을 댔다가 빚을 진 것 같아요. 그래서 빚쟁이들을 피하기 위해 코넬리우스라는 가상의 인물을 만들고 그 사람에게 자신의 전 재산을 넘겼습니다. 은행 통장을 보면 큰 금액의 수표가 코넬리우스 앞으로 지급된 것을 알 수 있지요. 수표를 추적하지는 않았지만 확실히 올데이커가 가끔 가던 지방 은행에 있을 겁니다.

올데이커는 이중생활을 하고 있었지요. 이름을 바꾸고 재산도 코넬리우스에게 넘긴 다음, 올데이커를 완전히 사라지게 한 후 다른 곳에서 코넬리우스라는 새 이름으로 살려고 했을 겁니다."

"아, 그랬군요."

"종적을 완전히 감출 수 있는 방법을 생각하다가, 옛날 약혼자에게 잔인하게 복수하면서 두 가지를 동시에 해결할 수 있는 방법을 떠올린 겁니다. 맥팔레인 부인의 아들이 자신을 살해했다는 상황으로 말입니다. 정말 사악한 흉계였습니다. 그 음모를 훌륭하게 꾸며서 완벽하게 처리한 겁니다. 유언장이란 아이디어가 맥팔레인에게는 더할 나위 없는 범죄 동기로 작용할 테니까요. 부모에게는 알리지 않고 몰래 자신을 찾아오라고 한 다음, 지팡이를 숨겨 놓고, 핏자국을 내고, 나뭇더미 속에 단추와 동물 시체를 놓고 불을 지른다는 아이디어, 모두 대단한 음모였습니다.

몇 시간 전만 해도 나는 도망갈 구멍이 없는 그물에 갇힌 느낌이었지요. 다만 올데이커에게는 예술가의 가장 고귀한 재능이 결여되어 있었지요. 바로 그만둬야 하는 시점을 몰랐던 겁니다. 이미 완벽하게 처리한 일을 더 잘 끝내고 싶어 했지요. 불쌍한 맥팔레인의 목에 둘린 밧줄을 조금 더 강력하게 조이고 싶었겠지요. 도망갈 틈이 없게 말입니다. 하지만 결국 그것 때문에 모든 일을 망치고 만 셈입니다. 레스트레이드, 이제 그만 아래층으로 내려가지요. 한두 가지 물어보고 싶은 게 있군요."

흉악한 노인은 의자에 앉아 있었고, 경관이 양옆에서 지키고 서 있었다.

"선생, 그건 그냥 장난이었습니다. 별것 아닌 순수한 장난이었어요. 정말입니다. 내가 없어지면 어떻게 될까, 궁금해서 숨어 있었습니다. 설마 제가 맥팔레인에게 무슨 악의가 있어서 그랬다고 생각할 만큼 어리석진 않으시겠지요?" 노인은 계속 호소했다.

"그건 판사가 결정할 겁니다. 어쨌든 살인 미수와 범죄 음모 혐의로 당신을 체포합니다." 레스트레이드가 대꾸했다.

"코넬리우스 명의의 은행 계좌에 올데이커 씨 재산이 있다는 걸 빚쟁이들도 알게 될 겁니다." 홈즈가 말했다.

노인은 깜짝 놀라더니 원한이 서린 눈빛으로 홈즈를 노려보며 말했다. "정말 신세를 많이 졌군요, 고맙소. 이 빚은 언젠가 꼭 갚아드리겠소."

홈즈가 빙긋 웃으면서 느긋하게 말했다. "아마 앞으로 몇 년은 전혀 여유가 없을 것 같군요. 올데이커 씨의 스케줄이 꽉 찰 테니까요. 그나저나 나뭇더미 속에 바지와 함께 태운 물체는 뭡니까? 개? 토끼? 뭐였죠? 말을 하지 않는군요. 이런, 친절하게 말해 주면 좋으련만. 뭐, 그럼 전 토끼였다고 생각하지요. 토끼 두 마리 정도면 현장에 있던 핏자국을 내기에도 충분할 테고 타고 남아 숯이 될 만하니까요. 왓슨, 나중에 사건 기록을 작성할 때 토끼 두 마리라고 쓰게."

역주 —

  '노우드의 건축업자' 원고는 50페이지이고 많이 정정되었다. 코난 도일이 적십자 자선 세일에 기부했고, 1918년 4월 22일 12파운드에 낙찰되었다. 1923년 2월 13일에는 뉴욕에서 100달러에 낙찰되었고, 다시 1926년 2월 8일에 뉴욕에서 60달러에 낙찰되었다. 현재는 뉴욕 공립 도서관에 소장되어 있다.

Sherlock
Holmes

춤추는 인형
The Dancing Men

1898년 7월 27일(수)~8월 10일(수)

홈즈는 한동안 등을 구부린 채 시험관을 들고 냄새가 고약한 화학 물질을 혼합하는 일에 열중하고 있었다. 머리를 깊이 숙인 모습이 마치 회색 깃털과 검은색 볏을 가진 낯선 나라에서 온 가녀린 새처럼 보였다.

"왓슨, 광산에 투자하지 않기로 결정했나?" 홈즈가 갑자기 말을 꺼냈다.

나는 깜짝 놀라서 몸을 움찔했다. 홈즈의 특별한 재능에는 이미 익숙해져 있었지만, 그가 이렇게 느닷없이 마음속에 있는 생각을 훤히 꿰뚫어 보고 말할 때면 어떻게 그런 일이 가능한지 이해하기 어려웠다.

"도대체 그걸 어떻게 알았나?"

그는 연기가 나는 시험관을 한 손에 들고 앉아서 의자를 한 바퀴 빙그르르 돌렸다. 홈즈의 움푹 들어간 눈에는 재밌다는 표정이 어려 있었다.

"왓슨, 자네 정말로 놀랐군?"

"그래."

"하지만 너무 놀랄 필요 없어."

"왜지?"

"5분 후면 자네는 이 모든 것이 실은 우스울 정도로 단순하다는 걸 알게 될 테니까."

"글쎄, 그렇지 않을 걸."

"이보게, 왓슨." 홈즈는 시험관을 내려놓고 학생들에게 강의하는 교수처럼 말했다. "추리를 해 나가는 과정은 생각보다 어렵지 않아. 하나의 추리는 다른 추리로 이어지게 마련이지. 그런 다음, 좀 유치한 방법이긴 하지만 대강 중요한 추리만 끝내고 나서 추리를 시작한 지점과 결론을 발표하면 사람들은 놀랍다는 반응을 보인다네. 자, 내 추리는 정말 어렵지 않았어. 자네 왼손의 엄지와 검지를 보고서 자네가 광산에 돈을 투자하지 않을 거라고 확신했지."

"무슨 말인지 모르겠군."

"잘 생각해 보면 알 거야. 하지만 결정적인 단서를 몇 가지 알려 주지. 내가 추리한 과정은 바로 이렇네. 우선, 어젯밤에 자네가 집에 돌아왔을 때 나는 자네 왼쪽 엄지와 검지에 분필 자국이 있는 걸 보았어. 그건 자네가 당구를 쳤다는 것과 큐를 잘 잡기 위해서 그 두 손가락에 분필 칠을 했다는 걸 의미하지. 그런데 자네가 당구를 치는 건 서스톤을 만날 때뿐일세. 한 달 전에 자네가 했던 말 기억하나? 서스톤이 남아프리카에 있는 토지를 매매할 수 있는 권리를 갖고 있는데 한 달 후에 그 권리가 소멸되기 때문에 자네에게 공동 투자를 제안했다고 말했어. 그리고 자네 수표책이 내 서랍 안에 있는데도 열쇠를 달라고 하지 않더군. 결국 자네는 투자하지 않기로 결심한 거지."

"이렇게 간단할 수가!"

"그래. 일단 설명을 듣고 나면 모든 문제가 아주 간단하게 느껴지지. 하지만 이건 좀 설명하기 어려울 걸세. 왓슨, 이게 뭔지 한 번 생각해 보게나."

그는 종이 한 장을 테이블 위에 올려놓고, 다시 화학 약품을 분석하기 위해 돌아앉았다.

나는 종이 위에 그려진 기묘한 그림 문자를 자세히 들여다보았다.

"홈즈, 이건 애들이 그린 그림 같은데?"

"글쎄, 자네 눈에는 그렇게 보이나?"

"그럼 아니란 말인가?"

"노퍽에 사는 힐튼 큐빗 씨가 해석해 달라고 의뢰한 그림이야. 큐빗 씨는 다음 기차로 이곳에 온다고 했네. 꽤나 급했던 모양이야. 이 수수께끼 같은 그림을 우편으로 먼저 보냈거든. 왓슨, 벨 소리가 나는군. 아마 큐빗 씨 일거야."

계단을 올라오는 둔한 발소리가 나더니 잠시 후에 키가 크고 수염을 말끔하게 깎은 혈색 좋은 신사가 문을 열고 들어왔다. 눈빛이 맑고 뺨에 혈색이 도는 모습이, 안개가 자욱한 런던 시내에서 멀리 떨어진 곳에서 사는 사람처럼 보였다. 그가 들어서자 동해안의 신선하고 상쾌한 바람 냄새가 방 안을 가득 메우는 듯했다. 그는 우리와 악수를 나는 다음 의자에 앉았다. 그리고 우리가 조금 전까지 살펴보다가 테이블 위에 놓아둔 이상한 그림을 보고는 홈즈에게 물었다.

"홈즈 씨, 이 그림이 대체 뭘까요? 당신이 기묘한 수수께끼들을 좋아한다고 들었습니다만, 이렇게 이상한 건 아마 처음 보셨을 겁니다. 그림을 해석하는 데 시간이 걸릴 것 같아서 제가 도착하기 전에 먼저

우편으로 보낸 겁니다."

"확실히 흥미로운 그림입니다. 언뜻 보면 아이들 장난 같기도 합니다만. 종이 위에 춤추는 사람들의 모습이 일렬로 그려져 있군요. 그런데 왜 이 괴상한 그림에 중요한 의미가 있다고 생각하는 겁니까?"

"그렇게 생각하는 건 제가 아니라 제 아내입니다. 아내는 이 그림 때문에 몹시 겁에 질려 있어요. 내색은 하지 않지만 아내는 항상 두려움에 떨고 있어요. 그래서 이 그림을 조사해 달라고 부탁한 겁니다."

홈즈가 종이를 들어 올려 햇빛에 비치자 내용이 선명하게 드러났다. 노트에서 찢어 낸 듯한 종이 위에는 연필로 다음과 같은 그림이 그려져 있었다.

홈즈는 그림을 잠시 들여다보더니 조심스럽게 접어서 수첩에 끼워 넣었다.

"아주 흥미롭고 특이한 사건이 될 것 같군요. 큐빗 씨, 저는 편지를 읽어서 자초지종을 알고 있지만 제 친구 왓슨 의사를 위해서 다시 한 번 설명해 주시겠습니까?"

"저는 이야기를 잘하는 편이 아닙니다."

그는 초조함 때문인지 크고 단단해 보이는 손을 쥐었다 폈다 하면서 이야기를 시작했다.

"왜 이런 일이 일어났는지 잘 모르겠습니다. 어쨌든 작년에 제가 결혼한 시점부터 이야기를 시작해야 할 것 같군요. 하지만 그 전에 말씀드릴 게 있습니다. 저는 그다지 부유한 사람은 아니지만, 노퍽에서 500년 동안 살아온 명문가 출신입니다. 그 지방에서 저희만큼 잘 알려진 가문은 없지요. 작년에 여왕 즉위 기념제를 맞아 런던에 간 적이 있습니다. 저희 교구를 담당하는 파커 목사님이 러셀 광장에 있는 하숙집에 묵고 있어서 저도 그곳을 숙소로 정했지요. 그 하숙집에는 엘시 패트릭이라는 젊은 미국 여자가 묵고 있었습니다. 처음엔 친구처럼 지내다가 그곳에 머무는 동안 그녀를 진심으로 사랑하게 되었지요. 우리는 조촐하게 결혼식을 올리고 함께 노퍽으로 돌아왔습니다. 명문가 자제가 만난 지 얼마 안 된 여자와 그런 식으로 갑자기 결혼을 한다는 게 이상해 보일 수도 있을 겁니다. 하지만 당신이 제 아내를 만나고 그녀에 대해 알게 된다면 제 행동을 이해할 수 있을 겁니다.

　엘시는 솔직한 여자였습니다. 그녀는 내가 원한다면 언제든지 떠날 수 있도록 기회를 주었으니까요.

　'제게는 좋지 않은 기억이 있어요. 가능하다면 전부 잊고 싶은 기억이에요. 그 일을 떠올리는 게 너무 고통스러워서 차라리 말하지 않는 편이 나을 것 같습니다. 하지만 힐튼, 지금 저는 아무것도 부끄러울 게 없어요. 그러니 당신이 나와 결혼한다 해도 당신의 명성에 해가 되지 않을 거예요. 하지만 제 말을 믿고 결혼식을 올릴 때까지 과거에 대해 묻지 않았으면 해요. 그럴 수 없다면 혼자 노퍽으로 돌아가도 괜찮아요. 저는 이곳에 남겠어요.'

　엘시가 이 말을 한 건 결혼식 전날이었습니다. 저는 그녀의 말을 믿고 결혼하겠다고 말했죠. 그리고 그녀와 한 약속을 지금까지 지키고 있습니다.

이제 결혼한 지 1년이 지났고, 우리는 정말 행복하게 지냈습니다. 하지만 한 달 전인 6월 말에 이상한 일이 일어났지요. 어느 날 아내는 미국에서 온 편지를 받았습니다. 내용은 모르지만 봉투에 미국 소인이 찍혀 있는 걸 봤어요. 편지를 받은 순간 아내의 얼굴이 몹시 창백해졌습니다. 아내는 편지를 읽자마자 불 속에 던져 버리더군요. 그 후에도 아내는 편지에 대해서 한 마디도 하지 않았어요. 저 역시 아내와 약속했기에 아무것도 묻지 않았습니다. 하지만 그날 이후로 아내는 늘 불안해 보였어요. 두려운 표정으로 무언가를 기다리는 것 같았습니다. 아내가 저를 신뢰했으면 좋겠다고 생각했어요. 가장 소중한 친구는 바로 저라는 걸 아내가 기억해 주길 바라고 있었지요. 하지만 아내가 입을 열 때까지 아무 말도 할 수 없습니다. 아내는 정직한 사람입니다. 만약 과거에 어떤 문제가 있었다 해도 그건 아내의 잘못이 아니었을 겁니다. 홈즈 씨, 저는 노퍽의 소지주일 뿐이지만 누구보다도 가문의 명예를 중요시하는 사람입니다. 아내도 결혼 전부터 이 사실을 잘 알고 있습니다. 그래서 전 아내가 가문을 더럽힐 만한 일은 절대로 하지 않을 거라고 확신합니다.

그럼 지금부터 저희 집에서 일어난 이상한 일에 대해 말씀 드리겠습니다. 일주일 전, 그러니까 지난주 화요일이었습니다. 저는 창틀에 춤을 추는 듯한 이상한 모양의 그림이 그려진 걸 발견했어요. 이 종이에 그려진 그림하고 비슷한 형상이었지요. 분필로 낙서하듯 그려 놓았기에 마구간을 지키는 소년이 장난을 친 거라고 생각했습니다. 하지만 그 아이는 전혀 모르는 일이라고 하더군요. 어쨌든 그림은 밤사이에 그린 게 분명했습니다. 저는 일단 그림을 지우고, 나중에 아내에게 지나가는 말로 얘기해 주었지요. 그런데 놀랍게도 아내는 굉장히 심각한 표정으로 이런 일이 또 생기면 자기에게 꼭 보여 달라고 부탁하더군요. 그리고 일주일 동안은 아무 일도 일어나지 않았습니다.

그런데 바로 어제 아침, 정원에 있는 해시계 위에서 이 종이를 발견한 겁니다. 엘시는 그림을 본 순간 정신을 잃고 말았습니다. 그때부터 아내는 반쯤 정신이 나간 사람처럼 멍해져 있고, 눈에는 두려운 기색이 역력했지요. 그래서 당신에게 편지를 썼던 겁니다. 이런 일을 경찰에 알렸다간 웃음거리가 되겠죠. 당신이라면 어떻게 해야 좋을지 알려 줄 수 있을 거라 생각했습니다. 홈즈 씨, 저는 큰 부자는 아니지만 만일 아내가 위험에 처한다면 재산을 다 털어서라도 그녀를 보호할 겁니다."

큐빗은 옛 잉글랜드 인의 기질을 물려받은 성실하고 정직하며 온화한 사람이었다. 크고 진지해 보이는 파란 눈과 잘생긴 이목구비가 그를 한층 돋보이게 했다. 우리는 그의 모습에서 아내에 대한 사랑과 신뢰를 읽을 수 있었다. 홈즈는 이야기를 열심히 듣고 나서 한동안 조용히 생각에 잠겨 있었다.

"큐빗 씨." 마침내 홈즈가 입을 열었다. "부인에게 비밀을 이야기해 달라고 부탁하는 게 가장 좋은 방법이 아닐까요?"

홈즈의 말에 힐튼 큐빗은 천천히 고개를 저었다.

"아내와의 약속을 저버릴 수는 없어요. 엘시가 얘기하고 싶다면 먼저 말을 꺼내겠지요. 비밀을 털어놓으라고 강요할 권리는 저에게 없으니까요. 아내의 의견을 존중해 주는 게 당연한 도리라고 생각합니다."

"알겠습니다. 저도 최선을 다해 도와 드리지요. 우선 집 주변에서 낯선 사람을 보았다는 말을 들은 적이 있습니까?"

"없습니다."

"거긴 아주 조용한 마을 아닌가요? 낯선 사람이 들어오면 금방 눈에 띌 텐데요."

"가까운 이웃에 그런 사람이 나타난다면 바로 알 수 있겠지요. 하지만 근처에 가축에게 물 먹이는 장소가 여러 군데 있는 데다 농가들이 하숙을 치고 있어서 뭐라고 말씀 드리기가 어렵습니다."

"이 그림 문자에는 분명 어떤 의미가 담겨 있습니다. 누군가 일시적으로 만든 거라면 해독은 거의 불가능할 겁니다. 하지만 이 암호에 어떤 규칙이 있다면 모양이 달라져도 전부 해석할 수 있습니다. 문제는 그림이 너무 짧아서 규칙을 찾기가 어렵고 사건 내용도 막연해서 수사에 필요한 단서를 얻을 수 없다는 겁니다. 큐빗 씨, 우선 노퍽으로 돌아가시는 게 좋을 것 같습니다. 이 그림이 다시 나타나면 반드시 본을 떠 놓으셔야 합니다. 창틀 위에 분필로 그려진 그림은 이미 지워 버렸으니 어쩔 수 없지요. 그리고 이웃에 낯선 사람이 있는지 잘 알아보세요. 새로운 증거가 나타나면 제게 알려 주세요. 지금 당신에게 해 줄 수 있는 조언은 이것뿐입니다. 새로운 사실이 발견되면 제가 노퍽으로 곧장 달려가겠습니다."

큐빗이 돌아간 다음에도 홈즈는 한동안 생각에 깊이 잠겨 있었다. 그 후 며칠 동안 홈즈는 수첩에 끼워 놓았던 종이를 여러 차례 꺼내 그 이상한 그림들을 열심히 들여다보았다. 하지만 사건에 대해서는 아무 말도 하지 않았다. 그렇게 2주가 지난 어느 날 오후, 홈즈가 외출하려던 나를 갑자기 불러 세웠다.

"왓슨, 오늘은 집에 있는 게 어때?"

"왜?"

"오늘 아침에 큐빗 씨의 전보를 받았거든. 힐튼 큐빗 씨 알지? 그 춤추는 인형 그림 사건 말이야. 1시 20분쯤 리버풀 가에 도착한다고 했으니 금방 올 걸세. 전보를 친 걸 보니 뭔가 중요한 일이 일어난 모양이야."

그리고 얼마 지나지 않아, 큐빗이 우리를 찾아왔다. 그는 역에서 내리자마자 마차를 타고 달려왔다고 했다. 그의 얼굴은 근심스럽고 우울해 보였다. 눈에는 피로한 기색이 역력했고, 이마에는 주름이 깊게 파여 있었다.

"홈즈 씨, 이 사건 때문에 하루도 편할 날이 없습니다." 그는 지친 사람처럼 흔들의자에 몸을 기대며 말했다. "눈에 보이지도 않고 누군지도 모르는 사람이 어떤 의도를 갖고 주변에서 서성거린다면 기분이 어떻겠습니까? 그 때문에 아내는 하루가 다르게 쇠약해지고 있어요. 저러다가는 뼈밖에 남지 않을 겁니다. 바로 제 눈앞에서 아내가 죽어가고 있습니다."

"부인은 아직 아무 말도 없습니까?"

"없습니다. 불쌍하게도 여러 번 말을 하려고 했던 것 같은데 차마 용기가 나지 않나 봅니다. 아내를 도우려고 노력했지만 오히려 더 놀라게 만든 것 같아요. 아내는 우리 집안과 명성, 명예로운 집안에 대한 나의 자부심에 관해 이야기하곤 합니다. 그때마다 아내가 무언가 털어놓을 거라고 생각하지만 결국은 다른 이야기로 끝나고 맙니다."

"뭐 알아낸 거라도 있습니까?"

"네. 그동안 춤추는 인형 그림이 여러 번 나타났습니다. 홈즈 씨의 말대로 모두 본을 떠놓았습니다. 하지만 그보다 중요한 건 제가 범인을 봤다는 겁니다."

"그림을 그린 사람 말입니까?"

"네. 그림 그리는 걸 직접 보았습니다. 그동안 있었던 일들을 차례로 말씀 드리지요. 홈즈 씨를 만나고 돌아간 다음 날이었습니다. 아침에 일어나 보니 새로운 그림이 또 나타났더군요. 이번 그림은 창고에 있는 검은 나무 문 위에 분필로 그려져 있었습니다. 창고는 잔디밭 옆에 있는데 현관 창문 앞에 서면 전체가 다 보입니다. 저는 그림을 똑같이 베꼈습니다. 이게 본뜬 그림입니다."

그는 종이를 펴서 테이블 위에 올려놓았다. 그림은 다음과 같은 모양을 하고 있었다.

"좋습니다! 정말 훌륭해요! 그다음은 어떻게 되었습니까?"

"본을 다 뜨고 나서 원래 있던 그림은 지웠습니다. 그런데 이틀 후에 또다시 그림이 나타났어요. 이건 두 번째 그림을 본뜬 겁니다."

홈즈는 손을 비비며 기쁜 얼굴로 미소를 지었다.

"좋은 자료가 되겠군요."

"그리고 사흘 후 해시계의 돌 아래에서 그림을 또 발견했어요. 여기 복사본이 있습니다. 이건 보시다시피 마지막 그림과 모양이 똑같습니다. 이 그림이 나타난 후 저는 범인을 직접 기다려 보기로 했지요. 그날 밤 권총을 갖고 서재 창가에 앉아서 정원을 살펴보고 있었습니다. 달빛이 비치긴 했지만 밤이라 정원은 매우 어두웠지요. 아마 새벽 2시쯤 되었을 겁니다. 발소리가 들려서 뒤를 돌아보았더니 아내가 잠옷을 입은 채 서 있었습니다. 아내는 제게 방으로 돌아가자고 부탁하더군요. 그래서 저는 아내에게 이런 못된 장난을 치는 놈이 누군지 꼭 밝혀내고 싶다고 솔직하게 말했지요. 그러자 아내는 아무 뜻 없는 장난일 뿐인데 제가 너무 과민하게 받아들이는 거라고 말하더군요.

'힐튼, 그 일 때문에 신경이 쓰인다면 우리 여행이라도 다녀오는 게 어때요? 그러면 이 성가신 일 따윈 금세 잊을 수 있을 거예요.'

'그깟 장난 때문에 우리가 왜 떠나야 하지? 그랬다간 온 동네에 웃음거리가 될 거야.'

'어쨌든 이제 그만 방으로 돌아가요. 그리고 내일 아침에 다시 이야기해요.'

그렇게 말하고 나서 아내는 갑자기 얼굴이 하얗게 질려서 내 어깨

를 꽉 붙들었습니다. 창고 옆에서 뭔가 움직이고 있었던 겁니다. 어두운 그림자는 창고 모퉁이를 돌아 살금살금 기어가더니 문 앞에 웅크리고 앉았습니다. 제가 권총을 들고 밖으로 뛰어나가려 하자 아내는 저를 뒤에서 안고는 온 힘을 다해 말렸지요. 아내를 떼어 놓으려 했지만 필사적으로 매달리는 바람에 그러지 못했습니다. 간신히 아내를 제쳐 놓고 창고로 뛰어갔을 때 범인은 사라지고 없었습니다. 하지만 역시 흔적을 남겨 놓았더군요. 문 위에는 아까 보여 드렸던 마지막 두 그림과 똑같은 모양의 춤추는 사람들이 그려져 있었습니다. 그것도 이렇게 본을 떠 갖고 왔습니다. 정원을 모두 뒤졌지만 범인이 남긴 건 창고에 있는 그림뿐이었지요. 그런데 놀랍게도 범인은 창고 근처에 그대로 숨어 있었던 모양입니다. 다음 날 아침에 창고 문을 다시 살펴보았을 때 전날 그림이 있던 곳 근처에 새로운 그림이 있었습니다.

"그 그림도 갖고 오셨습니까?" 홈즈가 물었다.

"그럼요. 아주 짧은 그림이지만 본을 떠 두었습니다. 바로 이겁니다."

"이 그림이 그 전 그림과 연결된 걸까요, 아니면 전혀 별개의 그림일까요?"

나는 홈즈의 눈빛을 보고 그가 매우 흥분한 것을 알아차렸다.

"창고 문은 나무판자 여러 개를 이어 붙여 만든 겁니다. 그런데 이 그림은 첫 번째 그림이 있던 판자가 아닌 다른 판자 위에 그려져 있었어요."

"좋습니다. 이 그림은 우리에게 가장 중요한 그림이 될 겁니다. 희망이 보이기 시작하는군요. 큐빗 씨, 어서 이야기를 계속해 보세요."

"홈즈 씨. 그 사건에 대해 드릴 수 있는 말씀은 그것뿐입니다. 다만 그날 밤 제가 도둑고양이 같은 그놈을 잡으려고 했을 때 필사적으로 말린 아내가 잠시나마 야속하게 느껴지더군요. 아내는 제가 다칠까 봐 겁이 나서 그랬다고 했지만, 아내가 정말 걱정했던 건 그놈이 아니었을까 하는 생각이 얼핏 스쳤거든요. 아내는 그 사람을 알고 있고, 그 기묘한 그림의 의미도 알고 있을 거라는 생각 말입니다. 하지만 아내의 목소리와 눈빛에서 전혀 그런 기색을 읽을 수 없었습니다. 그래서 아내가 진심으로 저를 걱정하고 있다는 걸 알았지요. 사건 이야기는 이게 전부입니다. 홈즈 씨, 이제 저는 어떻게 하면 좋을까요? 제 생각엔 농장에 있는 일꾼들을 풀어서 관목숲을 지키게 하면 좋을 것 같습니다. 놈이 나타났을 때 붙잡아서 혼을 내 주면 다시는 찾아오지 않을 것 같은데요."

"그렇게 간단히 해결할 수 있는 사건은 아닌 듯싶습니다. 큐빗 씨, 런던에는 얼마나 계실 수 있습니까?"

"사실은 오늘 돌아가야 합니다. 아내를 밤새 혼자 둘 수는 없으니까요. 아내는 신경이 몹시 쇠약해져서 제게 빨리 돌아오라고 부탁했습니다."

"그렇겠군요. 이곳에서 좀 더 머물 수 있다면 내일이나 모레쯤 당신과 함께 가려고 했습니다만, 사정이 그렇다니 어쩔 수 없군요. 그림은 이곳에 두고 가십시오. 며칠 내로 찾아뵙고 사건에 대해 말씀드리지요."

홈즈는 큐빗이 돌아갈 때까지 냉정한 태도를 잃지 않았지만, 홈즈를 잘 알고 있는 나는 그가 내심 흥분하고 있다는 걸 알 수 있었다. 큐빗의 넓은 등이 문밖으로 사라지자 홈즈는 테이블로 달려가서 춤추는 인형이 그려진 그림 조각들을 나란히 늘어놓고는 복잡하고 정교한 계산에 몰두했다. 나는 두 시간 동안 홈즈가 종이 몇 장에 그림과 글자들을 잔뜩 써내려 가는 것을 지켜보았다. 홈즈는 일에 너무 몰두한 나머지 내가 있다는 사실조차 잊은 듯했다. 가끔 뭔가 알아냈는지 휘파람을 불거나 노래를 불렀고, 계산이 잘 풀리지 않을 때는 한참 동안 눈썹을 찌푸린 채 골똘히 생각에 잠겨 앉아 있기도 했다. 마침내 그는 만족하는 듯한 탄성을 지르며 자리에서 벌떡 일어나 양손을 비비며 방 안을 서성거렸다. 그리고 전보용지에 길게 무언가를 쓰고는 내게 말했다.

"왓슨, 내가 기대하는 것과 같은 내용의 답장을 받게 된다면, 자네의 사건 기록에 아주 흥미로운 사건 하나가 추가될 걸세. 내일 나와 함께 노퍽에 가서 큐빗 씨에게 이 까다로운 사건의 비밀이 무엇인지 확실하게 알려 주도록 하세."

나는 궁금해서 못 견딜 지경이었지만, 홈즈가 적당한 시기에 자신이 원하는 방법으로 사건에 대해 설명하기를 좋아한다는 것을 알기 때문에 비밀을 알려 줄 때까지 기다리기로 했다.

하지만 예상외로 회답이 늦어졌기 때문에 홈즈는 벨 소리가 날 때마다 귀를 기울였다. 전보를 보낸 지 이틀째 되던 날 저녁에 드디어 큐빗의 편지가 도착했다. 편지에는 그날 아침 해시계 위에서 또다시 그림이 발견되었다는 내용과 함께 복사본이 들어 있었다.

홈즈는 이 괴상한 그림을 한동안 들여다보더니 갑자기 놀라움과 절망이 뒤섞인 목소리로 탄식하면서 튀어 오르듯 자리에서 일어났다. 그의 얼굴이 근심으로 창백해졌다.

"너무 오래 기다렸어. 왓슨, 오늘 밤 노스 월섬으로 떠나는 기차가 있을까?"

나는 기차 시간표를 찾아보았지만 마지막 기차가 이미 떠난 뒤였다.

"그러면 내일 일찍 아침을 먹고 첫차를 타러 가야겠군. 가능한 한 빨리 그곳에 가야 해."

그때 아래층에서 전보가 왔다는 소리가 들렸다.

"아, 드디어 기다리던 해저 전보가 왔군. 잠깐, 허드슨 부인. 제 전보일 겁니다."

홈즈는 허드슨 부인에게 전보를 받아 읽었다.

"역시 내 예상이 맞았어. 이 전보로 모든 게 확실해졌어. 큐빗 씨에게 빨리 이 사실을 알려야 해. 그 사람은 지금 자신이 얼마나 위험한 사건에 휘말려 있는지 모르고 있단 말일세."

홈즈의 말은 사실이었다. 이 장난처럼 보였던 별난 사건의 결말을 알았을 때 나는 놀라움과 공포에 사로잡혔다. 독자들에게 더 나은 결말을 전해 줄 수 있다면 얼마나 좋을까. 그러나 이것은 어디까지나 사실 연대기다. 그 때문에 리들링 소프 저택의 이름이 잉글랜드 전체를 떠들썩하게 했던 기묘한 사건들을 그 암담한 대단원까지 기록해야 한다.

다음 날 노스 월섬에 도착해서 다음 행선지를 밝히자 역장이 급하게 달려오더니 물었다.

"런던에서 오신 탐정님들이시죠?"

그 순간 홈즈의 얼굴에 괴로운 기색이 스쳐 지나갔다.

"어떻게 아셨습니까?"

"노리치의 마틴 경감이 방금 이곳을 지나가면서 알려 주었습니다. 그런데 한 분은 의사 선생님이신 것 같군요.

그 여자는 죽지 않았다고 합니다. 지금 가시면 목숨은 구할 수 있을 겁니다. 하지만 살아난다 해도 교수형에 처해지겠지요."

역장의 말에 홈즈의 얼굴이 어두워졌다.

"지금 리들링 소프 저택으로 가려고 합니다. 그런데 그곳에서 대체 무슨 일이 있었던 겁니까?"

"끔찍한 일이 있었습니다. 힐튼 큐빗 씨와 그의 부인이 서로에게 총을 쏘았지요. 하인들이 그러는데 부인이 큐빗 씨를 먼저 쏘고 나서 자신에게도 쏘았답니다. 큐빗 씨는 그 자리에서 사망했고, 부인의 생명도 몹시 위독하답니다. 노퍽 제일의 명문가에서 어떻게 그런 일이 일어났는지 모르겠습니다."

홈즈는 아무 말 없이 서둘러 마차에 올랐고, 7마일의 긴 거리를 가는 동안 줄곧 침묵을 지켰다. 그렇게 기운이 빠진 모습을 본 적은 거의 없었다. 노퍽에 도착할 때까지 홈즈는 불안한 심정을 감추지 못했고, 나는 그가 근심스러운 표정으로 아침 신문을 뒤적이는 것을 지켜보았다. 하지만 홈즈는 자신이 가장 걱정했던 일이 실제로 일어나자 몹시 우울해하는 듯했다. 그는 의자에 등을 기대고 슬픈 얼굴로 생각에 잠겨 있었다. 창밖에는 잉글랜드 시골 지방에서 볼 수 있는 독특한 풍경들이 펼쳐졌다. 점점이 흩어져 있는 작은 집들이 보였고, 푸른 들판 위로 솟은 교회의 웅장한 탑들이 옛 이스트 앵글리아 왕국의 영광과 번영을 말해 주고 있었다. 마침내 노퍽의 푸른 바닷가 너머로 독일해의 보랏빛 가장자리가 눈에 들어왔다. 마부는 채찍을 들어 나무로 지붕을 얹은 두 채의 오래된 벽돌집을 가리키며 말했다. 집들은 작은 숲 앞에 자리 잡고 있었다.

"저기가 리들링 소프 저택입니다."

마차가 현관 앞에서 멈추었을 때 나는 이상한 일들이 일어났던 현관 앞, 테니스 장, 검은색 창고, 받침대 위에 놓인 해시계를 눈여겨보았다. 그때 콧수염에 기름을 발라 잘 정돈한 작달막하고 민첩해 보이는 남자가 서둘러 마차에서 내리더니 우리에게로 다가왔다. 그는 자신을 노퍽 경찰서의 마틴 경감이라고 소개했다. 그는 홈즈의 이름을 듣자 매우 놀라워하며 말했다.

"정말 놀랍군요, 홈즈 씨. 사건은 오늘 새벽 3시에 일어났는데, 도대체 런던에서 어떻게 알고 오신 겁니까? 저와 비슷한 시각에 도착하다니, 혹시 사건이 일어날 걸 미리 알고 계셨던 겁니까?"

"이런 일이 일어날까 봐 걱정하고 있었습니다. 사건을 막으려고 달려왔는데 너무 늦었군요."

"그렇다면 우리가 찾지 못한 중요한 증거를 갖고 계시겠군요. 두 사람은 사이가 아주 좋은 부부였다고 하던데요."

"제가 갖고 있는 증거라곤 춤추는 사람 그림들뿐입니다. 그림에 대해선 나중에 말씀 드리지요. 어쨌든 비극을 막기에는 너무 늦었습니다만, 제가 확보한 증거들이 사건 해결에 도움이 될 거라고 생각합니다. 저희와 함께 수사하시겠습니까, 아니면 따로 하시겠습니까?"

"홈즈 씨, 함께 수사해 주신다면 제게는 큰 영광이 될 겁니다." 마틴 경감이 진지한 표정으로 말했다.

"그러면 지금 즉시 증인들의 이야기를 듣고 진술 내용을 검토해 보는 게 좋겠습니다."

마틴 경감은 홈즈가 자유롭게 수사할 수 있도록 배려하면서 수사 결과가 나올 때마다 홈즈의 말에 열심히 귀를 기울였다. 마침 머리가 하얗게 센 의사가 큐빗 부인의 방에서 나오고 있었다. 그는 부인의 상처는 매우 깊지만 생명에는 지장이 없으며, 총알이 뇌를 관통하지 않았기 때문에 얼마 후면 의식을 회복할 수 있을 거라고 말했다. 하지만 총을 쏜 사람이 부인 자신이었는지 아니면 다른 사람이었는지에 대해서는 확실한 대답을 꺼리는 눈치였다.

총알이 매우 가까운 곳에서 발사되었다는 것만은 분명했다. 방 안에서 발견된 권총은 한 자루뿐이었고, 약실은 탄환 두 개 분이 비어 있었다. 총알은 힐튼 큐빗의 심장을 관통했다. 권총이 쓰러진 두 사람 가운데에 떨어져 있었기 때문에 큐빗이 먼저 부인을 쏘고 자살했을 가능성과 큐빗 부인이 범인일 가능성은 비슷했다.

"큐빗 씨의 시신을 옮겼나요?"

"부인을 옮긴 것만 빼고 아무것도 손대지 않았습니다. 부인의 상처가 깊어서 바닥에 그냥 둘 수 없었지요."

"선생님은 여기에 얼마 동안 계셨습니까?"

"4시부터 있었습니다."

"다른 사람은 없었습니까?"

"경찰이 한 명 왔었지요."

"선생님은 아무것도 손대지 않으셨지요?"

"그렇소."

"아주 잘하셨습니다. 누가 선생님을 부르러 갔지요?"

"가정부 손더스 부인입니다."

"그녀가 위급한 일이 있다고 알려 주었나요?"

"손더스와 요리사 킹 부인이 말해 줘서 알았습니다."

"두 사람은 지금 어디에 있지요?"

"아마 주방에 있을 겁니다."

"그럼 지금 두 사람의 이야기를 들어보도록 하지요."

떡갈나무로 만든 벽에 창이 높게 달린 낡은 거실은 곧바로 수사실로 탈바꿈했다. 여윈 얼굴에 날카로운 눈빛을 한 홈즈는 커다란 구석 의자에 앉아 있었다. 나는 홈즈의 눈빛에서 범인을 끝까지 추적하여 그가 목숨을 구하지 못했던 큐빗의 원한을 풀어 주겠다는 강한 의지를 읽을 수 있었다. 민첩한 마틴 경감, 나이든 의사, 나, 별로 도움이 될 것 같지 않은 경찰 한 명이 홈즈의 수사팀에 합류했다.

두 여인은 목격한 일들을 숨김없이 이야기했다. 그들은 총소리에 놀라 잠에서 깼는데 1분쯤 후에 총소리가 다시 났다고 했다. 그들의 방은 나란히 붙어 있었는데 총소리에 놀란 킹 부인이 손더스의 방으로 뛰어가서 둘이 함께 계단을 내려왔다고 했다. 서재 문은 열려 있었고, 테이블 위에 촛불이 켜져 있었다. 큐빗은 방 한가운데에 엎드린 채 쓰러져 있었다. 그는 이미 숨이 끊어진 상태였다. 부인은 벽에 머리를 기대고 창문 근처에 웅크리고 앉아 있었다. 부인의 상처는 매우 심했고, 얼굴 한쪽이 피로 붉게 물들어 있었다. 그녀는 힘겹게 숨을 쉬고 있었지만, 말을 할 수 있는 상태는 아니었다. 연기와 화약 냄새가 서재와 복도를 가득 메우고 있었고, 창문은 분명 안에서 잠겨 있었다. 상황을 파악한 두 사람은 곧바로 의사와 경찰을 부르러 갔다. 그러고 나서 두 사람은 마부와 마구간지기 소년의 도움을 받아 부인을 방으로 옮겼다고 했다. 부인과 남편은 그날 한침대에서 잤고, 부인은 평상복 차림이었으며 남편은 잠옷 위에 가운을 입고 있었다. 서재는 사건이 일어났을 때의 모습 그대로 보존되어 있었다. 하인들은 두 사람이 한 번도 싸운 적이 없으며, 언제나 다정한 모습으로 사람들의 부러움을 샀다고 했다.

　이것이 하인들이 증언한 내용의 전부다. 마틴 경감의 질문에 하인들은 모든 문이 안에서 잠겨 있어서 누군가 밖으로 빠져나간다는 건 불가능하다고 대답했다. 또한 홈즈의 질문에 그들은 맨 위층에 있는

자신들의 방에서 뛰어내려 온 순간 화약 냄새가 났다고 증언했다.

"이 증언을 기억해 두시는 게 좋을 것 같군요. 자, 이제 서재를 조사해 봅시다." 홈즈가 마틴 경감에게 말했다.

서재로 쓰이는 작은 방에는 세 벽면에 책이 가득 꽂혀 있었고, 정원이 내다보이는 창 앞에 테이블이 하나 있었다. 방 안에 들어섰을 때 가장 먼저 우리의 시선을 끈 것은 바닥에 누워 있는 큐빗의 시신이었다. 흐트러진 옷차림으로 보아 그가 잠자다가 급하게 뛰어나왔다는 것을 알 수 있었다. 총은 바로 앞에서 발사되었고, 심장을 관통한 다음 몸속에 그대로 남아 있었다. 고통 없이 즉사한 모습이었다. 그의 가운과 손에는 화약 자국이 전혀 없었다. 의사는 부인의 얼굴에는 화약 자국이 있었지만 손에는 없었다고 말했다.

"손에 화약 자국이 있고 없고는 사실 중요하지 않아요. 물론 화약 자국이 있으면 분명한 증거가 되겠지만 말입니다. 탄창을 잘못 끼운 경우에는 화약이 뒤쪽으로 뿜어 나오기 때문에 여러 발을 쏘아도 손에 흔적이 남지 않지요. 이제 큐빗의 시신을 치우셔도 좋습니다. 의사 선생님, 부인의 몸속에 아직 총알이 남아 있지요?"

"네. 총알을 빼내려면 복잡한 수술이 필요하답니다. 그런데 지금 연발 권총 안에는 탄환이 네 개 남아 있습니다. 여섯 발 중 두 발이 큐빗 씨와 부인에게 발사되었으니 총알 개수는 딱 맞아떨어집니다."

"글쎄요. 그렇다면 저기 창가에 박혀 있는 총알은 어디서 나온 거지요?"

홈즈는 갑자기 돌아서서 가늘고 긴 손가락으로 바닥에서 1인치가량 떨어진 아래 쪽 창틀에 총알이 뚫고 지나간 구멍을 가리켰다.

"아니! 어떻게 그것까지 보셨습니까?" 마틴 경감이 감탄하며 외쳤다.

"다른 총알 자국을 찾고 있었거든요."

"정말 훌륭하십니다. 홈즈 씨, 당신 말이 맞아요. 세 번째 총알이 발사되었다면, 분명 이 자리에 다른 사람이 있었다는 이야기가 되는군요. 그렇다면 누가 들어왔다가 나간 걸까요?"

"그게 우리가 지금 해결하려는 문제입니다. 마틴 경감, 하인들이 방에서 나왔을 때 화약 냄새를 맡았다고 한 것과 제가 그 증언이 매우 중요하다고 말했던 것을 기억하십니까?"

"물론입니다. 하지만 왜 그렇게 말씀하셨는지는 모르겠군요."

"그 증언은 총알이 발사되었을 때 창문과 방문이 모두 열려 있었다는 걸 암시합니다. 문이 닫혀 있었다면 연기가 그렇게 빠른 속도로 온 집 안에 퍼지지 못했겠지요. 아마 서재 안에서만 화약 냄새가 났을 겁니다. 하지만 문은 잠깐 동안만 열려 있던 것 같습니다."

"그걸 어떻게 증명할 수 있지요?"

"촛불이 계속 타고 있었으니까요."

"그렇군요! 정말 훌륭한 추리예요!" 마틴 경감이 소리쳤다.

"사건이 일어났을 때 창문은 분명 열려 있었습니다. 제 생각엔 이 사건에 다른 사람이 개입된 것 같습니다. 그 사람이 창밖에 서서 열린 문 사이로 큐빗 씨와 그 부인에게 총을 쏘았을 겁니다. 그리고 창틀에 있는 총알 자국은 서재 안에서 범인을 향해 쏠 때 생긴 거겠지요. 창틀에 있는 구멍은 총알 자국이 분명합니다."

"그렇다면 누가 창문을 닫아걸었을까요?"

"부인이 그랬을 겁니다. 위급한 상황에서 남편과 자신을 지키기 위해 본능적으로 문을 닫은 거죠. 그런데 이건 뭡니까?" 홈즈가 테이블 위에 있는 여성용 지갑을 보면서 물었다.

은장식이 달린 악어가죽 지갑이었다. 그는 지갑을 열고 테이블 위에 내용물을 쏟아 놓았다. 지갑 안에 있던 것은 고무줄로 동여맨 잉글랜드 은행의 50파운드짜리 지폐 20묶음이 전부였다.

홈즈는 지갑과 지폐 다발들을 마틴 경감에게 건네주며 말했다. "잘 보관해 두십시오. 재판에 중요한 증거물이 될 테니까요. 이제 세 번째 총알을 조사해야겠군요. 나무 창틀이 쪼개진 모양으로 보아 이 총알은 서재에서 창밖으로 발사된 것이 분명합니다. 킹 부인에게 몇 가지 더 물어볼 것이 있습니다. 킹 부인, 총소리 때문에 잠에서 깼다고 하셨죠? 그러면 첫 번째 총소리가 두 번째 소리보다 컸습니까?"

"글쎄요, 잠을 자다 총소리를 듣고 일어났기 때문에 분명하게 말하기 어렵지만, 어쨌든 첫 번째 총소리가 매우 컸던 걸로 기억합니다."

"그렇다면 동시에 두 발이 발사된 거라고 생각하지 않습니까?"

"잘 모르겠어요."

"분명 그랬을 겁니다. 마틴 경감, 서재 조사는 이것으로 충분합니다. 이제 정원으로 나가서 새로운 증거를 찾아봅시다."

서재 창문 앞까지 화단이 길게 이어져 있었다. 화단에 가까이 갔을 때 우리는 모두 깜짝 놀라고 말았다. 꽃들은 모두 짓밟혀 있었고, 부드러운 흙 위에는 커다란 발자국이 여기저기 나 있었다. 발자국은 남자의 것으로, 발끝이 길고 좁은 것이 특징이었다. 홈즈는 다친 새를 찾는 사냥개처럼 잔디와 나무 사이를 샅샅이 뒤졌다. 그리고 마침내 만족스럽다는 듯 탄성을 지르며 작은 놋쇠 실린더를 하나 집어 들었다.

"범인은 탄피 제거 장치가 있는 권총을 사용한 것 같습니다. 여기 세 번째 탄피가 있어요. 마틴 경감, 이제 사건을 마무리할 때가 된 것 같군요."

마틴 경감은 홈즈의 수사가 빠르고 정확하게 진행되는 것을 보고 놀라움을 감추지 못 했다. 처음에는 자기 방

식대로 수 사를 진행하던 그는 홈즈의 추리력에 몹 시 감탄한 나머지 지금은 홈즈

가 가는 곳이라면 어디든지 묵묵히 따라다녔다.

"의심 가는 사람이 있습니까?"

"나중에 말씀 드리지요. 아직은 알려 드릴 수 없는 문제들이 몇 가지 있으니까요. 확실한 결론을 얻으려면 좀 더 수사를 하는 게 좋으니까요. 그런 다음에 모든 것을 알려 드리지요."

"그렇다면 범인을 잡고 나서 이야기를 듣도록 하지요."

"여러분에게 비밀로 할 생각은 전혀 없습니다. 다만 내용이 길고 복잡해서 한 번에 설명하기 어렵군요. 사건의 실마리는 이미 찾았습니다. 만일 부인이 의식을 회복하지 못한다 해도 어젯밤에 일어난 사건을 추측해 볼 수 있습니다. 물론 범인을 잡는 것도 가능합니다. 그건 그렇고, 이 근방에 '엘리지'라는 여관이 있습니까?"

마틴 경감이 하인들을 불러 물어보았지만 모두들 그런 여관은 들어본 적이 없다고 했다. 그때 마구간지기 소년이 이스트 러스톤 방향으로 몇 마일 떨어진 곳에 엘리지 농장이 있다는 것을 기억하고 홈즈에게 알려 주었다.

"외진 곳에 있는 농장인가?"

"네, 아주 외진 곳이에요."

"그렇다면 어젯밤에 이 집에서 일어난 사건에 대해서 아직 모르고 있겠지?"

"아마 그럴 거예요."

홈즈는 잠시 생각에 잠겨 있다가 뜻 모를 미소를 지으며 말했다. "빨리 말을 준비해. 네가 엘리지 농장에 편지를 전해 주었으면 한다."

홈즈는 주머니에서 춤추는 사람 그림들을 모두 꺼내더니 테이블 위에 늘어놓고는 그 앞에 앉아서 무언가를 쓰기 시작했다. 잠시 후 그는 마구간지기 소년에게 편지를 건네주었다. 홈즈는 소년에게 자신이 말한 사람에게 편지를 직접 전해야 하며, 그 사람이 어떤 질문을 하더라도 대답하지 말라고 당부했다. 편지 겉봉에는 '노퍽, 이스트 러스톤, 엘리지 농장, 에이브 슬레이니'라고 적혀 있었다. 홈즈는 원래 필체가 정확한데, 이번에는 아무렇게나 휘갈겨 쓴 것 같았다.

"마틴 경감, 전보를 쳐서 죄수를 호송할 준비를 해 주세요. 제 추리가 옳다면, 경감은 이제 아주 위험한 범인을 체포하게 될 겁니다. 편지를 갖고 가는 소년에게 전보를 보내 달라고 하세요. 왓슨, 오후에 런던행 기차가 있으면 그걸 타고 돌아가세. 집에 가서 화학 분석을 마쳐야 하고, 이 사건도 거의 다 마무리되어 가니까."

소년이 편지를 갖고 떠나자 홈즈는 하인들에게 누가 와서 힐튼 큐빗 부인을 찾거든 부인의 상태에 대해서 절대 이야기하지 말고, 즉시 응접실로 안내하라고 지시했다. 홈즈의 표정은 매우 진지했다.

"우리가 할 수 있는 일은 여기까지야. 이제는 시간을 잘 활용하면서 우리에게 어떤 일이 일어날지 기다리면 된다네."

그렇게 말하고 나서 홈즈는 우리를 거실로 데려갔다. 의사는 다른 환자들을 돌보기 위해 갔고, 남은 사람은 나와 마틴 경감뿐이었다.

"자, 재미있고 유익하게 시간을 보내는 방법을 알려 드리지요." 홈즈가 테이블 앞으로 의자를 바짝 당겨 앉으며 말했다.

그는 테이블 위에 춤추는 사람이 그려진 기괴한 그림들을 죽 펼쳐 놓았다.

"왓슨, 오랫동안 궁금하게 해서 정말 미안해. 그리고 마틴 경감, 이번 사건은 경찰관인 당신에게는 더욱 의미 있는 사건이 될 겁니다. 일전에 힐튼 큐빗 씨가 저를 찾아와 조언을 구한 적이 있는데 우선 그것부터 말씀 드려야겠군요."

홈즈는 경감에게 그때 나눴던 이야기를 짤막하게 들려주었다.

"이 앞에 있는 그림들이 끔찍한 사건을 미리 예고하고 있다는 걸 모르는 사람들은 이 그림들을 보고 그저 웃어넘길 겁니다. 저는 비밀문자에 익숙한 편입니다. 160개의 독립된 암호문을 분석한 논문을 쓴 적도 있지요. 하지만 솔직히 이렇게 생긴 그림 문자는 처음 봅니다. 이 그림을 만든 사람은 그림에 문자 의미가 있다는 걸 숨기고 아이들 낙서처럼 보이게 하고 싶었을 겁니다.

하지만 일단 이 그림들이 글자를 나타낸다는 걸 알게 된다면 모든 암호를 해독하는 데 필요한 규칙들을 적용해 볼 수 있겠지요. 그러면 답은 의외로 간단해집니다. 첫 번째 그림은 너무 짧아서…… 이것을 보세요.

이 그림이 'E'를 의미한다는 것밖에는 알아내지 못했습니다. 여러분도 알다시피 'E'는 영어에서 가장 많이 사용되는 글자입니다. 그렇기 때문에 아무리 짧은 문장에도 'E'가 다른 것보다 더 많이 나타납니다. 첫 번째 그림에는 열다섯 개의 인형이 있는데, 그중 네 개가 같은 모양이었습니다. 그래서 저는 그 인형이 'E'일 가능성이 높다고 생각했지요. 그 인형과 똑같은 모양의 인형이 깃발을 들고 있는 그림도 있었지만, 한그림 안에 깃발을 든 인형이 사이사이에 나타나는 걸로 보아, 깃발이 단어와 단어 사이를 구분하는 칸막이 역할을 한다는 걸 알수 있었습니다. 이런 가정 하에 이 그림(𝍐)의 모양이 'E'를 나타낸다고 적어 놓았습니다.

그러던 중 저는 실질적인 문제에 직면하게 되었습니다. 'E' 다음으로 많이 나오는 영어 글자는 확실하지 않고, 인쇄된 1페이지를 평균으로 해서 많이 나오는 빈도를 조사했지만 짧은 문장에는 그 빈도가 완전히 바뀌는 경우도 있습니다. 예를 들어 인형이 그려진 순서대로 글자를 나열해 보면, 'T, A, O, I, N, S, H, R, D, L'라는 문장이 나오는데, 'T, A, O, I'는 출현 빈도가 비슷하기 때문에 의미가 통할 때까지 하나하나 조합해 보는 것은 큰일입니다. 그래서 할 수 없이 다른 그림이 나타나기를 기다렸지요. 힐튼 큐빗 씨가 두 번째로 저를 찾아왔을 때 짧은 그림 두 장과 깃발 없이 한 단어로 된 그림 한 장을 가져다주었지요. 여기 그 그림이 있습니다. 다섯 개의 인형 중 두 번째와 네 번째는 'E'를 나타냅니다. 그렇다면 이 단어는 'sever(끊다)', 'lever(지렛대)', 'never(결코~하지 않다)' 중 하나가 될 겁니다. 간청에 대한 답변이라면 'never'라는 단어가 가장 적합하겠지요. 그렇게 본다면 큐빗 씨의 부인이 이 답변을 썼을 거라는 추측이 가능합니다. 그러한 생각이 옳다고 가정한 뒤, 이 그림을 보십시오.

이 그림은 각각 'N, V, R'을 뜻하게 됩니다. 그림 문자를 해독하는 일이 상당히 어렵긴 했지만, 여러 개의 문자를 해독해 놓고 보니 문득 떠오르는 게 있었습니다. 만일 내 추측대로 예전에 부인과 가깝게 지냈던 사람이 이 편지를 보낸 거라면 두 개의 'E' 사이에 세 개의 인형이 그려진 단어는 부인의 이름인 'Elsie(엘시)'를 의미할 거라고 생각한 거죠. 그림들을 다시 살펴보니 그중 세 그림의 마지막 부분에 이 단어가 적혀 있었습니다. 편지는 'Elsie'에게 호소하는 어조로 쓰인 게 분명했습니다. 이렇게 해서 'L, S, I'를 나타내는 인형도 찾아 낼 수 있었습니다. 하지만 편지를 쓴 사람은 엘시에게 무엇을 호소했던 걸까요? 'Elsie'라는 단어 앞에는 'E'로 끝나는 네 개의 인형이 그려져 있었습니다. 저는 그 단어가 'come(오다)'일 거라고 생각했습니다. 그리고 'E'로 끝나는 네 글자를 모두 찾아봤지만 이 경우에 맞는 단어는 없었습니다. 'C, O, M'을 나타내는 인형을 찾은 상태에서 저는 첫 번째 그림을 다시 살펴보았지요. 그리고 아직 알아내지 못한 인형은 점으로 표시해서 첫 번째 그림으로 문장을 만들었습니다. 그랬더니 다음과 같은 글이 나오더군요.

oM oERE ooE SLoNEo

첫 번째 자리에 들어갈 글자는 'A'일 거라고 생각했습니다. 'E'를 제외한다면 일반적으로 이렇게 짧은 문장에서 세 번이나 나올 수 있는 글자는 'A'밖에 없으니까요. 두 번째 글자는 'H'가 적당하겠지요. 그대로 글자를 짜 맞추면 이런 뜻이 됩니다.

AM   HERE   AoE   SLANEo

그리고 이름으로 보이는 단어의 빈칸에 각각 글자를 집어넣으면 이런 문장이 나옵니다.

AM HERE ABE SLANEY(나 에이브 슬레이니가 여기 왔다)

이제 꽤 많은 글자들을 알아냈기 때문에 두 번째 편지도 어렵지 않게 풀 수 있었습니다. 그 내용은 다음과 같습니다.

Ao ELRIoES

빈칸에 'T'와 'G'를 넣었더니 'AT ELRIGES(엘리지에서)'라는 말이 되더군요. 저는 '엘리지'라는 단어가 편지를 쓴 사람이 묵고 있는 여관이나 하숙집 이름을 나타낸다고 가정했지요."

마틴 경감과 나는 어려운 문제들을 쉽고 명확하게 풀어서 설명하는 홈즈의 능력에 감탄하면서 열심히 귀를 기울이고 있었다.

"그런 다음 어떻게 하셨습니까?" 마틴 경감이 물었다.

"저는 에이브 슬레이니는 미국인일 거라고 생각했습니다. 에이브는 에이브러햄이라는 미국 이름을 줄인 거니까요. 이 미국인이 보낸 편지가 사건의 발단이 된 겁니다. 저는 여러 가지 면에서 이 사건이 어떤 범죄와 연관되어 있다고 확신했지요. 부인의 과거가 베일에 가려져 있고, 남편에게조차 비밀을 털어놓지 않는다는 것 역시 그런 생각을 뒷받침해 주었습니다.

그래서 뉴욕 경찰서에 있는 윌슨 하그리브라는 친구에게 전보를 쳤습니다. 윌슨 역시 제게 몇 번 도움을 청한 적이 있었지요. 어쨌든 그에게 에이브 슬레이니라는 이름을 들어 본 적이 있느냐고 물었더니 '시카고에서 가장 위험한 악당'이라고 쓴 답장을 보냈더군요. 그리고 그날 저녁 힐튼 큐빗 씨에게서 마지막 그림을 받았습니다. 알아낸 글자를 갖고 짜 맞춰 보니 다음과 같은 문장이 나오더군요.

ELSIE oREoARE TO MEET THY GOo.

빈 공간에 'P'와 'D'를 넣어 보니 'ELSIE PREPARE TO MEET THY GOD(엘시 하나님 곁으로 갈 준비를 해라)'라는 뜻이 되었습니다. 이 악당의 말투는 이제 호소에서 협박으로 변했습니다. 윌슨이 알려 준 말이 사실이라면 범인은 자신이 한 말을 즉시 행동으로 옮길 게 분명했지요. 그래서 왓슨과 함께 노퍽으로 달려왔지만 안타깝게도 최악의 상황이 벌어진 다음이었습니다."

"당신과 함께 사건을 수사하게 돼서 정말 기쁩니다. 그런데 사실 지금 이 이야기는 홈즈 씨의 개인적인 수사담이라서 제 상관에게 뭐라고 보고해야 할지 난감하군요. 에이브 슬레이니가 엘리지라는 농장에 묵고 있다면, 그리고 그가 진짜 살인을 저질렀다면 여기에 가만히 앉아서 범인을 놓칠 수는 없지 않습니까? 그랬다간 제 입장이 몹시 난처해질 겁니다." 마틴 경감이 부드러운 말투로 조심스럽게 말했다.

"마틴 경감, 걱정하지 않으셔도 됩니다. 범인은 도망치지 않을 겁니다."

"그걸 어떻게 아십니까?"

"죄를 자백하러 지금 여기로 오고 있을 테니까요. 그때 체포해도 늦지 않을 겁니다. 저는 아까 이 응접실에 들어온 순간부터 지금까지 범인을 기다리고 있습니다."

"범인이 왜 여기에 오겠습니까?"

"제가 와 달라고 편지를 보냈으니까요."

"홈즈 씨, 말도 안 됩니다. 당신이 부탁한다고 해서 범인이 여기에 오려고 하겠습니까? 오히려 의심을 품고 달아나지 않겠습니까?"

"제가 편지를 조작했습니다. 경감, 제가 잘못 본 게 아니라면, 저기 걸어오는 사람이 바로 그 범인일 겁니다."

한 남자가 현관문으로 성큼성큼 걸어오고 있었다. 키가 크고 가무잡잡한 피부를 가진 잘생긴 남자였다. 그는 회색 면바지에 모자를 쓰고 있었으며, 억세 보이는 검은 턱수염과 갈고리처럼 휘어진 콧날이 공격적인 인상을 주었다. 그는 손에 지팡이를 들고 있었는데 걸을 때마다 지팡이를 휘젓는 폼이 예사롭지 않았다.

"모두들 문 뒤에 숨어요. 저런 놈을 상대할 때는 매우 조심해야 합니다. 경감님, 수갑을 준비하셔야 할 겁니다. 범인과 말하는 건 제가 맡을 테니까요." 홈즈가 목소리를 낮추며 말했다.

우리는 몇 분 동안 숨죽인 채 기다렸다. 결코 잊지 못할 긴장된 순간이었다. 마침내 현관문이 열리고 남자가 나타났다. 그가 안으로 들어선 순간 홈즈는 재빨리 권총을 그의 머리에 갖다 댔다. 그러자 마틴 경감이 손에 수갑을 채웠다. 두 사람의 동작이 매우 신속하고 정확하

게 이루어졌기 때문에 범인은 잠시 멍하니 서 있다가 속았다는 걸 알고는 분노가 가득한 검은 눈동자로 우리를 한 사람씩 쏘아보았다. 그리곤 씁쓸하게 웃음을 터뜨리며 말했다.

"이봐, 여기에 숨어서 갑자기 덮치다니. 이거 된통 얻어맞은 기분이군. 하지만 난 힐튼 큐빗 부인의 편지를 받고 온 것뿐이야. 설마 그녀가 이 일을 꾸민 건 아니겠지? 그녀가 나를 잡아 달라고 부탁한 건가?"

"큐빗 부인은 부상이 너무 심해서 생명이 위태로워."

그 말에 남자는 펄펄 뛰면서 집 전체가 떠나갈 듯이 큰 목소리로 소리쳤다.

"당신 미쳤군! 부상을 입은 건 그 놈이었어. 엘시가 아니야! 누가 엘시에게 그런 짓을 한 거지? 나는 그저 겁만 주려고 했을 뿐인데. 오, 하느님! 난 그녀의 머리카락 하나도 건드린 적이 없어. 당신 헛소리한 거지? 어서 그녀가 무사하다고 말해!"

"부인은 심하게 상처를 입고 남편 옆에 누워 있었어."

그는 신음 소리를 내며 의자에 주저앉았다. 그리고 괴로운 듯이 수갑을 찬 손으로 머리를 감싸 안은 채 5분 동안 아무 말 없이 앉아 있었다. 마침내 그가 얼굴을 들고는 모든 것을 체념한 듯이 침착하게 말을 꺼냈다.

"이제 아무것도 숨길 필요가 없게 됐군. 내가 그 놈을 쏘고 그 놈도 나를 쏘았어. 만일 내가 엘시에게 상처를 입혔다고 생각한다면 그건 당신들이 나와 엘시를 잘 알지 못하기 때문이지. 이 세상에 나보다 더 그녀를 사랑하는 남자는 없어. 나에게는 그럴 권리가 있어. 우리는 몇 년 전에 약혼한 사이니까. 그런데 그 잉글랜드 놈이 우리 사이에 끼어든 거야. 나에겐 그녀를 차지할 권리가 있고, 단지 그 권리를 찾으려고 했을 뿐인데 뭐가 잘못이지?"

"부인은 당신이 어떤 사람이라는 걸 알고는 벗어나고 싶어 했어. 그래서 당신을 피하기 위해 미국에서 도망쳐 온 거야. 그리고 훌륭한 잉글랜드 신사와 결혼했지. 당신은 그녀를 따라다니면서 괴롭혔고, 결국은 그녀의 인생마저 망쳐 놓고 말았어. 그녀는 남편을 진심으로 사랑했어. 하지만 당신은 그녀에게 두려움과 증오의 대상이었지. 그런데도 당신은 남편을 버리고 함께 도망가자고 그녀를 끈질기게 설득했고. 결국 당신 때문에 한 남자가 목숨을 잃고, 그의 아내는 자살을 시도했어. 에이브 슬레이니, 당신이 무슨 죄를 저질렀는지 이제 알겠나? 당신은 그에 마땅한 처벌을 받게 될 거야."

"엘시가 죽었다면 난 어떻게 되든 상관없어."

그는 손에 쥐고 있던 구겨진 편지 조각을 보았다. 그리고 갑자기 의심스러운 눈초리로 소리쳤다.

"이봐! 이걸 보면 그 따위 말로 날 겁주지는 못할 걸? 만일 엘시의 부상이 그렇게 심하다면 이 편지는 누가 쓴 거지?"

"내가 썼지. 당신을 이곳으로 불러들이려고."

"당신이 썼다고? 우리 단원들 말고 이 암호를 아는 사람은 아무도 없어. 그런데 어떻게 당신이 이 편지를 썼다는 거지?"

"만든 사람이 있으면 푸는 사람도 있는 법. 슬레이니, 노리치에서 당신을 호송해 갈 마차가 오는 중이야. 하지만 당신이 저지른 죄를 보상할 기회를 주지. 지금 힐튼 큐빗 부인은 남편을 살해했다는 혐의를

받고 있어. 나는 여기에 와서 그녀가 범인이 아니라는 걸 알게 됐지.
자네에겐 그녀가 무죄라는 사실을 사람들에게 알려야 할 책임이 있
어. 그리고 직접적으로든 간접적으로든 큐빗 씨의 죽음에도 책임을
져야 해."

홈즈의 말에 슬레이니는 전과는 다른 말투로 대답했다.

"죗값은 받겠습니다. 이제 모든 것을 사실대로 말하지요."

"자네에게 불리한 증언이 될 수도 있네." 마틴 경감이 영국법에 규정된 내용을 범인에게 알려 주었다.

그러나 슬레이니는 상관없다는 듯이 어깨를 한 번 으쓱하고는 말을 꺼냈다.

"나와 엘시는 어릴 적부터 알고 지낸 사이였습니다. 저와 여섯 명의 친구들은 시카고 갱의 단원이었는데 엘시의 아버지가 두목이었지요. 그는 영리한 사람이었습니다. 이 암호도 그가 만들었어요. 당신이 암호에 대해 잘 알지 못했다면 아이들 낙서쯤으로 생각하고 그냥 지나쳤을 겁니다. 엘시도 우리가 하는 일을 배운 적이 있지만, 잘 적응하지 못했어요. 결국 그녀는 혼자 돈을 모아서 몰래 런던으로 떠났지요. 나는 우리가 약혼한 사이였기 때문에 그녀가 당연히 나와 결혼할 줄 알았습니다. 내가 다른 직업을 갖고 있었다면 이런 일은 일어나지 않았겠지요. 내가 그녀의 거처를 알아냈을 때는 잉글랜드 인과 결혼한 직후였습니다. 그녀에게 편지를 보냈지만 답장이 없었습니다. 아무리 편지를 보내도 소용이 없어서 그녀가 볼 수 있는 곳에 편지를 남기려고 여기에 왔던 겁니다.

그러고 보니 여기에 온 지 한 달이 지났군요. 그동안 계속 엘리지 농장에 있었습니다. 아래층에서 묵었기 때문에 아무에게도 들키지 않고 밤마다 드나들 수 있었지요. 저는 엘시를 구슬리기 위해 무척 애를 썼습니다. 제가 편지를 놓았던 자리에 엘시가 답장을 놓았던 적이 한 번 있어서, 그녀가 제 편지들을 읽는다는 걸 알았어요. 엘시의 태도에 점점 화가 난 저는 그녀를 협박하기 시작했습니다. 그러자 엘시가 다시 편지를 보냈습니다. 나에게 떠나 달라고 부탁하면서 이 일이 남편에게 알려지면 자신은 견딜 수 없이 괴로울 거라고 하더군요. 그녀는 편지에 제가 더 이상 그녀를 괴롭히지 않고 떠난다면, 남편이 3시쯤 잠드니까 그때 1층 창문 앞에서 만나겠다고 적었습니다. 그런데 그날 엘시는 돈을 갖고 나왔습니다. 돈을 주면 제가 떠날 거라고 생각했던 모양입니다. 그 순간 저는 너무 화가 나서 그녀의 팔을 붙잡고 창밖으로 끌어내려 했습니다.

그런데 그때 엘시의 남편이 권총을 들고 방 안으로 뛰어들어온 겁니다. 엘시가 바닥에 쓰러지자 그 남자와 저는 서로 마주 보게 되었습니다. 저도 권총을 움켜잡았습니다. 권총으로 겁만 주고 그 틈을 타 도망치려고 했지요. 그런데 갑자기 그 남자가 제게 총을 쏘았습니다. 총알은 빗나갔고, 저도 곧바로 방아쇠를 당겼습니다. 그러자 남자가 바닥에 쓰러졌습니다. 그리고 나서 정원을 지나 도망가고 있을 때 뒤에서 창문이 닫히는 소리가 들렸습니다. 그날 있었던 일은 이게 전부입니다. 그리고 오늘 어떤 소년이 전해 준 편지를 받고 여기에 올 때까지 그 사건에 대해 아무 소식도 듣지 못했습니다. 그러고 보니 얼간이처럼 제 발로 덫에 걸려든 셈이 됐군요."

그가 이야기하는 동안 마차가 도착했다. 마차에는 제복을 입은 경관 두 명이 타고 있었다. 마틴 경감이 일어서서 슬레이니의 어깨를 툭 치며 말했다.

"자, 이제 갈 시간이네."

"마지막으로 엘시를 볼 수 없을까요?"

"안 돼. 아직 의식을 회복하지 못했어. 홈즈 씨, 이번처럼 중요한 사건이 있을 때 다시 한 번 당신과 일할 수 있다면 더 바랄 것이 없겠습니다."

홈즈와 나는 창가에 서서 마차가 멀어져 가는 것을 지켜보았다. 창가에서 돌아서자 슬레이니가 테이블에 던져둔 종잇조각이 보였다. 그 종이는 홈즈가 슬레이니를 유인하기 위해 쓴 그림 편지였다.

"왓슨, 이 편지 읽을 수 있겠나?" 홈즈가 미소 지으며 말했다.

편지에는 춤추는 사람들이 한 줄로 그려져 있었다.

"내가 설명해 준 글자를 적용해 봐. 그러면 이 그림이 'Come here

at once(지금 여기로 와 주세요)'라는 뜻이라는 걸 쉽게 알 수 있지. 이렇게 쓰면 그가 반드시 올 거라고 확신했네. 다른 사람이 이 편지를 썼다고는 상상도 못 할 테니까 말이야. 이 그림 문자들은 지금까지 나쁜 일에 사용되었지만, 범인을 잡는 데 한몫했으니 결국 좋은 일에 쓰인 셈이 됐군. 자, 이걸로 자네의 기록 수첩에 특별한 사건을 추가해 주겠다는 약속은 지킨 거지? 3시 40분에 출발하는 열차가 있다니까 저녁은 집에서 먹을 수 있겠군."

마지막으로 몇 마디 덧붙이자면, 에이브 슬레이니는 노리치의 재판

에서 사형을 선고받았지만, 힐튼 큐빗이 먼저 총을 쏜 사실이 인정된
후에 무기징역으로 감형되었다. 들리는 소문에 의하면, 힐튼 큐빗 부
인은 건강을 완전히 회복했고 그 후로 재혼도 마다한 채 가난한 사람
들을 돌보고 남편이 남긴 영지를 관리하면서 살고 있다고 한다.

역주 —

코난 도일은 〈춤추는 인형〉을 높이 평가해서 셜록 홈스 베스트 12중 3위에 선정
했다. 원고는 적십자 자선 바자에 기부되어 1918년 4월 22일 10파운드 10실링에
낙찰되었다. 1923년 2월 13일 뉴욕 경매에서 500달러에 낙찰되었다. 1925년 1월
28일 런던 경매에서 〈외로운 사이클리스트〉 〈프라이어리 스쿨〉과 같이 66파운드에
낙찰되었다. 현재 소재지는 불명.

본 작품에 나오는 춤추는 인형의 암호는 코난 도일이 1903년 힐 하우스 호텔에
서 사인북에 서명하다가, 호텔 경영자의 일곱 살 된 아들 G. J. 큐빗이 자신의 이름
과 주소를 '춤추는 인형'으로 쓴 것을 보고 나중에 작품에 인용한 것이다. 물론 큐
빗이나 코난 도일이 이 암호를 만든 것은 아니다. 연구가들에 의하면 춤추는 인형
의 암호가 처음 등장한 것은 〈세인트 니콜라스 매거진〉 1874년 6월호에 게재된
'Restless Imp'라고 한다.

외로운 사이클리스트

The Solitary Cyclist

1895년 4월 13일(토)~4월 20일(토)

1894년부터 1901년까지 셜록 홈즈는 매우 바쁜 나날을 보냈다. 이 8년 동안 홈즈는 여러 가지 대형 사건들을 맡아서 모두 큰 무리 없이 해결해 냈다. 그 밖에도 수백 건에 이르는 개인 의뢰 사건들이 홈즈의 손을 거쳐 갔다. 그중에는 매우 복잡하고 괴상한 사건들도 있었지만, 홈즈의 눈부신 활약 덕분에 대부분의 사건들이 의혹을 벗게 되었다. 이처럼 8년 동안 몇 가지 피할 수 없었던 실수를 제외하고 홈즈는 놀라울 정도의 많은 사건을 해결했다. 나는 그 사건 기록들을 빠짐없이 정리해 두었다. 그중에는 내가 참여했던 사건들도 많기 때문에 독자들에게 들려줄 사건을 고르기란 쉽지 않다. 그러나 나는 언제나 잔혹한 범죄를 다뤄서 독자들의 흥미를 끌어내기보다는, 극적이고 교묘한 방식으로 해결된 사건들을 골라 소개한다는 원칙을 지켜 왔다.

그런 의미에서 먼저 '외로운 사이클리스트'와 관련된 챌링턴의 바이올렛 스미스의 이야기와 우리의 수사 과정, 그리고 예기치 않았던 비극적인 결말에 관해 여러분에게 들려주고 싶다. 홈즈의 유명세에 크게 보탬이 된 건 아니지만, 이 사건에는 내가 글로 옮기기 위해 오랫동안 모아 온 사건 기록들과 구별되는 몇 가지 두드러진 특징들이 있다.

1895년의 사건일지를 살펴보니, 우리가 4월 23일 토요일에 바이올렛 스미스와 첫 대면을 한 걸로 기록되어 있다. 그 무렵 홈즈는 백만장자 담배 사업가 존 빈센트 하든을 괴롭히던 기묘한 사건을 해결하는 데 매달려 있었다. 그 문제가 상당히 어렵고 까다로웠기 때문에 홈즈는 바이올렛 스미스의 방문을 별로 달가워하지 않았다. 홈즈는 무엇보다 정확하게 일을 해결하고 생각에 완전히 집중하는 것을 중요하게 여겼기 때문에 무언가가 주의를 흩뜨려 놓으면 몹시 짜증스러워했다. 하지만 천성이 매정하지 못해서 이 아름답고 키가 크며 여왕 같은 품위가 흐르는 젊은 여성의 청을 거절하기란 사실 불가능했다.

그녀는 늦은 저녁 시간에 베이커 가에 있는 홈즈의 집으로 찾아와 도움을 요청했다. 그는 해결해야 할 사건이 산더미처럼 쌓여서 좀처럼 시간을 낼 수 없었지만, 그녀는 홈즈에게 자신의 얘기를 꼭 들려주겠다고 단단히 결심을 하고 온 모양이었다. 그녀는 홈즈를 만날 때까지 한 발짝도 움직이지 않을 태세로 서서 기다리고 있었다. 마침내 홈즈가 체념한 듯이 다소 피곤한 미소를 띠며 그녀에게 자리를 권한 뒤, 무슨 문제 때문에 우리를 찾아 왔는지 물었다.

"최소한 건강상의 문제는 아니겠군요." 홈즈가 날카로운 시선으로 그녀를 보며 말했다. "그렇게 열심히 자전거를 타려면 많은 힘이 필요할 테니까요."

그녀는 놀라서 엉겁결에 자신의 신발을 내려다보았다. 페달 모서리에 긁혀서 그런지 신발 밑창 한쪽이 약간 닳아 있었다.

"네, 저는 자전거를 많이 타는 편이에요. 그리고 오늘 당신을 찾아오게 된 것도 자전거와 어느 정도 관계가 있어요."

그러자 홈즈는 갑자기 그녀의 손을 잡더니 마치 과학자가 표본을 살피듯이 자세히 들여다보았다.

"미안합니다. 제 직업의 성격상 저도 모르게 실례를 했군요." 홈즈가 그녀의 손을 내려놓으며 말했다. "저는 당신을 타이피스트라고 생각했습니다. 하지만 제 생각이 틀린 것 같군요. 당신의 손은 분명 악기를 다루는 사람의 손입니다. 왓슨, 여기 손가락 끝이 납작해진 게 보이지? 이건 타이피스트와 음악가에게 공통적

으로 나타나는 현상이야. 그런데 아가씨 얼굴에는 음악적 감성이 풍부하군요."

그녀가 불빛 쪽으로 천천히 고개를 돌렸다.

"타이피스트에게서는 그런 감성을 찾아볼 수 없습니다. 그래서 저는 당신을 음악가라고 생각하는데 어떻습니까?"

"홈즈 씨, 당신 말이 맞아요. 저는 음악을 가르치고 있어요."

"혈색이 건강한 걸 보니 시골에서 사는군요."

"네. 서리 주 변두리에 있는 파넘 근처에 살고 있어요."

"아름다운 고장이지요. 개인적으로는 재미있는 기억이 많은 곳이랍니다. 왓슨, 그 근처에서 위조범 아치 스탬포드를 잡았던 일 기억하지? 그런데 바이올렛 양, 파넘에서 무슨 일이 있었던 겁니까?"

그러자 그녀는 매우 또렷한 말투와 침착한 태도로 다음과 같은 이야기를 했다.

"저의 아버지 성함은 제임스 스미스로 오래전에 돌아가셨어요. 한때는 오래된 왕실 극장의 오케스트라 지휘자셨죠. 아버지가 돌아가시자 어머니와 저는 의지할 친척 하나 없는 외로운 처지가 되었습니다. 랠프 스미스라는 삼촌이 한 분 계시는데, 그분마저도 25년에 아프리카로 떠나서는 지금까지 소식을 알 길이 없어요. 아버지가 돌아가셨을 때 저희는 몹시 가난했어요. 그런데 어느 날 〈타임스〉에 어머니와 저의 행방을 찾는 광고가 실렸다는 얘길 들었어요. 누군가 우리에게 유산을 남겼을지도 모른다는 생각에 어머니와 저는 큰 기대감에 부풀었지요. 그래서 광고를 낸 변호사를 찾아갔습니다. 그곳에서 우리는 아프리카에서 귀국했다는 캐러더스 씨와 우들리 씨를 만났어요.

그분들은 삼촌의 친구라고 소개하면서 삼촌이 몇 달 전에 요하네스버그에서 돌아가셨다는 소식을 전해 주었어요. 빈털터리였던 삼촌은 우리를 찾아서 돌봐 주라는 유언을 남기고 돌아가셨다고 했습니다. 살아생전에 한 번도 우리를 찾지 않았던 삼촌께서 죽는 순간에 왜 갑자기 그런 부탁을 했는지 처음에는 이해하기 어렵더군요. 캐러더스 씨는 삼촌이 아버지의 사망 소식을 듣고는 어머니와 저를 돌봐야 할 책임을 느꼈다고 했어요."

"잠깐, 그 사람들을 만난 게 언제였습니까?"

"작년 12월이었어요. 그러니까 넉 달 전이죠."

"알겠습니다. 계속하세요."

"우들리 씨는 아주 기분 나쁘게 생긴 사람이었어요. 천박하고 자만심에 찬 표정에 붉은 콧수염을 기르고, 머리는 이마 양쪽으로 기름을 잔뜩 발라 넘겼더군요. 그는 계속 저를 쳐다봤는데, 제가 그런 사람을 알게 된다면 시릴이 몹시 싫어할 거라는 생각이 들었어요."

"시릴은 아가씨의 애인인가요?" 홈즈가 부드럽게 웃으며 말했다.

"네. 시릴 모튼은 전기기사예요. 우리는 올여름에 결혼할 계획이랍니다. 어머나, 어쩌다가 시릴 얘기를 하게 됐죠? 아무튼 제가 하고 싶은 말은 우들리 씨가 아주 불쾌한 사람이라는 거예요. 하지만 우들리 씨보다 나이가 더 많은 캐러더스 씨는 괜찮은 분이었죠. 피부가 검고 혈색이 좋지 않았지만 깔끔하게 면도를 해서 말쑥해 보였어요. 수다스럽지 않고 예의도 바르며 유쾌한 분이었죠.

그는 아버지가 어떻게 돌아가셨는지 물었고, 우리가 매우 가난하다는 사실을 알고는 열 살 된 자기 딸에게 피아노를 가르쳐 주면 어떻겠냐고 했어요. 제가 어머니를 혼자 남겨 둘 수 없다고 말하자, 그는 매주 토요일마다 집으로 보내 어머니를 만나게 해 주겠다는 조건과 함께 1년에 100파운드씩 지급하겠다고 제안했어요. 정말 더할 나위 없이 좋은 조건이지요.

저는 그의 제안을 받아들였고, 파넘에서 6마일 떨어진 칠턴 농장으로 가게 되었습니다. 캐러더스 씨는 독신이었기 때문에 나이 든 가정부가 집안일을 돌보고 있었어요. 모두들 그녀를 딕슨 부인이라고 불렀는데 아주 공손한 분이셨죠. 아이는 귀엽고 수업에도 열심이었어요. 캐러더스 씨는 매우 친절하게 대해 주셨고, 저처럼 음악을 좋아했기 때문에 서로 부딪치는 일 없이 아주 즐겁게 지냈답니다. 그리고 저는 토요일마다 어머니를 만나러 파넘에 갔어요.

하지만 우들리 씨가 나타나면서 저의 즐거움도 사라졌죠. 그는 캐러더스 씨 집에서 일주일 동안 묵었는데, 제게는 그 기간이 마치 석 달처럼 느껴졌어요. 그는 몹시 불쾌하고 남들에게 혐오감을 주는 사람이었어요. 저는 그가 너무도 싫었어요. 그 사람은 재산을 자랑하면서 자기와 결혼하면 런던에서 가장 좋은 다이아몬드를 사 주겠다고 했어요. 제가 계속 그 말을 무시하자 어느 날 저녁 식사를 마치고 나오는 저를 붙잡고는 키스해 주지 않으면 놓아주지 않겠다고 위협했어요. 너무 세게 붙잡는 바람에 도저히 빠져 나올 수 없었죠. 그때 마침 캐러더스 씨가 들어와서 그를 강제로 떼어 놓았어요. 화가 난 우들리 씨는 캐러더스 씨에게 덤벼들어 때려눕히고는 얼굴에 상처까지 냈답니다. 그 일로 우들리 씨는 돌아가게 됐지요. 다음 날 캐러더스 씨는 저에게 사과하면서 다시는 그런 모욕을 당하는 일이 없을 거라고 말했어요. 그날 이후로 우들리 씨는 다시 찾아오지 않았지요.

홈즈 씨, 지금부터 제가 당신을 찾아와 조언을 구하게 된 이유를 말씀드릴게요. 저는 매주 토요일 아침에 자전거를 타고 파넘 역까지 갑니다. 그래야 집으로 가는 12시 22분 기차를 탈 수 있거든요. 칠턴 농장에서 역까지 가는 길은 인적이 드물어요. 특히 챌링턴 황야와 챌링턴 저택이 자리 잡은 숲 사이에 1마일쯤 이어져 있는 길은 더욱 그렇답니다. 너무도 한적해서 크룩스베리 힐 근처에 있는 큰길로 나오기 전까지는 길에서 마차나 농부를 보는 일이 거의 없어요. 2주 전에 그곳을 지나가다가 우연히 뒤를 돌아보았어요. 그런데 200야드쯤 떨어진 곳에서 한 남자가 자전거를 타고 따라오고 있지 뭐예요. 중년남자였는데 짧은 검은색 턱수염을 기르고 있었어요. 파넘 역에 도착하기 전에 한 번 더 뒤를 돌아보았는데, 어디로 갔는지 남자는 보이지 않더군요. 저는 대수롭지 않게 생각하고 곧 잊었어요. 그런데 월요일에 그 길을 따라 되돌아가다가 같은 장소에서 그 남자를 또 만났어요. 놀라움은 거기서 끝나지 않았답니다. 그다음 주 토요일과 월요일에도 그 남자는 같은 장소에서 자전거를 타고 저를 뒤따라왔어요. 그 남자는 언제나 일정한 거리를 두고 따라왔지만, 저에게 해를 끼칠 생각은 없어 보였어요. 어쨌든 매우 이상한 일이었죠. 캐러더스 씨에게 그 일을 말했더니, 말과 마차를 준비해 줄 테니 앞으로 그 길을 지나갈 때는 절대 혼자서 가지 말라고 당부하더군요.

말과 마차는 이번 주부터 올 예정이었는데, 이런저런 이유로 도착이 늦어져서 결국 저는 전처럼 자전거를 타고 파넘 역까지 가야 했어요. 그게 바로 오늘 아침의 일이었죠. 챌링턴 황야에 들어섰을 때 뒤

를 돌아보았더니
아니나다를까 그
남자가 제 뒤를
또 따라오고 있
었어요. 그 남자
와의 거리가 꽤
멀었기 때문에
얼굴을 알아 볼
수는 없었지만
모르는 사람이
분명했어요. 어
두운 색 양복을

입고 모자를 쓰고 있었어요. 얼굴에서 또렷이 보이는 부분은 검은 턱
수염뿐이었어요. 오늘은 별로 놀라지 않았고, 오히려 호기심이 생겨
서 그가 누구인지 왜 저를 쫓아오는지 물어 보기로 마음먹었지요. 제
가 속력을 늦추면 그 남자도 페달을 천천히 밟고, 제가 갑자기 멈추면
따라서 멈추더군요. 그래서 다른 방법을 쓰기로 했어요. 저는 급한 커
브 길에서 속력을 내어 달리다가 모퉁이를 돌자마자 자전거를 멈추고
그 남자를 기다렸습니다. 저는 그가 모퉁이에서 튀어나와 속력 때문
에 멈추지 못하고 제 옆을 지나칠 거라고 생각했어요. 하지만 남자는
끝내 나타나지 않았어요. 저는 모퉁이 근처로 되돌아갔습니다. 그곳
에서는 길 저편 1마일까지 내다볼 수 있는데 남자는 온데간데없었어
요. 놀라운 건 샛길 하나 없는 곳에서 도대체 어디로 사라졌느냐 하는

거였죠."

홈즈는 손바닥을 비비며 재미있다는 듯이 싱글거렸다.

"단순한 일이 아닌 것 같군요. 모퉁이를 돌고 나서 남자가 사라졌다는 걸 발견할 때까지 시간이 얼마나 걸렸죠?"

"2, 3분 정도였어요."

"그렇다면 오던 길로 도망가지는 않았을 겁니다. 샛길 같은 건 전혀 없다고 했지요?"

"네."

"그러면 길 양쪽에 있는 숲 어딘가에 숨었겠군요."

"한쪽은 황야라 숨을 곳이 없어요. 만약 그쪽에 숨었다면 제 눈에 보였겠죠."

"맞습니다. 황야에는 숨을 곳이 없으니까 길 옆에 있는 챌링턴 저택 쪽으로 갔겠지요. 그 밖에 다른 일은 없었나요?"

"그게 전부예요. 홈즈 씨, 저는 너무 당황해서 당신을 만나 조언을 구해야만 마음을 놓을 수 있을 듯싶었어요."

홈즈는 아무 말 없이 한동안 생각에 잠겼다.

"약혼자는 지금 어디에 있습니까?"

"코번트리에 있는 미들랜드 전기 회사에서 일하고 있어요."

"만약 약혼자였다면 그런 식으로 나타나서 놀라게 하지는 않았겠죠?"

"홈즈 씨, 제 약혼자는 그럴 사람이 아니에요."

"전에 당신에게 청혼했던 사람들이 있었습니까?"

"시릴을 알기 전에 몇 명 있었어요."

"지금은 어떤가요?"

"그 기분 나쁜 우들리 씨뿐이에요. 저를 좋아하는 사람이라고 여겨야 할지 모르겠지만요."

"다른 사람은 없습니까?"

홈즈의 질문에 그녀는 약간 난처한 표정을 지었다.

"그 사람이 누구죠?"

"그냥 제 추측일 뿐이지만 가끔 캐러더스 씨가 제게 지나칠 정도로 관심을 보이더군요. 그분도 제가 눈치채고 있다는 걸 아는 듯해요. 저녁마다 반주를 하며 함께 노래를 부르지만, 제게 관심이 있다는 말은 한 번도 하지 않았어요. 그분은 정말 예의 바른 분이니까요. 하지만 여자에게는 직감이라는 게 있어서 말하지 않아도 느낄 수 있죠."

"그랬군요. 캐러더스 씨는 뭐 하는 분입니까?" 홈즈가 심각한 표정으로 물었다.

"재산이 많은 분이에요."

"그런데 마차나 말이 없다는 말입니까?"

"네. 하지만 꽤 부자라고 들었어요. 일주일에 두세 번 시내에 나가시죠. 남아프리카 금광 주식에 큰 관심을 갖고 계시거든요."

"새로운 일이 생기면 저에게 알려 주시겠습니까? 지금 매우 바쁘지만, 이 사건을 조사할 수 있도록 시간을 내 보겠습니다. 그동안 무슨 일이 있으면 단독으로 행동하지 말고 제게 미리 알려 주세요. 그럼, 조심해서 가세요. 조만간 좋은 소식을 알려 주시기 바랍니다."

바이올렛 양이 돌아 간 후에 홈즈가 파이프에 불을 붙이며 말했다.

"저런 미인에게 청혼자가 줄을 잇는다는 건 당연하지. 한적한 시골

길을 자전거로 쫓아오다니 말없이 그녀를 짝사랑하는 사람일 거야. 그런데 왓슨, 사랑 때문에 그런 일을 벌였다고 하기에는 좀 이상한 구석이 있지 않나?"

"왜 같은 지점에서만 나타날까?"

"맞아. 우선 챌링턴 저택에 누가 사는지 알아보고 캐러더스와 우들리가 어떤 사이인지 조사해 봐야겠어. 두 사람이 너무 다른 것 같지 않나? 어째서 둘 다 랠프 스미스의 친척을 그렇게 열심히 찾았을까? 의심스러운 점은 그뿐만이 아니야. 가정교사에게 보통의 두 배가 넘는 급여를 주면서 마차가 없다는 게 이상하지 않나? 역에서 6마일이나 떨어진 곳에 살면서 정말 이상해, 왓슨."

"그곳에 가 볼 생각인가?"

"아니. 이번에는 자네 혼자 다녀 와. 누가 유치한 계획을 꾸미는 걸지도 모르니까. 나는 중요한 일이 많아서 시간을 낼 수 없어. 월요일 아침 일찍 파넘으로 가게. 그리고 챌링턴 황야 근처에 숨어서 그 남자가 나타나는지 잘 지켜봐. 어떻게 행동해야 하는지는 자네 판단에 맡기겠어. 그리고 나서 챌링턴 저택에 누가 사는지 조사해서 내게 알려 주면 되네. 왓슨, 사건을 해결할 만한 확실한 단서를 찾기 전까지는 섣부르게 판단하지 않도록 하게."

바이올렛 스미스가 월요일에 워털루 역에서 9시 50분에 출발하는 기차로 돌아가겠다고 했으므로 나는 조금 일찍 서둘러서 9시 13분 기차를 탔다. 파넘 역에서 챌링턴 황야를 찾아가는 건 어렵지 않았다. 바이올렛이 말했던 장소는 금방 눈에 띄었는데 한쪽에 황야가 펼쳐져 있고 다른 한쪽에는 키 큰 나무들이 흩어져 있는 정원을 오래된 나무 울타리가 둘러싸고 있었다. 길가에 이끼 낀 돌문이 있고, 양쪽 기둥 위에는 틀을 짜서 만든 집안의 문장이 놓여 있었다. 마차가 들어갈 수 있는 가운데 문 말고도 울타리에 군데군데 뚫린 곳이 있어서 그곳으로 사람들이 드나드는 듯했다. 길가에서는 챌링턴 저택이 보이지 않았지만, 저택 주변은 몹시 어둡고 대부분이 허물어져 가고 있었다. 황야에는 가시금작화 꽃들이 만발해서 밝은 봄 햇살 아래 아름답게 빛나고 있었다.

나는 저택 출입구와 그 양쪽으로 이어져 있는 길을 한눈에 볼 수 있는 곳을 찾아서 제일 가까운 가시덤불 뒤에 몸을 숨겼다. 그때까지만 해도 길에는 아무도 없었는데, 숨어서 기다린 지 얼마 되지 않아 내가 왔던 길 맞은편에서 한 남자가 자전거를 타고 나타났다. 그는 어두운 색 양복 차림에 검은 턱수염을 기르고 있었다. 챌링턴 저택에 다다르자 그는 자전거에서 내려 울타리 틈새로 들어가더니 곧 사라졌다.

15분쯤 지나자 두 번째 자전거가 나타났다. 이번에는 역에서 돌아오는 바이올렛 스미스의 자전거였다. 그녀는 챌링턴 저택 울타리 근처에 이르자 무언가를 찾는 것처럼 두리번거리며 지나갔다. 잠시 후 울타리 안에서 남자가 나오더니 자전거를 타고 그녀를 쫓아가기 시작했다. 멀리서 보니 작은 점 두 개가 달려가는 것처럼 보였다. 바이올렛은 품위 있는 태도로 허리를 똑바로 펴고 자전거를 타는 반면, 뒤에 있는 남자는 이상하게도 남의 눈을 피하려는 사람처럼 손잡이 위로 몸을 바짝 구부리고 있었다. 그녀는 뒤를 돌아보더니 속도를 늦췄다. 그러자 그도 자전거를 천천히 몰기 시작했다. 그녀가 자전거를 세우자 그도 곧바로 멈춰 섰다. 둘 사이의 거리는 200야드쯤 떨어져 있었다. 그 순간 어디서 그런 용기가 났는지 바이올렛이 재빠르게 자전거를 돌려서 그 남자를 향해 돌진하기 시작했다. 하지만 그 남자도 바이올렛 못지않게 날쌘 동작으로 자전거를 급히 돌려서 전속력으로 도망갔다. 이윽고 바이올렛이 돌아오는 모습이 보였다. 그녀는 조용히 뒤를 따라오는 남자에게 더 이상 관심을 두지 않겠다는 듯 도도하게 고개를 치켜들고 있었다. 그 남자도 다시 자전거를 돌려 일정한 거리를 두고 달리기 시작했다. 잠시 후 두 사람의 모습은 길모퉁이를 돌아 사라졌다.

나는 가시덤불 속에서 조금 더 기다려 보기로 했다. 그러자 곧 남자가 천천히 페달을 밟으며 돌아오는 모습이 보였다. 그는 저택 정문 앞에서 자전거를 세우고는 넥타이를 매만지느라 몇 분 동안 나무 사이에 서 있었다. 그러고는 다시 자전거에 올라 저택 안으로 이어지는 길을 따라 사라졌다. 나는 가시덤불 사이를 가로질러 뛰어가 나무 사이로 저택을 보았다. 멀리 굴뚝이 우뚝 솟은 오래된 회색 건물이 희미하게 보였다. 하지만 저택 안으로 이어진 차도에는 관목이 자라고 있어서 남자의 모습은 더 이상 보이지 않았다.

나는 상당한 성과를 얻었다는 생각에 의기양양해져서 파넘 역까지 걸어서 갔다. 그 지역 부동산업자는 챌링턴 저택에 대해 아는 바가 없다며 팰맬에 있는 유명한 회사를 알려 주었다. 나는 집에 돌아오는 길에 그 회사에 들러서 중개업자를 만났다.

"올 여름에 세를 내고 싶으신 건가요? 그렇다면 너무 늦었습니다. 그 저택은 한 달 전에 이미 계약이 끝났습니다."

"계약한 사람이 누군지 알 수 있을까요?"

"윌리엄슨 씨입니다. 정중한 중년 신사분이죠. 하지만 더 이상은 말씀드리기 곤란합니다. 고객에 관한 사항을 함부로 알려 드려선 안 되니까요." 그는 예의 바른 태도로 그 이상의 답변을 거절했다.

그날 저녁, 나는 홈즈에게 낮에 있었던 일들을 전부 보고했다. 홈즈는 내 얘기가 끝날 때까지 진지한 표정으로 들었다. 하지만 내가 기대했던 칭찬은 들을 수 없었다. 그 대신 홈즈는 평소보다 더 심각한 표정으로 내가 어떤 실수를 했는지 하나하나 지적했다.

"왓슨, 자네는 숨을 장소를 잘못 택한 것 같아. 울타리에 숨었다면 그 사람을 더 자세히 볼 수 있었을 거야. 그런데 몇백 야드 떨어진 곳에서 본 걸 얘기하고 있으니 스미스 양의 진술과 다를 바가 없잖아. 그녀는 그 남자를 모른다고 했어. 나는 그녀의 말이 사실이라고 생각하네. 그런데 왜 그 남자는 바이올렛이 자기의 얼굴을 볼 수 있을 만큼 가까이 오는 것을 그토록 두려워하는 걸까? 그 사람이 자전거 손잡이 위로 몸을 숙이고 있었다고 했지? 그건 얼굴을 보이고 싶지 않다는 뜻이야. 왓슨, 자네는 정말 큰 실수를 했어. 그가 저택 안으로 사라졌고, 자네는 그가 누군지 알아내고 싶었겠지. 아무리 그래도 런던 부동산 중개업자를 찾아가면 어떻게 하나!"

"그럼 어떻게 했어야 옳았다는 말인가?" 나는 약간 흥분해서 언성을 높이며 물었다.

"가장 가까운 술집으로 갔었어야지. 그런 곳에서는 소문을 들을 수 있으니까. 몇 분만 앉아 있으면 집주인 이름부터 주방에 있는 하녀 이름까지 전부 알아낼 수 있는데 말이야. 저택 주인이 윌리엄슨이라고 했지? 들어 본 적이 없는 이름이군. 중년 남자라면 젊은 여자의 자전거 추격을 따돌릴 만큼 빠른 속력으로 도망갈 수 없었겠지. 자네가 수고한 것에 비해 얻은 건 별로 없어. 그녀 말이 사실이었다는 것만 확인한 셈이지. 그녀의 말이 사실이라는 것과 그 남자와 챌링턴 저택 사이에 어떤 연관성이 있다는 건 나도 이미 알아. 그 점에 대해선 전혀 의심하지 않아. 그래, 윌리엄슨이 그 저택을 샀다고 했지? 하지만 그게 어떻다는 건가? 이런, 왓슨, 너무 침울해하지 말게. 다음 토요일에는 좀 더 새로운 사실을 알아낼 수 있을 거야. 그동안 나는 할 일이 좀 있어."

다음 날 우리는 바이올렛 양이 보낸 편지를 받았다. 그녀는 내가 보았던 일들을 간략하고 정확하게 묘사해 놓았다. 그러나 정작 중요한 내용은 추신 란에 적혀 있었다.

홈즈 씨, 제 비밀을 지켜 주실 거라 믿고 말씀드립니다. 더 이상 이 집에 있기가 어려울 것 같습니다. 캐러더스 씨가 제게 청혼했어요. 저는 그의 감정이 정말 진실하고 확고하다는 것을 알고 있습니다. 하지만 청혼을 받고 바로 거절했어요. 그는 제 거절을 매우 심각하게 받아들였지만 점잖은 태도를 잃지 않았어요. 하지만 저는 이런 상황을 견디기 어렵습니다.

"그녀는 점점 더 곤란한 상황으로 빠져들고 있군." 홈즈는 편지를 읽고 나더니 생각에 잠긴 채 말했다. "처음에 생각했던 것보다 더 흥미롭고 복잡한 사건이야. 하지만 런던을 벗어나 조용하고 평온한 시골에 가 보는 것도 괜찮을 듯싶군. 오늘 오후에 내려가서 내 추리가 맞는지 확인하고 오겠네."

시골에서 조용히 하루를 보내고 싶다던 홈즈는 그날 밤 뜻밖의 일을 당하고 돌아왔다. 홈즈는 입술이 찢어지고 이마에 보랏빛 혹이 돋은 채로 밤늦게 하숙집에 도착했다. 하지만 얼굴에는 유쾌한 기운이 감돌고 있었다. 그는 자신이 겪은 일이 우스운지 내게 얘기를 하면서 배를 잡고 웃었다.

"나는 과격한 운동을 거의 안 해서 그런지 이런 일이 있으면 참 재미있어. 자네도 알다시피 내 권투 솜씨는 봐 줄만 하지 않나. 오늘 같은 날에는 정말 큰 도움이 되지. 권투를 배우지 않았다면 큰 낭패를 당했을 거야."

나는 너무도 궁금해서 무슨 일이 있었는지 얘기해 달라고 재촉했다.

"자네에게 말했던 대로 근처에 있는 술집을 찾아갔었네. 수상하게 보일까 봐 매우 신중하게 행동했지. 카운터 앞에 앉았더니 수다스러운 주인이 알고 싶은 얘기를 전부 들려주더군. 윌리엄슨은 하얗게 센 턱수염을 기르고 있는 자로, 하인 몇 명을 데리고 산다는군. 소문에는 그가 목사라는 얘기도 있고 지금은 아니라는 얘기도 있다고 했어. 그런데 그가 챌링턴 저택에 이사 오고 나서 몇 가지 사건이 있었다는 얘기를 듣고 나자 그가 목사가 아닐 거라는 생각이 들더군. 그래서 성직자 사무소에 알아 봤더니 그런 이름을 가진 목사는 없다고 했네. 그의 과거 경력도 전혀 찾을 수 없었어. 그리고 술집 주인이 저택에 주말마다 사람들이 찾아온다고 알려 주더군.

'모두 기분 나쁜 사람들이죠. 특히 붉은 콧수염을 기른 자는 인상이 아주 안 좋아요. 우들리라는 작자인데 매일 저택에 드나든답니다.'

우리가 여기까지 얘기했을 때 갑자기 한 남자가 다가왔네. 그는 술을 마시면서 우리가 하는 얘기를 전부 들은 모양이었어.

'당신 누구야? 뭘 원하는 거지? 왜 그런 걸 묻지?'

확실히 부드러운 말투는 아니었어. 그러더니 비겁하게도 갑자기 주먹을 날리더군. 피할 사이도 없이 완전히 한 방 맞고 말았네. 그 다음 몇 분간은 아주 재미있는 장면이 펼쳐졌지. 나는 그 건달 같은 놈을 왼손으로 세게 쳤지. 그것으로 싸움은 끝났어. 우들리는 마차에 실려 집으로 돌아갔고 나도 그길로 돌아온 거야. 재미있는 여행이었지. 하지만 한 가지 고백할 게 있어. 나 역시 자네처럼 별 소득 없이 돌아왔네."

목요일에 우리는 또 한 통의 편지를 받았다.

홈즈 씨, 제가 캐러더스 씨 댁을 떠난다고 해도 놀라지 않으시겠죠. 아무리 보수가 많아도 이런 불편을 감수하면서까지 여기에 있을 수는 없어요. 이번 주 토요일에 집에 가

서 다시는 돌아오지 않을 작정입니다. 캐러더스 씨가 길이 위험하다고 마차를 준비해 주셨기 때문에 이제는 그 남자를 두려워하지 않아도 된답니다.

제가 이 집을 떠나는 이유는 단지 캐러더스 씨와의 불편한 관계 때문만은 아니에요. 그 기분 나쁜 우들리 씨가 다시 나타났기 때문이기도 합니다. 그를 볼 때마다 소름이 끼쳐요. 무슨 사고라도 당했는지 볼썽사나운 모습을 하고 있어서 전보다 더 무서워 보이더군요. 창밖으로 그가 오는 것을 봤지만 다행히 저와 마주치지는 않았어요. 그는 캐러더스 씨와 한참 얘기를 나누고 돌아갔는데 캐러더스 씨의 표정이 몹시 불안해 보였어요. 우들리 씨는 이 근처에 묵고 있는 듯합니다. 오늘 아침에 관목숲 사이에서 돌아다니는 걸 보았거든요. 정말 사나운 동물이라도 풀어놔야 마음이 놓일 것 같아요. 제가 그를 얼마나 끔찍하게 싫어하고 무서워하는지 아시겠죠? 캐러더스 씨는 어떻게 그런 사람과 어울릴 수 있는지 모르겠어요. 하지만 이번 토요일만 지나면 모든 문제에서 벗어날 수 있겠지요.

"왓슨, 내 생각이 맞는 것 같아." 홈즈가 진지한 얼굴로 말했다. "이 여자 주변에 깊은 음모가 도사리고 있어. 토요일에 그녀가 마지막으로 그 길을 통과할 때 아무도 그녀를 해치지 못하도록 보호해야 하네. 토요일에 나와 함께 내려가세. 분명 사건을 해결할 수 있을 거야."

솔직히 나는 이때까지 이 사건을 심각하게 생각하지 않았다. 위험하기보다는 우스꽝스럽고 기괴한 일처럼 보였기 때문이다. 한 남자가 숨어 있다가 아름다운 여자의 뒤를 쫓아가는 것은 이상한 일이 아니다. 그는 용기가 없어 말을 걸지도 못했고 그녀가 다가가자 심지어 도망치기까지 했다. 그는 바이올렛 양을 공격할 만큼 무서운 사람은 아닌 듯싶었다. 악당 같은 우들리는 좀 다르긴 하지만, 그녀를 괴롭힌 건 딱 한 번뿐이고 캐러더스 씨 집에 왔을 때도 그녀에게 아무런 피해를 주지 않고 돌아갔다. 자전거를 탄 남자는 주말마다 챌링턴 저택을 찾는다는 패거리 중의 한 사람이 분명했다. 하지만 그가 누구인지, 그녀에게 뭘 원하는지는 아직 알 수 없었다. 그러나 출발하기 전에 홈즈가 심각한 표정으로 권총을 손질하는 모습을 보았을 때 이 괴상한 일들 너머에 어떤 비극이 도사리고 있다는 생각이 서서히 마음을 내리누르기 시작했다.

간밤에 비가 내려서 그런지 아침 공기가 더없이 상쾌했다. 관목으로 뒤덮인 시골길에는 가시금작화들이 햇빛에 반짝이며 일렁였다. 런던의 어둡고 칙칙한 회색 건물에 지쳐 있던 우리에게 시골 풍경은 더할 나위 없이 아름답게 보였다. 홈즈와 나는 모래가 많은 널찍한 길을 따라 걸었다. 신선한 공기를 마시고 새들의 경쾌한 지저귐을 들으며 봄기운을 한껏 느꼈다. 크룩스베리 힐에 다다르자 오래된 떡갈나무 사이로 음침한 분위기의 챌링턴 저택이 보였다. 저택은 주변을 둘러싼 떡갈나무보다 더 오래된 듯했다. 홈즈는 갈색 황야와 이제 막 움트기 시작한 숲 사이로 길고 구불구불하게 이어진 길을 가리켰다. 길은 불그스레한 노란빛을 띠고 있었다. 멀리서 조그만 점 하나가 나타나더니 우리 쪽으로 달려오는 것이 보였다. 홈즈가 다급하게 소리쳤다.

"계산에 따르면 30분쯤 여유가 있어야 하는데! 만약 스미스가 탄 마차라면 그녀는 평소보다 일찍 기차를 타러 나온 게 분명해. 왓슨, 우리가 도착하기 전에 그녀가 먼저 챌링턴 저택을 지나갈 거 같아."

언덕을 넘어섰을 때 마차는 보이지 않았다. 나는 늘 앉아만 있어서 그런지 좀처럼 빨리 달릴 수 없었다. 반면 운동으로 단련된 홈즈는 전혀 힘들어하지 않았고, 어느새 나는 홈즈보다 뒤처지게 되었다. 나보다 200야드 정도 앞서서 마치 용수철처럼 튀어 달려가던 그가 갑자기 걸음을 멈췄다. 그러고는 낭패와 안타까움이 뒤섞인 얼굴로 앞쪽을 가리켰다. 아까 보았던 마차가 길모퉁이를 돌아 우리 쪽으로 오고 있었다. 그런데 마차는 비어 있었고, 말은 고삐를 땅에 질질 끌며 천천히 달리고 있었다.

"왓슨, 너무 늦었어. 너무 늦었다고!" 내가 숨을 헐떡거리며 달려가자 홈즈가 소리쳤다. "어리석게도 그녀가 더 일찍 기차를 타리란 생각을 못 했어. 왓슨, 이건 유괴 사건이야. 어쩌면 살인 사건이 될지도 몰라. 무슨 일이 일어날지 몰라. 길을 막고 마차를 세워. 좋아! 자, 마차에 타게. 실수를 했지만 어쨌든 빨리 수습을 해야지."

우리는 마차에 올랐다. 홈즈

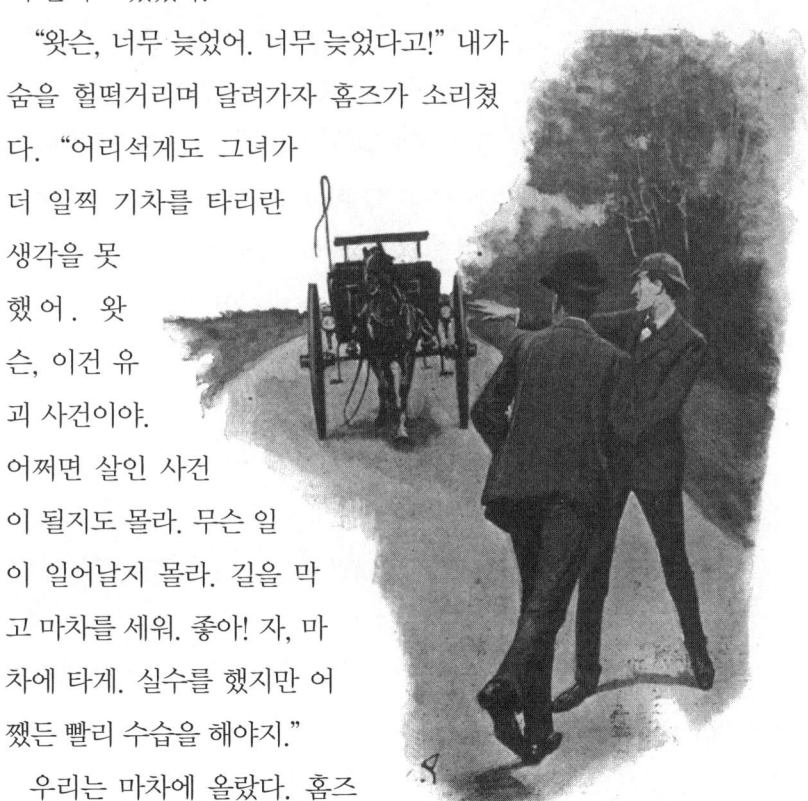

가 말을 돌려 채찍으로 내리치자 말은 왔던 길로 힘차게 달려나갔다. 모퉁이를 돌자 황야와 챌링턴 저택 사이로 이어진 길이 눈앞에 펼쳐졌다. 나는 홈즈의 팔을 꽉 잡으며 외쳤다.

"그 남자야!"

자전거를 탄 남자가 우리 쪽으로 달려오는 모습이 보였다. 그는 고개를 숙이고 있는 힘을 다해 자전거 페달을 밟으며 달리기 선수처럼 빠르게 달리고 있었다. 그런데 그가 갑자기 고개를 들더니 우리를 발견하고는 자전거를 세웠다. 창백해진 얼굴 때문에 검은 턱수염이 더욱 두드러져 보였다. 눈빛은 열병에 걸린 사람처럼 번뜩였다. 그는 마차와 우리를 번갈아 보면서 점점 놀라는 표정을 지었다.

"멈춰!" 그가 자전거를 끌어다가 길을 막으며 소리쳤다. "이 마차 어디에서 난 거요? 이봐, 세우라고 했잖소!" 그가 허리춤에서 권총을 꺼내며 외쳤다. "멈춰! 그렇지 않으면 말에게 총을 쏘겠소."

그러자 홈즈는 고삐를 잡아당기고 마차에서 뛰어내렸다.

"우리가 찾던 사람이군. 바이올렛 스미스는 어디 있소?" 홈즈는 빠르고 분명한 말투로 물었다.

"그건 내가 물어보고 싶은 말이오. 당신이 그녀의 마차를 끌고 왔잖소. 대체 그녀는 어디에 있는 거요?"

"길에서 이 이륜마차를 보았소. 하지만 마차 안에는 아무도 없었소. 우리는 그 아가씨를 구하러 가는 길이오."

"아, 이럴 수가! 이제 어떻게 해야 한단 말인가!" 남자는 절망적인 목소리로 외쳤다. "그들이 바이올렛을 잡아간 거요. 그 비열한 우들리와 불량배 같은 놈이 그녀를 데리고 있을 거요. 자, 어서 따라오시오.

당신들이 정말 바이올렛의 친구라면 나를 도와야 해요. 내가 챌링턴 숲의 싸늘한 시체가 된다 할지라도 그녀를 꼭 구하겠소."

그는 권총을 들고 울타리 틈새로 미친 듯이 달려갔다. 홈즈가 그의 뒤를 따랐고 나도 길가에 말을 남겨 두고 그들을 쫓아갔다.

"그들은 이 길로 지나갔소." 그가 진흙길 위에 흩어진 발자국들을 가리키며 말했다.

"잠깐, 멈춰요! 덤불 속에 누가 있어요!"

가죽 끈과 각반을 찬 마부 행색의 열일곱 살쯤 되어 보이는 소년이 무릎을 구부린 채 쓰러져 있었다. 머리에 심한 부상을 입었고 의식이 없는 상태였지만 숨을 쉬고 있었다. 상처를 대충 살펴보니 뼈에는 손상이 없는 듯했다.

"마부 피터예요." 그가 안타깝게 소리쳤다. "이 애가 마차를 몰았어요. 그 잔인한 놈들이 이 아이를 끌어내려서 마구 때린 겁니다. 생명에는 지장이 없는 것 같으니 일단 여기에 두고 갑시다. 지금으로선 별도리가 없어요. 바이올렛에게 무슨 일이 생기기 전에 어서 구해야 해요!"

우리는 나무 사이로 구불구불하게 난 길을 따라 정신없이 달려 내려갔다. 저택을 둘러싼 관목숲에 이르자 홈즈가 멈춰 섰다.

"집으로 가지는 않았을 겁니다. 여기 월계수 덤불 왼쪽에 발자국이 있소. 이쪽이오."

그때 앞쪽에 있는 무성한 덤불숲 사이에서 여자의 날카로운 비명 소리가 들려왔다. 목소리는 두려움으로 떨리고 있었다. 그러더니 갑자기 뭔가로 입을 틀어막은 것처럼 비명 소리가 중간에 뚝 끊겨 버렸다.

"이쪽이오! 그들은 볼링장에 있소!" 남자가 덤불 속으로 뛰어들면서 외쳤다.

"이, 비열한 놈들! 자, 나를 따라오시오! 너무 늦었을지도 몰라요!"

달려가던 우리의 눈앞에 갑자기 오래된 나무로 둘러싸인 아름다운 잔디밭이 나타났다. 잔디밭 한쪽에 있는 커다란 떡갈나무 아래에 세 사람의 모습이 보였다. 바이올렛 스미스의 입에는 손수건이 둘러져 있었는데 의식을 잃었는지 축 늘어진 채 움직이지 않았다. 그녀의 반대편에는 냉혹하고 잔인해 보이는 얼굴에 붉은 콧수염을 기른 젊은 남자가 서 있었다. 각반을 찬 다리를 넓게 벌린 채, 한 손은 허리에 대고 한 손에는 채찍을 들고 있는 폼이 영락없이 승리를 확신하고 우쭐거리는 악당처럼 보였다. 그 둘 사이에는 회색 수염을 기른 중년 남자가 양복 위에 흰 가운을 입고 서 있었다. 우리가 도착했을 때 그는 기도서를 주머니에 집어넣고 축하의 의미로 그 사악한 신랑의 등을 가볍게 두드리고 있었다. 지금 막 결혼식을 마친 모양이었다.

"늦었어! 벌써 결혼식이 끝났어!" 나는 숨을 헐떡이며 외쳤다.

"어서 따라와요!"

남자는 잔디밭을 가로질러 뛰어갔다. 홈즈와 나도 그를 따라 뛰었다. 우리가 가까이 다가갔을 때 바이올렛 스미스는 나무에 기댄 채 비틀거리고 있었다. 한때 목사였다는 윌리엄슨은 조롱하는 몸짓으로 우리에게 고개를 숙이며 인사했다. 우들리는 무자비한 목소리로 소리치면서 한 걸음 다가오더니 거만한 태도로 웃어 댔다.

"밥, 턱수염은 이제 그만 떼어 버리지. 나는 네가 누군지 잘 알고 있으니 말이야. 마침 적당한 때에 나타났군그래. 자네와 친구들에게 우

들리 부인을 소개하지."

 우리와 함께 온 남자의 대답은 뜻밖이었다. 그가 검은 턱수염을 떼어 내자 깨끗이 면도를 한 긴 얼굴이 드러났다. 그가 권총을 들어 우들리를 겨누자 우들리도 채찍을 위협적으로 흔들면서 그에게 다가섰다.

 "그래, 나는 밥 캐러더스다. 교수형을 당하는 한이 있더라도 저 아가씨를 지킬 테다. 그녀를 괴롭히면 가만두지 않겠다고 했던 말 잊었나? 이제 내가 한 말을 지킬 때가 온 거야."

"이젠 늦었어. 벌써 내 아내가 됐으니까."

"천만의 말씀! 곧 우들리의 미망인이 될 거야."

권총에서 탕 하는 소리가 들리더니 우들리의 양복 조끼 앞부분에서 피가 뿜어져 나왔다. 우들리는 괴성을 지르며 한 바퀴 빙그르 돌고는 그대로 쓰러졌다. 섬뜩한 붉은 얼굴이 창백해지면서 얼룩덜룩하게 변했다. 그러자 흰 가운을 입은 중년 남자가 이제껏 들어 본 적이 없는 심한 욕설을 마구 내뱉으며 권총을 꺼냈다. 하지만 권총을 들어올리기도 전에 그는 홈즈의 권총에 얻어맞고 고꾸라졌다.

"이것으로 됐소." 홈즈가 침착하게 말했다. "그 총 내려놓으시지! 왓슨, 그 총을 집어서 그자의 머리를 겨누게! 그래, 고마워. 그리고 캐러더스, 당신 총도 이리 주시오. 더 이상 총을 쏘면 안 되니 말이오. 어서, 총을 주시오!"

"대체 당신은 누구요?"

"셜록 홈즈요."

"이런!"

"내 이름을 들어 본 적이 있소? 그럼, 경찰이 도착할 때까지 내가 대신 이곳에 있겠소. 이봐, 여기야!"

그는 잔디밭 한쪽에서 겁에 질린 채 나타난 마부 소년을 불렀다. "이리 와. 이 편지를 파넘으로 가져가라. 조금이라도 지체하면 안 돼."

그는 수첩을 찢어 짤막하게 편지를 썼다.

"이걸 파넘 경찰서장에게 전해라. 당신들은 경찰이 올 때까지 여기 꼼짝 말고 있어야 하오."

홈즈의 당당하고 위엄 있는 태도가 비극적인 사건 현장을 압도했으므로 모두 그의 말에 순순히 따랐다. 윌리엄슨과 캐러더스는 부상당한 우들리를 저택으로 옮겼고, 나는 겁에 질린 바이올렛 양을 부축했다. 우들리를 침대에 눕힌 다음 나는 홈즈의 요청으로 그를 진찰했다.

홈즈는 나머지 두 사람과 함께 태피스트리로 장식한 식당에 앉아 있었다. 나는 그에게 진찰 결과를 알려 주었다.

"생명에는 지장이 없어."

"뭐라고?" 캐러더스가 벌떡 일어나면서 소리쳤다. "위층에 가서 그를 없애고 오겠소! 당신들은 천사 같은 바이올렛이 사나운 잭 우들리에게 평생 매여 사는 걸 두고 보겠다는 말이오?"

"그런 걱정은 하지 않아도 좋소. 두 가지 이유 때문에 바이올렛 양은 그의 아내가 될 수 없소. 우선, 윌리엄슨에게는 결혼식을 주관할 권한이 없소."

"나는 목사로 임명받은 몸이야!" 홈즈의 말에 윌리엄슨이 험상궂은 얼굴로 소리쳤다.

"그러고 나서 성직을 박탈당했지."

"한번 목사가 되면 영원히 목사로 남는 거야!"

"그렇게 생각하지 않소. 자격증은 갖고 있소?"

"목사에게는 결혼식을 주관할 자격증이 주어지지. 자격증은 지금 내 주머니에 들어 있어."

"속임수를 써서 얻어 냈잖소. 어쨌든 강제 결혼은 효력이 없을뿐더러 중대한 범죄 행위요. 경찰이 오면 당신도 곧 알게 되겠지. 적어도 10년 이상은 감옥에서 지낼 각오를 하는 게 좋을 거요. 캐러더스 씨, 당신도 권총을 사용하지 말아야 했소."

"홈즈 씨, 당신 말이 맞아요. 하지만 그녀를 보호해야 한다는 생각에 지나치게 방어한 거요. 홈즈 씨, 나는 그녀를 사랑합니다. 이번에야말로 사랑이 무엇인지 진심으로 깨달았습니다. 하지만 그녀가 남아프리카에서 제일 잔인하고 악랄하기로 이름난 우들리의 손에 넘어간다고 생각하니 견딜 수 없었소. 킴벌리에서 요하네스버그까지 우들리의 이름은 공포의 대상으로 알려져 있습니다. 홈즈 씨, 저는 그녀가 우리 집에서 일하기 시작했을 때부터 그녀가 이 길을 지날 때마다 자전거를 타고 뒤를 쫓았습니다. 이 저택에 우들리가 들른다는 사실을 알았기 때문에 그녀가 해를 당하지 않도록 지키려 했던 겁니다. 그녀가 저를 알아 볼 수 없도록 언제나 같은 거리를 유지하고 턱수염까지 붙였소. 그녀는 착하고 쾌활한 아가씨로, 제가 시골길 주변에서 그녀의 뒤를 쫓았다는 사실을 아는 날에는 당장 떠나려고 했을 겁니다."

"왜 위험하다고 알리지 않았소?"

"그랬다면 저를 떠났을 테니까요. 그녀를 보낼 수는 없었습니다. 그녀가 저를 사랑하지 않는다 해도 집에서 그녀의 아름다운 모습을 보고 그녀의 목소리를 듣는 것이 제게 큰 기쁨이 되었으니까요."

"캐러더스 씨, 그걸 사랑이라고 하는 거요? 내가 보기에는 당신의 이기심일 뿐인 것 같은데." 보다 못한 내가 한마디 쏘아붙였다.

"어쩌면 그 두 가지 이유가 다 맞을지도 모르지요. 어쨌든 저는 그녀를 보낼 수 없었어요. 게다가 그녀에게 돌봐 줄 사람이 필요하다는 걸 모두 알고 있었지요. 그때 마침 이 전보가 도착한 겁니다. 그래서 그들이 곧 행동을 개시할 거라는 걸 알게 된 거지요."

"무슨 전보였소?"

캐러더스는 주머니에서 전보 한 장을 꺼냈다.

"이겁니다."

전보 내용은 아주 간단했다.

노인이 죽었다.

　"흠! 이제 어떻게 된 일인지 알 것 같군. 당신이 말한 대로 이 전보 때문에 바이올렛이 위험해진 거군. 그럼 이제 당신이 한번 말해 보시오."

　흰 가운을 입은 타락한 목사는 심한 욕설을 퍼부었다.

　"밥 캐러더스, 네가 우리를 배신한다면 잭 우들리와 똑같은 꼴로 만들어 주지. 그 여자에 대해 네가 무슨 말을 지껄이든 상관없어. 하지만 이 보잘것없는 경찰에게 네 친구들을 밀고하면 그날이 네 인생 최악의 날이 될 거야!"

　"목사님, 그렇게 흥분할 필요는 없을 텐데요." 홈즈가 담배에 불을 붙이며 말했다. "사건의 진상은 이미 밝혀졌소. 다만 개인적인 호기심 때문에 자세한 얘기를 묻고 있는 거요. 말하기 곤란하다면 내가 대신 얘기할 테니 당신들의 비밀과 다른 부분이 있는지 들어 보시오. 우선, 윌리엄슨과 캐러더스 씨, 우들리 세 사람은 뭔가 일을 꾸미려고 아프리카에서 왔소."

　"허튼소리 하지 마!" 윌리엄슨이 소리쳤다. "두 달 전까지 나는 두 사람을 알지도 못했어. 내 평생 아프리카 근처에도 못 가봤단 말이야! 어때, 내 말이 맞는지 틀린지 파이프에 넣어서 불이라도 붙여 보지 그래? 이 건방진 놈!"

　"저 사람 말이 맞습니다." 캐러더스가 말했다.

　"좋소, 그렇다면 당신과 우들리만 아프리카에서 왔고 이 목사는 런던 출신이란 말이군요. 당신들은 아프리카에서 랠프 스미스를 만났고, 그가 오래 살지 못할 거라는 사실을 알아차렸소. 그리고 재산이 모두 조카에게 넘어간다는 사실도 알게 됐소. 그렇지 않소?"

캐러더스는 고개를 끄덕이고 윌리엄슨은 대답 대신 욕을 했다.

"당신들은 그녀가 아주 가까운 혈육이기 때문에 스미스 씨가 유언장을 남기지 않을 거란 사실을 알고 있었소."

"그는 유언장을 읽거나 쓸 수도 없을 만큼 위독했어요." 캐러더스가 말했다.

"그래서 당신들은 런던에 와서 그녀를 찾기 시작한 거요. 둘 중에 한 사람이 그녀와 결혼하고 나머지 한 사람에게도 재산을 나눠 주기로 한 거지. 어떤 이유에선지 당신들은 우들리를 남편감으로 결정했소. 왜 그렇게 된 거요?"

"런던으로 오는 배 위에서 카드를 했는데 그가 이겼소."

"그렇군. 당신은 그녀를 고용했고 우들리는 청혼을 했소. 그녀는 술에 취해 난폭하게 대하는 우들리의 청혼을 무시했지요. 그런데 당신은 그녀를 사랑하게 되자 우들리와의 약속을 깨고 싶었던 겁니다. 저 악당이 바이올렛 스미스를 차지한다는 생각을 하니까 견딜 수 없어진 거요."

"그렇소! 그 생각만 하면 참을 수 없었소!"

"그리고 두 사람 사이에 싸움이 있었지요. 그는 당신을 화가 난 채로 내버려 두고 혼자서 일을 진행했소."

"이봐, 윌리엄슨. 홈즈 씨는 모든 걸 알고 있어! 더 이상 숨길 수 없어!" 캐러더스는 씁쓸하게 웃으며 말했다.

"그렇소. 우리는 싸웠고 실력은 비슷했지만 어쨌든 그가 이겼소. 그리고 우들리는 얼마 동안 나타나지 않았지요. 그동안 이 가짜 목사를 데려다 놓았더군요. 나는 그녀가 역으로 가는 도중 지나게 되는 길목 근처에서 그들이 함께 묵고 있다는 걸 알았소. 그때부터 불안한 느낌이 들어서 항상 그녀를 지켜보았습니다. 나는 그들이 무슨 일을 꾸미는지 궁금했기 때문에 가끔씩 저택을 살펴보곤 했소. 이틀 전에 우들리가 전보를 갖고 찾아왔소. 랠프 스미스가 죽었다는 소식이었지요. 그가 대가를 주면 만족하겠냐고 묻기에 그럴 수 없다고 했소. 그랬더니 스미스 양을 양보할 테니 자기에게 재산을 달라고 하더군요. 나는 기꺼이 그러겠다고 했지만 그녀는 청혼을 받아들이지 않았소. 우들리가 제게 그러더군요. '우선 강제로 결혼을 하라고. 결혼하고 한두 주가 지나면 그녀도 좀 달라질 거야.' 하지만 난 그런 방법으로 그녀를 차지하고 싶지 않았소. 그러자 그는 본색을 드러내더니 욕을 퍼부으며 그녀와 결혼하겠다는 말을 남기고 가 버렸소. 그녀가 이번 주 토요일에 떠난다고 하기에 마차를 준비해 두었지만 아무래도 마음이 놓이지 않아 자전거로 뒤따라간 거요. 그런데 그녀가 너무 일찍 출발했고 내가 따라잡기도 전에 사건이 일어나고 말았죠. 당신들이 빈 마차를 몰고 오는 것을 본 순간 그녀에게 무슨 일이 일어났다는 걸 직감했소."

홈즈는 자리에서 일어나 담배꽁초를 벽난로 속에 던져 넣었다.

"왓슨, 내가 너무 둔했어. 자전거를 탄 남자가 관목숲에서 넥타이를 매만지는 것 같았다는 말이 결정적인 단서가 될 수 있었는데 말이야. 하지만 이 특이하고 중대한 사건을 해결해서 기쁘군. 저기 경관 세 명과 마부가 함께 걸어오는군. 저 아이와 우들리 모두 큰 부상을 면해서

정 말
다행이야. 왓슨,
자네는 여기에 남아서
스미스 양을 돌봐 주겠나? 완전히
나으면 우리가 직접 어머니에게 데려다 주겠다는 말도 전하게. 그래
도 차도가 없으면 미들랜드에 있는 애인에게 전보를 쳤다고 알려 주
게. 아마 금방 자리를 털고 일어날 거야. 그리고 캐러더스 씨, 당신은
그들의 범죄를 막기 위해 최선을 다했소. 여기 내 명함을 드릴 테니

재판에서 내 증언이 필요하면 연락하시오. 아마 도움이 될 겁니다."

여러분도 알다시피 쉴 새 없이 일이 밀려들었기 때문에 이 글을 마무리하고 독자들에게 자세한 결말을 알려 주는 데 꽤 많은 시간이 걸려야 했다. 사건이 꼬리를 물고 이어졌다. 그 가운데 중대한 사건이 하나 있어서, 바쁜 일정을 쪼개어 의뢰인들을 여러 명 만나야 했다. 하지만 사건 기록 아래에 적어 둔 글을 참고하여 결론을 맺고자 한다.

바이올렛 스미스는 엄청난 유산을 물려받았고, 지금은 웨스트민스터의 유명한 모튼 앤 케네디 전기회사의 부사장 시릴 모튼의 부인이 되었다. 윌리엄슨과 우들리는 유괴 및 폭력행위로 각각 7년과 10년형을 선고받았다. 캐러더스 씨에 대해 기록해 놓은 것은 없지만, 우들리가 너무도 악명이 높았기 때문에 캐러더스 씨는 상대적으로 가벼운 형을 선고받았을 것이다. 아마 몇 달 동안의 형기를 마치고 지금은 어딘가에서 자유롭게 살고 있지 않을까?

역주 —

〈외로운 사이클리스트〉의 원고는 8절판 베럼지 연습장 2권에 약 7,000단어로 쓰여 있고, 군데군데 정정된 곳이 있다. 1922년 1월 26일에 뉴욕 경매에 나와 120달러에 낙찰되었다. 그 후 1925년 1월 28일, 런던에서 〈프라이어리 스쿨〉 〈춤추는 인형〉 원고와 같이 경매에 나와 66파운드에 낙찰되었다. 그리고 다시 1927년 4월 26일 뉴욕 경매에서 160달러에 낙찰되었다. 현재 소재지는 알려져 있지 않다.

프라이어리 스쿨

The Priory School

1901년 5월 16일 (목) ~ 5월 18일 (토)

우리는 베이커 가에 위치한 우리의 작은 무대 위에서 여러 사람의 극적인 등장과 퇴장을 보아 왔는데, 문학 박사이자 철학 박사인 소니 크로프트 헉스터블 박사의 첫 등장만큼 갑작스럽고 놀라웠던 경우는 찾아볼 수 없다. 이 인물의 학문적 명성을 담기에는 아무리 보아도 너무 작은 명함을 받은 지 몇 초도 안 되어 박사가 방으로 들어왔다. 뚱뚱하고 위엄 있는 당당한 모습이 믿을 만한 사람이라는 인상을 풍겼다. 그러나 박사는 문을 닫자마자 휘청거리며 테이블에 손을 짚고는 별안간 바닥에 쓰러졌다. 의식을 잃은 커다란 체구가 곰 가죽 깔개 위로 쓰러진 것이다.

우리는 깜짝 놀라 자리에서 벌떡 일어났지만 잠시 아무 말도 못하고 육중한 박사의 몸집을 보았다. 마치 인생이라는 바다 위를 항해하다가, 예상치 못한 거대한 폭풍에 휩쓸려 난파당한 거대한 배의 잔해처럼 보였다. 홈즈가 서둘러 쿠션을 머리 밑에 대 주었고 나는 브랜디를 박사의 입에 흘려 넣었다. 넓적하고 희디흰 얼굴은 마음고생 한 흔적이 역력했다. 감은 눈 밑에 검게 드리운 그늘과 약간 벌어진 입이 고통으로 일그러져 있었다. 두툼하게 살찐 턱은 면도를 하지 못해 까칠하게 수염이 나 있었다. 셔츠를 보니 오래 여행한 흔적이 엿보였고, 빗질을 못해 흐트러진 머리칼은 박사가 받은 정신적인 충격이 매우 큰 것이었음을 드러냈다.

"왜 이러지, 왓슨?" 홈즈가 물었다.

"피곤하고 지친 탓이야. 어쩌면 단순히 피로와 굶주림일 수도 있고."

나는 박사의 손목을 잡고 맥을 짚어 보았다. 박사의 맥박은 가늘고 약하게 뛰었다.

"북잉글랜드 지방의 맥클턴 지역에서 출발했나 보군. 여기 왕복 기차표가 있어." 홈즈가 시계 주머니에서 기차표를 꺼내며 말했다. "아직 12시도 안 되었는데 벌써 여기 도착한 것을 보니 새벽 일찍 출발했겠군."

찌푸린 눈꺼풀이 떨리기 시작하더니 박사는 초점 잃은 멍한 눈으로 우리를 바라보았다. 박사는 재빨리 두 손을 바닥에 짚고 몸을 일으켰다. 그의 얼굴이 당혹스러움으로 빨개졌다.

"실례를 끼쳐서 죄송합니다, 홈즈 씨. 약간 긴장했나 봅니다. 우유와 비스킷을 주시면 고맙겠습니다. 그러면 금방 괜찮아질 겁니다. 이렇게 예고도 없이 불쑥 홈즈 씨를 찾아온 이유는 다름이 아니라 저와 함께 어디로 가 주십사 하는 부탁을 드리기 위해서입니다. 전보로는 사태의 심각성을 제대로 전달하지 못할 것 같아서 부득이 직접 방문한 겁니다."

"일단 몸이 좀 괜찮아지시면—"

"벌써 다 나았습니다. 내 몸이 이렇게 약해지리라고는 상상도 못했는데…… 참. 홈즈 씨, 저와 함께 다음 기차로 맥클턴으로 가 주시길 간곡히 부탁드립니다."

홈즈는 고개를 저었다.

"제 친구 왓슨에게 물어보세요. 현재는 너무 바빠서 곤란합니다. 지금은 페러즈 서류 사건을 담당하고 있고, 애버게이브니 살인 사건도 곧 재판이 열릴 예정입니다. 정말 중요한 사건이 아니고서는 지금 당장 런던을 떠날 수 없는 형편입니다."

"중요하고말고요!" 헉스터블 박사가 손을 휘저으며 말했다. "홀더네스 공작의 외아들이 유괴당했습니다. 이 사건을 모르십니까?"

"뭐라고요? 전 수상인 홀더네스 공작 말입니까?"

"맞습니다. 외부로 새어 나가지 않도록 주의했습니다만, 어젯밤 〈글로브〉에 기사가 실렸더군요. 홈즈 씨도 알고 계시리라 생각했습니다."

홈즈는 길고 가는 팔을 뻗어 인명사전 중 한 권을 꺼내어 펼쳤다.

"홀더네스 제6대 공작. 중요 인물. 가터 훈장(영국의 최고 훈장) 수여 및 추밀원(영국 국왕 측근의 소수 귀족으로 구성된 자문기구) 고문관 베벌리 후작이자 카스턴 백작. 세상에, 작위가 많기도 하군. 1900년부터 핼람셔 경. 1888년 애플도어 경의 딸 이디스와 결혼하여 외아들 샐타이어를 둠. 25만 에이커의 토지 소유. 랭커셔와 웨일스 지방에 광산 소유. 주소는 캘턴 하우스 테라스 핼람셔의 홀더네스 홀, 1872년에 해군장관, 수상을 지냄. 모두 어마어마한 직책들이군. 왕족 중의 왕족이라고 해도 되겠어."

"그뿐만 아니라 어쩌면 재산이 가장 많은 분이기도 합니다. 저는 홈즈 씨가 이 분야에서 가장 뛰어난 탐정이란 사실을 잘 알고 있습니다. 그리고 흥미가 가는 사건이라면 기꺼이 일을 맡으실 분이라는 것도 말입니다. 그러나 한 가지 말씀드리고 싶은 것이 있습니다, 홈즈 씨. 홀더네스 공작께서는 외아들이 어디 있는지 밝혀내는 사람에게 보상금으로 5,000파운드를 주실 생각입니다. 그리고 외아들을 유괴한 범인을 지목하면 1,000파운드를 주겠다고 약속하셨습니다."

"아주 후한 금액이군요. 왓슨, 아무래도 헉스터블 박사와 함께 북

잉글랜드로 가야겠다는 생각이 드네. 헉스터블 박사님, 우유 다 드셨으면 무슨 일이 언제 어떻게 발생한 것인지 설명해 주시겠습니까? 그리고 명함을 보니 박사님은 맥클턴 근처에 있는 수도원 학교의 교장 선생님이신데, 이 유괴 사건과 어떤 관련이 있는지도 설명해 주십시오. 사건이 일어난 지 사흘이나 지나서 오신 이유도 설명해 주시지요. 박사님의 턱수염을 보니 사흘쯤 면도를 못하신 듯합니다. 이번 사건에 제가 약간이나마 도움이 될 수 있으면 좋겠군요."

우유와 비스킷을 다 먹고 나자 박사의 눈빛에는 생기가 돌았고, 창백했던 뺨도 혈기를 되찾았다. 박사는 상황을 차근차근 설명했다.

"수도원 학교는 사립예비학교로 제가 설립했고 현재 제가 교장으로 있습니다. 《헉스터블의 호라티우스 해명》의 저자라고 하면 제 이름이 생각나실지도 모르겠습니다. 수도원 학교는 잉글랜드에서 가장 뛰어난 사립초등학교입니다. 레버스톡 경, 블랙워터 백작, 캐스카트 솜즈 경 등 내로라하는 귀족들의 자제들이 모두 우리 학교에서 공부하고 있습니다. 그런데 3주 전 홀더네스 공작이 비서 제임스 와일더를 보내 열 살 난 외아들 샐타이어를 우리 학교에 맡기고 싶다고 요청해 왔습니다. 유일한 상속자이자 후계자인 샐타이어를 말입니다. 전 우리 학교의 명성이 바야흐로 최고조에 달했다고 느꼈습니다. 그러나 이 일이 제 인생에서 가장 혹독하고 비참한 시련을 예고하는 전주곡이 될 줄은 정말이지 전혀 상상도 못했습니다.

샐타이어는 여름 학기가 시작되는 5월 1일에 학교에 왔습니다. 아주 호감이 가는 인상의 소년이었는데, 학교생활에 빠르게 적응했지요. 전 입이 무거운 편입니다만, 이런 일에는 모든 사실을 다 말해야 하니 미리 말씀드립니다. 샐타이어는 집에서 그다지 행복하게 지낸 편은 아니었습니다. 솔직히 공작과 공작부인의 결혼 생활이 순탄하지 않다는 사실은 아는 사람은 다 아는 공공연한 비밀입니다. 결국 부부 간의 합의로 공작부인은 남프랑스로 떠났고 현재 두 분은 별거 중입니다. 불과 얼마 전에 일어난 일이지요. 샐타이어는 어머니를 무척 따랐기 때문에 어머니가 홀더네스를 떠나 남프랑스로 간 후 아주 침울해했습니다. 그래서 공작은 아들의 기운을 되찾아 주려고 또래 아이들이 있는 우리 학교로 보낸 겁니다. 2주가 지나자 샐타이어는 학교 생활에 익숙해져서 곧 활기를 되찾은 듯 아주 행복해 보였습니다.

소년을 마지막으로 본 것은 5월 13일입니다. 지난 월요일 밤이지요. 샐타이어의 방은 2층에 있고 다른 방을 통해서만 들어갈 수 있는데, 그 다른 방에는 학생 두 명이 생활하고 있습니다. 잠자는 동안 이 학생들은 아무 소리도 듣지 못했다고 하더군요. 그러니 분명 샐타이어는 다른 방을 통해서 밖으로 나간 게 아닙니다. 방의 창문이 열려 있었는데, 벽에는 무성하게 자란 담쟁이넝쿨이 땅바닥까지 이어져 있습니다. 땅에서 발자국을 발견하지는 못했지만, 담쟁이넝쿨을 타고 방을 빠져나간 게 분명합니다.

샐타이어가 사라진 것을 화요일 아침 7시에 알았습니다. 침대를 보니 간밤에 잠자리에 들었던 듯 이불이 흐트러져 있었습니다. 나가기 전에 옷을 다 갖추어 입었더군요. 검은색 이튼 재킷에 짙은 회색 바지를 입고 나갔습니다. 하지만 누가 방에 들어왔던 흔적은 없었습니다. 고함 소리나 싸우는 소리도 없었다고 옆방 학생 중 한 명인 컨터 군이 말하더군요. 컨터 군은 아주 예민한 편이라서 작은 소리에도 금방 잠에서 깨는 학생입니다.

샐타이어가 사라진 것을 알고 저는 즉시 전교 학생과 교사, 하인들
까지 모두 한자리에 소집했습니다. 그런데 사라진 사람은 샐타이어
말고 한 명이 더 있었습니다. 바로 독일어 교사 하이데거 선생이 나타
나지 않았던 겁니다. 하이데거 선생의 방도 2층 복도 끝에 있는데 샐
타이어의 방과 같은 줄입니다. 하이데거 선생 역시 잠자다가 밖으로
나간 듯, 이불이 젖혀져 있었는데 급하게 나간 것 같았습니다. 윗도리
와 양말이 바닥에 떨어져 있었거든요. 하이데거 선생 역시 벽 담쟁이
덩굴을 타고 내려간 게 분명합니다. 잔디밭에서 발자국을 발견했으니

까요. 그리고 잔디밭 옆 나무 창고에 항상 보관해 두던 선생의 자전거도 사라지고 없었습니다.

하이데거 선생은 2년 전부터 우리 학교에서 근무했습니다. 추천서가 아주 훌륭한 선생이었지만, 말이 없고 무뚝뚝한 성격 탓에 학생이나 교사들 사이에서 인기 있는 편은 아니었습니다. 지금이 벌써 목요일 아침인데 샐타이어와 하이데거 선생의 자취는 여전히 발견하지 못한 상태입니다. 물론 홀더네스 저택에 살고 있는 공작에게도 연락을 했습니다. 그 집은 학교에서 불과 2, 3마일 떨어져 있고, 혹시 샐타이어가 갑자기 향수병이 생겨 아버지를 찾아간 건 아닐까 생각했지만 집에 가진 않았습니다. 공작은 지금 매우 불안해하고 계십니다. 그리고 아까 보셔서 아시겠지만 저 역시 마찬가집니다. 학생에 대한 걱정과 책임감으로 신경이 너무 쇠약해진 탓이지요. 홈즈 씨, 최선을 다해서 사건을 맡아주시기 바랍니다. 이보다 더 중대하고 가치 있는 사건은 없을 겁니다."

홈즈는 불행한 교장이 자초지종을 이야기하는 것에 열심히 귀를 기울였다. 홈즈의 찌푸린 눈썹과 양미간 사이의 주름을 보니 교장이 최선을 다해 달라고 새삼 부탁하지 않아도 이미 실종 사건에 마음을 빼앗긴 듯 보였다. 어마어마한 보상금은 제쳐 놓고라도, 이 사건은 복잡하고 특이한 사건을 좋아하는 홈즈의 구미에 딱 맞는 것이었다. 홈즈는 수첩을 꺼내 몇 가지 사항을 기록했다.

"왜 좀 더 일찍 찾아오지 않으셨나요?" 홈즈가 책망하듯 말했다. "늦게 오시는 바람에 수사의 시작부터 차질이 생기겠습니다. 제가 지금 가서 담쟁이넝쿨과 잔디밭을 조사한다 해도 증거들은 이미 사라져 버렸을 겁니다. 전문적인 탐정이 조사해도 소용없을 겁니다."

"그건 제 탓이 아닙니다. 홈즈 씨. 공작께서 이 일이 대중에게 알려지는 것을 극도로 꺼려하셔서 어쩔 수 없었습니다. 불미스러운 일이 세상에 알려지는 걸 싫어하십니다. 그런 종류의 일을 절대로 용납하지 못하는 성격이십니다."

"하지만 경찰도 수사는 했겠지요?"

"네, 그러나 아주 실망스러운 결과만 얻었습니다. 근처 기차역에서 아침 일찍 한 소년과 남자가 기차를 타고 어디론가 가는 모습을 봤다는 사람이 있었는데, 어젯밤 그 일행을 리버풀에서 잡았다는 것이었습니다. 그러나 이번 사건과는 아무 관련이 없는 사람들이었습니다. 결국 간밤에 한잠도 못자고 실망과 절망에 뜬눈으로 지새운 뒤, 제가 직접 오늘 아침 일찍 기차로 홈즈 씨를 찾아온 겁니다."

"잘못된 단서라는 게 밝혀지고 나자 지역 경찰에서 수사를 포기한 모양이군요?"

"완전히 중단했습니다."

"그 탓에 사흘이나 허비된 거로군요. 사건이 이 지경까지 가게 내버려 두다니 애석하기 짝이 없습니다."

"예, 저도 안타깝게 생각합니다."

"하지만 아직 사건을 해결할 수 있는 가능성은 있습니다. 조사해 보면 곧 알 수 있겠지요. 기꺼이 하겠습니다. 샐타이어와 하이데거 교사는 서로 잘 아는 사입니까?"

"전혀 모르는 사입니다."

"샐타이어가 하이데거 교사의 수업을 들은 적이 있나요?"

"아니오, 제가 알기로는 서로 말 한마디 나눈 적도 없습니다."

"정말 이상하군요. 소년도 자전거가 있나요?"

"아니오. 없습니다."

"사라진 자전거는 없었나요?"

"없었습니다."

"확실합니까?"

"그럼요."

"그 독일어 선생이 소년과 함께 자전거를 타고 사라졌을 리는 없단 말씀이군요?"

"네, 물론입니다."

"그럼 박사님의 생각은 어떻습니까?"

"자전거는 눈속임일 겁니다. 어딘가에 숨겨 놓고 걸어서 도망갔으리라 생각합니다."

"그럴 수도 있겠군요. 하지만 눈속임치고는 좀 어설프군요. 창고에 다른 자전거들도 있었나요?"

"몇 대 있습니다."

"눈속임을 위해서라면 자전거 두 대를 숨겨 놓는 편이 더 그럴듯하지 않을까요? 사람들의 눈을 속이려면 두 대가 더 나았을 텐데요."

"그건 그렇군요."

"물론입니다. 따라서 눈속임이란 추측은 틀린 게지요. 하지만 자전거가 사라진 점은 수사에 도움이 될 것 같습니다. 자전거가 숨기기에 쉬운 물건은 아니니까요. 질문이 하나 더 있습니다. 샐타이어가 사라지기 전날 만난 사람이 있습니까?"

"없습니다."

"편지를 받은 적도 없나요?"

"편지는 한 통 왔지요."

"누가 보낸 겁니까?"

"공작이 보낸 편지였습니다."

"공작이 보낸 편지라는 것을 어떻게 아셨지요?"

"봉투에 찍힌 홀더네스 가문의 문장을 보고 알았습니다. 또 주소를 쓴 글씨가 공작의 필체였습니다. 그리고 공작이 편지를 보냈다고 제게 말했습니다."

"그 전에 언제 또 편지를 보냈지요?"

"한 며칠 전에요."

"프랑스에서 온 편지는 없었나요?"

"아뇨, 한 번도 없었습니다."

"제가 왜 이런 질문을 하는지는 물론 아시겠지요, 헉스터블 박사. 샐타이어가 자신의 의지로 학교를 빠져나갔는지 아니면 타인에 의해 강제로 납치되었는지 알아보기 위해서입니다. 스스로 도망간 거라면 외부의 누군가가 소년을 꾀었을 수도 있습니다. 아무도 찾아온 사람이 없었다면 편지 때문에 샐타이어가 꾐을 당한 것일 수도 있고요. 그래서 소년이 누구를 만났는지 물어보는 겁니다."

"그다지 큰 도움을 드리지 못해 죄송합니다만 제가 아는 바로는 아버지 홀더네스 공작 외에 소년과 접촉한 사람은 없습니다."

"공작과 샐타이어 부자간의 사이는 좋았나요?"

"공작은 그다지 사교적인 사람이 아닙니다. 중요한 국가 문제에만 파묻혀 지내는 분이기 때문에 아들과의 정이 돈독하다고는 말하기가 어렵군요. 하지만 공작 나름대로 외아들을 아끼는 편이었습니다."

"하지만 어머니와는 사이가 아주 좋았다고요?"

"네."

"샐타이어가 그렇게 말하던가요?"

"아니오."

"그럼 공작이 그렇게 말했습니까?"

"천만에요. 아닙니다."

"그럼 어떻게 아십니까?"

"공작의 비서 제임스 와일더와 대화를 나누었는데 그가 샐타이어에 대해 이런저런 이야기들을 해 주었습니다."

"그랬군요. 그러면 공작이 보낸 마지막 편지가 샐타이어 학생 방에서 발견되었나요?"

"아니오, 샐타이어가 그 편지를 갖고 간 것 같습니다. 이제 그만 유스턴 기차역으로 출발할 시간입니다. 홈즈 씨."

"사륜마차를 부르지요. 15분이면 될 겁니다. 헉스터블 씨, 집으로 전보를 보내세요. 사람들이 박사가 아직 리버풀이나 어딘가에서 사건 수사를 부탁하고 있다고 생각하도록 말입니다. 그러면 제가 비밀리에 편하게 학교에서 조사할 수 있으니까요. 사건 발생 후 시간이 많이 지나서 제대로 된 증거를 찾을 수 있을지 모르겠습니다. 하지만 늙은 사냥개처럼 킁킁대면서 돌아다니다 보면 뭔가 잡히는 게 있겠지요."

그날 저녁 무렵 우리는 헉스터블 박사의 학교가 있는 잉글랜드 북부 피크 지방에 도착했다. 그곳의 공기는 런던과 달리 매우 맑고 상쾌했다. 우리가 도착하자 날은 벌써 어두웠다. 복도 테이블 위에 우리의 명함을 놓고 기다리고 있자니 하인이 집사에게 귓속말로 무언가 속삭였다. 그러자 집사가 깜짝 놀라면서 피곤한 얼굴을 우리 쪽으로 돌렸다.

"공작님은 여기 학교에 와 계십니다. 공작님은 와일더 비서와 함께 서재에 계십니다. 저를 따라오십시오. 안내해 드리겠습니다."

나는 유명한 정치가인 공작의 얼굴을 잘 알고 있었지만 실제로 만나 보니 사진과는 사뭇 다른 모습이었다. 키가 크고 위엄이 있었으며, 옷차림은 빈틈없이 격식 있게 차려입었는데, 얼굴이 길었고 한가운데 우뚝 솟은 매부리코가 인상적이었다. 석고상처럼 창백한 얼굴이 흰색 양복의 상의 위로 길게 자란 짙은 붉은색 수염과 뚜렷이 대비를 이루었다. 양복 안의 조끼 주머니에서 빠져 나온 시곗줄이 반짝였다. 공작은 위엄 있는 표정으로 우리를 보았지만, 얼굴에는 어둠이 서려 있었다. 홀더네스 공작 옆에는 젊은 남자가 서 있었는데 와일더 비서가 틀림없었다. 몸집이 작은 데다 신경질적이고 민첩하며 괄괄하고 꽤 똑똑해 보이는 젊은이였다. 우리의 침묵을 깬 것은 와일더 비서의 날카로운 말투였다.

"헉스터블 박사님, 오늘 아침 박사님을 만나려고 했는데 이미 이번 일을 의뢰하시려고 런던으로 출발하신 후이더군요. 셜록 홈즈 씨에게 이번 사건을 맡기시겠다는 얘기를 전해 듣고 공작님이 매우 놀라셨습니다. 공작님께 사전에 말씀도 드리지 않고 혼자 결정하시다니."

"하지만 경찰도 이번 사건에서 손을 뗐고—"

"공작님은 절대로 수사가 끝났다고 생각하시지 않습니다."

"하지만 와일더 씨, 분명히 경찰은—"

"헉스터블 박사, 잘 아시겠지만 공작님은 이번 사건이 세상에 알려지는 것을 원하시지 않습니다. 그리고 가능한 한 이번 사건에 적은 수의 사람이 개입하기를 바라고 계십니다."

"그렇다면 관두지요." 인상을 찌푸리며 박사가 대꾸했다. "셜록 홈즈 씨가 내일 아침 기차로 런던으로 돌아가시면 되니까요."

"아니오, 런던으로 돌아갈 계획은 없습니다. 박사님." 홈즈가 상냥하게 말을 가로막았다. "이곳 공기도 신선하고 좋으니 며칠 머물면서 휴식을 취하고 싶습니다. 이곳에 머물지 마을 여관에 묵을지는 박사님이 결정해 주십시오."

헉스터블 박사는 이러지도 저러지도 못하고 난처해했다. 그러자 붉은 수염의 공작이 입을 열었다. 마치 종이 울리는 듯 깊게 울려 퍼지는 음성이었다.

"와일더 비서의 말대로 나와 먼저 상의했으면 좋았을 것을 그랬소, 헉스터블 박사. 하지만 홈즈 씨가 자네 부탁을 들어주기로 결정했으니 이를 거절하는 것도 예의는 아니지. 마을 여관에서 묵지 말고 저희 집에서 며칠 지내도록 하시지요. 홈즈 씨."

"감사합니다, 공작님. 하지만 사건을 수사하려면 사건 현장과 제일 가까운 곳에서 지내는 것이 좋겠습니다."

"좋을 대로 하시오, 홈즈 씨. 그리고 필요한 게 있으면 와일더 비서나 나에게 말하시오."

"그러면 여기서 직접 여쭤 보는 편이 좋겠군요. 한 가지 질문이 있습니다. 아드님의 실종에 관해서 무슨 짐작이라도 가는 일이 있으신지요?"

"아니오. 전혀 없소."

"심기를 불편하게 해 드릴 질문을 해서 죄송합니다만 어쩔 수 없군요. 공작부인께서 이 사건과 어떤 연관이 있으리라고 생각하시진 않습니까?"

홀더네스 공작은 대답하기 난처한 듯 한동안 주저했다.

"그렇게 생각하지 않소." 마침내 공작이 대답했다.

"아드님의 몸값을 노리는 유괴범의 소행일 가능성이 있습니다. 혹시 몸값을 요구하는 협박 편지를 받으셨나요?"

"없소. 홈즈 씨."

"한 가지만 더 질문 드리겠습니다. 사건이 발생하던 날 아드님에게 편지를 보내셨다고 들었습니다."

"아니오. 편지는 그 전날 썼소."

"네, 맞습니다. 그런데 아드님에게 그 편지를 사건 발생 하루 전날 보내셨나요?"

"그렇소."

"아드님의 마음이 상할 만한 혹은 충격을 받을 만한 내용을 편지에 쓰셨나요?"

"아니오, 전혀 그렇지 않소."

"편지를 직접 부치셨나요?"

공작이 대답하는 대신 와일더 비서가 황급히 끼어들었다.

"공작님은 직접 편지를 부치시지 않습니다. 다른 서류들과 함께 편지를 서재 책상에 올려놓으시면 제가 그 편지들을 부칩니다."

"그 편지를 확실히 부쳤습니까?"

"물론입니다. 제 눈으로 똑똑히 봤습니다."

"그날 공작님께서 쓰신 편지가 모두 몇 통이나 되지요?"

"스무 통에서 서른 통쯤 될 겁니다. 아주 많았습니다. 사건과 편지는 아무 상관이 없을 것 같습니다만?"

"전혀 없지는 않지요." 홈즈가 대답했다.

"나는······." 공작이 말했다. "경찰에게 프랑스 남부 지방을 조사하는 게 어떻겠냐고 말해 놓았소. 내 아내가 이처럼 끔찍한 일을 주도했으리라고는 생각하지 않소만, 아들 녀석이 워낙에 고집불통이라 프랑스에 있는 제 어미에게 도망갔을 수도 있소. 그 독일어 선생이 꼬드겨 부추긴 거겠지. 나는 이제 그만 돌아가야겠소. 헉스터블 박사."

나는 홈즈가 몇 가지를 더 질문하고 싶어 하는 것을 알 수 있었지만, 공작의 무뚝뚝한 태도 때문에 그만두는 것 같았다. 지나치게 귀족적인 성격 탓에 공작은 내밀한 가족사를 낯선 사람에게 설명하는 일을 굉장히 불쾌하게 느낀 듯했다. 또한 홈즈가 캐물으면 물을수록 자신의 공작이라는 지위에 가려진 어두운 구석이 환히 드러날까 두려워하는 듯 보였다.

공작과 비서가 학교를 떠나자 홈즈는 곧바로 수사에 들어갔다. 우선 샐타이어 학생이 쓰던 방을 샅샅이 조사했지만 밖으로 나갈 유일한 길은 창문이라는 점 외에는 아무런 단서도 얻을 수 없었다. 또한 독일어 교사 하이데거의 방도 조사했지만 역시 아무것도 밝혀낼 수 없었다. 하이데거 선생 역시 담쟁이넝쿨을 타고 내려간 듯, 짧은 풀이 푸르게 자란 잔디밭에 움푹 파인 발자국이 남아 있었다. 소년과 선생의 야간도주를 말해 주는 증거는 그것뿐이었다.

홈즈는 혼자 집을 나서더니 밤 11시가 지나서야 돌아왔다. 그는 근방의 지형을 그린 지도 한 장을 들고 내 방으로 들어왔다. 침대 위에 지도를 펼쳐 놓은 홈즈는 지도 중앙에 램프를 비추고는 담배를 피우기 시작했다. 그리고 호박색 파이프 담배 연기를 내뿜으며 가끔 지도의 여기저기를 가리키고는 했다.

"왓슨, 이번 사건은 아주 흥미로워. 중요한 점이 몇 개 있다네. 우선 여기 지도를 살펴보면 사건 수사에 도움이 될 거야. 지도를 보게. 여기 까맣게 칠한 사각형이 수도원 학교야. 여기에 핀을 꽂아 두지. 그리고 여기 이 선이 큰길이야. 학교에서 동서로 뻗어 있는 모양이 보이지? 그리고 이 큰길에는 샛길이 없어. 만약 두 사람이 길로 지나갔다면 다른 곳으로 빠져나갈 길은 없어."

"정말 그렇군."

"다행스럽게도 나는 오늘 이 길에 대해서 이미 조사를 마쳤다네. 바로 여기, 내가 지금 파이프로 가리키는 지점 말일세. 이 지점에서 경관 한 명이 밤 12시부터 새벽 6시까지 보초를 섰다는군. 여기 보이다시피, 동쪽으로 난 첫 번째 갈림길 지점에서 경관이 보초를 서고 있었지만 한순간도 자리를 뜬 적이 없고, 소년이나 남자가 지나간 적은 없었다고 하네. 그 경관과 아까 얘기를 나눠 봤는데 믿을 만한 사람이더군. 그러니 동쪽 길로는 두 사람이 지나가지 않았다는 것이 되지. 그렇다면 이제 서쪽 길을 살펴봐야 하는데 서쪽에는 '레드 불'이라는 여관이 하나 있다네. 공교롭게도 그날 밤 여관 안주인이 병이 나는 바람에 맥클턴으로 의사를 부르러 갔다는군. 그런데 의사가 다른 환자를 진찰하러 왕진을 가서 새벽까지 자리를 비운 탓에 여관 사람들이 모두 밤새도록 교대로 길가에서 의사가 오는지 기다렸다고 했어. 여관 사람들의 말이 옳다면 서쪽 길 역시 두 사람이 이용했을 가능성은 사라지지. 그렇다면 결국 샐타이어 학생과 하이데거 선생, 두 명은 이 길로 가지 않았다는 게 확실해."

"하지만 자전거는?" 내가 반박했다.
"그래, 자전거가 있지. 추리를 계속해 볼까. 만약 두 사람이 길로 가지 않았다면, 학교 북쪽이나 남쪽으로 갔다는 추측을 할 수 있어. 이 점은 확실하네. 우선 하나씩 살펴보도록 하지. 우선 학교 남쪽을 살펴볼까? 보다시피 학교 남쪽은 경작지로 논밭으로 이루어져 있어. 바둑판처럼 땅이 나뉘어져 있는 데다가 돌담으로 각각 막혀 있네. 이 길로는 자전거가 다닐 수 없다는 뜻이지. 그럼 학교 남쪽으로 갔을 가능성도 없다는 거지. 이제 남은 두 번째 가능성은 학교 북쪽인데, 여기는 나무들이 수북이 자란 숲이야. 래기드쇼 덤불숲이라고 표시한 곳이지. 그리고 여기서 더 가면 로어 황무지야. 완만한 언덕길로 10마일가량 뻗어 있어. 여기, 황무지가 끝나는 곳에 홀더네스 저택이 있네. 도로를 이용하면 10마일이지만 황무지를 가로질러 가면 6마일 거리지. 사람들이 거의 다니지 않는 황무지라서 소와 양을 기르는 농가 몇 채가 있는 걸 제외하면 황무지에 사는 것은 새 같은 날짐승뿐일세. 그리고 체스터필드 거리까지는 아무것도 없어. 여기 교회가 하나 있고, 오두막 몇 개, 그리고 여관이 있네. 언덕을 넘어가면 경사가 급한 절벽이 나와. 역시 이 황무지 지역을 조사해야 한다는 결론이 나오지."

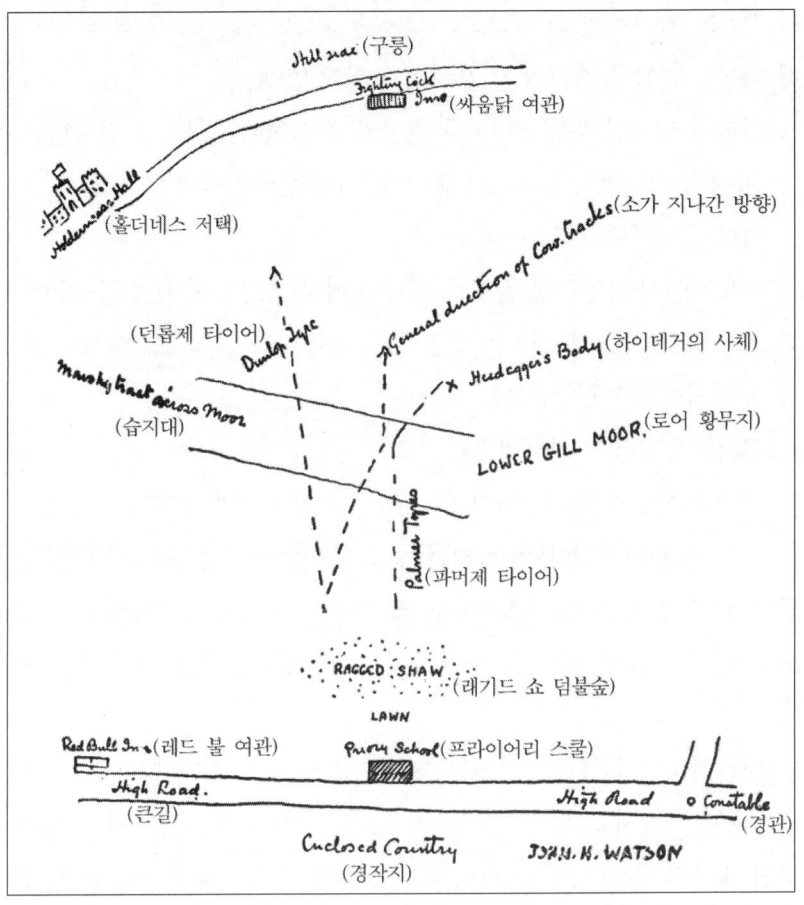

(구릉) Hill rise
(싸움닭 여관) Fighting Cock Inn
(홀더네스 저택) Holderness Hall
(소가 지나간 방향) General direction of Cow-Tracks
(던롭제 타이어) Dunlop Tyre
(하이데거의 사체) Heudegger's Body
(습지대) Marshy Tract across Moor
(로어 황무지) LOWER GILL MOOR.
(파머제 타이어) Palmer Tyre
(래기드 쇼 덤불숲) RAGGED SHAW
LAWN
(레드 불 여관) Red Bull Inn
(프라이어리 스쿨) Priory School
(큰길) High Road.
High Road
(경관) o Constable
(경작지) Enclosed Country
JOHN. H. WATSON

"하지만 자전거는?"

"그렇지, 그렇지." 홈즈가 대꾸했다. "자전거를 잘 타는 사람은 포장도로가 아니어도 상관없어. 황무지에도 오솔길이 나 있고, 게다가 보름달이 뜬 밤이었으니 환히 밝았겠지. 이건 무슨 소리지?"

누군가 힘차게 방문을 두드렸다. 곧이어 헉스터블 박사가 방으로 들어왔다. 박사는 손에 파란 크리켓 운동용 모자를 들고 있었다. 모자 맨 위에는 하얀 갈매기 무늬 장식이 달려 있었다.

"마침내 단서를 잡았습니다!" 박사가 소리쳤다. "하느님 감사합니다. 마침내 소년의 행방을 찾았습니다. 이건 샐타이어의 모자입니다."

"어디서 발견했죠?"

"황무지에서 야영하던 집시들 마차 안에서 발견했습니다. 집시들은 화요일에 출발했는데 경찰이 오늘 추적해서 따라가 마차를 수색한 결과 이 모자를 발견한 겁니다."

"집시들은 뭐라고 하던가요?"

"발뺌하면서 거짓말을 하더군요. 화요일 아침 황무지에서 발견했다고 말입니다. 하지만 분명 집시들이 소년을 납치한 겁니다. 다행이지 뭡니까? 경찰이 집시를 조사하고 있으니까, 법이 무서워서라도 분명 모든 걸 털어놓을 겁니다. 공작의 후한 사례금도 있을 테니 말입니다."

"지금까지는 괜찮군." 박사가 방을 나가자 홈즈가 말했다. "최소한 로어 황무지에서 모자가 발견되었다는 사실은 우리도 황무지를 둘러보면 뭔가 찾을 수 있다는 뜻이 되니까 말이야. 집시들을 체포한 것만 제외하면 지방 경찰이 아무 성과를 거두지 못한 게 분명해. 왓슨, 여기 보게. 황무지를 가로지르는 수로가 있어. 지도에 표시해 놓은 게 보이지? 황무지 일부분에서는 수로가 확대되면서 늪지대로 변한 지역이 있어. 홀더네스 저택과 학교 사이의 지역에 이런 늪지대가 군데 군데 있지. 날이 건조해서 다른 장소에서 흔적을 찾기란 소용없는 일이지만, 늪지처럼 습기가 많은 장소에서는 분명히 뭔가 흔적이 남아 있을 거야. 왓슨, 내일 아침에 깨울 테니 함께 가서 이 수수께끼 같은 사건을 풀어 줄 실마리를 찾아보세."

새벽에 눈을 떠 보니 홈즈는 벌써 일어나 있었다. 날이 밝자마자 홈즈가 나를 깨우러 온 것이다. 옷을 말끔히 차려입은 홈즈는 이미 밖을 둘러보고 온 것이 분명했다.

"잔디밭과 자전거 창고를 살펴보고 래기드쇼 덤불숲에도 갔다 왔지. 왓슨, 옆방에 코코아를 준비해 놨어. 서둘러야 하네. 오늘은 할 일이 아주 많아서 말이야."

홈즈의 눈이 반짝였고, 두 뺨은 홍조를 띠고 있었다. 마치 일감을 잔뜩 준비해 놓은 기술자의 활기찬 표정과도 같았다. 평상시의 모습과는 아주 달라 보였다. 베이커 가에서는 생각에 잠긴 냉정한 모습이 대부분이었는데, 지금 이곳에서는 활기 있고 기운찬 모습이었다. 이처럼 생기에 찬 홈즈의 모습을 보면서 나는 오늘 할 일이 아주 많으리라는 것을 짐작할 수 있었다.

하지만 이러한 기대는 곧 실망으로 바뀌었다. 희망에 부풀어 홈즈와 나는 양 떼가 다니는 길이 어지러이 나 있는 황무지를 돌아다녔다. 물이끼가 끼고 적갈색 덤불로 무성한 황무지를 지나 홀더네스 저택과 황무지를 나누는 넓은 연푸른 녹지대까지 왔다. 만약 샐타이어 학생이 집 쪽으로 갔다면 분명 이곳을 지나갔을 테니 어떤 흔적이 남아 있어야만 했다. 그러나 샐타이어나 하이데거 선생의 흔적은 전혀 찾을 수 없었다. 홈즈의 얼굴이 어두워졌다. 홈즈는 이끼 낀 길 위의 진흙 얼룩을 일일이 살펴보면서 길을 따라 걸었다. 양 떼의 발자국은 아주 많았으며, 몇 마일 떨어진 곳에서는 소 발자국도 발견되었다. 그러나 그 외에는 아무것도 발견할 수 없었다.

"일단 이 지역을 살펴보세." 홈즈가 우울한 얼굴로 넓게 펼쳐진 황무지를 바라보며 말했다. "저 멀리에도 황무지가 있고 사이에 좁은 길이 나 있군. 아니, 이런, 이럴 수가. 이게 뭐지?"

시커먼 좁은 길 중간쯤 축축한 땅 위에 선명하게 자전거 바퀴 자국이 나 있는 것이 보였다.

"와, 드디어 찾았군!" 내가 소리쳤다.

그러나 홈즈는 고개를 저었다. 기쁘다기보다는 뭔가 골똘히 생각하는 제삼자의 표정이었다.

"자전거가 맞긴 한데, 우리가 찾는 자전거는 아니야. 자전거 타이어에는 마흔두 종류가 있고, 각기 타이어 무늬가 다르지. 겉에 덮개를 덧댄 이 타이어는 던롭사의 타이어야. 하이데거 선생의 자전거 타이어는 팔머사에서 만든 제품이야. 에이블링이라는 수학 선생이 확실하다며 말해 주더군. 팔머사의 타이어 무늬는 수직선이라네. 따라서 이것은 하이데거 선생의 자전거가 아니라는 뜻이지."

"그럼 샐타이어의 것일까?"

"어쩌면. 샐타이어가 자전거를 타고 나갔다면 말이야. 하지만 아직까지는 소년이 자전거를 타고 갔다는 증거가 없어. 이 바퀴 자국으로 보건대, 자전거 주인은 학교에서 출발한 것이 확실하네."

"아니면 학교를 향해 가는 중이었거나."

"아냐. 그건 그렇지 않아, 왓슨. 좀 더 깊이 팬 바퀴 자국을 보게. 몸무게가 자전거 뒤쪽에 실리니까 물론 뒷바퀴가 더 깊게 파이지. 여기이 자국들을 살펴보라고. 얕게 파인 앞바퀴 자국이 뒷바퀴에 밀려 사라졌지? 이건 확실히 자전거가 학교에서 출발했다는 의미야. 이 사실이 우리 조사와 관련이 있는지 없는지는 우선 이 바퀴 자국을 되짚어 올라가 보면 알 수 있을 걸세."

우리는 바퀴 자국을 거슬러 올라갔다. 200야드 지나 길이 끝나는 지점에 오자 황무지 땅은 습기로 질퍽해졌다. 길을 따라 계속 되짚어 가다 보니 이번에는 샘물이 솟아오르는 곳이 있었는데, 이곳의 자전거 바퀴 자국은 소의 발자국에 의해 지워져 버린 상태였다. 그곳에는 아무 흔적도 남아 있지 않았고, 길은 학교 뒤의 래기드쇼 덤불숲 속으로 이어져 있었다.

이 숲에서 자전거가 나온 것이 분명했다. 홈즈는 바위 위에 걸터앉아 손으로 턱을 괴었다. 내가 궐련 두 개를 피우고 나서야 꼼짝도 하지 않던 홈즈가 비로소 몸을 일으켰다.

"아하." 홈즈가 마침내 입을 열었다. "흔적을 남기지 않으려고 자전거 타이어 자국을 바꿀 정도로 교활한 놈이 틀림없어. 이런 생각을 할 정도로 머리가 좋은 범인을 상대하고 있다니 이것 참 재미있는 사건이군. 이 문제는 일단 제쳐 두고 다시 황무지를 살펴보러 가세. 아직 조사하지 못한 곳이 많이 남았어."

우리는 다시 황무지 늪 가장자리 주변을 차근차근 살펴보았다. 그리고 마침내 끈기 있게 조사한 소득을 얻게 되었다. 늪의 오른쪽에 진흙탕이 된 샛길이 보였다. 홈즈가 그쪽으로 다가가더니 기쁨의 탄성을 질렀다. 가느다란 전선 꾸러미처럼 보이는 물체가 길 한가운데 놓여 있었다. 바로 팔머 자전거의 타이어였다.

"하이데거 선생의 것이 분명해!" 홈즈가 기뻐하며 소리쳤다. "내 추리가 제대로 들어맞았군."

"축하하네, 홈즈." 내가 말했다.

"아직 가야 할 길이 멀어. 하지만 길을 자세히 살핀 보람은 있군. 이제 이 바퀴 흔적을 계속 쫓아가 보세. 그다지 길지 않을 거야."

그러나 황무지는 습기로 질퍽거리는 곳이 많았고 자전거 바퀴 자국을 놓치기 일쑤였다. 그러나 우리는 다시 이어진 바퀴 자국을 어렵게 발견해 가면서 계속 쫓아갔다.

"이것 보게, 자전거를 탄 사람은 전속력으로 달렸어. 의심의 여지가 없네. 여기 선명하게 난 바퀴 자국을 보라고. 바퀴 자국 두 개가 모두 비슷한 깊이로 파여 있어. 이건 자전거를 탄 사람이 앞바퀴, 즉 손잡이 쪽으로 몸을 잔뜩 기댔다는 뜻이야. 전속력으로 질주할 때처럼 말이지. 이런, 저기서 넘어진 모양이군."

바퀴 자국이 어지럽게 엉켜

있었고, 사람이 넘어진 흔적이 보였다. 발자국이 몇 개 나 있었고, 타이어 자국이 다시 사라지고 보이지 않았다.

"옆으로 넘어진 모양이군." 바닥에 넓게 엉켜 있는 흔적을 보고 내가 말했다.

그러나 홈즈는 아무 말 없이 금작화 꽃이 핀 덤불에서 꺾인 가지 하나를 들어 올렸다. 그 순간 나는 공포에 질렸다. 샛노란 금작화 꽃잎이 붉은 핏빛으로 얼룩져 있었기 때문이다. 길 위에도, 히스 덤불 위에도, 검붉은 핏자국이 여기저기 있었다.

"이런 세상에! 왓슨, 가만히 서 있게. 불필요한 발자국을 남기면 안되니까. 어떻게 된 일일까? 분명 상처를 입고 쓰러졌다가 다시 일어나 자전거를 타고 계속 달려간 모양이야. 하지만 다른 바퀴 자국은 없어. 소 발자국만 눈에 띄는 것이 이상해. 황소에게 받혔을 리도 없을 텐데. 황소라니 말도 안 되지. 하지만 다른 사람의 흔적은 없단 말이야…… 왓슨, 계속 가 보세. 이 핏자국을 바퀴 자국과 마찬가지로 쫓아가 봐야겠어. 분명 멀리 가지는 못했을 거야."

그러나 추적은 오래 가지 않았다. 바퀴 자국은 물기가 어린 진흙 길 위를 비틀비틀 곡선을 그리며 이어져 있었다. 저 앞을 바라보자 반짝 빛을 발하는 금속성 물체가 시야에 들어왔다. 그 물체는 무성하게 자란 금작화 덤불에 가려져 있었다. 우리가 덤불에서 끄집어낸 것은 팔머 타이어가 달린 자전거였다. 한쪽 페달은 구부러지고 자전거 앞부분이 끔찍하게도 온통 피투성이였다. 덤불 저쪽에 신발 한 켤레가 삐죽이 나와 있었다. 우리는 급히 달려가 보았다. 자전거의 주인이 틀림없었다. 키가 크고 턱수염이 난 남자가 누워 있었다. 안경을 쓰고 있었는데, 한쪽 안경알은 빠져 나가고 없었다. 머리를 세게 얻어맞고 죽은 게 분명했다. 머리 한쪽 부분이 짓뭉개져 있었다. 이토록 심한 부상을 입고도 여기까지 올 수 있었다는 사실은 그의 용기와 체력을 말해 주는 것이었다. 신발은 신고 있었지만, 양말은 신고 있지 않았다. 코트 앞자락이 벌어져 안에 입은 잠옷이 드러나 있었다. 죽은 남자는 하이데거 독일어 선생이 틀림없었다.

홈즈는 시체를 신중하게 꼼꼼히 살펴보았다. 그리고 한동안 깊은 생각에 잠겨 있었다. 시체의 발견이 수사에 도움이 되지 않았음을 그의 일그러진 눈썹 모양으로 알 수 있었다.

"왓슨, 뭘 해야 할지 고민이군." 홈즈가 마침내 입을 떼었다. "내 생각 같아서는 계속 황무지를 살펴봐야 할 것 같아. 더 이상 허비할 시간이 없네. 하지만 이 사실을 경찰에 신고해야지. 이 불쌍한 선생에 대해 경찰이 조사하도록 말일세."

"내가 가겠네."

"하지만 난 자네 도움이 필요해. 잠깐, 저기 토탄을 캐고 있는 농부가 있군. 저 사람을 이리 데려오게. 경찰에 알리라고 부탁하지."

나는 그 농부를 데리고 왔다. 홈즈는 시체를 보고 겁에 질린 농부에게 헉스터블 박사에게 전하는 편지를 들려 경찰서로 보냈다.

"왓슨, 오늘 아침 우리는 두 가지 단서를 잡았어. 하나는 팔머 타이어 자전거야. 그 자전거의 주인이 어떤 일을 당했는지도 봤지. 두 번째 단서는 던롭 타이어 자전거일세. 그 점을 조사하기 전에 우리가 알고 있는 사실을 다시 한 번 검토해 볼까? 필요 없는 사실은 버리고 중요한 사실만 골라내야 하니까 말이야. 우선, 나는 샐타이어가 완전히 자기 뜻대로 행동했다는 점을 밝혀 두고 싶네. 창문으로 빠져나온 샐타이어는 혼자 또는 누구와 같이 도망친 게 분명해."

나는 홈즈의 말에 동의했다.

"그렇다면, 다음은 저 불쌍한 독일어 선생에 대해 살펴보도록 하지. 소년은 학교를 빠져나올 때 옷을 완전히 갖춰 입은 상태였어. 따라서 소년은 자기가 무슨 일을 하고 있는지 잘 알고 있었다는 뜻이지. 하지만 하이데거 선생은 양말도 신지 않고 나왔어. 서두른 것이 확실하네."

"나도 그렇게 생각해."

"왜 그랬을까? 왜냐하면 선생은 자기 방 창문을 통해 샐타이어가 빠져나가는 것을 발견했을 거야. 선생은 소년을 데려오려고 했겠지. 자전거를 타고 소년을 뒤쫓아 가다가 죽음을 당한 거야."

"그런 것 같군."

"그럼 이제 내 이야기 중에서 가장 중요한 사실을 설명하겠네. 어린 소년을 쫓아가는 남자라면 당연히 뒤따라 달려갔을 거야. 어른이 뛰면 소년의 걸음이야 곧 따라잡을 수 있으니까. 하지만 하이데거 선생은 그렇게 하지 않았어. 그는 자전거를 타고 갔어. 하이데거 선생은 자전거를 아주 잘 타는 사람이라고 했네. 소년이 뭔가 아주 빠른 것을 타고 가는 모습을 보았기 때문에 하이데거 선생은 자전거를 타고 따라갔다는 사실을 알 수 있지."

"샐타이어가 자전거를 타고 갔나 보군."

"추리를 계속해 보세. 학교에서 5마일 떨어진 곳에서 그는 살해당했어. 권총에 의한 죽음이 아니란 점을 명심해 두게. 소년은 분명 아무것도 갖고 나가지 않았을 가능성이 크지. 그런데 하이데거 선생은 흉기에 머리를 맞고 죽었어. 그렇다면 소년은 혼자가 아니라 누군가와 같이 있었다는 뜻이지. 그리고 하이데거 선생이 소년을 따라잡기까지 5마일이나 걸렸다는 사실은 소년이 아주 빨리 움직이고 있었다는 뜻이야. 그런데 우리는 사건 현장을 모두 살펴보지 않았나. 뭘 발견했지? 소 발자국 외에는 아무것도 없었어. 주위를 둘러보았지만 50

야드 내에는 길이 없어. 던롭 자전거를 탄 사람은 그 살인 사건과 전혀 관련이 없을 수 있다는 얘기야. 근처에 사람의 발자국은 하나도 없었으니까."

"홈즈, 그건 불가능해." 내가 소리쳤다.

"자네 말이 맞네." 홈즈가 대답했다. "바로 그 점이야. 아무도 없는데 사람이 죽어 있다니. 그건 불가능해. 따라서 앞서 내가 이야기한 내용에는 어떤 허점이 있다는 뜻이지. 한번 생각해 보세. 어떤 점이 잘못된 걸까?"

"하이데거 선생이 자전거에서 떨어져 머리에 상처를 입은 걸까?"

"왓슨, 푹신푹신한 늪지대에서 머리뼈가 부서질 만큼 심하게 떨어질 수 있다고 생각하나?"

"모르겠네. 아무리 생각해도 내 머리로는 모르겠어."

"쯧쯧. 이보다 더 어려운 문제도 풀지 않았나. 우리가 알고 있는 사실들은 적은 편이 아니니 이를 이용하면 된다네. 자, 팔머 타이어는 조사했으니 이제 덮개로 덧댄 던롭 타이어에 관해 생각해 보자고."

우리는 바퀴 자국을 따라 좀 더 앞으로 나아갔다. 그러나 히스로 무성히 뒤덮인 오르막길이 나오면서 늪지대는 끝이 났다. 더 이상의 바퀴 자국은 발견할 수 없었다. 자전거 바퀴 자국은 홀더네스 저택 방향을 향한 채 끝나 있었다. 왼쪽 방향으로 몇 마일 앞에 공작의 집에 세워진 높은 탑이 보였다. 앞에는 체스터필드 거리 쪽으로 나지막한 회색 집 한 채가 보였다.

우리는 그 낡고 지저분한 농가로 다가갔다. 문 위에 싸움닭 간판이 걸려 있는 여관이었다. 홈즈가 갑자가 신음 소리를 내면서 비틀거리더니 내 어깨를 움켜잡았다. 발목을 삐끗해서 걸을 수 없다는 것이었다. 홈즈는 절룩거리면서 힘겹게 여관으로 들어갔다. 문간에는 햇볕에 검게 그을린 늙은 남자가 검은 사기 파이프로 담배를 피우면서 쪼그리고 앉아 있었다.

"안녕하십니까? 루빈 헤이즈 씨?" 홈즈가 말을 건넸다.

"당신은 누구요? 내 이름을 어떻게 압니까?" 농부가 의심스럽다는 눈초리로 우리를 쏘아보며 대답했다. 눈빛이 교활했다.

"아, 간판에 쓰인 이름이 있는데 주인 이름이 분명하겠지요. 그 정도야 쉽게 알 수 있는 것 아니겠습니까? 헤이즈 씨, 혹시 마차를 빌릴 수 있습니까?"

"아뇨, 마차는 없소."

"땅에 발을 댈 수 없어서 그러니 부탁합니다."

"그럼 땅에 발을 대지 않으면 될 것 아니오."

"그러면 걸을 수 없어요."

"그럼 한쪽 다리로 깡충깡충 뛰구려."

여관 주인의 태도는 예의범절하고는 담을 쌓은 것이었다. 그러나 홈즈는 예의바르게 웃음을 잃지 않고 대답했다.

"헤이즈 씨. 워낙 불편해서 어쩔 수 없답니다. 탈것이라면 뭐든 상관 않겠습니다."

"나도 당신이 어찌 되건 상관 안 하오." 헤이즈는 매정하게 대꾸했다.

"아주 중요한 일입니다. 자전거를 빌려 주시면 소블린 금화를 드리지요."

여관 주인의 귀가 쫑긋해졌다.

"어딜 갈 생각이오?"

"홀더네스 저택입니다."

"공작과 잘 아는 사이요?" 여관 주인이 진흙이 잔뜩 묻어 있는 지저분한 우리의 옷을 아래위로 훑어보며 대꾸했다.

"공작께서 우릴 보면 좋아하실 겁니다." 홈즈가 넉살 좋게 웃으며 대답했다.

"왜?"

"실종된 아드님에 대한 소식을 갖고 왔으니까요."

여관 주인은 움찔했다.

"뭐요? 도련님을 찾았단 말이오?"

"리버풀에 있다는 연락을 받았습니다."

수염이 제멋대로 자란 주인의 넓적한 얼굴에 순간 안도의 빛이 스쳐 지나갔다. 여관 주인의 태도가 갑자기 상냥해졌다.

"공작은 나에겐 그다지 좋은 분은 아니오. 예전에 나는 공작의 마부장으로 일했었지. 그런데 공작은 한마디 말도 없이 잡곡상의 거짓말을 듣고 나를 해고했어. 하지만 도련님이 리버풀에 있다는 소식을 들으니 기쁘군. 공작에게 그 소식을 속히 전해 드릴 수 있도록 탈것을 빌려 주지."

"고맙습니다." 홈즈가 대답했다. "우선 식사를 해야겠습니다. 그 뒤에 자전거를 빌려 주십시오."

"자전거는 없소."

홈즈가 소블린 금화를 내밀었다.

"정말이오. 선생, 자전거는 없소. 하지만 홀더네스 저택까지 가도록 말 두 필을 빌려 주겠소."

"뭐 정 그러시다면, 일단 식사를 한 뒤에 다시 이야기해 보지요."

우리는 바닥에 돌이 깔린 부엌으로 가서 식사를 했다. 홈즈와 나, 단둘이 남게 되자 놀랍게도 홈즈의 삔 발목은 언제 그랬냐는 듯 멀쩡해졌다. 아침부터 아무것도 먹지 못한 우리는 오랫동안 식사를 했다. 홈즈는 생각에 깊이 잠겨 있었고, 한두 번 창가로 다가가 뚫어져라 밖을 내다보았다. 창밖에는 지저분한 앞마당이 보였다. 마당 저쪽 구석에는 대장간이 있었는데 한 젊은이가 일하고 있었다. 마당 반대쪽 구석에는 마구간이 있었다. 홈즈는 한동안 창밖을 보다가 자리로 돌아와 앉았다. 그러고는 갑자기 벌떡 일어나더니 탄성을 질렀다.

"왓슨, 드디어 알았어. 드디어 알아냈어. 그랬던 거야. 왓슨, 오늘 소 발자국 본 것을 기억하나?"

"몇 개 봤지."

"어디서?"

"글쎄, 여기저기 황무지 전체에 있었는데. 늪지에도 있었고, 길가에도, 그리고 그 불쌍한 하이데거 선생이 죽음을 당한 장소에도 있었지."

"맞아. 그랬어. 그렇다면 왓슨, 황무지에서 소를 본 기억이 나나?"

"아니, 한 마리도 못 봤는데."

"이상하지 않나? 왓슨. 따라다닌 바퀴 자국마다 모두 소 발자국이나 있었는데, 정작 소는 단 한 마리도 보지 못했다니 말이야. 아주 이상한 일이지? 안 그래?"

"그렇군. 정말 이상한걸."

"자, 이제 기억을 더듬어서 아까 갔던 길을 머릿속에 떠올려 보게.

길 위의 자국이 그려지나?"

"그래."

"그럼 그 소 발자국이 이렇게 생겼던 것도 기억나나?"

홈즈는 빵 부스러기를 늘어놓았다.

"어떤 경우엔 ':::::' 이렇게 생겼고, 또 어떤 때는 ':˙:˙:˙:˙:' 모양이었지. 또 '˙˙˙˙˙˙' 이렇게 생긴 것도 있었어. 기억나나?"

"아니, 기억을 못 하겠어."

"난 확실히 기억하네. 분명 그랬어. 맹세해도 좋아. 나중에 시간 내서 다시 한 번 가 보세. 나는 지금까지 눈뜬장님이었어. 이러니 결론이 안 났던 게야."

"그럼 그 소 발자국이 무슨 의미가 있단 말인가?"

"말처럼 걷기도 하고 천천히 구보하거나 아니면 발 네 개를 동시에 지면에서 뗄 정도로 빨리 뛰는 소를 본 적이 있나? 그건 소 발자국이 아냐! 바로 말이라는 이야기지. 시골 여관 주인 머리로는 이런 눈속임을 생각하지 못해. 마당이 조용한 걸 보니 아무도 없는 것 같군. 대장간에 있는 젊은이 외엔 아무도 안 보여. 슬쩍 다가가서 살펴볼까."

무너져 가는 마구간에는 손질을 하지 않아 털이 헝클어진 말 두 마리가 있었다. 홈즈는 그중 한 마리의 뒷발을 올려 발굽을 들여다보더니 소리 내어 웃었다.

"편자는 오래됐는데 얼마 전에 새로 갈았군. 보게, 오래된 편자인데 못은 새것이야. 이거 아주 특이한 사건인 걸. 마당 건너편에 있는 대장간으로 가 볼까."

젊은이는 자신의 일에만 몰두하고 있었다. 홈즈의 날카로운 눈이 쌓여 있는 쇠붙이 더미들을 이리저리 둘러보았다. 바닥에는 나뭇조각들이 흩어져 있었다. 갑자기 우리 뒤에서 발소리가 들렸다. 뒤를 돌아보니 여관 주인이 두 눈을 부릅뜨고 우리를 노려보고 있었다. 검붉은 얼굴이 화가 난 듯 씰룩거렸다. 주인은 손에 짧은 쇠막대기를 들고 있었다. 어찌나 험상궂은 모습이던지 나는 주머니에 있는 리볼버 권총을 손에 쥐었다.

"이 흉악한 염탐꾼들!" 주인이 소리 질렀다. "여기서 뭘 하는 거야?"

"아, 헤이즈 씨." 홈즈가 차분하게 대답했다. "대장간에 우리가 보면 안 되는 물건이라도 있나 보군요."

홈즈의 대꾸에 주인은 애써 억지웃음을 지었다. 그러나 일그러진 입술이 더욱 흉악해 보였다.

"대장간에 있는 물건들이라야 별거 있겠소. 하지만 선생, 난 내 허락도 없이 누가 내 집에서 돌아다니는 것을 좋아하지 않소. 얼른 금화나 주고 선생은 여기서 나가 주셨으면 좋겠소."

"알겠습니다. 헤이즈 씨, 나쁜 뜻은 없었습니다." 홈즈가 대답했다. "타고 갈 말을 살펴봤을 뿐입니다. 하지만 이제는 걸어가도 될 것 같습니다. 별로 멀지 않으니까요."

"공작의 집까지는 2마일도 안 되지. 왼쪽으로 가면 길이 있소."

주인은 뚱한 표정으로 홈즈와 내가 여관을 나갈 때까지 지켜보았다. 그러나 우리는 그다지 멀리 가지 못했다. 주인의 시야에서 벗어난 커브 길에 오자 홈즈가 발걸음을 멈췄기 때문이다.

"왠지 섭섭한 기분이 드는 걸. 마치 고향을 떠난 것처럼 말이야. 여관에서 멀어질수록 사건 현장에서 멀어지는 기분이 들어. 이렇게 그냥 갈 수는 없지. 없고말고."

"나도 동감이야. 저 여관 주인이 모든 사실을 알고 있는 게 분명해. 인상도 험악하기 짝이 없군." 내가 말했다.

"자네도 역시 그런 느낌을 받았군. 이쪽은 마구간, 저쪽은 대장간이라……. 이 싸움닭 여관은 참으로 재미난 장소군. 들키지 않게 다시 여관 쪽으로 가 보세."

회색 석회암이 흩어진 언덕이 뒤로 길게 뻗어 있었다. 우리는 길에서 벗어나 언덕 위로 올라갔다. 홀더네스 저택 쪽을 보자 자전거를 탄 사람이 급하게 달려오고 있는 게 보였다.

"빨리 엎드려, 왓슨!"

홈즈가 급히 내 어깨를 눌렀다. 우리가 몸을 숙이자마자 자전거가 우리를 아슬아슬하게 스쳐 지나갔다. 자전거가 지나간 뒤 뿌옇게 피어오른 먼지구름 사이로 흐릿하게 남자의 얼굴이 보였다. 창백한 얼굴에는 초조함이 깃들어 있었다. 그의 입은 벌려진 채 눈은 정면을 응시하고 있었다. 작고 민첩한 몸집이 우스꽝스러운 만화처럼 보였다. 자전거에 탄 남자는 어젯밤 만났던 제임스 와일더 비서였다.

"공작의 비서로군! 오서 오게, 왓슨! 빨리 따라가야 해." 홈즈가 외쳤다.

우리는 이 바위에서 저 바위로 몸을 숨겨 가며 여관 앞마당이 보이는 곳까지 다가갔다. 와일더 비서의 자전거가 벽에 세워져 있었다. 여관에서는 인기척이 느껴지지 않았다. 방 안에는 아무도 없는 듯 창가를 지나가는 사람의 모습도 보이지 않았다. 차츰 땅거미가 내려앉기

시작했다. 홀더네스 저택에 있는 탑 뒤로 해가 저물어 갔다. 그때 어둑 어둑한 마당 한쪽에서 마차의 램프가 켜진 듯 불빛이 보였다. 말발굽 소리가 들리더니 마차는 체스터필드를 향해 무서운 속도로 달려갔다.

"왓슨, 어떻게 생각하나?" 홈즈가 휘파람을 불며 물었다.

"도망치는 것 같군."

"마차 안에는 한 사람밖에 안 탄 것 같더군. 분명 제임스 와일더 비서는 아니었네. 와일더는 저기 문가에 서 있으니 말이야."

어둠 속에서 문이 열리고 집 안에서 새어 나오는 붉은 빛이 마당에 어른거렸다. 빛 한가운데 와일더 비서의 검은 그림자가 서 있었다. 그는 목을 길게 빼고 캄캄한 어둠 속 어딘가를 보고 있었다. 누군가를 기다리는 게 분명했다. 마침내 길에서 발소리가 들렸다. 누군가가 안으로 들어가더니 곧 여관 문이 닫혔다. 다시 마당은 어둠에 파묻혔다. 5분 후, 2층의 한 방에 불이 켜졌다.

"싸움닭 여관은 이상한 방법으로 손님을 맞는군." 홈즈가 말했다.

"바는 반대쪽에 있어."

"분명 그럴 테지. 아주 은밀한 손님이 방문한 모양일세. 도대체 제임스 와일더가 이 여관에서 이 시간에 뭘 하고 있는 걸까? 왓슨, 가보세. 위험을 무릅쓰고서라도 좀 더 자세히 들여다봐야겠어."

홈즈와 나는 조심스럽게 언덕에서 내려가 길을 지나 여관 문을 향해 살금살금 다가갔다. 여전히 와일더의 자전거는 벽에 세워져 있는 상태였다. 홈즈는 성냥불을 켜고 자전거 뒷바퀴를 조사했다. 홈즈가 소리 죽여 조용히 웃었다. 자전거 타이어는 다름 아닌 던롭 제품이었다. 자전거 위의 창문에서 불빛이 새어 나오고 있었다.

"창문 안을 들여다봐야겠어. 왓슨, 엎드려서 등을 대주겠나? 디디고 올라가서 꼭 봐야겠어."

몇 초 후, 홈즈는 내 등 위로 올라가는가 싶더니 곧 다시 내려왔다.

"왓슨, 이제 됐어." 홈즈가 말했다. "오늘 할 일은 거의 끝난 듯싶군. 모을 수 있는 단서는 모두 모은 것 같아. 학교까지 돌아가려면 갈길이 머니 서둘러 출발하세."

우리가 황무지를 가로질러 수도원 학교까지 돌아가는 동안 홈즈는 한마디도 하지 않았다. 그러나 맥클턴 역에서 홈즈는 어딘가로 전보를 쳤다. 그날 밤 늦게 헉스터블 박사는 하이데거 선생의 비참한 죽음에 대한 소식을 들었다. 홈즈는 박사를 위로했다. 그리고 얼마 후 홈즈가 다시 내 방으로 들어왔다. 늦은 시간이었는데도 아침에 출발할 때처럼 여전히 기운차고 생생한 모습이었다.

"일이 잘 진행되고 있어, 왓슨. 내일 저녁 전까지 사건이 모두 해결될 걸세. 장담하지." 홈즈가 말했다.

다음 날 아침 11시 홈즈와 나는 홀더네스 저택의 아름다운 정원을 지나고 있었다. 집사는 웅장한 엘리자베스 시대 풍의 현관을 지나 우리를 공작의 서재로 안내했다. 공작의 비서 제임스 와일더가 서재에 있었다. 와일더 비서는 어젯밤 외출의 여파인지 눈빛은 불안해 보였고 표정은 굳어 있었다.

"공작님을 뵈러 오셨습니까? 죄송합니다만 공작님은 지금 몸이 편찮으십니다. 헉스터블 박사가 보낸 전보를 어제 오후에 받았습니다. 어제 홈즈 선생이 발견하신 끔찍한 사건 소식에 충격을 받으신 것 같습니다."

"공작님을 꼭 만나야겠습니다. 와일더 씨."

"지금 침실에 계십니다."

"그럼 침실로 가서 뵙지요."

"아직 자리에서 일어나시지 않았습니다."

"그래도 꼭 만나야 합니다."

홈즈의 냉정하고 굽히지 않는 태도에 와일더 비서는 더 이상 말려 봐야 소용이 없다고 판단한 듯했다.

"좋습니다. 홈즈 씨. 공작님께 홈즈 씨가 와 계신다고 말씀 드리겠습니다."

한 시간 정도 지나자 홀더네스 공작이 모습을 드러냈다. 얼굴은 평소보다 창백했다. 두 어깨가 구부정하게 굽어 있어 어제 만난 그 사람이 맞는지 내 눈을 의심할 정도였다. 공작은 정중하게 인사를 하고는 책상 뒤 의자에 앉았다. 공작의 붉은 수염이 책상 위로 흘러내렸다.

"홈즈 선생, 무슨 일이오?" 공작이 말했다.

그러나 홈즈는 공작 옆에 서 있는 와일더 비서를 보고 있었다.

"공작님, 제 생각에는 와일더 비서가 없는 데서 말씀 드렸으면 합니다."

와일더의 창백한 얼굴에서 핏기가 완전히 사라졌다. 그는 홈즈를 힐끗 노려보았다.

"공작께서 원하시는 대로—"

"그래요, 그래. 와일더, 자네는 나가 있게. 자, 홈즈 선생. 할 말이 뭔가요?"

홈즈는 와일더 비서가 나가고 서재 문이 닫힐 때까지 기다렸다가 입을 열었다.

"사실은 말입니다. 공작님. 저와 제 친구 왓슨 의사가 헉스터블 박사에게 듣기로는 이번 사건에 보상금을 거셨다고 하던데요. 공작님께서 그 점을 직접 확인해 주셨으면 합니다."

"물론이오. 홈즈 선생."

"아드님이 있는 곳을 알려 주는 사람에게는 5,000파운드를 주겠다고 하셨습니까?"

"그렇소."

"그리고 누가 아드님을 데리고 있는지 알려주는 사람에게도 1,000파운드를 주신다고 하셨지요?"

"맞소."

"그렇다면 아드님을 납치한 사람이나 혹은 지금 아드님을 데리고 있는 사람을 알려 드리면 1,000파운드를 주신다는 말씀이지요?"

"그렇소, 그래요." 공작이 초초하게 대답했다. "셜록 홈즈 선생, 이 일만 잘 해결한다면 후하게 보상하겠소. 결코 부족하다고 느끼진 않을 거요."

홈즈는 앙상한 손바닥을 마주 비볐다. 홈즈의 검소한 성품을 아는 나로서는 이처럼 돈에 연연하는 홈즈의 모습을 본 적이 없었기 때문에 무척 놀랐다.

"책상 위에 놓인 것이 공작님의 수표책인 것 같군요." 홈즈가 말했다. "지금 6,000파운드짜리 수표를 끊어 주시면 기쁘겠습니다. 지급 보증 수표로 써 주십시오. 저의 거래은행은 캐피탈 카운티스 은행, 옥스퍼드 지점입니다."

공작은 무뚝뚝하게 앉아 있다가 벌떡 일어나서 홈즈를 차갑게 바라보았다.

"농담하는 거요, 홈즈 선생? 재미없는 농담은 그만둡시다."

"농담이 아닙니다. 공작님. 아주 진지하게 말씀드리는 겁니다."

"그럼 도대체 무슨 속셈이오"

"보상금을 받겠다는 뜻입니다. 저는 아드님이 어디 있는지 그리고 최소한 누가 붙잡고 있는지도 알고 있습니다."

공작의 얼굴이 하얗게 변했고, 붉은 수염은 한층 더 붉게 보였다.

"어디 있소?" 공작이 숨을 가쁘게 몰아쉬며 말했다.

"지금 아드님은, 적어도 어젯밤에는 싸움닭 여관에 있었습니다. 여기서 2마일 정도 떨어진 곳입니다."

공작은 무너지듯 의자에 털썩 앉았다.

"범인이 누구요?"

홈즈의 대답은 상상을 초월하는 것이었다. 홈즈는 빠른 걸음으로 공작에게 다가가 어깨에 손을 얹었다.

"바로 당신입니다." 홈즈의 대답이었다. "자, 공작님. 이제 수표를 써 주시지요."

공작은 자리에서 벌떡 일어나더니 마치 깊디깊은 심연 속으로 빠져들어 갈 듯 두 손으로 책상을 움켜쥐었다. 그러나 곧 귀족다운 자제력을 발휘해 공작은 다시 자리에 다시 앉았고, 얼굴을 두 손에 파묻었다. 몇 분이 흐르자 공작이 드디어 말문을 열었다.

"어느 정도 알고 있소?" 여전히 고개를 숙인 채 공작이 물었다.

"어젯밤 공작님을 보았습니다."

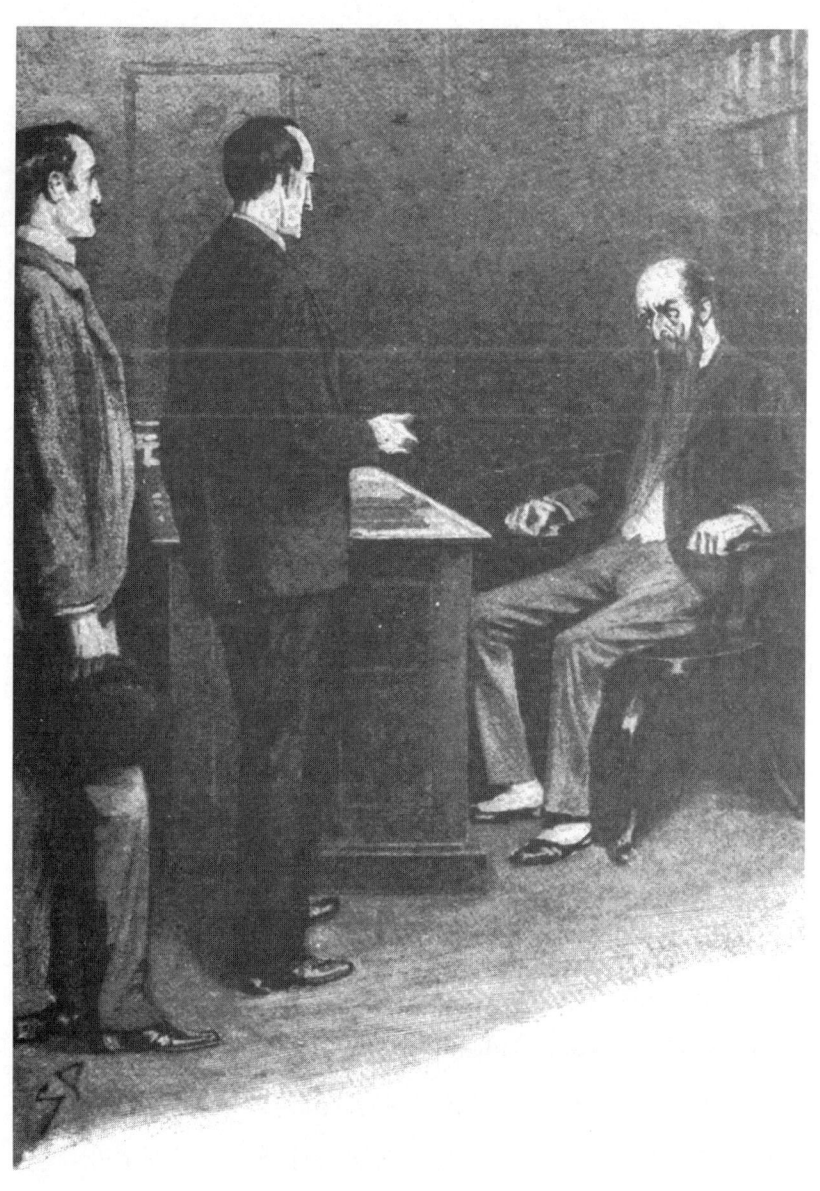

"왓슨 의사 말고 또 누가 알고 있소?"

"아무도 모릅니다."

공작은 떨리는 손으로 펜을 집더니 수표책을 펼쳤다.

"나는 약속은 지키는 사람이오, 홈즈 선생. 지금 수표를 써 드리지만 당신이 한 말이 전혀 반갑지 않은 소식이란 점은 당신이 잘 알 거요. 처음에 보상금을 주겠다고 제안했을 때는 상황이 이렇게까지 되리라고 상상도 못했소. 내가 당신과 왓슨 선생을 믿어도 되겠소?"

"무슨 말씀이신지 이해가 안 갑니다."

"간단히 말하겠소. 홈즈 선생. 이번 일에 대해 누구에게도 말하지 말아 주시오. 1만 2,000파운드면 충분하겠소?"

홈즈가 웃으면서 고개를 저었다.

"죄송합니다만 공작님. 이런 문제는 그렇게 쉽게 해결하시는 게 아닙니다. 학교 선생 한 명이 죽었습니다. 설명이 필요합니다."

"하지만 제임스는 그 일과 상관이 없소. 그에게 책임을 물을 일이 아니오. 제임스가 사람을 잘못 고용한 탓이오. 선생을 죽인 사람은 질 나쁜 불량배였소."

"하지만 공작님, 범죄를 계획한 사람은 그로 인해 발생하는 사태에 대해서도 도덕적인 책임을 져야 합니다."

"도덕적으로 말이오? 홈즈 선생, 물론 당신 말이 맞소. 허나 법적으로는 그렇지 않소. 살인 현장에 있지도 않은 사람이 살인죄를 뒤집어쓸 수는 없는 일이오. 게다가 제임스도 당신과 마찬가지로 살인은 생각도 못하는 사람이오. 하이데거 선생이 죽은 채 발견됐다는 소식을 듣고 제임스는 내게 모든 것을 털어놓았소. 그는 공포와 후회로 어찌할 바를 모르더군. 그리고 살인자와는 그 즉시 모든 관계를 끊었소. 홈즈 선생, 제발 부탁이오. 제임스를 구해야만 하오. 꼭 구해야 하오. 반드시, 반드시 제임스를 살려 줘야 하오."

공작은 그만 자제심을 잃고 꽉 움켜쥔 주먹을 휘두르며 방 안을 이리저리 돌아다녔다. 마침내 그는 이성을 찾고 다시 자리로 돌아와 앉았다.

"아무에게도 말하지 않고 먼저 나를 찾아와 줘서 고맙소. 이 끔찍한 사건을 최소화할 방법을 의논해 봅시다."

"공작님, 그러려면 우선 허심탄회하게 모든 것을 사실대로 말씀해 주셔야 합니다. 최선을 다해서 공작님을 도와 드릴 테지만, 그러기 위해서는 모든 일을 자세히 설명해 주십시오. 제임스 와일더 비서가 살인자가 아니라는 사실을 이해할 수 있도록 말입니다."

"제임스는 아니오. 살인자는 이미 도망갔소."

홈즈가 차가운 미소를 지었다.

"공작님께서는 제 명성을 전혀 듣지 못하신 듯싶습니다. 제 명성을 들으셨다면 쉽게 저를 빠져나가리라는 생각은 못하실 텐데요. 루빈 헤이즈가 체스터필드에서 어젯밤 체포당했습니다. 제 정보에 의하면, 어젯밤 정각 11시에 말입니다. 오늘 아침 학교를 출발하기 전에 지역 경찰 서장이 제게 보낸 전보를 받았습니다."

공작은 의자에 등을 기댔다. 그리고 경탄 어린 눈으로 홈즈를 바라보았다.

"홈즈 씨는 사람의 한계를 벗어난 능력을 가졌군요. 루빈 헤이즈가 잡혔단 말입니까? 잘된 일이지만 이 일로 제임스에게 해가 미치지 않

앉으면 좋겠소."

"공작님의 비서 말씀이십니까?"

"아니오. 홈즈 선생. 사실 제임스는 내 아들이오."

이제는 홈즈가 충격을 받을 차례였다.

"이건 전혀 예상치 못한 말이군요. 공작님, 좀 더 자세하게 설명해 주시겠습니까?"

"아무것도 숨기지 않겠소. 솔직하게 다 말하리다. 매우 고통스러운 일이긴 하지만, 이 비참한 모든 사건은 제임스의 질투에서 비롯되었다오. 내가 혈기 왕성한 젊은이였을 때, 일생에 한 번 올까 말까한 사랑에 빠진 적이 있었다오. 나는 그 여자에게 청혼을 했지만, 그 여자는 신분의 차이를 이유로 나의 청혼을 거절했소. 자기같이 미천한 여자와 결혼하면 내 지위에 흠집이 간다면서 말이오. 그녀가 살아 있다면 나는 다른 누구와도 결혼하지 않았을 거요. 하지만 그 여자는 아이를 낳고 죽었소. 그 애가 바로 제임스요. 그녀에 대한 사랑 때문에 나는 그 아이를 누구보다 아끼고 보살펴 주었다오. 비록 내가 제임스의 아버지라는 사실을 세상에 알리지는 못했지만, 좋은 학교에 보내 주었고 다 큰 청년이 되어서는 곁에 가까이 두려고 비서로 채용한 것이오. 어느 날 이 사실을 알게 된 제임스가 세상에 비밀을 폭로하겠다면서 나를 협박했소. 제임스가 세상에 드러나면 내 결혼 생활이 불행한 이유가 숨겨진 사생아 아들 때문이라고 사람들이 떠들어 댈 건 분명했소. 그런데 무엇보다도 제임스는 내 후계자이자 상속자인 샐타이어를 질투했다오. 홈즈 선생은 그런 상황에서 왜 계속 제임스를 한집에 두고 살았느냐고 물어볼 수도 있겠지만, 그 이유는 제임스 얼굴을 보면 내가 사랑했던 여자의 얼굴이 떠올랐기 때문이오. 내가 사랑했던 여자의 모습을 제임스의 일거수일투족에서 찾을 수 있었기 때문이라오. 그래서 협박을 당하면서도 제임스를 집에서 쫓아낼 수 없었던 것이오. 도저히 그 애를 보낼 수 없었소. 하지만 나는 제임스가 샐타이어를 해코지할까 두려웠기 때문에 샐타이어의 안전을 위해 헉스터블 박사의 학교에 입학시켰던 것이오.

제임스는 한때 우리 집 하인이었던 헤이즈란 놈과 일을 꾸몄소. 헤이즈는 질이 나쁜 사람이지만 어째서인지 제임스는 헤이즈와 친하게 지냈다오. 제임스는 좋은 친구를 알아보는 안목이 없었소. 제임스가 샐타이어를 유괴하겠다고 결심하자 헤이즈가 이 일을 적극적으로 도운 것이오. 내가 샐타이어에게 편지를 보냈다고 한 말 기억하오? 제임스가 내 편지를 뜯어 보고는 거기에 샐타이어에게 학교 뒤에 있는 래기드쇼 덤불숲에서 만나자고 쓴 쪽지를 넣었던 것이오. 내 아내의 이름으로 말이오. 결국 샐타이어는 그 편지에 속고 말았지.

그날 밤 제임스는 자전거를 타고 샐타이어를 숲 속에서 만나서, 어머니가 보고 싶어 한다고, 황무지에서 기다리고 있다고 말했던 것이오. 이건 제임스가 내게 털어놓은 그대로 말하는 거요. 그리고 그날 밤 자정에 다시 숲으로 와서 말을 탄 남자를 만나면 그 남자가 어머니에게 데려다 줄 것이라고 샐타이어를 속인 거요. 샐타이어는 그만 이 말에 속아 넘어갔소. 약속 시간에 숲 속에 오니 헤이즈가 조랑말 한 마리를 타고 기다리고 있었지. 기다리고 있던 헤이즈는 샐타이어를 말에 태우고 도망간 것이오. 하지만 얼마 후에 헤이즈는 누군가 자신들을 쫓고 있다는 사실을 깨달았지. 그렇지만 제임스는 이 사실을 어제서야 알았소. 헤이즈가 쇠막대로 뒤쫓아 온 그 선생의 머리를 때렸고, 심한 부상을 입은 선생은 결국 죽고 말았소. 헤이즈는 샐타이어를 여관으로 데리고 와서 2층 방에 가두고 자기 부인더러 돌보라고 시켰소. 헤이즈 부인은 착한 여자였지만 무서운 남편의 명령이라면 꼼짝 못하는 사람이오.

홈즈 선생, 당신은 제임스가 왜 그런 짓을 했느냐고 물어보고 싶을 거요. 제임스는 샐타이어를 상상도 못할 정도로 미워했소. 제임스의 입장에서는 자기가 내 후계자가 되어 재산을 물려받아야 하는데, 법적으로 자신은 전혀 자격이 없다는 사실에 매우 분노하고 있었소. 제임스에게는 깊이 숨겨진 동기가 또 하나 있소. 제임스는 내가 후계자 자리를 자신에게 물려주길 간절히 바랐다오. 내가 마음만 먹으면 그렇게 할 수 있다고 생각했지. 그래서 제임스는 나와 협상할 생각이었소. 만약 제임스에게 후계자 자리를 물려준다는 유언장을 작성하면 샐타이어를 돌려보내 주겠다고 말이오. 그는 내가 섣불리 경찰에 신고하지 못하리라는 사실을 잘 알고 있었소. 제임스는 분명 협상하자고 내게 제의해 왔을 거요. 하지만 결국 그렇게는 못하고 말았지. 미처 실행에 옮길 틈도 없이 일이 급변했기 때문이오.

제임스의 음모가 뒤틀리기 시작한 것은 홈즈 당신이 어제 하이데거 선생의 시체를 발견하고부터요. 소식을 들은 제임스는 두려움에 사로잡혔소. 어제 나와 제임스가 서재에 있는데 헉스터블 박사가 보낸 전보가 도착했던 거요. 전보를 읽은 제임스는 공포와 후회에 휩싸였고 혹시나 했던 나의 의심은 제임스의 당황한 모습을 보고 즉시 확신으로 바뀌었소. 제임스를 추궁하자 그 애는 자진해서 모든 사실을 털어놓았소. 그리고 사흘만 시간을 달라고 애원했소. 공범 헤이즈에게도 빠져나갈 구멍을 만들어 주려고 했겠지. 항상 그랬던 것처럼 나는 그 애의 간곡한 애원을 들어주었소. 그리고 제임스는 곧 그 싸움닭 여관으로 가서 헤이즈에게 마차를 타고 도망치라고 말했던 거요. 나는 도저히 낮에는 그리로 갈 수 없었소. 그래서 해가 지자마자 여관으로 가서 샐타이어를 만났소. 샐타이어는 몸 하나 상한 데 없이 무사했지만 끔찍한 일을 보고 겪은 탓에 완전히 겁에 질려 떨고 있었소. 결국 나는 헤이즈 부인이 돌본다는 조건으로 사흘 동안 아들을 여관에 그대로 두는 데 동의했소. 이미 약속한 바가 있었으니 어쩔 수 없었소. 경찰이 샐타이어가 있었던 곳을 알게 되면 살인자가 누군지도 결국 드러나게 될 텐데, 그러면 공범인 제임스의 신변에 해가 되니 나로서는 정말 어쩔 수 없었소. 제임스에게 피해가 가는 일을 막으려면 어쩔 수 없이 헤이즈의 범죄도 모른 척해야 했던 거요. 솔직하게 말해 달라는 대로 모든 것을 하나도 숨김없이 말했소. 홈즈 선생, 이제 당신이 내게 솔직해질 차례요.”

“예, 그러지요. 우선 이 점을 미리 말씀드려야겠습니다. 공작님은 지금 아주 심각한 상황에 처해 있습니다. 법의 시각으로 보면 이것은 중대한 범죄입니다. 범죄를 눈감아 주셨고, 살인범의 도주를 도와주었습니다. 와일더가 공범 헤이즈를 도주시키면서 분명 공작님에게서 돈을 뜯어냈겠지요.”

공작은 말없이 고개를 끄덕였다.

“그렇다면 문제는 더욱 심각합니다. 그리고 어린 아드님, 샐타이어에게도 공작님은 못할 짓을 하셨습니다. 그 여관에 사흘씩이나 그대로 방치해 두신 겁니다."

"하지만 부인이 돌본다고 꼭 약속—"

"그런 사람들이 무슨 약속을 지키겠습니까? 아드님이 또 어디론가 사라진다고 해도 공작님은 하실 말씀이 없습니다. 죄를 지은 아들 제임스에게는 관대하셨지만 순진무구한 어린 아드님을 또다시 무시무시한 위험에 빠뜨리신 것과 다름없습니다. 절대로 이해할 수 없는 행동입니다."

홀더네스 공작이 자기 집에서 이토록 심한 비난을 받은 적은 없었을 것이다. 공작의 얼굴이 벌겋게 달아올랐다. 양심의 가책으로 인해 공작은 아무 말도 하지 못했다.

"도와 드리겠습니다. 단, 한 가지 약속을 하셔야 합니다. 집사를 불러서 제가 마음대로 명령을 하게 내버려 두십시오."

아무 말 없이 공작이 전기식 버튼을 눌렀다. 잠시 후 하인 한 사람이 들어왔다.

"좋은 소식이 있네." 홈즈가 말했다. "도련님을 찾았네. 지금 당장 싸움닭 여관으로 마차를 보내 도련님을 데려오라는 공작님의 말씀이 있으셨네."

기쁜 소식에 들뜬 하인이 사라지자 홈즈가 말했다. "자, 이제 앞으로 벌어질 일에 대해서 어느 정도 안심할 수 있으니 과거의 일에 좀더 느긋해질 수 있겠군요. 전 경찰이 아닙니다. 따라서 정의가 실현되는 한, 제가 아는 사실을 일일이 다 밝힐 의무나 이유는 없습니다. 헤이즈에 대해서 전 아무 말도 않겠습니다. 경찰이 헤이즈를 체포할 테고 전 헤이즈를 보호하는 행동은 하지 않을 겁니다. 헤이즈가 어떤 이야기를 폭로할지 저는 모르겠습니다. 하지만 헤이즈에게 입을 다물어야 좋을 거라고 공작님이 확실히 다짐을 받아 두십시오. 경찰은 헤이즈가 몸값을 받으려고 소년을 유괴했다고 생각할 겁니다. 경찰이 설혹 헤이즈의 유괴 증거를 잡지 못한다고 해도 제가 경찰에게 이러쿵저러쿵 단서를 제공할 필요는 없습니다. 그러나 공작님께서는 이 점은 명심해 두십시오. 제임스 와일더를 계속 집에 두시면 결코 좋을 일이 없을 겁니다. 그는 불행만 가져다줄 뿐입니다."

"잘 알겠소. 제임스는 다시는 나를 보지 않겠다고 이미 약속했소. 그 애를 오스트레일리아로 보낼 계획이오."

"제임스 때문에 공작님의 결혼 생활이 불행했다고 말씀하셨지요? 그렇다면 남부 프랑스에 있는 부인을 다시 데려오시기 바랍니다. 그리고 그동안 제임스 때문에 좋지 못했던 부인과의 사이가 원만해지도록 노력하십시오."

"그럴 생각이오. 그래서 오늘 아침에 아내에게 편지를 보냈소."

"그렇다면 저와 친구가 이렇게 북잉글랜드까지 온 보람이 있기는 하군요. 한 가지 더 확실히 하고 싶은 부분이 있습니다. 헤이즈 말의 발자국이 소 발굽으로 찍혔던데, 와일더는 그런 희한한 도구를 어디서 구했습니까?"

공작은 잠시 생각하더니 알겠다는 듯 고개를 들었다. 공작은 우리를 다른 방으로 안내했다. 문을 열자 박물관처럼 생긴 방이 나타났다. 그는 유리 장식장으로 우리를 데리고 가더니 안에 놓인 설명서를 손으로 가리켰다.

"이 말편자는 홀더네스 저택을 둘러싼 호수에서 발견된 것으로 말의 발굽에 사용한 것이오. 그러나 이 말발굽 편자의 뒤쪽은 소발굽 모양처럼 두 부분으로 갈라져 있어 추적자들을 따돌리는 데 사용했소. 중세 시대 홀더네스 가문에서 전쟁 시 사용하던 물건으로 추측되오."

홈즈는 장식장을 열고 침을 묻힌 손가락 끝으로 편자를 쓰다듬었다. 편자를 최근에 사용한 듯 덜 마른 진흙이 손가락에 묻어 나왔다.

"감사합니다." 편자를 제자리에 놓으면서 홈즈가 말했다. "이것은 제가 이곳에 온 이후 두 번째로 궁금한 점이었습니다."

"그럼 첫 번째는 뭡니까?" 공작이 질문했다.

홈즈는 수표를 접어 조심스럽게 수첩 사이에 끼워 넣었다.

"전 가난한 사람이거든요."

홈즈는 안주머니 깊이 넣은 수첩을 살며시 톡톡 두드렸다.

역주 ―

코난 도일은 〈프라이어리 스쿨〉을 단편 12선 중 10위에 뽑았다. 이 작품의 원고는 4절지 71매로, 약 13,500개의 단어이고, 정정된 부분이 있다. 1922년 1월 26일, 뉴욕 경매에서 155달러에 낙찰되었다. 1925년 1월 28일 〈춤추는 인형〉〈외로운 사이클리스트〉 원고와 함께 런던 옥션에서 66파운드에 낙찰되었다. 1946년 10월 당시 이 원고는 시카고의 리 블록이 소장하고 있었다.

**Sherlock
Holmes**

블랙 피터

Black Peter

1895년 7월 3일(수) ~ 7월 5일(금)

1895년만큼 셜록 홈즈가 정신적으로나 육체적으로 좋은 상태인 해는 없었다. 홈즈의 명성이 높아짐에 따라 여러 가지 사건이 줄을 이었다. 베이커 가의 우리의 거처를 찾아온 유명한 의뢰인들 중에는 그 신분을 암시하는 것마저 표현할 수 없는 인물이 적지 않았다. 그러나 홈즈는 여러 위대한 예술가와 마찬가지로 자신의 예술을 위해서만 살아왔기 때문에, 홀더네스 공작의 사건을 제외하면, 가치를 따질 수 없을 만큼 중요한 사건을 해결하고도 그 대가로 큰 보상금을 요구하지 않았다. 홈즈는 세속적인 사람이 결코 아니다.

홈즈를 변덕스럽게 보는 사람도 있을 것이다. 홈즈는 종종 권력 있는 부자들의 부탁을 거절했는데, 그들의 사건 의뢰가 홈즈의 동정심을 전혀 불러일으키지 않았기 때문이다. 반면, 그의 상상력과 두뇌에 자극과 도전을 주는 가난한 사람들의 이상하고 특이한 사건이라면 홈즈는 몇 주에 걸쳐 그 사건을 해결하려고 매달렸다. 교황이 홈즈에게 특별히 해결해 달라고 부탁한 토스카 추기경의 갑작스러운 죽음에 대한 사건 수사부터 흉악한 카나리아 조련사 월슨을 체포함으로써 런던의 이스트엔드의 범죄자 소굴을 소탕하는 등 홈즈가 해결한 사건들은 희귀한 사건이 많았다. 이렇게 기이하고 다양한 사건들이 연속적으로 이어져 홈즈의 정신을 온통 사로잡은 1895년은 잊지 못할 한 해였다.

앞서 말한 유명한 두 사건 바로 직후 우드맨즈 리에서 비극적인 사건이 일어났다. 바로 피터 캐리 선장의 죽음을 둘러싼 너무나 모호한 사건이었다. 이 특별한 사건을 설명하지 않고 지나간다면 차라리 홈즈의 활동을 전혀 기록하지 않는 편이 나을 것이다.

7월 첫째 주, 홈즈가 종종 집을 비우고 어디론가 떠났기 때문에 나는 그가 무슨 사건을 맡았음을 알 수 있었다. 그동안 거칠어 보이는 남자 몇 명이 베이커 가의 하숙집을 찾아와 배질 선장이 계시냐고 물어본 적이 있었다. 이는 홈즈가 자신의 정체를 숨기고 어디선가 가명을 써 가면서 무슨 일을 하고 있다는 뜻이었다. 홈즈는 런던 곳곳에 최소한 다섯 군데가 넘는 은신처를 두고 있었다. 그는 그것들을 다른 사람으로 변장하는 장소로 이용하곤 했다. 홈즈는 내게 무슨 일을 하고 있는지는 말하지 않았고, 나 역시 억지로 대답을 얻어내고 싶지는 않았다. 홈즈가 무슨 조사를 하고 있었는지 확실히 드러난 것은 어느날 아침이었다. 내가 아침 식사를 하러 아래층으로 내려가자 식전에 벌써 외출을 하고 돌아온 홈즈가 모자를 쓰고 끝이 뾰족한 창을 우산처럼 팔에 걸고는 식당으로 뚜벅뚜벅 걸어 들어왔다.

"이런 세상에, 홈즈." 내가 큰 소리로 말했다. "지금 그 물건을 들고

런던 시내를 돌아다닌 건 아니겠지?"

"마차로 푸줏간까지 갔다 오는 길이야."

"푸줏간?"

"그래, 덕분에 입맛이 도는 걸. 왓슨, 아침 식사 전에 운동을 하면 건강에 좋다는 건 두말할 필요도 없는 사실이야. 그런데 자네는 내가 무슨 운동을 했는지 전혀 궁금해하지 않는군."

"생각하고 싶지도 않아."

홈즈는 커피를 따르며 쿡쿡 웃었다.

"만약 자네가 앨러다이스 푸줏간 안을 들여다봤으면 좋았을 것을. 셔츠를 입은 남자가 이 창으로 천장 갈고리에 매달린 돼지를 마구 찌르는 광경을 목격했을 텐데 말이야. 내가 바로 그 사람이지. 수없는 연습 끝에 마침내 힘들이지 않고 단 한방에 돼지를 창으로 고정시키게 되니 내 자신이 상당히 자랑스럽더군. 자네도 해 보면 어때?"

"세상의 돈을 다 준다 해도 안 해. 그런데 왜 그런 건가?"

"간접적이지만 우드맨즈 리 사건에 대한 어떤 단서가 숨어 있는 것 같아서였지. 아, 홉킨스, 어젯밤 당신 전보를 받고 오기만을 기다리고 있었지. 이리 와서 같이 아침 식사를 하지요."

우릴 찾아온 사람은 30대의 민첩해 보이는 남자로 평범한 트위드 양복을 입고 있었으나 어딘가 경찰 제복에 익숙한 사람의 자세가 드러났다. 바로 스탠리 홉킨스 경감이었다. 그는 홈즈가 크게 기대를 걸고 있는 젊은 경찰이었다. 경감은 유명한 아마추어 탐정의 과학적인 수사방식에 대해 늘 존경과 경의를 표하곤 했다. 그런데 홉킨스 경감의 눈 밑에는 그늘이 서려 있었다. 그는 크게 낙담한 모습으로 의자에 앉았다.

"아니오, 괜찮습니다. 여기 오기 전에 아침 식사를 했습니다. 어제 사건 보고서를 쓰느라 경찰서에서 밤을 새웠거든요."

"어떤 보고서였나?"

"실패입니다, 완벽한 실패예요."

"전혀 진전이 없나?"

"전혀요."

"이런, 내가 한번 봐야겠군."

"정말 그래 주시면 고맙겠습니다. 처음으로 잡은 큰 기회인데 전 아무 생각도 떠오르지 않아요. 제발, 저 좀 도와주세요."

"나는 검시 재판 조서와 손에 넣을 수 있는 증거 서류는 모두 읽어서 자세히 알고 있지만…… 그런데 범행 현장에서 발견된 그 담배 주머니는 어떻게 생각하나? 아무 단서도 없던가?"

홉킨스 경감은 약간 놀란 듯했다.

"그것은 피해자의 것이었습니다. 안쪽에 머리글자가 새겨져 있더군요. 바다표범 가죽으로 만든 것이었어요. 아시겠지만 그는 바다표범 잡이였으니까요."

"하지만 그 사람은 파이프가 없었어."

"없었지요, 파이프는 찾을 수 없었어요, 사실 그는 거의 담배를 피우지 않았으니까요. 어쩌면 친구들을 주려고 준비해 둔 것일지도 모르지요."

"그랬겠군. 만약 내가 이 사건에 손을 댄다면, 그 담배 주머니를 수사의 출발점으로 했을 거라고 생각해서 물어본 것이네. 그런데 내 친구 왓슨은 이 사건에 대해 아무것도 모르고 있다네. 나야 사건의 진행 상황을 한 번 더 들어도 전혀 해될 게 없으니, 중요한 사실만 짧게 설명해 주게, 홉킨스 경감."

경감은 주머니에서 종이 한 장을 꺼냈다.

"죽은 남자에 대한 신상을 순서대로 간단히 정리했습니다. 피터 캐리 선장은 1845년 출생으로 쉰 살입니다. 바다표범과 고래잡이로 이름을 날렸지요. 1883년에는 던디 지방의 바다표범잡이 배 씨유니콘 증기선의 선장이었습니다. 그 뒤에도 성공적인 항해를 몇 차례 한 뒤, 다음 해인 1884년에 은퇴했습니다. 은퇴 후에는 몇 년 동안 여행을 다니다가 우드맨즈 리란 땅을 산 뒤 그곳에 정착해서 6년간 살다가 얼마 전에 죽었습니다. 바로 일주일 전이지요.

이 피터 선장에겐 매우 특이한 점이 있습니다. 평소에는 말없고 신중한 모습의 철저한 청교도입니다. 가족으로는 부인과 스무 살 난 딸, 그리고 하녀 두 명이 있습니다. 하녀들은 수시로 바뀝니다. 일하기에 즐거운 집이 절대로 아니었으니까요. 때론 참을성의 한계를 넘을 정도이지요. 피터 선장은 간혹 인사불성의 주정뱅이처럼 구는데 심할 경우에는 악마가 따로 없을 정도였답니다. 한밤중에 부인과 딸을 문 밖으로 내쫓고 매질을 하는 통에 비명 소리에 온 동네 사람이 잠에서 깰 정도였다고 하더군요. 또 행동거지 좀 고치라고 불러서 꾸짖은 늙은 신부님을 마구 폭행한 혐의로 체포당한 적도 있습니다.

간단히 말해 홈즈 씨, 피터 캐리 선장보다 위험한 사람은 찾기 힘들 겁니다. 배를 지휘할 때도 이런 식으로 아주 거칠었다고 들었습니다. 뱃사람들 사이에서는 그를 블랙 피터라고 불렀는데, 까무잡잡한 얼굴과 검은 수염 때문에 붙은 별명이기도 하지만 언제나 무서운 분위기가 감도는 위험인물인 탓도 있었습니다. 주위의 모든 사람이 그를 피하고 역겨워 했다는 점은 설명할 필요도 없겠지요. 선장이 그렇게 비참한 최후를 맞은 일에 대해서 슬퍼하는 사람은 한 명도 없었습니다.

홈즈 씨, 피터 선장의 선실 조사 내용 역시 읽으셨겠지요? 하지만 여기 계신 왓슨 씨는 모르실 테니 설명하지요. 피터 선장은 통나무집을 직접 만들었는데, 그것을 '선실(캐빈)'이라고 불렀답니다. 집에서 몇백 야드 떨어진 곳에 있는데 매일 이곳에서 잠을 잤답니다.

거기에는 방이 하나 있는데 가로 16피트, 세로 10피트의 방입니다. 그는 항상 오두막 열쇠를 몸에 지니고 다녔고, 스스로 잠자리를 정리하고 청소도 하면서 오두막에는 그 누구도 얼씬하지 못하게 했답니다. 양옆에 조그만 창문이 하나씩 있고, 언제나 커튼이 쳐져 있어서 밖에서는 안을 들여다볼 수 없습니다. 창문 중 하나는 도로를 향해 나 있어서 밤에 오두막에 불이 켜지면 이웃 사람들은 피터 선장이 도대체 그 안에서 뭘 하는지 궁금해했답니다. 수사를 했을 때, 이 창문을 통해서 유력한 증거 중 일부를 얻을 수 있었습니다.

슬레이터라는 석수장이를 기억하시지요? 살인이 일어나기 이틀 전 그 사람이 새벽 1시경에 포리스트 로우 쪽에서 오고 있었는데, 그 오두막집 앞에서 나무 사이로 창문의 불빛이 비치고 있었답니다. 그래서 걸음을 멈추고 보니 남자의 옆모습 그림자가 보였답니다. 그런데 그는 자신이 피터 선장을 잘 안다며, 절대로 그 그림자는 피터 선장이 아니었다고 하더군요. 턱수염이 난 모습은 맞는데, 턱수염이 선장과는 달리 짧고 바짝 곤두선 모양이었다면서 말입니다. 석수장이가 한 말은 이렇습니다만, 슬레이터는 술집에서 두 시간이나 술을 마시다가 오는 길이었고 길가에서 오두막 창문까지는 거리도 꽤 있는 편인 데다가 월요일 새벽의 일이었습니다. 아시다시피 사건은 수요일에 발생했고요.

화요일에 기분이 좋지 않았던 피터 선장은 걷잡을 수 없는 짐승처럼 만취한 상태에서 행패를 부렸습니다. 들짐승처럼 이리저리 마구 돌아다니던 남편이 집을 향해 오는 발소리를 들은 부인과 딸들은 위험을 피해 달아났지요. 저녁 늦게 선장은 오두막으로 돌아갔습니다.

그날 새벽 2시쯤 창문을 열어 놓고 잠을 자던 딸이 오두막에서 들려오는 무시무시한 비명 소리를 들었지만, 술에 취해서 아버지가 평소처럼 고래고래 고함치는 것이겠거니 해서 전혀 신경을 쓰지 않았답니다. 7시에 일어난 하녀 한 명이 오두막 문이 열려 있는 것을 발견했지만, 워낙 피터 선장을 무서워해서 감히 오두막 근처에 갈 엄두도 못 냈답니다. 그래서 오후가 되어서 열린 문틈으로 살짝 엿보았던 겁니다. 그리고 눈앞에 펼쳐진 광경에 놀라 하얗게 질린 얼굴로 다들 오두막 안으로 황급히 뛰어들어간 것이지요. 한 시간 안에 경찰이 현장으로 출두했고, 제가 사건을 담당하게 되었습니다.

저도 담력이 꽤 있다고 자부하는 편입니다만, 그 오두막에 들어간 순간 큰 충격을 받은 것은 부인할 수 없습니다. 시체 주변에 파리들이 날아다니고 있었고, 바닥과 벽은 마치 도살장처럼 온통 피범벅이었습니다. 그리고 피터 선장이 그 오두막을 선실이라고 부른 이유가 있더군요.

오두막 안은 마치 배에 탄 것처럼 느껴질 정도로 사물함, 지도, 해도, 씨유니콘 호의 사진, 선반에는 항해 일지들이 꽂혀 있는 것이 말 그대로 선장실을 그대로 옮겨 놓은 듯 똑같이 꾸며져 있었습니다. 그리고 방 한가운데 피터 선장이 있었지요. 심한 고통으로 혼이 나간 듯 얼굴은 일그러져 있었고, 얼룩덜룩한 턱수염도 고통 속에 위를 향하고 있었습니다. 강철 작살이 오른쪽 가슴을 관통하고 지나가 벽에 꽂힌 상태였습니다. 물론 숨은 끊어진 상태였고요. 피터 선장이 마지막으로 한 말은 외마디 비명 소리가 전부였을 겁니다.

홈즈 씨의 수사 방법을 잘 알고 있기 때문에 저도 물건을 움직이지 말고 현장을 그대로 보존하라고 명령한 뒤 오두막 밖과 안을 샅샅이 검사했습니다. 발자국은 전혀 없었습니다."

"발자국을 발견하지 못했다는 것인가?"

"확실합니다, 발자국은 없었습니다."

"홉킨스 경감, 난 많은 범죄 사건을 수사했지만 날아다니는 범인이 있다는 소리는 한 번도 못 들어 봤네. 최소한 다리가 달린 사람이 범인이라면 반드시 그 흔적이 있단 뜻일세. 어딘가 파였거나, 무엇이 스쳐지나 갔거나, 혹은 물건의 위치가 바뀌었다든지 말일세. 노련한 전문가라면 능히 발견할 수 있단 뜻이지. 온통 피범벅이 된 방에 아무런 흔적이 남아 있지 않다니 정말 이상한 일이군. 하지만 깜박 잊고 그냥 지나친 장소나 물건은 전혀 없겠지?"

홉킨스 경감은 홈즈의 날카로운 지적에 약간 주춤했다.

"그때 즉시 홈즈 씨를 불렀어야 하는 건데 제가 어리석었습니다. 하긴 이미 엎질러진 물입니다만, 방에는 특별히 조사할 필요가 있는 물건들이 몇 개 있었습니다. 하나는 살인에 사용된 작살입니다. 벽에 걸려 있던 작살 세 개 중 하나였습니다. 두 개는 원래대로 있고 나머지 자리 하나가 비어 있더군요. 작살에는 'SS, 씨유니콘, 던디'라는 글자가 새겨져 있었습니다. 이번 사건은 순간적인 분노로 저질러진 범행 같습니다. 살인자가 무기를 손에 쥐자 자기도 모르게 그런 것 같아요. 범행이 일어난 시간은 새벽 2시지만 피터 선장의 옷차림이 잠옷이 아니라 양복을 제대로 갖춰 입었다는 점에서 그 사람과 만날 약속이 있었던 것 같습니다. 또한 테이블 위에는 럼주 한 병과 더러운 유리잔 두 개가 있었으니까요."

"그렇군. 그런 추리도 가능하겠군. 방에 럼주 말고 다른 술은 없었나?"

"사물함 위에 브랜디와 위스키 술병이 있었습니다. 하지만 별로 중요한 건 아닙니다. 술병은 꽉 차 있었고, 마개도 뜯지 않은 듯 한 번도 사용하지 않은 것이었습니다."

"사건 현장에 있던 것은 뭐든지 중요하지. 경감이 보기에 중요한 물건이 있었던 것 같은데 말해 보게." 홈즈가 말했다.

"테이블 위에 담배 주머니가 있었습니다."

"테이블 어느 쪽이었나?"

"한가운데 있었습니다. 질 나쁜 바다표범 가죽으로 만든 주머니였는데, 털이 붙어 있었고 주머니를 묶기 위한 가느다란 끈이 달려 있었습니다. 덮개 주머니 안쪽에는 'P. C.'라고 피터 선장의 머리글자가 새겨져 있었습니다. 안에는 선원들이 피우는 강한 담배가 반 온스 들어 있었습니다."

"좋아. 다른 것은?"

스탠리 홉킨스는 주머니에서 갈색 표지 수첩을 하나 꺼냈다. 표지는 매우 낡고 더러웠으며 속지도 변색되어 있었다. 첫 페이지에는 1883년이란 연도와 'J. H. N'이라는 머리글자가 적혀 있었다. 홈즈는 수첩을 테이블 위에 올려놓고 언제나 그렇듯이 매우 상세히 살펴보았다. 홉킨스와 나는 홈즈 어깨 너머로 수첩을 보았다. 두 번째 페이지에는 활자체로 'C. P. R'이라고 쓰여 있었고, 나머지 장에는 숫자들이 적혀 있었다. 아르헨티나, 코스타리카, 상파울루 같은 제목이 달려 있는 페이지도 있었으며 서명과 숫자들이 적혀 있었다.

"이게 뭐라고 생각하나?" 홈즈가 물었다.

"증권 번호 목록 같습니다. 'J. H. N'은 증권 중개인 이름의 머리글자라고 생각합니다. 그리고 'C. P. R'은 고객의 이름이겠지요."

"캐나다 태평양 철도(Canadian Pacific Railway)의 약자가 아닐까?" 홈즈가 말했다.

그러자 홉킨스 경감이 이를 갈면서 주먹으로 자기 허벅지를 쳤다.

"이런 바보 같으니라고. 저 같은 멍청이가 따로 없네요, 홈즈 씨 말이 맞습니다. 그럼 이제 'J. H. N'만 해결하면 되겠군요. 예전 증권 목록을 모두 검토했지만 1883년도 증권은 없었습니다. 집에도 없었고, 증권 중개인 가운데서도 'J. H. N'이라는 머리글자를 가진 사람은 없었습니다. 하지만 저는 이 단서가 가장 중요하다고 생각됩니다. 홈즈 씨도 이 머리글자가 사건 현장에 있던 사람, 즉 살인자의 이름일 가능성이 있다고 생각하시지요? 값어치가 나가는 대량의 증권과 관련된 서류 기록을 알아보라고 명령할 생각입니다. 어쩌면 이번 사건에 대한 범죄의 동기가 드러날 겁니다."

홈즈는 새로운 사건 진행 상황에 대해 깜짝 놀란 듯했다.

"경감의 의견이 모두 맞을 수도 있겠군. 내가 조사할 당시에는 없었던 수첩이 나타났으니, 처음에 추리한 것을 약간 수정해야겠어. 수첩은 전혀 고려하지 않고 생각했던 결론이니까. 수첩에 있던 증권을 추적해 보았나?"

"현재 경찰에서 수사 중입니다. 주식의 모든 등록이 남미에 있을까봐 걱정이군요. 만약에 그렇다면 결과를 얻기까지 몇 주는 걸릴 테니까요."

홈즈는 돋보기로 수첩의 표지를 조사했다.

"변색된 부분이 있군."

"네, 핏자국 때문입니다. 바닥에 떨어져 있던 걸 주웠거든요."

"피 묻은 표지가 바닥을 향하고 있었나, 아니면 표지 위에 피가 떨어져 있었나?"

"피는 바닥에서 묻은 겁니다."

"그렇다면 살인이 일어난 뒤에 수첩이 떨어졌단 말이군."

"그렇습니다. 홈즈 씨, 저도 그 점을 파악하고 황급히 도망가다가 실수로 살인자가 떨어뜨렸으리라 추측했습니다. 문가에 떨어져 있었거든요."

"수첩에 적힌 증권 중에 피터 선장 소유는 하나도 없었겠지?"

"네, 없었습니다."

"도둑맞았을 가능성은 없을까?"

"아니오, 없습니다. 방 안의 물건에는 손댄 흔적이 없었습니다."

"거참, 아주 재미난 사건이군. 칼이 있었나?" 홈즈가 물었다.

"예, 칼은 있었습니다. 칼집에 꽂혀 있었는데, 피터 캐리 선장의 발근처에 있더군요. 캐리 부인이 남편의 물건이라고 확인해 주었습니다."

"흠, 그렇다면, 내가 한번 가서 봐야 할 것 같군." 한동안 생각에 잠겨 아무 말이 없던 홈즈가 마침내 입을 열었다.

"감사합니다. 홈즈 씨, 그렇게만 해 주신다면 정말이지 한결 마음의 짐을 덜겠습니다." 홉킨스 경감이 기쁨의 탄성을 질렀다.

홈즈는 경감을 향해 손가락을 좌우로 흔들었다.

"일주일 전이었다면 일이 훨씬 쉬웠을 텐데 유감이군. 하지만 지금이라도 가 본다면 약간의 결실을 얻을 순 있겠지. 왓슨, 시간 좀 낼 수 있다면 나와 함께 가면 좋겠어. 홉킨스 경감, 사륜마차를 부르게나. 나와 왓슨은 15분 내로 포리스트 로우로 출발할 준비를 마치겠네."

길가에 있는 작은 역에서 내린 우리는 몇 마일을 마차를 타고 달렸다. 한때 광대하게 펼쳐졌을 숲의 흔적이 남아 있는 지역이었다. 오랫동안 색슨 족의 침입을 막았을 만큼 빽빽하게 울창한 나무들이 들어찼던 숲은 60년 동안 브리튼 왕국의 성벽 역할을 했었지만 그 후 대부분이 개간되어 잉글랜드 최초의 제철소가 들어섰으며, 원석을 녹이기 위한 땔감으로 사용하기 위해 숲의 나무들이 베어졌다. 그러나 지금은 잉글랜드 북부 지역이 제철산업의 본거지가 되었기 때문에 숲 개간이란 큰 흉터가 남은 이곳 대지에는 헐벗고 황폐해진 작은 덤불만 있을 뿐 과거의 활기를 보여 주는 것은 아무것도 없었다. 푸른 언덕 위 땅을 개간해 만든 지대에 낮은 벽돌집이 세워져 있었다. 들판 한가운데 난 구부러진 도로가 그 집까지 이어져 있었다. 도로 근처에는 수풀로 우거진 오두막이 한 채 있었는데, 오두막의 창문과 문은 길을 향해 나 있었다. 바로 살인 사건 현장이었다.

스탠리 홉킨스가 앞서 집을 향해 걸어갔다. 그는 머리가 하얗게 센 부인을 우리에게 소개해 주었다. 바로 살해된 피터 캐리 선장의 부인이었다. 수척하게 야위고 주름진 얼굴에는 그간 부인이 감내해야 했던 고난과 학대의 세월이 드러나 있었다. 움푹 팬 눈가가 불그스름했는데, 아직도 공포에 질려 있는 눈빛이었다. 부인 옆에는 딸이 있었는데 금발 머리에 창백한 얼굴이었다. 그러나 우리를 쏘아보는 눈빛에는 힘이 서려 있었다. 아버지의 목숨을 앗아간 사람을 원망하기는커녕 죽었다는 사실에 대해 기뻐하는 것이 분명했다. 블랙 피터 선장이 얼마나 지독했는지는 모녀의 싸늘한 반응을 통해서 알 수 있었다.

모녀와 헤어져 나온 우리는 오두막으로 가는 오솔길로 향했다. 오두막은 나무 벽에 널빤지로 이은 지붕, 그리고 문 옆에 난 창문과 오두막 뒤편에 난 창문 하나가 있는 단순하기 짝이 없는 것이었다. 홉킨스 경감이 주머니에서 열쇠를 꺼내 자물쇠를 살펴보다가 뭔가 발견한 듯 크게 놀랐다.

"누군가 자물쇠를 건드렸군요." 경감이 말했다.

그 말은 사실이었다. 나무문이 무언가에 긁혀 있었고, 페인트가 벗겨져 나무의 하얀 속살이 드러나 있었다. 홈즈는 창문을 살펴보았다.

"여기도 마찬가지야. 누군지는 몰라도 들어가진 못한 모양이야. 도둑치고는 솜씨가 변변찮군."

"호기심 많은 마을 사람이 아닐까?" 내가 말했다.

"그렇진 않을 겁니다. 마을 사람들은 이 근처에 얼씬도 하기 싫어합니다. 더군다나 오두막 안에 들어가고 싶은 사람은 아무도 없을 겁니다. 홈즈 씨는 어떻게 생각하시나요?" 경감이 물었다.

"행운의 여신은 우리 편인 것 같네."

"그 사람이 다시 올 거라는 말씀이시죠?"

"그럴 거야. 그는 문이 열려 있을 줄 알고 왔던 거야. 작은 펜나이프 칼날로 문을 따려 했지만 못 열었던 게지. 자네라면 어떻게 하겠나?"

"다음 날 밤에 더 나은 도구를 갖고 다시 오겠지요."

"내 말이 그 말일세. 그런데도 그를 잡지 못한다면 우리 잘못이지. 그동안 오두막 선실 안을 봐야겠네."

비극의 흔적은 모두 사라졌지만 좁은 오두막 안의 가구들은 여전히 그날 밤 그대로 남아 있었다. 두 시간 동안 홈즈는 최대한 집중해서 머리카락 하나 빠뜨리지 않고 방 안을 샅샅이 조사했다. 그러나 만족스러운 결과를 얻지 못한 표정이었다. 끈질긴 수사 끝에 마침내 홈즈가 한마디 던졌다.

"선반에서 뭘 치웠나, 홉킨스 경감?"

"아니오, 아무것도 건드리지 않았습니다."

"뭔가가 사라졌어. 선반 구석에 있는 먼지 층이 다른 데 보다 얇거든. 책이 있었을 수도 있고 상자가 있었을 수도 있지. 음, 더 이상은 모르겠군. 밖으로 나가서 아름다운 숲 경치나 즐겨 볼까. 몇 시간 정도 새와 꽃을 보면서 쉬어야겠네. 나중에 여기서 만나도록 하지, 홉킨스 경감. 오늘 밤 이곳을 다시 방문할 밤손님을 맞을 준비를 해야 하지 않겠나."

밤 11시가 지나서 다시 모인 우리는 매복할 준비를 했다. 홉킨스는 오두막 문을 열어 두자는 쪽이었고, 홈즈는 그렇게 하면 의심을 받을 수 있으니 자물쇠를 잠근 채 놔두자는 의견이었다. 자물쇠는 튼튼한 칼날이면 손쉽게 열 수 있는 아주 간단한 것이었다. 홈즈는 오두막 안이 아니라 밖에서 기다리자고 했다. 창문 밑에 수북이 자란 풀덤불 속에 숨어 있으면 침입자가 오두막 안에 들어가 불을 켰을 때 은밀한 야간 방문의 목적이 무엇인지 쉽게 알게 되리라는 것이 홈즈의 주장이었다.

지루하고 우울한 불침번이었지만, 물가에서 목마른 사나운 들짐승이 오기만 기다리는 사냥꾼의 스릴도 맛볼 수 있었다. 과연 어둠 속에서 어떤 야수가 나타날까? 하얀 송곳니를 드러낸 맹렬한 호랑이처럼 맞붙어 치열하게 싸워야 하는 적수일까? 아니면 무력한 약자에게만 위험한 자칼 같은 비겁한 상대일까?

사방은 너무나 고요했다. 우리는 덤불 속에 웅크리고 앉아 앞으로 다가올 일을 기다렸다. 처음에는 마을 사람들의 발소리나 말소리가 들려왔지만, 차츰 동네 사람들이 지나가는 횟수가 줄어들면서 완벽한 정적이 내려앉았다. 멀리 떨어진 곳에 있는 성당의 종소리만이 이따금 새벽 시간을 알려 주고 있었다. 우리 머리 위에 있는 이파리들 위로 보슬보슬 물방울들이 떨어지는 소리가 들렸다. 보슬비가 내리고 있었다.

새벽 2시 30분을 알리는 성당 종소리가 들려왔다. 동이 터 오기 전 가장 칠흑처럼 어두운 시간이었다. 저 길 아래 있는 울타리 쪽에서 삐걱하고 낮지만 날카로운 소리가 나자 모두 깜짝 놀랐다. 누군가 오솔길로 들어온 것이었다. 다시 한 번 긴 정적이 흘렀다. 나는 잘못 듣지 않았나 의심이 들기 시작했다. 그때, 오두막 쪽으로 다가서는 조심스러운 발소리가 다시 났다. 잠시 후, 금속성의 물체가 긁히는 소리가 들렸다. 한 남자가 자물쇠를 열려는 것이었다. 지난번과는 달리 좋은 도구를 갖고 왔는지 아니면 솜씨가 늘었는지 달칵하는 소리와 함께 자물쇠가 쉽게 풀렸다. 성냥불이 켜지더니 다음 순간 초에서 나오는 좀 더 환한 불빛이 오두막 안을 채웠다. 창문에 드리워진 얇은 커튼을 통해 우리는 오두막 안에서 무슨 일이 일어나는지 알기 위해 시선을 고정시켰다.

오두막 안에 들어간 사람은 젊은 남자였다. 가늘고 여윈 몸에 턱수염을 기르고 있었는데 흰 얼굴 때문에 턱수염이 더욱 시커멓게 보였다. 나이는 20대 초반으로 보였다. 그처럼 불쌍할 정도로 두려움에 떠는 사람은 본 적이 없었다. 이가 딱딱 부딪치는 소리가 들릴 정도로 겁에 질려 사시나무 떨듯 온몸을 떨고 있었다. 옷차림은 점잖았고, 노퍽재킷에 품이 넓은 느슨한 바지를 입고 있었으며, 머리에는 천 모자를 쓰고 있었다. 젊은이는 겁에 질린 눈으로 주위를 이리저리 둘러보고 촛대를 테이블 위에 올려놓더니 구석으로 사라졌다. 다시 우리 눈앞에 나타난 그는 선반 위에 있던 항해일지 하나를 들고 있었다. 그러고는 그는 들고 온 커다란 항해일지를 테이블 위에 올려놓고 어떤 페이지를 찾는 듯 급히 책장을 넘기기 시작했다. 잠시 후 분한 듯 그는 주먹을 꽉 쥐고 책을 덮더니 그것을 원래대로 구석 선반에 올려놓고 촛불을 껐다.

젊은이가 오두막을 나서자마자 홉킨스 경감이 셔츠 깃을 손으로 낚아채면서 덮쳤다. 누군가 자신을 잡자 깜짝 놀란 젊은이가 큰 소리로 비명을 질렀다. 초에 다시 불이 켜지고 우리는 포로가 된 젊은이를 둘러쌌다. 경감의 손에 잡힌 그는 온몸을 떨면서 웅크리고 앉아 있었다. 그는 사물함 위에 주저앉았고 무기력하게 우리의 얼굴을 차례로 번갈아 보았다.

"이봐, 젊은이." 홉킨스 경감이 입을 열었다. "자넨 누구고 여기서 뭘 하고 있었지?"

정신을 수습한 청년은 애써 침착한 표정을 지으며 우리를 하나하나 쳐다보았다.

"형사들이지요?" 그가 말했다. "여러분은 제가 피터 선장의 죽음과

어떤 관련이 있다고 생각하겠지만 전 무관합니다."

"그건 두고 보면 알겠지." 홉킨스 경감이 대답했다. "우선 자네 이름이 뭔가?"

"존 호플리 넬리건이오."

홈즈와 홉킨스 경감이 서로 눈길을 재빨리 주고받았다.

"여기서 뭘 하고 있었지?"

"대답을 안 해도 됩니까?"

"아니 꼭 해야 해."

"왜 꼭 대답해야 하지요?"

"만약 대답을 안 하면 나중에 당신이 법정에서 불리하게 될 테니까 말일세."

젊은이는 이 말에 약간 머뭇거렸다.

"그럼, 말하지요. 말하지 않을 이유가 뭐가 있겠습니까? 옛날 일을 되새기기는 정말 싫지만 어쩔 수 없군요. 도슨과 넬리건이란 이름을 들어 보았습니까?"

홉킨스는 모른다는 표정이었지만 홈즈는 비상한 관심을 보였다.

"웨스트 컨트리 은행직원들이었지." 홈즈가 말했다. "수백만 달러를 잃는 바람에 콘월 지방 주민의 절반이 재산을 잃고 파산했지. 넬리건은 종적을 감추었고."

"맞습니다. 그 넬리건이 우리 아버지입니다."

마침내 어떤 확실한 증거를 잡은 것 같기는 했으나 야반도주한 은행원과 자신의 작살에 찔려 벽에 꽂힌 채 비참한 최후를 맞은 피터 캐리 선장 사이에는 상당한 거리가 있어 보였다. 우리는 젊은이의 설명을 하나도 놓치지 않으려고 귀를 기울였다.

"그 사건과 깊은 관계가 있었던 건 우리 아버지입니다. 도슨은 은퇴한 상황이었으니까요. 저는 당시 겨우 열 살이었지만 그 사건으로 아버지가 받은 충격과 수치가 어떤 것인지는 충분히 이해할 만한 나이였습니다. 사람들은 모두 아버지가 증권을 훔쳐다 팔고 도망갔다고 말했지만 그건 사실이 아닙니다. 아버지는 증권을 현금으로 바꿀 시간만 있다면 모두 잘 해결될 것이고, 고객들도 전혀 손해 없이 잃었던 돈을 고스란히 돌려받을 수 있으리라고 믿었지요.

체포 영장이 발부되기 직전 아버지는 작은 요트를 하나 사서 노르웨이로 출발했습니다. 떠나기 전날 밤 아버지가 어머니께 작별 인사를 하던 모습이 생생합니다. 아버지는 갖고 가는 증권 번호들을 모두 적어 놓고 갔습니다. 그리고 꼭 돌아와서 실추된 명예를 회복하겠다고 다짐하셨지요. 아버지를 믿었던 분들을 절대로 실망시키지 않겠다고요.

하지만 그 뒤 아버지로부터는 아무 소식도 없었습니다. 아버지도 요트도 완전히 종적을 감추고 말았던 겁니다. 어머니와 저는 아버지도 배도 그리고 갖고 갔던 증권들도 모두 바다 깊은 곳에 가라앉았다고 생각했습니다. 그런데 사업가인 친한 집안 친구 한 분이 얼마 전 아버지가 갖고 가셨던 증권 중 일부가 런던 증권시장에 다시 나타났다는 사실을 알려 주었습니다. 우리가 얼마나 놀랐을지 상상이 가시겠지요. 저는 몇 달 동안 그 증권들을 추적했습니다. 그리고 온갖 의심을 받고 어려움을 겪은 끝에 마침내 그 증권을 판 사람이 이 오두막의 주인, 피터 캐리 선장이란 사실을 알아냈습니다.

당연히 저는 피터 선장에 대해 뒷조사를 했습니다. 아버지가 노르웨이를 향해 가고 있었을 바로 그 당시 북극해에서 항해 중이었던 고래잡이배의 선장이었다는 사실도 알아냈습니다. 그해 가을에는 폭풍이 많이 불었고, 남쪽에서 올라오는 강풍이 연속해서 이어지던 때였습니다. 아버지의 배가 아마 북쪽으로 밀려 올라갔고, 거기서 피터 선장의 배와 만났을 수도 있지요. 만약 그랬다면 아버지에게 무슨 일이 일어났던 것일까요? 무슨 일이 생겼든지 간에, 피터 선장이 증권시장에 그 증권을 팔았다는 사실을 증명하기만 한다면 아버지가 증권을 훔쳐 팔았다는 누명을 벗을 수 있으리라 생각했지요. 아버지가 개인의 사사로운 부를 챙기기 위해 증권을 판 것이 아니란 점을 말입니다.

전 피터 선장을 만나려고 서식스로 왔습니다. 하지만 하필이면 그때 피터 선장이 끔찍하게 죽은 겁니다. 그런데 피터 선장의 오두막에 항해일지가 있다는 사실을 신문 기사를 읽고 알았지요. 1883년 8월에 씨유니콘 호에서 대체 무슨 일이 일어났는지 항해일지를 살펴본다면 아버지가 어떤 운명을 맞았는지 수수께끼를 풀 수 있으리라는 생각이 스치고 지나가더군요. 그래서 간밤에 저는 그 항해일지를 찾으러 이곳에 왔습니다. 하지만 문을 열 수 없어서 오늘 밤 또다시 온 겁니다. 문을 열고 항해일지를 손에 넣었지만 제가 찾는 8월 항해를 기록한 페이지는 찢겨 나가고 없었습니다. 그러고는 결국 이렇게 잡히고 만 겁니다."

"그게 전부인가?" 홉킨스 경감이 물었다.

"네, 전부입니다." 넬리건의 눈길이 불안한 듯 움직였다.

"더 이상 말할 것이 없단 말이지?"

넬리건이 머뭇거렸다.

"없습니다."

"그전에는 이 오두막에 온 적이 없나?"

"없습니다."

"그럼 이건 어떻게 설명할 텐가?"

홉킨스 경감이 날카롭게 소리치며 피 묻은 수첩을 치켜들었다. 피 묻은 표지 속 첫 장에 존 호플리 넬리건을 뜻하는 'J. H. N' 머리글자가 선명하게 써 있었다.

넬리건이 힘없이 쓰러졌다. 그는 손에 얼굴을 파묻고 부들부들 떨었다.

"어디서 났습니까?" 그가 웅얼거리는 목소리로 물었다. "어디서 잃어버렸는지 몰랐습니다. 전 여관에서 잃어버린 줄 알았습니다."

"이제 됐네." 홉킨스 경감이 단호하게 말했다. "할 말이 뭐든 간에 법정에서 말하게. 나와 같이 경찰서로 가야겠네. 그리고 홈즈 씨와 왓슨 씨, 이렇게 수고스럽게 여기까지 와 주셔서 정말 감사합니다. 더 이상 저를 도와주실 일은 없을 것 같습니다. 이제 제 힘으로 사건을 마무리할 수 있을 것 같네요. 어쨌든 고맙습니다. 브램블타이 호텔에 묵으실 방을 잡아 놓았습니다. 같이 마을까지 가시지요."

다음 날 아침, 런던으로 돌아오는 길에 홈즈가 내게 물었다.

"왓슨, 자네는 어떻게 생각하나?"

"홈즈, 자네는 뭔가 만족하지 못하는 듯싶군."

"아니, 그렇진 않아. 아주 만족스러워. 단지 스탠리 홉킨스 경감의 수사 방식이 약간 마음에 걸릴 뿐이네. 사실 조금 실망했어. 좀 더 나을 거라 기대했거든. 항상 있을 법한 한 가지 대안을 찾으면서 동시에 이를 반박할 논리도 찾아야 하는 법인데 말야. 이건 범죄 수사의 첫 번째 규칙이지."

"그럼 자네의 반박 논리는 뭐지?"

"내가 지금껏 진행해 온 수사일세. 뭐 소득이 전혀 없을 수도 있지만, 모르는 일이지. 어쨌든 적어도 끝까지 수사를 해 볼 참이야."

베이커 가 하숙집에는 홈즈를 기다리는 편지 몇 통이 와 있었다. 그 중 하나를 낚아채듯 집어든 홈즈는 봉투를 열고 승리의 기쁨에 찬 웃음을 터뜨렸다.

"아주 훌륭해, 왓슨. 진행 중인 다른 수사에 소득이 있는걸. 전보용지 갖고 있나? 몇 줄 써 주게. '섬너, 선박 대리인, 래드클리프 하이웨이, 뱃사람 세 명 부탁, 내일 아침까지—배질' 거기서는 이게 내 이름이지. 다른 전보에는 이렇게 써 주게. '스탠리 홉킨스 경감, 브릭스턴 로드 가 46번지, 내일 아침 식사, 9시 30분까지, 중요, 불가능시 전보 부탁, 셜록 홈즈.' 왓슨, 열흘이나 해 온 이 지긋지긋한 수사를 드디어 눈앞에서 사라지게 만들 수 있겠군. 내일 아침이면 사건의 전말을 모두 듣게 될 걸세."

다음 날 아침 정확히 9시 30분에 스탠리 홉킨스 경감이 나타났다. 우리는 허드슨 부인이 차려준 성대한 아침 식탁 앞에 둘러앉았다. 젊은 경감은 사건 해결에 매우 들뜬 모습이었다.

"정말 자네 생각이 틀림없이 옳다고 생각하나?" 홈즈가 물었다.

"이보다 더 완벽한 결말이 어디 있겠습니까." 경감의 대답이었다.

"나는 확실치 않아 보이는데."

"홈즈 씨, 절 아주 놀라게 하시는군요. 더 이상 필요한 증거는 없습니다."

"경감, 이론으로 사건의 모든 점을 설명할 수 있다고 생각하나?"

"의심의 여지가 없습니다. 넬리건은 브램블타이 호텔에 범죄 당일 도착했습니다. 골프를 치러 왔다는 명목으로 말입니다. 방이 1층에 있었기 때문에 아무 때나 나갈 수 있었습니다. 그날 밤 우드맨즈 리로 간 넬리건은 오두막에 있는 피터 선장을 보고 말다툼을 벌인 끝에 작살로 선장을 찔러 죽인 겁니다. 그리고 자신이 저지른 끔찍한 일에 겁을 먹은 나머지 황급히 도망가다가 수첩을 흘린 것이지요. 수첩에는 피터 선장에게 물어볼 증권 번호들이 적혀 있었고요. 'V' 표시가 된 번호들도 있었지만, 대부분은 표시가 되어 있지 않았습니다. 표시가 된 것들은 런던 증권시장에 나왔던 증권 번호였을 것이고, 나머지는 아마 피터 선장이 갖고 있었겠지요. 넬리건이 설명한 대로 그는 아버지의 누명을 벗기기 위해 그 증권들을 빨리 찾아야겠다는 생각으로 매우 초조했을 겁니다. 도망을 친 후에 한동안 그 오두막에는 얼씬할 생각도 못했겠지만, 결국 굳게 마음을 다잡고 필요한 증거를 찾기 위해 다시 왔던 겁니다. 이보다 더 간단하고 확실한 설명이 있습니까?"

홈즈는 웃으면서 고개를 가로저었다.

"홉킨스, 그 설명에는 중대한 결함이 하나 있어. 본질적으로 불가능한 설명이란 뜻이지. 자네는 작살로 시체를 찔러 봤나? 없다고? 쯧쯧, 홉킨스. 이런 세부적인 사항까지 모두 신경을 썼어야지. 왓슨한테 한번 물어보게. 난 오전 내내 돼지 한 마리를 작살로 찌르느라 땀을

뻘뻘 흘린 적이 있으니까. 결코 쉬운 일이 아니야. 강한 근육을 지닌 튼튼한 팔 힘이 필요하거든. 그런데 이번 사건을 보게. 단 한 번에 작살이 가슴을 관통해 벽까지 뚫지 않았나? 넬리건처럼 허약해 보이는 사람에게 그런 무시무시한 힘이 있을 것 같나? 피터 선장과 럼주를 주거니 받거니 할 사이로 보이는가? 사건 이틀 전, 밤중에 창문에 비친 수염 기른 남자의 옆모습이 넬리건이었을까? 아니지, 아니야. 홉킨스 경감, 우리가 찾아야 할 사람은 다른 데 있어. 더 억센 남자란 말이지."

경감의 얼굴은 홈즈의 설명을 듣는 동안 시무룩해졌다. 경감의 희망과 기대가 온통 무너지고 있었기 때문이다. 그러나 경감은 한마디 반발 없이 그냥 포기할 사람은 아니었다.

"넬리건이 그날 밤 있었던 것은 사실이 아닙니까, 홈즈 씨? 수첩이 그 증거이고요. 판사를 설득할 증거가 제게는 충분히 있습니다. 설령 홈즈 씨의 말처럼 중대한 흠이 있는 설명이라도 말입니다. 게다가 저는 용의자를 체포한 상황이지만, 홈즈 씨가 말하는 더 억센 남자는 없지 않습니까? 어디 있습니까, 홈즈 씨의 범인은?"

"이리로 오는 중이지." 홈즈가 진지하게 대답했다. "왓슨, 내 생각에는 리볼버 권총을 어디 손이 닿는 곳에 두는 게 좋을 것 같네."

홈즈가 뭔가 쓰여 있는 종이를 구석에 있는 작은 테이블 위에 올려 놓았다.

"자, 이제 준비가 됐군."

밖에서 걸걸한 목소리가 들리더니 허드슨 부인이 방문을 열고 세 명의 남자가 배질 선장님을 찾는다고 전했다.

"한 명씩 들여보내세요." 홈즈가 말했다.

처음 들어온 사람은 불그스름한 혈색 좋은 뺨을 한 둥글고 작은 사과처럼 맘씨 좋게 생긴 남자였다. 흰색 구레나룻 수염을 기르고 있었다. 홈즈는 주머니에서 편지 한 장을 꺼냈다.

"이름이 뭐지요?" 홈즈가 물었다.

"제임스 랭카스터입니다."

"죄송합니다, 랭카스터 씨, 일자리가 이미 찼습니다. 오시느라 수고하셨으니 50실링을 드리겠습니다. 나가시기 전에 저쪽 방으로 가서서 잠시만 기다려 주십시오."

두 번째 남자는 홀쭉하니 키가 큰 사람이었는데, 곧고 부드러운 머리카락에 뺨이 움푹 파여 있었다. 그의 이름은 휴 패틴이었다. 홈즈는 이 남자에게도 역시 거절의 말을 하고는 50실링을 주고 기다리라고 말했다.

세 번째 지원한 남자의 외모는 아주 볼만했다. 사나운 불도그처럼 생긴 얼굴에 숱이 많은 턱수염과 머리카락, 그리고 짙은 색 눈동자가 두껍고 털 많은 눈썹 밑에서 빛나고 있었다. 그는 해병처럼 인사를 하고 머리에 쓴 모자를 벗어 손에 쥔 채 우리 앞에 우뚝 섰다.

"이름은?" 홈즈가 물었다.

"패트릭 케언즈입니다."

"작살을 잘 다룹니까?"

"그렇습니다. 스물여섯 번이나 배를 탔습니다."

"던디에서 타셨지요?"

"그렇습니다."

"탐험선에 승선하실 수 있나요?"

"네."

"급여는 얼마나?"

"한 달에 8파운드면 됩니다."

"지금 당장 가능한가요?"

"작살도구만 챙기면 됩니다."

"서류는 갖고 오셨나요?"

"네, 있습니다."

그는 주머니에서 낡고 때 묻은 종이 묶음을 꺼냈다. 홈즈는 대충 훑어보고는 그에게 돌려주었다.

"제가 찾던 분이군요. 저쪽 작은 테이블에 계약서가 있습니다. 서명만 하시면 끝납니다."

뱃사람은 방을 가로질러 성큼성큼 걸어가더니 펜을 집었다.

"여기에 서명하면 됩니까?" 그가 테이블 앞에 서서 물었다.

홈즈가 뱃사람의 어깨 너머로 들여다보는가 싶더니 두 손을 재빨리 붙잡았다.

"이렇게 해야죠." 홈즈가 말했다.

찰각하는 금속 소리가 나고 성난 황소 같은 고함 소리가 났다. 홈즈와 뱃사람이 바닥을 뒹굴며 엉켜 싸웠다. 거인처럼 힘이 센 사람이었다. 홈즈가 재빨리 수갑을 손목에 채웠음에도 불구하고 나와 홉킨스 경감이 달려들어 홈즈를 빼내지 않았다면 홈즈는 엄청난 힘에 눌리고 말았을 것이다. 리볼버의 서늘한 총구를 그의 관자놀이에 대자 그제야 그는 저항해도 소용없음을 깨달은 듯 몸부림을 멈추었다. 우리는

꼼짝 못하도록 끈으로 발목을 묶고 거센 몸싸움의 여파로 숨을 헐떡이며 몸을 일으켰다.

"사과 해야겠군, 홉킨스 경감." 홈즈가 말했다. "스크램블드에그가 다 식었겠는걸. 하지만 남은 아침 식사도 즐겁게 먹을 수 있을 걸세. 자네가 맡은 사건을 훌륭히 해결했으니까 말이야."

홉킨스 경감은 말문이 막힌 듯 놀란 얼굴로 홈즈를 쳐다보았다.

"뭐라 말씀 드려야 될지 모르겠습니다, 홈즈 씨." 당황해서 상기된 얼굴로 경감이 겨우 입을 떼었다. "전 수사 시작부터 완전히 바보짓을 하고 있었군요. 전 학생이고 홈즈 씨는 스승이란 사실을 절대로 잊지 말았어야 했는데 말입니다. 지금 상황도 사실은 이해가 가지 않습니다. 도대체 어떻게 하신 거죠? 이게 어찌된 일입니까?"

"다 경험하면서 배우는 것 아니겠나." 홈즈가 기분 좋게 대답했다. "이번 사건으로 얻은 교훈은 바로 다른 가능성을 놓쳐서는 안 된다는 점이지. 자넨 넬리건에게만 너무 집중한 나머지 피터 캐리 선장의 진짜 살해범, 패트릭 케언즈에 대해서는 조금도 생각할 여유가 없었던 거지."

뱃사람이 으르렁대면서 우리 대화에 끼어들었다.

"여기 좀 보시오, 선생. 나를 이런 식으로 다뤘다고 해서 불평할 생각은 없소이다. 단지 똑바로 제대로 된 이름을 불러 주었으면 좋겠소, 내가 피터 캐리의 살해범이라고 말하는데, 아니지, 난 피터를 죽였소. 둘은 엄연히 다른 말이오. 아마 내 말을 안 믿겠지만, 그저 거짓말을 늘어놓는다고 생각하겠지만 말이오."

"아니오. 전혀 그렇지 않습니다. 할 말이 있으면 하세요." 홈즈가 말했다.

"좋소. 하늘에 맹세코 진실만 말하리다. 난 블랙 피터란 놈을 잘 아는 사람이오. 피터가 칼을 꺼냈을 때, 나는 작살을 휘둘러 그를 찔러 죽였소. 내가 죽거나 피터가 죽거나 둘 중 하나가 죽을게 분명했기 때문이오. 결국 죽은 사람은 피터였지. 당신들은 그걸 살인이라고 할지 모르지만, 어쨌든 나로서는 블랙 피터가 휘두른 칼에 심장을 찔려 죽든 목에 밧줄을 걸어 죽든 어차피 죽긴 매한가지였소."

"그곳엔 왜 갔습니까?" 홈즈가 물었다.

"처음부터 말하겠소. 똑바로 앉게 좀 해 주시오. 그래야 이야기하기도 편하지. 1883년의 일이오. 그해 8월에 생긴 일이지. 피터 캐리는 씨유니콘 호의 선장이었고, 나는 그 배의 작살잡이였소. 우리는 바다에 떠다니는 얼음을 헤치면서 잉글랜드로 돌아오는 길이었소. 남쪽에서 오는 거센 맞바람이 불던 일주일이었소. 그때 북쪽으로 바람에 쓸려 올라가던 작은 배 한 척을 건졌는데, 배에는 잉글랜드 인 한 사람만 남아 있었소. 그 사람은 타고 있던 큰 배가 침몰해 작은 보트를 타고 노르웨이 해안으로 가려고 했다고 말했소. 나머지 사람들은 모두 익사했겠지. 어쨌든 우리는 그 사람을 배에 태웠다오. 그 남자는 피터 선장과 선장실에서 오랫동안 이야기를 나누었소. 그가 갖고 있던 짐이라고는 납으로 만든 깡통상자 하나가 전부였소. 나는 그 사람 이름도 모르오. 그 남자는 다음 날 저녁에 흔적도 없이 사라지고 말았으니까. 자신이 바다에 몸을 던졌든지 아니면 실수로 궂은 날씨에 배 밖으로 떨어졌을 거라고 다들 생각했소. 단 한 사람만 그 남자가 어떻게 된 것인지 사실을 알고 있었소. 단 한 사람은 바로 나였소. 내 두 눈으로 똑똑히 보았으니까. 자정경에 피터 선장이 그 남자의 다리를 묶고 배 난간에 세우는 걸 봤던 거요. 이틀 후 우리 배는 셰틀랜드 섬에 도착했소.

난 이 사실을 아무에게도 알리지 않고 무슨 일이 생길지 가만히 기다렸소. 스코틀랜드에 가자 다들 아무 말도 하지 않았고, 누구도 그 일에 대해 묻지 않았소. 그저 우리가 모르는 한 사람이 사고로 죽었을 뿐이지 꼬치꼬치 캐묻고 다닐 일은 아니었으니까. 얼마 후 블랙 피터는 바다를 떠났고, 오랜 세월이 흐른 뒤 그가 어디 있는지 알게 되었소. 나는 피터가 그 상자 안에 있던 무언가 때문에 그런 짓을 저질렀던 것이라고 짐작했소. 그리고 그동안 내가 입을 다물어 준 대가를 치러 줄 때가 되었다고 생각했지.

런던에서 만난 뱃사람을 통해서 피터 선장이 사는 곳을 알아냈소. 그래서 얼른 그리로 내려가 피터를 만났지. 첫날은 이야기가 잘 통했소. 내가 남은 생애 동안 바다 일을 하지 않아도 될 만큼 큰돈을 주겠다고 했으니 말이오. 우리는 이틀 동안 의논을 했소. 그런데 사흘째 되는 날 찾아갔더니 피터 선장은 곤드레만드레 술에 취해 아주 엉망이었소. 그래서 앉아서 술을 마시면서 예전의 이야기를 나눴소. 하지만 술을 마시면 마실수록 피터의 표정이 심상치 않더라 이거지. 난 벽에 있는 작살을 보면서 만약에 필요하다면 내가 당하기 전에 저걸 쓰자 이렇게 마음먹었소. 드디어 피터가 화를 벌컥 내면서 침을 뱉고 나를 향해 마구 욕을 퍼부었지. 큰 칼을 손에 쥐고 두 눈엔 살기가 등등했다오. 하지만 그가 미처 칼집에서 칼을 빼기도 전에 내가 먼저 작살로 그를 찔렀소.

　세상에, 그 비명 소리라니! 그리고 피터의 무시무시한 마지막 표정
은 아마 내가 죽을 때까지 잊지 못할 거요. 뿜어져 나오는 피로 온통

피범벅이 된 채 난 잠시 거기 그대로 서 있었소. 아무도 오지 않더군. 난 정신을 차리고 주위를 둘러본 다음 선반 위의 양철 상자를 발견했소. 피터 캐리가 가질 물건이라면 내게도 그 정도의 권한은 있다고 생각했기 때문에 그걸 갖고 오두막을 떠났소. 내 담배 주머니를 테이블 위에 그대로 두고 오다니 바보 같으니라고.

이제 가장 이상한 점을 이야기하겠소. 오두막을 벗어나자마자 누군가 오는 소리를 들었소. 그래서 재빨리 근처 덤불에 숨었지. 한 남자가 올라오더니 오두막 안으로 들어가서는 유령이라도 본 듯 비명을 지르더군. 그리고 걸음아 날 살려라 꽁지가 빠지게 허둥지둥 달려 나와 사라져 버렸소. 그가 누구였는지 뭘 찾고 있었는지 나는 전혀 알 수 없는 노릇이오. 난 어쨌든 10마일쯤 걸어서 턴브리지 웰스에서 기차를 타고 런던에 도착했소. 여기까지는 참 잘했지.

그런데 상자를 열어 보니 그 안에는 돈이 있는 게 아니라 팔 수 없는 종이들만 가득했소. 블랙 피터가 돈을 주리라고 잔뜩 기대하고 있었는데 그 꿈은 날아갔고, 내가 할 수 있는 유일한 길은 단 하나였소. 후한 봉급에 작살잡이를 구한다는 광고를 보고 대행인을 찾아갔더니 여기로 가라고 하더군. 내가 아는 사실은 이게 전부요. 다시 한 번 말하지만 블랙 피터를 죽인 것이 나라면 법정은 내게 감사해야 할 거요. 그놈 교수형에 쓰일 밧줄 값을 대신 아껴 준 셈이니까."

"잘 알았습니다."

홈즈가 파이프에 불을 붙이며 일어났다.

"홉킨스, 내 생각엔 지체하지 말고 이 사람을 안전한 곳으로 데리고 가는 게 좋겠네. 내 방이 유치장도 아니고, 패트릭 케언즈 씨가 이렇게 카펫을 많이 차지하면 곤란하니 말일세."

"홈즈 씨, 무슨 말로 감사를 드려야 할지 모르겠습니다. 그런데 저는 아직도 궁금합니다. 도대체 어떻게 아셨습니까?"

"그저 운이 좋아 시작부터 제대로 된 단서를 잡았던 것뿐이지. 나역시 자네처럼 이 수첩을 알고 있었더라면 자네와 똑같이 행동했을 거야. 하지만 처음에 내가 들은 바에 따르면, 사건은 오직 한 방향으로만 향하고 있었어. 엄청난 힘, 작살을 다루는 뛰어난 기술, 럼주, 바다표범 가죽 잎담배 주머니, 질 나쁜 담배. 이런 것들은 모두 뱃사람의 특징이었네. 바로 고래잡이였지. 잎담배 주머니에 있던 'P. C.'라는 머리글자는 단순한 우연의 일치라고 생각했지. 피터 선장은 담배를 피우지 않는 사람이었고, 오두막에서는 파이프도 발견되지 않았으니까. 내가 위스키와 브랜디가 있었냐고 물어본 것 기억나나? 육지사람 중에 다른 술이 있는데도 럼주를 마실 사람이 몇이나 되겠나? 뱃사람이 아니고서야 그럴 일은 없을 거야."

"그럼 그 뱃사람을 어떻게 찾아낸 겁니까?"

"홉킨스 경감, 문제는 아주 간단해. 뱃사람이 범인이라면 씨유니콘호에서 피터 선장과 함께 일했던 동료일 수밖에 없지. 피터 선장은 다른 배를 탄 적이 없다고 했으니까 말일세. 사흘 걸려서 던디 항구와 전보로 연락을 해서 1883년에 씨유니콘 호를 탄 선원들의 이름이 적힌 명단을 받을 수 있었지. 작살잡이 가운데 패트릭 케언즈라는 이름을 발견하자 내 수사는 거의 막바지에 달한 것이나 다름없었네. 나는 패트릭 케언즈가 런던에 있으리라고 생각했지. 살인을 저질렀으니 한동안 잉글랜드를 떠나고 싶어 안달이 나 있으리라는 것도 짐작할 수 있었어. 그래서 이스트엔드 지역에서 며칠 보내면서 북극 항해라는 아이디어를 짜냈지. 배질 선장 밑에서 작살잡이로 일할 사람을 구한다는 멋들어진 광고 문구를 생각하느라 고생 좀 했지만. 그리고 그 결과는 보다시피……."

"정말 멋집니다. 훌륭한 추리예요." 홉킨스 경감이 감탄을 금치 못하며 말했다.

"가능한 빨리 넬리건을 풀어 주게." 홈즈가 말했다.

"사과해야 할 거야. 그리고 그 양철 상자도 돌려주고 말이야. 물론 피터 선장이 처분한 증권은 영원히 못 찾겠지만. 마차가 와 있군. 홉킨스 경감, 뱃사람을 데리고 가게. 재판할 때 날 필요로 할 경우를 위해서 미리 말해 두지만 전보를 보낼 우리 주소는 베이커 가가 아니라 노르웨이의 어디일 거야. 자세한 주소는 나중에 알려 줌세."

역주 —

　　마지막 홈즈의 설명에 사흘 걸려 전보로 선원 명단을 받았다는 내용이 있는데, 이때 이미 전화가 있었기 때문에 더 빨리 정보를 얻을 수 있었다.

**Sherlock
Holmes**

찰스 오거스터스 밀버튼

Charles Augustus Milverton

1899년 1월 5일 (목) ~ 1월 14일 (토)

벌써 여러 해 전의 일이지만, 아직도 이 사건을 언급하기가 망설여진다. 나는 오랫동안 이 사건이 대중에게 알려지지 않도록 신중을 기해 비밀을 지켜 왔다. 하지만 이제는 사건의 핵심 인물이 세상을 떠났기 때문에 이 글을 써도 해를 입을 사람은 아무도 없다. 이 사건은 홈즈와 내가 지금까지 맡은 사건 중 가장 독특하다.

사건이 일어난 날짜나 사건을 추적하면서 실제로 일어난 몇 가지 사항을 밝히지 않는 것을 이해해 주기 바란다. 이제 그 사건에 대해 이야기하고자 한다.

어느 추운 겨울날 저녁, 홈즈와 나는 저녁 산책을 마치고 6시쯤 하숙으로 돌아왔다. 홈즈가 불을 켜자 책상 위에 명함이 한 장 놓여 있었다. 그는 명함을 흘끗 쳐다보더니 마치 못 볼 걸 봤다는 표정을 지으며 휙 던졌다. 나는 바닥에 떨어진 명함을 집어서 읽었다.

찰스 오거스터스 밀버튼
햄스테드, 애플도어 타워
대행업

"누군데 그래?" 내가 물었다.

"런던에서 제일 흉악한 놈이지." 홈즈는 의자에 앉아 난로 앞으로 다리를 뻗었다. "명함 뒤에 뭐라고 쓰여 있는지 보게."

나는 명함을 뒤집어 거기에 쓰여 있는 내용을 소리 내어 읽었다.

"6시 30분에 방문하겠습니다. C. A. M."

"흠, 그렇다면 이제 올 시간이 됐군. 왓슨, 자네는 독사가 날카로운 눈을 빛내며 흉측하고 납작한 몸으로 슬금슬금 기어 다니는 것을 보며 등골이 오싹하고 몸이 움츠러드는 느낌을 받은 적이 있나? 나는 밀버튼을 볼 때마다 그런 느낌을 받아. 지금까지 쉰 명의 살인범을 상대했지만 이렇게 혐오스러운 사람은 없었어. 그런데도 이 사람을 만날 일이 생기는군. 내가 그에게 여기로 오라고 했어."

"뭐 하는 사람인데?"

"남을 협박해 돈을 빼앗는 데 도가 튼 사람이지. 운 좋게도 이번에는 명망 있는 집안 여자의 비밀을 알아내게 되었어. 밀버튼은 겉으로는 웃는 얼굴을 하고 있지만 아주 냉혹해. 상대의 돈을 모조리 빼낼 때까지 쥐어짜지. 그런 면에서는 머리가 매우 좋아서 무역 같은 걸 했다면 크게 성공했을 거야. 그의 수법은 이렇다네. 우선 이름 있고 지위 높은 사람의 명예를 더럽힐 수 있는 편지들을 아주 높은 가격으로 사들여. 주로 주인을 배반한 하인이나 하녀들에게서 그 편지들을 입수하지. 그뿐 아니라 지체 높은 여자들의 비밀과 애정이 담긴 편지를 손에 넣은 귀족들도 돈 때문에 밀버튼에게 편지를 팔아넘기곤 해. 어쨌든 밀버튼은 비밀 편지를 거래할 때 돈을 아끼지 않아. 한번은 어떤 하인이 가져온 두 줄짜리 편지를 700파운드나 주고 샀다더군. 그 편지와 관련된 귀족 집안은 결국 망했지. 밀버튼은 사들인 편지들을 전부 보관하고 있기 때문에 그의 이름을 듣고 하얗게 질릴 사람들이 런던에만도 수백 명이 넘을 거야. 그는 엄청난 부자인 데다가 매우 교활해서 편지를 단번에 공개하는 법이 없어. 언제 그의 손에 걸릴지 아무도 모르는 거야. 밀버튼은 몇 년이고 기회를 노리다가 가장 승산이 있다고 판단될 때 비로소 편지를 들고 나오지. 아까도 말했지만 그는 런던에서 제일가는 악당이야. 홧김에 친구를 몽둥이로 때린 사람도 그에 비할 바가 아니야. 밀버튼은 시간만 나면 이미 잔뜩 긁어모은 돈을 더 불리기 위해 아주 조직적으로 남을 괴롭혀서 미치기 직전까지 몰고 간다네."

나는 홈즈가 그렇게 격분하는 모습을 본 적이 거의 없었다.

"하지만 그도 법을 피해 갈 수는 없지 않은가?"

"물론 그렇지만, 법을 적용한다고 해서 실제로 효과를 얻을 수 있을지 의문이야. 예를 들어 밀버튼을 몇 달 동안 감옥에 집어넣는다고 해서 이미 파멸할 지경인 여자에게 어떤 이득이 있지? 사람들에게 편지 내용이 알려지면 엄청난 타격을 받으니 신고할 생각을 아예 못하는 거지. 밀버튼이 무고한 사람에게 돈을 뜯어내려 한다면 잡아들일 수도 있지만 그는 악마처럼 교활해서 절대 그런 일은 하지 않아. 그러니까 그를 체포하려면 다른 방법을 써야 해."

"그런데 여기에는 왜 온다는 거야?"

"밀버튼 때문에 안타까운 처지에 놓인 명망 있는 집안의 여자가 사건을 의뢰했어. 레이디 에바 블랙웰인데 작년에 사교계에 데뷔한 여성들 중에서 가장 아름답다고 하더군. 2주 후에 도버코트 백작과 결혼할 예정인데, 그녀가 시골의 가난한 젊은 지주에게 쓴 편지 몇 통이 밀버튼의 손에 들어갔어. 감정에 치우쳐서 분별없이 보낸 편지였지만 백작과의 결혼식을 망치기에 충분한 내용이 담겨 있지. 밀버튼은 그녀에게 엄청난 액수를 요구하면서 돈을 주지 않으면 백작에게 편지를 보내겠다고 협박했네. 그녀는 나에게 밀버튼을 만나 가능한 한 유리한 쪽으로 타협해 달라고 부탁했지."

그 순간 바깥에서 말발굽 소리와 마차가 덜컹거리는 소리가 들렸다. 창밖을 내다보니 말 두 마리가 끄는 고급스러운 마차가 집 앞에 멈추었다. 질 좋은 밤나무에 광택을 낸 마차 뒷부분에는 밝은 램프가 여러 개 달려 있었다. 마부가 문을 열자 털외투를 입은 키가 작고 다부진 남자가 마차에서 내렸다. 조금 뒤 그 남자가 방문을 두드렸다.

찰스 오거스터스 밀버튼은 50대로 크고 영리해 보이며, 둥글고 통통하며 매끈한 얼굴을 하고 있었다. 그는 차가운 미소를 머금은 채 큼직한 금테 안경 너머로 날카로운 회색 눈동자를 번뜩이고 있었다. 언뜻 보면 자비로운 듯하지만, 연출된 듯 변함없는 미소에서 풍기는 위선과 상대를 쉴 새 없이 꿰뚫어 보는 눈빛은 그가 어떤 사람이라는 것을 단번에 말해 주었다. 그는 통통한 손을 내밀어 악수를 청하면서

그의 생김새만큼이나 부드럽고 상냥하게 말했다.

"아까 찾아왔는데 안 계시더군요."

홈즈는 그가 내민 손을 무시한 채 굳은 표정으로 바라보았다. 밀버튼은 미소 지으며 어깨를 으쓱하고는 외투를 벗었다. 그는 매우 신중하게 외투를 접어 의자 등받이에 걸친 다음 자리에 앉았다.

"이 신사분은 함께 있어도 됩니까?" 밀버튼이 나를 향해 손짓하며 물었다.

"왓슨은 내 친구이자 동료입니다."

"그렇다면 괜찮겠군요. 내가 편지를 입수한 건 당신 의뢰인의 이익을 위해서였소. 이것은 아주 말하기 어려운 문제라서……."

"왓슨도 이미 알고 있소."

"그러면 본격적으로 얘기해 봅시다. 홈즈 씨, 당신은 레이디 에바의 대리인 자격으로 나를 만나는 거라고 했지요? 그렇다면 내 조건을 받아들일 권한을 당신에게 부여했습니까?"

"조건이 뭐요?"

"7000파운드."

"돈을 지불하지 않으면 어쩔 작정이오?"

"나도 이런 말 하기는 괴롭지만 14일까지 돈을 지불하지 않으면 18일로 예정된 결혼식은 취소되겠지요." 그는 밉살스러운 미소를 지으며 말했다.

홈즈는 잠시 곰곰이 생각하더니 말을 꺼냈다. "당연히 돈을 받을 권리가 있다고 생각하는 모양이군요. 물론 나도 편지 내용을 잘 알고 있습니다. 의뢰인은 내가 충고한 대로 행동할 겁니다. 나는 백작에게 모든 걸 털어놓고 용서를 빌라고 말할 작정이오."

그러자 밀버튼이 소리 내 웃으며 말했다. "당신은 백작이 어떤 사람인지 전혀 모르는군요."

순간 홈즈의 얼굴에 당황한 기색이 떠오른 것을 보고, 나는 밀버튼의 말이 맞다는 사실을 알았다.

"편지에 문제가 될 만한 내용이 있다는 거요?"

"그건 아주 열렬한 연애편지였소. 그녀는 마음을 뺏길 만큼 편지를 잘 썼지요. 백작은 그런 편지를 가볍게 넘길 사람이 절대 아니오. 하지만 당신이 생각을 바꾼다면 우리는 이 문제를 잘 처리할 수 있을 거요. 이건 순전히 사업상의 문제요. 만일 백작의 손에 편지를 넘기는 것이 그녀에게 가장 유리하다면 그렇게 많은 돈을 주고 편지를 되찾는다는 건 어리석은 일이겠지요."

그는 일어서서 아스트라한(러시아 남동부 아스트라한 지방에서 나는 어린 양의 모피) 코트를 집어 들었다.

홈즈의 얼굴은 분노와 모욕감으로 잿빛이 되었다.

"잠깐! 당신은 너무 성급한 듯싶군요. 이 비밀스러운 일이 사람들에게 알려지지 않도록 최선을 다하는 게 우리의 의무라고 생각하오."

밀버튼은 다시 자리에 앉았다.

"잘 생각하셨소." 그가 만족스러운 표정을 지으며 말했다.

"레이디 에바는 부자가 아닙니다. 가진 돈을 전부 긁어모아도 2000 파운드밖에는 안 될 거요. 당신이 요구한 액수를 채우기에는 턱없이 부족하오. 그러니 금액을 조정해서 내가 요구한 액수에 편지를 넘겨 주기 바라오. 그녀는 그 이상의 돈을 지불할 능력이 전혀 없소."

밀버튼은 미소 지으며 재미있다는 듯이 눈을 반짝였다.

"당신 말이 사실이라는 건 알고 있소. 하지만 백작과의 결혼을 내세워 친구들이나 친척들에게 돈을 빌릴 수 있을 거요. 그들이 결혼 선물로 엄청난 돈을 빌려 주는 것을 망설인다면, 나는 이 한 묶음의 편지가 결혼식보다 훨씬 재미있다는 걸 알려 줄 수밖에 없겠지요."

"허튼소리 하지 마시오." 홈즈가 말했다.

"홈즈 씨. 정말 유감스럽군요." 밀버튼이 커다란 수첩을 꺼내며 말했다. "내 말을 무시하고 경솔하게 행동한 여자들이 생각나는군요. 이걸 보시오!"

그는 표지에 문장이 새겨진 작은 봉투를 집어 들었다.

"아직은 이름을 밝힐 수 없지만 이 편지는 어떤 여자가 쓴 것이오. 나는 내일 아침 이 편지를 그녀의 남편에게 보낼 거요. 갖고 있는 다이아몬드를 팔아 돈을 마련할 수 있으면서도 그녀는 그렇게 하지 않았소. 정말 안된 일이지요. 홈즈 씨, 마일즈 양과 도킹 대령의 약혼이 갑자기 깨진 일을 기억합니까? 결혼식을 불과 이틀 앞두고 〈모닝 포스트)에 파혼 기사가 났지요. 믿기 어렵겠지만 겨우 1200파운드를 지불하지 않아서 그렇게 된 겁니다. 정말 안타까운 일 아니오? 한 여자의 장래와 명예가 걸린 일인데 겨우 이 정도 조건으로 놀라다니, 정말 뜻밖이군요. 당신이 분별력 있는 사람인 줄 알았는데 말이오."

"내 말은 사실이오. 어디에서도 그만한 돈을 구할 수 없소. 이 편지를 공개해 여자의 일생을 망친다고 해서 득이 될 게 뭐 있겠소? 그 보다는 내가 제시한 금액을 받는 것이 당신에게 더 유리할 거요."

"홈즈 씨, 뭔가 잘못 알고 있는 모양이군요. 편지를 폭로하면 간접적이긴 하지만 상당한 이익이 된다는 걸 모르시오? 나는 이와 비슷한 편지를 여러 통 갖고 있소. 내가 레이디 에바의 편지를 폭로한 걸 그들이 알게 된다면 지금보다 훨씬 고분고분해지겠지요. 내 말 알아듣겠소?"

홈즈가 자리에서 벌떡 일어났다.

"왓슨, 문을 막아. 이자를 밖으로 내보내면 안 돼! 밀버튼, 수첩을 이리 내!"

밀버튼은 생쥐처럼 재빠르게 방 한구석으로 몸을 피하더니 벽에 등을 대고 섰다.

"홈즈, 이걸 봐."

그는 코트 앞자락을 들추어 안주머니에 꽂힌 커다란 권총 한 자루를 꺼내 보였다.

"난 당신이 이런 식으로 나올 거라고 생각했어. 자주 당하는 일이지. 하지만 이렇게 해서 좋을 건 하나도 없어. 나는 완전 무장을 하고 있기 때문에 언제든지 무기를 꺼낼 수 있으니까. 당신이 먼저 날 위협했으니 내가 무기를 사용해도 법적으로 문제 될 게 없어. 그리고 내가 여기에 편지를 가져왔다고 생각하나? 천만의 말씀! 난 그렇게 어리석은 짓은 하지 않아. 그럼, 오늘 저녁에 만나야 할 사람도 있고 햄스테드까지 가려면 시간이 꽤 걸릴 테니 이만 실례하겠네."

그는 코트 자락을 열어 한 손을 권총 위에 올려 둔 채 앞으로 걸어 나와 문 쪽으로 향했다. 나는 의자를 집어 들었지만 홈즈가 고개를 저

으며 안 된다는 신호를 보냈기 때문에 할 수 없이 내려놓았다. 밀버튼은 고개 숙여 인사하고는 문밖으로 사라졌다. 잠시 후 마차 문이 닫히는 소리와 함께 덜컥거리며 마차가 떠나는 소리가 들렸다.

홈즈는 양복 주머니에 손을 넣고 고개를 푹 숙인 채 난롯가에 꼼짝하지 않고 앉아 타다 남은 불꽃을 보고 있었다. 그러더니 뭔가 결심한 사람처럼 벌떡 일어나서 침실로 들어갔다. 잠시 후에 염소수염을 기른 멋진 젊은이가 거만한 태도로 걸어 나왔고, 램프 불로 사기 파이프에 불을 붙였다.

"왓슨, 금방 돌아오겠네."

홈즈는 어둠 속으로 사라졌다. 나는 그가 찰스 오거스터스 밀버튼과 전쟁을 시작했다는 걸 알았다. 하지만 그 전쟁이 이상한 형태로 전개되리라고는 전혀 예상하지 못했다.

홈즈는 며칠 동안 그런 차림으로 나가 저녁 무렵에야 돌아오곤 했다. 나는 그가 햄스테드에 다녀온다는 건 알고 있었지만 그곳에서 무엇을 하는지 전혀 몰랐다. 폭풍우가 사납게 몰아쳐 대는 어느 날 밤이었다. 바람이 윙윙대는 소리와 창문이 덜컥거리는 소리가 요란했다. 마지막 탐험을 마치고 돌아온 홈즈는 난로 앞에 앉아 변장하기 위해 입은 옷을 벗더니 배를 잡고 특유의 낮은 목소리로 웃어 댔다.

"왓슨, 내가 결혼한다면 믿겠나?"

"물론 아니지."

"내가 약혼했다는 소리를 들으면 어떻겠나?"

"세상에! 축하─"

"밀버튼의 가정부와 말이야." 내 말이 끝나기도 전에 홈즈가 말했다.

"뭐라고?"

"정보가 필요했거든."

"그렇다고 약혼하다니, 너무한 거 아닌가?"

"어쩔 수 없었어. 이름은 에스코트이고 수입이 많은 배관공이라고 소개했지. 매일 밤 그녀와 산책하면서 얘기를 나눴어. 대부분은 지루하기 짝이 없는 얘기였지만 알고 싶은 정보는 모두 얻었지. 이제 밀버튼 집안일이라면 손바닥 들여다보듯 훤히 알아."

"하지만 그 여자는 어쩔 셈인가?"

홈즈는 어깨를 으쓱했다.

"왓슨, 그건 어쩔 수 없어. 이런 상황에서는 가장 유리한 카드를 뽑아야 해. 하지만 내가 등을 보일 때를 기다려 덮치려는 악의에 찬 경쟁 상대가 있다는 것도 나쁘지는 않아. 오늘은 정말 멋진 밤이군."

"이런 날씨를 좋아하나?"

"내 계획에 딱 맞는 날씨거든. 왓슨, 오늘 밤 밀버튼의 집에 잠입할 작정이야."

홈즈는 결의에 찬 말투로 천천히 말했다. 숨이 멎을 만큼 놀란 나는 온몸에 소름이 돋았다. 그 순간 번개가 치면서 밝은 빛 아래 황량한 바깥 풍경이 세세하게 드러났다. 나는 그의 행동이 부를 결과를 모두 예측할 수 있었다. 발각되면 이제껏 쌓아 온 명성은 돌이킬 수 없는 실수와 불명예로 얼룩질 것이며, 그의 미래는 사악한 밀버튼의 손에 들어갈 것이 분명했다.

"제발, 다시 한 번 생각하게." 내가 소리쳤다.

"왓슨, 나도 충분히 생각하고 결정했어. 내가 경솔한 행동을 하거나 위험을 자초할 사람으로 보이나? 물론 다른 방법이 있다면 이렇게 위험한 일은 하지 않을 거야. 좀 더 분명하고 객관적으로 생각해 봐. 자네도 이런 행동이 법적으로는 죄가 되지만 도덕적으로는 옳다는 걸 인정할 거야. 그의 수첩을 훔치기 위해 잠입하는 거야. 자네라면 이런 일에 찬성할 거라고 생각했네."

나는 곰곰이 생각한 후에 대답했다. "좋아. 불법적인 일에 사용할 문서를 가져오기 위해서라면 도덕적으로 정당하다고 생각해."

"맞아. 도덕적인 이유는 그걸로 됐고, 이제 우리에게 닥칠지 모르는 위험에 대비해야 해. 어떤 여자가 절실하게 도움을 필요로 할 때 신사라면 이런 위험 따위는 중요하게 여기지 않겠지?"

"곤란한 상황에 빠질지도 몰라."

"그래서 위험하다는 거야. 하지만 편지를 찾을 방법은 이것밖에 없네. 내일이 돈을 지불하라고 제시한 마지막 날이니 오늘 밤에 반드시 편지를 손에 넣어야 해. 밀버튼은 자기가 한 말은 지키는 사람이고, 돈을 지불하지 않으면 그녀를 파멸시킬 거야. 이제 그녀가 파멸하는 걸 지켜보거나 마지막 카드를 꺼내거나 둘 중 하나를 선택할 수밖에 없어. 이건 밀버튼과 나의 결투야. 자네도 보았듯이 첫 싸움에서는 그가 우세했지만 이번에는 내 자존심과 명성을 걸고 끝까지 싸우겠어."

"내키지 않지만 자네 말에 동의하네. 언제 출발하지?"

"자네는 가지 말게."

"그러면 자네도 가지 못할 거야. 이건 진심인데 이 모험에 나를 끼워 주지 않는다면 마차를 타고 곧장 경찰서로 가 자네를 신고하겠어."

"자네가 도울 일은 없어."

"그걸 어떻게 아나? 무슨 일이 생길지 어떻게 알지? 어쨌든 나는 이미 결심했어. 나에게도 자존심과 명예가 있으니까."

홈즈는 난감한 표정으로 눈썹을 찌푸렸으나 곧 얼굴을 펴고 내 등을 가볍게 두드렸다.

"좋아. 그렇게 하게. 우리는 몇 년 동안 이 방을 함께 썼으니, 나란히 감옥에 갇히는 것도 재미있을 것 같군. 왓슨, 솔직히 말하지만 만약 내가 나쁜 마음을 먹는다면 아주 뛰어난 범죄자가 될 거야. 이번 일이야말로 그런 생각을 확인할 수 있는 기회가 되겠군. 이걸 봐."

홈즈는 서랍에서 말끔한 가죽 상자를 하나 꺼냈다. 상자 안에는 반짝이는 도구가 여러 개 들어 있었다.

"이건 성능이 뛰어난 최신식 잠입 도구야. 이 안에는 니켈 도금한 쇠 지렛대, 끝에 다이아몬드를 박은 유리 절단용 칼, 다용도 열쇠, 그리고 잠입에 필요한 모든 도구가 들어 있지. 손전등도 있어. 사용하기 편하게 잘 정리되어 있지. 자네, 소리 나지 않는 신발이 있나?"

"고무로 밑창을 댄 테니스화가 있어."

"잘됐군! 그럼 복면은?"

"검은 비단 천으로 만들면 돼."

"자네는 이런 일에 재능을 타고난 듯싶어. 아주 좋아. 자네가 복면을 만들게. 출발하기 전에 저녁을 먹어야겠군. 지금 9시 30분이니 11시에 마차를 타고 처치 가로 가세. 거기서 애플도어 타워까지는 걸어서 15분 거리니 자정이 되기 전에 일을 시작할 수 있을 거야. 밀버튼은 한번 잠들면 여간해서 깨어나지 않는 데다 10시 30분이면 어김없이 잠자리에 든다는군. 운이 좋으면 레이디 에바의 편지를 갖고 2시까지 돌아올 수 있을 거야."

홈즈와 나는 극장에서 나와 집으로 돌아가는 사람처럼 보이기 위해 정장을 입었다. 그런 다음 옥스퍼드 가에서 이륜마차를 타고 홈스테드로 향했다. 마차에서 내렸을 때는 날씨가 몹시 추워 바람이 뼛속까지 스며드는 것 같아서 우리는 코트 단추를 모두 채우고 관목이 우거진 길을 따라 걸었다.

"이건 세심한 주의가 필요한 일이야. 놈은 서재에 있는 금고에 편지를 넣었어. 서재는 침실 맞은편에 있지. 뚱뚱한 사람들이 그렇듯이 밀버튼도 잠을 많이 잔다네. 애거서 말로는 하인들 사이에서 밀버튼을 깨우는 건 불가능한 일이라는 농담까지 돈다는군. 참, 애거서는 내 약혼녀 이름이야. 그는 비서를 한 명 두고 있는데, 낮에는 서재에서 나오지 않는다는군. 그래서 밤에 잠입하는 거야. 그리고 정원에 사나운 개를 풀어 놓았다는군. 어제와 그저께 밤에 애거서를 만났는데, 내가 도망갈 수 있도록 개를 묶어 놓겠다고 했네. 여기가 밀버튼의 집이야. 저 큰 정원이 그의 집 정원이지. 월계수 숲 오른쪽에 있는 문으로 들어가면 돼. 자, 이쯤에서 복면을 쓰는 게 좋겠어. 창문에 불이 전부 꺼진 게 보이지? 모든 일이 순조롭게 풀리는 듯하군."

검은 비단 복면을 쓴 모습이 마치 런던에서 제일가는 악당처럼 무시무시했다. 우리는 어둠에 싸인 건물 쪽으로 조용히 다가갔다. 한쪽 면에는 타일로 된 베란다 같은 것이 튀어나와 있고, 그 위로 여러 개의 창문과 문 두 개가 이어져 있었다.

"저 방이 밀버튼의 방이야. 이 문은 서재로 통해. 이 문으로 가는 게 제일 빠르지만 자물쇠와 걸쇠로 잠가 두었기 때문에 열려면 소리가 많이 날 거야. 이쪽으로 와. 거실로 통하는 온실이 있으니까." 홈즈가 속삭였다.

온실 문은 잠겨 있었지만 홈즈는 유리를 둥글게 자르고 그 안에 손을 넣어 걸쇠를 벗겼다. 안으로 들어간 홈즈는 문을 닫았다. 이제 우리는 법적으로 중죄를 저지른 범죄자가 되었다. 온실의 따뜻하고 탁한 공기와 외래 식물들의 짙은 향 때문에 숨이 막힐 지경이었다. 어둠 속에서 홈즈는 내 손을 잡고 관목이 줄지어 있는 곳으로 재빨리 끌고 갔다. 나뭇잎이 얼굴을 스쳤다. 홈즈는 평소에 훈련을 열심히 했기 때문에 어둠 속에서도 능숙하게 움직였다. 그는 내 손을 잡은 채 한 손으로 문을 열었다. 나는 우리가 큰 방에 들어섰다는 걸 알았다.

조금 전에 누가 담배를 피우다 나갔는지 방 안에는 담배 연기가 가득했다. 홈즈는 가구 사이를 더듬어 다른 문을 연 다음, 그 안으로 들어서서는 곧 문을 닫았다. 손을 뻗어 보니 벽에 외투가 여러 벌 걸려 있었다. 나는 그곳이 복도라는 걸 알았다. 복도 끝에 이르자 홈즈가 오른쪽에 있는 문을 살며시 열었다. 그 순간 방 안에서 뭔가가 튀어나왔다. 나는 기절할 듯이 놀랐지만, 그것이 고양이라는 걸 알고는 놀란 가슴을 쓸어내렸다. 방 안에는 난롯불이 남아 있었고 담배 연기가 자욱했다. 발끝으로 걸어 안으로 들어간 홈즈는 내가 따라 들어갈 때까지 기다렸다가 천천히 문을 닫았다. 이곳이 바로 밀버튼의 서재였다. 방 맞은편에는 침실로 통하는 칸막이 커튼이 쳐 있었다.

벽난로 불빛이 서재를 환하게 비춰 주었다. 문 옆에 전기 스위치가 있었지만 아무리 안전하다 해도 불을 켤 수는 없었다. 벽난로 한쪽 옆에는 아까 밖에서 본 창문에 두꺼운 커튼이 드리워져 있었고, 다른 쪽

옆에는 베란다로 이어지는 문이 있었다. 방 한가운데에는 책상과 붉은 가죽 회전의자가 있었다. 반대편에 있는 커다란 책장 위에는 아테네 여신의 대리석 흉상이 있었다. 금고는 책꽂이와 벽 사이에 있는 모서리에 세워져 있었는데, 세로로 긴 녹색 금고였다. 금고 앞에 달린 광택 나는 청동 손잡이 위로 벽난로 불빛이 반사되고 있었다. 홈즈는 방 안을 지나가 금고를 자세히 들여다보았다. 그리고 침실 문까지 기어간 다음 문 옆에 서서 고개를 약간 숙인 채 귀를 기울였다. 침실에서는 아무 소리도 들리지 않았다. 나는 도망갈 때를 대비해 바깥으로 통하는 문을 점검해 두어야겠다고 생각했다. 하지만 놀랍게도 문은 열려 있었다. 내가 홈즈를 팔로 툭툭 치자, 그는 놀라서 고개를 돌렸다. 순간 홈즈가 몸을 움찔해서 그도 나만큼이나 놀랐다는 걸 알았다.

"이상해. 정말 이해할 수 없어. 어쨌든 좀 더 서둘러야겠어." 그가 내 귀에 입을 바짝 대고 속삭였다.

"내가 도울 일이 있을까?"

"문 옆에 서서 망을 보게. 누가 오는 소리가 들리면 안에 있는 걸쇠를 잠가. 왔던 길로 도망가면 되니까. 만일 다른 쪽 문에서 인기척이 들리거든 편지를 손에 넣었다면 바깥문으로 도망치고 그렇지 않았다면 이 창문 커튼 뒤로 숨어야 해. 무슨 말인지 알지?"

나는 고개를 끄덕이고 문 옆에 자리를 잡고 섰다. 처음에 느낀 공포감은 사라졌다. 그리고 무법자 대신 법을 수호하는 사람이 되었다는 즐거움보다 몇 배 더 강렬한 흥분이 나를 사로잡으면서 가슴이 두근거렸다. 숭고한 임무와 이타적인 기사도 정신, 극악무도한 적을 상대한다는 요소가 우리의 모험에 흥미를 더해 주었다. 죄의식에서 벗어난 나는 이러한 위험들을 기쁜 마음으로 즐기고 있었다. 나는 도구 상자를 열고 까다로운 수술을 하는 외과 의사처럼 침착하고 정확하게 연장을 고르는 홈즈를 감탄스러운 눈길로 바라보았다. 금고를 여는 것은 홈즈의 특별한 취미였다. 그가 많은 여성의 명예가 달린 편지가 담겨 있는 이 녹색과 황금색 괴물을 마주했을 때 느낀 즐거움을 나 또한 이해할 수 있었다.

홈즈는 의자 위에 코트를 벗어 놓고 소매를 걷은 채 송곳 두 개와 손전등, 다용도 열쇠 여러 개를 꺼내 바닥에 늘어놓았다. 나는 위급한 상황을 대비해 문 가운데 서서 다른 쪽 문을 번갈아 보았다. 하지만 정말 누군가 나타났을 때 어떻게 해야 하는지 확실한 계획이 있는 건 아니었다. 30분 동안 홈즈는 도구를 차례로 사용해 금고 문을 여는 데 집중했다. 적절한 힘과 정확한 솜씨로 도구를 다루는 모습이 마치 숙련된 기술자 같았다. 마침내 찰칵하는 소리와 함께 커다란 녹색 문이 열렸다. 금고 안은 서류 묶음으로 가득했는데, 끈으로 묶은 편지 다발마다 그 편지를 쓴 사람의 이름이 적혀 있었다. 홈즈가 그중 한 묶음을 꺼냈지만, 난롯불이 깜박거려서 제대로 읽을 수 없었다. 그는 작은 손전등을 꺼냈다. 하지만 밀버튼이 바로 옆방에 있어서 손전등을 켜는 건 너무 위험했다. 갑자기 홈즈가 멈춰 서서 무언가에 열심히 귀를 기울이더니 금고 문을 닫고 외투를 집어 들었다. 그는 도구들을 주머니에 쑤셔 넣고는 따라오라고 손짓하면서 커튼 뒤로 재빨리 숨었다.

나는 홈즈를 따라 몸을 숨긴 다음에야 어떤 소리가 들린다는 걸 알아차렸다. 홈즈는 나보다 먼저 그 소리를 듣고 몸을 피한 것이다. 집 안 어딘가에서 나는 소리였다. 그때 멀리서 문이 닫히는 소리가 들렸다. 그러더니 웅얼거리는 말소리와 함께 누군가 둔탁한 발소리를 내며 빠르게 걸어오는 소리가 들렸다. 바깥 복도에서 들리던 발소리가 문 앞에서 멈추더니, 문이 열렸다. 그리고 찰칵하며 전기 스위치가 올라가는 소리가 들렸다. 문이 다시 한 번 닫혔고 독한 담배 연기가 코를 찔렀다. 우리가 숨은 커튼 근처에서 들리던 발소리는 마침내 의자가 삐걱거리는 소리와 함께 멈췄다. 이윽고 열쇠 돌리는 소리가 나고 서류를 뒤적거리는 소리가 들렸다.

　그때까지 밖을 내다볼 엄두도 못 내고 있던 나는 살며시 커튼을 젖히고 그 사이로 방 안을 엿보았다. 홈즈의 어깨가 나를 내리 누르는 걸로 보아 그 역시 밖을 내다보는 것 같았다. 커튼 앞 오른쪽에서 밀버튼의 넓고 둥근 어깨가 보였다. 그 순간, 우리의 생각이 완전히 틀렸다는 걸 깨달았다. 밀버튼은 잠자리에 든 것이 아니었다. 그는 우리가 밖에서 미처 발견하지 못했던 저택 별관에 있는 흡연실이나 당구실에서 담배를 피우다 들어온 모양이었다. 바로 눈앞에 이마가 벗어진 밀버튼의 커다란 회색 머리가 보였다. 그는 붉은색 가죽 의자에 깊숙이 기대앉아 다리를 쭉 뻗은 채 길쭉하고 검은 담배를 입에 물고 있었다. 검은 벨벳 깃이 달린 자줏빛 조끼 차림이었다. 그는 담배 연기를 내뿜으면서 긴 법률 문서를 들고 천천히 읽었다. 의자에 편안한 자세로 앉아 있는 걸 보니 금방 일어설 것 같지는 않았다.

홈즈의 손이 살며시 다가오더니 안심하라는 듯 내 손을 잡았다. 우리는 이 일을 끝낼 수 있으며 자신은 아무 걱정도 하지 않는다는 걸 알려 주려는 듯했다. 내가 서 있는 곳에서는 금고 문이 완전히 닫히지 않은 것을 알 수 있어서, 홈즈가 그걸 못 본 게 아닐까 하는 생각이 들었다. 운이 나쁘면 밀버튼이 알아차릴 수도 있었다. 나는 밀버튼이 금고 문이 열린 걸 눈치챈다면 재빨리 뛰어나가 코트로 그의 머리를 덮은 다음 움직이지 못하게 끈으로 묶어야겠다고 마음먹었다. 나머지는 홈즈가 알아서 할 일이었다. 하지만 밀버튼은 고개를 들지 않았다. 그는 흥미 없는 표정으로 손에 든 문서들을 한 장 한 장 넘겨 가면서 읽었다. 나는 그가 서류를 다 읽고 담배도 마저 피우고 나면 방으로 돌아갈 거라고 생각했다. 하지만 그가 서류를 다 읽기도 전에 전혀 예상치 못한 일이 일어났다.

그 사이에 밀버튼은 시계를 여러 번 보았다. 한번은 좀이 쑤시는지 자리에서 일어났다가 다시 앉기도 했다. 그가 이런 늦은 시간에 누구를 기다릴 거라고는 생각하지 않았다. 그런데 갑자기 베란다 바깥쪽에서 희미한 소리가 들렸다. 그러자 밀버튼은 서류를 내려놓고 자세를 고쳐 앉았다. 다시 인기척이 나는가 싶더니 조용히 문을 두드리는 소리가 들렸다. 밀버튼은 자리에서 일어나 문을 열었다.

"30분이나 늦었군." 그가 퉁명스럽게 말했다.

그제야 문이 열려 있었던 것과 밀버튼이 잠자리에 들지 않은 이유를 알 수 있었다. 여자의 옷자락이 스치는 소리가 들렸다. 그때 밀버튼이 우리가 있는 쪽으로 고개를 돌렸기 때문에 나는 서둘러 커튼을 여몄다. 하지만 두려움은 잠깐뿐이었고, 나는 다시 커튼을 열고 밖을 엿보았다. 밀버튼은 담배를 삐딱하게 문 거만한 자세로 다시 의자에 앉았다. 그 앞에는 밝은 전깃불 아래에 검은 옷을 입은 키가 크고 날씬한 여자가 서 있었다. 베일로 얼굴을 가리고 망토 깃을 목 위까지

세운 여자는 숨을 가쁘게 몰아 쉬었는데, 숨을 쉴 때마다 부드러운 몸이 격한 감정으로 떨리는 듯했다.

"당신 때문에 잠잘 시간을 빼앗겼군. 하지만 그만

한 보상은 해 주겠지? 다른 시간에 올 수는 없었나?"

여자는 고개를 끄덕였다.

"하긴 사정이 그렇다면 할 수 없지. 백작부인이 당신을 힘들게 했다면 지금이야말로 당한 만큼 갚아 줄 수 있는 좋은 기회야. 저런, 왜 그렇게 떨지? 마음을 좀 가라앉혀. 자, 이제 거래를 시작하지."

그는 책상 서랍에서 수첩을 꺼냈다.

"달베르 백작부인의 편지를 다섯 통 가지고 있다고 했지? 그리고 나한테 그 편지를 팔고 싶다고 했어. 좋아, 내가 그 편지를 사겠어. 값은 아주 후하게 쳐주지. 하지만 가격은 편지를 보고 나서 결정할 거야. 그럴 만한 가치가 있는 내용이라면……. 아니, 이럴 수가! 당신이었어?"

여자는 아무 말 없이 베일을 걷어 올리고 목까지 올라온 망토 깃을 풀었다. 밀버튼 앞에는 표정이 어둡고 이목구비가 뚜렷한 미인이 서 있었다. 콧날은 날카롭게 구부러져 있었고 눈은 짙은 눈썹 아래에서 번쩍였다. 그녀는 얇은 입술을 굳게 다문 채 차갑게 웃었다.

"그래, 나야. 네가 파멸의 구덩이로 몰아넣은 사람이지."

밀버튼은 웃음을 터뜨렸지만 목소리는 두려움으로 떨리고 있었다.

"당신은 너무 고집이 셌어. 그래서 나도 극단적인 방법을 쓸 수밖에 없었어. 나는 파리 한 마리도 죽이지 못해. 하지만 사업을 하다 보니 어쩔 수 없었어. 충분히 마련할 수 있는 돈을 요구했는데도 당신은 돈을 주려고 하지 않았지."

"그래서 내 남편에게 편지를 보냈나? 내 남편은 정말 훌륭한 귀족이었어. 나 같은 사람과는 비교도 되지 않을 만큼! 그는 내 편지를 받은 남자를 쏘고 스스로 목숨을 끊었어. 어젯밤에 내가 저 문으로 들어와 자비를 베풀어 달라고 빌었을 때 너는 내 앞에서 웃었어. 지금처럼 말이야. 입술을 떠는 걸 보니 겁이 나는 모양이군. 그래, 너는 내가 여기 오리라고는 상상도 못했을 거야. 하지만 너와 단둘이서 만날 수 있는 방법이 무엇인지 어젯밤에야 비로소 깨달았어. 찰스 밀버튼, 하고 싶은 말이 있나?"

"나를 겁줄 생각은 안 하는 게 좋을 걸."

그는 자리에서 벌떡 일어났다.

"내가 소리를 지르면 하인들이 달려와 널 붙잡을 테니까. 하지만 오늘은 홧김에 그런 걸 테니 용서해 주지. 지금 당장 방에서 나가. 그러면 나도 아무 말 하지 않겠어."

여자는 가슴에 손을 올린 채 증오에 찬 표정으로 싸늘하게 웃었다.

"더 이상 네가 다른 사람의 인생을 망치도록 놔두지 않겠어. 이제 넌 누구에게도 고통을 주지 못할 거야. 너같이 해로운 인간은 이 세상에서 사라져야 해. 자, 내 총알을 받아! 이 비열한 놈!"

그녀는 번뜩이는 권총을 들고 2피트쯤 떨어진 거리에서 밀버튼을 향해 계속 방아쇠를 당겼다. 밀버튼은 뒷걸음질 치다가 책상 위에 쓰러져서 심하게 기침을 하며 서류들을 움켜잡았다. 그리고 비틀거리며 다시 일어났지만 다시 총을 맞고 바닥에 나동그라졌다.

"이럴 수가!"

그는 마지막 힘을 다해 소리치고 쓰러진 채 움직이지 않았다. 여자는 꼼짝하지 않고 서서 밀버튼을 바라보다가 발뒤꿈치로 그의 얼굴을 치고는 다시 한 번 들여다보았다. 그러나 밀버튼은 움직이지도 않고

아무런 소리도 내지 않았다. 밤바람이 쉬익 소리를 내며 방 안으로 밀려들어오자 여자는 정신을 차린 듯 재빨리 방에서 빠져나갔다. 우리는 여자가 밀버튼을 살해할 때 어떠한 행동도 하지 못했다. 총알이 밀버튼의 몸을 관통한 순간 커튼 밖으로 뛰어나가려고 하자 홈즈가 내손목을 꽉 붙잡았다. 나는 홈즈의 행동을 충분히 이해할 수 있었다.

악당을 잡는 일은 법이 할 일이지 우리가 나설 일이 아니며 우리에게 는 수행해야 할 임무가 남아 있었기 때문에 냉정을 되찾아야만 했다.

여자가 밖으로 나가자마자 홈즈는 재빨리 반대편으로 가서 문을 잠 갔다. 그 순간 웅성거리는 소리와 급히 달려오는 발소리가 들렸다. 총 소리에 집에 있던 사람들이 잠에서 깬 것이다.

홈즈는 금고에서 서류 뭉치들을 한 아름 꺼내 벽난로 속으로 집어 던졌다. 몇 번을 그렇게 하자 금고 안은 텅 비었다. 누군가 손잡이를 이리저리 돌리면서 문을 두드렸다. 홈즈는 민첩하게 주위를 둘러보았 다. 밀버튼을 죽인 여자가 가져온 편지는 모두 피에 젖은 채 책상 위 에 흩어져 있었다. 홈즈는 그 편지들도 난로 속으로 던져 넣었다. 그 리고 바깥으로 통하는 문에서 열쇠를 뽑아 들고 내 뒤를 따라 나온 다 음 밖에서 문을 잠갔다.

"이쪽이야, 왓슨. 이쪽으로 가면 정원 담을 넘을 수 있어."

그렇게 짧은 시간에 집에 있던 사람들이 모두 깨어날 수 있다는 사 실이 놀라웠다. 뒤를 돌아보니 집 전체에 불이 켜져 거대한 저택이 하 나의 불덩이처럼 보였다. 현관문이 열리고 사람들이 마차 길로 뛰어 나오는 것이 보였다. 정원은 사람들로 가득했고 우리가 베란다 쪽에 서 나오자 한 사람이 "나왔다!"라고 소리쳤고, 모두들 뒤쫓아 왔다.

홈즈는 정원을 훤히 꿰뚫고 있는 듯이 빠른 걸음으로 작은 나무들 을 헤치면서 달려갔다. 나는 홈즈의 뒤를 바짝 따랐다. 선두에 선 추 격자가 가까운 거리에서 숨을 헐떡이며 쫓아왔다. 홈즈는 6피트쯤 되 는 정원 담을 훌쩍 뛰어넘었다. 내가 담을 넘어가려는 순간, 뒤쫓아 오던 사람이 내 발목을 붙잡았다. 나는 발로 그를 걷어차고 풀로 뒤덮인 담 꼭대기를 넘어 반대편에 있는 덤불 속으로 떨어졌다. 홈즈가 바로 나를 일으켜 세웠고, 우리는 넓은 햄스테드 평야를 지나 도망쳤다. 2마일쯤 달렸을까? 마침내 홈즈가 멈춰 서서 귀를 기울였다. 뒤쪽에서는 아무 소리도 들리지 않았다. 추적자를 따돌린 것이다.

엄청난 모험을 한 다음 날 아침 식사를 마치고 담배를 피우고 있을 때, 스코틀랜드 야드의 레스트레이드가 찾아왔다. 그는 아주 엄숙하고 진지한 표정을 지은 채 거실로 들어왔다.

"홈즈 씨, 안녕하십니까? 왓슨 씨도 안녕하시지요? 바쁘지 않다면 잠시 실례해도 되겠습니까?"

"별로 바쁘지 않습니다."

"특별한 일이 없으시면 당신에게 도움을 청하려고 왔습니다. 실은 어젯밤 햄스테드에서 엄청난 사건이 일어났습니다."

"저런! 무슨 일이었습니까?"

"살인 사건입니다. 아주 극적이고 엄청난 살인 사건이죠. 당신은 이런 일에 흥미를 갖고 있다고 들었습니다. 애플도어 타워에 오셔서 조언을 해 주실 수 있을까요? 이건 평범한 사건이 아닙니다. 밀버튼에 대해 조사했는데, 아주 몹쓸 사람이더군요. 그가 협박 수단으로 서류를 모아 둔다고 들었습니다. 하지만 살인범들이 서류를 모두 불태웠더군요. 귀중품에는 손을 대지 않은 걸 보니 지위 높은 사람들이 저지른 일 같습니다. 범인들의 유일한 목적은 비밀이 탄로 나지 않도록 막는 거였겠죠."

"범인들이라고요? 그렇다면 한 명이 아니란 말입니까?"

"네. 범인은 두 명이었어요. 현장에서 잡을 수 있었는데, 안타깝게

놓쳤답니다. 발자국을 확보했고 인상착의도 알아냈으니 이제 범인을 잡는 건 시간문제지요. 한 명은 동작이 매우 민첩했지만 다른 한 명은 정원사에게 붙잡혔다가 발버둥 친 끝에 간신히 도망갔다고 합니다. 잡혔다가 도망친 사람은 중간 키에 체격이 단단했고, 턱이 네모지고 목이 굵으며 콧수염을 기르고 있었답니다. 복면을 두르고 있어서 눈은 볼 수 없었다는군요."

"그거 좀 애매하네요. 이런, 그러고 보니 왓슨과 비슷하군!"

"정말 그렇군요. 어쩌면 왓슨 씨가 범인일지도 모르겠네요." 경감이 재미있다는 표정으로 말했다.

"레스트레이드, 도와드리지 못해서 유감스럽습니다. 저도 밀버튼을 압니다. 런던에서 제일 위험한 인물이지요. 그가 법망을 피해 저지른 범죄가 많은 걸로 아는데, 이번 사건이 개인적인 복수였다면 어느 정도는 정당성을 인정해 줄 수 있지 않을까요? 이런 말을 해도 아무 소용이 없지만, 어쨌든 제 생각은 그렇습니다. 피해자보다는 오히려 범인들에게 동정이 가는군요. 그래서 이 사건에 협조할 수 없습니다."

홈즈는 우리가 목격한 비극적인 사건에 대해서는 아무 말도 하지 않았다. 하지만 그는 오전 내내 깊은 생각에 잠긴 채 기억 속에서 뭔가를 끄집어내려고 애쓰는 사람처럼 멍한 눈빛으로 앉아 있었다.

점심시간이 되자 홈즈가 식사를 하다 말고 벌떡 일어났다.

"아! 왓슨, 이제야 생각났어! 모자를 쓰게! 자네와 함께 갈 곳이 있어!"

그는 재빨리 베이커 가로 내려간 다음 옥스퍼드 가를 따라 리젠트 광장 근처까지 걸어갔다. 오른쪽에 유명 인사와 미인들의 사진으로 쇼윈도를 장식한 상점이 하나 있었다. 홈즈의 시선이 한 장의 사진 위에 머물렀다.

사진 속에는 궁중 옷을 입고 우아한 다이아몬드 머리장식을 한 품위 있고 당당해 보이는 귀부인이 있었다. 나는 우아한 콧날과 짙은 눈썹, 굳게 다문 입술, 강해 보이는 작은 턱을 자세히 들여다보았다.

사진 밑에는 이 귀부인의 남편이었던 유서 깊은 가문의 대귀족이자 정치가의 이름이 적혀 있었다. 그 이름을 읽은 나는 숨조차 쉴 수 없을 정도로 깜짝 놀랐다. 홈즈와 눈이 마주치자 그는 내 팔을 잡고 돌아서면서 가만히 입술에 손가락을 댔다.

역주 —

이 작품의 원고는 2절지 21페이지, 약 6,800개의 단어로 이루어졌으며, 'The Adventure of the Worst Man in London' 이라는 타이틀이 붙어 있었다. 1923년 1월 30일 뉴욕 경매에서 70달러에 낙찰되었다. 스크리브너즈사의 〈셜록 홈즈 카탈로그〉에는 450달러라고 나와 있다. 이 원고는 에드거 W. 스미스가 소장하다가 그가 세상을 떠난 후 필라델피아의 칼 앤더슨에게 팔렸다.

여섯 개의 나폴레옹

The Six Napoleons

1900년 6월 8일(금) ~6월 10일(일)

스코틀랜드 야드의 레스트레이드가 저녁 무렵 우리를 찾아오는 것은 흔히 있는 일이었고, 홈즈는 언제나 그의 방문을 반겼다. 경찰본부에서 어떤 사건들을 수사하고 있는지 알 수 있었기 때문이다. 레스트레이드가 전하는 새 소식에 대한 보답으로 홈즈는 그의 이야기를 항상 경청할 준비가 되어 있었다. 홈즈는 현재 수사 중인 범죄 사건의 상세한 내용을 주의 깊게 들으면서, 때로는 직접 사건에 나서지 않고도 자신의 풍부한 지식과 경험에서 비롯된 사건의 실마리나 사건을 바라보는 새로운 시각을 레스트레이드에게 제공하기도 했다.

　그날 저녁 레스트레이드는 날씨와 신문 기사들에 관해 이야기하다가 갑자기 말을 멈추고는 조심스럽게 담배를 파이프에 채워 넣었다. 홈즈는 그 모습을 날카롭게 주시했다.

　"특별한 일이라도 있나요?"

"아뇨, 홈즈 씨. 그다지 특별한 사건은 없습니다."

"어서 말해 보세요."

레스트레이드는 웃었다.

"제 생각을 감춰 봐야 소용없겠군요. 너무 엉뚱하고 사소한 사건이라서 홈즈 씨를 귀찮게 하는 건 아닐까 망설였습니다. 그런데 한편으로는 정말 이상한 사건입니다. 홈즈 씨는 평범치 않은 사건에 관심이 많으니 흥미를 느낄 것 같군요. 그런데 제 생각에 이번 경우는 경찰보다 왓슨 씨가 다루셔야 할 사건인 듯합니다."

"질병과 관계가 있나요?" 내가 물었다.

"일종의 광기지요. 정신병치고는 아주 이상합니다. 요즘 세상에 나폴레옹 석고상을 모두 부수고 다닐 만큼 나폴레옹을 미워하는 사람이 있을까요? 전혀 생각지도 못하겠지요."

"내가 맡을 사건은 아니군." 홈즈는 의자에 깊숙이 앉으며 말했다.

"그렇습니다. 내 말이 그 말입니다. 그런데 이 정신병자가 다른 사람의 석고상을 훔치면서까지 나폴레옹 흉상을 부숴 대니 이렇게 되면 의사가 아니라 경찰이 담당해야 할 도난 사건이 되는 거죠."

홈즈는 다시 똑바로 일어나 앉았다.

"남의 석고상까지 훔친다고! 이거 재미있는 걸. 좀 더 자세히 얘기해 보세요."

레스트레이드는 수첩을 꺼내 보면서 사건에 대해 알려 주었다.

"처음으로 신고가 들어온 것은 나흘 전이었습니다. 케닝턴 가에 있는 모스 허드슨 미술상점으로부터 도난 신고가 들어왔습니다. 주인이 잠깐 가게를 비운 사이에 안에서 뭔가 깨지는 소리가 났답니다. 주인이 급히 달려가 보니, 계산대 위 선반에 다른 조각상들과 같이 진열되어 있던 나폴레옹 흉상 하나가 바닥에 떨어져 산산조각이 나 있었다고 합니다. 주인은 재빨리 밖으로 달려나갔고, 지나가던 사람들이 가게에서 어떤 남자가 뛰어나오는 모습을 봤다고 했답니다. 그러나 그 수상한 남자는 이미 사라진 뒤였고, 그가 누군지 알 도리가 전혀 없었죠. 그저 가끔씩 발생하는 불량배들의 정신 나간 소행이라고 생각해서 주인은 경관에게 신고했답니다. 부서진 석고상 가격이라고 해봐야 고작 몇 실링에 불과했고, 사건을 수사하자니 정황이 너무 유치해 보여 수사는 진행하지 않았습니다.

그런데 두 번째 사건은 좀 심각했습니다. 바로 어제저녁에 발생한 일입니다. 이번 사건 역시 케닝턴 가에 있는 유명한 병원에서 발생했습니다. 병원은 모스 허드슨 상점에서 몇백 야드 떨어진 거리에 있지요. 배니콧 의사가 운영하는 진료소인데, 그는 템스 강 남쪽에서 제일 큰 진료소도 운영하고 있답니다. 케닝턴에 살면서 주로 그곳에서 진료를 하고 있긴 한데, 2마일 떨어진 로어 브릭스턴 거리에도 외과 진료소와 약국을 갖고 있습니다. 배니콧 의사는 나폴레옹의 열렬한 추종자라서 집에 나폴레옹에 관한 책과 그림, 기념품을 많이 갖고 있답니다. 그런데 얼마 전에 그는 모스 허드슨 상점에서 프랑스 조각가 드빈느가 제작한 유명한 나폴레옹 흉상 모조품 두 개를 샀답니다. 그중 하나는 케닝턴 가에 있는 집 복도에 장식해 두고, 나머지 하나는 로어 브릭스턴에 있는 외과 진료소 진열대에 두었지요. 그런데 이 의사는 오늘 아침 출근하려고 일어났을 때 간밤에 자기 집이 털렸다는 사실을 알고 깜짝 놀랐습니다. 더욱 놀라운 사실은 도둑맞은 물건은 복도에 있던 나폴레옹 석고상 하나뿐이었답니다. 사라진 나폴레옹은 바깥 정원 벽에 세게 부딪쳐 역시 산산조각 난 상태로 발견되었다고 합니다."

홈즈가 손바닥을 마주 대고 비비며 말했다. "정말 특이한 사건이군."

"홈즈 씨가 흥미를 느낄 만한 사건이라고 생각했죠. 그런데 아직 제 얘기는 다 끝나지 않았습니다. 의사는 낮 12시에 수술이 잡혀 있어서 케닝턴 가의 진료소로 갔는데 또 한 번 놀랄 만한 일이 벌어진 겁니

다. 진료소 창문이 열려 있었고, 누군가 밤사이에 다른 나폴레옹 석고상을 깨부수어서 그 조각들이 진찰실 전체에 흩어져 있었던 겁니다. 마치 망치로 부순 듯 아주 가루가 되었더군요. 경찰로서는 이 세 사건 모두 범죄자의 소행인지, 아니면 미치광이의 소행인지 단서를 잡지 못하고 있습니다. 사건의 내용은 이게 전부입니다."

"흉악한 범죄는 아니지만 특이한 사건이군." 홈즈가 말했다.

"배니콧 의사 집에 있던 석고상과 모스 허드슨 상점의 석고상이 모두 같은 틀에서 나온 건가요?"

"네, 같은 틀로 제작한 석고상입니다."

"그렇다면 단순히 나폴레옹을 미워하는 자의 소행이라고만 볼 수는 없겠군. 런던에 있는 나폴레옹 석고상만 해도 수백 개는 넘을 텐데, 우연히 같은 틀로 만든 것을 세 개나 훔쳐서 부쉈다는 건 있을 수 없지요."

"글쎄요. 그 말도 일리가 있군요." 레스트레이드가 대답했다.

"그런데 런던 지역에서 석고상을 파는 곳은 모스 허드슨 상점밖에 없고 부서진 석고상 세 개는 몇 년 동안 계속 상점에 있던 겁니다. 말씀하신 대로 런던에 있는 나폴레옹 석고상은 수백 개나 되겠지만, 이 근처에 있는 건 그 부서진 석고상 세 개뿐일 수도 있습니다. 그러니 이 동네에 사는 미치광이라면 당연히 가까이 있는 석고상부터 찾았겠지요. 어떻게 생각하십니까? 왓슨 씨?"

"편집광의 증세는 매우 다양합니다." 내가 대답했다. "현대 프랑스 심리학자들이 고정관념이라고 부르는 증상이 있습니다. 다른 말로 강박증이라고 하지요. 이 강박증은 성격 장애를 일으키고 모든 행동 양식에서 편집광적인 증세를 보이지요. 나폴레옹에 지나치게 심취했거나 전쟁을 겪으면서 얻은 정신적인 상처가 가족 대대로 영향을 미친다면 그런 고정관념이 나타날 수 있습니다. 강박증의 영향으로 정신 나간 미치광이 짓을 하게 되는 겁니다."

"왓슨, 이번 일은 강박증과는 관련이 없어." 홈즈가 고개를 저으며 반박했다. "아무리 심한 강박증 증세를 보이더라도 석고상이 어디 있는지 정확히 알아낼 수 있는 미치광이는 없어."

"그럼, 자네 생각은 어때?"

"섣불리 추측할 수는 없네. 다만 이 미치광이의 소행에는 어떤 규칙이 있어. 한 예로, 배니콧 의사 집의 복도에서 큰 소리를 내면 사람들이 잠에서 깨리라는 점을 예상하고 범인은 일단 밖으로 석고상을 들고 나가 정원에서 부쉈지. 반면 사람들이 잠에서 깰 위험이 적은 외과 진료소에서는 그 자리에서 바로 석고상을 깼지. 매우 평범해 보이는 범죄 사건도 절대로 사소한 사실을 놓쳐서는 안 되네. 왓슨, 애버네티 가족 사건을 기억하나? 아주 더운 날, 버터 속에 파슬리 가루가 녹아 들어간 깊이를 주목해서 사건을 해결했었지? 그러니 석고상 세 개가 모두 같은 틀에서 만들어진 것이라는 점을 지나쳐서는 안 되지. 레스트레이드, 이 신기한 사건에 어떤 새로운 상황이 발생할 경우 즉시 내게 알려 주면 고맙겠군요."

홈즈가 알려 달라고 부탁한 새로운 상황은 생각보다 빨리, 그리고 예상보다 비참한 형태로 발생했다. 다음 날 아침 잠자리에서 막 일어난 나는 누군가 방문을 두드리는 소리를 들었다. 방문을 열자 한 손에 전보를 든 홈즈가 들어오더니 전보를 소리 내어 읽었다.

켄싱턴 피트 가 131번지로 속히 오십시오.

— 레스트레이드

"무슨 일이지?" 내가 물었다.

"모르겠어. 전혀 다른 사건일 수도 있겠지. 나는 석고상 사건이라고 짐작해. 나폴레옹 미치광이가 이번에는 런던 다른 지역에서 사건을 일으킨 모양이야. 왓슨, 테이블 위에 커피가 남아 있군. 그런데 지금 마차가 현관에서 대기하고 있네."

우리는 30분 만에 피트 가에 도착했다. 시끌벅적한 런던 번화가에서 조금 벗어난 한적한 주택가였다. 피트 가 131번지는 밋밋한 건물 앞면에 그럭저럭 볼만은 하지만 꾸밈새는 전혀 없는 집들이 늘어선 골목이었다. 길을 따라 올라가자 어떤 집 앞에 구경꾼들이 잔뜩 몰려 있었다. 홈즈가 나직이 휘파람을 불었다.

"오호, 최소한 살인 미수 사건은 일어났나 보군. 전보 배달 소년까지 멈춰서 구경할 정도니 말이야. 사람들이 잔뜩 구부리고 목을 빼고 구경하는 걸 보니 폭력의 조짐이 엿보여. 왓슨, 이게 뭐지? 맨 위 계단은 물로 씻었고 나머지는 말라 있군. 발자국은 많이 남아 있을 거야. 아, 저기에 레스트레이드가 있으니 무슨 일인지 곧 알게 되겠지."

경감은 매우 침울한 얼굴로 우리를 맞았다. 거실로 들어가자 가운을 입은 나이 든 남자가 불안하고 초조한 기색이 역력한 얼굴로 안절부절못한 채 방 안을 돌아다니고 있었다. 이 집의 주인 호레이스 하커로, 센트럴 프레스의 기자라고 레스트레이드가 우리에게 소개했다.

"또 나폴레옹 석고상입니다." 레스트레이드가 설명했다. "어젯밤 흥미를 가지시는 듯 보여서 여기로 와 달라고 전보를 쳤습니다. 그런데 이번에는 사건이 훨씬 더 심각해졌습니다."

"어떻게 심각해졌습니까?"

"살인 사건입니다. 호레이스 하커 씨, 이분들에게 무슨 일이 생겼는지 정확히 설명해 주시겠습니까?"

플란넬 가운을 입은 호레이스 하커가 우울한 얼굴로 우리를 보았다.

"아시다시피 제 직업은 기자입니다. 평생 다른 사람들의 사건을 전달하는 일을 해 왔지 정작 제가 직접 사건의 소재가 되리라고는 생각도 못했습니다. 막상 제게 이런 일이 닥치니 너무나 당황스럽고 혼란스러워 어디서부터 어떻게 말을 꺼내야 할지 모르겠군요. 제가 기자로서 이 자리에 취재하러 왔다면, 발생한 사건을 상세히 기록한 다음 2단 기사를 석간신문에 냈을 겁니다. 그런데 처지가 바뀌어 반대로 제가 여기 이렇게 앉아서 당한 사건을 거듭 말하다 보니, 정작 저는 언제 이 사건을 신문 기사로 쓸 수 있을지 걱정입니다. 존함은 많이 들었습니다. 셜록 홈즈 씨, 이 사건을 해결해 주신다면 제가 고생스럽게 설명하는 보람이 있겠네요."

홈즈는 자리에 앉아 그의 말을 경청했다.

"넉 달 전 제가 산 나폴레옹 흉상 때문인 것 같습니다. 석고상은 하이 가 역 근처에 있는 하딩 형제 상점에서 싸게 샀습니다. 저는 보통 밤에 기사를 쓰기 때문에 종종 새벽까지 2층에 있는 서재에서 일을 하곤 합니다. 오늘도 마찬가지로 작업을 하고 있었는데, 아마 새벽 3시쯤이었을 겁니다. 아래층에서 무슨 소리가 들리더군요. 그래서 가만히 귀를 기울여 보았는데 다시 아무 소리도 들리지 않았습니다. 저는 밖에서 나는 소리라고 생각했죠. 그런데 5분쯤 지나자 갑자기 너무나 끔찍한 비명 소리가 들렸습니다. 정말 태어나서 처음 듣는 가장 끔찍한 소리였습니다. 평생 동안 절대로 잊지 못할 겁니다. 전 몇 분 동안 꼼짝도 못하고 공포로 얼어붙어 있었지요. 그런 다음 석탄을 젓는 부지깽이를 쥐고 아래층으로 내려가 살펴봤지요. 그러다가 이 방에 들어왔는데 창문이 활짝 열려 있었어요. 선반에 있던 나폴레옹 석고상이 사라졌더군요. 도둑이 왜 이런 물건을 훔쳐 갈까 라는 생각이 스쳤습니다. 가치 없는 모조품에 지나지 않으니까 말이죠.

보시면 아시겠지만, 창문을 통해 나가면 현관 계단으로 훌쩍 한걸음에 닿을 수 있습니다. 석고상을 훔쳐 간 놈도 그렇게 한 것이 분명합니다. 그런데 현관문을 열고 캄캄한 밖으로 나가다가 저는 뭔가에 걸려 넘어질 뻔했습니다. 누군가 누워 있지 뭡니까. 저는 급히 안으로 들어가 등불을 갖고 다시 나왔습니다. 불을 비추어 보니 웬 남자가 죽어 있었습니다. 목에는 칼에 베인 상처가 깊이 나 있고, 주위는 온통 피바다였습니다. 얼굴은 위로 향한 채 한쪽 무릎이 세워져 있었습니다. 입은 커다랗게 벌린 채였습니다. 그 광경은 평생 악몽이 되어 되살아날 겁니다. 전 방범용 호루라기를 불고는 정신을 잃었지요. 깨어나 보니 경찰이 복도에 저를 데려다 놓았더군요."

"살해된 사람은 누구입니까?" 홈즈가 물었다.

"전혀 알 수가 없습니다." 레스트레이드가 말했다. "시체 안치소에 가면 볼 수 있지만 죽은 남자 신원에 대한 단서는 아직 찾지 못했습니다. 얼굴이 햇볕에 그을려 거무스름했고, 키가 크고 체격이 좋으며 30 대라는 것 외에는 밝혀진 바가 없어요. 남루한 옷차림이었지만 노동자 같진 않습니다. 뿔 자루가 달린 칼이 온통 피투성이인 바닥에 떨어져 있었는데 살인에 사용된 흉기인지 아니면 죽은 남자의 것인지는 모르겠습니다. 입고 있는 옷에도 이름이 새겨져 있지 않았고, 주머니에는 사과 한 개, 실 꾸러미, 런던 지도, 그리고 사진 한 장 이외에는 아무것도 발견되지 않았습니다. 이것이 주머니에서 나온 사진입니다."

그것은 작은 카메라로 찍은 스냅사진이었다. 사진에 있는 사람은 원숭이처럼 눈썹이 짙고, 턱이 앞으로 튀어나왔고, 몹시 교활해 보였다.

"석고상은 어떻게 되었지요?" 조심스럽게 사진을 관찰하던 홈즈가 물었다.

"홈즈 씨가 도착하기 바로 전에 발견되었습니다. 캠든 하우스 가에 있는 빈집 정원에서 발견되었습니다. 역시 산산조각이 난 상태로 말이죠. 지금 가려던 참이었습니다. 같이 가시겠습니까?"

"물론이지요. 꼭 봐야합니다."

홈즈는 카펫과 창문을 점검했다.

"범인은 다리가 아주 길고 운동신경이 뛰어난 게 분명합니다. 저쪽에서 여기 창문으로 올라가다 자칫 잘못하면 지하실까지 굴러 떨어지겠는걸요. 게다가 여기 서서 창틀을 짚고 창문을 열다니, 보통 사람이라면 어림도 없는 일입니다. 하지만 밖으로 나갈 때는 그렇게 어렵지는 않겠군요. 하커 씨도 부서진 흉상을 보러 가시겠습니까?"

절망적인 표정을 짓고 있던 하커 기자는 꼼짝 않고 의자에 걸터앉았다.

"이번 사건을 기사로 써야겠습니다. 물론 오늘 석간 초판에 상세한 기사가 실렸겠지만. 이렇게 재수가 없다니. 돈캐스터 스탠드 붕괴 사건을 기억하시나요? 전 그때 현장에 있던 유일한 기자였습니다. 그런데 전 그 사건을 기사로 쓰지 못한 유일한 사람입니다. 손이 너무 떨려서 도저히 기사를 쓸 수 없더군요. 그런데 이제는 내 집 현관에서 일어난 살인 사건 기사조차 제일 늦게 쓰는 꼴이 되었군요."

하커 기자가 펜으로 사각사각 종이를 긁는 소리를 들으면서 우리는 밖으로 나왔다.

범인이 석고상을 부순 장소는 호레이스 하커의 집에서 몇백 야드 떨어진 곳이었다. 나폴레옹 석고상이 부서져 조각난 모습을 처음으로 확인해 보니, 확실히 누군가 나폴레옹을 광적으로 증오하는 것이 분명했다. 석고상 파편들은 잔디밭 여기저기에 흩어져 있었다. 홈즈는 파편 조각을 몇 개 주워서 찬찬히 살펴보았다. 홈즈의 신중한 태도를 보고 나는 그가 어떤 단서를 잡았다는 사실을 알 수 있었다.

"어떻습니까?" 레스트레이드가 물었다.

홈즈는 모르겠다는 듯 어깨를 으쓱했다.

"아직 갈 길이 멉니다." 홈즈가 대답했다. "하지만 음, 뭔가 단서가 있군요. 사소한 석고상이지만 범인이 보기에는 매우 값나가는 석고상인가 봅니다. 한 인간의 목숨보다 더 비싼 석고상이군요. 이 점을 놓치면 안 되지요. 또 다른 단서는 범인이 석고상을 집 안에서 부수지 않았고, 집 밖에 나오자마자 부수지도 않았다는 점입니다. 범인의 목적은 단순히 석고상을 부수는 것이 아니었습니다."

"그 죽은 남자와 마주치는 바람에 깜짝 놀라 허둥댄 게 아닐까요? 무슨 일을 하고 있었는지도 잊어버릴 정도로 말입니다."

"글쎄요, 그럴지도 모르죠. 하지만 이 집의 위치에 주목할 필요가 있습니다. 경감, 석고상을 부순 그 정원을 주의 깊게 살펴봐야 해요."

레스트레이드는 영문을 모르겠다는 듯이 홈즈를 보았다.

"이건 사람이 살지 않는 빈집입니다. 정원에서 석고상을 부수어도 들킬 염려가 없다는 점을 알고 있었던 겁니다."

"그래요. 하지만 굳이 여기까지 오지 않아도 도중에 빈집은 하나 더 있어요. 왜 거기서 석고상을 부수지 않았을까요? 오히려 여기까지 들

고 오는 도중에 사람에게 발각될 확률이 더 높을 텐데요?"

"아, 글쎄요, 정말 모르겠군요." 레스트레이드가 말했다.

홈즈는 머리 위에 있는 가로등을 가리켰다.

"자기가 하는 일을 보려고 했던 거지요. 저기는 어두워서 볼 수 없으니까요. 그래서 여기까지 들고 왔던 겁니다."

"세상에! 정말 그렇군요." 레스트레이드가 말했다. "그러고 보니 배니콧 의사의 석고상도 불빛에서 멀지 않은 곳에서 발견되었습니다. 그러면 홈즈 씨. 이제 어떤 일을 해야 하죠?"

"우선 이 점을 잘 기억해야지요. 나중에 또 다른 단서가 발견될 수도 있습니다. 레스트레이드, 앞으로의 수사 방침이 어떻게 됩니까?"

"제 생각에는 살해당한 사람의 신원을 파악하는 일이 가장 급선무일 것 같습니다. 별로 어려움은 없을 겁니다. 죽은 사람이 누구고 그 주변 인물들을 파악하면 간밤의 피트 가에서 일어난 살인 사건 수사가 잘 진행될 테지요. 그리고 누구를 만나 현관 앞에서 살해당했는지도 밝혀내야지요. 안 그렇습니까? 홈즈 씨?"

"물론입니다. 그런데 제 계획은 좀 다릅니다."

"무슨 계획을 갖고 계신데요?"

"아, 경감이 내 계획에 따를 필요는 없습니다. 당신은 당신이 생각하는 대로 하고 나는 내 생각대로 하지요. 나중에 서로 비교해 보고 부족한 부분은 보충하도록 하죠."

"좋습니다." 레스트레이드가 대답했다.

"피트 가로 돌아갈 예정이라면 호레이스 하커 씨를 만나겠군요. 만나서 어젯밤 사건의 범인은 나폴레옹을 증오하는 미치광이의 소행이 확실하다는 제 생각을 하커 씨에게 말해 주겠습니까? 하커 씨가 쓰는 기사에 도움이 될 겁니다."

레스트레이드는 홈즈를 물끄러미 쳐다보았다.

"정말 그렇게 생각합니까? 방금 전 얘기와는 다른데요."

홈즈는 미소를 지으며 말했다. "나폴레옹 석고상을 부순 범인이 정신이상자라고 생각하냐고요? 사실 전 아니라고 생각합니다. 하지만 호레이스 하커 기자에게도 〈센트럴 프레스〉 구독자에게도 이쪽이 재미있을 것은 틀림없습니다. 왓슨, 오늘은 할 일이 많고 또 복잡할 것 같군. 레스트레이드, 베이커 가에서 오늘 저녁 6시에 만나죠. 그때까지 죽은 사람의 옷 주머니에서 발견된 남자 사진은 내가 갖고 있겠습니다. 내 추측이 맞다면 오늘 밤 해야 할 일에 도움이 될 것 같거든요. 그럼 나중에 봅시다. 행운을 빌어요!"

홈즈와 나는 하이 가까지 걸어갔다. 우리는 나폴레옹 석고상을 판매한 하딩 형제 상점에서 발걸음을 멈추었다. 젊은 직원이 주인 하딩 씨는 볼일이 있어 나갔고, 오후나 돼야 돌아온다고 말했다. 그 직원이 여기서 일한 지 얼마 되지 않은 까닭에 우리는 아무 정보도 얻을 수 없었다. 홈즈의 얼굴에 실망감과 곤혹스러운 표정이 떠올랐다.

"이런, 이런. 우리 힘으로는 어쩔 수 없겠군, 왓슨." 마침내 홈즈가 한마디 했다. "하딩 씨가 오후에나 온다니 그때 다시 와야겠어. 자네도 눈치챘겠지만 지금 나는 이 석고상들이 어디서 나온 건지 알아보려는 거야. 누군가 찾아다니면서 깨부술 정도로 석고상에 특별한 점이 있는지 알아봐야 하지 않겠나? 뭔가 단서가 될 만한 것을 찾으려면 미술상 모스 허드슨 씨를 만나야겠어. 케닝턴 가였지?"

우리는 마차를 타고 한 시간 정도 달려가 모스 허드슨 미술 상점에 도착했다. 모스 허드슨은 작고 다부진 몸집을 가진 사람으로, 불그스름한 얼굴에 성질이 급했다.

"예, 바로 이 계산대였습니다. 도대체 우리가 왜 세금을 내는지 모르겠군요. 수상한 사람이 마음대로 들어와 남의 물건을 깨부수는데 경찰은 가만히 있다니요. 맞습니다, 배니콧 의사에게 그 석고상을 두 개 팔았습니다. 무정부주의자 짓이 틀림없어요. 부끄러운 줄 모르는 놈들 같으니! 제 생각은 그렇습니다. 싸움질이나 일삼는 무정부주의자가 아니라면 누가 석고상을 부수겠습니까? 공화주의자 빨갱이 놈들 짓일 겁니다. 이렇게 불러도 싼 놈들입니다. 누구에게서 그 석고상을 샀냐고요? 그게 무슨 상관이 있습니까? 뭐, 정 알고 싶다면 말하지요. 스테프니의 처치 가에 있는 겔더 상회에서 샀습니다. 겔더 상회는 업계에서는 잘 알려진 도매상입니다. 20년 가까이 미술품을 팔고 있으니까요. 몇 개나 샀냐고요? 세 개 샀지요. 하나 둘 셋. 맞습니다.

두 개는 배니콧 의사에게 팔았고 나머지 하나는 대낮에 바로 내 가게에서 부서지고 말았답니다. 사진 속의 남자요? 모르겠는데요. 앗, 아뇨, 압니다. 알아요. 베포군요. 이탈리아 사람입니다. 조각하는 사람이었는데 손재주가 좋았지요. 조각도 하고 액자도 만들고 그런 일을 잘했지요. 지난 주에 그만둔 뒤로는 소식이 없어요. 여기서 일하는 동안 그다지 이상한 점은 발견하지 못했는데요. 베포가 그만두고 이틀 후에 제 석고상이 박살났어요."

미술 상점을 나와서 홈즈가 한마디 했다.

"모스 허드슨 씨에게서 알아낼 수 있는 것은 이게 전부인 듯하군. 결국 사진 속의 인물이 베포라는 사실을 알아냈어. 케닝턴과 켄싱턴을 10마일이나 달려온 보람이 있군. 왓슨, 이제 스테프니에 있다는 겔더 상회로 가야해. 나폴레옹 석고상들은 모두 겔더 상회에서 판 것들이야. 그러니 겔더 상회에서 사건에 대한 단서를 얻을 수 있겠지?"

우리는 차례로 유행의 런던, 호텔의 런던, 극장의 런던, 문학의 런던, 상업의 런던, 해운의 런던을 지나 템스 강변에 위치한 스테프니의 주택가에 도착했다. 거리는 지저분하고 악취가 풍겼다. 이곳은 유럽 각지로부터 가난한 사람들이 몰려드는 동네였다.

겔더 상회의 넓은 앞마당에는 조각품들이 여기저기 놓여 있었고, 안에서는 50명 정도 되는 기술자들이 조각을 하거나 틀을 뜨고 있었다. 겔더 상회 주인은 몸집이 큰 금발의 독일 사람이었다. 그는 공손히 우리를 맞이했고, 홈즈의 질문에 조리 있게 대답했다. 그는 매출 장부를 뒤적이더니 그 석고상은 프랑스 조각가 드빈느가 만든 나폴레옹 대리석 조각의 복제품으로 모두 100개나 된다고 했다. 그러나 모스 허드슨 가게에 도매로 넘긴 석고상 세 개는 1년 전에 만든 것으로, 그 당시에 똑같은 흉상 여섯 개를 만들었으며 나머지 세 개는 하딩 형제 상점에 팔았다고 했다. 따라서 지금까지 같은 틀에서 떠낸 나폴레옹 석고상 수백 개와 다른 점이 있을 까닭이 없는데, 특별히 그 여섯 개만 골라 부술 이유가 없다면서 주인은 말도 안 되는 소리라고 웃었다. 석고상의 도매가격은 6실링이지만 소매점에서는 12실링 남짓 받는다고 했다. 좌우로 나뉜 틀 두 개에서 떠낸 석고상을 각각 마주 합치면 나폴레옹 석고상 하나가 완성된다고 주인이 설명했다. 보통 이곳에서 일하는 이탈리아 기술자들이 그 일을 하는데 완성된 석고상은 테이블 위에 놓고 건조시킨 다음 보관한다고 했다. 주인은 여기까지 이야기했다.

그런데 홈즈가 사진을 보여주자 주인은 깜짝 놀랐다. 그는 화가 나서 얼굴빛이 변하더니 눈썹을 위로 치켜떴고, 파란 눈동자가 번뜩였다.

"이런, 나쁜 놈!" 주인이 씹어뱉듯 말했다. "예, 압니다. 알고말고요. 우리 상점은 남에게 흉잡힐 일은 전혀 한 적이 없고 신용이 좋은 편입니다. 그런데 딱 한 번 이놈 때문에 경찰에 불려 간 일이 있었지요. 1년이 조금 넘은 일입니다. 이놈이 거리에서 어떤 이탈리아인을 칼로 찌르고는 도망쳐 여기 공장 작업실로 숨어 들어오는 바람에 쫓아오던 경찰이 체포해 붙잡아 갔어요. 그놈 이름이 베포였죠. 성은 모릅니다. 인상이 안 좋은 사람을 고용한 탓이죠. 하지만 일은 참 잘했어요. 직원들 중에서 최고였습니다."

"그 사람은 어떻게 되었나요?"

"사형을 당하지는 않았어요. 1년형을 받았지요. 지금쯤 감옥에서 나왔을 겁니다. 하지만 감히 이 근처에는 얼씬도 못할 걸요. 베포의 사촌이 여기서 일하는데 지금 베포가 어디 있는지 알 겁니다."

"아니오, 아뇨." 홈즈가 거절했다. "사촌에게는 아무 말도 하지 마세요. 부탁합니다. 아주 중요한 사건이라서 수사를 진행하면 할수록 문제가 더욱 심각해지는 것 같군요. 판매 장부를 보니 석고상을 판 날짜가 작년 6월 3일이던데, 베포가 체포된 날이 언제인지 기억나시나요?"

"급여장부를 보면 대충 알 수 있을 겁니다."

주인이 장부를 넘기더니 곧 찾아 내 알려주었다. "아, 5월 20일에 마지막 급여를 주었네요."

"감사합니다." 홈즈가 대답했다. "더 이상 귀한 시간을 뺏지 않겠습니다. 협조해 주셔서 감사합니다."

홈즈는 자신이 찾아왔다는 사실을 아무에게도 말하지 말라고 지배인에게 거듭 당부하고 발길을 돌렸다.

식당에서 서둘러 늦은 점심을 먹고 나자 저녁이 다 되었다. 식당 입구에 놓인 신문 1면에 '켄싱턴 살인 사건. 정신병자의 소행'이라는 제목이 보였다. 호레이스 하커가 자신이 설명했던 사건 내용을 그대로 기사에 실었던 것이다. 2단 기사는 사람들의 이목을 끌도록 요란스럽게 꾸며져 있었다. 홈즈는 식사 도중 양념병에 신문을 기대 세워 놓고 기사를 읽으면서 한두 번 킬킬거렸다.

"좋아, 재미있군. 왓슨, 한번 들어 보게."

이번 사건에 대해 다양한 결론들이 나오지 않은 것은 실로 다행스러운 일이다. 스코틀랜드 야드의 노련한 레스트레이드 경감과 유명한 셜록 홈즈 탐정은 비극적인 살인으로 막을 내린 이번 사건이 미리 계획된 치밀한 범죄가 아닌 우발적인 광기에서 비롯된 것이라고 동일한 결론을 내렸다. 정신 이상을 제외하면 이 같은 범죄의 동기를 설명할 수 있는 길은 전혀 없다.

"흠, 왓슨, 신문이란 잘만 이용하면 가장 훌륭한 도구가 될 수 있지. 식사를 다 끝냈으면 이제 켄싱턴 가로 돌아가서 하딩 형제 상점 주인을 만나러 가 볼까?"

하딩 형제 화방 주인 하딩 씨는 기세 좋고 활달하며 단정한 차림인데다가 똑똑하고 말솜씨도 뛰어났다.

"그 사건이라면 오늘 석간신문을 읽어서 알고 있습니다. 하커 씨는 우리 가게 손님인데, 나폴레옹 흉상을 몇 달 전에 팔았어요. 스테프니 구에 있는 겔더 상회에서 똑같은 석고상으로 세 개를 사들였는데 지금은 모두 팔렸습니다. 누가 사 갔냐고요? 잠시 기다리세요. 장부를 보면 금방 알 수 있으니까요. 아, 여기 있군요. 하커 씨, 치즈윅, 레버넘 베일 가의 레버넘 별장의 조시아 브라운 씨, 그리고 레딩 시 로어 그로브 가에 사는 샌드퍼드 씨가 사 갔네요. 아뇨. 이 사진의 남자는 잘 모르겠는데요. 이렇게 못생긴 얼굴은 언뜻 봐도 쉽게 잊혀지지 않겠군요. 이탈리아인 직원들 말입니까? 예. 있습니다. 점원하고 청소부 중에 몇 명 있어요. 장부를 볼 마음만 있다면 이 따위 장부는 아무라도 살짝 훔쳐볼 수 있지요. 그다지 신중하게 보관할 만한 물건은 아니니까요. 거참, 아주 이상한 사건이네요. 더 물어보실 게 있으시면 말씀하세요."

하딩의 이야기를 들으면서 홈즈는 수첩에 몇 가지를 기록했다. 자신의 생각대로 일이 풀려 가는 것이 확실했다. 홈즈의 표정이 매우 만족스러워 보였기 때문이다. 그러나 홈즈는 더 이상 묻지 않고 서둘러 베이커 가로 돌아왔다. 레스트레이드와 만나기로 한 시간에 늦을 것 같았기 때문이다. 아니나다를까 집에 도착하니 레스트레이드는 기다리다 지쳐서 방 안을 초조하게 서성이고 있었다. 하루 종일 사건을 추적한 성과가 헛되지 않았음이 경감의 표정에 드러나 있었다.

"어떤가요? 좋은 소식 있습니까, 홈즈 씨?" 경감이 물었다.

"정말 바쁜 하루였지만 확실히 시간 낭비는 아니었습니다. 하딩 형제 상점과 모스 허드슨 상점, 그리고 흉상을 만드는 공장에 가서 그 나폴레옹 흉상이 어디로 팔렸는지 알아보았습니다."

"흉상 말입니까?" 레스트레이드는 의외라는 듯 말했다. "글쎄요. 홈즈 씨는 나름대로 조사를 한 것 같은데, 그 방법에 특별히 반대하는 것은 아닙니다만. 전 살해당한 피해자의 신원에 대해서 알아보았습니다."

"아, 그랬습니까?"

"그리고 범행 동기도 알아냈습니다."

"훌륭합니다."

"새프론 힐과 이탈리아인 지구를 전문적으로 담당하는 경감이 있거든요. 나도 죽은 사람이 남쪽 출신이라고 짐작은 했습니다. 목에 가톨릭 십자가를 걸고 있는 것과 얼굴이 검게 탄 것을 보았으니까요. 이탈리아인 전담 힐 경감은 시체를 보자마자 누군지 알아보더군요. 나폴리 태생의 피에트로 베누치인데 런던에서도 손꼽히는 살인자라고 합니다. 게다가 조직의 명령에 복종하지 않는 부하는 무조건 죽인다는 유명한 비밀 조직인 마피아의 단원이랍니다. 대강 짐작이 가지요, 홈즈 씨? 주머니 속 사진의 남자는 아마 피에트로를 죽인 범인으로 역시 같은 이탈리아 사람이고 마피아 단원 같습니다. 범인이 뭔가 조직의 규칙을 어겼기 때문에 피에트로가 미행을 했던 겁니다. 엉뚱한 사람을 칼로 찌르는 일이 없도록 사진을 갖고 다닌 것이겠지요. 그러던 중, 범인이 하커 씨 집을 나올 때 밖에서 기다리고 있던 피에트로가 나타나 칼을 들고 위협하자 서로 격투를 벌인 끝에 범인이 피에트로를 죽인 듯싶습니다. 결국 자신이 목숨을 잃게 된 거죠."

"훌륭합니다! 레스트레이드, 훌륭해요!"

홈즈가 박수를 보냈다.

"그런데 부서진 석고상에 관한 조사는 하지 않았나요?"

"또 흉상 얘기입니까? 석고상 도난 사건이 머리에서 떠나질 않나

보네요. 그건 시시한 절도죄에 불과해요. 하찮은 도둑놈을 붙잡아 봐야 겨우 6개월 형에 지나지 않습니다. 중요한 것은 살인 사건이란 말입니다. 수사가 진행되는 상황을 보니 사건의 단서들은 모두 파악된 상태입니다."

"그럼 앞으로 어떻게 할 생각입니까?"

"간단하지요. 힐 경감과 함께 이탈리아 인 거리로 가서 그 사진의 남자를 찾을 겁니다. 찾아서 살인범으로 체포해야지요. 홈즈 씨, 같이 가시겠습니까?"

"사양하겠습니다. 그보다 더 쉽게 범인을 체포할 수 있는 방법이 있을 듯합니다. 상황에 따라 달라지겠지만, 제 생각에 성공확률은 정확히 50퍼센트입니다. 오늘 밤에 당신이 우리와 함께 간다면 제가 그 범인을 잡아 드리지요."

"이탈리아 인 거리에 말입니까?"

"아니오, 치즈웍입니다. 범인은 이탈리아 인 거리가 아니라 치즈웍에 있을 가능성이 높습니다. 오늘 밤에는 우리와 함께 치즈웍을 조사하고, 이탈리아 인 거리는 내일 함께 가는 것이 어떻습니까? 사실 거기는 내일 가도 별일 없을 겁니다. 몇 시간 잠을 자두는 게 좋겠군요. 늦게 출발할 예정이어서요. 아마 오늘 밤 11시쯤에 출발하면 내일 아침까지는 돌아올 수 있을 겁니다. 왓슨, 메신저 보이를 불러 주게. 지금 당장 보내야 할 중요한 편지가 있거든."

레스트레이드와 내가 안락의자에서 쉬는 동안 홈즈는 지난 신문들을 정리해 둔 2층 골방에서 뭔가를 찾아보더니 의기양양한 표정을 지으면서 내려왔다. 그러나 홈즈는 지난 신문에서 무엇을 찾아냈는지에 대해서는 아무 말도 하지 않았다. 나는 지금까지 홈즈가 이 사건을 조사한 경위와 그 방법을 차근차근 되짚어 보았다. 그러나 홈즈가 어떤 생각을 갖고 있는지는 알 수 없었다. 다만 한 가지 확실한 점은 나머지 두 개의 석고상을 범인이 노리고 있다는 사실을 홈즈는 예상하고 있다는 것이었다. 그 석고상 두 개 중 하나가 바로 치즈윅에 있었다. 우리가 치즈윅으로 가는 이유는 두말할 필요도 없이 흉상을 훔치러 오는 범인을 현장에서 잡기 위해서였다.

나는 홈즈의 치밀함에 경탄을 금치 못했다. 하커 기자로 하여금 일부러 석간신문에 홈즈 자신의 생각과 반대되는 내용의 기사를 싣게 하여 범인이 마음 놓고 다음 목표물을 향하도록 유도한 것이다. 나는 홈즈의 권유에 따라 옷 속에 리볼버를 집어넣었고, 홈즈는 자신이 제일 아끼는 납이 든 사냥용 채찍을 무기 삼아 손에 들었다.

11시 정각에 예약된 사륜마차가 도착했다. 우리들은 해머스미스 다리에서 마차를 세우고 마부에게 기다려 달라고 한 다음, 홈즈를 따라 걸어가다 외딴 주택가에 도착했다. 그리고는 문기둥에 '래버넘 빌라'라고 쓰여 있는 집에서 멈춰 섰다. 집 안에 있는 사람들은 전부 잠자리에 들었는지 불이 모두 꺼져 있었다. 다만 현관 복도 위의 유리창에서 희미한 빛이 새어 나와 정원을 흐릿하게 비추고 있었다. 정원 나무 울타리 그늘이 드리워진 안쪽이 특히 어두웠으므로 우리들은 그곳에 쭈그려 앉아 몸을 숨겼다.

"꽤 오랫동안 기다려야 할 거야. 무엇보다도 비가 오지 않아서 다행이군." 맑은 밤하늘에 총총 떠 있는 별을 보며 홈즈가 낮은 목소리로 속삭였다. "시간을 때우려고 담배를 피워서도 절대 안 돼. 하지만 이렇게 고생한 보람이 분명히 있을 거야. 확률은 50퍼센트지."

그러나 우리들의 잠복은 홈즈가 생각한 것처럼 그리 오래 지속되지 않았다. 아무 소리도 나지 않았지만, 정원 문이 열리고 검은 그림자가 원숭이처럼 날쌘 동작으로 정원에 난 오솔길로 뛰어들었다. 검은 그림자는 유리문에서 새어 나오는 빛에 잠시 모습을 드러냈으나 곧 어둠 속으로 사라졌다. 시간이 얼마나 흘렀을까, 숨을 멈추고 기다리고 있는데 끼익하는 희미한 소리가 들렸다. 창문을 억지로 여는 소리였다. 소리가 멈추고 다시 시간이 흘렀다. 검은 그림자가 집 안으로 들어간 모양이었다. 안에서 밝은 랜턴 불빛이 보였다. 조금 뒤, 불빛이 방 안의 이곳저곳을 비추는 모습이 보였다. 찾는 물건이 그 방에 없는 듯했다. 불빛이 다시 여기저기를 비추었다.

"창문 밑으로 갑시다. 기다리고 있다가 저놈이 나오면 체포하도록 하죠." 레스트레이드가 속삭였다.

그러나 우리가 미처 창가로 가기도 전에 수상한 남자가 창문을 통해 밖으로 나왔다. 그 남자가 흐릿한 불빛 아래를 지나가자 뭔가 하얀 물건을 옆구리에 들고 있는 것이 보였다. 그는 조심스럽게 주위를 살폈다. 인적이 없음에 안심한 듯 남자는 등을 돌리고는 들고 있던 물건을 내려놓았다. 다음 순간 쾅 하는 소리가 들리더니 곧이어 후드득 석고 조각이 떨어지는 소리가 이어졌다. 그 남자는 이 일에 너무나 열중한 나머지 우리가 풀밭을 살금살금 다가가는 것을 눈치채지 못했다. 홈즈가 바람처럼 빠른 동작으로 그의 뒤에서 덮쳤다. 거의 동시에 나와 레스트레이드가 달려들어 그의 팔을 한쪽씩 잡았다. 찰칵 소리와 함께 수갑이 채워졌다. 그 남자를 돌려세우자 음흉한 눈으로 우리를 무섭게 노려보았다. 그는 몸을 마구 뒤틀며 자신이 잡혔다는 사실에 분노를 터트렸다. 바로 사진 속에 있던 그 남자였다.

그러나 홈즈는 정작 체포한 범인은 거들떠보지도 않고, 문가에 쪼그리고 앉아서 부서진 석고 조각을 조심스럽게 살펴보고 있었다. 그

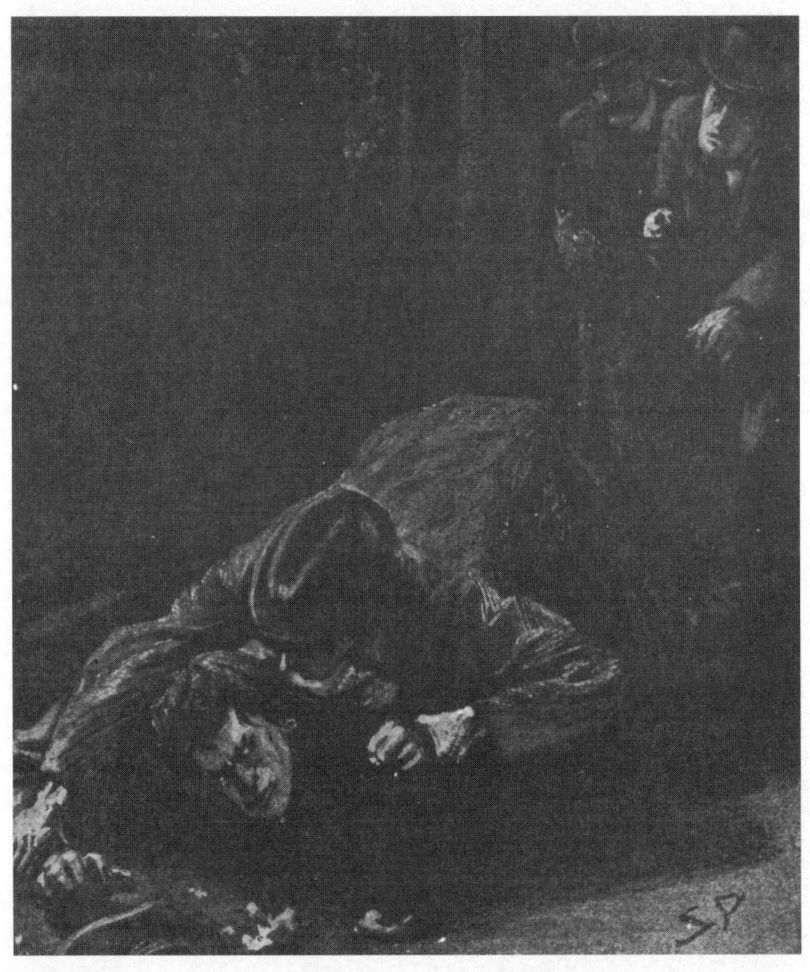

것은 나폴레옹 석고상이
었다. 지금까지 보았던
것과 같은 모양으로 산산
조각 난 파편에 불과했
다. 아무리 살펴본들 별
다른 점 없는 석고 조각
일 뿐이었다. 홈즈가 석
고 조각을 하나하나 불빛
에 비추며 조사하고 있는
데, 눈앞이 환해지면서
현관문이 열리고 뚱뚱한
집주인이 셔츠와 바지 차
림으로 나타났다.

"조시아 브라운 씨?"

"그렇습니다. 셜록 홈
즈 씨군요. 메신저를 통
해 보낸 전갈을 받고, 말
씀하신 그대로 했습니다.
문단속을 철저히 하고 안에서 기다렸지요. 이렇게 도둑을 잡은 걸 보
니 정말 다행입니다. 세 분 모두 잠깐 들어오셔서 차라도 한잔 드시지
요."

그러나 레스트레이드가 범인을 한시라도 빨리 안전한 곳으로 데려
가고 싶어했기 때문에 우리는 대기 중이던 마차를 타고 런던으로 돌

아왔다.

체포된 범인은 한마디도 하지 않았다. 텁수룩하게 자란 긴 앞머리에 숨겨진 눈으로 우리를 쏘아보기만 했다. 내 몸이 가까이 닿자 그는 내 손을 물려고 덤벼들었다. 홈즈와 나는 범인의 몸수색 결과가 나오기까지 경찰서에서 한참을 기다렸다. 그러나 범인의 몸에서 나온 것이라곤 몇 실링의 돈과 최근에 피가 묻은 것으로 보이는 자루가 달린 긴 칼집뿐이었다.

"어차피 소지품 따위는 상관없습니다." 헤어질 때 레스트레이드가 말했다. "힐 경감에게 물어보면 신원을 금방 파악할 수 있으니까요. 역시 제 말대로 마피아와 관계된 사건이 맞지요? 그건 그렇고 홈즈 씨, 이놈을 붙잡아 주셔서 정말 큰 신세를 졌습니다. 도대체 어떻게 알고 거기서 미리 범인을 기다리게 된 겁니까? 아무리 생각해 봐도 알 수가 없군요."

"오늘 밤은 너무 늦었으니 설명은 다음에 하지요. 게다가 아직 마무리 지어야 할 일이 있어서 말이죠. 이 사건은 꼭 마무리할 만한 가치가 있습니다. 내일 저녁 6시에 한 번 더 저희 집에 오시면 아직 경감이 파악하지 못한 이 사건의 전체적인 윤곽을 알려 드리겠습니다. 아마도 범죄사에 보기 드문 특별한 사건이 될 겁니다. 왓슨, 나의 사건 해결을 자네의 연대기에 추가하도록 내가 허락한다면 자네는 이 나폴레옹 흉상의 기괴한 모험 이야기로 연대기에 생기를 불어넣게 될 걸세."

다음 날 저녁 우리가 다시 만났을 때, 레스트레이드는 범인의 신상에 대해 더욱 자세한 정보를 갖고 왔다. 이름은 우리가 알고 있는 대로 베포이고 성은 알지 못했다. 이탈리아 사람들 사이에서는 악명 높은 건달이었다. 원래는 솜씨 좋은 조각가로 정직하게 일해 돈을 벌었으나 나쁜 길로 빠져서 두 번이나 감옥신세를 진 경력이 있다. 한 번은 사소한 절도죄였고, 또 한 번은 겔더 상회 주인에게 들은 대로 같은 이탈리아인 동포를 찌른 죄로 교도소에 수감되었다. 영어는 상당히 잘하지만 석고상과 관련된 어떤 질문에도 절대 입을 열지 않아서 흉상을 부순 이유를 아직 알 수 없었다. 그러나 경찰은 이 남자가 겔더 상회의 공장에서 일한 적이 있으므로 그 흉상들을 직접 만든 장본인일지도 모른다고 추측했다. 홈즈는 대부분 다 알고 있는 사실이었지만 정중하게 경감의 설명을 들었다. 그러나 나는 홈즈가 딴생각에 잠겨 있다는 것을 알 수 있었다. 누군가를 기다리는 듯 기대감과 초조감이 섞인 표정을 하고 있었기 때문이다. 드디어 홈즈가 의자에서 벌떡 일어났다. 두 눈이 반짝하고 빛났다. 벨이 울리고 얼마 후, 계단을 올라오는 발소리가 들렸다. 곧이어 턱수염이 희끗희끗하고 얼굴이 붉은 남자가 방으로 들어왔다. 그는 오른손에 들고 있던 낡고 큼직한 가방을 테이블 위에 올려놓았다.

"셜록 홈즈 씨가 여기 계십니까?"

홈즈가 인사하면서 미소를 지어 보였다.

"레딩 시에 사시는 샌드퍼드 씨지요?"

"예, 늦어서 죄송합니다. 기차가 연착하는 바람에요. 제가 가진 흉상에 대해서 편지를 쓰셨지요?"

"맞습니다."

"여기 편지를 갖고 왔습니다. 편지에 '당신이 가진 드빈느의 나폴레옹 조각 석고상 복제품을 사고 싶습니다. 석고상 값으로 10파운드를 드리겠습니다.'라고 하셨는데, 정말입니까?"

"그럼요."

"편지를 받고 아주 놀랐습니다. 제가 석고상을 갖고 있다는 사실을 어떻게 아셨나요?"

"물론 놀라셨겠지요. 하지만 간단합니다. 하딩 형제 상점 주인에게 물어보았더니 샌드퍼드 씨가 마지막으로 사 갔다고 하더군요. 그래서 샌드퍼드 씨 주소를 알 수 있었습니다."

"아, 그랬군요. 주인이 석고상 가격이 얼마인지도 말하던가요?"

"아니오, 전 석고상 값은 모릅니다."

"그렇다면 미리 말을 해야겠군요. 거짓말을 하고 싶지는 않습니다. 전 부자는 아니지만 정직한 사람입니다. 이 석고상은 겨우 15실링을 주고 샀습니다. 이 사실을 미리 말해야 제 마음이 편해지겠습니다."

"아주 정직하신 분이군요. 샌드퍼드 씨. 하지만 약속한 대로 10파운드를 드리겠습니다."

"통이 크신 분이군요, 홈즈 씨. 부탁하신 대로 흉상을 갖고 왔습니다. 여기 있습니다."

그는 가방을 열었다. 가방에서 나온 석고상은 이제껏 보았던 것처럼 산산조각 난 것이 아닌 완전한 상태의 나폴레옹 흉상이었다.

홈즈는 주머니에서 종이를 꺼내더니 10파운드와 함께 테이블 위에 올려놓았다.

"이 종이에 서명하시죠, 샌드퍼드 씨. 증인이 보는 앞에서 말입니

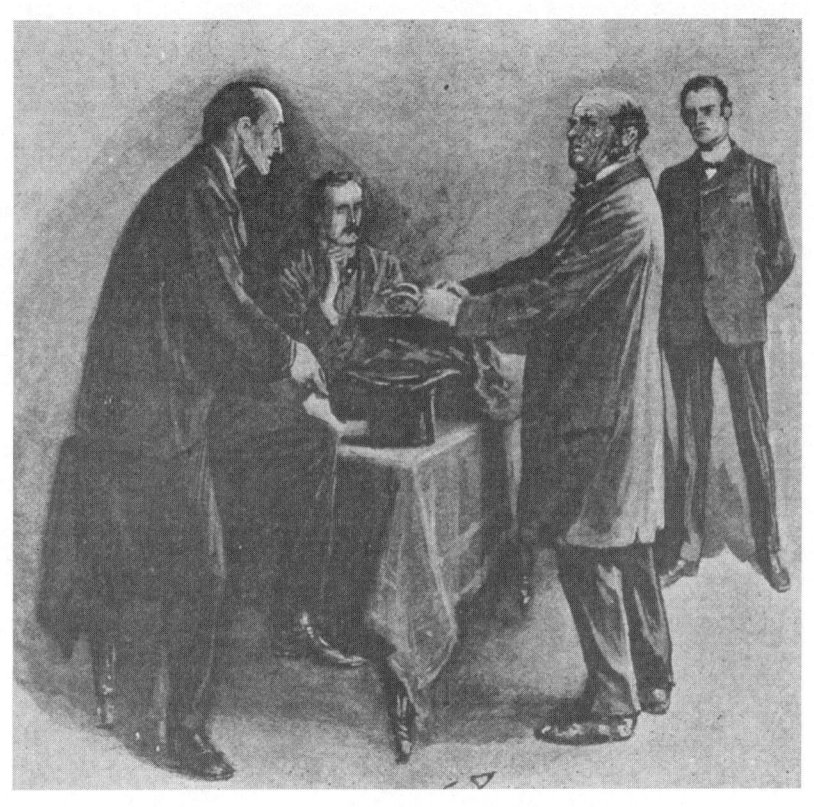

다. 석고상에 대한 소유권 일체를 제게 넘긴다는 영수증입니다. 아시
겠지만 전 확실한 것을 좋아합니다. 나중에 무슨 일이 생길지 모르니
까요. 감사합니다, 샌드퍼드 씨. 여기 10파운드를 드리겠습니다. 예,
안녕히 가세요."

샌드퍼드 씨는 떠났다. 홈즈는 서랍에서 하얀 보자기를 꺼내 테이
블 위에 깔고 방금 산 나폴레옹 흉상을 중앙에 올려놓았다. 그런데 우
리의 눈을 의심할 만한 일이 벌어졌다. 홈즈가 석고상 한가운데를 사

냥용 채찍으로 세게 내리친 것이다. 나폴레옹 석고상이 순식간에 부서지면서 하얀 석고 조각이 보자기 위로 우르르 떨어졌다. 홈즈는 조각 하나하나를 열심히 살펴보았다. 얼마 후, 홈즈가 의기양양하게 고함을 지르면서 조각 하나를 높이 쳐들었다. 조각 속에는 푸딩에 들어 있는 건포도 같은 검고 둥근 물체가 박혀 있었다.

"여러분! 보르자 가문의 그 유명한 흑진주를 소개합니다!"

어안이 벙벙해진 레스트레이드와 나는 잠시 후 정신을 차리고 훌륭한 연극의 마지막 장면에 감동을 받은 관객처럼 반사적으로 박수를 보냈다. 홈즈의 창백한 뺨에 홍조가 살짝 스치고 지나갔다. 그리고 무대 위에서 관객의 찬사 어린 박수갈채를 받는 배우처럼 우리에게 정중히 고개 숙여 인사했다. 냉정한 탐정의 모습이 사라지고, 청중의 존경과 찬사에 감사하는 인간적인 모습이 나타난 것이다. 대중의 인기를 누리는 것을 경멸하는 홈즈였지만, 진심에서 우러난 찬사와 경탄에는 그도 보통 사람과 마찬가지로 자부심과 기쁨을 느꼈던 모양이다.

"자, 여러분! 세계에서 가장 유명한 진주입니다. 나는 운 좋게 귀납적 추리의 사슬을 연결한 덕분에, 데이커 호텔의 콜로나 공작의 침실에서 사라진 진주가 스테프니 젤더 상회의 나폴레옹 흉상 여섯 개 가운데 하나에 숨겨져 있다는 사실을 알아냈지요. 경감, 이 값비싼 보석이 도둑맞았을 때 영국 전체가 떠들썩했다는 사실을 기억합니까? 런던 경찰이 나섰지만 사건은 미궁에 빠진 채 해결되지 않았지요. 나 역시 흑진주 사건을 해결하려고 했지만, 어떤 단서도 발견할 수 없었습니다.

경찰은 콜로나 공작부인의 이탈리아 인 하녀를 용의자로 지목하고는 런던에 그녀의 오빠가 있다는 사실까지는 밝혀냈지만, 둘 사이에 어떤 연락이 오갔는지는 알아내지 못했지요. 그 하녀의 이름은 루크레티아 베누치입니다. 이틀 전 살해된 피에트로가 그녀의 오빠였다는 점은 의심의 여지가 없어요. 지난 신문에서 날짜를 조사했는데 진주가 분실된 것이, 베포가 어떤 폭력 사건—이들 흉상이 만들어진 그때, 겔더 상회의 공장에서 일어난 사건—으로 체포된 때로부터 정확하게 이틀 전이었다는 사실을 알게 되었죠. 이제 사건의 앞뒤가 연결되지요? 결국 베포가 이 진주를 갖고 있었던 거지요. 베포는 피에트로에게서 훔쳤거나 피에트로와 짜고 함께 진주를 훔쳤겠지요. 피에트로와 여동생 사이에서 중간 역할을 했을 수도 있고 말이죠.

하지만 이들 사이의 관계는 그다지 중요하지 않아요. 정말 중요한 점은 그가 분명히 진주를 갖고 있고, 그것도 몸에 지니고 있을 때 경찰에 쫓겼다는 것이지요. 그는 일하던 공장으로 도망갔지만, 몸수색으로 곧 발견될 이 엄청나게 비싼 진주를 어딘가에 숨겨야 했습니다. 그런데 그럴 만한 시간이 없었지요. 때마침 복도에는 여섯 개의 나폴레옹 상을 건조하는 중이었는데, 그중의 하나는 아직 굳지 않아 말랑말랑했지요. 솜씨 좋은 기술자 베포는 석고상에 작은 구멍을 뚫고 진주를 밀어넣은 다음 원래대로 매끈하게 다듬은 겁니다. 숨기기에 이보다 더 좋은 장소가 어디 있겠습니까? 누구도 절대 발견할 수 없는 비밀 장소지요.

그러나 베포가 교도소에 1년 동안 수감되어 있는 사이 나폴레옹 흉상은 런던 시내 여기저기로 팔려 나갔지요. 여섯 개의 나폴레옹 흉상

중에서 어떤 나폴레옹에 진주가 들어 있는지는 베포 자신도 구분할 수 없었겠지요. 결국 여섯 개를 모두 부수고 찾아볼 수밖에 없었지요. 석고가 굳으면서 속에 있던 진주도 같이 굳어서 흔들어 보아도 알 수가 없었던 겁니다. 1년의 형기를 마치고 출소한 베포는 끈질기고 집요하게 여섯 개의 사라진 나폴레옹 석고상 추적에 나섰고, 겔더 공장에서 일하는 사촌에게 부탁해서 여섯 개의 나폴레옹 석고상을 사 간 소매상을 알아냈지요. 그리고 모스 허드슨 가게에 점원으로 취직해서 석고상 세 개가 팔려 간 곳을 조사했지요. 그러나 그 세 개의 나폴레옹에는 진주가 들어 있지 않았어요. 그래서 다음에는 하딩 형제 상점에서 일하는 이탈리아 사람에게 부탁해 나머지 세 개가 팔린 곳을 알아내도록 했지요. 그래서 처음에 간 곳이 하커 기자의 집이었어요. 한편 사라진 진주가 베포에게 있으리라 의심하고 뒤를 추적하던 피에트로가 결국 하커 씨 집에서 베포와 맞닥뜨리게 된 겁니다. 격투가 벌어지고 베포는 칼로 피에트로를 찔러 죽였지요."

"만약 두 명이 동업자였다면 왜 피에트로가 베포 사진을 갖고 다녔지?"

내가 물었다.

"그건 제삼자에게 사진을 보여주면서 이런 사람을 아느냐고 물어보기 위해서였겠지. 어쨌든 베포가 피에트로를 죽인 후 진주를 찾는 일을 늦추기보다 오히려 서두를 것이라고 짐작했지. 경찰이 자기 비밀을 눈치챌까 두려워서 잡히기 전에 서두를 테니까. 사실 처음에는 난 베포가 찾는 물건이 진주라는 사실은 몰랐어. 그러나 그가 흉상을 몇 집이나 지나 가로등 불빛이 있는 정원에서 부수었기 때문에 어쨌든 그가 무언가 찾고 있다는 사실을 확신했지. 하커 씨의 나폴레옹 상이 세 개 중 하나였으니 확률은 정확히 내가 말한 대로, 즉 진주가 안에 들어 있을 가능성은 50퍼센트였지. 나머지 두 개 중 하나에 있다는 뜻인데, 그렇다면 베포는 당연히 가까운 런던 시내에 있는 석고상부터 훔치려고 했겠지. 그래서 나는 비극적인 살인 사건이 또 발생하는 것을 막기 위해서 브라운 씨에게 문단속을 단단히 하라고 전보를 보냈고, 베포가 나타나기를 기다린 거야. 그 결과는 알다시피 아주 만족스러웠고. 물론 그때는 이미 베포가 찾고 있는 물건이 보르자의 흑진주라는 사실을 확실히 알고 있었네. 살해당한 남자의 이름으로 두 사건이 연결된 거지. 마지막으로 남은 석고상은 레딩 시에 있고, 이 마지막 석고상 속에 진주가 있다는 결론을 얻을 수 있었지. 그래서 나는 그 마지막 나폴레옹 석고상을 자네들이 보는 앞에서 레딩 시에 사는 샌드퍼드 씨로부터 구입했어. 보게, 저기에 흩어져 있는 게 그것이지.”

우리는 잠시 동안 아무 말도 할 수 없었다.

“세상에!” 레스트레이드가 말했다. “홈즈 씨가 사건 해결하는 것을 수없이 보아 왔지만 이처럼 훌륭하게 해결한 경우는 처음 봤습니다. 스코틀랜드 야드에서 일한다 해도 질투할 사람은 아무도 없을 겁니다. 아, 그렇고말고요. 홈즈 씨가 정말 자랑스럽습니다. 제 말이 미덥지 못하다면 내일 스코틀랜드 야드에 와 보십시오. 신참 순경부터 고참 형사까지 모두 당신과 악수하는 것을 큰 영광으로 여길 겁니다.”

“고맙군요.”

홈즈는 몸을 돌렸지만 평소와 달리 깊이 감동했다는 것을 나는 알 수 있었다. 얼마 후 홈즈는 평소처럼 냉정하고 차분한 사람으로 돌아와 있었다.

"왓슨, 이 진주를 금고에 넣어 줘. 그리고 콩크 싱글턴 문서 위조 사건 서류를 좀 꺼내 주겠나? 안녕히 가시오, 레스트레이드. 문제가 생길 때 찾아오면 언제라도 기꺼이 사건 해결에 도움이 될 만한 힌트를 드리지요."

역주 —

보르자의 흑진주는 결국 장물이다. 그것을 홈즈가 10실링을 주고 샀다고 해도 소유권을 주장할 수 없다. 홈즈는 이 진주를 콜로나 공작에게 돌려주었을까? 본문의 문장으로 보면 돌려줄 생각이 없는 것으로 보인다.

콩크 싱글턴 사건은 희곡판으로 1948년 미국추리작가협회의 에드거 상 수상 만찬회에서 연극으로 상연되었다. 셜록 홈즈는 클레이튼 로슨, 왓슨은 로렌스 G. 블록맨, 의뢰인은 존 딕슨 카가 연기했다.

세 학생
The Three Students

1895년 4월 5일(금) ~4월 6일(토)

1895년에는 여러 사정이 있어—이에 대해 설명할 필요는 없을 것이다—셜록 홈즈와 나는 우리나라의 어느 유명한 대학 도시에서 몇 주일을 보낸 적이 있었다. 내가 지금부터 말하려는 짓지만 크게 교훈적인 사건이 일어난 것은 그때였다. 그 대학이나 범인의 실명을 독자들이 알 수 있도록 쓰는 것은 분별없고 무례한 짓이다. 그리고 그와 같은 일은 하루라도 빨리 잊는 편이 좋을 것이다. 하지만 충분히 주의해서 다루면, 사건 그 자체는 발표해도 관계없을 것이다. 내 친구의 비할 데 없이 뛰어난 재능을 보여주는 데 도움이 된다고 생각하기 때문이다. 따라서 이 사건이 일어난 장소와 관련된 사람들에 대한 단서를 제공하는 특정 단어들은 사용하지 않을 것이다.

　우리는 도서관 근처의 하숙에서 살고 있었다. 홈즈는 도서관에서 초기 잉글랜드의 문서들을 연구했는데, 장래 내 이야기의 주제로 사용해도 좋을 정도의 훌륭한 연구 성과가 있었다. 어느 날 저녁, 우리의 하숙으로 손님 한 명이 찾아왔다. 세인트 루크 칼리지에서 개인지도 교사 겸 강사를 하고 있는 힐튼 솜즈였다. 큰 키에 마른 체형으로 마음이 약하고 쉽게 흥분을 잘하는 사람이었다. 나는 그가 원래 침착하지 못한 성격이라는 것은 알고 있었지만, 이번 경우에는 도저히 자제가 불가능한 듯했다. 뭔가 안 좋은 일이 생긴 게 분명했다.

"홈즈 씨, 시간을 내주실 수 있습니까? 우리 대학에 난처한 문제가 생겼습니다. 홈즈 씨가 마침 이 고장에 머물고 계셔서 다행이라 생각합니다. 그렇지 않았다면 전 어찌할 바를 몰라 쩔쩔매고 있었을 겁니다."

"나는 지금 아주 바빠서, 다른 일에 신경을 쓰고 싶지 않군요. 경찰에 도움을 청해 보시는 게 좋을 듯합니다." 홈즈가 대답했다.

"아니, 그렇게 할 수 없습니다. 경찰에 연락하면 걷잡을 수 없게 됩니다. 이번 사건은 학교의 명예가 달린 일이라서 절대로 소문이 나면 안 됩니다. 홈즈 씨는 뛰어난 능력만큼이나 신중하게 일 처리를 하신다고 들었습니다. 홈즈 씨만이 절 도와주실 수 있습니다. 부탁드립니다."

홈즈는 베이커 가의 집을 떠난 후부터 계속 기분이 좋지 않았다. 자신에게 익숙한 환경, 즉 스크랩북이나 화학 약품, 알맞게 지저분한 방을 떠나 있자 불안해하는 것처럼 보였다. 홈즈는 별로 달갑지 않은 동의의 뜻으로 어깨를 으쓱했고, 솜즈는 매우 흥분한 듯 손짓과 몸짓을 섞어 가며 재빨리 설명했다.

　"홈즈 씨, 설명해 드리지요. 내일은 포테스큐 장학금 시험 첫째 날입니다. 나도 시험위원 중 한 명입니다. 내 과목은 그리스 어인데, 첫째 질문은 장문의 그리스 어를 영어로 번역하는 것입니다. 물론 시험을 보기 전에 지원자가 그 문제를 알게 된다면 무척이나 유리하겠죠. 그러나 그런 일은 있으면 안 되기 때문에 우리는 시험지의 보안에 만

전을 기하고 있습니다.

　오늘 오후 3시쯤에 시험문제의 교정쇄(교정을 보려고 박아 낸 인쇄물)가 나왔습니다. 문제에 투기디데스(그리스의 역사가, 《펠로폰네소스 전쟁사》 저술)의 원문을 그대로 실었지요. 원문에서 한 자라도 틀리면 안 되기 때문에, 꼼꼼히 읽어 봐야 했습니다. 4시 30분까지 검토 작업을 계속했지만 작업이 끝나지 않았습니다. 하지만 친구와 차를 마시기로 한 약속이 생각나서, 교정쇄를 책상 위에 그대로 둔 채 방을 나섰습니다. 한 시간 조금 넘게 자리를 비웠죠.

　저희 대학의 모든 문은 이중으로 되어 있습니다. 안쪽에 녹색 천으로 된 문이 있고, 바깥쪽에 나무문이 있죠. 그런데 제가 외출에서 돌아와서 문을 열려고 바깥문에 다가갔을 때 열쇠가 꽂혀 있는 것을 보고 놀라지 않을 수 없었습니다. 순간, 제가 문을 잠그고 열쇠를 꽂아 둔 채 나갔다고 생각했지만 그럴 리 없었습니다. 주머니에 손을 넣어 보니 제 열쇠가 있었으니까요. 제가 아는 한 제 방 열쇠를 갖고 있는 사람은 저와 급사 배니스터뿐입니다. 배니스터는 10년 동안 제 방을 관리해 주었는데, 너무나 정직해서 의심의 여지가 없는 사람입니다. 하지만 그 열쇠는 배니스터가 갖고 있던 것이었습니다. 나에게 차를 마실 건지 물어보려고 방에 들렀다가 나갈 때 깜박 잊고 열쇠를 문에 그대로 꽂아 두었답니다. 평소 같았으면 별문제가 되지 않았겠지만, 오늘은 방 안에 시험문제가 있었기 때문에 그냥 지나칠 수 없었지요.

　방으로 들어가 책상 위를 보니 분명 누군가가 교정쇄를 만졌다는 것을 알 수 있었습니다. 교정쇄는 세 장이었는데, 나갈 때 책상 위에 모두 가지런히 놔두었거든요. 그런데 한 장은 바닥에, 한 장은 창가에 있는 작은 테이블 위에 놓여 있고, 나머지 한 장만 그대로 책상 위에 있었어요."

이때 홈즈가 처음으로 입을 열었다. "첫 번째 장이 바닥에, 두 번째 장이 창가 테이블 위에, 세 번째 장이 책상 위에 있었겠군요."

"정확합니다, 홈즈 씨, 놀랍군요. 그런데 어떻게 아셨습니까?"

"그것보다 먼저 설명을 더 해 보시죠."

"처음에는 배니스터가 제 시험지를 살펴본 게 아닌가 의심했지만, 그는 절대로 그러지 않았다고 말했고 저는 그의 말을 믿습니다. 그렇다면 다른 가능성은 제 방 앞을 지나가던 누군가 열쇠가 꽂혀 있는 것을 보고, 제가 방에 없는 것을 확인한 후 방에 들어와 시험문제를 보았다는 겁니다. 사실 이번 시험을 통과하면 받게 되는 장학금이 꽤 많은 액수라서, 비양심적인 사람이라면 다른 학생들보다 유리해지기 위해 시험지를 훔쳐볼 가능성이 충분히 있으니까요.

배니스터는 이 사건 때문에 너무나 괴로워했습니다. 시험문제에 누군가 손을 댄 사실을 알고는 거의 기절할 뻔했으니까요. 배니스터는 의자에 털썩 주저앉았고, 제가 브랜디를 따라 주었습니다. 그동안 저는 방 안을 차근차근 둘러보았죠. 시험지 교정쇄를 만진 것 외에도 침입자가 남긴 흔적이 몇 가지 더 있었습니다. 창가에 있는 테이블 위에 연필을 깎은 흔적이 있었고, 부러진 연필심도 있었어요. 범인이 시험문제를 급히 베껴 쓰다가 연필심이 부러지자 연필을 다시 깎은 거겠죠."

"훌륭한 추리군요. 단지 운이 좋아서 맞추신 건가요?"

어찌된 일인지 기분이 좋아진 홈즈는 완전히 사건에 몰입해 있었다.

"그뿐만이 아닙니다. 제 방에는 글을 쓸 때 사용하는 작은 책상이 하나 더 있습니다. 빨간 가죽을 씌웠는데, 흠 하나 없었어요. 저도 배니스터도 그 점에 대해선 장담할 수 있지요. 그런데 그 책상 위에 3인치 정도의 상처가 나 있었습니다. 그냥 가볍게 긁힌 자국이 아니라 확실히 칼자국이었습니다. 또 그 옆에는 작은 흙덩어리가 떨어져 있었는데, 흙 속에는 톱밥 같은 것이 섞여 있었죠. 저는 이런 단서들이 시험문제를 훔쳐본 범인이 남긴 것이라고 확신했죠. 하지만 범인을 알아낼 수 있는 확실한 단서들이나 발자국은 없었습니다. 어떻게 해야 할지 갈피를 못 잡고 있는데, 갑자기 홈즈 씨가 우리 고장에 머물고 계시다는 생각이 났습니다. 그래서 홈즈 씨에게 이 사건을 의뢰하기 위해 곧바로 달려온 겁니다. 홈즈 씨, 제발 저를 좀 도와주십시오. 저의 난처한 상황을 이해하시죠? 범인을 잡든지 아니면 시험을 연기하고 다시 문제를 내든지 해야 합니다. 하지만 시험을 연기하려면 그 이유를 학생들에게 설명해야 하는데, 그렇게 되면 좋지 않은 소문이 나돌게 될 테고, 학교의 명예가 떨어질 게 뻔하지 않습니까? 무엇보다도 저는 이 사건이 조용하고 신중하게 처리되길 바랄 뿐입니다."

"그렇군요. 제가 이 사건을 조사해서 솜즈 씨에게 도움이 된다면 저로서도 기쁜 일이지요."

홈즈는 일어나 외투를 걸쳤다.

"아주 흥미롭지 않은 사건은 아니군요. 그런데 교정쇄가 전해진 다음에 당신 방에 찾아온 사람이 있었나요?"

"예, 다울랫 래스라는 인도 학생인데, 같은 건물에 살고 있지요. 시험에 대해 물어볼 게 있어서 들렀다더군요."

"그 학생도 내일 시험을 치르나요?"

"그렇습니다."

"시험문제는 책상 위에 있었고요?"

"예, 하지만 말아 두었기 때문에 볼 순 없었지요."

"그래도 시험 교정쇄라는 걸 알아챌 수도 있었겠죠?"

"아마 몰랐을 겁니다."

"그 외에는 당신 방에 들어온 사람이 없습니까?"

"예."

"그럼, 당신 방에 교정쇄가 있는 걸 아는 사람은요?"

"그걸 갖고 온 인쇄소 직원 말고는 아무도 몰랐습니다."

"배니스터는 알고 있지 않았나요?"

"아닙니다. 분명 그도 모르고 있었어요."

"배니스터는 지금 어디 있죠?"

"그는 몸 상태가 별로 좋지 않습니다. 의자에 쓰러져 있는 걸 그냥 두고 왔거든요. 홈즈 씨를 만나러 하도 급히 오는 바람에……."

"그럼 문을 열어 놓고 오신 겁니까?"

"예, 그렇지만 시험지 교정쇄는 금고에 넣고 잠가 놓았습니다."

"솜즈 씨, 지금까지의 상황을 종합해 보건대 그 인도 학생이 시험지를 알아보지 못했다면 시험문제가 방 안에 있다는 걸 모르는 범인이 우연히 방에 들렀다가 시험문제를 보게 되었다는 결론이 나오는군요."

"제가 보기에도 그런 것 같습니다."

홈즈는 애매한 미소를 지었다.

"자, 이제 사건 현장을 둘러볼까요? 왓슨, 육체적이라기보다 정신적인 사건이라 의사인 자네의 도움이 그리 필요할 것 같진 않지만, 자네가 원한다면 같이 가세. 솜즈 씨, 길을 안내하시지요."

솜즈 씨의 거실에는 옆으로 길고 창턱이 낮은 격자창이 안뜰 쪽으로 나 있었는데, 안뜰은 오래된 대학들이 흔히 그렇듯이 이끼로 덮여 있었다. 고딕 양식의 아치문은 낡은 계단으로 이어져 있었다. 건물 1층에는 솜즈의 방이 있고, 2, 3, 4층에는 학생이 한 명씩 살고 있었다. 우리가 사건 현장에 도착했을 때는 이미 땅거미가 지고 있었다. 홈즈는 멈춰 서서 창을 뚫어지게 쳐다보았다. 그러고는 창가로 다가가서 까치발을 하고 목을 길게 뺀 채 방 안을 들여다보았다.

"범인은 분명히 문으로 들어왔을 겁니다. 창문은 열려 있는 곳이 없었거든요." 솜즈가 말했다.

"그랬군요."

홈즈는 그 특유의 미소를 지었다.

"밖에서 더 알아낼 것이 없는 것 같군요. 이제 안으로 들어가 볼까요?"

솜즈가 방문을 열쇠로 열고 우리를 안으로 안내했다. 홈즈는 우리를 방 입구에 세워 두고 카펫 위를 조사했다.

"발자국 같은 건 전혀 없군요. 하긴 이렇게 건조한 날에 발자국이 남아 있길 기대하는 건 무리죠. 그건 그렇고 배니스터는 괜찮아졌나 보군요. 의자에 쓰러져 있는 걸 두고 나오셨다고 했는데, 어느 의자죠?"

"저기 창문 옆에 있는 의잡니다."

"말씀하셨던 작은 테이블 옆이로군요. 이젠 들어오셔도 됩니다. 카펫은 다 조사했으니까요. 먼저 이 작은 테이블을 살펴볼까요? 무슨 일이 일어났는지는 분명하군요. 범인은 방에 들어와 방 한가운데 있는 당신 책상에서 시험지 교정쇄를 한 장씩 집어 창가에 있는 테이블로 옮겼습니다. 창문을 통해 당신이 안뜰을 거쳐 돌아오는지 살피면서 문제를 베끼기 위해서죠. 그래야 당신이 오기 전에 도망갈 수 있지 않겠습니까?"

"하지만 그는 미리 도망갈 수 없었을 걸요? 제가 건물 옆문으로 들어왔기 때문에……."

"그러리라고 생각했죠. 어쨌든 범인은 창문으로 보다가 당신이 오기 전에 도망가야겠다고 생각했을 겁니다. 그럼 세 장의 교정쇄를 살펴보죠. 지문은 없군요. 자, 범인은 첫 장을 테이블에 옮겨서 베껴 썼습니다. 다 쓰고 나서는 아무렇게나 던져 버리고 두 번째 장을 집어서 베껴 쓰려고 하는데, 솜즈 씨가 돌아온 겁니다. 교정쇄를 제자리에 다시 놓을 새도 없었던 것으로 보아, 범인은 매우 서둘러 도망쳤습니다. 방문에 다가섰을 때 누가 계단으로 달아나는 것 같은 발소리를 듣지 못했나요?"

"못 들었는데요."

"그렇군요. 어쨌든 범인은 너무 서둘러 글씨를 쓰다가 연필심을 부러뜨렸고, 보시는 바와 같이 다시 연필을 깎아야만 했죠. 이보게 왓슨, 흥미로운 걸 발견했어. 이 연필은 보통 연필과 달라. 크기가 보통 연필보다 더 크고 부드러운 연필심이야. 연필 겉은 짙은 파란색이고 은색 글자로 상표명이 새겨져 있네. 아마 연필 길이는 1인치 반 정도 남아 있을 거야. 솜즈 씨, 이런 연필을 찾는다면 범인을 잡을 수 있습니다. 한 가지 덧붙이자면 범인은 꽤 크지만 날이 잘 들지 않는 칼을 갖고 있습니다.”

솜즈는 홈즈가 쏟아 내는 정보에 어리둥절해했다.

“다른 점들은 대충 이해가 갑니다만 연필 길이에 대해서는 도저히 알 수 없군요.”

홈즈는 흩어져 있는 연필 조각 하나를 들어 보였는데, 거기에는 ‘nn’이라는 글자가 새겨져 있었고, 그 뒤에는 아무것도 쓰여 있지 않은 부분이 조금 남아 있었다.

“이젠 아시겠죠?”

“뭘 보여 주려고 하시는 건지 모르겠습니다만…….”

“왓슨, 이제까지 자네의 관찰력이 부족하다고 탓했지만, 내가 잘못한 것 같군. 자네만 그런 게 아니군. 솜즈 씨, 이 ‘nn’이라는 글자가 대체 뭘까요? 이건 어떤 단어의 끝 부분입니다. ‘Johann Faber’가 가장 유명한 연필 상표라는 사실은 아시죠? ‘Johann’이라고 쓰인 부분까지 깎였으니까 그 다음 ‘Faber’라고 쓰인 부분만 남아 있지 않겠습니까? 이젠 연필 길이를 어떻게 추리했는지 아시겠죠?”

홈즈는 창가에 있는 작은 테이블에 전등을 비추었다.

“범인이 베껴 쓴 종이가 얇다면 테이블 표면에 자국이 남아 있을 법도 한데, 없군요. 아무것도 없어요. 이 테이블에서는 더 찾아낼 게 없는 것 같습니다. 그럼 중앙에 있는 책상을 살펴볼까요? 아, 이게 당신이 말한 흙덩어리군요. 피라미드 모양으로 생긴 것이 속은 비어 있군요. 과연 톱밥 같은 것도 섞여 있네요. 정말 흥미롭군요. 그리고 여기

이 홈 말인데요, 확실히 갈라진 홈이 있는 것으로 보아 뭔가에 베인 자국입니다. 처음에는 가볍게 긁힌 자국이더니 끝에는 톱니 모양의 홈이 나 있군요. 솜즈 씨가 미리 말해 준 덕분에 많은 수고를 덜었습니다. 그런데 저 문은 어디로 통합니까?"

"침실로 통하는 문입니다."

"사건이 일어난 후에 들어가 보셨나요?"

"아니요, 그럴 겨를이 없었습니다."

"저 방을 둘러봐야 할 것 같군요. 고풍스러운 정취가 풍기는 아주 멋진 방이군요! 제가 바닥을 조사할 동안 여기서 잠시 기다려 주시겠습니까? 아무것도 없군요. 저 커튼은 뭡니까? 저 커튼 뒤에 옷을 걸어 두나요? 침대 높이는 너무 낮고 옷장 폭은 너무 좁아서 사람이 몸을 숨길 수는 없겠군요. 그렇다면 이 방에서 숨을 곳이라곤 이 커튼 뒤밖에 없다는 결론이 나옵니다. 지금은 아무도 없겠죠?"

홈즈는 커튼을 홱 젖혔다. 그의 경계하는 것 같은 태도로 보아 범인이 그 안에서 나올 돌발 사태에 대비하는 것 같았다. 하지만 커튼 뒤에는 아무도 없었다. 옷이 서너 벌 걸려 있을 뿐이었다. 홈즈는 다른 곳으로 가려다가 갑자기 허리를 굽혔다.

"이리 좀 와 보십시오. 이게 뭔지 아시겠습니까?"

그것은 교수의 책상에서 발견한 것과 똑같은 피라미드 모양의 검은 흙덩어리였다. 홈즈는 그 흙덩어리를 손바닥 위에 올려놓고 불빛에 비추어 보았다.

"솜즈 씨, 범인은 당신의 거실뿐만 아니라 침실에도 들어온 흔적을 남겼군요."

"왜 침실에 들어온 걸까요?"

"그거야 분명하죠. 솜즈 씨가 안뜰 쪽으로 오지 않고 옆문으로 들어왔기 때문에 범인은 당신이 문에 거의 다 왔을 때까지 당신이 돌아온 걸 몰랐던 겁니다. 그가 어떻게 했겠습니까? 범인은 자기 소지품을 갖고 침실로 뛰어들어가 커튼 뒤에 숨었지요."

"그럼 나와 배니스터가 이야기하고 있을 때 침실을 살펴봤다면 범인을 잡을 수도 있었단 말입니까?"

"그렇지요."

"하지만 다른 추리도 가능합니다. 홈즈 씨, 제 침실의 창문을 살펴보셨나요?"

"그럼요. 납으로 만든 격자 창틀이고 창문이 세 개 있는데, 그중 하나만 경첩으로 여닫게 되어 있으며, 크기는 사람이 통과할 수 있을 정도 아닙니까?"

"정확합니다. 그리고 침실 창은 안마당에 비스듬히 있어서 잘 보이지 않습니다. 그러니까 범인이 그 창으로 들어와서 침실을 지나가다가 흙덩어리를 떨어뜨렸고 문이 열려 있으니까 그 문으로 나간 것일 수도 있죠."

홈즈는 고개를 가로저었다.

"좀 더 실제적인 문제를 조사해 보죠. 이쪽 건물의 계단을 올라가려면 솜즈 씨 방을 지나가야 하죠? 위층에 사는 학생이 세 명인가요?"

"그렇습니다."

"그 세 학생 모두 내일 시험을 치릅니까?"

"예."

"의심이 가는 학생이 없나요?"

솜즈는 망설이며 말을 꺼냈다. "난처하군요. 증거도 없이 함부로 의심할 수도 없는 노릇이고……."

"의심이 가는 학생이 있으면 말씀해 주세요. 증거는 그다음에 찾으면 되니까요."

"그럼 세 학생의 성격을 간단히 말씀 드리죠. 2층에 있는 학생은 길크리스트인데, 공부도 잘하고 운동도 잘합니다. 우리 대학의 럭비팀과 크리켓팀 선수고, 특히 장애물경주와 멀리뛰기를 잘해서 대학 대표 선수로 출전합니다. 남자답고 성실한 학생이죠. 그의 아버지가 유명한 야베스 길크리스트 경입니다. 들으셨겠지만 경마로 재산을 모두 탕진했지요. 그래서 돈 걱정을 하는 모양인데, 워낙 부지런한 학생이라 잘 해 나갈 거라고 생각합니다.

3층에 있는 학생이 다울랫 래스로 인도 학생이라고 말씀드렸죠? 인도인들이 그렇듯이 조용하고 속을 알 수 없는 학생입니다. 성적은 대체로 좋은 편인데, 그리스 어에 좀 약합니다. 아주 침착하고 꼼꼼한 편이죠.

4층에는 마일즈 맥라렌이 있는데, 머리가 굉장히 좋아서 교내에서도 손꼽히는 수재지요. 하려고만 한다면 잘할 수 있는 학생인데, 워낙 제멋대로이고 정직하지도 않답니다. 1학년 때는 커닝을 하다가 걸려 퇴학당할 뻔한 일도 있었지요. 이번 학기에도 놀기만 했으니 아마도 시험 때문에 걱정이 태산이었을 겁니다."

"그렇다면 마일즈를 의심하시는 겁니까?"

"의심까지는 아니더라도, 셋 중에는 마일즈가 범인일 가능성이 제일 높은 것 같군요."

"그렇군요. 솜즈 씨, 이제 배니스터를 불러 주시겠습니까?"

잠시 후 방에 들어온 사람은 작은 키에 하얀 얼굴, 면도를 깨끗하게 하고 흰머리가 희끗희끗 보이는 쉰 살 정도의 남자였다. 조용한 일상 생활에서 갑자기 이런 사건이 벌어져 매우 괴로운 듯 보였다. 얼굴에는 아직 경련이 일어났고, 손은 떨리고 있었다.

"배니스터, 이번 사건을 조사하는 중이네." 솜즈가 말했다.

"예."

"배니스터 씨, 당신이 열쇠를 문에 꽂아 둔 채 나갔다고 하던데……."

"그렇습니다."

"하필이면 시험문제가 방에 있는 날 열쇠를 꽂아 두고 나가다니, 좀 이상하지 않습니까?"

"운이 나빴던 것뿐입니다. 그런 적이 종종 있었으니까요."

"언제 방에 들어왔죠?"

"4시 30분쯤입니다. 솜즈 교수님이 차를 드시는 시간이거든요."

"방에 얼마나 있었나요?"

"교수님이 안 계신 걸 보고 바로 나왔습니다."

"책상 위에 있던 시험 교정쇄를 만지셨나요?"

"아니오, 절대 만지지 않았습니다."

"어쩌다 열쇠를 꽂아 두고 나가신 겁니까?"

"손에 차 쟁반을 들고 있어서 다시 돌아와 열쇠를 빼 가려고 했습니다. 그런데 깜박한 거죠."

"바깥문은 자동으로 잠기게 되어 있나요?

"아닙니다."

"열쇠로 잠그지 않으면 항상 열려 있다는 말이군요."

"그렇습니다."

"방 안에 있는 사람도 나갈 수 있고요."

"그렇습니다."

"솜즈 씨가 돌아와서 사건에 대해 설명하자 당신은 매우 놀랐다고 하던데요?"

"그렇습니다. 제가 여기서 오랫동안 일해 왔지만 이런 일이 일어난 적이 한 번도 없었거든요. 거의 기절할 뻔했죠."

"저도 들었습니다. 몸이 안 좋다고 느끼셨을 때 어디에 서 계셨나요?"

"어디에 있었냐고요? 그건 왜 물으시는지…… 지금 제가 서 있는 문 쪽에 있었습니다."

"이상하군요. 문 앞에 서 계신 분이 왜 저 구석에 있는 의자에 쓰러지셨나요? 더 가까이에도 '의자가 있는데 말입니다."

"글쎄요, 그냥 아무 데나 앉은 건데요."

"홈즈 씨, 배니스터는 더 아는 게 없을 겁니다. 안색도 안 좋은데, 그만 보내는 게 좋지 않을까요?"

"몇 가지만 더 묻죠. 솜즈 씨가 나간 후에도 여기에 계셨나요?"

"한 1, 2분 더 있었을 겁니다. 그리고 방문을 잠그고 제 방으로 갔습니다."

"누구 의심 가는 사람은 없나요?"

"의심을 하다니요. 우리 대학에는 시험문제를 훔쳐보는 짓을 할 만한 사람은 없다고 생각하는데요."

"자, 이제 됐습니다. 협조해 주셔서 감사합니다. 아, 하나 빼먹은 게 있군요. 세 학생 중 아무한테도 이 사건에 대해서 말하지 않았겠지요?"

"한 마디도 하지 않았습니다."

"잘됐군요. 솜즈 씨, 이제 안뜰로 나가 볼까요?"

우리는 어두워진 안뜰로 나갔다. 세 학생의 방에는 불이 켜져 있었다.

"세 명 모두 방에 있군요. 그런데 저기 좀 보십시오. 한 학생이 뭔가 불안해하는 것 같지 않습니까? 가만히 있지 못하는군요."

갑자기 검은 그림자가 나타난 창문은 인도 학생 다울랫 래스의 방이었다 그는 빠른 속도로 방을 왔다 갔다 하고 있었다.

"세 사람의 방을 보고 싶은데, 괜찮을까요?"

"괜찮을 겁니다. 저 방들은 우리 대학에서 가장 오래된 것이라서 구경하러 오는 사람들이 가끔 있거든요. 자, 갑시다. 제가 안내하죠."

길크리스트의 방문을 노크했을 때 홈즈가 말했다.

"저희 이름은 밝히지 마십시오."

곧 길크리스트가 문을 열고 얼굴을 내밀었다. 큰 키에 말랐으며 머리는 금발이었다. 방을 구경하고 싶어서 왔다고 하자, 그는 반갑게 우리를 맞아들였다. 방은 중세 건축 양식으로 되어 있었다. 홈즈는 매우 흥미롭다면서 그의 노트에 방의 구조를 스케치해야겠다고 말했다. 스케치를 하다가 연필을 부러뜨린 홈즈는 길크리스트에게 연필과 칼을 빌렸다.

홈즈는 다울랫의 방에서도 똑같이 했다. 다울랫은 작은 키에 매부리코였으며, 말은 별로 없었지만 우리를 못마땅한 눈길로 보았다. 그리고 홈즈의 스케치가 끝나자 기뻐하는 기색이 역력했다. 나는 홈즈가 이 두 사람에게서 단서를 찾았는지 알 수 없었다.

마일즈의 방에는 들어갈 수 없었다. 우리가 노크를 하자 문을 열어주기는커녕 욕설에 가까운 말만 퍼부었다.

"누구든 상관없어. 지옥에나 떨어져. 내일이 시험인데 대체 누가 방

해하는 거야?”

하는 수 없이 우리는 계단을 내려갔다. 솜즈 씨는 화가 나서 얼굴을
붉히면서 말했다.

“무례한 놈 같으니. 물론 제가 노크했는지는 몰랐겠지만, 그래도 너
무 예의 없는 행동이군요. 의심까지 들려고 하는데요?”

하지만 홈즈는 대답하지 않고 엉뚱한 질문을 했다. "마일즈는 키가 얼마나 되나요?"

"글쎄요. 정확히는 모르지만 다울랫보다는 크고 길크리스트보다는 작을 겁니다. 5피트 6인치 정도 될 것 같은데요."

"이번 사건에서 키는 아주 중요한 문젭니다. 솜즈 씨, 이제 저는 돌아가겠습니다."

솜즈는 놀라고 당황해서 큰 소리로 말했다. "아니, 홈즈 씨, 이렇게 갑자기 가신다고 하시니…… 상황을 잘 이해하시지 못한 것 같군요. 내일이 시험입니다. 오늘 밤 안에 어떤 조치를 해야 하는데, 누군가 시험문제를 본 이상 이대로 내일 시험을 치를 수는 없습니다."

"내일 시험은 이대로 치르면 됩니다. 제가 내일 아침 다시 오겠습니다. 그때 다시 이야기하도록 하죠. 내일 아침이면 사건이 어떻게 된 건지 말씀드릴 수 있을 겁니다. 그때까지는 아무 조치도 하지 마십시오."

"좋습니다. 그렇게 하지요."

"마음을 편히 가지세요. 어떻게든 사건을 해결해 드리겠습니다. 그리고 흙덩어리와 연필 깎은 조각은 제가 가져가겠습니다. 그럼, 안녕히 계십시오."

우리가 밖으로 나왔을 때 안뜰은 완전히 어두워져 있었다. 건물 위를 올려다보니 다울랫은 여전히 방을 서성이고 있었고, 다른 학생들의 모습은 보이지 않았다.

우리가 큰길로 나왔을 때 홈즈가 말을 꺼냈다. "왓슨, 이 사건을 어떻게 생각해? 패가 세 개인 카드게임 같다는 생각이 드는군. 세 학생

중에 한 명이 범인인 건 분명한데, 자네는 그중 누구라고 생각하나?”

“말을 거칠게 하던 마일즈 아닐까? 커닝하다 들킨 적도 있고, 평소 품행도 좋지 않다니까 말일세. 하지만 인도 학생도 뭔가 숨기는 것 같지 않나? 왜 저렇게 방 안을 서성거릴까?”

“그걸로 확신할 수는 없어. 방 안을 서성거리면서 뭔가를 외우는 사람이 얼마나 많은데.”

“게다가 다울랫은 우리를 못마땅한 듯이 쳐다보지 않았나?”

“자네라도 그랬을 걸? 내일 시험 준비를 하느라 1초가 아쉬운 판인데 알지도 못하는 사람들이 몰려가서 시간을 빼앗지 않았나? 그러니 그것도 이상할 건 없지. 연필과 칼을 다 조사해 보았는데도 알아낼 수 없었어. 그런데 그 친구는 좀 이상해.”

“누구 말인가?”

“배니스터, 그가 이번 사건과 무슨 관련이 있는 걸까?”

“배니스터? 내가 보기엔 아주 정직한 사람 같던데.”

“나도 그렇다고 생각하지만 이상한 점이 있어. 왜 그렇게 정직한 사람이…… 아, 저기 큰 문구점들이 있군. 조사를 다시 시작해 볼까?”

이 고장에는 큰 문구점이 네 개 있었는데, 홈즈는 네 개의 문구점을 모두 돌면서 연필 깎은 조각을 보여주고 똑같은 것을 비싼 가격에 사겠다고 말했다. 그러나 네 개의 문구점에서는 한결같이 연필이 일반적인 규격이 아니라 따로 주문을 해야 하며 재고로 남은 것이 없다고 대답할 뿐이었다. 홈즈는 완전히 낙담한 것 같진 않았지만 어쩔 수 없다는 듯 어깨를 으쓱했다.

“왓슨, 마지막 남은 단서마저 쓸모없어졌으니 상황이 별로 좋지 않군. 하지만 연필을 단서로 하지 않고도 사건을 해결할 수 있을 거야. 벌써 9시군. 하숙집 여주인이 7시 30분에 저녁 식사로 콩요리를 들고 왔을 텐데, 또 한 소리 듣겠어. 하루 종일 담배 연기 속에 사는 데다 식사도 불규칙하니 건강이 나빠질 만도 해. 그렇다고 나와 일을 하지 않겠다는 건 아니겠지? 그러면 안 되지. 이번 사건을 해결할 때까지는 더더욱 안 되네."

우리는 집으로 돌아와 늦은 저녁 식사를 했다. 식사 후 홈즈는 사건에 대해서는 한 마디도 하지 않고, 오랫동안 혼자 생각에 잠긴 채 앉아 있었다. 다음 날 아침 8시에 내가 씻고 나오자 홈즈가 내 방에 들어왔다.

"왓슨, 다시 사건 현장으로 가야 하네. 아침을 건너뛰어도 괜찮겠나?"

"상관없어."

"솜즈 교수는 지금 초조해 죽을 지경일 걸세. 우리가 가서 확실한 설명을 해 주어야지."

"그럼, 확실하게 설명할 게 있단 말인가?"

"그래."

"결론을 내린 건가?"

"응, 사건을 완전히 해결했어."

"새로운 단서라도 찾았나?"

"그렇다네. 새벽 6시에 침대에서 일어나 나간 보람이 있었지. 두 시간 동안 적어도 5마일은 걸어 다녀서 찾은 거야. 자, 보라고."

홈즈는 손을 내밀었다. 손바닥 위에 피라미드 모양의 검은 흙덩어리가 세 개 놓여 있었다.

"어, 왜 세 개지? 어제 솜즈 교수의 방에서 찾은 건 두 개 아닌가?"

"오늘 아침에 하나 더 찾았지. 세 번째 흙덩어리를 찾은 곳에서 첫 번째와 두 번째 흙덩이가 나왔다고 생각하는 것이 당연하겠지? 왓슨, 이젠 솜즈 교수에게 가서 그의 걱정을 덜어 주자고."

솜즈 교수의 방에 들어섰을 때 홈즈의 말대로 교수는 불쌍하리만큼 초조해하고 있었다. 몇 시간 후면 시험이 시작되는데, 솜즈 교수는 이러지도 저러지도 못하는 상태였다. 누군가 시험문제를 훔쳐봐서 시험을 연기하겠다고 학생들에게 말을 해야 하는지, 아니면 그냥 범인이 시험을 치도록 놔두어야 하는지 결정을 할 수 없었던 것이다. 교수는 너무 불안한 마음에 잠시도 가만있지를 못했다. 그는 홈즈를 보자 반가움에 팔을 벌리며 뛰어왔다.

"오셔서 정말 다행입니다. 사건을 포기하신 건 아닌지 얼마나 걱정 했는지 모릅니다. 이제 제가 어떻게 해야 하나요? 시험을 이대로 진행할까요?"

"시험은 그대로 치르세요."

"그럼 범인도 시험을 보게 될 텐데요."

"범인은 시험을 보지 못하게 해야죠."

"그럼 범인을 알아내셨습니까?"

"그렇습니다. 사람들이 알아서 좋을 게 없으니, 우리끼리 비밀 재판을 열어 해결하도록 하지요. 솜즈 씨, 당신은 저쪽에 앉고, 왓슨 자네는 여기에 앉게. 나는 중간에 있는 안락의자에 앉겠어. 음, 이제야 좀 범인에게 위협적으로 보일 것 같군. 솜즈 씨, 배니스터를 부르시지요."

솜즈 교수가 벨을 누르자 배니스터가 방 안으로 들어왔다. 우리가 판사들처럼 앉아 있는 걸 보고 좀 놀랐는지 배니스터는 뒤로 몇 걸음 물러났다.

"문을 닫아요. 배니스터 씨, 이제부터는 솔직히 말씀해 주셔야 합니다."

배니스터는 하얗게 질려 있었다.

"전 다 말씀드렸는데요."

"더 할 말이 없습니까?"

"전혀 없습니다."

"좋습니다. 그렇다면 제가 말하죠. 어제 저 의자에 쓰러졌다고 했는데, 뭔가 숨기려고 그러신 거죠? 아마 의자에 놓여 있는 물건을 솜즈 씨가 보면 범인이 누군지 알게 될 테니까요."

배니스터는 놀란 것 같았다.

"절대로 그렇지 않습니다."

"물론 증명할 수는 없으니 확실하다고 할 순 없죠. 하지만 충분히 있을 수 있는 일이죠. 솜즈 씨가 방을 나간 후에 침실에 숨어 있던 범인을 달아나게 해 줬죠?"

배니스터는 마른 입술에 침을 발랐다.

"방엔 아무도 없었습니다."

"시치미 떼도 소용없습니다. 지금까지는 사실이었는지도 모르지만 아무도 없었다는 건 명백한 거짓말입니다."

배니스터는 반항적인 눈빛으로 홈즈를 보았다.

"결코 아무도 없었습니다."

"배니스터 씨, 그러지 말고 이야기하세요."

"아무도 없었다니까요!"

"할 수 없군요. 자백을 하지 않으니. 배니스터 씨, 저쪽 침실 방문
쪽에 서 계시지요. 솜즈 씨, 길크리스트 군을 데려와 주시겠습니까?"

잠시 후에 솜즈 씨가 길크리스트를 데리고 방으로 돌아왔다. 길크
리스트는 키가 크고 건장한 체격을 가진 젊은이로, 밝은 표정을 하고
가벼운 발걸음으로 들어왔다. 그러나 그의 눈빛은 불안해 보였다. 그

는 우리를 둘러보다 구석에 서 있는 배니스터를 발견하고는 몹시 놀
란 기색을 보였다.

"자, 문을 닫게. 길크리스트 군, 지금 여기에는 우리밖에 없네. 물론
우리가 주고받는 이야기는 우리 외에는 아무도 모를 거야. 그러니 솔
직히 말하게. 우리가 궁금한 점은 이거야. 자네 같이 훌륭한 학생이
왜 시험문제를 훔쳐보는 짓을 한 건가?"

길크리스트는 흠칫 놀라더니 배니스터에게 나무라는 듯한 눈길을
보냈다.

"아닙니다. 길크리스트 님, 전 아무 말도 하지 않았습니다." 배니스
터가 소리쳤다.

"배니스터는 아무 말도 하지 않았네. 하지만 지금 한 말이 결정적이
군. 배니스터가 시인했으니 이젠 솔직하게 자백하는 수밖에 없을 것
같군."

잠시 후 길크리스트는 고통으로 일그러진 얼굴을 손으로 가렸다.
그러고는 책상 옆에 주저앉더니 얼굴을 손에 묻은 채 흐느끼기 시작
했다.

"자, 진정하게. 사람이 실수도 할 수 있는 게지. 자네는 무거운 범죄
를 저지른 것도 아니지 않은가? 직접 말하긴 어려울 테니 내가 대신
이야기하지. 내가 말하는 것 중에 틀린 것만 지적해 주게. 그래도 되
겠지? 그래, 대답하지 않아도 괜찮아. 듣기만 하게. 하지만 틀린 건
지적해 줘야 하네.

솜즈 씨, 시험문제가 방 안에 있는 것을 아는 사람이 아무도 없다고
했죠. 그 말을 들은 순간부터 사건이 명확해지기 시작했습니다. 인쇄

소 직원은 제외시켰죠. 자기 사무실에서도 볼 수 있는데 굳이 교수님 방까지 와서 볼 필요가 없으니까요. 교수님 방에 찾아 왔던 다울랫도 마찬가집니다. 시험 교정쇄가 말려 있었기 때문에 그게 시험지인지 알 수 없었을 테니까요. 누군가 시험문제가 책상 위에 있는지 모르고 들어왔다가 우연히 시험문제를 발견했다는 것도 별로 가능성이 없어 보였습니다. 그렇다면 시험문제가 책상 위에 있다는 걸 어떻게 알았을까요?

창가를 조사하다가 갑자기 이런 생각이 들었습니다. 환한 대낮에 맞은편 방에 있는 사람들이 다 보고 있는데 창문 안을 일부러 들여다본다는 건 말도 안 되는 소리겠죠? 그래서 일부러 들여다보지 않아도 지나가다 창문 안으로 책상에 놓인 시험 교정쇄를 볼 수 있으려면 키가 얼마나 되어야 하는지 조사했죠. 제 키가 6피트 정도 됩니다. 그런 저도 까치발을 해야만 방 안을 들여다볼 수 있더군요. 그러니까 저보다 키가 작은 사람은 가능성이 없죠. 제가 세 학생 중에 키가 제일 큰 길크리스트 군을 의심했던 이유를 이제 아시겠죠?

그리고 창가에 있던 테이블에서 발견한 단서로 저는 확신을 갖게 되었죠. 물론 길크리스트가 멀리뛰기 선수라는 사실을 솜즈 씨가 말해 주기 전까지는 전혀 몰랐지만요. 그 말을 듣는 순간 사건의 전모가 머릿속에 떠올랐습니다. 그다음에 필요한 거라곤 그 생각을 뒷받침하는 증거를 찾는 일 뿐이었죠. 물론 증거도 어렵지 않게 찾을 수 있었습니다.

설명해 드리지요. 어제 오후, 길크리스트 군은 운동장에서 멀리뛰기 연습을 했습니다. 연습을 끝내고 그는 손에 멀리뛰기용 신발을 들고 돌아왔죠. 멀리뛰기를 할 때는 스파이크가 달린 신발을 신지요. 키가 큰 길크리스트는 창가를 지나다가 교수님 책상 위에 놓여 있는 것이 시험문제일 거라는 짐작을 했죠. 물론 그것뿐이었다면 아무 일도 일어나지 않았을 겁니다. 그러나 건물 안으로 들어와 교수님 방을 지나가다가 방 열쇠가 꽂혀 있는 걸 발견하게 됩니다. 진짜 시험문제인지 한번 들어가 보자는 생각이 들었겠죠. 별로 위험해 보이지도 않았죠. 누가 있으면 물어볼 것이 있어서 들렀다고 둘러대면 되니까요.

들어가서 시험문제를 보자 유혹에 지고 말았던 거죠. 들고 있던 신발을 테이블 위에 놓았죠. 길크리스트, 창가에 있던 의자에 놓은 건 뭐였나?"

"운동할 때 끼는 장갑이었습니다."

홈즈는 그것 보라는 듯이 배니스터를 보았다.

"그랬군. 그리고 나서 길크리스트는 시험문제를 한 장씩 베끼기 시작했죠. 솜즈 교수가 정문으로 들어올 거라고 생각했기 때문에 안뜰 쪽을 내다봤습니다. 그러나 교수는 건물 옆문으로 들어왔죠. 갑자기 문 쪽에서 소리가 들렸습니다. 달리 도망갈 데가 없었죠. 그래서 길크리스트는 신발을 집어 들고 침실로 뛰어들어갔습니다. 서두르는 바람에 장갑은 챙기질 못한 거죠. 테이블에 난 자국을 보면 한쪽은 긁힌 자국인데 침실문 쪽으로는 깊게 파여 있거든요. 그러니까 신발에 달린 스파이크가 침실 쪽으로 끌린 것이고, 범인은 침실에 숨었다는 사실을 알 수 있죠. 또 스파이크에 남아 있던 흙덩어리가 테이블에 떨어져 있었고, 침실에도 떨어져 있었죠. 오늘 아침 일찍, 운동장 멀리뛰기 하는 곳에서 그와 똑같은 검은흙을 발견했습니다. 또 착지할 때 미끄러지는 것을 방지하기 위해 톱밥 비슷한 나무껍질을 뿌려 놓는다는 사실도 알아냈죠. 길크리스트 군, 내가 한 말이 다 사실인가?

"예, 정확합니다."

"이럴 수가! 그럼 더 할 말은 없나?" 솜즈가 큰 소리로 말했다.

"제가 한 부끄러운 짓이 이렇게 다 드러나다니 어찌할 바를 모르겠습니다. 그래도 할 말은 해야겠지요? 솜즈 교수님, 어젯밤 잠을 이루지 못하고 계속 뒤척이다가 아침 일찍 편지를 썼습니다. 저의 죄가 드

러나기 전에 쓴 편집니다. 여기 있습니다. 읽어 보시면 아시겠지만 내용을 말씀드리지요. '교수님, 저는 이번 시험을 치르지 않겠습니다. 저는 로디지아(남아프리카의 잉글랜드 식민지였던 곳으로 지금의 잠비아와 짐바브웨가 있는 지역)에서 경찰관으로 일해 보겠냐는 제안을 받았습니다. 그 제안을 받아들여 곧 남아프리카로 떠날 예정입니다.'"

"자네가 시험문제를 훔쳐보고 그걸 이용해서 득을 보려고 하지 않았다니 나로서는 정말 기쁘군. 그런데 왜 마음이 변한 건가?"

"배니스터 때문이죠. 그가 절 바른길로 인도해 주었습니다."

"자, 이제는 배니스터 씨가 털어놓을 차례군요. 배니스터 씨, 당신이 마지막으로 방을 나갔으니까 길크리스트 군을 달아나게 해 주고 문을 잠갔을 겁니다. 범인이 창문으로 나갔다는 가정은 말도 안 되지요. 하지만 알 수 없는 점이 하나 있습니다. 어째서 길크리스트 군을 그토록 감싼 건가요?"

"단순한 이유지요. 홈즈 씨 같이 능력 있는 분도 알아낼 수 없는 게 있군요. 저는 길크리스트 님의 부친인 야베스 경 밑에서 집사로 일한 적이 있습니다. 그분이 파산하는 바람에 이 대학에서 일하게 되었죠. 하지만 저를 돌보아 주셨던 야베스 경의 은혜를 잊을 수 없었습니다. 그래서 길크리스트 님에게 항상 관심을 기울이고 있었죠. 어제 이 방에 들어오자마자 저는 의자 위에 놓여 있는 길크리스트 님의 장갑을 발견했죠. 저는 그 장갑이 길크리스트 님의 것이라는 사실을 곧바로 알 수 있었고, 그렇다면 시험문제를 훔쳐본 사람이 길크리스트 님이라는 결론이 나왔습니다. 솜즈 교수님이 장갑을 보면 범인이 누구인지 알게 될 거라는 생각에 장갑 위에 털썩 주저앉았죠. 솜즈 교수님이

나가실 때까지는 움직이지 않았습니다. 그러고 나서 길크리스트 님을 내보내 드렸죠. 그리고 간곡하게 타일렀습니다. 여기까지가 다입니다. 제가 길크리스트 님을 구해 드리고 그의 돌아가신 아버님을 대신해서 부정한 행위로 득을 봐서는 안 된다고 타이른 것이 도리에 맞지 않는 일인가요? 제가 잘못한 걸까요?"

"아닙니다." 홈즈는 벌떡 일어나서 진심 어린 어조로 대답했다.

"솜즈 씨, 사건이 완전히 해결된 것 같군요. 저희는 이제 집에 가서 아침 식사를 해야겠습니다. 왓슨, 가세. 그리고 길크리스트 군, 로디지아에서는 모든 일이 잘 풀리길 바라네. 이번 일로 배운 게 있을 테니까. 얼마나 잘하는지 지켜보겠네."

역주 —

이 단편의 원고는 노튼 퍼킨스가 하버포드의 호튼 도서관에 기증해 현재 도서관에 소장되어 있다.

Sherlock Holmes

금테 코안경

The Golden Pince-Nez

1894년 11월 14일(수)~11월 15일(목)

1894년 한 해 동안의 우리 일을 기록한 두꺼운 노트 세 권을 보면서 나는 무척 난처했다. 이 풍부한 자료들 중에서 사건 자체도 재미있고, 또 내 친구의 특별한 재능을 가장 잘 보여 줄 수 있는 사건을 골라내는 것은 아주 어려운 일이기 때문이다. 페이지를 넘길 때마다 참혹했던 붉은 거머리 사건과 은행가 크로스비의 죽음, 애들턴의 비극, 기이했던 고대 잉글랜드 무덤 이야기 등 여러 가지 사건들에 대해 내가 짤막하게 적어 놓은 글들이 보인다. 그 유명했던 스미스 모티머 상속 사건도 이해에 일어났다. 홈즈가 블루발의 암살자 유레를 추적 체포한 공적으로 프랑스 대통령에게서 친필 서명이 담긴 감사 편지와 레종 도뇌르 훈장을 받은 것도 바로 이해였다. 그중에서도 욕슬리의 옛날 저택에서 일어난 윌로비 스미스라는 젊은이의 안타까운 죽음과 이해할 수 없는 일련의 사건은 상당히 특이했다.

폭풍우가 치던 11월 어느 날 밤이었다. 홈즈는 돋보기를 갖고 오래된 문서에 쓰인 글자들을 해독하고 있었고, 나는 최근에 발표된 의학 관련 논문을 읽고 있었다. 우리는 각자의 일에 열중하느라 저녁 내내 아무 말 없이 앉아 있었다. 밖에는 바람이 심하게 불고, 빗방울이 창문을 세차게 두드렸다. 온통 인간의 손길로 가득한 이 도시 한복판에서 강력한 자연현상을 경험하고, 그 거대하고 절대적인 힘을 인식한다는 건 정말 낯선 느낌이었다. 런던이 들판의 작은 흙더미처럼 보잘것없는 존재가 된 듯했다.

나는 창가로 가서 텅 빈 거리를 내려다보았다. 가끔 띄엄띄엄 서 있는 가로등의 불빛이 진흙으로 뒤덮인 도로와 빗물로 반짝거리는 길 위를 희미하게 비추고 있었다. 그때 옥스퍼드 가 쪽에서 마차 한 대가 빗물을 가르며 달려오는 모습이 보였다.

"왓슨, 오늘 밤에는 외출하지 않는 게 좋겠어." 홈즈가 돋보기를 내려놓고 양피지를 말면서 말했다. "오늘은 하루 종일 앉아만 있었어. 눈이 몹시 피로해. 지금까지 살펴본 이 문서는 15세기 후반의 수도원의 기록보다 흥미로울 게 없어. 저건 말 다루는 소리 같은데? 누가 이렇게 날씨가 궂은 날에 마차를 몰고 가는 걸까."

윙윙거리는 바람 소리와 함께 말발굽 소리 그리고 달리는 마차 바퀴가 보도에 긁히는 소리가 들렸다. 마차는 우리 집 앞에서 멈췄다.

"뭐 하러 온 걸까?" 나는 마차에서 한 남자가 내리는 모습을 보고 홈즈에게 물었다.

"글쎄, 우리를 만나러 왔겠지? 왓슨, 날씨가 이러니 비 맞지 않으려면 이것저것 껴입고 마중을 나가야겠군. 잠깐, 마차가 다시 갔네. 정말 다행이야. 우리를 데려가려고 했다면 마차를 그냥 세워뒀겠지. 왓슨, 아래층 사람들은 모두 잠들었을 테니 자네가 내려가서 문을 열어 주겠나?"

현관 불빛에 비친 모습을 보고 나는 그가 스탠리 홉킨스임을 금방 알아보았다. 그는 장래가 촉망되는 젊은 형사로, 홈즈가 그에게 여러 차례 관심을 보인 적이 있었다.

"홈즈 씨는 계십니까?" 그의 표정은 매우 진지했다.

"어서 올라오게. 설마 일부러 이런 날을 골라 찾아온 건 아니겠지?" 홈즈가 위층에서 말했다.

홉킨스가 계단을 걸어 올라갈 때마다 젖은 비옷이 희미한 불빛을 받아 번들거렸다. 홈즈가 장작에 불을 붙이는 동안 나는 비옷을 벗는 홉킨스 형사를 도와주었다.

"홉킨스, 이리 가까이 와서 몸을 좀 녹이게. 자, 시가도 한 대 피우고. 이런 날 감기에 걸리지 않으려면 뜨거운 레몬차를 마시는 게 좋아. 이리도 사나운 날씨에 여기까지 찾아온 걸 보니 중요한 일이 있나 보군."

"맞습니다, 홈즈 씨. 그 일 때문에 오후 내내 정신이 없었어요. 신문에서 욕슬리 사건을 읽으셨습니까?"

"아니, 오늘은 종일 15세기 문서에만 매달려 있었네."

"하긴, 고작 한 줄짜리 기사였고 내용도 엉터리였으니 안 읽는 편이 나았을 겁니다. 그래서 제가 가서 사건을 조사해 보았습니다. 사건은 켄트 아래쪽 지역에서 일어났습니다. 채텀에서 7마일 정도 떨어져 있고, 기차역에서는 3마일 더 들어가야 합니다. 경찰서에서 전보를

받은 것은 오늘 오후 3시 15분쯤이었고, 내가 욕슬리의 옛 저택에 도착한 시간은 5시쯤이었습니다. 조사를 끝내고 마지막 기차로 채링크로스에 도착하자마자 홈즈 씨를 찾아온 겁니다."

"어떤 부분이 문제인가?"

"처음부터 끝까지 도무지 감을 잡을 수 없어요. 제가 알 수 있는 건, 이 사건이 지금까지 제가 맡은 사건 중에서 가장 복잡하고 까다롭다는 겁니다. 처음에는 너무 단순해서 쉽게 풀릴 줄 알았어요. 홈즈 씨, 무엇보다도 이 사건엔 동기가 없어요. 동기를 찾을 수 없다는 게 문제죠. 한 남자가 죽었는데 그를 해치려 한 이유를 도통 알아낼 수 없어 정말 난감합니다."

홈즈는 담배에 불을 붙이고 의자에 등을 기댔다.

"좀 더 자세히 말해 보게."

"그러죠. 저는 이 사건이 무엇을 의미하는지 알고 싶습니다. 욕슬리 저택은 몇 해 전에 코램 교수라는 노인이 샀다고 하더군요. 그는 몸이 약해서 하루 중 절반은 침대에 누워서 지낸다고 합니다. 나머지 시간에는 지팡이를 짚고 걷거나 정원사가 밀어 주는 휠체어를 타고 다니지요. 이웃 사람들 몇 명에게 그 노인에 대해 물어보니 평판은 좋더군요. 그는 매우 학식 있는 사람으로 알려져 있습니다. 저택에는 가정부 마커 부인과 하녀 수잔 탈튼이 있어요. 교수가 이 저택에 이사 왔을 때 고용한 사람들인데, 둘 다 성격이 아주 좋아요. 교수는 책을 쓰고 있는데 혼자 일하기가 힘들었는지 일 년 전부터 비서를 두고 있다는 군요. 두 번이나 사람을 고용했지만 별로 신통치 않았나 봅니다. 세 번째 비서는 대학을 갓 졸업한 월로비 스미스인데 일할 때 교수와 호홉이 잘 맞았다고 해요. 그는 오전 내내 교수의 말을 받아 적고, 오후에는 주로 다음 날 일할 내용과 관련된 구절들을 찾는 데 시간을 보냈다고 합니다. 고등학교와 대학에 다닐 때도 착실한 학생이었다고 하더군요. 대학에서 보낸 추천서에도 단정하고 조용하며 성실한 학생이라고 쓰여 있었어요. 전혀 흠잡을 데 없는 사람이었죠. 그런데 이 젊은이가 오늘 아침 교수의 서재에서 살해된 채 발견되었습니다."

거센 바람이 윙윙대며 창문을 때렸다. 홈즈와 나는 난로에 좀 더 가까이 앉은 뒤 그 이상한 사건을 계속해서 들었다.

"영국을 전부 뒤져도 그곳처럼 외부와 접촉이 없는 집은 찾을 수 없을 겁니다. 몇 주가 지나도 집 밖으로 외출하는 사람이 없어요. 교수는 오로지 자기 일에만 파묻혀 있고, 스미스 역시 이웃에 아는 사람 하나 없이 집 안에만 있었다는군요. 여자들도 집 밖에 나가는 일이 없답니다. 정원 한쪽에 있는 방 세 개짜리 오두막에는 정원사 모티머가 살고 있는데, 군인 연금을 받고 있답니다. 그는 정원을 돌보고 교수가 산책할 때 휠체어도 밀어 준다고 합니다. 성격이 매우 좋은 사람이지요. 욕슬리 저택에 살고 있는 사람은 이들이 전부입니다. 저택 정문은 런던에서 채텀으로 이어지는 길에서 100야드 정도 들어간 곳에 있습니다. 문엔 빗장 하나만 걸려 있어서 누구든지 쉽게 들어갈 수 있지요.

수잔 양에게 들은 얘기를 하겠습니다. 그녀는 사건에 대해 증언할 수 있는 유일한 목격자니까요.

'사건이 일어난 때는 11시에서 12시 사이였어요. 저는 위층 침실에서 커튼을 달고 있었고, 코램 교수님은 아직 자리에서 일어나시지 않앉죠. 교수님은 날씨가 흐린 날에는 한낮이 돼서야 일어나시거든요. 마커 부인은 뒷마당에서 일하느라 분주했고, 스미스 씨는 자기 방에 있었어요. 하지만 커튼을 달고 있을 때 스미스 씨가 복도를 지나 제가 있던 방 바로 아래에 있는 서재로 내려가는 소리를 들었어요. 직접 본 건 아니지만 그분의 발걸음은 빠르고 간격이 일정해서 쉽게 구별할 수 있거든요. 서재 문을 닫는 소리는 듣지 못했는데, 스미스 씨가 내려가고 나서 1, 2분쯤 후에 갑자기 아래층에서 무시무시한 고함 소리가 들려왔어요. 여자인지 남자인지 분간할 수 없을 정도로 거칠고 기묘한 소리였죠. 그와 동시에 뭔가 무거운 물체가 쿵 하고 떨어지는 소리가 들렸어요. 집 전체가 울릴 정도로 큰 소리였어요. 그리고 아무 소리도 나지 않았지요. 저는 너무 놀라 멍하니 서 있다가 즉시 정신을 차리고 아래층으로 달려갔어요. 서재 문이 닫혀 있어서 문을 열고 안을 들여다보았더니 스미스 씨가 바닥에 쓰러져 있더군요. 처음엔 아무런 상처도 없는 것 같았는데, 그를 일으켜 세우려고 하자 목 아래쪽에서 피가 쏟아지고 있었어요. 그가 누운 자리 옆에는 상아 손잡이가 달린 작고 날카로운 칼이 떨어져 있었어요. 범인이 그 칼로 스미스 씨를 찌른 것 같았어요. 편지 봉투를 뜯을 때 쓰는 칼인데 원래는 교수님 책상 위에 있었죠. 상처는 작지만 매우 깊어서 경동맥이 완전히 끊어졌다는군요.'

수잔은 스미스가 이미 죽었다고 생각했답니다. 그런데 이마에 물을 붓자 그가 눈을 뜨더니 힘없이 중얼거렸다는군요. '교수님, 그 여자였어요.' 확실히 그렇게 말했답니다. 스미스는 필사적으로 무언가 말하려고 하면서 오른손을 올렸지만 결국 그대로 숨이 끊어졌다는군요.

마커 부인도 비명 소리를 듣고 급히 달려왔지만, 스미스의 마지막 말을 듣지는 못했답니다. 그녀는 수잔을 서재에 남겨 둔 채 교수에게 달려갔습니다. 교수는 뭔가 끔찍한 일이 일어났다는 생각에 몹시 초조한 얼굴로 침대에 앉아 있었다고 합니다. 마커 부인의 말에 의하면, 보통 12시쯤에 모티머가 와서 옷시중을 들기 때문에 교수는 여전히 잠옷 차림이었다고 하더군요. 교수님은 멀리서 비명 소리를 듣긴 했지만 무슨 일이 일어났는지는 모르고 있었어요. 그리고 스미스가 남긴 마지막 말에 대해 아무런 설명도 하지 않더군요. 단지 스미스가 정신이 없는 상태에서 아무 뜻 없이 한 말일 거라고 했습니다. 교수님은 스미스가 절대로 원한을 살 만한 사람이 아니었기에 그런 사건이 왜 일어났는지 모르겠다고 말씀하셨어요. 그는 사건이 일어나자 먼저 모티머를 보내 경찰에 신고했답니다. 그리고 얼마 후에 경찰서장이 저에게 전보를 쳤습니다. 제가 그곳에 도착했을 때 사건 현장은 잘 보존되어 있었고, 경찰이 저택으로 이어지는 샛길을 모두 통제하고 있었습니다. 홈즈 씨, 당신이 그곳에 있었다면 추리력을 멋지게 발휘할 수 있었을 겁니다. 모든 것이 잘 갖춰져 있었으니까요.”

“그곳에 내가 없었다는 것만 빼고는 모두 완벽했다는 말이군.”

홈즈는 쓴웃음을 지었다.

“이 사건에 대한 자네 생각은 어떤가, 홉킨스?”

“그보다 먼저 이 그림을 보세요. 교수의 서재를 포함해 사건과 관련된 장소들을 간단하게 그린 것입니다. 이 그림을 보시면 제가 수사한 내용을 이해하시는 데 도움이 될 겁니다.”

홉킨스 형사는 구겨진 종이 한 장을 펴서 홈즈의 무릎 위에 얹어

놓았다. 나는 일어나서 홈즈의 어깨 너머로 그림을 자세히 들여다보았다.

"물론 이 그림은 대강 그린 겁니다. 제가 보기에 중요하다고 생각되는 부분만 그려 넣었지요. 저택의 나머지 부분은 나중에 직접 보실 수 있을 겁니다. 먼저 범인이 밖에서 들어왔다고 가정한다면 그는 대체 어디를 통해 침입했을까요? 분명 범인은 정원의 샛길을 통해 뒷문으로 들어왔겠지요. 보시다시피 뒷문 바로 앞에는 서재가 있습니다. 다른 길을 통해 서재로 들어오기는 너무 복잡하지요. 그리고 범인은 왔던 길로 도망갔을 겁니다. 서재에는 그 외에도 출구가 두 개 더 있는데, 하나는 비명 소리를 듣고 달려온 수잔이 막고 있었고, 다른 하나

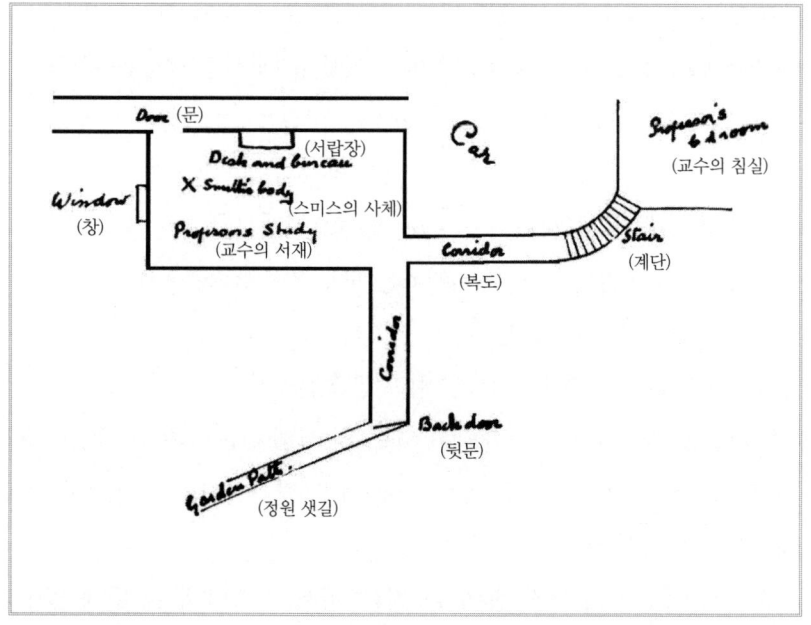

는 교수의 침실로 이어져 있으니까요. 그래서 저는 곧바로 정원 샛길을 살펴보았습니다. 샛길은 얼마 전에 내린 비로 축축하게 젖어 있었기 때문에 누군가 지나갔다면 분명 발자국이 남게 됩니다.

저는 이 사건의 범인이 매우 지능적이고 노련한 사람이라고 생각합니다. 샛길에는 발자국이 전혀 없었어요. 하지만 누군가 샛길을 따라 나 있는 풀밭 위로 걸어간 흔적이 있었지요. 분명 발자국을 남기지 않으려고 그랬겠지요. 자국이 또렷하지는 않았지만 풀들이 뭉개진 걸로 봐서 누군가 그 위로 지나간 게 틀림없습니다. 그날 아침 샛길을 지나간 사람이 아무도 없었고, 전날 밤부터 비가 내렸기에 그 자국은 분명 범인이 남겼으리라고 생각합니다."

"잠깐, 이 샛길이 어디로 이어진다고 했지?" 홈즈가 말을 막으며 물었다.

"도로로 이어져 있습니다."

"샛길에서 그곳까지의 거리는 얼마나 되나?"

"100야드쯤 될 겁니다."

"뒷문 안쪽으로 이어지는 샛길에서는 발자국을 발견했나?"

"유감스럽게도 그 부분은 타일이 깔려 있더군요."

"그럼 길에서는?"

"찾지 못했습니다. 길 위에 진흙이 잔뜩 덮여 있어서 발자국을 구별할 수 없었어요."

"이런, 그렇다면 풀밭 위에 난 발자국은 범인이 들어올 때 생긴 건가, 아니면 도망칠 때 생긴 건가?"

"그건 알 수 없습니다. 자국이 선명하지 않거든요."

"발자국 크기는 어때? 큰가, 작은가?"

"그것도 알아보기 어렵습니다."

홈즈는 안타까운 듯 탄식을 내뱉었다.

"아직도 비가 내리고 바람이 강하게 부는군. 이 사건은 옛날 문서를 해독하는 일보다 더 어려운 것 같아. 어쨌든 자네가 조사한 건 별 도움이 안 될 것 같네. 홉킨스, 그 밖에 다른 것은 없나?"

"홈즈 씨, 저는 중요한 사실을 알아냈다고 생각합니다. 누군가 외부에서 치밀하게 계획을 세워 침입했다는 것을 알았습니다. 그리고 복도를 조사했지요. 복도 바닥에는 야자나무로 만든 매트가 깔려 있어서 발자국이 남지 않아요. 이번에는 복도를 지나 서재로 들어가 보았습니다. 서재에는 서랍장이 달린 커다란 책상이 하나 있을 뿐 가구라고 할 만한 것이 없었습니다. 서랍장에는 서랍이 두 개 있고, 그 가운데 작은 서랍이 하나 있었어요. 큰 서랍은 열려 있었고, 작은 서랍은 잠가 두었더군요. 큰 서랍은 중요한 물건이 없는지 늘 열어 두는 것 같았어요. 작은 서랍 안에는 중요한 서류들이 있었지만 누가 손댄 흔적은 없었고, 교수 역시 도난당한 게 아무것도 없다고 했습니다. 그러니 강도 사건이 아닌 것만은 분명합니다.

그다음에 저는 스미스의 시신을 조사했습니다. 그림에 표시해 놓은 대로 시체는 서랍장 왼쪽에 있었습니다. 목 오른쪽에 뒤에서 앞으로 찔린 상처가 있는 걸로 보아 자살은 아니라고 생각했습니다."

"칼 위로 넘어지지 않는 한 그렇다고 할 수 있지."

"맞습니다. 저도 그렇게 생각했지요. 하지만 칼은 시체에서 조금 떨어진 곳에서 발견되었어요. 그러니 자살이라고 하기에는 무리가 있어요. 스미스가 죽어 가면서 한 말도 있잖아요. 게다가 스미스가 오른손에 쥐고 있던 중요한 증거를 가져왔습니다."

스탠리 홉킨스는 주머니에서 작은 종이 꾸러미를 하나 꺼냈다. 그 안에는 검은 비단 끈이 두 개 달린 금테 안경이 들어 있었다. 검은 끈은 원래 한 줄로 이어져 있다가 두 가닥으로 끊어진 듯했다.

"스미스는 시력이 매우 좋았다고 합니다. 이 안경은 스미스가 범인의 얼굴에서 낚아챈 것 같습니다." 홉킨스가 덧붙였다.

홈즈는 안경을 받아 들고는 주의 깊게 살펴보았다. 그는 안경을 끼고 책을 읽어 보기도 하고, 창가로 가서 한동안 거리를 내다보기도 했다. 그러고는 안경을 다시 램프 불빛 아래로 가져와 꼼꼼하게 들여다보았다. 마침내 홈즈는 빙긋 미소 짓고 책상 앞에 앉아 종이에 무언가를 적어 홉킨스에게 건네주었다.

"내가 해 줄 수 있는 일은 이것뿐이야. 그러나 도움이 될 거라 생각하네."

홉킨스는 놀란 표정으로 종이를 받아 들고 소리 내어 읽었다. 거기에는 다음과 같은 내용이 쓰여 있었다.

말솜씨가 좋고 옷차림이 우아한 여인. 콧등이 매우 넓고 눈 사이가 좁음. 이마에 주름이 있고 사물을 자세히 들여다보는 표정이 특징임. 어깨가 앞쪽으로 약간 굽었을 가능성이 있음. 최근 몇 달 동안 두 번 정도 안경점을 찾아간 일이 있음. 안경 도수가 상당히 높고 안경점이 많지 않으므로 이 여인을 찾는 일은 어렵지 않을 것임.

홉킨스가 놀라는 모습을 보고 홈즈는 살짝 미소를 지으며 말했다. "내 추리는 알고 보면 간단해. 이 안경에는 여러 가지 단서가 들어 있지. 모양이 섬세한 걸로 보아 이것은 여자용이야. 물론 스미스가 마지막에 한 말에서도 알 수 있지만. 자네도 알겠지만 순금 안경테는 도금한 것이 아니야. 이런 안경을 쓴 여자라면 고상하고 세련된 옷차림을 하고 있을 거야. 코에 닿는 클립이 이렇게 넓은 걸 보니 콧등이 꽤 넓다는 걸 알 수 있어. 이런 코는 대개 길이가 짧고 콧날이 매끈하지 않

아. 물론 반드시 그렇다는 건 아니야. 나는 얼굴이 좁은 편인데도 이 안경이 맞지 않더군. 이 안경은 렌즈 두 개가 아주 가깝게 붙어 있어. 따라서 안경 주인은 눈 사이가 매우 좁은 여자일 거라고 생각했어. 왓슨, 보다시피 이 안경은 오목렌즈로 되어 있고 도수도 상당히 높아. 시력이 이 정도인 사람에게는 이마나 눈꺼풀, 어깨에 남과 다른 특징이 나타나지."

"그렇군, 자네 말을 들으니 이해가 돼. 그런데 안경점에 두 번 갔다는 건 어떻게 알았지?" 내가 물었다.

홈즈는 안경을 손에 올려놓았다.

"잘 봐. 여기 코에 닿는 클립에는 얇은 코르크가 붙어 있어. 한쪽 면은 색깔도 변하고 닳았지만 다른 한쪽은 새것이야. 코르크가 떨어져 나가 새것으로 갈았다는 얘기지. 다른 한쪽도 교환한 지 몇 달 안 된 듯해. 코르크 두 개가 일치하는 걸로 봐서 이 여자는 같은 안경점에 두 번 간 게 분명하네."

"정말 대단해요! 저는 모든 증거를 손안에 갖고 있으면서도 그걸 알지 못했군요! 전 런던에 있는 안경점을 모두 돌아볼 생각이었습니다." 홉킨스가 흥분을 감추지 못하고 외쳤다.

"물론 그럴 수도 있겠지. 사건에 대해 더 할 얘기는 없나?"

"없습니다, 홈즈 씨. 제가 알고 있는 건 모두 말씀드렸어요. 아마 당신은 저보다 더 많은 걸 알고 계실 겁니다. 우리는 거리와 기차역 근처에 수상한 사람이 있는지 조사했지만 낯선 사람을 봤다는 말은 아직 듣지 못했습니다. 이해할 수 없는 건 범행 동기가 없다는 겁니다. 스미스는 살해당할 만한 이유가 전혀 없었어요."

"현장에 가 보지 않았으니 지금은 자네에게 해 줄 말이 없어. 내 생각엔 자네가 내일 욕슬리 저택에 함께 가 달라고 부탁하러 온 것 같은데. 안 그런가?"

"괜찮다면 꼭 함께 가 주셨으면 합니다. 내일 아침 6시에 채링크로스에서 채텀으로 가는 기차가 있는데, 그걸 타면 8시나 9시쯤에는 욕슬리 저택에 도착할 수 있습니다."

"그렇게 하지. 자네가 맡은 사건은 아주 흥미롭군. 나도 자네와 함께 조사하게 되어 기쁘네. 벌써 1시가 다 돼 가는군. 왓슨과 나는 몇 시간 동안 푹 잤으니 괜찮지만 자네는 좀 쉬는 게 좋겠어. 난로 앞에 소파가 있는데 크게 불편하지는 않을 거야. 나는 사건에 대해 좀 더 생각해야겠어. 아침에 출발하기 전에 커피를 가져다주지."

아침이 되자 밤새 세차게 불던 바람이 완전히 가라앉았다. 하지만 출발하려고 집을 나섰을 때는 꽤 쌀쌀했다. 차가운 겨울 해가 황량한 템스 강 습지와 탁하고 긴 강줄기를 비추며 떠오르고 있었다. 이런 풍경을 보니 예전에 홈즈와 함께 안다만 섬사람을 추적하던 때가 기억났다.

세 시간의 지루하고 피곤한 기차 여행 끝에 우리는 채텀에서 몇 마일 떨어진 작은 역에 도착했다. 근처 여관에서 마차에 말을 매는 동안 간단하게 아침 식사를 해결했기에 욕슬리 저택에 도착하자마자 수사를 시작할 수 있었다. 경관 한 사람이 문 앞에서 우리를 맞았다.

"윌슨, 뭐 알아낸 거라도 있나?"

"아직 아무것도 없습니다."

"수상한 사람을 봤다는 제보는?"

"역시 없었습니다. 어제 역 근처에서 낯선 사람이 오가는 걸 본 사람은 아무도 없습니다."

"여관이나 하숙집도 전부 조사했어?"

"네, 하지만 의심 가는 사람은 없었습니다."

"그렇다면 범인은 채텀까지 걸어갔다는 얘기가 되는데. 여관에 묵었거나 기차를 탔다면 틀림없이 누군가 보았을 테니까. 홈즈 씨, 이곳이 제가 말씀드린 정원 샛길입니다. 어제 이곳을 조사해 봤지만 아무런 흔적도 없었습니다."

"발자국이 남았다는 풀밭은 어느 쪽이지?"

"이쪽입니다. 샛길과 화단 사이에 있는 좁은 풀밭입니다. 지금은 자국이 사라졌지만 어제는 분명히 있었습니다."

"그렇군. 누군가 이 풀밭을 따라 지나갔다는 말이지."

홈즈는 풀밭 가장자리에 몸을 구부리고 살펴보았다.

"매우 조심스럽게 걸은 모양이군. 그렇지 않았다면 분명 발자국이 남았을 거야. 그런데 흙 위에도 발자국이 전혀 남지 않았군."

"네, 범인은 꽤 영리한 것 같아요."

나는 홈즈의 표정을 보고 그가 무언가를 알아냈음을 직감했다.

"자네는 그 여자가 이 길로 도망쳤다고 생각하나?"

"그렇죠, 다른 길이 없으니까요."

"이 좁은 풀밭으로 말인가?"

"이 길로 도망간 것이 확실합니다, 홈즈 씨."

"흠, 그렇다면 범인의 솜씨는 정말 대단하군. 정말 대단해! 샛길 조사는 이것으로 충분해. 다른 곳을 조사하지. 정원 문은 대체로 열려 있는 것 같은데, 그런가? 그렇다면 범인은 이 문으로 들어왔겠군. 책상 위에 있는 칼로 찌른 걸 봐서 처음엔 사람을 죽일 의도가 없었을 거야. 안 그랬다면 흉기를 준비해 왔을 테니까. 여자는 이 복도로 들어왔어. 알다시피 이곳에는 야자나무 매트가 깔려 있어서 발자국이 남지 않아. 그리고 이 서재를 보았겠지. 여자가 얼마 동안 서재에 있었는지 혹시 아나?"

"기껏해야 몇 분 동안 있었을 겁니다. 깜빡 잊고 말씀드리지 않았는데, 사건이 일어나기 15분쯤 전에 마커 부인이 서재를 청소했답니다."

"도움이 될 만한 얘기군. 범인은 서재에 들어와서 뭘 했을까? 여자는 책상 앞으로 갔는데 왜 그랬을까? 서랍 안에 있는 물건을 훔치려고 한 건 아니었어. 서재에서 도난당할 만한 물건이 있었다면 틀림없이 잠가서 보관하겠지. 여자가 찾는 물건은 나무 서랍장에 있었을 거야. 이것 봐, 여기 긁힌 자국이 있어. 왓슨, 성냥을 켜 보게. 홉킨스, 왜 이 자국이 있다고 말하지 않았나?"

그 자국은 열쇠 구멍 오른쪽에 있는 청동 테두리에서 시작해 4인치가량 이어져 있었는데, 긁히면서 니스가 벗어져 나간 듯했다.

"자국이 있다는 건 알았지만 어느 집에나 열쇠 구멍 주변에 긁힌 자국이 한두 개쯤 있지 않습니까?"

"이건 아주 최근에 생긴 자국이야. 긁힌 자국이 있는 부분의 청동 빛깔이 어떤지 한번 보게. 이 자국이 오래전에 생겼다면 서랍 표면과 같은 색깔을 띨 거야. 돋보기를 줄 테니 자세히 보게. 홈이 생긴 곳에

니스 칠이 벗어진 자국이 보이지? 마커 부인, 거기 계시면 들어오시겠습니까?"

홈즈의 말에 슬픈 표정을 한 중년 부인이 방 안으로 들어왔다.

"어제 아침에 이 서랍장을 닦았나요?"

"네."

"그때도 이 자국이 있었습니까?"

"아니요, 처음 보는 자국이에요."

"그렇군요. 책상을 닦았다면 니스 조각이 모두 떨어져 나갔을 겁니다. 서랍장 열쇠는 누가 갖고 있지요?"

"교수님이 시곗줄에 달아서 갖고 다니세요."

"흔히 사용하는 간단한 열쇠입니까?"

"아니에요, 특별히 맞춘 처브(자물쇠 회사의 브랜드 이름) 열쇠랍니다."

"잘 알겠어요. 마커 부인, 이제 가셔도 됩니다. 자, 이제 감이 좀 잡히는군. 범인은 이 방에 들어와서 서랍장으로 걸어갔어. 스미스가 서재에 들어왔을 때 여자는 이미 서랍을 열었거나 아니면 열고 있는 중이었겠지. 여자는 놀라서 급하게 열쇠를 뺐을 거야. 그 바람에 열쇠 구멍 옆에 긁힌 자국이 생겼지. 스미스가 여자를 붙잡자 여자는 스미스에게서 벗어나려고 얼떨결에 가장 가까이 있는 물건을 집어서 휘둘렀을 거야. 안타깝게도 여자가 집은 물건은 이 칼이었어. 한 번 휘둘렀을 뿐이지만 스미스에게는 치명적인 상처를 남겼지. 스미스는 그 자리에 쓰러졌고 여자는 곧바로 도망쳤어. 여자가 찾으려고 한 물건을 갖고 갔는지는 모르겠어. 수잔, 이리로 와 보겠어요? 당신이 그 비명 소리를 들은 후에 누군가 이 문을 통해 빠져나갈 수 있었을까요?"

"아니, 그건 불가능해요. 제가 계단을 내려오기 전에 아래층을 내려다봤지만 복도에는 아무도 없었어요. 그리고 누군가 문을 열었다면 틀림없이 소리가 들렸을 거예요. 하지만 문이 열리는 소리는 나지 않았어요."

"그럼 이 문으로 나간 건 아니군. 그 여자가 왔던 길로 달아났다는 건 확실해. 다른 쪽 복도는 교수의 방으로 이어져 있다고 했으니까. 그런데 그 복도에는 다른 출구가 전혀 없습니까?"

"없어요."

"그럼 그쪽으로 가서 교수님을 만나 볼까. 이봐, 홉킨스. 한 가지 중요한 사실이 있네. 아주 중요한 거야. 교수의 방으로 통하는 복도에도 야자나무 매트가 깔려 있어."

"그게 어떻다는 겁니까?"

"짚이는 게 없나? 아니, 좀 더 지나면 이야기하지. 아직 정확한 건 아니니까. 하지만 어느 정도는 짐작이 가는군. 자, 교수님 방으로 안내하게."

교수의 방으로 이어진 복도는 정원으로 통하는 복도와 길이가 같았다. 복도 끝의 작은 계단은 교수의 방으로 바로 연결되어 있었다. 우리는 홉킨스의 안내를 받아 그 방으로 들어갔다.

방은 매우 넓었고 책이 가득 꽂힌 책장이 여러 개 있었다. 구석과 책장 앞에도 책이 쌓여 있었다. 우리가 들어가자 방 한가운데에 놓인 침대에서 교수가 베개를 붙잡고 몸을 일으켰다. 나는 그렇게 이상한 얼굴은 처음 보았다. 교수는 바싹 마르고 얼굴이 뾰족했다. 숱이 많은 눈썹 아래에 드리운 깊은 눈 속의 짙은 눈동자가 날카롭게 빛나고 있

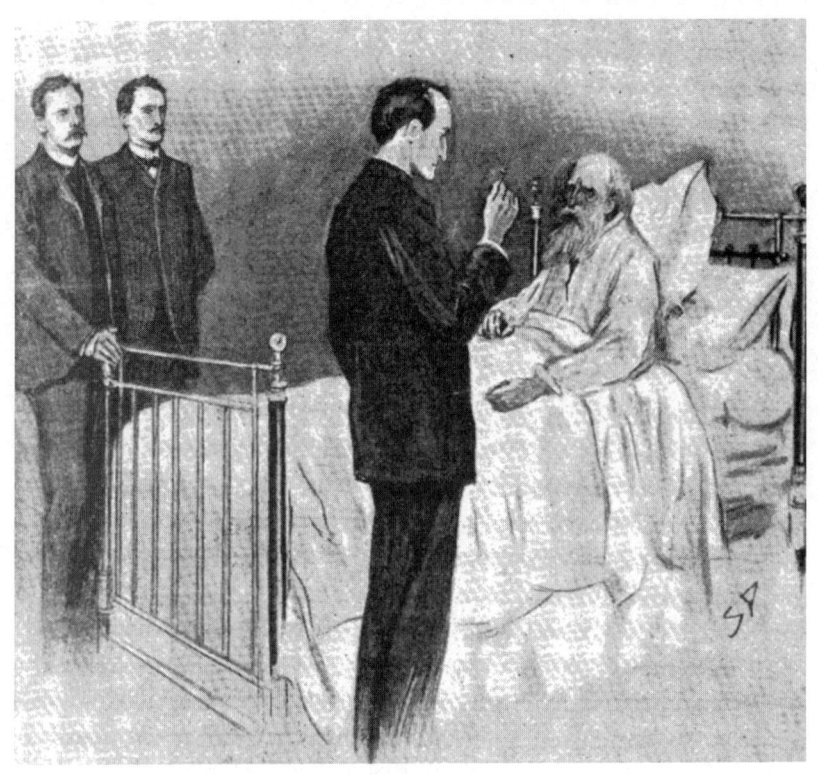

었다. 머리와 턱수염은 전부 하얗게 세었는데, 이상하게도 입 주위에
있는 수염은 노란빛이었다.

　교수는 수염으로 덮인 입에 담배를 물고 있었고, 방 안은 퀴퀴한 담
배 연기로 가득했다. 교수가 홈즈와 악수하려고 손을 내밀었을 때 나
는 그의 손가락 끝이 니코틴으로 노랗게 얼룩진 것을 보았다.

　"홈즈 씨, 당신도 담배를 좋아합니까?"

　교수의 말투는 고상했지만 다소 거드름을 피우는 듯한 느낌이었다.

"궐련 하나 피우겠소? 알렉산드리아의 이오니데에서 특별 주문한 거요. 한 번에 1,000개비씩 구입하지만 아쉽게도 2주면 바닥나지요. 담배가 건강에 몹시 나쁘다는 건 알지만, 나이 먹은 사람에겐 별로 즐길 만한 것이 없지 않소. 담배와 일이 나의 유일한 즐거움이라오."

홈즈는 담배에 불을 붙이며 방 안 전체를 재빨리 둘러보았다.

"하지만 스미스가 죽었으니 지금 내게 남은 건 이 담배뿐이군. 정말 안타까운 일이오. 그런 끔찍한 일이 일어날 줄 누가 알았겠소. 참 재능 있는 젊은이였는데! 스미스는 불과 몇 달 만에 비서 일을 완전히 익혀서 훌륭하게 해냈지요. 홈즈 씨, 그에게 왜 이런 일이 일어났죠?"

"글쎄요, 아직은 뭐라 말씀드릴 수 없군요."

"당신이 이 사건을 해결해 준다면 감사하겠소. 나같이 병들고 책 속에 파묻혀 사는 늙은이에게 이런 사건은 정말 큰 충격이오. 나는 이제 사고력도 많이 떨어졌소. 하지만 당신은 이런 일을 해결하는 전문가이고, 이런 일을 늘 겪으며 살아가잖소. 그러니 위급한 일이 생겨도 침착할 수 있겠지요. 홈즈 씨가 여기 있으니 안심이 되는군요."

교수가 이야기하는 동안 홈즈는 한쪽에서 왔다 갔다 하며 담배를 피웠다. 홈즈는 평소보다 담배를 더 빨리 태웠다. 그도 교수처럼 알렉산드리아 담배가 몹시 마음에 드는 모양이었다.

"정말 맛있는 담배지요? 저쪽 테이블에 쌓아 놓은 서류 더미가 그 동안 내가 연구한 거라오. '계시 종교'의 근원을 추적하는 작업으로, 시리아와 이집트의 수도원에서 발견된 문서들을 분석하고 있지요. 하지만 몸도 쇠약해진 데다 유능한 비서마저 잃었으니 혼자서 이 작업을 마칠 수 있을지 모르겠소. 저런, 홈즈 씨는 나보다 더 빨리 담배를 피우는군요."

교수의 말에 홈즈는 미소를 지어 보였다.

"저도 교수님 못지않은 애연가지요."

홈즈는 네 번째 담배를 꺼내더니 다 피운 담배꽁초에 대고 불을 붙였다.

"코램 교수님, 교수님을 심문할 생각은 없습니다만 사건이 일어났을 때 침대에 계셨고, 그래서 사건에 대해 전혀 아는 바가 없다고 하셨지요? 그럼 하나만 여쭤 보겠습니다. 이 가엾은 젊은이가 죽기 전에 '교수님, 그 여자였어요.'라는 말을 남겼다는데, 그게 무슨 뜻이었을까요?"

교수는 고개를 저었다.

"수잔은 시골에서 올라왔소. 당신도 알다시피 그런 사람들은 좀 어눌한 구석이 있지요. 난 스미스가 아무 뜻 없이 중얼거린 말을 수잔이 잘못 알아들었다고 생각하오."

"알겠습니다. 그 밖에 짚이는 건 없습니까?"

"우연한 사고였다고 생각하오. 어쩌면 자살일지도 모르지요. 젊은 사람에게는 남모르는 문제들이 있기 마련이니까. 연애 문제일 수도 있겠죠. 난 스미스가 자살했을 가능성이 더 높다고 봅니다."

"그럼 안경은 어떻게 된 걸까요?"

"그렇군요. 난 학자일 뿐이오. 그렇게 실제적인 일을 설명하는 데 익숙하지 않습니다. 물론 담배에 관해서라면 할 얘기가 많지만 말이오. 한 대 더 피우시지요. 다른 사람이 담배를 맛있게 피우는 걸 보면 기분이 좋아집니다. 홈즈 씨, 나는 누군가 죽을 때 부채나 장갑, 안경

같은 물건을 기념품처럼 간직할 수 있다고 생각하오. 이 젊은 형사 분은 풀밭 위에 발자국이 있다고 자꾸 말하는데 잘못 본 것일지도 모르잖소. 칼은 스미스가 쓰러질 때 잘못해서 찔린 거라고 생각합니다. 논리적인 추리는 아니지만, 어쨌든 내가 보기에 그는 스스로 목숨을 끊은 것 같소."

교수의 말에 홈즈는 무언가 떠오른 듯한 표정으로 한동안 방 안을 서성거렸다. 그는 생각에 잠긴 채 계속 담배를 피우더니 마침내 입을 열었다.

"코램 교수님, 작은 서랍 안에는 뭐가 있습니까?"

"도둑이 노릴 만한 건 없소. 가족 문서와 아내가 보낸 편지, 학위 증서들이 전부니까. 여기 열쇠가 있으니 직접 살펴보시오."

홈즈는 열쇠로 서랍을 열고 잠시 안을 살펴보더니 교수에게 열쇠를 돌려주었다.

"맞습니다. 교수님 말대로 수사에 도움이 될 만한 것들은 아니군요. 저는 정원에 나가 산책이라도 하면서 사건을 정리해야겠습니다. 스미스가 자살했을 거라는 교수님의 의견에 대해서는 나중에 다시 얘기하지요. 이렇게 불쑥 찾아와서 실례가 많았습니다. 저희는 2시에 다시 오겠습니다. 그동안 점심 식사를 하시고 좀 쉬십시오. 돌아와서 정리한 내용을 알려 드리지요."

홈즈는 매우 근심스러운 표정을 지었다. 우리는 아래층으로 내려가 정원 샛길을 산책했다. 산책하는 동안 홈즈는 말이 없었다. 참다못한 내가 먼저 말을 꺼냈다.

"단서는 찾았어?"

"그건 아까 피운 담배에 달려 있어. 물론 내 짐작이 완전히 빗나갈 수도 있어. 담배를 보면 내 추리가 맞았는지 틀렸는지 알 수 있겠지."

"홈즈, 도대체―"

"왓슨, 자네 혼자서도 충분히 알 수 있는 일이야. 물론 꼭 그래야 한다는 건 아니지. 안경점을 조사해서 단서를 찾을 수도 있지만, 더 빠른 방법이 있을 땐 지름길을 택하는 편이 낫지. 아, 저기 마커 부인이 오는군. 부인과 5분 정도 유익한 얘기를 나누는 건 어때?"

전에도 이야기한 적이 있지만, 홈즈는 언제든지 여자들의 환심을 사고, 자신감 있는 태도로 여자들과 스스럼없이 대화를 나누는 재주가 있었다. 그가 말을 꺼내고 몇 분도 되지 않아 마커 부인과 홈즈는 마치 오래 알고 지낸 사람처럼 친근하게 이야기를 나누었다.

"그래요, 홈즈 씨. 당신이 말한 그대로예요. 교수님은 지독하게 담배를 많이 피운답니다. 하루 종일 피우는 건 기본이고, 어떨 때는 밤새도록 피우기도 하지요. 아침에 교수님 방에 들어가 보면 마치 런던에 안개가 낀 것처럼 온통 뿌옇게 보여요. 스미스도 담배를 좋아했지요. 하지만 교수님만큼 심하게 많이 피우지는 않았어요. 이젠 담배가 교수님에게 해로운지조차 알 수 없을 정도예요."

"담배를 피우면 식욕이 줄어들지요."

"그런가요?"

"제 생각엔 교수님도 식사를 잘 안 하실 것 같은데, 어떻습니까?"

"네, 식사가 고르지 않은 편이세요."

"그렇다면 오늘 아침 식사도 거르셨을 테고, 아까도 계속 담배를 피웠으니까 점심도 물론 안 드셨겠죠?"

"아니에요. 오늘은 그렇지 않았어요. 웬일로 다른 날보다 아침을 훨씬 많이 드셨지요. 그렇게 식욕이 왕성한 적이 없었는데 말이에요. 게다가 점심으로 큰 커틀릿을 만들어 달라고 했어요. 좀 놀랍긴 하더군요. 전 어제 스미스 씨가 이 방에 쓰러져 있는 걸 본 이후로 전혀 식사를 하지 못했으니까요. 정말 큰 사건이었지만 교수님은 그런 일로 식사를 못하시거나 하는 분은 아닌 듯싶어요."

우리는 오전 내내 정원을 산책하며 시간을 보냈다. 스탠리 홉킨스는 어제 아침 한 소녀가 채텀 가에서 안경을 쓴 낯선 여자를 보았다는 말을 듣고 소녀를 만나기 위해 마을로 갔다. 홈즈는 평소와 달리 의욕이 없어 보였다. 나는 홈즈가 이렇게 무심한 태도로 사건을 대하는 걸 한 번도 본 적이 없었다.

마을에서 돌아온 홉킨스는 조사해 본 결과 아이가 본 여자와 홈즈가 얘기한 여자의 인상착의가 같다고 말했다. 그러나 홈즈는 그의 말에 관심을 크게 기울이지 않았다. 그보다는 수잔이 우리에게 점심을 준비해 주면서 한 말을 곰곰이 생각하는 눈치였다. 수잔은 스미스가 어제 아침에 산책을 나갔다가 사건이 일어나기 약 30분 전에 집으로 돌아왔다고 말했다. 나는 이 사건에 대해 아무것도 짐작하지 못했지만, 홈즈는 이미 대략적인 추리를 끝냈다는 것을 알 수 있었다.

갑자기 그가 자리에서 일어나더니 시계를 보며 말했다.

"자, 2시가 됐군. 왓슨, 2층으로 올라가서 교수님을 만나야지."

교수는 이제 막 점심을 끝낸 모양이었다. 마커 부인이 말한 대로 접시는 말끔하게 비워져 있었다. 그는 백발이 성성한 머리를 돌려 번뜩이는 눈빛으로 우리를 보았다. 정말 섬뜩한 얼굴빛이었다. 그는 옷을 갈아입은 채 담배를 피우면서 난로 옆 안락의자에 앉아 있었다.

"홈즈 씨, 사건은 해결하셨소?"

그는 테이블 위에서 담뱃갑을 집어 홈즈에게 내밀었다. 홈즈가 받아 드는 순간, 담뱃갑이 뒤집어지면서 안에 있던 담배들이 쏟아졌다. 그 때문에 우리는 바닥에 무릎을 꿇고 앉아 사방으로 흩어진 담배를 주워 담아야 했다. 다시 일어났을 때 나는 홈즈가 눈을 빛내며 뺨에 홍조를 띠고 있는 것을 보았다. 그건 홈즈가 결정적인 증거를 잡았을 때 보이는 모습이었다.

"네, 이제 모든 것을 알았습니다."

스탠리 홉킨스와 나는 놀란 얼굴로 홈즈를 쳐다보았다. 교수의 여윈 얼굴은 빈정거리는 표정이었다.

"정말이오? 정원에서 뭔가 찾아낸 모양이군요."

"아닙니다. 바로 이 방에서 찾았지요."

"이 방이라고? 언제 말이오?"

"바로 지금입니다."

"농담 마시오, 홈즈 씨. 이건 아주 중대한 사건이오. 그런데 농담하듯 사건을 대해서야 되겠소?"

"코램 교수님, 우리는 모두 이 사건이 매우 중대하다는 사실을 잘 알고 있습니다. 그렇기 때문에 저는 조사하고 추리한 내용을 신중하게 여러 번 검토했지요. 교수님의 의도가 무엇인지, 또는 교수님이 이 기이한 사건과 어떤 관련이 있는지 아직은 말씀드릴 수 없군요. 교수님께서 직접 말씀하시리라 생각합니다. 그럼 먼저 제가 알아낸 바를 말씀드리지요.

어제 어떤 부인이 교수님 서재에 들어왔습니다. 작은 서랍 안에 보관된 어떤 서류를 훔치기 위해서였지요. 그녀는 자기 열쇠를 갖고 있었어요. 아까 교수님의 열쇠를 조사해 보았지만, 니스 칠 위에 긁힌 자국이 생길 때 변색된 흔적을 찾을 수 없었으니까요. 그녀는 교수님 몰래 이 방에 들어와 서류를 훔치려 했습니다."

교수는 담배 연기를 내뿜고 말했다.

"아주 흥미롭고 그럴듯한 이야기군. 그래, 그다음엔 어떻게 됐소? 그 정도까지 추리했다면 당신은 그녀가 어떻게 되었는지도 알 수 있겠군요."

"네, 차차 말씀드리지요. 그녀는 서재에 있다가 비서에게 붙잡히고 말았습니다. 그녀는 빠져나가려고 안간힘을 쓰다가 스미스를 찌르게 된 겁니다. 예상치 않은 일이 일어난 거죠. 그녀는 스미스를 죽일 의도가 전혀 없었을 겁니다. 흉기를 갖고 있지 않았으니까요. 그녀는 스미스를 찌르고 겁에 질린 나머지 방에서 정신없이 뛰어나왔습니다. 그런데 스미스와 몸싸움을 벌이다 그만 안경을 떨어뜨렸습니다. 그녀는 안경 없이는 사물을 분간할 수 없을 정도로 시력이 나쁩니다.

그녀는 처음에 왔던 복도를 따라 도망쳤지만 사실 그곳은 코램 교수님 방으로 통하는 복도였습니다. 그 복도에도 야자나무 매트가 깔려 있어서 부인은 그곳이 처음에 왔던 길이라고 생각했죠. 나중에 길을 잘못 들었다는 사실을 알았지만 되돌아갈 수 없었을 겁니다. 도망갈 곳이라곤 교수님의 방밖에 없는 상황에서 그녀가 어떻게 했겠습니까? 되돌아갈 수도 없고 그렇다고 그 자리에 서 있을 수도 없었겠지요. 그녀는 그대로 뛰어갔습니다. 그리고 계단으로 올라가 문을 열고 이 방으로 들어왔던 겁니다."

교수는 입을 벌린 채 불쾌한 눈빛으로 홈즈를 보았다. 꽤 놀라는 눈치였으며 불안해하는 기색이 역력했지만, 그는 이내 어깨를 으쓱하더니 어색하게 웃었다.

"아주 훌륭해요, 홈즈 씨. 하지만 한 가지 잘못 생각한 게 있소. 나는 그날 하루 종일 이 방에 있었소."

"저도 알고 있습니다, 코램 교수님."

"그렇다면 내가 멀쩡하게 침대에 누워 있으면서도 그 여자가 들어오는 걸 몰랐단 말이오?"

"아닙니다. 교수님은 그 여자가 들어오는 걸 보았습니다. 그녀와 얘기도 했겠지요. 교수님은 그녀가 누군지 알고 있을 뿐 아니라 그녀를 숨겨 주기까지 했습니다."

홈즈의 말에 교수는 다시 한 번 날카로운 웃음을 터뜨렸다. 그리고는 자리에서 일어났다. 그는 번뜩이는 눈빛으로 홈즈를 쏘아보며 말했다.

"당신 완전히 미쳤군! 그런 헛소리를 내뱉다니! 내가 그 여자를 숨겨 주었다고? 그렇다면 그 여자는 지금 어디 있다는 거요? 증거를 한번 대 보시오!"

"바로 저기에 있습니다."

홈즈는 방 한쪽 구석에 있는 커다란 책장을 가리켰다.

교수는 놀라서 양손을 치켜들었다. 교수의 얼굴이 경련으로 잠시 일그러졌다. 그러더니 갑자기 힘이 빠진 듯 자리에 털썩 주저앉았다. 그 순간 홈즈가 가리켰던 책장 문이 열리고 여자가 뛰쳐나왔다.

"당신 말이 맞았
어요! 그래요, 나는
여기에 숨어 있었어
요."

여자는 외국어 억
양이 섞인 특이한
말투로 외쳤다. 그
녀는 책장 속의 먼
지와 거미줄을 뒤집
어쓰고 있었다. 얼
굴 역시 먼지투성이
였다. 홈즈가 예상
한 모습 그대로, 미
인이라고 할 수 없
는 얼굴이었으며 턱
은 길고 고집스러워

보였다. 어두운 곳에 있다가 갑자기 빛을 받은 그녀는 눈이 부신 듯
그 자리에 서서 우리를 보기 위해 계속 눈을 깜빡거렸다. 비록 모습은
볼품없었지만, 그녀의 태도에는 어딘지 모르게 기품이 있었다. 고개
를 치켜든 모습은 용감해 보였고 턱 선에는 당당한 기운이 흘렀다.

스탠리 홉킨스는 범인을 체포하기 위해 팔을 붙들었으나 여자는 위
엄 있는 표정으로 그의 손을 뿌리쳤다. 교수는 의자에 앉아 일그러진
표정으로 걱정스럽게 여자를 보았다.

"그래요, 제가 범인이에요. 숨어서 당신이 하는 얘기를 다 들었어요. 당신 말이 맞아요. 전부 털어놓겠어요. 젊은이는 내가 죽였어요. 하지만 당신 말대로 정말 우연히 일어난 일이에요. 저는 손에 쥐고 있는 것이 칼이라는 것도 몰랐어요. 어떻게든 빠져나가야 했기 때문에 그냥 손에 잡히는 걸로 그를 쳤을 뿐이에요. 정말이에요."

"부인, 저도 그렇게 생각합니다. 하지만 불행히도 스미스는 죽었지요." 홈즈가 말했다.

여자는 두려워하는 표정으로 우리를 돌아보았다. 그녀의 얼굴은 검은 먼지로 뒤덮여서 한층 더 무시무시해 보였다. 그녀는 침대 옆에 앉아서 말을 이었다.

"시간이 별로 없지만 모든 걸 말씀드리겠어요. 나는 이 남자의 아내예요. 이 사람은 영국인이 아니라 러시아 사람이에요. 이름은 말하지 않겠어요."

그때 잠잠히 있던 교수가 갑자기 흥분한 목소리로 외쳤다.

"안나! 제발!"

여자는 경멸에 가득 찬 시선으로 그를 보았다.

"세르기우스, 당신은 여전히 비열하게 살고 있군요. 당신은 많은 사람들에게 해를 입혔어요. 그 결과가 당신에게 돌아온다는 걸 몰라요? 그러고도 이렇게 버젓이 살아 있다니. 나는 모든 위험을 각오하고 이 저주받은 집에 들어왔어요. 하지만 더 늦기 전에 말해야겠어요."

여자는 홈즈를 보며 다시 말을 이었다.

"말씀드렸듯이 저는 이 사람의 아내예요. 어리석게도 스무 살의 어린 나이에 이 사람과 결혼했지요. 그때 이 사람은 쉰 살이었어요. 저는 러시아에서 대학에 다니고 있었지요. 하지만 어딘지는 말씀드리지 않겠습니다."

"안나, 제발!" 교수가 다시 말했다.

"우리는 개혁파였어요. 혁명가이고 허무주의자였지요. 남편과 저 말고도 많은 동지들이 있었어요. 그런데 어느 날 사건이 일어났어요. 경찰 한 명이 살해된 거예요. 그리고 경찰이 들이닥쳐 많은 동지들을 체포해 갔어요. 제 남편이 자기 목숨을 건지고 현상금을 타기 위해 저와 다른 동지들을 밀고한 거예요. 그래요, 그는 우리 모두를 배신했어요. 동지들은 처형당하거나 시베리아로 유배되었지요. 저도 시베리아로 끌려갔지만 다행히 오래 있지는 않았어요. 남편은 그 더러운 돈을 갖고 영국으로 건너와서 지금까지 이곳에 숨어 살았어요. 동지들에게 발각되면 목숨을 부지하기 어렵다는 걸 잘 알고 있었으니까요."

노인은 떨리는 손으로 담배를 집어 들었다.

"안나, 이제 내 목숨은 당신에게 달려 있소. 당신은 언제나 나에게 잘해 주었어."

"이 파렴치한 사람에 대해 한 가지 더 말할 것이 있어요. 동료 중에 저와 친한 사람이 있었어요. 그는 성품이 반듯하고 타인에 대한 애정이 깊은 사람이었지요. 제 남편과는 전혀 다른 사람이에요. 그는 폭력을 싫어했어요. 혁명을 일으키려는 것이 죄가 된다면 저와 동지들은 모두 죄인이겠지요. 하지만 그는 죄가 없었어요. 그는 우리에게 폭력적인 방법을 쓰면 안 된다고 설득하는 편지를 계속 보냈어요. 그 편지를 보여 주면 그를 유배지에서 구할 수 있을 거예요. 저는 날마다 일기장에 그에 대한 개인적인 생각과 동료들의 평가를 적어 놓았어요.

그런데 남편이 그걸 알고는 편지와 일기장을 훔쳐서 어딘가에 숨겼어
요. 게다가 제 친구를 죽이기 위해 거짓 증언을 했어요. 하지만 저 사
람의 의도와는 달리 알렉스는 처형되지 않고 시베리아로 유배되었지
요. 지금 그는 소금 광산에서 일하고 있어요. 잘 생각해 봐요, 이 악
당! 당신 같은 사람은 감히 입에 올리지도 못할 이름이지만, 지금 이
순간에도 알렉스는 노예처럼 일하며 살고 있어요. 당신도 그런 고통
을 당해 봐야 해요.”

　“당신은 언제나 훌륭한 사람이었어.” 교수는 담배를 집으며 말했다.

　여자는 자리에서 일어났지만 곧 고통스러운 신음 소리를 내며 다시 주저앉았다.

"마저 얘기해야겠어요. 저는 유배지에서 풀려나자마자 편지와 일기장을 다시 찾으려고 했어요. 그걸 러시아 정부에 보내면 알렉스의 무죄가 증명될 테니까요. 저는 남편이 영국으로 건너갔다는 걸 알았어요. 몇 달 동안 수소문한 끝에 그가 있는 곳을 알아냈지요.

제가 시베리아에 있을 때 남편은 저를 비난하는 편지를 보냈어요. 제가 쓴 글을 들먹이면서 말이에요. 그래서 남편이 제 편지와 일기장을 갖고 있다는 사실을 알았어요. 하지만 남편은 부탁한다고 해서 순순히 돌려줄 사람이 아니지요. 그래서 제가 직접 찾아오기로 결심했어요. 저는 탐정을 한 명 고용했어요. 그 사람이 바로 남편의 두 번째 비서였지요. 세르기우스, 그가 갑자기 그만둔 이유를 이제 알겠어요? 그는 편지와 일기장이 작은 서랍 안에 있다고 알려 주면서 열쇠를 하나 복사해 갖고 왔어요. 내부 약도도 건네주었지요. 그가 오전에는 서재에 아무도 없을 거리고 하더군요. 그래서 저는 용기를 내이 이 집에 들어왔던 거예요.

편지와 일기장은 찾았지만 이렇게 큰 대가를 치르게 될 줄은 정말 몰랐어요. 서류를 꺼내고 다시 서랍을 잠그고 있을 때 그 젊은이에게 붙잡혔어요. 저는 그날 아침에 그 젊은이를 봤어요. 우리는 길에서 마주쳤는데 저는 그가 이 집에서 일한다는 것도 모르고 코램 교수의 집이 어디냐고 물었죠."

"그랬군요. 그는 돌아와서 교수에게 당신에 대해 얘기했을 겁니다. 그래서 당신이 범인임을 알리려고 마지막에 그런 말을 했던 거지요."

"제 얘기는 아직 끝나지 않았어요." 여자는 단호한 말투로 홈즈의 말을 가로막았다. 그리고 고통스러운 표정으로 얼굴을 찌푸렸다.

"그가 쓰러진 후에 저는 방에서 뛰어나갔어요. 하지만 길을 잘못 들어서 남편 방까지 오게 됐죠. 남편은 저를 신고하려고 했어요. 그래서 만일 그렇게 하면 남편도 무사하지 못할 거라고 말했지요. 그가 저를 경찰에 넘기면 저는 그를 제 동료들에게 넘길 테니까요. 단순히 살기 위해서 남편과 타협했던 게 아니었어요. 저에게는 중요한 목적이 있으니까요. 하지만 남편은 순전히 자신이 위험해질까 봐 저를 숨겨 주었지요. 그는 저 어두운 책장 안으로 저를 밀어 넣었어요. 그리고 저에게 음식을 나눠 주기 위해 방에서 혼자 식사를 했어요. 저는 경찰이 가고 나면 밤에 몰래 빠져나가기로 했어요. 물론 다시 오지 않겠다는 약속도 했지요. 하지만 이렇게 발각되고 말았군요."

그녀는 품 안에서 조그만 서류 묶음을 꺼내며 말했다. "마지막으로 할 말이 있어요. 이 편지가 알렉스를 구해 줄 거예요. 당신의 이름과 정의를 존중하는 마음을 믿고 이 편지를 드리겠어요. 부디 러시아 대사관에 전해 주세요. 이제 제가 할 일은 끝났어요. 그럼."

"안 돼. 멈춰요!" 홈즈가 소리쳤다.

그러고는 그녀에게 뛰어가서 작은 유리병을 빼앗았다.

"너무 늦었어요." 그녀는 침대에 몸을 기대며 힘없이 말했다.

"책장 안에 있을 때 이미 약을 먹었어요. 너무 어지럽군요. 전 곧 죽을 거예요. 그 편지를 부탁해요."

"단순한 사건이었지만 교훈적인 면도 있었어."

집으로 돌아오는 길에 홈즈가 말했다.

 "안경이 중요한 단서가 되었어. 젊은이가 죽으면서 안경을 붙잡지
않았다면 사건을 해결하기 어려웠을지도 몰라. 그렇게 도수가 높은
안경을 낀 사람은 안경을 잃어버리면 앞이 잘 보이지 않아 헤매거든.

그런 사람이 발도 헛디디지 않고 좁은 풀밭 위를 따라 걸어갈 수 있었을까? 이미 말했듯이 난 그 점이 이상하다고 생각했어. 그녀가 다른 안경을 갖고 있지 않는 한 도저히 불가능한 일이지. 그래서 그녀가 집 안에 있을지도 모른다고 생각했어. 두 복도가 비슷하다는 사실을 알고 나서는 그녀가 실수로 길을 잘못 들었을 거라고 확신했지. 그렇다면 그녀가 교수의 방으로 들어갔을 거라는 결론이 나와. 나는 이 가정을 뒷받침할 만한 증거를 찾으려고 교수의 방을 찾아갔을 때 숨을 만한 장소를 자세히 관찰했지.

카펫은 하나로 이어진 데다 못으로 고정되어 있어서 그 아래 다른 곳으로 통하는 문이 있을 가능성은 없었어. 그래서 책장 뒤에 숨을 만한 공간이 있으리라고 생각했지. 옛날에는 책장 뒤에 비밀 장소를 만드는 것이 흔한 일이었으니까. 나는 책을 쌓아 둔 바닥을 전부 살펴보았어. 그런데 책을 쌓아 두지 않은 책장이 하나 있더군. 그래서 그 책장이 비밀 장소로 통하는 문이라고 생각했지. 하지만 확인할 방법이 없었어.

그러다가 문득 카펫이 갈색이라는 걸 알았어. 카펫을 이용하면 증거를 찾을 수 있을 것 같았지. 그 때문에 줄담배를 피워 댄 거야. 나는 담뱃재를 책장 앞에 골고루 뿌려 놓았지. 간단한 일이었지만 효과는 뛰어났어. 그리고 아래층에서 교수의 식사량이 전보다 늘어났다는 얘길 듣고, 교수가 다른 사람에게 음식을 나눠 주고 있다는 생각을 굳혔지.

다시 교수를 찾아갔을 때 나는 일부러 담뱃갑을 떨어뜨려 담배를 쏟고, 그것을 주우면서 책장 앞을 살폈더니 담뱃재 위에 발자국이 나 있더군. 우리가 아래층으로 내려가자 범인이 숨어 있던 곳에서 나왔던 거야. 홉킨스, 벌써 채링크로스에 도착했군. 축하하네, 자네가 이번 사건을 훌륭하게 해결했어. 자네는 경찰서로 갈 테지. 왓슨, 우리는 러시아 대사관으로 가야지."

역주 —

   '셜록 홈즈 원고. 아서 코난 도일이 H 그린하우 스미스에게. 20년 동안 협력의 기념으로. 1916년 2월 8일'이라는 문구가 쓰인 이 원고는 도일이 유일하게 다른 사람에게 증정한 원고다. 원고는 4절지 53페이지에 쓰여 있다. 1934년 3월 14일, 런던 경매에서 120파운드에 낙찰되었다. 현재 소재지 불명.

쓰리쿼터의 실종

The Missing Three-Quater

1896년 12월 8일(화) ~12월 10일(목)

우리는 베이커 가에 사는 동안 괴상한 전보를 받는 일에 꽤 익숙했다. 하지만 7, 8년 전, 2월의 어느 음울한 아침에 도착한 전보는 특별히 더 기억에 남는다. 셜록 홈즈가 그 수수께끼 같은 내용을 이해하지 못해 15분 동안 당황스러워했기 때문이다. 홈즈 앞으로 배달된 그 전보에는 다음과 같은 글이 쓰여 있었다.

방문하겠습니다. 끔찍한 불행이 닥쳤습니다. 라이트 윙 쓰리쿼터 행방불명, 내일 필요.

　　　　　　　　　　　　　　　　　　　　　　　　　　　　　　- 오버튼

"스트랜드 우체국 소인, 10시 36분 발신." 홈즈는 그것을 계속 반복하여 읽으면서 중얼댔다. "이걸 보낼 때 오버튼 씨는 틀림없이 꽤나 흥분해 있었을 거야. 그래서 그런지 약간 모순이 있단 말이야. 음, 내가 〈타임스〉지를 다 훑어볼 때쯤이면 그가 여기에 도착할 테니까, 무슨 일인지 알 수 있겠지. 이렇게 지루한 시기에는 아무리 시시한 사건이 들어와도 환영이야."

정말 만사가 아주 지루하게 흘러갔다. 그런데 나는 이렇게 한가한 때면 걱정이 되살아났다. 홈즈는 해결할 일거리가 없으면 위험한 쪽으로 몰입하는 경향이 있기 때문이다. 몇 년에 걸친 오랜 노력 끝에, 그의 놀라운 경력을 위협했던 마약의 늪에서 그를 건져 낸 적이 있었다. 생활이 원만히 돌아갈 때 홈즈는 그 인공적인 자극을 갈망하지 않는다. 하지만 중독증은 완전히 죽은 것이 아니라 잠들었을 뿐이다. 홈즈의 금욕적인 얼굴에 일그러진 표정이 떠오르고, 그 속을 헤아릴 수 없는 움푹 팬 두 눈이 깊은 생각에 잠긴 듯 보이는 무료한 시간이 찾아오면, 언제 다시 중독증이 고개를 들지 모른다는 사실을 나는 잘 알고 있었다. 격렬한 삶 속에서 어떤 폭풍보다도 홈즈를 더 위태롭게 만드는 이 아슬아슬한 침묵을 깨 줄 수수께끼 같은 메시지가 왔다는 사실만으로도, 나는 이 오버튼이 어떤 사람이든 그저 감사할 따름이었다.

우리의 예상대로 전보 발송자는 금방 찾아왔다. '케임브리지 트리니티 칼리지의 시릴 오버튼'이라는 명함과 함께 거구의 젊은이가 찾아왔다는 전갈을 받았다. 출입구를 꽉 채우는 넓은 어깨, 단단한 뼈와 근육으로 뭉쳐진 16스톤(약 102킬로그램)쯤 되어 보이는 체구를 지닌 젊은이였다. 반듯한 이목구비지만 분노로 초췌해진 청년이 우리 둘을 번갈아 보았다.

"셜록 홈즈 씨?"

홈즈는 고개를 끄덕여 인사를 했다.

"홈즈 씨, 저는 지금 스코틀랜드 야드에 다녀오는 길입니다. 스탠리 홉킨스 경감을 만났지요. 그분이 제게 홈즈 씨를 만나 보라고 하더군요. 경감 생각에, 이런 사건에는 일반 경찰보다 홈즈 씨가 더 전문가라고 말이죠."

"앉아서 무슨 일인지 차근차근 말해 보게."

"끔찍해요, 홈즈 씨. 정말 끔찍해요! 제 머리털이 하얗게 새지 않은 게 이상할 정도죠. 가드프리 스톤턴이, 참 그런데 그에 대해서는 물론 들어 보셨겠지요? 그는 우리 팀 전체를 좌우하는 구심점입니다. 차라리 제가 전위에서 빠지고 저 대신 그에게 쓰리쿼터 라인을 맡기면 좋겠어요. 패스나 태클은 물론 드리블까지 그를 따를 사람이 없으니까 말입니다. 게다가 그는 똑똑하고 우리 모두를 하나로 결속시켜 주는 힘이 되어 주죠. 제가 뭘 해야 할까요? 그게 제가 묻고 싶은 질문입니다, 홈즈 씨. 2군에 예비 선수 무어하우스가 있긴 하지만, 그는 하프백으로 훈련받고 있는 데다 터치라인을 지키고 있는 대신 늘 라이트를 스크럼 쪽으로 점점 이동시키거든요. 그는 킥을 잘하는 건 분명하지만, 판단력이 부족하고 특히 단거리 달리기가 정말 형편없어요. 모턴이나 존슨 같은 옥스퍼드의 노련한 선수들이 왜 그의 주변에서 까불며 장난을 해 대겠어요? 스티븐슨은 재빠른 편이지만 25야드 라인에서 드롭을 할 만한 실력은 못되죠. 사실 펀트(럭비에서 손으로부터 떨어뜨린 공이 땅에 닿기 전에 차기)나 드롭을 할 줄 모르는 쓰리쿼터는 혼자만 빨라서는 별 가치가 없잖습니까. 아니지. 홈즈 씨께서 가드프리 스톤턴을 찾아 주실 수 없다면 우리가 직접 나서야 할 형편입니다."

꽤나 정열적이고 진지하게 쏟아 대는 이 긴 연설에 홈즈는 유쾌한 놀라움을 느끼며 귀를 기울였다. 젊은이는 자기 이야기의 핵심이 빗나가고 있음을  깨달은 듯 그 억센 손으로 무릎을 찰싹하고 소리가 나도록 쳤다. 젊은이가 말을 멈추자 홈즈는 손을 뻗어 자신의 노트에 'S'자를 적었다. 우선 그는 다양한 정보를 찾아내기 위해 되는 대로 파고들었다.

"아서 H. 스톤턴이라고 유명세를 타고 있는 젊은 위조범이 있지." 홈즈가 계속 중얼거렸다. "그리고 내가 교수형을 받도록 만든 헨리 스톤턴이라는 자도 있었고. 하지만 가드프리 스톤턴은 처음 듣는단 말이야."

갑자기 젊은이의 얼굴에 놀라움이 번졌다.

"세상에, 홈즈 씨. 나는 선생님께서 모든 상황을 아실 거라고 생각했는데요. 가드프리 스톤턴을 모르시다니, 그렇다면 시릴 오버튼이라는 이름도 처음 들어 보셨습니까?"

홈즈는 매우 익살스럽게 고개를 끄덕였다.

"세상에!" 젊은이가 외쳤다. "처음에 저는 웨일스 전을 대비한 2군 선수로 잉글랜드 팀에 합류했죠. 하지만 올해는 계속 대표팀의 주장을 맡고 있어요. 그런 일들은 아무래도 좋습니다. 케임브리지, 블랙히스 아니 전국 최고의 쓰리쿼터 가드프리 스톤턴을 모르는 사람이 잉글랜드에 살고 있으리라고는 생각도 못했는데. 맙소사! 홈즈 씨, 도대체 지구상에 살고 있는 사람 맞으십니까?"

홈즈는 놀라움을 드러내는 거구의 젊은이에게 웃음을 터뜨렸다.

"오버튼 군. 자네는 나하고 다른 세상에 살고 있어. 가령 말하자면, 좀 더 달콤하고 더 활기 넘치는 세상 말이지. 내 관심은 사회의 여러 분야로 뻗어 있지만, 잉글랜드에서 가장 우수하고 건전한 이 아마추어 스포츠에는 아직 관심을 가질 기회가 없었네. 그런데 오늘 아침 자네가 뜻밖의 방문을 해 준 덕분에, 신선한 분위기와 공정한 경기가 펼쳐지는 세계에도 내가 할 일이 있을지 모르겠다는 생각이 드는군. 그러니 이제 진정하고 앉아서 천천히, 침착하게 그리고 정확하게 무슨 일이 일어났는지, 내가 어떻게 도와주길 바라는지 이야기해 보게."

말주변보다는 근육을 사용하는 일에 더 재능이 있고 익숙한 오버튼의 얼굴 위로 좀 성가신 표정이 지나갔다. 그러나 이어서 그는, 내가 그의 독백에서 생략했을지도 모를 수많은 반복과 애매한 표현을 섞어 가며 우리에게 이상한 이야기를 들려주었다.

"그러니까 이렇게 된 겁니다, 홈즈 씨. 말했던 대로 저는 케임브리지 대학 럭비 대표팀의 주장이고, 가드프리 스톤턴은 우리 팀 최고의 선수죠. 내일 우리는 옥스퍼드와 시합이 있어요. 그래서 우리 모두 어제 런던에 왔고, 벤틀리 프라이빗 호텔에 묵고 있습니다. 10시에 저는 한 바퀴 돌아보며 우리 동료들이 모두 숙소에 들어가는 것을 확인했어요. 왜냐하면 저는 엄격한 훈련과 충분한 수면이 팀의 컨디션을 유지하는 데 중요한 요소라고 믿기 때문이죠.

가드프리가 방에 들어가기 전, 그와 한두 마디 말을 나눴습니다. 그런데 그의 표정이 창백하고 초조해 보였어요. 그래서 무슨 일이 있느냐고 물어보았죠. 그는 그저 머리가 조금 아플 뿐이라면서 괜찮다고 하더군요. 그래서 잘 자라는 인사를 하고 헤어졌습니다. 30분 정도 지났을 때, 포터가 와서 수염을 기른 거칠게 생긴 남자가 가드프리에게 전할 편지 한 장을 가져왔다고 말하더군요. 가드프리가 아직 잠자리에 들지 않은 것 같아서 그의 방에 편지를 가져다주라고 했습니다. 가드프리는 그것을 읽더니 마치 도끼로 찍어 넘긴 것처럼 의자 뒤로 넘어졌습니다. 포터는 너무 놀라서 저를 부르려고 했지만, 가드프리가 제지했지요. 그리고 물 한 잔을 마신 후 정신을 차리더니 아래층으로 내려갔습니다. 홀에서 기다리고 있던 그 남자와 몇 마디 주고받고는 둘이 함께 밖으로 나갔어요.

그들을 마지막으로 목격한 포터에 의하면, 스트랜드 방향의 도로를 거의 달리다시피 내려갔다더군요. 오늘 아침 가드프리의 방은 비어 있었고, 침대에서 잠을 잔 흔적도 없었습니다. 그의 물건들은 제가 어젯밤 보았던 자리에 모두 그대로 있었어요. 그는 그 낯선 남자와 함께 바로 떠났고, 이후로 아무 연락이 없습니다. 제 생각에는 그가 돌아올 것 같지 않아요. 가드프리는 철저한 선수였습니다. 그에게 뭔가 큰일이 생긴 게 아니라면 훈련을 쉬거나 빠지지 않을 겁니다. 아니, 제 느낌에는 그를 다시는 만날 수 없을 것만 같습니다."

홈즈는 오버튼의 독백에 큰 관심을 갖고 귀를 기울였다.

"그래서 자네는 어떻게 했나?" 홈즈가 물었다.

"케임브리지로 전보를 보내서 그에 관해 무슨 소식이 있는지 알아보았습니다. 그런데 아무도 그를 보지 못했다는 답신을 받았어요."

"그가 케임브리지로 돌아갈 만한 상황은 되었나?"

"예, 마지막 기차가 있으니까요. 11시 15분에 출발합니다."

"그런데 자네가 확인한 바에 의하면 그는 기차에 타지 않았다, 이건가?"

"예, 본 사람이 없습니다."

"그다음에는 어떻게 했나?"

"마운트 제임스 경에게 전보를 보냈습니다."

"마운트 제임스 경에게 보낸 이유는?"

"가드프리는 부모가 안 계시고, 마운트 제임스 경이 제일 가까운 친척이거든요. 아마 백부라는 것 같습니다."

"그렇단 말이지. 이 사건과 관련된 새로운 빛이 하나 떠올랐군. 마운트 제임스 경이라면 잉글랜드 최고의 갑부 중 한 명인 걸로 아는데."

"가드프리도 그렇게 말한 적이 있습니다."

"그렇다면 자네 친구가 그 사실과 밀접한 관련이 있나?"

"예, 가드프리는 마운트 제임스 경의 상속자이고, 경은 거의 여든 살이고 통풍까지 앓고 있으니까요. 사람들은 그 노인네가 손가락 마디로 당구채에 초크 칠도 할 수 있을 정도라고 하더군요. 경이 워낙 구두쇠라 그동안 가드프리에게 동전 한 푼 준 적이 없지만, 결국 모든 재산이 가드프리에게 상속되겠지요."

"마운트 제임스 경에게서는 답신이 왔나?"

"아니오."

"가드프리가 마운트 제임스 경을 찾아가도록 만들 만한 동기는 뭐가 있을까?"

"글쎄요. 어젯밤에 그 친구는 뭔가 근심스런 눈치였는데, 만일 그게 돈이 필요한 일이라면 가장 가까운 부자 친척에게 갈 수도 있겠지요. 그에게 돈을 보태 준 경우가 거의 없었다고는 하지만 말입니다. 아무튼 가드프리는 그 노인을 싫어했어요. 혼자서 어떻게든 해결할 수 있는 경우라면 절대 거기에 찾아가지 않을 겁니다."

"음, 그런지 어떤지는 금방 판단할 수 있을 거야. 만일 가드프리가 친척인 마운트 제임스 경에게 갔다면, 그 늦은 시간에 찾아왔던 방문객과 그의 출현으로 야기된 혼란에 대해 어떤 설명을 할 수 있겠나?"

시릴 오버튼은 양손으로 머리를 누르며 대답했다. "그 점에 대해서는 제가 설명할 수 있는 게 전혀 없습니다."

"음, 확실해지는군. 그 사실을 알게 되어서 다행이네." 홈즈가 말했다.

"그 젊은 친구 없이 시합할 준비를 하라고 분명하게 충고하지. 자네 말대로 그는 피치 못할 사정이 있어 이런 식으로 달아났으니까 말이야. 그 호텔 근처를 돌아본 뒤, 포터를 만나 봐야겠어. 뭔가 새로운 단서가 있을지도 모르니."

소박한 중인들을 안심시키는 데 천재적인 소질이 있는 홈즈는, 가드프리 스톤턴이 떠난 방에서 포터에게 필요한 정보들을 모두 알아냈다. 전날 밤의 방문객은 신사도, 그렇다고 노동자도 아니었다. 포터는 그가 그저 50대 정도로 보이는 '중년 남자'로 반백의 턱수염과 창백한 얼굴을 하고 있었으며, 수수한 옷차림이었다고 했다. 또한 무엇 때문인지 상당히 흥분한 상태였다고 기억을 떠올렸다.

가드프리 스톤턴은 그 편지를 받아 주머니에 넣었다. 그리고 홀에서 기다리던 그 남자와 악수도 나누지 않은 채 급하게 몇 마디 주고받았는데, 포터가 들은 말은 겨우 '시간'이라는 한 마디뿐이었다. 그러고 나서 그들은 앞에서 이야기했던 대로 서둘러 떠났다. 그때 홀의 시계는 10시 30분을 가리켰다.

"어디 봅시다." 홈즈가 스톤턴의 침대에 앉으며 말을 이었다. "당신이 그날 오후 담당 포터군요, 그렇죠?"

"예, 맞습니다. 제가 11까지 근무했습니다."

"당신은 어제 오후 내내 근무했습니까?"

"예, 그랬습니다."

"그럼, 혹시 스톤턴 씨에게 연락 온 게 있었나요?"

"예, 전보가 하나 왔습니다."

"아! 그거 흥미롭군요. 몇 시쯤이었죠?"

"6시쯤입니다."

"스톤턴 씨는 그 전보를 어디서 받았습니까?"

"여기, 그의 방에서요."

"그가 그걸 볼 때 당신도 그 자리에 있었나요?"

"예. 혹시 답장이 있나 해서 기다리고 있었습니다."

"음, 답장을 쓰던가요?"

"예, 답장을 썼습니다."

"그걸 당신에게 맡겼습니까?"

"아니오, 본인이 챙겼습니다."

"그런데 당신이 있는 데서 편지를 썼단 말인가요?"

"예, 그랬습니다. 저는 문 옆에 서 있었고, 그는 저 테이블 쪽으로 등을 돌리고 있었습니다. 편지를 다 쓰고 나서 '됐어요, 포터. 내가 직접 붙이죠.'라고 말했습니다."

"무엇으로 글씨를 썼죠?"

"펜으로요."

"테이블 위에 이런 전보 양식 뭉치가 있었나요?"

"예, 맨 첫 장에 썼어요."

홈즈는 일어섰다. 양식을 들고 창가로 가서 세심하게 맨 첫 장을 살펴보았다.

"유감스럽게도 연필을 사용하지 않았군."

홈즈는 실망한 듯 어깨를 으쓱하고 그것을 다시 내려놓았다.

"왓슨, 자네도 자주 관찰해 왔듯이, 눌러서 생긴 자국은 밑으로 스며들게 돼 있지. 매우 행복한 결혼 생활이 현실 속에서 차츰 엷어지듯이. 그렇지만 나는 여기서 아무 자국도 찾지 못했네. 하지만 그가 끝이 무딘 깃털 펜으로 썼다는 사실을 알게 되어서 다행이군. 아마 이 압지에서 어떤 흔적을 발견할 수 있을지도 모르겠군. 오, 그래, 바로 이거야!"

그는 압지 한 장을 뜯어 우리에게 다음과 같은 상형 문자를 보여 주었다.

"유리에 비춰 봐요!" 시릴 오버튼은 흥분해서 외쳤다.

"그럴 필요 없다네." 홈즈가 말했다. "종이가 얇아서 뒤집으면 내용이 비칠 테니까. 자, 보게."

그가 그것을 뒤집자 이런 내용이 눈에 들어왔다.

Stand by us for
Gods sake

"이것이 가드프리 스톤턴이 사라지기 몇 시간 전 급하게 보낸 전보의 맨 끝 부분이군. 최소한 여섯 단어 정도는 없어진 것 같은데. 그렇지만 이 남은 '신의 손길이 우리와 함께 하길!'을 보면 이 젊은이가 자신에게 다가오는 무서운 위험을 감지하고 있다는 사실과 누군가 또 다른 사람이 그를 보호해 줄 수 있을지도 모른다는 사실을 알 수 있지. '우리'라는 단어를 눈여겨보게! 누군가 다른 사람이 관련되어 있군. 그 상황에 너무 당황한 것처럼 보였던 창백한 표정의 그 수염 기른 남자가 혹시 그 사람이 아닐까? 그렇다면 가드프리 스톤턴과 그 남자는 어떤 관계일까? 그리고 그들이 각각 다가온 위험에 대항하게 만드는 제3의 힘은 무엇일까? 음, 점점 사건의 실마리가 좁혀지고 있군."

"그 전보를 누구 앞으로 쓴 것인지 먼저 밝혀야 하지 않겠나, 홈즈." 내가 말했다.

"물론이지, 왓슨. 하지만 자네가 우체국에 가서 다른 사람 전보의 사본을 보려고 한다면, 어떤 공무상 제한 사항에 부닥치게 될 거야. 그런 업무에는 관료주의가 깔려 있게 마련이니까. 그러나 약간의 주의와 요령을 부린다면 틀림없이 알아낼 수 있겠지. 그리고 오버튼 군, 나는 자네가 지켜보는 동안 테이블 위에 있는 이 서류들을 면밀히 검사해 봤으면 좋겠네."

거기에는 편지 몇 장과 영수증 그리고 노트들이 있었다. 홈즈는 섬세한 손놀림으로 그것들을 넘겨 가며 날카로운 시선으로 재빨리 검토했다.

"여기엔 아무것도 없군. 내 생각에 자네 친구라면 건장한 젊은이일 듯한데 어디 안 좋은 데라도 있었나?"

"아주 건강했습니다."

"아팠던 적은?"

"단 하루도 없었죠. 럭비 경기 중 밑에 깔리고 정강이를 발로 채여 무릎 보호대가 벗겨졌을 때도 멀쩡했던 친구인 걸요."

"어쩌면 자네 생각만큼 강한 사람은 아닐지도 모르지. 나는 그에게 무언가 비밀스런 문제가 있을 것 같다는 생각이 드는군. 자네가 동의한다면 앞으로의 조사에 도움이 될지도 모르니 이 서류들 중 한두 장을 내 주머니에 넣어 두겠네."

그때 "잠깐, 잠깐!" 하고 누군가 화난 목소리로 외쳤다. 우리는 느닷없이 문을 열고 들이닥친 기묘한 모습의 왜소한 노인을 보았다. 그는 시대에 뒤떨어진 검은 옷에 챙이 매우 넓은 모자와 헐렁한 흰 넥타이를 매고 있었다. 전체적으로 시대에 매우 뒤처진 사람이거나 장례식에 참석하러 가는 사람처럼 보였다. 초라하고 어처구니없는 외양이었지만, 그의 목소리는 날카롭게 갈라졌으며 태도에서는 시선을 제압하는 민첩한 강렬함이 풍겼다.

"당신은 누구요? 그리고 무슨 권리로 이 젊은이의 서류에 손을 대지?" 노인이 물었다.

"저는 사립 탐정이고 그의 실종 사건을 조사하는 중입니다."

"오, 당신이? 누가 당신에게 이 일을 맡겼소?"

"스톤턴 씨의 친구인 이 젊은이가 스코틀랜드 야드를 통해 제게 문의해 왔습니다."

"자넨 누군가?"

"시릴 오버튼입니다."

"그렇다면 내게 전보를 보낸 것이 자네군. 내가 마운트 제임스 경일세. 베이스워터 버스로 올 수 있는 한 가장 빨리 온 거네. 그런데 자네가 탐정을 고용했단 말인가?"

"예, 그렇습니다."

"그렇다면 비용은 준비되어 있나?"

"우리가 가드프리를 찾게 되면 분명 그 친구가 지불할 겁니다."

"그런데 만일 그 애를 찾지 못하면 어쩔 셈인가? 대답해 보게."

"그럴 경우에는, 아마도 그 가족이……."

"그런 일은 없을 거야, 선생!" 왜소한 노인이 소리를 질렀다. "내게 는 한 푼도 기대하지 말게, 한 푼도! 무슨 말인지 이해하겠지, 탐정 선 생! 내가 그 애의 유일한 가족인데, 분명히 말하지만 난 책임지지 않 겠어. 만일 그 애에게 뭔가 남겨 줄 게 있다면 그건 내가 절대 돈을 낭 비하지 않았기 때문이야. 지금도 마찬가지로 헛된 돈을 쓰게 만드는 약속 따위는 하지 않는다네. 선생이 마음대로 주무르고 있는 이 서류 들에 관해서 말인데, 그것들이 가치 있는 물건이라면 당신이 그것을 갖고 한 일에 대해 엄격하게 책임을 묻겠네."

"잘 알겠습니다. 마운트 제임스 경." 홈즈가 말했다. "어쨌든 이 젊 은이의 실종에 관해 무슨 짐작 가는 것이 있는지 물어도 되겠습니 까?"

"전혀 없소. 그 애는 이제 자신을 보살필 수 있을 만큼 컸고 나이도 먹었는데, 길을 잃을 정도로 멍청한 녀석이라면 괜히 찾아내느라 수 고할 생각은 전혀 없소이다."

"음, 충분히 이해하겠습니다."

홈즈의 두 눈에 짓궂은 표정이 떠올랐다.

"어쩌면 경은 제 의견을 전혀 이해하시지 못하는 것 같군요. 가드프 리 스톤턴은 재산이 별로 없는 사람으로 보입니다. 그런데 만일 그가 납치되었다면, 그의 재산에서는 얻어 낼 게 별로 없지요. 하지만 마운 트 제임스 경, 경은 부유하기로 유명합니다. 그렇다면 납치범들은 경 의 조카를 위협해서 경의 습관이나 저택에 대해서 또는 보석에 대한 정보를 얻어 내려고 할 가능성이 크겠지요."

노인의 얼굴이 새하얗게 질렸다.

"세상에, 선생, 어떻게 그런 생각을! 그렇게 비열한 생각은 생전 해 본 적이 없는데! 이 세상에 그렇게 잔인한 악당들이 있단 말인가! 그렇지만 가드프리는 괜찮은 녀석이야. 신뢰할 만한 애지. 무슨 일이 있어도 늙은 백부를 배신하지는 않을 거야. 오늘 저녁에 금궤를 은행으로 옮겨야겠군. 그럼 애써 주시오, 탐정 선생! 그 애가 무사히 돌아올 수 있게 모든 방법을 동원해 주기 바라오. 돈에 대해서는, 5파운드 아니 10파운드까지는 내게 언제든지 부탁해도 좋소."

노인은 마음을 어느 정도 누그러뜨리고 가긴 했지만, 조카의 사생활에 대해서는 거의 아는 것이 없어서 우리에게 도움이 될 만한 정보를 주지는 못했다. 우리의 유일한 단서는 앞이 잘려 나간 전보문뿐이었다. 홈즈는 추리의 두 번째 연결 고리를 찾기 위해 직접 그것을 그대로 옮겨 적었다. 오버튼은 다른 팀원들과 함께 그들에게 닥친 불행에 대해 의논하러 갔고, 우리는 우체국으로 향했다.

우체국은 호텔에서 가까웠다. 우리는 그 앞에서 망설였다.

"해 볼 만한 가치가 있어, 왓슨." 홈즈가 말했다. "물론 영장을 갖고 와서 사본을 보여 달라고 요구할 수도 있지만, 아직은 그럴 단계가 아니야. 이렇게 바쁜 곳에서는 고객들 얼굴을 일일이 기억하지 못할 거야. 한번 해 보세."

홈즈가 아주 온화한 태도로 창구 뒤의 젊은 여자에게 말을 건넸다. "죄송합니다만 어제 제가 보낸 전보에 약간 문제가 있습니다. 답장이 안 와서 그러는데, 혹시 맨 뒤에 제 이름을 빠뜨린 게 아닌가 걱정입니다. 한번 확인해 주실 수 있습니까?"

"몇 시에 부치셨죠?" 창구의 여자가 물었다.

"6시 조금 지나서였습니다."

"누구에게 보내셨나요?"

홈즈가 손가락을 입술에 대고 내게 눈짓했다.

"마지막 글귀가 '신의 손길이 우리와 함께 하길.'인데 답장이 안 와서 정말 염려스럽습니다." 그가 비밀이라도 되는 것처럼 소곤거렸다.

그 젊은 여자는 양식들 사이에서 하나를 꺼냈다.

"여기 찾았어요. 이름을 안 썼네요." 그녀가 카운터 위에 그것을 펴 보이며 말했다.

"그래서 답장을 받을 수 없었군요." 홈즈가 말했다.

"이런, 나도 정말 멍청하군, 허 참! 수고하세요, 아가씨. 그리고 걱정을 덜어 줘서 정말 고맙습니다."

그는 만족스런 웃음을 지으면서 양손을 비볐다.

"진전이 있네, 왓슨, 진전이 있어. 그 전보를 살짝 본 덕에 일곱 개의 새로운 가설이 생겼거든. 하지만 처음부터 딱 맞을 거라고 기대하기는 힘들겠지."

"그래서 새로 얻어 낸 게 뭔가?"

"우리 조사의 출발점."

홈즈가 마차를 불렀다.

"킹스 크로스 역으로 가 주시오." 그가 말했다.

"우리는 여행을 가야 한다, 그건가?"

"그래. 내 생각에는 케임브리지로 가야겠어. 모든 징후가 그쪽을 가리키고 있거든."

"말 좀 해 보게." 그레이스 인 거리를 덜컹덜컹 지나는 동안 내가 물었다. "이번 실종 원인에 대해 뭔가 감이 잡히나? 지금껏 우리가 맡았던 사건들 중에서 동기가 이렇게 애매한 경우는 없었어. 자네 정말 그 백부의 보물을 노리는 자들이 정보를 얻기 위해 그를 납치했다고 생각하는 건 아니겠지?"

"왓슨, 솔직히 그다지 설득력 있는 설명은 아니라고 생각하네. 그 지나치게 불쾌한 노인과 연관시킬 수 있는 가장 그럴듯한 이야기가 갑자기 떠올랐을 뿐이네."

"정말 그건 그래. 그런데 또 다른 가설은 뭐지?"

"내가 여러 번 언급했을 텐데. 사건이 중요한 경기 전날에 일어났다는 점과 이쪽 팀의 승패를 좌우할 선수가 관련되어 있다는 점이 수상하고 뭔가 암시하는 바가 있는 것 같다고 자네도 느낄 거야. 물론 우연일 수도 있지만 어쨌든 흥미롭군. 아마추어 스포츠는 내기와 관련이 없지만 관중들 사이에서는 비공식적인 내기가 공공연하게 행해지기도 하니까, 경마 판의 깡패들이 경주마를 매수하듯이 누군가 선수를 매수하려고 했을 가능성도 있네. 그게 한 가지 가설일세. 두 번째는 이 젊은이가 정말 어마어마한 재산의 상속인이라는 것은 분명한 사실이지만, 지금 당장은 평범한 정도의 수입뿐이니 몸값을 노려서 그를 잡고 있다는 가설은 별로 가능성이 없어 보이네."

"그 가설들은 전보와 관련이 없지 않은가."

"맞아, 왓슨. 그 전보는 우리가 확보한 유일하고 믿을 만한 정보니까, 그것을 중심으로 실마리를 풀어 가야겠지. 이 전보의 의도를 알아내기 위해 지금 우리가 케임브리지로 가는 거라네. 우리의 조사 방향이 아직은 어둠 속을 헤매는 것 같지만, 밤이 되기 전에 확실한 방향이 잡히지 않거나 눈에 띄는 진전이 이루어지지 않는다면 그게 오히려 더 놀라운 일이지."

우리가 유서 깊은 대학 도시에 도착했을 때는 이미 날이 어둑어둑해져 있었다. 홈즈는 역에서 마차를 잡아타고 레슬리 암스트롱 의사의 집으로 가 달라고 했다. 잠시 후, 마차는 매우 혼잡한 도로변의 웅장한 저택 앞에서 멈췄다. 오랫동안 기다리고 나서야 마침내 들어가게 된 진찰실에는 한 의사가 책상 뒤에 앉아 있었다.

당시 의사라는 본업에서 멀어져 있던 나에게 레슬리 암스트롱 박사는 생소한 이름이었다. 하지만 지금은 그가 의과대학 학장일 뿐 아니라 여러 학문 분야에서 유럽 전체에 이름을 날리는 쟁쟁한 사상가라는 사실을 알고 있다. 그의 눈부신 경력에 대해 아는 것이 없었음에도, 사람을 보는 시선, 각이 지고 단단하게 생긴 얼굴, 숱이 많은 눈썹 아래 생각에 잠긴 듯한 눈, 단단한 틀로 짠 것 같은 턱이 참으로 인상적으로 느껴졌다. 레슬리 암스트롱 의사는 깊은 품성을 지닌 사람, 빈틈없고 타협할 줄 모르며 엄격한 사람, 그리고 부족한 것이 없는 뛰어난 능력의 소유자로 보였다. 홈즈의 명함을 받아 든 그는 굳은 얼굴에 그다지 내키지 않는 표정을 지으며 우리를 보았다.

"셜록 홈즈 씨, 당신의 명성은 들어서 알고 있소. 그리고 별로 호감이 가지 않는 당신의 직업에 대해서도 말이오."

"그렇다면 박사님은 이 나라의 모든 범죄에 동조하시겠군요." 홈즈가 나직이 말했다.

"홈즈 씨, 선생이 범죄 억제를 목적으로 노력하는 한 사회의 모든

분별 있는 구성원들은 당신의 편에 서 있을 겁니다. 그런 목적에는 확실히 공무 기관만 있으면 충분하다는 게 내 생각이지만 말이오. 반대로 당신이 개인의 사생활을 파고들어 감추어 두는 편이 나은 가족사

를 들추어내고, 당신보다 더 바쁜 사람의 시간을 쓸데없이 낭비하도록 할 때 당신의 방문은 오히려 비판을 피할 길이 없을 겁니다. 예를 들면, 바로 이 순간 나는 선생과 잡담을 나누는 대신 보고서를 작성해야 합니다."

"그 말씀이 맞습니다, 박사님. 그런데 이 잡담이 박사님의 보고서보다 더 중요할 수도 있죠. 말하자면, 우리는 지금 박사님께서 아주 옳게 비난하시는 일과 정반대의 일을 하고 있으며, 또 정식 경찰의 손에 실제로 맡길 경우 불가피하게 따르는 개인적인 생활의 노출 같은 점을 막기 위해 노력하고 있다는 사실을 말씀드릴 수 있겠군요. 박사님은 저를 정식 국가 권력 앞의 정해진 규범에서 벗어난 개척자 정도로 치부할지 모르지만 말입니다. 제가 여긴 온 것은 가드프리 스톤턴에 대해 여쭤 볼 일이 있기 때문입니다."

"그에 대한 어떤 일 말입니까?"

"그를 알고 계시죠?"

"그는 나의 절친한 친구지요."

"그가 실종되었다는 사실을 알고 계시죠?"

"오, 이런!"

그러나 박사의 엄격한 표정에는 아무런 변화가 없었다.

"어젯밤 그가 호텔에서 떠나 아무런 소식이 없습니다."

"분명 그는 돌아올 겁니다."

"내일 '대표팀 럭비 경기'가 있습니다."

"나는 그런 유치한 경기에 별 관심이 없소. 내가 그 젊은이의 운명에 관심을 갖고 있는 것은 내가 알고 좋아하는 사람이기 때문이오. 럭비 경기는 내 영역과 전혀 관계가 없소."

"스톤턴의 비운과 관련된 이번 조사에는 관심을 주셨으면 좋겠군요. 그가 어디 있는지 알고 계시죠?"

"아니오, 나는 모르오."

"스톤턴 씨의 건강에는 이상이 없습니까?"

"아마도 그럴 겁니다."

"그가 병을 앓은 적이 있습니까?"

"전혀 없소."

홈즈는 박사의 눈앞에 종이 한 장을 내놓았다.

"그렇다면 가드프리 스톤턴 씨가 지난달 케임브리지의 레슬리 암스트롱 박사님께 14파운드를 지불했다는 이 영수증에 대해 해명해 주시기 바랍니다. 그의 책상에서 이 영수증을 찾아냈습니다."

의사의 얼굴이 분노로 벌겋게 상기되었다.

"홈즈 씨, 당신에게 그런 해명을 해야 할 이유가 전혀 없다고 생각되는군요."

홈즈는 수첩에 그 영수증을 다시 꽂았다.

"만일 박사님께서 공식적으로 설명하길 더 좋아하신다면 곧 그렇게 만들어 드리겠습니다." 홈즈가 말을 이었다. "이미 말씀 드렸듯이 다른 공식 기관이라면 대중에게 발표할 내용을 저는 입을 다물고 지켜주기도 하니, 제게 비밀을 털어놓으시는 게 분명 더 현명한 선택일 겁니다."

"나는 그 사실에 대해 아는 바가 없소."

"런던에 있던 스톤턴 씨로부터 연락을 받으셨죠?"

"아니오."

"이런, 이런. 다시 우체국에서 시작해야겠군!"

홈즈가 피곤한 듯 한숨을 내쉬었다.

"어제저녁 6시 15분, 런던에서 가드프리 스톤턴은 박사님 앞으로 매우 긴급한 전보를 보냈습니다. 그 전보는 분명히 그의 실종과 관련이 있는데, 박사님은 아직 그것을 받지 못했나 보군요. 그것은 확실히 과실이 될 수 있죠. 이곳 우체국에 찾아가서 불평 좀 해야겠습니다."

책상 뒤에서 벌떡 일어난 레슬리 암스트롱 박사의 얼굴이 분노로 온통 시뻘겋게 달아올랐다.

"내 집에서 나가요! 선생." 그가 소리쳤다. "당신의 의뢰인인 마운트 제임스 경이나 혹은 그의 대리인들에게 협조할 생각은 전혀 없다고 전해 주시오. 아니오, 더 이상 아무 말도 마시오!"

그는 화가 나서 벨을 울렸다.

"존, 이 신사 분들에게 나가는 길을 알려 드리게!"

거만한 집사가 우리를 문까지 호되게 몰고 갔고, 우리는 어느새 길에 나와 있었다. 홈즈가 웃음을 터뜨렸다.

"레슬리 암스트롱 박사는 확실히 힘이 넘치는 괴짜로군. 만일 그가 저런 방식으로 특기를 발휘하지 않았다면, 지금은 죽었지만 한때 유명세를 떨쳤던 모리아티 교수의 빈자리를 메울 만한 아주 적당한 인물을 보지 못할 뻔했네. 그런데 왓슨, 지금 우리는 궁지에 몰렸어. 친구도 없이 이렇게 불친절한 마을에 와 있는데, 그렇다고 우리 사건을 버려두고 떠날 수도 없는 처지가 되었으니. 암스트롱 박사의 저택과 마주보고 있는 이 작은 여관이 우리에게 유일한 도움이 될 걸세. 자네가 앞쪽 방을 예약하고 밤에 필요한 것들을 구입해 두고 있게나. 그동안 나는 몇 가지 조사를 더 하고 오겠네."

그런데 이 몇 가지 조사는 홈즈가 생각했던 것보다 좀 더 긴 시간이 필요했던 모양이다. 그는 거의 9시가 되어서야 여관에 돌아왔다. 홈즈는 먼지를 잔뜩 뒤집어쓴 채 창백하고 낙담한 표정이었고, 허기와 피로로 지쳐 보였다. 식탁에 다 식은 저녁 식사를 차려주자, 그는 어느 정도 허기를 채운 뒤 파이프에 불을 붙였다. 일이 제대로 풀리지 않을 때마다 그랬듯이, 반쯤 익살을 섞어 가며 완전히 철저한 분석을 시작했다. 그런데 밖에서 마차 바퀴 소리가 들리자 그가 자리에서 벌떡 일어나 창밖을 내다보았다. 회색 말 한 쌍이 이끄는 마차 한 대가 환하게 가스등을 밝힌 채 박사의 저택 현관 앞에 섰다.

"세 시간 만에 돌아왔군." 홈즈가 말했다. "6시 30분에 출발해서 돌아온 거야. 반경 10내지 12마일 정도라는 건데, 그는 하루에 한 번이나 두 번씩 다녀오지."

"의사라면 이상한 일도 아니지 않은가?"

"하지만 암스트롱은 일반적인 개업의가 아니야. 그는 강사 겸 자문 의사이기 때문에 자신의 저작 활동에 방해가 되는 일반 진료에는 그다지 관여하지 않는단 말일세. 그런데 그가 지루할 게 틀림없는 이렇게 긴 여행을 하는 이유가 뭘까? 그리고 도대체 누구를 만나는 걸까?"

"그의 마부—"

"왓슨, 내가 처음 조사한 사람이 마부였을 거라고 짐작을 못하겠나? 그런데 그 마부는 타고난 성미가 고약한 건지 아니면 주인이 암시를 주었기 때문인지 모르지만, 개에게 나를 위협하라고 시킬 정도로 무례하더군. 개도 사람도 내 지팡이의 모습조차 반기지 않는 통에 그 일은 실패하고 말았네. 서로 앙숙이 되었으니 더 이상의 조사는 불가능했지. 내가 알게 된 사실은, 우리 여관 안마당에서 붙임성 좋은 토박이에게 얻어들은 게 전부지. 박사의 습관과 그가 날마다 여행한다는 사실도 그 사람이 알려 주었지. 그런데 바로 그때, 그 사람 말을 증명이라도 하듯이 마차가 문 쪽으로 다가왔어."

"자네가 그 마차를 따라갈 수는 없었을 텐데?"

"훌륭해, 왓슨! 오늘 밤 자네는 재치가 번뜩이는군. 어쨌든 내게 한 가지 생각이 떠올랐지. 자네도 보았을지 모르지만, 우리 여관 바로 옆에 자전거 가게가 있거든. 그리로 달려가 자전거 한 대를 빌려서 마차가 시야에서 완전히 벗어나기 전에 뒤따라갔지. 나는 급하게 마차를 따라잡았고, 100야드 정도 적당한 간격을 유지하며 마을에서 벗어날 때까지 마차 불빛을 따라갔어.

그런데 시골길로 접어들었을 무렵 좀 억울한 사건이 발생한 거야. 마차가 멈추더니 박사가 내렸고, 내가 멈춰선 곳까지 빠르게 되돌아와서 대단히 빈정대는 투로 길이 좁아서 걱정이라며 마차가 자전거 지나는 데 방해가 안 되길 바란다고 말하더군. 그 박사의 일 처리 방식보다 더 감탄스런 일은 아마 없을 걸세. 나는 곧 마차를 지나 큰 도로로 나왔고, 몇 마일을 더 가서 마차가 지나다닌 흔적을 조사하기 적당한 장소에 멈췄지. 그런데 아무런 흔적이 없었어. 나는 다시 지나왔던 샛길들 중 하나로 되돌아가야 하겠다는 생각이 들었지. 그래서 되돌아왔지만 아무것도 없더군. 그리고 지금 자네가 보다시피, 저 마차가 내 앞에 다시 돌아온 거야.

처음에는 가드프리 스톤턴의 실종과 박사의 여행을 연관지을 만한 특별한 증거를 갖고 있지 않았다네. 하지만 나는 현재 우리의 주요 관심사가 된 암스트롱 박사의 주변을 탐색하는 데만 치우쳐서 일을 진행했지. 그런데 박사가 이런 여행을 하는 동안 누군가에게 추적당하지 않으려고 매우 민감하게 경계하고 있다는 사실을 알게 되니까 뭔가 큰일이 감춰져 있다는 느낌이 들어. 아마 이 사건을 확실하게 해결할 때까지 나는 절대 만족할 수 없을 걸세."

"내일은 그를 추적할 수 있을까?"

"우리가? 그건 자네가 생각하는 것처럼 쉬운 일이 아니야. 자네는 케임브리지의 지리를 잘 모르잖나? 여긴 잠복할 만한 장소가 거의 없어. 오늘 밤 내가 지나온 이곳 시골은 자네 손바닥만큼이나 평평하고 깔끔하더군. 게다가 우리가 추적해야 할 사람은 오늘 밤 확실히 보여주었듯이 바보가 아니라네. 오버튼에게 전보를 쳐서 런던에 뭐 새로운 진전이 있으면 이곳 주소로 알려 달라고 했어. 그럼, 그럭저럭 우리는 암스트롱 박사에게만 관심을 집중할 수 있겠지.

아, 의사의 이름은 스톤턴의 긴급 전보 사본을 읽을 수 있도록 해준 우체국의 젊은 여자 덕에 알아낸 거라네. 의사는 그 젊은이가 있는 곳을 틀림없이 알고 있어. 그 점은 내가 보장하지. 그리고 만일 그가 알고 있는데도 우리가 알아내지 못한다면, 그건 우리의 과실이 되겠지. 현재 최후의 승부수는 그의 손안에 있다는 점을 인정할 수밖에 없지만, 왓슨, 이런 조건에서 게임을 그만두는 것은 내 성미에 안 맞는다는 것을 자네도 잘 알지 않나."

그러나 다음 날도 우리는 미스터리의 해결에 다가가지 못했다. 아침 식사 후 쪽지 한 장이 전달되었다. 홈즈는 미소를 지으며 나에게 그것을 건네주었다.

홈즈 선생

선생은 나의 행적을 추적하느라 시간만 허비하고 있소. 어젯밤 선생이 보았듯이, 내 마차 뒤에는 창문이 달려 있소. 만일 선생이 출발지에서부터 목적지까지 20마일 경주를 하고 싶은 거라면, 도저히 나를 따라잡을 수 없을 거요. 아무튼 더 이상 나를 감시하지 않는 게 가드프리 스톤턴을 돕는 길이라는 점을 명심하시오. 또, 선생이 그 젊은이에게 해 줄 수 있는 최상의 도움은 즉시 런던으로 돌아가서 선생의 고용인에게 그의 흔적을 찾을 수 없다고 보고하는 일이라는 점을 자신 있게 밝히는 바요. 케임브리지에서 선생은 분명 시간만 낭비하게 될 것이오.

– 레슬리 암스트롱

"의사는 거리낌 없고 정직한 적수로군." 홈즈가 말했다. "음, 그 사람이 내 호기심을 자극하고 있어. 내가 이곳을 떠나기 전에 반드시 밝혀내고 말겠네."

"그의 마차가 지금 현관 앞에 있어. 그가 마차에 올라타고 있는데, 그가 우리 창문을 힐끗 올려다보는데. 그럼, 자전거를 타고 내 운을 시험해 볼까?" 내가 말했다.

"안 돼, 안 돼, 왓슨, 이 친구야! 자네가 타고난 그 존경스런 통찰력을 모두 더해도 저 훌륭한 양반의 적수는 안 된다고. 나 혼자 독자적인 탐험을 해야 우리의 목적지를 알아낼 수 있을 거라는 예감이 들어. 자네 혼자 둘 수밖에 없어 미안하네. 뭔가 캐묻기 좋아하는 이방인이 두 명씩이나 함께 돌아다닌다면 이 조용한 시골 마을에 괜히 흥미로운 이야깃거리를 제공하게 될지도 모르거든. 자네는 분명 이 고색창연한 도시에서 즐거운 광경들을 구경할 수 있을 거야. 나도 밤이 되기 전에 더 진전된 보고를 자네한테 들려주도록 하지."

그러나 홈즈는 또다시 밤에 실망한 모습으로 녹초가 되어 돌아왔다.

"왓슨, 난 멍청한 하루를 보냈어. 의사가 자주 가는 방향에 있는 케임브리지 근방의 모든 마을을 일일이 찾아다니며 선술집과 기타 여러 곳에서 소문들을 탐문했지. 정말 여러 지역을 두루 다녔어. 체스터턴, 히스톤, 워터비치 그리고 오킹턴까지 샅샅이 답사했는데 허탕이라네. 두 마리 말이 이끄는 마차가 날마다 나타나는 것을 봤다면 이렇게 조용한 분지 사람들이 무관심하지는 못할 텐데. 박사가 이번에도 이겼어. 나한테 전보 온 거 있나?"

"음. 내가 열어 봤어. 자, 여기 있네. '트리니티 칼리지, 제레미 딕슨에게 폼피를 부탁하세요.' 무슨 소린지 모르겠더군."

"아, 이 정도면 충분히 이해하지. 이건 오버튼이 보낸 거야. 내가 보낸 질문에 대한 대답이거든. 제레미 딕슨 씨에게 곧 편지를 해야겠군. 이번에는 틀림없이 행운이 우리를 기다릴 거야. 그건 그렇고 시합 소식은 들었나?"

"물론, 지역 석간신문에 크게 나왔더군. 옥스퍼드가 1골 2트라이 차로 이겼어. 기사 마지막 줄에 이렇게 쓰여 있더군. '라이트 블루스의 패배는, 경기 순간마다 부족한 부분을 메워 주던 세계적인 선수 가드프리 스톤턴의 부재가 주요 요인으로 여겨진다. 쓰리쿼터 라인에서의 협력 부족과 공격 및 방어 모두의 허점이 몸을 아끼지 않고 스크럼을 짠 그들의 노력을 무의미하게 만들었다.'"

"그렇다면 오버튼의 예감이 정확했군." 홈즈가 말했다. "개인적으로 나는 암스트롱 의사의 의견에 동감이야. 럭비에는 별 관심이 없거든. 내일은 중요한 날이 될 것 같으니 오늘 밤에는 일찍 자 둬야겠네, 왓슨."

다음 날 아침 홈즈를 보았을 때, 그가 얇은 피하 주사기를 쥔 채 난롯가에 앉아 있는 모습을 보고 나는 기겁을 했다. 홈즈의 과거 약점과 번쩍거리는 주사기 사이의 관계가 떠올라 나는 몹시 두려웠다. 그는 내 경악한 표정에 웃음을 터뜨리며 테이블에 그것을 내려놓았다.

"아니, 아니야, 왓슨. 놀랄 거 없어. 이번에는 이게 악의 도구가 아니고 풀리지 않는 우리 미스터리의 열쇠가 되어 줄 거야. 이 주사기에 내 모든 희망을 걸었거든. 나는 조금 전 가벼운 탐사를 하고 돌아왔는데, 모든 조건이 좋아. 오늘 암스트롱 의사의 흔적을 추적할 수 있을 것 같다네. 그렇게 되면 그의 은신처를 찾을 때까지 분주할 테니 아침을 잘 먹어 두게, 왓슨."

"그러면 아침을 대충 싸 들고 가야 할 듯싶군. 의사가 일찍 출발할 모양이야. 그의 마차가 지금 현관에 와 있거든." 내가 말했다.

"걱정 말게. 그냥 가도록 두게나. 내가 추적할 수 없게 마차를 몰 수 있다면 그는 아마 천재일 거야. 식사를 마치고 함께 아래층으로 내려가면, 우리보다 능력 있고 매우 뛰어난 전문 탐정 하나를 소개하지."

나는 홈즈를 따라 마구간으로 갔다. 그는 칸막이 문을 열더니 비글

과 폭스하운드 중간쯤 될 것 같이 땅딸하고 귀가 늘어진 모습에 흰색
과 황갈색 털이 섞인 개 한 마리를 끌고 나왔다.

"폼피를 소개하지. 폼피는 이 지역 드랙하운드들 중에 꽤 유명인사지. 골격을 보면 알 수 있듯이 높이뛰기는 그다지 잘 못하지만, 후각은 매우 뛰어나다네. 자, 폼피, 함께 가서 네 실력을 보여 다오."

그는 개를 박사네 현관까지 데리고 갔다. 그 개는 곧 킁킁대며 주변의 냄새를 맡더니 흥분해서 날카롭게 컹컹 짖으며 도로를 따라 달리기 시작했다. 개가 속력을 내자 묶은 끈이 팽팽해졌다. 30분쯤 지나자, 우리는 마을의 빈터에 도착했고, 시골길을 서둘러 내려갔다.

"뭘 하는 거야, 홈즈?" 내가 물었다.

"진부하고 오래된 장치지만 이따금 유용하지. 오늘 아침 나는 의사 집 마당에 들어가서 내 주사기에 아니스 열매(냄새가 강한 향미료)를 가득 채워다가 마차 뒷바퀴에 주사했거든. 드랙하운드는 여기부터 존 오그로츠(영국 스코틀랜드의 최북단)까지라도 아니스 향을 추적할 거야. 그런데 암스트롱 박사가 마차로 캠 강을 건넌 모양이야. 그래서 폼피가 그의 흔적을 놓쳤나 보네. 교활한 악당! 전날 밤에도 이런 식으로 내게서 빠져나갔지."

개가 갑자기 큰 도로에서 벗어나 풀로 뒤덮인 좁은 길로 뛰어갔다. 반 마일 정도 더 나가자 다른 넓은 길이 나왔고, 마차가 마을 쪽으로 급하게 방향을 튼 흔적이 있었다. 그 도로는 마을의 남쪽까지 뻗어 있었다. 그러니까 우리가 출발했던 것과 정반대 방향으로 연결되어 있다는 뜻이다.

"이 '우회'는 공이 우리에게 넘어왔다는 뜻이지. 안 그런가? 주변 마을 사람들을 조사했을 때 별 반응을 얻지 못한 게 당연하군. 박사는 그동안 확실히 가치 있는 게임을 한 셈인데, 왜 이토록 정교한 사기를 벌어야 했는지 이유가 알고 싶어지는군. 우리 오른쪽은 트럼핑턴 마을이 틀림없어. 앗, 저기! 모퉁이에서 마차가 나오고 있어. 빨리, 왓슨, 빨리, 들키겠어!"

그가 목초지 쪽 문틈으로 용수철처럼 튀어 나가자 그 뒤를 폼피가 마지못해 끌려갔다. 마차가 덜거덕거리며 지나갈 때 우리는 울타리 밑에 간신히 몸을 숨겼다. 그때 나는 암스트롱 박사를 힐끗 보았는데, 그는 어깨를 웅크리고 양팔로 머리를 감싼 채 매우 침통한 모습이었다. 홈즈의 걱정스런 표정을 보니 그도 역시 암스트롱 박사를 본 모양이었다.

"우리의 모험이 우울하게 끝날 것 같은 불길한 예감이 드는군." 홈즈가 말했다. "곧 알게 되겠지. 자, 폼피! 아, 들판에 오두막이 있군!"

우리 여행의 목적지에 도착한 게 분명했다. 폼피는 펄쩍거리며 아직 마차 바퀴 자국이 남아 있는 문밖에 나가려고 낑낑댔다. 좁은 길은 호젓한 오두막까지 연결되어 있었다. 홈즈가 개를 울타리에 매어 놓았다. 그리고 우리는 서둘러 길을 올라갔다. 홈즈가 작고 거친 문을 두드렸으나 응답이 없었다. 그래서 다시 한 번 두드렸다. 그때 오두막 안에서 흐느낌이 들려왔다. 고통과 절망에 젖은 듯 형언할 수 없이 구슬픈 흐느낌이었다. 망설이던 홈즈가 갑자기 조금 전 지나온 길을 돌아보았다. 마차가 다가오고 있었고, 그 회색 말들이 분명했다.

"맙소사, 의사가 다시 돌아오고 있어!" 홈즈가 소리쳤다. "진정해. 그가 도착하기 전에 무슨 일인지 반드시 확인해야 하네."

홈즈가 문을 열었고, 우리는 홀로 들어섰다. 흐느낌은 점점 커지더니 비탄에 빠진 길고 무거운 통곡으로 변했다. 그 소리는 위층에서 들

려오고 있었다. 홈즈가 재빨리 뛰어 올라갔고, 나도 그의 뒤를 따랐다. 그가 반쯤 닫힌 문을 열었을 때, 우리 둘은 눈앞에 펼쳐진 광경에 소스라치며 우뚝 서 버렸다.

젊고 아름다운 여자가 침대 위에 누운 채 죽어 있었다. 그녀의 고요하고 창백한 얼굴, 빛을 잃었지만 크게 뜬 파란 눈이 몹시 헝클어진 금발 속에서 천장을 올려다보고 있었다. 침대 발치에는 무릎을 꿇은 채 여인의 옷에 얼굴을 파묻은 젊은 남자가 흐느끼며 몸을 뒤틀고 있었다. 너무도 깊은 슬픔에 빠진 그는 홈즈가 어깨에 손을 올릴 때까지 돌아보지도 않았다.

"가드프리 스톤턴 씨입니까?"

"그래요, 그래요. 하지만 너무 늦었어요. 그녀는 죽었어요."

너무 멍한 나머지 젊은이는 의사가 보낸 사람들과 우리를 혼동하고 있었다. 홈즈가 몇 마디 위로의 말을 건네며 그의 갑작스런 실종으로 동료들이 얼마나 놀랐는지에 대해 설명하려고 애썼다. 그때 계단을 올라오는 발소리가 들리더니, 침울하며 단호한 표정의 암스트롱 의사가 문에 나타나서 의심스런 눈초리로 쏘아보았다.

"자, 신사분들. 여러분은 목적을 달성했는지 모르지만 매우 미묘한 순간을 골라서 방해하고 있소. 임종의 자리에서 큰 소리를 치지는 않겠소만, 만일 내가 젊었다면 당신들의 이 기괴한 행동을 그냥 두지 않았을 거요." 의사가 쏘아붙였다.

"죄송합니다만 암스트롱 박사님, 우리가 서로 오해하고 있는 것 같습니다." 홈즈가 점잖게 말을 이었다. "저희와 함께 아래층으로 내려가서 이 슬픈 사건에 관해서 몇 가지 의견을 나누었으면 합니다."

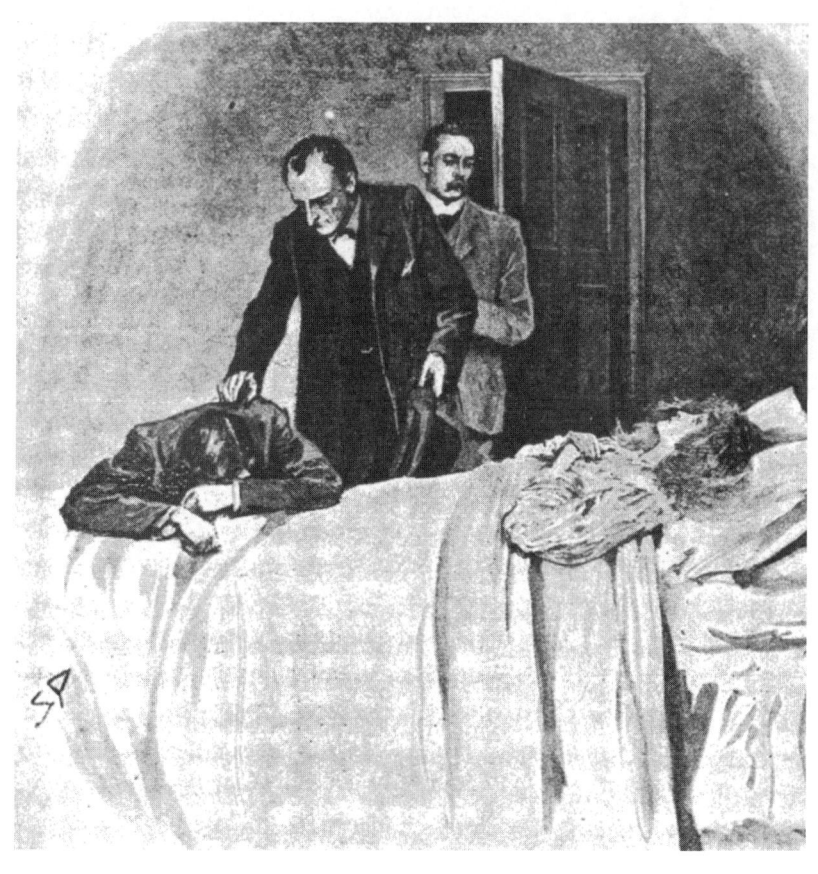

얼마 후, 굳은 표정을 한 의사와 우리가 아래층 거실에 마주 앉았다.

"자, 말해 보시오."

"우선 첫째, 저는 마운트 제임스 경에게 고용된 사람이 아닙니다. 또한 이 일에 대한 저의 감정 역시 그 귀족과 완전히 반대되는 것이라는 점부터 말씀드리겠습니다. 한 남자가 사라졌고, 그의 생사 여부를 알아내는 것이 제게 맡겨진 임무였는데, 제 우려와 달리 일이 이렇게 끝나는군요. 그동안 제가 우려했던 점은, 이 사건이 혹시 공공에 알려지지 않은 채 개인적인 스캔들 정도로 묻혀 버리는 범죄 행위가 아닐까 하는 점이었습니다. 그런데 그런 일과는 전혀 관계가 없어 보입니다. 만일 제 생각처럼 이번 일에 불법적인 요소가 개입되어 있지 않다면, 언론에 비밀을 지키겠다는 제 협조를 믿으셔도 좋습니다."

그러자 암스트롱 의사가 앞으로 다가와 홈즈의 손을 덥석 쥐었다.

"좋은 분들이군요." 의사가 말했다. "제가 당신을 오해했습니다. 불쌍한 스톤턴을 이런 곤경 속에서 혼자 두고 떠난 것이 후회되어 다시 왔는데 이렇게 당신과 친분을 갖게 되었으니 하늘에 감사 드려야겠습니다. 당신이 어느 정도 알고 계시니, 상황을 설명하기가 좀 더 쉽겠군요. 1년 전 가드프리 스톤턴은 런던에서 잠시 하숙을 했는데, 안주인의 딸을 사랑해 결혼하게 되었습니다. 그녀는 미모만큼 선량하고 지성적인 사람이었습니다. 그런 아내를 부끄럽게 여길 남자는 없지요.

하지만 가드프리는 그 심술궂은 귀족 노인의 상속인이지 않습니까. 그의 결혼 소식이 알려지면 상속은 물 건너갈 게 뻔했지요. 나는 이 젊은이와 잘 아는 사이고, 뛰어난 자질이 많은 그를 사랑하죠. 그래서 그들이 잘되도록 도울 수 있는 일이라면 모두 했답니다. 우리는 세상에 이 일을 비밀로 지키기 위해 최선을 다했습니다. 일단 이런 소문이 퍼지기 시작하면 삽시간에 모든 사람이 알게 되니까요. 이 호젓한 오두막과 그의 분별력 있는 행동 덕분에 가드프리는 지금까지 비밀을 지켜 왔습니다. 그들의 비밀은 나와, 지금 도움을 구하러 트럼핑턴에 내려간 충실한 하인 한 명 외에는 아무도 모릅니다.

그런데 그의 아내가 위독한 병에 걸리면서 무서운 불행이 닥쳤습니다. 악성 폐결핵이었습니다. 불쌍한 가드프리는 슬픔으로 반쯤 미쳐 있었지만, 이번 경기를 위해 런던에 갈 수밖에 없었죠. 나는 전보로 그를 격려했는데, 내게 할 수 있는 한 최선을 다해 달라는 애원하는 답장을 보냈더군요. 그게 바로 선생이 어떤 이해할 수 없는 방법으로 보게 된 전보였습니다. 나는 그가 여기 있어서 좋을 게 없다는 것을 잘 알기 때문에 얼마나 절박한 위기인지 알리지 않고 대신 그 여자의 아버지에게만 사실을 전했습니다. 그런데 그가 분별없이 가드프리에게 그 전갈을 보낸 겁니다. 그 결과 그는 낙심해서 곧장 되돌아왔고, 오늘 아침 그녀의 고통이 끝나는 임종 때까지 침대 발치에 무릎을 꿇고 앉아 죽 지켜 왔습니다. 이게 제 이야기의 끝입니다만, 홈즈 씨, 저는 선생과 친구 분의 분별력을 신뢰하겠습니다."

홈즈는 의사와 악수를 나눴다.

"그만 가세, 왓슨."

홈즈는 창백한 겨울 햇살 아래 깊은 슬픔 속에 잠긴 그 집에서 발걸음을 옮겼다.

역주 —

25매에 약 8,000단어로 완성된 원고다. 1923년 1월 30일 뉴욕 경매에서 130달러에 낙찰되었다. 한때 이 원고는 《홈즈의 사생활》을 쓴 시카고의 빈센트 스탈릿이 소장했고, 1959년에 런던 셜록 홈즈 소사이어티가 대영박물관에 기증해서 영국이 소유한 최초의 코난 도일 자필 원고가 되었다. 그 당시의 대가는 1,000달러였다.

아베이 농장
The Abbey Grange

1897년 1월 23일 (토)

1897년 겨울이 막바지에 접어들 무렵이었다. 누군가 어깨를 흔드는 바람에 잠에서 깨어 보니 홈즈였다. 몹시 추운 새벽녘이었는데 서리까지 내려 있었다. 홈즈는 한 손에 촛불을 든 채 나를 내려다보고 있었다. 상기된 그의 얼굴을 보는 순간, 나는 무언가 문제가 생겼다는 것을 알아챘다.

"왓슨, 일어나! 사건이 생겼어. 자, 빨리 옷을 입어!" 홈즈가 큰 소리로 외쳤다.

10분쯤 후 우리는 마차를 타고 고요한 거리에 덜커덩거리는 소음을 일으키며 채링크로스 역으로 향했다. 희미하게 먼동이 트기 시작하자 일찍 길을 나선 노동자들이 희뿌연 런던의 안개 속으로 희미하게 사라지는 모습을 이따금씩 볼 수 있었다. 홈즈는 두꺼운 코트를 뒤집어쓴 채 침묵을 지켰다. 날씨가 끔찍하게 추운 데다 우리 둘 다 아침도

먹지 못했기 때문에 나 또한 홈즈와 같은 상태로 앉아 있을 수밖에 없었다.

기차역에서 따뜻한 차를 마시고 켄트행 기차에 자리를 잡은 후에야 우리는 몸이 어느 정도 풀려 얘기를 나눌 수 있었다. 홈즈는 주머니에서 쪽지를 한 장 꺼내서 큰 소리로 읽었다.

켄트 주, 마섬, 아베이 농장. 오전 3시 30분
존경하는 홈즈 씨.

아주 놀랄 만한 사건이 일어난 것 같습니다. 즉시 오셔서 도와주시면 정말 감사하겠습니다. 홈즈 씨라면 이 사건을 해결할 수 있을 겁니다. 부인을 풀어 주는 것 이외에는 제가 발견한 그대로 놓아두겠습니다. 부디 서둘러 주세요. 유스터스 경을 거기 그대로 두기가 곤란합니다.

— 스탠리 홉킨스

"지금까지 홉킨스가 나에게 도움을 요청한 게 일곱 번이네. 그때마다 매번 내가 충분히 도와주었지." 홈즈가 말을 꺼냈다. "홉킨스의 사건은 모두 자네 책에 나와 있어. 왓슨, 사건을 고르는 자네의 재주는 인정해야겠어. 나도 자네 이야기를 읽으면 감동스럽더군. 그런데 자네는 모든 걸 과학적인 관점이 아닌 서술자의 관점으로만 보는 게 문제야. 그 때문에 아주 전통적이고 교훈적인 논증 과정이 빛을 잃었어. 자네는 감정적인 묘사에 치중해 가장 섬세하고 민감한 부분을 지나치고 있지. 그런 것들은 독자를 자극할 수는 있어도 교훈을 줄 수는 없어."

"그럼 자네가 써 보지 그래?" 나는 약간 빈정대며 말했다.

"음, 그래야지. 왓슨, 그럴 생각이야. 그렇지만 자네도 알다시피 지금 나는 너무 바빠. 나는 말년에 교과서를 하나 낼 생각인데, 모든 탐정 기술을 한 권으로 집대성할 거야. 오늘 우리는 살인 사건을 연구하겠군."

"그럼 자네는 유스터스 경이 죽었다고 생각하나?"

"그런 것 같은데. 홉킨스의 편지를 보면 그가 상당히 흥분한 것을 알 수 있지. 홉킨스는 감정적인 사람이 아니야. 음, 폭력 사건이 일어난 듯싶군. 우리가 조사하도록 시체를 그대로 놔둔 모양이야. 단순한 자살 사건 때문에 우리를 불렀을 리 없지. 부인을 풀어 주었다는 걸 보니 사건이 일어나는 동안 그녀는 방에 묶여 있었나 봐. 바삭거리는 종이, 이니셜로 만든 무늬, 문장, 멋있는 주소. 왓슨, 우리는 상류 사회로 들어가는 거야. 홉킨스는 자기 명성에 걸맞은 호화로운 생활을 하게 되겠군. 우리는 흥미진진한 아침을 맞이하겠지. 사건은 어제저녁 12시 이전에 발생했군."

"도대체 그걸 어떻게 아나?"

"사건의 진행 과정을 생각해 보게. 먼저 지방 경찰에 신고를 했을 테고, 그런 다음에 지방 경찰에서 스코틀랜드 야드에 연락했겠지. 그 후에 홉킨스가 집에서 나와 사건 현장에 갔고, 그다음에 나에게 편지를 보냈을 거야. 시간을 계산해 보면, 하룻밤이면 그 모든 일이 일어나기에 충분하단 걸 알 수 있어. 자, 이제 치즐허스트 역에 도착했으니 곧 우리의 궁금증을 해결할 수 있겠지."

마차를 타고 좁은 시골길을 2마일쯤 달려가자 넓은 정원으로 들어가는 문이 보였다. 나이 든 수위가 문을 열어 주었는데, 그의 초췌한 얼굴을 보니 무언가 큰 재앙이 닥친 게 분명했다. 웅대한 정원을 가로지르는 가로수 길에는 양옆으로 늙은 느릅나무가 줄지어 있었고, 그 끝에 이르자 옆으로 넓게 펼쳐진 낮은 집이 나타났다. 팔라디오 (1508~1580. 이탈리아의 건축가. 비첸차 출생으로, 로마에서 유학한 후 고향에 돌아와 많은 궁전과 저택을 설계했다.) 양식의 기둥이 떠받치고 있고, 집 중앙 부분은 아주 오래된 건물로 담쟁이에 덮여 있었다. 그러나 커다란 창문으로 보아 현대식으로 개조한 듯했고, 건물의 한쪽 부분은 완전히 새로 지은 것이었다. 열린 문 사이로 홉킨스 형사의 긴장되고 상기된 얼굴이 보였다.

"와 주셔서 정말 감사합니다, 홈즈 씨. 왓슨 씨도 오셨군요. 그런데 사실은 제가 괜히 두 분을 성가시게 해 드린 듯싶습니다. 부인이 정신을 차려 사건을 정확하게 얘기하는 바람에, 우리가 할 일이 별로 없게 되었거든요. 루이셤 강도단을 기억하시죠?

"아, 세 명의 랜들 일가 말인가?"

"맞습니다. 아버지와 두 아들이죠. 이번 사건은 그들의 소행입니다. 의심의 여지가 없습니다. 2주 전에 시드넘에서 범행을 저지를 때 사람들 눈에 띄어 그들의 인상착의가 드러났거든요. 이렇게 금세 가까운 곳에서 또 범행을 저지르다니 정말 대담합니다. 어쨌든 그들이 틀림없습니다. 이번에 그들을 잡는 건 시간문제죠."

"그럼 유스터스 경은 사망했나?"

"그렇습니다. 머리를 부지깽이로 맞았습니다."

"마부가 유스터스 브랙큰스톨 경이라 하더군."

"맞습니다. 켄트 주에서 제일가는 부호죠. 브랙큰스톨 부인은 방에 계십니다. 그렇게 끔찍한 일을 겪다니 정말 안됐습니다. 제가 처음 발견했을 때 부인은 거의 정신을 차리지 못하더군요. 제 생각으로는 홈즈 씨가 부인을 직접 만나 사건에 대한 이야기를 듣는 게 가장 좋을 듯합니다. 그리고 함께 식당을 조사하도록 하죠."

브랙큰스톨 부인은 특별한 사람이었다. 나는 그렇게 우아한 모습과 여성스러운 자태, 아름다운 얼굴을 본 일이 거의 없다. 부인은 하얀 피부, 금발 머리, 파란 눈동자와 그에 어울리는 아름다운 얼굴의 소유자였지만, 어제 일어난 사건 때문에 표정이 매우 좋지 않고 얼굴은 초췌했다. 부인은 정신적인 고통만 겪고 있는 것이 아니었다. 부인의 한쪽 눈 위에는 검붉고 커다란 혹이 부풀어올라 있었다. 키가 크고 엄숙해 보이는 그녀의 하녀는 식초와 물로 부어오른 부분을 열심히 찜질해 주고 있었다. 부인은 지쳐서 소파에 기대고 있었으나 우리가 방으로 들어가자 빠르고 날카로운 눈으로 우리를 힐끔 쳐다보았다. 긴장한 그녀의 표정을 보니 끔찍한 일을 겪고도 정신이나 용기를 잃지 않았다는 것을 알 수 있었다. 부인은 푸른색과 은색이 섞인 헐렁한 가운을 걸치고 있었고, 반짝이로 장식된 검은 디너 드레스는 옆에 있었다.

"저는 사건에 대해 모든 걸 말했어요. 홉킨스 씨, 저 대신 얘기해 주실 수 있나요? 좋아요, 필요하다면 이분들에게 사건에 대해 얘기하죠. 벌써 식당에 가 보셨나요?" 부인은 힘없이 말했다.

"먼저 부인의 이야기를 듣는 것이 좋을 거라고 생각했습니다."

"당신들이 사건을 매듭지어 주셨으면 좋겠어요. 남편이 아직 거기에 누워 있다는 생각만 하면 전 소름이 끼쳐요."

부인은 어깨를 들썩이고는 손으로 얼굴을 감쌌다. 그러는 사이 헐렁한 가운이 팔에서 미끄러져 내려왔다. 홈즈는 놀라서 소리를 쳤다.

"다른 상처가 있군요. 부인! 이게 뭔가요?"

하얗고 둥근 팔에 선명한 붉은 상처가 두 개 나 있었다. 부인은 황급히 그 상처를 가렸다.

"아무것도 아니에요. 어젯밤의 끔찍한 사건과는 관련이 없어요. 자, 이쪽에 앉으세요. 제가 알고 있는 것을 모두 말하겠어요. 저는 일 년 전에 유스터스 브랙큰스톨과 결혼했어요. 우리의 결혼 생활이 불행했

다는 사실을 애써 숨길 생각은 없어요. 제가 그걸 부인한다 해도 이웃들이 얘기할 테니까요. 제 책임도 어느 정도는 있겠죠. 저는 호주 남부의 자유롭고 틀에 박히지 않은 분위기에서 자랐어요. 이렇게 격식을 차리는 영국의 상류 사회는 저에게 맞지 않아요. 그렇지만 가장 큰 이유는 유스터스 경이 아주 심한 주정뱅이였기 때문이에요. 그의 술버릇은 악명이 높아요. 한 시간도 같이 있을 수 없을 정도죠. 여자가 밤낮으로 그런 남자에게 속박을 받는 게 어떤 건지 아세요? 그런 결혼이 구속력이 있다는 건 신을 모독하는 거고, 범죄이자 죄악이에요. 이런 말도 안 되는 법은 이 나라에 저주를 부를 거예요. 신은 그런 사악함을 그냥 놔두지 않을 겁니다."

부인은 갑자기 벌떡 일어섰다. 그녀의 볼은 상기되었고, 눈빛이 이마에 난 커다란 혹 아래에서 번뜩였다. 그러자 침착한 하녀는 달래듯이 억센 손으로 부인의 머리를 쿠션에 눕혔다. 분노는 격렬한 흐느낌으로 바뀌었다. 마침내 부인이 다시 이야기하기 시작했다.

"어제저녁에 있었던 일에 대해 말하지요. 아시겠지만 이 집의 하인들은 모두 신축 건물에서 잠을 잡니다. 이 중앙 건물은 여러 개의 방과 뒤에 있는 주방, 위층에 있는 침실로 이루어져 있어요. 제 하녀 테레사는 제 방 위층에서 잡니다. 다른 사람은 없어요. 소리가 나도 멀리 떨어진 다른 건물에서는 들리지 않아요. 강도들은 이 사실을 잘 알고 있었던 것 같아요. 몰랐다면 그렇게 행동하지 않았을 거예요.

유스터스 경은 10시 30분쯤에 잠자리에 들었습니다. 하인들은 이미 숙소로 갔고요. 제 하녀만 자신의 방에서 제가 부르기를 기다리고 있었습니다. 저는 11시가 넘어서까지 이 방에서 책을 읽고 있었어요. 그리고 위층으로 올라가기 전에 집 안을 점검하러 돌아다녔지요. 제가 직접 집 안을 점검하는 게 습관이에요. 설명했다시피 유스터스 경을 신뢰할 수 없으니까요. 주방, 식품 저장실, 총기실, 당구실, 응접실을 둘러보고 마지막으로 식당에 갔어요. 두꺼운 커튼이 쳐진 창문 쪽으로 다가서자 갑자기 얼굴에 바람이 불어오는 것을 느끼고 창문이 열렸다는 것을 알았죠. 커튼을 열자 어깨가 넓은 나이 든 남자의 얼굴이 튀어나왔어요. 그는 막 방으로 들어오고 있었지요. 그 창문은 긴 프랑스식으로 평소에 잔디밭을 들락거리는 문으로 이용했어요. 저는 침실 촛불을 들고 있었는데, 그 남자를 따라 들어오는 다른 두 남자가 보였어요. 저는 뒷걸음질 쳤지만 어느새 그 사람이 제 옆에 있었어요. 그는 먼저 제 손목을 잡은 뒤 목을 졸랐어요. 저는 소리를 지르려고 했지만 그가 제 눈 위를 세게 때려 바닥에 쓰러졌지요. 몇 분간 정신을 잃은 것 같아요. 깨어나 보니 벨 끈을 끊어서 저를 식탁 머리에 있는 참나무 의자에 꽉 묶어 놨더군요. 아주 단단히 묶어서 움직일 수 없었고, 입도 손수건으로 묶어 놔서 한마디도 할 수 없었어요.

　그때 남편이 식당으로 들어왔어요. 뭔가 이상한 소리를 들었는지 단단히 준비를 한 듯했어요. 잠옷을 입고 손에는 그가 자주 쓰는 산사나무 막대기를 들고 있었지요. 남편은 강도들에게 달려들었어요. 그러나 나이 든 남자가 허리를 굽혀 벽난로에서 부지깽이를 집어서는 남편을 세차게 때렸어요. 남편은 신음 소리를 내며 쓰러져 다시는 움직이지 않았지요. 저는 다시 정신을 잃었어요. 그러나 이번에는 아주 잠깐 동안이었던 듯싶어요. 강도들은 찬장에서 은 식기와 와인 한 병을 꺼냈어요. 모두 손에 진을 들고 있었지요. 제가 말하지 않았나요? 나이 든 남자는 턱수염을 길렀고 젊은 두 사람은 대머리였어요. 아버지와 아들들 같더군요. 그들은 작은 소리로 얘기를 나누었어요. 그리고 제 쪽으로 와서 단단히 묶여 있는지 확인하더군요. 그러고 나서 창문을 닫고 나갔어요. 15분쯤 지나서야 저는 입을 움직일 수 있었어요. 소리를 질러 하녀를 불렀고, 곧이어 다른 하인들을 깨워 경찰에 신고를 하러 보냈지요. 지방 경찰에서 스코틀랜드 야드에 연락을 했고요. 여기까지가 제가 아는 전부입니다. 이 괴로운 이야기를 다시 반복하는 일은 이제 없겠지요."

　"질문 있습니까, 홈즈 씨?" 홉킨스가 물었다.

"브랙큰스톨 부인에게 더 이상 부담을 주고 싶지 않네." 홈즈는 하녀를 보며 말했다. "식당에 가기 전에 당신의 이야기를 듣고 싶군요."

"저는 그들이 집 안에 들어오기 전에 봤어요." 하녀가 말했다. "제 침실 창가에 앉아 있는데, 수위실 문 근처에 세 남자가 있었어요. 하지만 그때는 별일 아니라고 생각했어요. 한 시간 후에 주인아씨의 비명을 듣고 달려내려갔지요. 아씨가 말한 대로 아씨는 묶여 있었고, 주인은 피투성이가 된 채 바닥에 쓰려져 있었습니다. 아씨는 그곳에 묶여 남편이 처참하게 살해되는 것을 목격했으니 정신을 잃는 게 당연하죠. 아씨는 저항해 볼 생각은 하지도 못했습니다. 애들레이드의 미스 메리 프레이저이자 아베이 농장의 브랙큰스톨 부인은 저항하는 법을 배운 적이 없으니까요. 충분히 얘기를 들으셨으니 아씨는 이 늙은 테레사와 함께 이제 그만 방으로 가셔야겠습니다. 아씨는 지금 휴식이 필요합니다."

수척한 하녀는 어머니처럼 부드럽게 부인을 부축해 방을 나갔다.

"저 하녀는 부인과 평생을 같이했습니다. 아기 때부터 보살펴 왔고 일 년 반 전에 호주를 떠나 함께 영국에 왔죠. 이름은 테레사 라이트인데, 요즘 같은 세상에 저런 하녀를 구하기란 힘들죠. 자, 그럼 이쪽으로 오시죠. 홈즈 씨." 홉킨스가 말했다.

홈즈의 표정에서 강렬한 호기심이 사라졌다. 의혹이 풀리자 이 사건에 대한 매력도 함께 사라진 것이다. 체포할 일이 남아 있긴 하지만 이런 평범한 악당들 때문에 그가 손을 더럽힐 이유가 있을까? 홈즈의 눈에 어린 노여움은 뛰어나고 박식한 전문의가 단지 홍역 때문에 자신을 불렀다는 것을 알게 되었을 때 보이는 감정과 비슷했다. 그러나 아베이 농장 식당의 광경은 아주 기이해서 우리의 관심을 끌기에 충분했고, 사라져 가는 홈즈의 관심을 되살려 놓았다.

식당은 아주 넓고 높았으며 천장은 참나무로 조각되어 있었다. 벽에는 사슴 머리와 옛날 무기들이 걸려 있었다. 문에서 멀리 떨어진 곳에는 브랙큰스톨 부인이 이야기한 높은 프랑스 창문이 있었고, 오른쪽에 난 창문 세 개를 통해 차가운 겨울 햇빛이 가득 들어오고 있었다. 또 왼쪽에는 크고 깊은 벽난로가 있었고, 그 위에 큼직한 참나무 선반이 달려 있었다. 벽난로 옆에는 팔걸이와 밑에 가로대가 있는 무거운 참나무 의자가 있었다. 의자 사이로 엮인 빨간 끈이 양옆으로 밑의 가로대까지 단단히 묶여 있었다. 부인을 풀어 줄 때 끈이 느슨해지기는 했지만, 매듭은 여전히 남아 있었다. 그러나 우리는 벽난로 앞의 호랑이 가죽 깔개에 쓰러져 있는 끔찍한 시체에 온통 정신이 팔려, 이런 사실들은 나중에서야 알았다.

죽은 사람은 키가 크고 균형이 잡힌, 마흔 살 정도로 보이는 남자였다. 등을 바닥에 대고 얼굴은 위로 향한 채, 짧은 검은 턱수염 사이로 하얀 이를 드러내고 있었다. 움켜쥔 두 주먹은 머리 위로 올리고 있었고, 그 사이에 무거운 산사나무 막대가 놓여 있었다. 얼굴은 잘생겼지만 거무스름했고, 불타는 증오로 일그러져 있어 마치 악마처럼 보였다. 멋스러운 자수가 놓인 잠옷을 입고 있고 맨발이 바지 밑으로 나와 있는 것으로 미루어 보아, 사건이 일어났을 때 자다 일어난 것이 틀림없었다. 심하게 부서진 머리는 그에게 가한 타격이 얼마나 치명적이었는지 잘 보여 주었다. 옆에는 무거운 부지깽이가 있었는데, 충격 때문에 구부러져 있었다. 홈즈는 부지깽이와 시체를 면밀히 검토했다.

"나이 든 랜들은 아주 힘이 센 놈이군." 홈즈가 말했다.

"그렇습니다. 그에 대한 얘기를 들었는데, 아주 거친 놈이죠." 홉킨스가 말했다.

"자네가 그자를 잡는 데 어려움은 없겠군."

"전혀요. 계속 랜들 일당을 감시하고 있었습니다. 미국으로 도망갔다는 얘기도 있죠. 하지만 이제 그들이 여기 있다는 걸 안 이상 얼마 안 있어 잡힐 겁니다. 이미 항구마다 요원을 배치해 놨고, 저녁이 되기 전에 현상금도 붙을 테니까요. 그렇지만 부인이 그들의 인상착의를 얘기하면 정체가 탄로 날 텐데, 그걸 알면서도 왜 이런 미친 짓을 했는지 도대체 알 수 없어요."

"정확한 지적이네. 일반적인 경우라면 브랙큰스톨 부인도 죽였겠지."

"부인이 정신을 차린 것을 그들이 몰랐을 수도 있잖은가." 내가 한마디 했다.

"그럴 가능성도 충분히 있어. 부인이 기절한 것 같아서 죽이지 않았을 수도 있지. 이 불쌍한 인간에 대해 이야기 좀 해 보게, 홉킨스. 나도 그에 대한 이상한 이야기를 들은 적이 있어."

"술에 취하지 않았을 때는 괜찮은 사람이죠. 하지만 술만 마시면 완전히 악마가 되었답니다. 제정신일 때가 별로 없었다죠. 그럴 때는 악마에 씐 것 같았답니다. 별짓을 다 했으니까요. 제가 들은 바로는 한두 번 경찰에 잡힐 뻔했다더군요. 개에게 석유를 뿌려 불을 붙였다는 소문도 있습니다. 더군다나 그 개는 부인의 개였다는군요. 이 이야기도 쉬쉬합니다. 테레사 하녀에게 술병을 던져 그 문제로 불화가 있었다는군요. 우리끼리 얘기지만 그가 없으니 이 집 사람들은 훨씬 행복해지겠네요. 지금 무얼 보고 계십니까?"

홈즈는 무릎을 꿇고 아주 주의 깊게 부인을 묶었던 빨간 끈의 매듭을 관찰했다. 그리고 올이 풀린 끝 부분을 세심하게 관찰했다. 강도들이 잡아당길 때 끊어진 부분이었다.

"이 끈을 잡아당길 때 주방에 있는 벨이 크게 울렸을 텐데." 홈즈가 말했다.

"아무도 듣지 못했습니다. 주방은 집 바로 뒤에 있거든요."

"강도들이 어떻게 그 소리를 아무도 듣지 못할 거라는 사실을 알았을까? 어떻게 이렇게 무모하게 벨 끈을 잡아당겼을까?"

"맞아요. 홈즈 씨, 바로 그겁니다. 제가 계속 의문을 품은 바로 그 문제를 지적하시는군요. 강도들은 이 집에 대해 아주 잘 알고 있었던 듯싶어요. 하인들이 비교적 이른 시간에 모두 잠자리에 든다는 사실과 주방에서 나는 벨 소리를 아무도 들을 수 없다는 것을 정확하게 알고 있었던 듯합니다. 그렇다면 범인들은 하인들 중 누군가와 관계를 맺고 있는 게 틀림없습니다. 그건 분명합니다. 그런데 하인 여덟 명 모두 성실한 사람들이니, 이거 참."

"동일한 조건이라면 주인에게 술병으로 맞은 하녀가 유력하다고 할 수 있지. 그렇지만 그렇게 되면 여주인을 배신하는 게 될 텐데. 자, 이건 중요하지 않은 문제야. 자네가 랜들 일당을 잡으면 공범은 쉽게 잡을 수 있을 거야. 그 부인의 이야기는 정황으로 미루어 보아 확실한 증거가 되겠군."

홈즈는 프랑스 창문으로 가 문을 열었다.

"여긴 아무런 흔적이 없어. 하지만 땅이 딱딱하게 얼었으니 강도가 들어오리라고는 생각하지 못했을 거야. 벽난로 선반에 있는 이 촛불이 켜져 있었나 보군."

"그렇습니다. 부인의 침실 촛불인데 그 빛으로 강도들이 길을 찾았죠."

"그럼 그들은 뭘 가져갔지?"

"글쎄. 대단치 않습니다. 겨우 찬장에 있던 접시 여섯 개를 가져갔습니다. 부인은 그들이 유스터스 경이 죽자 너무 당황해서 집 안을 뒤지지 못한 거라고 생각하더군요. 그렇지 않았다면 모두 가져갔을 텐데요."

"사실이군. 게다가 그들은 와인도 마셨어."

"마음을 진정시키기 위해서죠."

"그래 맞아. 찬장에 있는 이 유리잔 세 개는 만지지 않았겠지?"

"그럼요. 병도 있던 자리에 그대로 있습니다."

"어디 보자. 이런, 이런, 이게 뭐지?"

유리잔 세 개는 한데 모여 있었고, 모두 와인을 따른 흔적이 있었다. 그중 하나에는 와인 찌꺼기가 뭉쳐 있었다. 병은 유리잔 가까이 있었는데, 3분의 2쯤 차 있었고 그 옆에는 길고 심하게 얼룩진 코르크가 있었다. 병에 덮인 먼지나 병의 모양으로 보아 살인자들이 마신 포도주는 진귀한 것임을 알 수 있었다.

순간, 홈즈의 표정에 변화가 일었다. 심드렁한 기색은 사라지고 날카롭고 깊은 눈에 재빠르게 관심의 빛이 스쳐 가는 것을 보았다. 홈즈는 코르크를 집어 들고 세밀하게 검토했다.

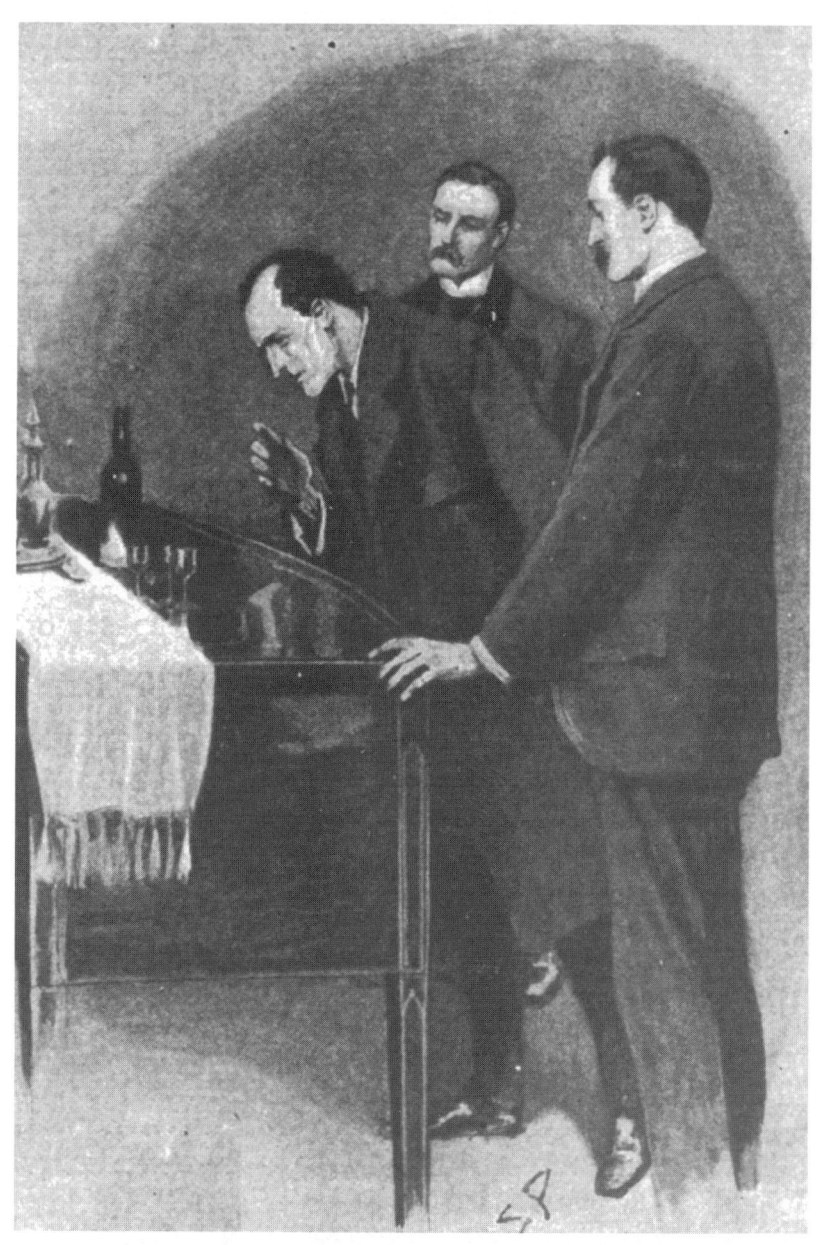

"랜들 일당이 이걸 어떻게 뽑았을까?" 홈즈가 물었다.

홉킨스는 반쯤 열린 서랍을 가리켰다. 거기에는 테이블보와 커다란 코르크 따개가 있었다.

"부인은 강도들이 저 코르크 따개를 사용했다고 하던가?"

"아닙니다. 부인은 병을 딸 때 정신을 잃었다고 하지 않았습니까."

"그렇군. 사실, 저 코르크 따개는 사용하지 않았어. 아마도 주머니 칼에 붙어 있는 코르크 따개로 이 병을 열었을 거야. 기껏해야 1인치 반 정도 될까. 코르크의 윗부분을 봐. 코르크를 뽑기 전에 세 번이나 코르크 따개를 돌린 흔적이 있어. 끝까지 관통하지 못했지. 이 긴 코르크 따개라면 코르크를 관통해 한 번에 뽑아냈겠지. 자네 범인을 잡게 되면 몸을 한번 뒤져 봐. 다용도 칼을 찾을 수 있을 걸세."

"정말 훌륭합니다!" 홉킨스가 말했다.

"그렇지만 솔직히 이 유리잔들은 나를 헷갈리게 하는군. 부인은 세 명이 마시는 걸 실제로 보았다고 하지 않았나?"

"그렇습니다. 부인은 분명히 그렇게 말했습니다."

"그렇다면 그걸로 됐네. 더 이상 할 얘기가 없군. 하지만 유리잔 세 개는 정말 희한해. 안 그래, 홉킨스? 뭐라고? 이상할 게 없다고? 좋아, 좋아, 그냥 넘어가지. 나처럼 특별한 지식과 능력을 갖춘 사람은 쉽고 간단하게 설명할 수 있는 것도 더 복잡하게 설명하고 싶어 하는 법이니까. 물론 유리잔은 단지 우연일 걸세. 그럼 잘 지내게, 홉킨스. 내가 별로 도움을 줄 수 없을 듯해. 자네가 사건에 대해 아주 잘 파악하고 있군. 랜들 일당이 잡히거나 다른 일이 생기면 나에게 알려 주게. 곧 자네의 성공적인 해결을 축하하게 될 거라고 믿네. 자, 왓슨.

우리는 집으로 가는 게
좋겠어."

돌아오는 길에 나는
홈즈의 얼굴에서 자신
이 발견한 어떤 것 때문
에 무척 혼란스러워한
다는 사실을 알 수 있었
다. 때때로 홈즈는 애써
그 생각을 지우려 하고,
그 사건이 명백한 것처
럼 얘기했지만. 그러나
그는 곧 의혹에 사로잡
혔고, 찌푸린 이마와 멍
한 눈은 그의 생각이 사
건이 벌어진 아베이 농
장의 넓은 식당에 다시 가 있음을 알려 주었다. 우리가 탄 기차가 교
외의 역을 서서히 빠져나가고 있을 때, 홈즈는 갑자기 나를 끌고 플랫
폼으로 뛰어내렸다.

"미안해, 친구." 홈즈가 말했다.

우리는 기차 뒤 칸이 모퉁이를 돌아 사라지는 모습을 바라보았다.

"왓슨, 변덕을 부리는 것처럼 보이겠지만, 이 사건을 이대로 그냥
놔둘 순 없어. 내 직감이 확실해. 이건 아냐, 모두 틀렸어. 정말이지

잘못된 거야. 물론 부인의 이야기는 완벽하고 하녀의 말도 증거가 충분하고 정황도 아주 정확해. 그걸 반박할 수 있는 건 무엇이겠나? 와인 잔 세 개, 이거면 충분해. 아무 생각 없이 모든 걸 믿지만 않았다면, '드 노보' 사건을 조사할 때처럼 주의 깊게 모든 걸 검토했더라면, 미리 짜인 얘기에 마음을 빼앗기지 않았다면, 내가 좀 더 결정적인 증거를 찾을 수 있지 않았겠나? 물론 그랬을 거야. 왓슨, 여기 의자에 앉아. 치즐허스트로 가는 기차가 도착할 때까지 자네에게 증거에 대해 말해 주겠네.

우선 하녀나 부인이 한 말이 반드시 사실이라는 생각부터 자네 마음에서 지우게. 부인의 매력 때문에 판단력이 흐려져서는 안 돼. 냉정하게 생각해 보면 부인의 이야기에는 의심되는 점이 분명히 있어. 이 강도들은 2주 전에 시드넘에서 크게 한탕 했지. 그들의 이야기와 모습이 신문에 났고, 강도가 나타났다는 거짓말을 꾸미려는 사람들에게 쉽게 그들이 떠올랐을 거야. 사실 한탕 한 강도들은 포획물에 심취해 조용하고 평화로워지는 법이거든. 다른 위험한 일을 벌이지 않아. 또 강도들이 그렇게 이른 시각에 범행을 시도했다는 게 이상해. 강도들이 부인이 소리를 지르지 못하게 하려고 부인을 때렸다는 것도 이상하고. 그렇게 하면 오히려 더 소리를 지를 테니까. 그들 세 명이 남자 하나를 제압하기에 충분한데도 살인을 했다는 것도 이상하고, 다른 물건이 많은데도 물건 몇 개만 가지고 갔다는 것도 이상해. 그런 놈들이 와인을 반만 마시고 갔다는 건 더욱 이상하지. 이런 모든 것에 대해 자네는 어떻게 생각하나, 왓슨?"

"전체적으로 보면 확실히 이상하군. 하지만 따로따로 보면 그럴 수도 있지 않나? 내 생각에 가장 이상한 건 부인이 의자에 묶여 있었다는 거야."

"음, 그 부분에 대해서는 나도 확신할 수가 없어. 왓슨, 강도들이 도망치는 것을 부인이 즉시 알리지 못하게 하기 위해서는 부인을 죽이거나 그런 식으로 묶어 놔야만 했을 테니까. 어쨌든 이 정도면 부인의 이야기가 사실이 아닐 수 있다는 점은 인정하겠지? 자, 더 중요한 건, 와인 잔에 대한 거야."

"와인 잔이 어때서?"

"자네 와인 잔의 상태를 기억할 수 있나?"

"응, 아주 분명하게 기억해."

"세 사람이 와인을 마셨다고 했지. 자네는 그게 사실 같은가?"

"그럴 법하잖은가. 유리잔마다 와인이 담겨 있었어."

"맞아. 하지만 오직 유리잔 하나에만 찌꺼기가 가라앉아 있었어. 그 사실에 주목했어야 해. 그 점에 대해서 어떻게 생각하나?"

"마지막에 따른 잔에 찌꺼기가 들어갈 확률이 가장 높지."

"천만에. 병에는 와인이 가득 차 있었고, 잔 두 개는 깨끗하고, 세 번째 잔만 찌꺼기가 가득 들어 있다는 건 상식적으로 이해가 안 가는 일이야. 여기에 대해서는 두 가지 설명이 가능해. 딱 두 가지뿐이야. 우선 두 번째 잔을 채운 후 병이 심하게 흔들려 세 번째 잔에 찌꺼기가 들어갔다고 설명할 수 있어. 이건 별로 가능성이 없지. 이건 분명 아니야. 분명히 내 생각이 맞을 거야."

"자네 생각은 뭔데?"

"사용한 잔은 두 개뿐이야. 세 사람이 있었던 것처럼 꾸미려고 두 잔에 있던 찌꺼기를 세 번째 잔에 쏟아부은 거지. 그렇게 해서 찌꺼기는 모두 마지막 잔에 모여 있게 된 거야. 그런 것 같지 않나? 맞아. 그건 확실하네. 자, 이 작은 현상에 대해 내가 제대로 설명한 거라면 이 사건은 평범한 사건에서 아주 놀랄 만한 것으로 바뀌게 돼. 부인과 그녀의 하녀가 우리에게 거짓말을 했고, 진짜 범인을 감추려는 아주 확실한 이유가 있고, 우리는 그들의 도움 없이 스스로 사건을 해결해야 한다는 걸 의미하기 때문이지. 이게 우리의 임무야, 왓슨, 저기 시드넘행 기차가 오는군."

아베이 농장 식구들은 우리가 다시 방문하자 매우 놀란 듯했다. 그러나 홈즈는 홉킨스 형사가 경찰서에 보고를 하러 간 것을 알고는, 식당을 차지하고 안에서 문을 잠근 뒤 두 시간 동안 정밀하고 열성적으로 조사에 몰두했다. 그의 뛰어난 추론의 체계를 세우는 데 기초가 되는 조사였다. 나는 선생님의 설명을 흥미롭게 듣는 학생처럼 구석에 앉아 주목할 만한 그 모든 조사를 눈여겨보았다. 홈즈는 창문, 커튼, 카펫, 의자, 끈을 차례로 정밀하게 검사하고 충분히 생각했다. 시체는 이미 치워졌으나 다른 것은 모두 아침에 우리가 본 그대로 있었다. 맨 마지막에 놀랍게도 홈즈가 육중한 벽난로 선반에 기어올라갔다. 그의 머리 위로 철사에 아직 붙어 있는 빨간 끈이 몇 인치 매달려 있었다. 홈즈는 오랫동안 끈을 올려다보다가 벽에 걸린 나무 선반에 무릎을 기대고 끈을 잡으려고 했다. 끈의 끝 부분에서 몇 인치 떨어진 곳까지 손이 닿았지만, 홈즈가 관심을 가지는 것은 끈이나 선반 자체가 아닌 듯싶었다. 마침내 홈즈는 만족했는지 탄성을 지르며 뛰어내렸다.

"다 됐어, 왓슨. 사건을 해결했어. 우리가 경험한 것 중에서 가장 놀랄 만한 사건이야. 그런데 맙소사, 왜 그렇게 머리가 안 돌아갔는지 몰라. 하마터면 일생일대의 큰 실수를 저지를 뻔했잖아! 몇 가지 미심쩍은 것이 있긴 하지만 이젠 추리가 거의 완성됐어."

"범인들은 알아냈나?"

"왓슨, 범인은 한 명이야. 단 한 명. 하지만 대단한 사람이야. 사자처럼 강하네. 부지깽이가 휠 정도니까. 키는 6피트 3인치이고 다람쥐처럼 재빠르고 손재주가 있으며 이런 교묘한 이야기를 꾸며 낸 걸 보니 머리 회전이 아주 빨라. 그래, 왓슨, 우리는 아주 뛰어난 사람의 작품을 만났는 걸. 저 벨 끈에 확실한 단서가 있네."

"어디에 단서가 있는데?"

"자, 자네가 벨 끈을 잡아당긴다면 어디가 끊어질까? 분명히 철사와 연결된 부분이겠지. 그런데 이 끈은 왜 끝에서 3인치쯤 아래에서 끊어졌을까?"

"그 부분의 올이 풀렸기 때문이 아닐까?"

"바로 그거야. 우리가 볼 수 있는 것처럼 이 끝은 올이 풀렸어. 칼로 이렇게 해 놓다니 정말 영리한 놈이야. 하지만 다른 쪽 끝은 올이 풀리지 않았어. 여기서는 보이지 않지만 벽난로 선반에 올라가서 보면 올이 하나도 풀리지 않은 채 깨끗이 잘린 걸 알 수 있을 거야. 어떻게 된 건지 알겠지? 그는 끈이 필요했어. 다른 사람들이 벨 소리를 들을까 봐 끈을 잡아당기지는 않았어. 그럼 어떻게 했을까? 벽난로 선반에 올라갔지. 그래도 닿지 않자 선반에 무릎을 대고 칼로 끈을 끊은 거야. 선반에 쌓인 먼지에도 자국이 있어. 내 키로는 3인치쯤 모자라더군. 그가 적어도 나보다 3인치 정도 크다는 것을 알 수 있지. 참나

무 의자에 있는 얼룩을 좀 봐! 이게 뭐지?"

"피야."

"그래, 이건 분명히 피야. 이것만으로도 부인의 이야기가 거짓이라는 걸 알 수 있어. 범죄가 일어났을 때 부인이 의자에 앉아 있었다면 어떻게 여기에 피가 묻었겠나? 당연히 그럴 수 없지. 부인은 남편이 죽은 후에 의자에 앉은 거야. 분명히 부인의 검은 드레스에도 엉덩이 부분에 같은 자국이 있을 거야. 아직 우리가 완전히 패배한 것은 아니야. 오히려 승리할 거야. 시작은 실패이나 승리로 끝나리라. 이제 하녀와 잠깐 이야기를 해야겠어. 필요한 정보를 얻기 위해서는 잠시 조심해야 하네."

테레사는 흥미로운 사람이었다. 이 완고한 호주 하녀는 말수가 적고 의심이 많으며 무뚝뚝했다. 홈즈가 한동안 친절한 태도로 테레사의 이야기에 귀를 기울이자 태도가 좀 누그러져 상냥해졌다. 테레사는 자신의 전 주인에 대한 증오를 서슴없이 드러냈다.

"그렇습니다. 주인이 저에게 술병을 던졌죠. 주인이 아씨의 이름을 부르는 소리를 듣고 제가 그에게 감히 오빠나 되는 것처럼 소리치지 말라고 말했죠. 그랬더니 주인이 술병을 던지더군요. 우리 착한 아씨가 혼자 있었다면 그는 열두 번도 더 던졌을 겁니다. 주인은 계속 아씨를 학대했어요. 아씨는 자존심이 강한 분이라 불평도 하지 않았죠. 주인이 한 짓을 저에게도 말하지 않아요. 오늘 아침 홈즈 씨가 보신 팔의 상처에 대해서도 저에게 전혀 얘기하지 않았어요. 하지만 모자 핀에 찔린 상처라는 걸 잘 압니다. 비열한 악마 같으니! 하느님, 이미 죽은 사람이니 이렇게 얘기하는 것을 용서하세요. 이 세상에 악마가 있다면 바로 그예요. 우리가 처음 주인을 만났을 때는 우리에게 아주 잘해 줬죠. 겨우 18개월 전인데 마치 18년 전인 것처럼 느껴지네요. 아씨가 런던에 막 도착해서였어요. 네, 아씨는 이번이 첫 여행입니다. 전에는 한 번도 집을 떠난 적이 없어요. 주인은 명예와 돈과 거짓말로 아씨를 사로잡았어요. 아씨에게 잘못이 있다면 여자로서 이미 다 보상했습니다. 언제 남편을 만났냐고요? 글쎄요. 우리가 6월에 도착했는데, 주인을 만난 것은 7월이었어요. 작년 1월에 결혼했지요. 네, 아씨는 지금 아래층 방에 계세요. 홈즈 씨를 만날 겁니다. 하지만 너무 많은 것을 묻지는 마세요. 인간으로서는 견디기 힘든 일들을 겪었으니까요."

부인은 같은 소파에 기대어 앉아 있었다. 하지만 전보다 표정이 밝아 보였다. 하녀와 함께 우리는 들어갔고 테레사는 부인의 이마에 난 상처를 다시 찜질했다.

"저를 다시 추궁하려고 오신 건 아니겠죠?" 부인이 말했다.

"아닙니다. 부인에게 불편을 드리고 싶은 생각은 없습니다. 부인은 많은 어려움을 견뎌 내신 분이니, 저는 그저 부인의 편의를 봐 드리고자 하는 겁니다. 저를 친구처럼 믿고 대해 주신다면 도움을 드릴 수 있을 겁니다." 홈즈가 부드러운 목소리로 말했다.

"저에게 뭘 원하시죠?"

"진실을 말하세요."

"홈즈 씨!"

"부인, 그래 봤자 아무 소용 없습니다. 제 명성에 대해 어느 정도 들으셨을 텐데요. 부인의 이야기가 완전히 거짓이라는 걸 저는 확신합니다."

얼굴이 창백해진 하녀와 부인은 놀란 눈으로 홈즈를 바라보았다.

"이런 무례한 사람 같으니! 아씨가 거짓말이라도 했단 말입니까?" 테레사가 소리쳤다.

홈즈는 의자에서 일어났다.

"저에게 할 말이 없습니까?"

"당신한테 모든 걸 다 얘기했어요."

"한 번만 더 생각해 보세요, 부인. 솔직한 게 더 낫지 않을까요?"

그 순간 부인의 아름다운 얼굴에 망설이는 기색이 스쳐 지나갔다. 그러나 곧 굳은 표정으로 돌아갔다.

"제가 아는 모든 것을 말했어요."

홈즈는 모자를 들고 어깨를 으쓱했다.

"그럼 실례했습니다."

그는 다른 말은 하지 않고 방을 나와 정원에 있는 연못으로 걸어갔다. 연못은 얼어 있었지만, 무리에서 떨어진 백조를 위한 구멍이 하나 나 있었다. 홈즈는 그것을 보고 수위실 문으로 갔다. 홉킨스 형사에게 짧은 글을 휘갈겨 써서 수위실 경비에게 건네주었다.

"맞을 수도 있고 틀릴 수도 있어. 하지만 우리가 여기로 돌아온 걸 설명하기 위해서는 뭔가를 해야 하네. 아직은 홉킨스에게 모든 걸 얘기하지 않을 거야. 다음 조사할 곳은 애

들레이드 사우샘프턴 노선의 선박 회사 사무실이 되겠군. 내 기억이 맞는다면 팰맬 가 끝에 있어. 호주 남부와 잉글랜드를 연결하는 두 번째 노선이지. 하지만 우리는 그 전에 더 큰 비밀을 알아내게 될 걸세."

홈즈의 명함을 관리인에게 내밀자, 그는 우리에게 필요한 모든 정보를 친절하게 알려 주었다.

1895년 6월, 이 회사의 선박 중 영국에 도착한 배는 '지브롤터의 바위'라는, 가장 크고 좋은 배 하나뿐이었다. 승객 명단을 조회해 보니 애들레이드의 프레이저 양과 그녀의 하녀가 있었다. 지금 그 배는 수에즈 운하 어디쯤에서 호주로 향하고 있을 것이다. 배의 선원들은 일등 항해사 잭 크로커를 빼고는 1895년과 같았다. 그는 선장이 되어 '베이스 록'이라는 새로운 배를 맡고 있었다. 그 배는 사우샘프턴에서 이틀 후에 출항한다고 했다. 그는 시드넘에 살고 있으나 우리가 만나기를 원한다면 곧 불러오겠다고 했다. 홈즈는 크로커 선장을 만날 생각이 없었다. 단지 그의 경력과 성격에 대해 자세히 알려 달라고 했다.

크로커 선장의 경력은 대단했다. 그를 따라갈 만한 선원은 아무도 없었다. 직무에는 성실했고, 다혈질에 흥분을 잘하지만 믿을 수 있고 정직하며 마음씨가 따뜻한 편이었다고 했다. 그걸로 홈즈는 필요한 정보를 모두 얻었다. 홈즈는 애들레이드 사우샘프턴 회사를 떠나 스코틀랜드 야드로 향했다. 그러나 안에 들어가지 않고 마차에 앉아 이마를 찡그린 채 깊은 생각에 잠겼다. 마침내 채링크로스 전신국으로 마차를 몰아 전보를 보내고 난 후, 우리는 또다시 베이커 가로 향했다.

"아니야. 왓슨, 나는 못하겠어." 방에 들어오면서 홈즈가 말했다. "영장이 발부되면 크로커 선장을 구할 수 없어. 일하다 보면 한두 번쯤 범인이 저지른 범죄보다 내가 범인을 찾아내는 게 더 큰 해악을 끼친다는 생각이 들 때가 있지. 이번에 조심성을 배운 것으로 됐네. 내 양심에 반하는 일을 하느니 차라리 영국 법을 어기겠네. 우리 행동하기 전에 좀 더 알아보세."

저녁이 되기 전에 홉킨스 형사가 찾아왔다. 일이 잘 안 풀리는 것 같았다.

"홈즈 씨, 당신은 아무래도 마법사 같군요. 정말 당신은 사람이 가질 수 없는 능력을 갖춘 사람처럼 생각될 때가 종종 있어요. 이번엔 도둑맞은 은 식기가 연못 바닥에 있다는 걸 도대체 어떻게 아셨습니까?"

"알았던 건 아니야."

"하지만 저에게 연못을 조사해 보라고 말씀하셨잖아요."

"그럼 찾았나?"

"그럼요. 찾았습니다."

"자네에게 도움이 되었다니 기쁘군."

"전혀 도움이 안 됩니다. 당신은 사건을 더 어렵게 만들었어요. 세상에 어떤 강도들이 자신이 훔친 은 식기를 가장 가까운 연못에 버립니까?"

"그건 확실히 이상한 행동이지. 난 은 식기를 원하지 않는 사람이 가져간 것은 아닌가 생각하는데. 단지 속임수를 쓰기 위해 가져갔다고 말일세. 그러면 당연히 그걸 버려야겠지."

"왜 그런 생각을 하셨죠?"

"글쎄, 그게 가능하다고 생각하네. 프랑스 창문을 나오면 연못이 있고 그들 바로 눈앞에 작은 얼음 구멍이 있어. 숨기기에 그보다 더 좋은 장소가 있겠나?"

"아, 숨긴다고요. 그게 한결 낫군요! 맞아요, 맞아. 이제야 알겠어요! 이른 시간이라 길에 사람들이 있잖아요. 은 식기를 갖고 있는 걸 들킬까 봐 연못에 빠뜨린 거군요. 적당한 시기에 다시 찾을 생각으로요. 훌륭해요, 홈즈 씨. 속임수라는 생각보다는 이게 더 낫군요." 홉킨스가 소리쳤다.

"그렇군. 훌륭한 이론이네. 내 생각이 좀 터무니없긴 하지. 하지만 은 식기가 결국 발견되었다는 걸 인정해야 하네."

"그럼요. 이게 모두 당신이 한 일인 걸요. 그런데 저에게 나쁜 일이 생겼습니다."

"나쁜 일이라니?"

"그래요, 홈즈 씨. 랜들 일당이 오늘 아침 뉴욕에서 체포되었습니다."

"이런, 홉킨스! 이건 어제저녁 그들이 켄트 주에서 살인을 저질렀다는 자네의 생각에 정면으로 반격을 가하는 일이군."

"치명적이죠, 홈즈 씨. 아주 치명적입니다. 하지만 랜들 말고 다른 강도들도 있고 경찰들이 아직 모르는 새로운 강도들도 있을 수 있잖아요."

"그건 그래. 충분히 가능하지. 왜, 가려고?"

"네. 사건의 진상을 규명하기까지는 한시도 쉴 틈이 없습니다. 당신은 아무런 힌트도 주지 않을 건가요?"

"이미 하나 주었네."

"어떤 것 말씀이죠?"

"속임수라는 생각이 든다는 거네."

"왜죠, 홈즈 씨? 왜요?"

"음, 그게 문제야. 그건 자네에게 맡기겠네. 뭔가 알아낼 수 있을 거야. 잠깐 저녁이라도 먹고 가겠나? 그래, 그럼 잘 가게. 일의 진행 상황을 알려 주게."

저녁을 먹고 식탁을 치우자 홈즈는 다시 그 사건에 대한 이야기를 꺼냈다. 홈즈는 파이프에 불을 붙이고 활활 타오르는 난로의 불빛에 슬리퍼를 신은 발을 쬐고 있었다. 그러다 갑자기 시계를 보았다.

"누가 올 거야, 왓슨."

"언제?"

"바로 지금. 조금만 기다리면 되네. 내가 조금 전에 홉킨스에게 너무 심하게 굴었다고 생각하나?"

"난 자네 판단을 믿어."

"왓슨, 아주 현명한 대답이군. 내가 알면 사적이지만, 홉킨스가 알면 공적이라는 사실을 잊지 말게. 나는 내 마음대로 판단할 권리가 있지만 그에게는 없어. 홉킨스는 모든 걸 다 보고해야 하지. 그렇지 않으면 임무에 위배되는 거고. 사건이 불명확한 경우에 홉킨스를 고통스러운 처지에 놓이게 하지 않으려고 내 마음이 결정될 때까지 정보를 알리지 않는 거야."

"그럼 언제 자네 마음이 결정되나?"

"그 시각이 다가와. 지금부터 자네는 대단한 드라마의 마지막 장면을 보게 될 거야."

그때 계단을 오르는 발소리가 들리더니 방문이 열렸다. 방에 들어선 사람은 체격이 우람하고, 키가 크고 금색 턱수염을 길렀으며 눈이 파랗고 피부가 열대의 태양에 그을려 까무잡잡한 젊은 남자였다. 체격이 컸으나 가벼운 걸음걸이로 봐서 힘이 셀 뿐 아니라 민첩한 듯했다. 그는 안으로 들어온 뒤 문을 닫았다. 그리고 주먹을 꽉 쥐고 숨을 내쉬며 격한 감정을 겨우 억누르며 서 있었다.

"앉으시죠, 크로커 선장. 내 전보를 받으셨죠?"

크로커 선장은 안락의자에 털썩 앉은 후 우리를 의심이 가득한 눈빛으로 바라보았다.

"전보를 받고 당신이 말한 시간에 왔소. 당신이 사무실에 들렀다는 얘기를 들었소. 당신에게서 도망갈 방법이 없다는 것을 압니다. 이야기 좀 들어 봅시다. 나한테 무슨 짓을 하려는 거요? 나를 체포하려고? 어서 말해 보시오! 거기 앉아서 쥐 앞에 선 고양이처럼 굴지 말고."

"왓슨, 저분에게 시가를 한 대 드리게." 홈즈가 말하고는 선장을 바라보았다. "한 대 피우시죠, 크로커 선장. 너무 흥분하지 마세요. 내가 당신을 보통 범죄자로 생각했다면 여기서 당신과 시가를 피우며 마주 앉아 있지 않을 거라는 사실은 당신도 잘 알 겁니다. 나에게 솔직히 말한다면 우리가 도움을 줄 수 있을 겁니다. 만약 나를 속일 작정이라면 당신을 가만두지 않을 겁니다."

"내게 바라는 게 뭡니까?"

"어젯밤에 아베이 농장에서 일어난 모든 일에 대해 솔직히 얘기하시오. 하나도 빼거나 덧붙이지 말고 있는 그대로 말이오. 난 이미 많은 걸 알고 있소. 그러니까 조금이라도 거짓말을 한다면 창문에서 이 경찰 호루라기를 불 겁니다. 그러면 사건은 내 손에서 영원히 떠나게 됩니다."

그 선원은 잠시 생각을 하더니 그을린 커다란 손으로 다리를 쳤다.

"당신을 믿겠소." 크로커 선장이 소리쳤다. "당신은 약속을 지킬 좋은 사람처럼 보이는군요. 모두 이야기하겠소. 그렇지만 한 가지 먼저 말해 둘 게 있습니다. 나는 하나도 후회되는 것도 없고 두려운 것도 없소. 여러 번이라도 그렇게 할 수 있고 내가 한 일을 자랑스럽게 여깁니다.

짐승 같은 놈, 그의 목숨이 열 개라 해도 나는 모두 없앨 겁니다! 메리에게 작은 기쁨을 주기 위해서라면 목숨도 버릴 수 있소. 하지만 메리가 곤란해진다고 생각하면 견딜 수 없습니다. 그렇지만 내가 어떻게 참을 수 있겠소? 모든 걸 말하지요. 그리고 남자 대 남자로서 묻겠습니다. 내가 어떻게 해야 했겠습니까?

조금 거슬러 올라가야겠습니다. 당신은 모든 걸 알고 있는 것 같으니 내가 '지브롤터의 바위'의 일등 항해사로 있을 때 승객인 메리와 만났다는 것도 알겠군요.

메리를 처음 본 순간부터 그녀를 사랑했습니다. 항해가 계속될수록 그녀를 더욱더 사랑하게 되었고, 어두운 밤에 무릎을 꿇고 메리의 아름다운 발이 거닐었던 갑판에 수도 없이 키스를 했습니다.

메리는 나에게 전혀 마음이 없었습니다. 아는 사람 정도로 대할 뿐이었습니다. 나는 불만이 없었습니다. 나는 메리를 사랑하고 그녀는 나를 좋은 친구로 생각했으니까요. 우리가 헤어질 때 메리는 자유로운 여자였습니다. 그러나 나는 다시는 자유로운 남자가 될 수 없었죠.

다음 항해에서 돌아와 메리가 결혼했다는 소식을 들었습니다. 그녀가 좋아하는 사람과 결혼했겠죠. 메리만큼 명예와 부가 잘 어울리는 사람이 있겠습니까?

그녀는 정말 아름답고 우아했습니다. 나는 전혀 슬퍼하지 않았습니다. 난 그렇게 이기적인 놈이 아니니까요. 메리에게 행운이 찾아온 걸 기뻐하며 돈 한 푼 없는 선원과 결혼하지 않은 걸 다행이라고 여겼죠. 나는 그 정도로 메리 프레이저를 사랑했습니다.

나는 그녀를 다시 만나리라고 생각해 본 적이 없습니다. 그런데 지난 항해 때 나는 승진했고, 새 배가 아직 완성되지 않아 시드넘에서 두 달 동안 가족들과 지냈죠. 하루는 시골길을 가다가 메리의 늙은 하녀 테레사를 만났습니다. 테레사는 메리와 남편에 대한 이야기를 해 주었습니다. 그 이야기를 듣고 정말 미치는 줄 알았습니다. 메리의 신발을 핥을 자격도 없는 그 주정뱅이 놈이 감히 메리를 때리다니!

　다시 테레사를 만났고, 메리도 만났습니다. 그 후로는 메리는 나를 만나지 않았습니다. 그런데 어제, 일주일 안에 출항하리라는 사실을 알게 된 나는 떠나기 전에 메리를 한 번 더 만나기로 결심했습니다. 테레사는 나만큼이나 메리를 사랑하고, 그 악당을 증오했으므로 항상 나를 도와주었죠. 테레사는 집으로 들어가는 방법을 알려 주었습니다. 메리는 아래층 방에서 책을 읽곤 했습니다. 지난밤에 나는 그곳으로 가서 창문을 두드렸습니다. 처음에 메리는 문을 열지 않았습니다.

　하지만 메리도 나를 사랑하는 마음이 있었기에 그 추운 밤에 나를 밖에 그냥 내버려 두지는 못했습니다. 나에게 앞의 큰 창문으로 돌아오라고 속삭이더군요. 나는 그 창문을 통해 식당으로 들어갔지요. 메리는 모든 걸 이야기했습니다. 나는 피가 끓어올랐죠. 내가 사랑하는 여인을 학대하는 그 짐승을 저주했습니다.

　창문 옆에서 메리와 함께 서 있는데, 갑자기 그가 미친 듯이 뛰어들어와 입에 담을 수 없는 상스러운 말을 하며 손에 든 막대기로 메리의 얼굴을 내리쳤습니다. 나는 재빨리 부지깽이를 집어 들고는 그와 싸웠습니다. 보십시오, 여기 팔에 그가 먼저 때린 자국이 있습니다.

　그다음엔 내 차례였죠. 썩은 호박을 찌르듯 그를 찔렀습니다. 내가 그를 불쌍하게 생각했겠습니까? 전혀 아닙니다! 내가 죽느냐 그가 죽느냐, 아니 더 나아가 그가 죽느냐 메리가 죽느냐 하는 문제였습니다. 내가 그 미친놈의 손에 메리를 그냥 놔둘 수 있겠습니까? 이렇게 해서 그를 죽였습니다. 내가 잘못했나요? 그렇다면 당신들이 내 입장이었다면 어떻게 했겠습니까?

그에게 맞은 메리는 소리를 질렀고, 그 소리를 들은 테레사가 아래로 내려왔습니다. 내가 찬장에 있는 와인을 따 메리의 입술에 약간 적셔 주었습니다. 메리는 충격으로 거의 정신을 잃었습니다. 나도 와인을 조금 마셨습니다.

테레사는 아주 침착하게 나와 함께 이야기를 꾸몄죠. 우리는 강도들의 소행처럼 보이도록 만들었어요. 테레사는 계속 우리가 꾸민 이야기를 메리에게 되풀이해 말했고, 그동안 나는 벨 끈을 잘랐습니다. 메리를 의자에 묶은 후 자연스럽게 보이도록 끈 끝의 올을 풀었지요. 강도가 끈을 자르러 거기까지 올라갔다면 이상하게 여길 테니까요. 그리고 도난당한 것처럼 보이기 위해 은 식기를 몇 개 싸 들고 내가 떠난 후 15분이 지난 다음에 사람들을 부르라고 얘기하고는 떠났습니다.

그러고 나서 식기를 연못에 던진 다음 시드넘으로 갔습니다. 정말 잘한 일이라고 느꼈습니다. 이게 전부입니다, 홈즈 씨. 내 목숨을 걸고 맹세합니다."

홈즈는 잠시 아무 말 없이 담배를 피웠다. 그리고 뚜벅뚜벅 걸어가 크로커 선장의 손을 잡았다.

"내가 생각한 그대로군요. 모든 게 사실이라는 것을 압니다. 내가 추리한 그대로니까요. 곡예사나 선원이 아니면 벽난로 선반에 올라가 벨 끈을 가져올 수 없었을 테고, 의자에 묶인 끈은 선원들의 방식으로 매듭지었더군요.

그 부인은 오직 딱 한 번 선원들과 만난 적이 있고, 부인이 두둔하려는 걸로 보아 범인은 부인과 관련된 사람이며 부인이 그를 사랑한다는 걸 알 수 있었습니다. 내가 제대로 된 실마리만 찾는다면 당신을 붙잡는 일 따위는 그리 어려운 일이 아닙니다."

"경찰이 우리의 속임수를 전혀 알아채지 못할 거라고 생각했습니다."

"경찰은 모릅니다. 앞으로도 모를 겁니다. 나를 믿으세요, 크로커 선장. 누구나 느꼈을 극심한 분노에서 당신이 행동했다는 것을 내가 인정한다고 해도 이건 아주 심각한 사건입니다. 정당방위라고 주장해도 당신의 행동이 합법적이라는 판결을 받을지 확실치 않습니다. 어쨌든 이건 영국이 배신원들이 결정할 문제입니다. 그렇지만 나는 당신이 정말 안쓰럽습니다. 24시간 안에 여기에서 사라진다면 당신은 무사할 겁니다."

"그럼 모든 사실은 밝혀지는 것입니까?"

"물론 사건은 밝혀집니다."

크로커 선장은 화가 나서 얼굴이 붉어졌다.

"그걸 지금 말이라고 하는 겁니까? 메리가 공범으로 잡혀간다는 정도는 나도 압니다. 도망간 사이에 메리 혼자 처벌을 받게 놔둘 거라고 생각합니까? 천만에요. 어떤 무거운 형벌이라도 받겠소. 대신 제발 불쌍한 메리만은 재판을 받지 않게 도와주십시오."

홈즈는 다시 한 번 크로커 선장의 손을 잡았다.

"당신을 시험해 본 것입니다. 당신은 항상 정답을 말하는군요. 나는 홉킨스에게 훌륭한 힌트를 주었지만 그가 그걸 이용하지 못한다면 나도 더 이상 어쩔 수 없죠. 자, 적법한 절차를 따릅시다. 크로커 선장 당신은 피고인입니다. 왓슨, 자네는 영국 배심원이네. 자네만큼 적당한 사람도 없을 거야. 나는 판사입니다. 자, 배심원 여러분, 모든 증언을 들었습니다. 이 피고인은 유죄입니까 무죄입니까?"

"무죄입니다, 재판장님. 민중의 소리는 신의 소리입니다. 당신은 무죄입니다. 크로커 선장. 또 다른 피해자가 발견되지 않는 한 당신은 자유의 몸입니다. 일 년 후에 부인에게로 돌아와 행복한 미래를 만들어 가십시오. 그래야만 우리의 판단이 헛되지 않을 테니까요." 내가 말했다.

역주 —

〈아베이 농장〉의 원고는 폴리오판(서적 중 가장 큰 판형. 가로 17인치, 세로 22인치) 26매에 쓰였으며, 1923년 2월 13일 뉴욕에서 경매에 나와 105달러에 낙찰되었다. 한때 필라델피아의 제임스 몽고메리가 소장했지만, 현재는 뉴욕 주 코닝의 롤린 V. 하들리 주니어가 소장하고 있다.

Sherlock Holmes

제2의 얼룩
The Second Stain

1886년 10월 12일 (화) ~10월 15일 (금)

나는 '아베이 농장'의 모험을 마지막으로, 더 이상 내 친구 셜록 홈즈의 뛰어난 능력을 보여 주는 사건들을 대중에게 공개하지 않을 작정이었다. 공개할 자료가 부족해서가 아니다. 아직도 전혀 언급하지 않은 수많은 사건에 대한 기록이 있으니까 말이다. 물론 독자들이 홈즈의 독특한 성격과 유례를 찾아 볼 수 없는 사건 해결 방법에 대해 흥미를 잃어서도 아니다. 진짜 이유는 홈즈가 자신이 해결한 사건들에 대한 이야기를 계속해서 출판하는 걸 원하지 않기 때문이다. 홈즈가 탐정 일을 하고 있을 때에는 그가 해결한 사건들을 알리는 일이 현실적으로 도움이 되었지만, 지금 그는 런던을 떠나 서식스 다운즈에 파묻혀 연구와 꿀벌 키우는 일에만 전념하고 있다. 그런 그로서는 유명세가 싫어졌을 게 당연하다.

그는 나에게 사건을 공개하는 문제에 대해서는 자기 의견을 따라

달라고 단호하게 말했다. 하지만 나는 '제2의 얼룩' 사건을 공개해도
될 시기가 되면 발표할 것이다. 나는 지금까지 발표한 여러 사건들의
대미를 장식할 사건은 그가 맡았던 사건 중에 국제적으로 가장 중요
한 '제2의 얼룩' 사건이 되어야 한다고 여러 차례 홈즈를 설득했다.
그래서 결국 나는 이 사건을 공개해도 좋다는 홈즈의 동의를 받아 냈
다. 하지만 사건을 설명하는 데 있어 여간 조심스러운 것이 아니다.
만약 이 사건에 대해서 이야기하는 동안 내가 자세한 부분에 대해 다
소 분명하게 밝히지 않고 적당히 넘어간다 해도, 독자 여러분은 내가
왜 그러는지 이해하리라 믿는다.

　어느 해 가을, 화요일 아침이었다. 유럽 사람이라면 다 알 만한 인
물 두 사람이 베이커 가에 있는 우리의 누추한 집을 찾아왔다. 한 사
람은 높은 코에 매서운 눈매를 지녔는데, 언뜻 보기에도 위엄이 느껴
지는 인물로, 영국 수상을 연임하고 있는 유명한 벨린저 경이었다. 또
한 사람은 가무잡잡한 피부에 이목구비가 뚜렷한 신사로 건강한 체격
에 정신적인 미덕까지 고루 갖춘 사람처럼 보였다. 아직 중년이라고
는 볼 수 없는 이 점잖은 신사가 오너러블 트렐로니 호프였는데, 그는
현직 우파 의원이자 유럽 외교부 장관으로 영국에서 가장 촉망받는
정치인이었다.
　벨린저 수상과 트렐로니 장관은 신문으로 어질러져 있는 긴 의자에
나란히 앉았다. 그들의 핼쑥하고 근심 어린 표정으로 봐서 한시가 급
한 중요한 문제라는 것을 짐작할 수 있었다. 벨린저 수상은 푸른 혈관
이 뚜렷이 보이는 가느다란 손으로 우산의 상아 손잡이를 움켜 쥔 채

어두운 표정으로 나와 홈즈를 번갈아 보았다. 그 옆에 있는 호프 장관
은 초조한 듯 콧수염을 잡아당기기도 하고 시곗줄에 매달려 있는 도
장들을 만지작거리기도 했다.

"홈즈 씨, 편지가 없어진 것을 발견한 건 오늘 아침 8시였소. 즉시 수
상에게 보고 드렸더니 홈즈 씨에게 사건을 의뢰하자고 제안하셨소."

"경찰에게 알리셨나요?"

"아니오." 벨린저 수상은 그의 특징으로 알려져 있는 신속하고도 단호한 태도로 말했다. "아직 알리지 않았고 알릴 수도 없소. 경찰에게 알리게 되면 국민이 알게 될 거요. 우리는 이 사건을 국민이 알게 하고 싶지 않소."

"왜 그렇습니까?"

"잃어버린 편지가 대단히 중요한 거라서 그 내용이 알려지면 유럽의 국제 관계가 위태로워질 가능성이 크오. 평화냐 전쟁이냐 하는 문제가 그 편지에 달려 있다고 해도 과언이 아니오. 그 편지를 아무도 모르게 되찾을 수 없다면 차라리 찾지 않는 편이 낫소. 편지를 훔쳐 간 자들이 노리는 바가 바로 그 편지의 내용을 알리는 것이기 때문이오."

"알겠습니다. 그런데 호프 장관님, 편지가 분실된 상황을 자세히 설명해 주시겠습니까?"

"홈즈 씨, 사실 별로 설명할 내용이 없소. 그 편지는 외국의 어느 국왕이 엿새 전에 보내 온 것이오. 워낙 중요한 편지라서 낮에는 사무실에 있는 금고에 넣어 두고, 매일 저녁마다 화이트홀 테라스에 있는 집으로 가져가서 침실에 있는 문서 보관함에 넣고 열쇠로 잠갔소. 어제 저녁에는 편지가 문서함 속에 있었소. 그 점에 대해선 확신할 수 있소. 저녁 식사를 하려고 옷을 갈아입으면서 문서함을 열고 편지가 있는지 확인했으니까요. 그런데 아침에는 편지가 없어져 버렸소. 문서함은 어젯밤 내내 화장대 거울 옆에 놓여 있었소. 나는 잠귀가 밝은 편이고 아내도 그렇소. 밤새 누군가 침실에 들어왔다면 우리 부부가 몰랐을 리가 없소. 그런데 아무도 들어오지 않았소. 어처구니없게도 아침에 편지가 사라진 거요."

"저녁 식사는 몇 시에 드셨나요?"

"7시 30분이오."

"얼마 후에 잠자리에 드셨나요?"

"아내가 극장에 갔었기 때문에 나는 아내가 돌아오기를 기다렸소. 우리가 침실에 들어간 시간은 11시 30분쯤일 거요."

"그러면 문서함이 네 시간 정도 무방비 상태로 방치되었다는 말이군요."

"꼭 그렇지만은 않소. 우리 부부 외에 아무도 침실에 들어갈 수 없게 되어 있소. 물론 아침에는 가정부가 드나들거나, 낮에 내 하인이나 아내의 하녀가 드나들긴 하지만, 밤에는 아무도 드나들지 못하오. 세 사람 모두 오랫동안 우리 집에서 일해 왔기 때문에 믿을 수 있는 사람들이오. 게다가 그들은 문서함 안에 일반적인 외교부 서류들보다 중요한 게 들어 있다는 사실을 모르고 있었소."

"그럼 그 편지에 대해 알고 있던 사람은 누가 있나요?"

"집 안에 있는 사람은 아무도 모르오."

"부인은 알고 계셨겠지요?"

"아니오. 모르고 있었소. 오늘 아침 그 편지가 없어진 걸 알았을 때까지 전혀 말하지 않았으니까."

벨린저 수상은 만족스럽다는 듯이 고개를 끄덕였다.

"호프 장관, 당신이 공무에 대해 강한 책임감을 갖고 있다는 건 일찍부터 알고 있었네만…… 나 역시 이렇게 국가적으로 중요한 기밀은 아무리 가까운 부부 사이라도 말해서는 안 된다고 생각하네."

호프 장관은 머리를 숙였다.

"그렇게 인정해 주시니 감사합니다. 오늘 아침 편지가 없어지기 전까지 저는 결단코 아내에게 그 편지에 관해 한 마디도 하지 않았습니다."

"하지만 부인이 그 편지에 대해 짐작할 수 있지 않았을까요?"

"아니오, 홈즈 씨. 아내는 짐작할 수 없었을 거요. 아내뿐만 아니라 아무도 짐작할 수 없었을 거요."

"전에도 서류를 잃어버리신 적이 있나요?"

"한 번도 없었소."

"잉글랜드에서 그 편지에 대해 알고 있는 사람은요?"

"어제 각료 회의에서 각부 장관들에게 알려 주었소. 원래 회의 내용을 외부에 알려선 안 되지만 그 편지에 관해서 수상께서 특별히 비밀을 지키도록 당부하셨습니다. 그런데 몇 시간도 채 지나지 않아 그 편지를 잃어버렸으니……."

호프 장관의 남자다운 얼굴은 갑작스레 북받쳐 오르는 절망감으로 일그러졌다. 그는 두 손으로 머리칼을 쥐어뜯었다. 잠시 동안 우리는 감정적이며 불안정한 그의 모습을 지켜보았다. 하지만 곧 그는 마음을 가라앉히고 침착한 어조로 말했다.

"장관들 외에 관계 부서에서 알고 있는 관리도 두셋 있을 거요. 그 외에는 잉글랜드에서 그 편지에 관해 아는 사람은 아무도 없소. 확실하오."

"그러면 외국에서는 어떻습니까?"

"외국에서 그 편지를 본 사람은 편지를 쓴 본인뿐이라고 생각하오.

편지가 공식적인 경로를 통해 전해지지 않은 걸로 봐서 틀림없이 그쪽 장관들도 몰랐을 거요."

홈즈는 잠시 생각에 잠겼다가 말을 꺼냈다.

"그런데 말입니다. 그 편지가 대체 무슨 내용이며 왜 그 편지를 분실하면 중대한 결과가 벌어지는지 더 자세히 설명해 주실 수 있습니까?"

수상과 장관은 재빨리 눈짓을 주고받았다. 그리고 수상은 난처한 듯 눈살을 찌푸렸다.

"홈즈 씨, 그 편지의 봉투는 길고 얇으며 옅은 푸른색이오. 붉은 밀랍으로 봉해져 있고, 그 위에는 웅크린 사자 모양의 도장이 찍혀 있소. 주소는 커다랗고 획이 굵은 필적으로—"

홈즈가 수상의 말을 가로막았다.

"물론 그런 자세한 부분에도 흥미가 있고, 실제로도 꼭 알아 두어야 할 점이긴 합니다만, 제 질문은 보다 더 근본적인 문제에 관한 것입니다. 전 그 편지에 적힌 내용을 알고 싶습니다."

"홈즈 씨, 그건 아주 중요한 국가 기밀에 속하기 때문에 말할 수 없어요. 그리고 제 생각엔 그럴 필요도 없을 것 같은데요? 제가 익히 들어온 홈즈 씨의 명성대로 지금 설명한 것과 같은 봉투를 찾아 주신다면 나라를 위해 큰일을 하신 만큼 저희가 드릴 수 있는 데까지 보수를 드리겠소."

홈즈는 미소 지으며 일어섰다.

"두 분이 우리나라에서 가장 바쁘신 분들이란 건 잘 알고 있습니다만, 저도 또한 저대로 맡고 있는 사건이 많습니다. 유감스럽지만 이 사건을 도와 드릴 수 없을 것 같군요. 더 이상 이야기해도 시간 낭비일 뿐입니다."

수상은 벌떡 일어서서 장관들까지 쩔쩔매게 만드는 그 무서운 눈초리로 홈즈를 보았다.

"홈즈 씨, 이런 일을 당하긴 처음이오."

수상은 화를 가라앉히고는 다시 자리에 앉았다. 그러고는 잠시 후 어깨를 으쓱해 보였다.

"좋소, 홈즈 씨. 당신의 조건을 받아들여 말하겠소. 당신 말이 옳소. 당신을 전적으로 신뢰하지 않으면서 어떻게 당신에게 사건을 의뢰할 수 있겠소?"

"옳은 말씀입니다." 호프 장관이 말했다.

"그럼 당신과 왓슨 의사를 믿고 이야기하겠소. 이 편지의 내용이 새나가면 우리나라에 큰 재난이 닥칠 테니 두 분은 나라를 사랑하는 마음으로 비밀을 지켜 주시오."

"저희를 전적으로 믿으셔도 됩니다."

"그 편지는 최근에 우리나라가 펼치고 있는 식민지 확장 정책에 분개한 한 외국의 국왕이 보낸 것이오. 하지만 국왕이 독단적으로 한때의 감정에 치우쳐 쓴 모양이오. 조사해 보니 그 나라의 장관들도 그 편지에 관해서 전혀 모르고 있었소. 편지에는 전체적으로 적절하지 않은 용어를 쓰고 있고, 특히 몇몇 구절은 매우 도발적이어서 만일 편지 내용이 알려지면 우리의 국민감정을 자극하여 무시무시한 사태가 일어날 게 불을 보듯 뻔하오. 여론이 들끓게 되면 일주일 안에 우리나라는 분명 큰 전쟁에 휘말리게 될 거요."

홈즈는 종이쪽지에 이름을 적어 벨린저 수상에게 건네주었다.

"맞소. 그 사람이 편지를 쓴 분이오. 편지 내용이 알려지면 전쟁 비용으로 수백만 파운드가 들 것이고, 수십만의 인명을 앗아갈 수도 있소. 그런 편지가 이렇게 감쪽같이 없어졌으니……."

"편지를 보낸 국왕에게도 그 편지가 없어졌다는 사실을 알리셨나요?"

"암호로 전보를 쳐서 바로 알렸소."

"그 국왕도 그 편지가 공개되기를 바라고 있겠죠?"

"그건 아니오. 편지를 보낸 국왕도 자신이 경솔하게 처신했던 점을 후회하고 있을 게 분명하오. 편지의 내용이 알려지면 국왕뿐만 아니라 그의 나라도 큰 타격을 입게 되니까 말이오."

"그렇다면 편지가 공표될 경우에 누가 이익을 보게 되는 겁니까? 왜 누가 그 편지를 훔쳐 공개하고 싶어 할까요?"

"홈즈 씨, 그건 복잡한 국제 정치에 대한 문제라오. 유럽의 현 상황을 생각해 보면 당신도 어렵지 않게 그 동기가 뭔지 파악할 수 있을 거요. 전 유럽에서는 무장한 군인들이 언제 일어날지도 모르는 전쟁에 대비하고 있소. 현재는 두 개의 군사 동맹의 군사력이 거의 균형을 이루고 있소. 하지만 대영제국은 그 어느 쪽에도 속해 있지 않기 때문에, 우리가 어디로 가느냐에 따라 대세가 기우는 거요. 만일 영국이 한쪽 동맹과 전쟁을 벌인다면 다른 동맹이 우세해지지 않겠소? 전쟁에 합류하든 말든 상관없이 말이오. 아시겠소?"

"잘 알겠습니다. 그럼, 그 편지를 입수하여 공표하면 편지를 보낸 국왕의 적국들에게 이익이 되겠군요. 우리나라와 국왕의 나라 사이가 안 좋아질 테니까 말입니다."

"그렇소."

"그 편지가 적국의 손에 넘어간다면 누구에게 보낼 거라고 생각하십니까?"

"유럽의 수상이라면 누구라도 상관없을 거요. 지금 현재 가장 신속한 방법으로 누구에겐가 보내지고 있겠지."

호프 장관은 머리를 떨어뜨리고 신음 소리를 크게 냈다. 벨린저 수상은 위로하듯 장관의 어깨에 손을 얹었다.

"운이 나빴던 것뿐이오, 호프 장관. 아무도 자네를 비난할 순 없소. 자네는 최선을 다하지 않았는가. 자, 홈즈 씨, 여기까지가 우리가 알고 있는 사실의 전부요. 이제 우리가 어떻게 하면 좋겠소?"

홈즈는 침통한 얼굴로 고개를 가로저었다.

"그 편지를 찾지 못한다면 정말 전쟁이 일어난다고 생각하십니까?"

"그럴 가능성이 매우 높다고 생각하오."

"그렇다면 전쟁 준비를 할 수밖에 없겠군요."

"홈즈 씨, 그런 희망 없는 말을 하다니."

"현실을 직시해야 합니다. 밤 11시 30분부터 다음 날 아침 편지가 없어진 걸 발견할 때까지 호프 장관과 부인이 방 안에 계셨으니까, 11시 30분 이후에 편지를 도둑맞았다고는 생각할 수 없습니다. 그렇다면 도둑맞은 시간은 저녁 7시 30분에서 11시 30분 사이가 됩니다. 편지를 가져간 범인은 편지가 침실 안에 있다는 걸 알고 있었을 테고, 그렇다면 되도록 빨리 편지를 손에 넣고 싶었을 테니까 아마 7시 30분에 가까운 시간이었을 거라는 추리가 가능합니다.

그렇게 중요한 편지를 어제 8시나 9시쯤에 누군가 훔쳐냈다면 지금은 그 편지가 어디에 있을까요? 범인이 누구이든 간에 그 편지를 갖고 있을 이유가 없습니다. 그 편지를 곧장 필요한 사람에게 보냈을 겁니다. 그렇다면 편지가 적국의 손에 들어가기 전에 되찾는 일은 말할 것도 없고, 어디에 있는지 찾는 것조차도 가망이 없지 않습니까? 우리가 할 수 있는 일은 아무것도 없습니다."

벨린저 수상은 의자에서 일어섰다.

"당신 말대로요. 홈즈 씨. 나도 이제 와서 어떻게 할 수 없을 거라고 생각했소."

"그런데 말입니다. 하녀나 하인들 중 한 명이 편지를 훔쳐 갔다고 가정해 보죠."

"저희 집 하인들은 전적으로 믿을 수 있는 사람들입니다."

"장관님 침실은 3층에 있고, 방으로 들어가는 입구는 하나밖에 없는 데다, 거기로 들어가려면 사람들의 눈에 띌 수밖에 없다고 하셨습니다. 그렇다면 집안사람 중 한 명이 그 편지를 훔친 게 틀림없습니다. 범인은 그 편지를 누구에게 가져갔을까요? 국제 스파이에게 가져 갔을 확률이 크겠죠? 저는 그런 자들의 이름을 훤히 알고 있습니다. 그 가운데 주요 인물이 셋 있지요. 세 명 모두 살던 곳에 그대로 있는지 가서 직접 알아보는 걸로 수사를 시작하겠습니다. 만일 그중 한 명이 어제저녁부터 자취를 감추었다면 편지가 그의 손에 넘어갔다는 얘기겠죠."

"하지만 자취를 감출 필요가 있겠소?" 호프 장관이 물었다.

"런던에 있는 자기네 대사관으로 가져가면 될 텐데요."

"전 그렇게 생각지 않습니다. 원래 스파이들이란 독립적으로 활동하는 데다, 자기네 대사관과 관계가 나쁜 경우가 많거든요."

벨린저 수상은 수긍이 간다는 듯 고개를 끄덕였다.

"홈즈 씨, 당신 생각이 옳다고 생각하오. 그 편지가 얼마나 중요한지 고려한다면 스파이가 직접 본부에 전할 가능성이 크오. 홈즈 씨, 당신의 추리력은 정말 놀랍소. 그건 그렇고 호프 장관, 이 사건 때문에 우리의 다른 직무를 소홀히 해서는 안 되지 않겠소? 홈즈 씨, 우리도 새로운 사실을 알게 되면 당신에게 알릴 테니, 당신도 수사 결과를 우리에게 꼭 알려 주시오."

벨린저 수상과 호프 장관은 고개 숙여 인사를 하고, 엄숙한 태도로 방에서 나갔다.

두 유명한 정치가가 방에서 나가자 홈즈는 담배파이프에 불을 붙이고는 한동안 생각에 잠겨 있었다. 나는 조간신문을 펼쳐 들고 어제저녁 런던에서 일어난 한 흥미로운 범죄 사건에 대한 기사를 읽고 있었다. 그런데 갑자기 홈즈가 탄성을 지르더니 벌떡 일어나 담배파이프를 벽난로 위에 놓았다.

"바로 그거야. 그게 사건에 접근하는 최상의 방법이지. 상황이 급박하긴 해도 희망이 전혀 없는 건 아니야. 지금이라도 그 세 사람 중 누가 그 편지를 훔쳤는지 알아내기만 하면 아직 그 범인이 편지를 갖고 있을 가능성도 있어. 그럴 경우에는 결국 돈 문제란 얘긴데, 우리 뒤에는 영국 재무부가 버티고 있지 않나? 팔려고 내놓으면 사들이면 되는 거지.

우리가 세금을 몇 푼 더 내더라도 말일세. 그리고 범인이 그 편지를 외국에 팔기 전에 우리나라 측과 흥정을 해 보려고 그냥 갖고 있을 수도 있어. 그런 대담한 짓을 벌일 수 있는 놈은 셋밖에 없어. 오버스타인, 라 로티에르, 에두아르도 루카스. 한 명씩 다 만나 봐야겠군."

나는 읽고 있던 조간신문을 들여다보며 말했다. "자네가 말한 에두아르도 루카스는 고돌핀 가에 사나?"

"그래."

"그럼 자네가 찾아가도 만나지 못하겠군."

"무슨 말이야?"

"그는 어제저녁에 자기 집에서 살해되었어."

지금까지 같이 사건을 조사하는 중에 늘 홈즈가 날 놀라게 했기 때문인지 이번엔 내가 홈즈를 깜짝 놀라게 했다는 사실을 깨닫는 순간 기쁨의 감정이 밀려들었다. 홈즈는 눈을 크게 뜨고 나를 보다가 내가 들고 있던 신문을 가로챘다. 신문 기사는 다음과 같다.

웨스트민스터의 살인

어제저녁 고돌핀 가 16번지에서 이상한 살인 사건이 일어났다. 그곳은 템스 강과 웨스트민스터 사원 사이에 18세기 양식의 고풍스런 집들이 모여 있는 인적이 드문 동네로, 국회 의사당 건물의 대형 시계탑 가까이 있다. 에두아르도 루카스 씨는 몇 년 전부터 이곳에 있는 작지만 고급스러운 저택에 살고 있었는데, 좋은 성격과 뛰어난 아마추어 테너 가수라는 명성으로 사교계에도 잘 알려져 있는 인물이다.

루카스는 34세의 독신으로, 집에는 나이 많은 가정부 프링글 부인과 그의 시중을 드는 하인 미턴이 있을 뿐이다. 프링글 부인은 언제나 일찌감치 잠자리에 드는데, 어제도 평소와 다름없이 제일 위층에 있는 방에서 잠을 자고 있었다. 미턴은 어제저녁 햄머스미스에 사는 친구를 만나기 위해 외출했다. 따라서 밤 10시 이후에 집 안에 깨어 있던 사람은 루카스 씨뿐이었다. 밤 10시부터 무슨 일이 일어났는지 아직 밝혀지지 않았지만, 11시 45분 경 고돌핀 가를 순찰하던 배렛 순경이 루카스 씨 집의 현관문이 열려 있는 것을 발견했다. 그는 노크를 했지만 아무런 응답이 없었다.

거실에서 불빛이 새어 나오는 것을 보고 그쪽으로 들어가 노크해 보았으나 역시 아무런 대꾸가 없었다. 그래서 순경은 방문을 밀고 안으로 들어가 보니 방은 아수라장이 되어 있었다. 가구는 한쪽으로 밀쳐져 있었고, 방 한가운데에는 의자가 하나 넘어져 있었다. 루카스 씨가 그 의자의 다리 하나를 쥔 채 쓰러져 있었다. 심장 부위를 찔린 것으로 보아 즉사했을 거라고 추정된다. 범행에 사용된 칼은 칼날이 휜 인도식 단검으로 방 안 벽에 장식해 두었던 동양의 무기 중 하나를 집어든 것으로 보인다.

방 안의 값나가는 물건들을 훔쳐 가지 않은 것으로 보아 범행 동기가 단순 절도는 아닌 듯하다. 루카스 씨는 유명한 데다 평판도 좋았기 때문에 이번에 발생한 그의 갑작스런 죽음에 많은 친구들이 깊은 애도의 뜻을 표하고 있다.

홈즈는 오랜 침묵을 깨고 나에게 물었다. "왓슨, 이 사건을 어떻게 생각하나?"

"놀라운 우연의 일치로군."

"우연의 일치라고! 편지를 가져갔을 가능성이 있는 세 명의 스파이 중 한 명이, 범인이 편지를 훔치고 있을 바로 그 시간에 의문의 죽음을 당했어. 우연의 일치가 아닐 가능성이 커. 그럴 확률이 얼마인지 정확한 수치로 나타낼 순 없지만 말일세. 왓슨, 이 두 사건은 분명히 관계가 있어. 어떤 관계가 있는지 알아내는 게 우리가 할 일이지."

"그렇지만 지금쯤은 경찰도 모든 사실을 알고 있을 것 아닌가?"

"그렇지 않아. 루카스의 살인 사건에 대해선 알고 있겠지만, 편지가 도난당한 사건에 대해선 전혀 모르고 있네. 물론 알려서도 안 되고 말일세. 두 사건을 모두 알고 있는 건 우리뿐이니까 두 사건 사이의 연관성을 밝혀낼 수 있는 사람도 우리뿐이야.

그건 그렇고 나는 편지를 훔쳐 간 범인으로 루카스를 가장 의심하고 있었네. 물론 거기에는 분명한 이유가 있지. 루카스가 살고 있던 고돌핀 가는 호프 장관의 집이 있는 화이트 테라스 홀에서 걸어서 몇 분 거리라네. 하지만 내가 이름을 거론한 다른 두 명의 스파이는 웨스트엔드에서도 끝부분에 살고 있어. 그러니까 루카스가 다른 두 스파이들보다는 호프 장관의 집안사람과 관계를 맺거나 정보를 얻기가 쉽다는 얘기가 되지. 물론 이건 그냥 지나칠 수도 있는 문제일세. 하지만 그렇게 가까운 거리에 있는 두 집에서 두세 시간 사이에 연달아 사건이 일어난 경우는 아주 중요한 단서가 될 수 있어. 왓슨, 누가 찾아온 것 같군."

허드슨 부인이 쟁반에 명함 한 장을 받쳐 들고 들어왔다. 홈즈는 명함을 들여다보더니 눈썹을 치켜 올리고 나에게 명함을 건네주었다.

"힐다 트렐로니 호프 부인에게 올라오라고 하세요."

조금 전에는 유명한 두 정치가가 다녀가더니, 이번에는 런던에서 가장 아름다운 여성이 우리의 누추한 방을 찾아왔다. 벨민스터 경의 막내딸인 호프 부인의 미모에 대해서 소문으로 들어서 익히 알고 있었다. 그러나 어떤 설명이나 흑백 사진으로도 눈앞에서 직접 보는 그녀의 아름다움에는 도저히 미치지 못하는 듯했다. 섬세하고 우아한 자태에 아름다운 용모, 피부색까지 완벽한 조화를 이루고 있었다.

하지만 우리의 눈길을 끈 것은 그녀의 아름다움이 아니었다. 호프 부인이 우리 방문 앞에 모습을 보인 그 잠시 동안 우리의 눈에 들어온 것은 그녀의 아름다움이 아니라 그녀가 느끼고 있는 공포였다. 그녀의 눈에는 마음이 어지러워서 그런지 창백한 안색과 대조적으로 눈에는 열기가 이글거리고 있었다. 그러나 그런 마음을 보이지 않으려고 애써 참고 있는 모습이었다.

"홈즈 씨, 남편이 여기에 다녀갔나요?"

"예, 다녀가셨습니다."

"홈즈 씨, 부탁입니다만 제가 여기에 온 걸 제 남편에게 비밀로 해

주세요."

홈즈는 가볍게 머리를 숙여 인사를 하고 의자를 가리키며 앉으라고 권했다.

"제 입장이 참 난처하군요. 일단 앉으셔서 용건을 말씀하세요. 하지만 어떤 상황에서도 발설하지 않겠다는 약속은 할 수 없습니다."

호프 부인은 방을 가로질러 가더니 창문을 등지고 앉았다. 큰 키에 우아하고 여성스러운 모습은 정말 여왕 같은 자태였다.

"홈즈 씨." 부인은 하얀 장갑을 낀 두 손을 깍지 낀 채 양손을 꼭 쥐었다 폈다 하면서 말을 이어나갔다. "사실대로 말씀 드릴 테니, 당신도 솔직히 대답해 주셔야 합니다. 남편과 저 사이에는 단 한 가지 문제를 빼고는 비밀이 없어요. 그 한 가지가 바로 정치에 관한 문제입니다. 남편은 정치에 관해서는 굳게 입을 다물고 저에게 아무것도 가르쳐주지 않아요. 저는 어젯밤 저희 집에서 뭔가 아주 안 좋은 일이 일어났다는 것을 알고 있습니다. 어떤 편지가 없어졌죠. 하지만 그 일이 정치적인 문제이기 때문에 남편은 저에게 무슨 일인지 털어놓으려 하지 않습니다.

여기서 분명하게 해 둘 게 있어요. 저는 그 사건의 진상을 알아야만 해요. 정치가들을 제외하고 진상을 알고 계시는 분은 당신뿐입니다. 홈즈 씨, 무슨 일이 일어났는지, 그 일이 어떤 결과를 초래하는지 자세히 말씀해 주세요. 당신이 알고 있는 걸 다 말해 주세요. 제 남편을 위해 비밀을 지킨다는 생각은 거두어 주세요. 제가 그 일에 대해 모두 알고 있는 것이 제 남편에게 도움이 될 테니까요. 도난당한 편지는 어떤 것이었나요?"

"부인, 그 질문에는 대답할 수 없습니다."

호프 부인은 괴로운 듯 신음 소리를 내더니 두 손에 얼굴을 묻었다.

"부인, 이해해 주셔야 합니다. 남편은 이 사건에 대해 부인에게 아무것도 알려 주지 않는 게 낫다고 판단하셨습니다. 그러니 탐정으로서 고객에 대한 비밀을 지키기로 약속하고 사건의 진상을 들은 저도 남편 분의 판단에 따를 수밖에 없습니다. 저에게 물어보시는 건 적당치 않군요. 남편 분께 물어보시는 게 좋을 듯합니다."

"이미 물어보았지만 가르쳐 주지 않았어요. 물어볼 사람은 당신밖에 없다고 생각해서 찾아온 겁니다. 홈즈 씨, 사건의 진상에 대해 말씀해 주시지 않는다 해도 한 가지만은 가르쳐 주실 수 있겠지요?"

"부인, 그게 무엇인가요?"

"이 사건 때문에 남편의 정치적 경력에 오점이 남을 수도 있나요?"

"그렇습니다, 부인. 게다가 이 사건이 잘 해결되지 않으면 대단히 불행한 사태가 생길지도 모릅니다."

"오! 이런 일이!"

부인은 예상하고 있었다는 듯이 숨을 크게 들이마셨다.

"홈즈 씨, 한 가지만 더 묻겠습니다. 이번 사건이 생긴 직후에 남편이 무심코 흘린 말로는 그 편지를 찾지 못하면 사회에 무서운 영향을 끼칠 거라고 했는데, 그게 사실입니까?"

"남편께서 그렇게 말씀하셨다면, 저도 그 사실을 부정하지는 않겠습니다."

"대체 그 영향이란 것이 어떤 종류입니까?"

"안 됩니다. 부인, 제가 대답할 수 있는 것 이상의 것을 물어보시는군요."

"그렇다면 더 이상 당신의 시간을 빼앗지 않겠어요. 솔직히 말씀해 주시지 않는다고 당신을 탓할 수는 없지요. 당신 입장에서 보면 남편의 뜻을 따르지 않고 여기까지 와서 캐묻는 저를 나쁘게 생각할 수도 있겠죠. 하지만 그렇게 생각하지는 마세요. 저는 다만 제 남편의 걱정을 나누고 싶을 뿐이니까요. 다시 한 번 부탁드립니다만 제가 여기에 찾아온 건 비밀로 해 주세요."

부인은 문간에서 우리를 한 번 돌아보았다. 그 덕분에 나는 아름답긴 하지만 고통에 사로잡혀 일그러진 얼굴과 놀란 듯한 눈을 마지막으로 볼 수 있었다. 그리고 부인은 방에서 나갔다.

방문이 닫히고 치맛자락이 바닥에 스치는 소리가 들리지 않자 홈즈는 미소를 지으면서 말했다.

"왓슨, 아름다운 여성은 자네 분야가 아니던가? 저 아름다운 여인의 속셈이 뭘까? 진짜 원하는 게 뭐냔 말이지"

"본인이 말했다시피 걱정이 된다고 하지 않던가. 이런 상황이라면 걱정이 되는 게 당연하지."

"왓슨, 부인의 모습을 기억해 보게. 당황해서 안절부절못하면서도 끈질기게 계속 물어보지 않았나? 게다가 부인이 자기감정을 쉽게 나타내지 않는 상류 사회 출신이라는 걸 감안하면 더욱 이상한 일이지."

"확실히 몹시 당황한 것처럼 보이긴 했어."

"또 하나 이상한 점이 있어. 호프 부인은 자신이 그 일에 대해 모두 알고 있는 것이 남편에게 도움이 될 거라고 확신에 차서 말했어. 그게 무슨 의미일까? 어떻게 도움이 된다는 거지? 자네도 눈치챘겠지만 부인은 일부러 빛을 등지고 앉았어. 그건 우리에게 자신의 얼굴 표정을 읽히지 않기 위해서였을 거야."

"그건 나도 알았어. 방에 있는 많은 의자 중에 빛을 등지고 앉을 수 있는 의자를 골라 앉더군."

"하지만 여자들이 어떤 행동을 하는 이유는 한 마디로 알다가도 모를 일이지. 왓슨, 내가 빛을 일부러 등지고 앉았다고 의심했던 마게이트의 그 여자 기억나나? 코에 분을 바르지 않아서 그걸 숨기려고 그랬던 걸로 밝혀졌지. 확실하지 않은 사실로 추리를 할 순 없지. 여자들은 평범한 행동에도 깊은 뜻이 있을 수 있고, 정말 이상해 보이는 행동에도 아무런 뜻이 없는 경우도 있어. 단순히 머리핀이나 머리용 인두 때문일 수도 있지. 그럼, 나중에 보세, 왓슨."

"어디 가려고?"

"고돌핀 가에 가서 스코틀랜드 야드 친구들과 오전 시간을 보낼 작정이네. 에두아르도 루카스가 이번 사건과 어떤 관계가 있는지는 두고 봐야 알겠지만 이 사건의 열쇠를 쥐고 있는 것은 분명해. 사실을 알아내기 전에 추리를 하는 건 큰 실수를 하는 거지. 왓슨, 자네가 집에 있다가 손님이 오면 맞아 주게. 점심때까지는 돌아오겠네."

그날 하루 종일 그리고 다음 날도 또 그다음 날도 홈즈는 그를 잘 아는 사람들이 보기엔 말이 없는 상태, 하지만 잘 모르는 사람이 보기엔 상당히 기분이 언짢은 상태였다. 홈즈는 집에서 뛰쳐나갔다가 들어와서는 줄담배를 피우고, 바이올린을 켜고, 생각에 잠겼다가 아무 때나 샌드위치를 먹어 대고, 내가 물어보는 일상적인 질문에 제대로 대꾸조차 하지 않았다. 분명히 수사가 잘 진행되지 않는 모양이었다. 홈즈가 사건에 대해서 아무런 말도 하지 않아서, 나는 신문을 읽고 배심원들의 심문 내용이라든가 루카스의 하인 존 미턴이 체포되었다가 곧 풀려난 사실 정도를 알게 되었을 뿐이다.

검시 배심원들은 루카스의 죽음을 고의적 타살로 판결 내렸지만 범인에 대해선 아무것도 알아내지 못했다. 그리고 범행 동기도 밝혀내지 못했다. 방에는 값나가는 물건이 많이 있었는데, 범인은 전혀 손대지 않았다. 피해자의 서류들도 뒤진 흔적이 없었다. 하지만 서류를 조사해 본 결과, 루카스가 국제 정치에 깊은 관심을 갖고 있었으며, 남의 이야기하는 걸 좋아하고, 자주 편지를 쓰며, 여러 외국어를 유창하게 구사했다는 사실을 알아냈다. 몇몇 나라의 고위급 정치가들과 편지를 주고받을 정도로 친했는데, 서랍 속에 가득한 서류들 중에서 특별해 보이는 건 발견되지 않았다. 만나는 여자들은 많았으나 깊은 관계는 없어 보였고, 특별히 친한 친구나 사랑하는 사람도 없었다. 규칙적인 생활을 했으며, 누구한테 특별히 원한을 살 만한 일도 하지 않았다. 어떻게 해서 피살되었는지 전혀 짐작도 하지 못했고, 사건이 해결될 기미도 전혀 보이지 않았다.

존 미턴을 체포한 건 아무것도 하지 않고 있을 수 없다는 경찰의 판단 아래 어쩔 수 없이 한 조치였는데, 그에게 불리한 단서는 하나도 나오지 않았다. 사건이 일어난 날 밤, 미턴은 햄머스미스에 있는 친구들을 만나러 갔었고, 알리바이도 확실했다. 그가 집을 나섰다가 웨스트민스터에 도착한 시간은 범행이 일어나기 전이었다. 그러나 그의 진술에 따르면, 거기서부터 걸어왔기 때문에 밤늦게 집에 도착할 수 있었다는 것이다. 미턴이 집에 도착한 시각은 밤 12시였으며, 루카스가 피살된 것을 발견하고 상당한 충격을 받은 듯했다.

미턴은 평소에 주인 루카스와 사이가 좋았다. 면도기를 포함한 루카스의 물건 몇 개가 미턴의 상자에서 발견되었는데 미턴의 설명으로는 그건 루카스가 선물로 준 것이라고 했고, 가정부도 그의 말이 사실임을 증언했다. 미턴은 루카스 집에서 3년 정도 일했다. 눈길을 끄는 사실은 루카스가 다른 나라에 갈 때 미턴을 데리고 가지 않았다는 점이다. 루카스는 때때로 석 달 정도 파리에 머물기도 했는데, 그동안에도 미턴은 남아서 집을 관리했었다. 가정부는 사건이 일어난 날 밤에 아무 소리도 듣지 못했다. 누군가 찾아온 사람이 있었다면 루카스가 직접 맞아들인 것으로 보인다.

내가 신문에서 주워들은 바로는 사건이 일어난 지 사흘이 지난 지금도 사건 해결의 기미는 전혀 보이지 않았다. 홈즈가 신문 기사에 나온 사실들보다 더 많은 걸 알고 있다 하더라도 나에게는 아무 말도 하지 않았다. 레스트레이드 경감으로부터 사건이 어떻게 돌아가는지 일일이 보고받고 있다고 말한 것으로 봐서는 수사 진행 상황을 자세히 알고 있는 것 같았다. 사건이 일어난 지 나흘째 되는 날, 파리에서 발송한 전보 기사가 신문에 실렸다. 그 기사의 내용으로는 사건이 완전히 해결된 것처럼 보였다.

파리 경찰이 새로운 사실을 발견함에 따라 지난 월요일 밤 웨스트민스터의 고돌핀 가에서 일어난 에두아르도 루카스 살해 사건의 진상이 밝혀졌다. 지금까지의 수사 진행 상황을 보면 루카스가 그의 방에서 칼에 찔린 채 발견되었고, 그의 하인 미턴이 범인으로 의심받았지만 확실한 알리바이가 있어서 수사가 미궁에 빠져 있었다. 하지만 어제 파리 오스테를리츠에 사는 앙리 푸르네이라는 부인이 정신이 이상해졌다고 하인들이 신고했다. 곧바로 진찰해 본 결과, 푸르네이 부인은 위험한 상태의 정신병 증세를 보이고 있었다.

경찰 조사에 의하면, 푸르네이 부인은 지난 화요일에 런던에 갔다 돌아왔으며, 루카스 살해 사건과 관계가 있다는 증거를 찾아냈다. 발견된 사진을 대조해 본 결과, 푸르네이 부인의 남편 앙리 푸르네이와 에두아르도 루카스가 동일 인물이며, 무슨 이유에서인지는 모르지만 루카스는 런던과 파리에서 이중생활을 하고 있었음이 밝혀졌다.

푸르네이 부인은 크리올 계로 쉽게 흥분하는 성격이며, 이전에도 질투심 때문에 거의 미친 적이 있었다고 한다. 전 런던을 떠들썩하게 했던 루카스 살해 사건도 부인의 이런 질투심 때문에 저질러진 것으로 추정된다. 사건이 있었던 월요일 밤에 부인이 정확히 무슨 짓을 했는지는 밝혀지지 않았지만, 화요일 아침에 부인과 인상이 일치하는 여자가 채링크로스 역에서 몹시 흥분한 모습으로 미친 사람 같은 행동을 해서 다른 사람들의 이목을 끈 일이 있었다. 따라서 푸르네이 부인이 완전히 정신이 나간 상태에서 루카스를 죽였거나 루카스를 죽인 충격으로 실성했을 가능성이 있다. 현재로서는 푸르네이 부인이 있었던 일에 대해 이치에 맞는 설명을 해 줄 수 없는 상태이며, 의사는 부인이 제정신을 차릴 가망이 없는 것으로 판단했다. 그리고 월요일 밤 고돌핀 가에 있는 루카스의 집을 한 여자가 지켜보고 있었다고 말하는 증인도 있는데, 그 여자가 푸르네이 부인이었을 것으로 추정된다.

홈즈가 아침 식사를 하는 동안, 내가 기사 내용을 큰 소리로 읽어 주었다.

"홈즈, 이 기사를 어떻게 생각하나?"

홈즈는 식탁에서 일어서더니 방 안을 이리저리 거닐었다.

"왓슨, 자네가 오랫동안 참고 있었다는 건 알아. 하지만 내가 지난 사흘 동안 사건에 대해 아무 얘기도 하지 않은 건 실제로 별로 말할 거리가 없었기 때문일세. 지금 파리에서 온 이 기사도 그다지 도움이 되지는 않는군."

"그래도 루카스의 살인에 대해선 수사가 마무리된 게 아닌가?"

"사실 우리가 맡은 사건과 비교해 봤을 때 루카스의 죽음은 사소한 사건에 불과해. 우리가 진짜 해야 할 일은 없어진 편지를 찾아서 유럽에 전쟁이 일어나는 걸 막는 거야. 여기서 그냥 지나쳐서는 안 되는 게 한 가지 있네. 지난 사흘 동안 아무런 일도 일어나지 않았다는 사실이지. 정부로부터 거의 한 시간마다 보고를 받았는데, 유럽 어디에서도 전쟁이 일어날 조짐은 보이지 않고 있네. 편지를 훔친 사람이 이미 그 편지를 다른 사람에게 전달했다면 무슨 일인가 생겼을 거야. 그 렇다면 편지가 아무에게도 전달되지 않았다는 얘긴데, 그럼 그 편지 는 어디 있을까? 누가 갖고 있는 걸까? 왜 편지를 그냥 갖고 있는 거 지? 내 머릿속은 이런 문제들로 가득 차 있다네. 편지가 없어진 날 밤 루카스가 살해된 건 단순한 우연의 일치일까? 편지가 그의 손에 들어 갔을까? 그럼 왜 그의 서류 속에 편지가 없을까? 정신이 나간 푸르네 이 부인이 가져간 걸까? 그렇다면 파리에 있는 그녀의 집에 있을까? 프랑스 경찰의 의심을 사지 않으면서 푸르네이 부인 집을 수색할 방 법이 없을까?

왓슨, 이번 사건에서는 범죄자에게 법이 위험한 것만큼 우리에게도 법이 위험한 존재야. 자네도 알다시피 이 사건은 절대 법적인 문제로 불거져서는 안 되지 않나? 아무도 우릴 도와줄 순 없지만, 이 사건에 걸려 있는 이익은 참으로 어마어마하지. 내가 이 사건을 잘 해결하기 만 한다면 내 경력에 더 없는 영예가 될 거야. 아, 무슨 새로운 정보가 들어온 모양이군."

홈즈는 건네받은 쪽지를 훑어보았다.

"왓슨, 레스트레이드가 흥미로운 사실을 발견한 모양이야. 자네도 모자를 쓰고, 웨스트민스터의 사건 현장으로 함께 가자고."

나는 이번 사건의 범행 현장에는 처음이었다. 루카스의 집은 높고 폭이 좁은 건물로, 색은 좀 어둡지만 깨끗하고 튼튼해 보였으며, 100 년 전쯤에 지어진 듯한 구식 건물이었다. 불도그처럼 생긴 레스트레이 드가 창문 너머로 우리를 보고 있었다. 체격이 큰 경관이 현관문을 열 자 레스트레이드 경감이 나와서 반갑게 우리를 맞았다.

우리는 범행이 일어났던 방으로 안내되었다. 하지만 방에는 카펫에 밴 핏자국 외에는 범행 흔적은 아무것도 남아 있지 않았다. 방 한가운데에 깔려 있는 카펫은 작고 네모난 인도산 제품이었고, 카펫이 깔려 있지 않은 바닥은 네모 모양의 나무판이 깔려 있었는데 반질반질하게 잘 닦여 있었다. 벽난로 위는 무기들로 장식되어 있었고, 그중 하나가 살인 흉기로 사용되었다. 창가에는 고급스러운 책상이 있었고, 그림과 바닥 깔개, 벽에 걸려 있는 물건들 모두 여성 취향의 사치스런 것들뿐이었다.

레스트레이드 경감이 말을 꺼냈다. "파리에서 보낸 소식은 읽어 보셨나요?"

홈즈는 고개를 끄덕였다.

"이번엔 프랑스 경찰이 사건 해결에 큰 공로를 한 것 같군요. 사건이 그들이 말한 대로라는 게 명백하지 않습니까? 푸르네이 부인은 남편의 행방을 찾아내어 급습을 한 겁니다. 루카스는 완벽한 이중생활을 하고 있었으니까요. 다른 사람들이 볼지도 모르는데 길거리에 세워 둘 순 없으니 루카스는 부인을 집 안으로 들어오게 했겠죠. 그녀는 남편의 뒤를 밟았다고 하면서 그를 비난했을 겁니다. 그러다 감정이 격해져서 가까이 있는 단검을 뽑아 들었고, 결국은 죽이게 된 겁니다. 하지만 의자들이 모두 한쪽으로 치워져 있었던 걸로 봐서는 순간적으로 죽인 게 아닐 수도 있습니다. 그리고 루카스는 의자의 한쪽 다리를 움켜쥔 채 죽어 있었는데, 그건 그 의자로 부인의 공격을 막으려 했던 것이 아니었나 생각됩니다. 마치 현장에서 범죄를 목격한 사람처럼 이제는 모든 게 분명해졌군요."

홈즈는 눈썹을 치켜 올렸다.

"그럼 나를 왜 오라고 했습니까?"

"아, 그게 말입니다. 좀 다른 문제입니다. 별일 아닌 것 같긴 하지만, 좀 이상한 점이 있어서요. 제 생각에는 선생이 흥미를 가질 것 같더군요. 주요 사실과는 그다지 관계없는 일이긴 하지만 말입니다."

"대체 그게 뭐지요?"

"이런 범행이 일어난 뒤에는 일반적으로 현장을 그대로 보존하는데 주의를 기울입니다. 이번 사건도 마찬가지로 아무것도 건드리지 않고 밤낮으로 경관이 사건 현장을 지켰죠. 그런데 오늘 아침의 일입니다. 루카스의 시체도 묻었고 수사도 종결되고 해서 현장을 치우려고 했습니다. 그런데 이 카펫을 보세요. 바닥에 고정시키지 않은 채 그냥 깔려 있거든요. 그랬더니—"

"뭘 발견했습니까?"

홈즈의 얼굴은 기대감으로 긴장되었다.

"아마 100년이 걸려도 홈즈 씨는 우리가 발견한 걸 상상조차 할 수 없을 겁니다. 카펫에 묻어 있는 핏자국이 보이지요? 틀림없이 피가 많이 스며들었을 겁니다."

"그렇겠지요."

"그런데 카펫에서 스며 나왔을 피가 마룻바닥에는 묻어 있지 않단 말입니다. 어떻습니까? 놀라셨지요?"

"핏자국이 없다고! 그럴 리가?"

"그렇게 말씀하실 줄 알았습니다. 하지만 핏자국이 없는 게 사실인 걸요."

레스트레이드는 카펫의 한쪽 귀퉁이를 손으로 들어 올려 뒤집어 보였다. 그가 말한 대로였다.

"보세요. 카펫의 뒤쪽도 앞쪽과 마찬가지로 핏자국이 있습니다. 그렇다면 마룻바닥에도 얼룩이 남아 있어야 하지 않겠습니까?"

레스트레이드는 유명한 탐정을 당황하게 만든 것이 신이 났는지 혼

자서 킥킥 웃어댔다.

"자, 그럼 제가 설명해 드리지요. 여기에 두 번째 핏자국이 있습니다. 물론 카펫에 난 자국의 위치와 일치하지 않지만요. 직접 보시지요."

레스트레이드는 설명을 하면서 카펫의 다른 쪽을 들어 뒤집어 보였다. 과연 마룻바닥 표면에는 선명한 붉은 핏자국이 나 있었다.

"홈즈 씨, 이걸 어떻게 생각하시나요?"

"왜 이렇게 되어 있는지 묻는 겁니까? 그거야 간단하지요. 처음에는 두 개의 핏자국이 일치했겠지만 누군가 카펫을 돌려놓은 거요. 모양이 네모난 데다 바닥에 고정되어 있지도 않으니까 쉽게 돌려놓을 수 있었을 거요."

"누군가가 카펫을 돌려놓았다는 사실을 들으려고 홈즈 씨를 부른 게 아닙니다. 경찰도 그 정도는 알 수 있으니까요. 그건 너무 뻔한 일 아닙니까? 내가 알고 싶은 건 누가, 무슨 이유로 카펫의 위치를 바꿔 놓았냐 하는 점입니다."

홈즈의 얼굴이 굳어지는 걸로 봐서 그가 마음속으로는 흥분 때문에 동요하고 있음을 알 수 있었다.

"레스트레이드 경감, 복도에 서 있는 저 경관이 계속 이 방을 지키고 있었나요?"

"그렇소."

"그럼, 내가 하라는 대로 하시오. 저 경관을 조사해 봐야 합니다. 우리 앞에서는 안 됩니다. 우리는 여기서 기다릴 테니, 뒤쪽에 있는 방으로 데려가세요. 당신과 단 둘이 말해야 경관이 쉽게 털어놓을 거요.

그리고 왜 사람들을 사건 현장에 들여보낸 다음 혼자 놔두었는지 물어보세요. 그렇게 했는지 안 했는지를 묻지는 마세요. 그냥 당연한 사실로 받아들이고 있는 것처럼 보여야 합니다. 누군가 이 방에 들어왔었다는 사실을 안다고 말하세요. 그다음 빨리 털어놓으라고 다그치세요. 솔직하게 고백하는 것만이 용서받는 유일한 길이라고 하세요. 내 말대로 해야 합니다. 알았지요?"

"저 경관이 정말로 알고 있다면 불지 않고는 못 배길 거요."

레스트레이드는 복도로 뛰어나갔다. 그리고 뒷방에서 그의 호통 치는 소리가 들려왔다.

"자, 지금이야, 왓슨, 어서!" 홈즈가 아주 급한 듯이 소리쳤다.

홈즈의 무관심한 태도 뒤에 감추어져 있던 무서운 힘이 폭발한 것 같았다. 그는 마룻바닥에서 카펫을 걷어 내더니 눈 깜짝 할 사이에 바닥에 엎드려 네모난 마루 판자의 모서리 끝을 하나하나 손톱으로 잡아당겨 보았다. 그런데 판자 중 하나가 조금 움직이더니 상자 뚜껑처럼 열리는 것이었다. 판자 밑에는 검은 구멍이 조그맣게 나 있었다. 홈즈는 구멍에 손을 집어넣었다가 분노와 실망이 뒤섞인 신음 소리를 내며 손을 꺼냈다. 구멍 속은 텅 비어 있었다.

"왓슨, 빨리, 서둘러! 원 상태대로 해 놓아야 해!"

나무판자를 제자리에 끼워 놓고 카펫을 똑바로 깔았을 때 복도에서 레스트레이드의 목소리가 들려왔다. 경감이 들어왔을 때 홈즈는 벽난로에 기대어 서 있었다. 나오는 하품을 참기 어렵다는 듯 나른하게 서 있는 폼이 수사 같은 건 완전히 포기한 사람처럼 보였다.

"홈즈 씨, 기다리게 해서 죄송합니다. 이번 사건에는 별 흥미를 못

느끼나 봅니다. 그건 그렇고, 이 친구가 모두 실토했습니다. 이리로 들어오게, 맥퍼슨. 이분들에게 자네가 저지른 짓을 말씀드리게."

흥분한 듯하지만 반성의 빛이 역력하게 보이는 경관이 방으로 들어왔다.

"절대로 피해를 입힐 생각은 없었습니다. 어제저녁에 어떤 젊은 여자가 찾아 왔죠. 집을 잘못 찾아온 모양이었습니다. 그리고 이런저런 이야기를 나누었죠. 온종일 방만 지키고 있자니 하도 심심해서 그랬습니다."

"그다음엔 무슨 일이 있었나?"

"그 여자는 신문에서 사건에 대해 읽었다고 하면서 범행 현장을 보고 싶다고 했어요. 단정한 차림에 말씨도 점잖은 여자여서 잠깐 보여줘도 상관없으리라고 생각했습니다. 그런데 카펫에 난 핏자국을 보더니 바닥에 쓰려져서 죽은 사람처럼 꼼짝도 하지 않았어요. 얼른 물을 가져와서 먹어 보았지만 정신을 차리지 못했습니다. 그래서 저는 길모퉁이를 돌면 있는 아이비 플랜트로 브랜디를 사러 나갔습니다. 하지만 제가 돌아와 보니 여자가 정신을 차리고 돌아갔는지 없었습니다. 부끄러워서 제 얼굴을 다시 보지 못할 것 같아 그냥 간 거라고 생각했죠."

"이 카펫 위치가 바뀐 것 같진 않았소?"

"그게…… 제가 돌아왔을 때 약간 구겨져 있는 것 같았습니다. 여자가 그 위에 쓰려졌기 때문이라고 생각했죠. 반들반들한 바닥에 그냥 깔려 있지 않습니까? 고정시키는 것도 없고요. 그래서 다시 반듯하게 펴 놓았습니다."

"나를 속이진 못한다는 걸 알았겠지, 맥퍼슨?" 레스트레이드가 엄하게 말했다. "임무를 조금 게을리해도 아무도 모를 거라고 생각했겠지만, 카펫을 보기만 해도 나는 누군가 이 방에 들어왔었다는 사실을 알 수 있네. 없어진 게 없으니 다행이지, 그렇지 않았다면 자네는 굉장히 난처한 상황에 처했을 거야. 홈즈 씨, 별일도 아닌 걸로 여기까지 오시게 해서 죄송합니다만 바닥에 난 두 번째 얼룩이 첫 번째 핏자국의 위치와 일치하지 않는 점에 선생이 흥미를 가지실 것 같아서요."

"확실히 흥미를 느끼고 있습니다. 정말 흥미로운 사실이죠. 그런데 맥퍼슨, 그 여자가 온 건 한 번뿐이었나?"

"예, 한 번뿐입니다."

"이름은?"

"이름은 모릅니다. 타자 칠 직원을 모집한다는 광고를 보고 왔다는데, 주소를 잘못 찾았다고 하더군요. 상냥하고 품위도 있는 젊은 여자였습니다."

"키가 크고 미인이던가?"

"예, 아주 늘씬한 여자였습니다. 미인이냐고 물으셨지요? 굉장한 미인이었습니다. '경관님. 잠깐만 좀 보여 주세요.'라고 말하더군요. 상냥하고 애교까지 섞인 말투여서 문간에서 잠깐 들여다보게 해 줘도 별로 상관없을 거라고 생각했죠."

"옷차림은 어땠소?"

"수수한 차림이었습니다. 발까지 내려오는 긴 망토를 입고 있었죠."

"여자가 찾아온 게 몇 시경이었소?

"해가 질 무렵이었습니다. 브랜디를 사 들고 돌아올 때 가로등이 켜지고 있었으니까요."

"잘 알겠소. 왓슨, 어서 가세. 다른 데 중요한 볼일이 있다네."

우리가 집을 나올 때 레스트레이드 경감은 그대로 방에 남았고, 맥퍼슨 경관 혼자서 우리를 문까지 배웅했다. 홈즈는 계단에 서서 뒤를 돌아다보더니 손에 있는 뭔가를 경관에게 보여 주었다. 경관은 뚫어져라 바라보더니 놀란 표정으로 외쳤다.

"아니, 이럴 수가!"

홈즈는 아무 말 말라는 듯 손가락을 입에 갖다 대고 나서 상의 주머니에 손을 다시 집어넣었다. 거리로 들어섰을 때 홈즈는 웃음을 터뜨렸다.

"잘됐어! 왓슨, 이제 마지막 장면을 위한 막이 올라가고 있네. 전쟁도 일어나지 않을 거고, 트렐로니 호프 장관의 화려한 경력에 오점이 생기지도 않을 거야. 편지를 보낸 국왕도 자신의 경솔한 처신에 대해 처벌받을 필요가 없게 되는 거지. 우리가 약간의 재치를 발휘해 잘 처리한다면 아무도 피해를 입지 않을 거란 말일세. 끔찍한 결과를 불러올 수도 있었던 사건이 이렇게 해결되다니……. 자네도 안심이 되지?"

내 마음은 홈즈의 비상한 능력에 대한 감탄으로 가득 찼다.

"자네, 사건을 해결했군!" 내가 소리쳤다.

"완전히 해결한 건 아니야. 아직 확실치 않은 점이 몇 가지 있네. 하지만 많은 걸 알아냈으니 나머지를 알아내지 못한다면 우리에게 문제가 있는 거지. 곧장 호프 장관 댁으로 가서 사건을 완전히 해결하자고."

호프 장관 집에 도착했을 때 홈즈는 호프 장관의 부인을 만나러 왔다고 말했다. 그리고 우리는 거실로 안내되었다.

부인은 화가 많이 났는지 얼굴이 붉어져 있었다.

"홈즈 씨, 이건 너무 부당하고 가혹한 짓 아닌가요? 제가 당신을 찾아간 사실을 비밀로 해 달라고 부탁 드렸을 텐데요. 제가 주제넘게 나선다고 제 남편이 생각하지 않도록 말이에요. 그런데 이렇게 찾아오셔서 우리 사이에 무슨 관계가 있다는 걸 보여 주시면 제가 난처해지지 않겠어요?"

"부인, 유감스럽게도 다른 방법이 없었습니다. 저는 아주 중요한 편지를 찾아 달라는 부탁을 받았거든요. 그래서 하는 말인데, 이제 저한테 그 편지를 주시지요."

부인은 벌떡 일어섰다. 아름다운 얼굴에서는 핏기가 싹 가셨다. 눈앞이 안 보이는 사람처럼 휘청거렸다. 부인은 마치 기절할 것처럼 보였다. 부인은 간신히 충격에서 벗어나 기운을 차렸는데 얼굴에는 놀라움과 노여움의 빛이 서려 있었다.

"홈즈 씨, 당신이…… 당신이 나를 모욕하는군요."

"이러지 마십시오, 부인. 소용없는 짓입니다. 편지를 빨리 내놓으시지요."

부인은 벨이 있는 쪽으로 달려갔다.

"집사가 집 밖까지 안내해 드릴 겁니다."

"벨을 울리면 안 됩니다. 벨을 울리면 소문을 내지 않고 사건을 해결하려고 했던 저의 모든 노력이 수포로 돌아가고 맙니다. 편지를 내

놓으시기만 하면 모든 일이 원만하게 수습될 겁니다. 제가 하라는 대로 하면 이 일은 조용히 수습될 수 있을 겁니다. 하지만 제 말에 따르지 않으신다면 저로서는 진상을 밝힐 수밖에 없습니다."

부인은 마치 여왕처럼 오만하게 서서 똑바로 홈즈의 눈을 응시했는데, 홈즈의 마음을 읽으려고 하는 것 같았다. 한쪽 손을 벨 위에 올려

놓고 있긴 했지만 누를 생각은 없는 것 같았다.

"홈즈 씨, 절 위협하는군요. 여기까지 오셔서 여자를 위협하다니, 남자답지 않은 짓 아닙니까? 뭔가를 아신다고 했는데, 뭘 아신다는 말씀인가요?"

"먼저 좀 앉으시지요, 부인. 그렇게 서 계시면 쓰러질 경우 상처를 입을 겁니다. 앉으실 때까지는 이야기하지 않겠습니다. 고맙습니다."

"홈즈 씨, 5분만 시간을 드리겠습니다."

"1분으로 충분합니다. 힐다 부인, 저는 다 알고 있습니다. 당신이 에두아르도 루카스를 찾아간 것도, 부인이 그에게 편지를 건네준 것도, 어제저녁 교묘한 방법으로 루카스의 방에 다시 들어간 것도, 그리고 카펫 아래 은밀한 곳에 숨겨져 있던 편지를 어떻게 꺼내 갔는지까지도 말입니다."

부인은 백지장같이 하얀 얼굴로 홈즈를 빤히 바라보았다. 두 번쯤 침을 삼키고는 말문을 열었다.

"홈즈 씨, 당신 미쳤나 보군요. 미쳤어요!"

홈즈는 주머니에서 두껍고 딱딱한 종잇조각을 꺼냈다. 어떤 여자의 초상화에서 얼굴만 도려낸 것이었다.

"쓸데가 있을 것 같아 이걸 갖고 다녔죠. 경관이 어제저녁에 온 여자와 이 초상화의 여자가 같은 인물이라고 인정했습니다."

부인은 깜짝 놀라 숨이 막힌 듯한 표정으로 머리를 의자 등에 기댔다.

"자, 부인은 편지를 갖고 계십니다. 아직은 사건을 잘 수습할 수 있습니다. 저도 부인을 난처하게 만들 생각은 없습니다. 편지를 찾아 당신 남편에게 돌려주기만 하면 제 임무는 끝납니다. 제 말대로 하시지요. 이제 다 고백하세요. 기회는 지금밖에 없습니다."

부인은 용기가 대단한 사람이었다. 일이 이렇게까지 되었는데도 자신의 패배를 인정하려 들지 않았다.

"홈즈 씨, 다시 말하지만 당신은 지금 말도 안 되는 착각을 하고 있어요."

홈즈는 의자에서 일어섰다.

"유감입니다, 부인. 저는 당신을 위해 최선을 다했습니다. 하지만 모두 헛수고였군요."

홈즈가 벨을 울리자 집사가 들어왔다.

"트렐로니 호프 장관이 집에 계십니까?"

"12시 45분에 돌아오실 겁니다."

홈즈는 시계를 꺼내 보았다.

"아직 15분이 남았군. 됐소, 그만 가 보세요. 장관이 오실 때까지 기다리지."

집사가 방문을 닫기도 전에 호프 부인은 홈즈의 발밑에 무릎을 꿇고 손을 뻗었다. 위를 올려다보는 부인의 아름다운 얼굴은 눈물로 젖어 있었다.

"절 용서해 주세요, 홈즈 씨. 용서하세요!" 부인은 몹시 흥분하여 간절하게 애원했다. "제발 남편에겐 말하지 말아 주세요. 저는 진심으로 남편을 사랑합니다. 저는 남편의 삶에 어떤 나쁜 영향도 끼치고 싶지 않아요. 하지만 이 사실을 알게 되면 남편의 고귀한 마음에 상처를 주게 됩니다."

홈즈는 부인을 일으켰다.

"부인, 마지막 순간에라도 본심으로 돌아와 주셔서 감사합니다. 이제 별로 시간이 없습니다. 편지는 어디에 있나요?"

부인은 책상으로 뛰어가 열쇠로 서랍을 열고 푸른빛이 도는 긴 봉투를 꺼냈다.

"여기 있어요, 홈즈 씨. 이런 건 애당초 내 눈에 띄지 말았어야 했어요!"

"이걸 어떻게 돌려주지?" 홈즈가 중얼거렸다. "빨리 무슨 방법을 생각해 내야 하는데……. 문서 보관함은 어디 있나요?"

"아직 침실에 그대로 있습니다."

"정말 다행이군요. 부인, 문서함을 빨리 가져오세요."

잠시 후에 부인이 붉은색의 납작한 문서함을 갖고 돌아왔다.

"먼젓번에는 어떻게 열었죠? 복제한 열쇠를 갖고 계시나요? 물론 갖고 계시겠죠? 어서 여세요."

호프 부인은 품 안에서 조그만 열쇠를 꺼냈다. 문서함은 쉽게 열렸다. 안에는 서류가 가득 들어 있었다. 홈즈는 파란 봉투를 서류 중간쯤에 깊숙이 넣었다. 그러고는 문서함을 닫고 열쇠로 다시 잠근 다음 침실에 갖다 놓으라고 말했다.

"이제 호프 장관을 맞을 준비가 다 됐군요. 아직 10분이 남았습니다. 제가 부인을 보호하기 위해 노력하고 있다는 걸 아시겠죠? 그러니 그 보답으로 부인은 이 사건의 진상을 숨김없이 얘기해 주셔야 합니다."

"홈즈 씨, 다 말씀 드리겠어요. 남편의 마음을 한순간이라도 괴롭히

느니 차라리 제 오른팔이 잘리는 게 나을 겁니다. 런던에서 저만큼 자기 남편을 사랑하는 여자도 없을 거예요. 그런데도 저는 이런 짓을 저질러야만 했어요. 남편이 제가 한 일을 안다면 절 용서하지 않을 거예요. 워낙 명예를 중시하는 분이라 남의 잘못을 잊거나 용서하지를 못하거든요. 홈즈 씨, 제발 도와주세요! 제 행복, 남편의 행복, 그리고 저희 생활 자체가 위험에 빠져 있어요."

"빨리 사건의 진상을 말씀하시지요. 시간이 별로 없습니다."

"사건은 제가 경솔하게 쓴 편지에서부터 시작되었어요. 결혼 전에 사랑에 빠진 한 소녀가 충동적으로 쓴 철없는 편지였지요. 저는 별 뜻 없이 쓴 편지지만, 남편은 제가 죄를 지었다고 생각할 것 같았어요. 만일 남편이 편지를 읽어 본다면 다시는 저를 믿지 않을 거라고 생각했죠. 그 편지를 쓴 건 아주 오래전이었어요. 전 완전히 잊힌 일이라고 생각했답니다. 그런데 루카스에게서 연락이 왔어요. 그 편지를 갖고 있는데 남편에게 보여 줄 거라고 협박하는 거였어요. 저는 제발 그러지 말라고 빌었지요. 그랬더니 그는 남편의 문서함에 들어 있는 이러이러한 편지를 넘겨주면 내 편지를 돌려주겠다고 했어요. 정부 기관에 스파이를 잠입시켜 그런 편지가 있다는 사실을 알아낸 거예요. 그는 남편에게는 피해가 가지 않을 거라고 장담했어요. 홈즈 씨, 제 입장에서 한번 생각해 보세요. 어떻게 했으면 좋았을까요?"

"남편에게 모든 사실을 털어놓았어야 합니다."

"그럴 수는 없었어요, 홈즈 씨, 그건 안 되는 일이었어요! 두 가지 선택이 있었죠. 하나는 남편과 제 사이가 끝나는 것이고, 하나는 남편의 편지를 훔치는 거였어요. 물론 나쁜 짓 같긴 했지만 정치에 관한 일이라 그게 어떤 결과를 불러일으킬지 제가 잘 몰랐던 거예요. 사랑과 신뢰라는 문제를 생각해 보면 제 결론은 확실해졌어요. 루카스의 요구를 들어주기로 결심했죠. 제가 남편 열쇠의 본을 뜨고 루카스가 열쇠를 복제해 주었어요. 그런 다음 저는 문서함을 열고 편지를 꺼내서 고돌핀 가로 가져갔죠."

"거기서 무슨 일이 있었습니까?"

"미리 정한 대로 저는 현관문을 두드렸어요. 루카스가 직접 문을 열어 주더군요. 그의 뒤를 따라 집 안으로 들어갔지만 현관문을 열어 두었습니다. 루카스와 둘이서만 있는 게 무서웠거든요. 제가 안으로 들어갈 때 웬 여자가 밖에 서 있었던 것이 기억이 나요. 우리 거래는 금방 끝났어요. 루카스는 제 편지를 책상 위에 올려놓았죠. 저는 그에게 제가 가져온 편지를 넘겨주었어요. 루카스도 제 편지를 넘겨주었죠. 바로 그때 문간에서 소리가 들렸어요. 그리고 복도에서 발소리가 들렸죠. 루카스는 재빨리 카펫을 젖히고 그 밑에 있는 비밀 장소에 편지를 넣고는 다시 카펫을 덮었어요. 그 뒤에 일어난 일은 악몽 같았어요. 지금도 그 여자의 가무잡잡한 미친 듯한 얼굴이 눈에 선해요. 그 여자는 프랑스 어로 '내가 지금까지 이 날을 기다려 왔다. 드디어 딴 여자와 같이 있는 현장을 잡았어!'라고 외치더군요.

그리고 나서 무시무시한 싸움이 벌어졌어요. 루카스가 의자를 들어 올리려고 했고, 여자의 손에서는 단도가 번쩍였어요. 거기까지 보고 저는 그 무서운 곳에서 정신없이 도망쳐 나왔어요. 다음 날 아침에 신문을 보고서야 루카스가 죽었다는 사실을 알았죠. 전날 밤까지만 해도 저는 행복했어요. 제 편지를 찾았으니까요. 하지만 그다음에 무슨 일이 벌어질지 몰랐죠.

한 가지 불행을 피하기 위해 또 다른 불행을 끌어들였다는 사실을 깨달은 건 다음 날 아침이었습니다. 편지가 없어진 걸 발견하고 괴로워하는 남편을 보면서 저는 가슴이 찢어지는 것 같았어요. 그 자리에서 무릎을 꿇고 제가 저지른 짓을 고백하고 싶을 정도였어요. 하지만 그렇게 되면 제 과거까지 털어놓아야 했어요. 그건 안 될 일이었죠. 그리고 저는 당신을 찾아갔어요. 제가 얼마나 엄청난 짓을 저질렀는지 알고 싶었거든요. 사실을 확인하고 나서부터 저는 남편의 편지를 되찾아야겠다는 일념에 사로잡혔어요. 편지는 아직 루카스가 숨겨 두었던 장소에 그대로 있는 게 분명했어요. 그 무서운 여자가 방 안에 들어오기 전에 숨겨 둔 거니까요. 그 여자가 나타나지 않았더라면 루카스가 어디에 편지를 숨겨 두었는지 몰랐을 거예요. 그 방에 들어가려면 어떻게 해야 할지를 고민했어요. 이틀 동안 그 집을 살펴보았지만 한 번도 현관문이 열려 있지 않았어요.

그래서 어제저녁에 마지막 시도를 해 봤죠. 제가 어떻게 해서 그 방에 들어가 편지를 갖고 나왔는지 당신도 이미 알고 계시죠? 저는 편지를 갖고 돌아와 그걸 없애 버릴까도 생각했어요. 남편에게 돌려주면 제가 한 잘못을 다 털어놓지 않을 수 없다고 생각했기 때문이죠. 어쩌면 좋아! 계단을 올라오는 남편의 발소리가 들려요!"

호프 장관은 흥분해서 방 안으로 뛰어들어왔다.

"홈즈 씨, 무슨 새로운 소식이라도 있나요?"

"사건 해결의 희망이 보이고 있습니다."

호프 장관의 얼굴이 환해졌다.

"아, 고맙기도 해라! 나와 점심 식사를 하려고 수상께서 함께 오셨소. 그분에게 희망이 보인다는 얘기를 해도 될까요? 수상께선 강철처럼 강인한 분이지만 이번에 일어난 끔찍한 사건 때문에 밤에 한숨도 못 주무신 것 같소. 제이콥스, 수상께 이쪽으로 오시라고 전해 주게. 여보, 정치적인 이야기를 나눠야 하니까 당신은 자리를 좀 피해 주겠소? 식당에서 기다리고 있으면 우리도 곧 가리다."

수상의 태도는 침착해 보이기는 했지만 눈빛이 번뜩이고 뼈만 남은 손이 떨리는 것으로 보아 호프 장관과 마찬가지로 흥분되어 있음을 알 수 있었다.

"뭔가 보고할 게 있다고요, 홈즈 씨?"

"지금까지는 확실치 않습니다. 편지가 있을 만한 곳은 모두 조사해 보았습니다. 그래도 찾을 수 없는 걸로 봐서는 우려하셨던 위험은 없는 것이 확실합니다."

"그러나 그것만으로는 충분치 않소, 홈즈 씨. 언제 터질지 모를 화산을 안은 채 살아갈 수는 없지 않소? 우리에게는 뭔가 뚜렷한 단서가 필요하오."

"그런 단서를 입수할 수 있다고 생각합니다. 그래서 제가 찾아온 거고요. 이 사건을 생각하면 할수록 편지가 이 댁에서 나가지 않았다는 확신이 듭니다."

"홈즈 씨! 그게 무슨 소리요?"

"편지가 이 댁에서 나갔다면 지금쯤은 공개되었어야 하는 거 아닙니까?"

"편지를 훔쳐 낸 다음에 집 안에 숨겨 둔다는 것이 말이나 되오?"

"그런 말이 아닙니다. 저는 아무도 편지를 훔치지 않았다고 확신합니다."

"그럼 편지가 문서함에서 왜 없어졌다는 거요?"

"문서함에서 없어지긴 한 건지 잘 모르겠습니다."

"홈즈 씨, 지금은 농담할 때가 아니오. 문서함에서 없어졌다고 확실히 말할 수 있소."

"화요일 아침 이후에 문서함을 살펴보신 적이 있으신가요?"

"아니오. 그럴 필요가 없었소."

"편지를 못 보고 넘어간 건 아니신지요?"

"말도 안 되는 소리요."

"하지만 저는 확신할 수 없군요. 전에도 그런 일이 일어나는 걸 몇 번 본적이 있거든요. 문서함 속에는 다른 서류들도 들어 있겠죠? 그럼 다른 서류와 뒤섞여서 못 보신 게 아닐까요?"

"제일 위에 두었소."

"누군가 상자를 흔들어서 위치가 바뀌었을 수도 있습니다."

"아니오, 그럴 리가 없소! 모두 꺼내 보았단 말이오."

수상이 끼어들었다.

"호프 장관, 그거야 쉽게 해결될 문제 아니오? 문서함을 가져오라고 하시오."

호프 장관이 벨을 울렸다.

"제이콥스, 문서함을 가져오게. 말도 안 되는 시간 낭비이긴 하지만 홈즈 씨가 믿지 않으니 조사를 해 보지요."

얼마 후 제이콥스가 문서함을 가져왔다.

"수고했네, 제이콥스. 여기에 놔두게. 열쇠는 항상 제 시곗줄에 달려 있습니다. 자, 이게 서류들입니다. 메로 경에게서 온 편지, 찰스 하디 경의 보고서, 베오그라드에서 보낸 각서, 러시아와 독일 사이의 곡물세에 대한 문서, 마드리드에서 온 편지, 플라워스 경의 편지……. 아니! 이럴 수가! 이게 뭐야? 벨린저 경이라고!"

수상은 호프 장관의 손에 있는 푸른 봉투를 낚아챘다.

"이거야! 안에 들어 있던 내용물도 그대로군. 호프 장관, 천만다행일세."

"고맙소! 정말 고맙소! 이제야 걱정이 사라졌군. 그렇지만 정말 상상할 수도 없는 일이오. 말도 안 되는 일인 줄 알았는데……. 홈즈 씨, 당신은 마법사요, 마법사! 그런데 편지가 문서함 안에 있다는 걸 어떻게 알았소?"

"다른 곳 어디에도 없었으니까요."

"정말 내 눈을 믿을 수 없구려!"

호프 장관은 문 쪽으로 달려갔다.

"내 아내가 어디 있지. 모든 일이 다 잘 해결되었다고 얘기해 줘야 하는데……. 힐다! 힐다!"

계단에서 그의 목소리가 들려왔다. 수상은 눈을 반짝이면서 홈즈를 바라보았다.

"홈즈 씨, 편지가 문서함 속에 그대로 있다는 생각을 한 데에는 무슨 이유가 더 있었을 텐데요. 이 편지가 어떻게 해서 돌아와 있는 거요?"

홈즈는 빤히 쳐다보는 수상에게서 눈길을 떼고 미소를 지었다.

"우리에게도 외교상의 비밀이 있답니다."

홈즈는 모자를 집어 들고 문 쪽으로 걸어갔다.

역주 —

　코난 도일은 《셜록 홈즈 사건》에 수록된 단편을 제외한 셜록 홈스 단편 베스트 12선에서 '제2의 얼룩'을 8위에 선정했다. 원고 31매가 1922년 1월 26일 뉴욕 경매에서 170달러에 낙찰되었다(5매 반은 다른 사람의 필체). 이 원고는 크리스토퍼 몰리가 기증해서 현재 펜실베이니아의 하버포드 칼리지가 소장하고 있다.

Sherlock
Holmes

해 설 편

《셜록 홈즈의 귀환》

셜록 홈즈의 진실

내 작품의 등장인물 가운데 가장 유명한 인물에 대해 이야기하는 것도 독자들에게는 색다른 재미가 될 것이다. 홈즈가 실재 인물이라는 인상은 자주 연극무대에 등장해서 강조되었기 때문일 것이다. 〈로드니 스톤〉의 상연을 철회했지만, 극장을 6개월이나 임대했기 때문에 어떻게든 다른 작품을 상연해야만 했다. 극장을 놀리는 것은 파산을 의미했기 때문이다. 전후의 사정을 생각하고, 이번에는 깜짝 놀랄 만한 셜록 홈즈 연극을 상연하는 것에 힘을 집중하기로 했다. 대본은 1주일 만에 완성했는데, 제목은 단편 소설 원작의 제목과 마찬가지로 〈얼룩 끈〉으로 했다. 2주일 사이에 한 연극의 상연이 중단되고, 다시 다른 작품을 써서 연습을 한 것이다. 그러나 결과는 대단히 성공적이었다. 무서운 그림스비 라일롯 박사(소설에서는 로일롯이다)를 맡은 린 하딩은 연기가 뛰어났고, 셜록 홈즈를 맡은 세인츠버리의 연기도 아주 좋았다. 다른 연극으로 손해 본 돈을 보상할 수 있었고, 이 작품은 순회극이 되어 지금도 전국에서 상연되고 있다.

이 연극에는 뱀이 등장하는데, 여기에 나오는 뱀은 진짜 살아 있는 뱀으로 내가 자랑으로 생각하는 것 중의 하나다. 어느 평론가가 비평의 마지막을 "이 연극의 매력은 분명히 가짜라는 것을 알 수 있는 뱀의 등장으로 크게 손해를 보았다."라고 한 것을 보고, 내가 얼마나 기분이 나빴는지 모른다. 그때까지 연극에서는 여러 가지 진짜 뱀을 사용했는데 어느 뱀이나 연기를 제대로 하지 못했다. 우리가 원하는 대로 벽의 구멍에 있는 것이 아니고, 벨의 끈처럼 힘없이 벽의 구멍에 매달려 있거나 벽의 구멍으로 도망가거나 했다. 또 살아 있는 것처럼 보이기 위해 소품 담당이 꼬리를 끈으로 묶어서 움직여야 했다. 그래서 모조품을 사용했는데 소품 담당을 비롯해 모두가 만족했다.

이것은 셜록 홈즈 연극으로서는 두 번째 작품이었다. 첫 작품도 나에게는 깊은 인상으로 남아 있는데, 아프리카 전쟁 즈음에 상연되었다. 각색과 주연은 유명한 미국 배우 윌리엄 질렛(1855~1937)이 했고, 내 캐릭터와 구상이 몇 개 사용됐다. 연극을 시작하기 전에 질렛에게서 전보를 받은 일도 있는데 "홈즈를 결혼시켜도 좋습니까?"라는 내용이었다. 이는 연극 구성에 고민하다가 보낸 것으로 나는 "홈즈를 결혼시키든 죽이든 마음대로 해도 좋습니다."라는 짧막한 답신을 보냈다. 연극은 작품성으로나 경제적으로나 모두 성공했다.

한편 제임스 배리 경(1860~1937, 스코틀랜드의 소설가, 극작가)은 패러디를 써서 셜록 홈즈에게 경의를 표하기도 했다. 그가 대본을 쓴 코믹 오페라의 실패를 감수하려는 의도였다. 그 오페라는 그와 나의 합작품으로 서로 심혈을 기울였지만 실패로 끝났다. 그래서 배리는 책 마지막 여백 페이지에 홈즈에 관한 패러디를 써서 보냈는데, 이 작품은 많은 패러디 가운데 최상의 것으로 작가의 기지를 보여 줄 뿐만 아니라 왕성한 용기를 보여 준다.

셜록 홈즈의 무대의 화제를 끝내기 전에 어느 배우도, 그리고 어느 삽화의 홈즈도 내가 원래 생각하고 있던 남자와 아주 다르다는 것을 말하고 싶다. 《주홍색 연구》에는 "키는 6피트가 넘었지만 너무 말라서 6피트보다 더 커 보였다."라고 했듯이 키를 크게 할 생각이었다. 내가 생각한 것은 야위고 면도칼 같은 얼굴에 독수리 부리 같은 코를 하고, 작은 두 눈이 가늘게 찢어진 인상이다. 이것이 내 개념이었다. 그러나 시드니 패짓(이 사람은 젊어서 죽었다)이 최초의 삽화를 모두 그렸고 내 생각과는 다른 결과가 나왔다. 시드니 패짓에게 월터라는 동생이 있는데, 그가 홈즈의 모델을 했다. 미남 월터가 못생긴 홈즈의 대역을 한 것이다. 이것은 여성 독지의 입장이 되어 보면 잘된 것이다. (월터 패짓은 시드니 패짓이 죽은 후 〈죽어 가는 탐정〉의 삽화를 그렸다.)

무대 위에서 상연된 연극은 이렇게 탄생한 삽화를 답습했는데, 그것은 영화에서도 마찬가지였다. 저작권 논쟁에 결론이 나고 프랑스의 영화사에서 돈을 보내 왔을 때, 금광이라도 발견한 듯한 기분이어서 나는 기꺼이 응했다. 그러나 나중에 그 권리를 다시 사야 했기 때문에 받은 돈의 열 배를 지불하기도 했다. 지금은 스톨 영화사가 에일 노우드(1861~1948)를 홈즈로 해서 만들고 있다. 노우드는 무대에서도 이 역을 맡았고, 런던 시민의 인기를 한 몸에 얻었다. 그는 매력적이라고밖에 할 수 없는 진기한 자질을 갖고 있어서, 아무것도 하지 않을 때에도 관객은 열심히 눈을 집중했다. 분장과 소품들도 아주 뛰어났다. 영화에는 전화나 자동차, 기타 등등 빅토리아 시대(1837~1901)에 살았던 홈즈가 꿈도 꾸지 못했던 기계들이 많이 등장하기도 했다.

'홈즈 시리즈를 쓰는 데 있어서 마지막은 어떻게 되는가?' 하고 질문하는 사람이 많이 있다. 물론 가는 곳을 모르고 출항하는 사람은 없을 것이다. 우선 취향을 정하고 주된 취향이 결정되면 다음 작업은 그것을 숨기고 다른 설명이 가능한 여러 가지를 강조하는 것이다. 그러나 홈즈는 여러 가지 착오는 물론 양자택일이 없이 거침없이 지나간다. 그리고 그는 한 걸음 한 걸음 해결을 향해 조금이라도 극적으로 가까이 가면서 그 사이에 설명도 하고, 정당하다고 이유를 말한다.

이렇게 만들어진 특정 단편에 대해 세계의 각지에서 정기적으로 해 오는 질문이 있다. 〈프라이어리 스쿨〉에서 홈즈는 황무지에 남아 있는 자전거 바퀴 자국을 보고 그것이 어느 쪽으로 갔는지 안다고 했다. 이 점에 대해서 항의 편지가 정말 많이 왔다. 그래서 나는 실제 내 자전거를 갖고 실험해 보았다. 나는 상식적으로 자전거가 직선을 달릴 때는 뒷바퀴 자국이 앞바퀴 자국보다 위에 오기 때문에 이것으로 달린 방향을 알 수 있다고 생각했다. 하지만 이것은 틀린 것으로, 투서가 정확한 것을 알았다. 자전거가 어느 쪽으로도, 차바퀴 자국과 똑같이 나타났기 때문이다. 그러나 홈즈는 역시 정확했다. 정답은 황무지에 있었다. 황무지는 완만한 기복이 있는데, 자전거가 오르는 길을 갈 때는 바퀴자국이 깊이 나고, 내려오는 길은 얕게 나타났다. 따라서 홈즈의 견해는 결국 정확하다고 할 수 있다.

그러나 나는 전문 분야에 대한 지식이 없기 때문에 위험한 입장에

처한 일도 몇 번 있다. 예를 들면, 한 번도 경마를 해 본 적이 없음에
도 불구하고 〈실버 블레이즈〉를 썼다. 그 소설에는 경마의 규정과 트
레이너에 대한 이야기가 있다. 스토리 자체에 문제는 없었고 홈즈의
활약도 좋았다. 그러나 무지의 탓으로 터무니없는 실수를 했다. 나는
어느 스포츠지에서 이 소설을 엉망으로 만든 훌륭한 비평을 읽은 적
이 있다. 필자는 분명히 경마를 잘 아는 인물로, 만약 내가 쓴 대로 일
이 실제로 일어나면 관계자 전원이 어떠한 처벌을 받는지 설명하고
있다. 그것에 의하면 그 가운데 반이 교도소에 갈 것이고, 나머지는
징계를 받아 경마계에서 추방될 것이라고 했다. 그래도 나는 사소한
것에 그다지 신경을 쓰지 않는다. 인간은 때로 고압적으로 나올 필요
도 있다. 언젠가 한 편집자가 작품 속에 등장하는 철로 이야기에 놀라
서 '그 당시의 철도에 복선은 없습니다.'라는 편지를 보내 왔다. 그러
나 나는 '내가 선로를 새로 하나 만들었습니다.' 하고 답장을 보냈다.
그렇지만 정확함이 필요한 경우도 있다.

여러 가지 의미로 나에게는 좋은 친구였던 홈즈를 나쁘게 말하고
싶지는 않지만, 내가 가끔 그를 따분하게 느끼는 일이 있다고 하면 그
것은 감정의 기복이 없는 그의 캐릭터 탓일 것이다. 홈즈는 정말 계산
기 같은 인물이고, 거기에 무언가 다른 성질을 더한다면 홈즈다움이
약해질 것이다. 때문에 스토리에 변화를 주기 위해서는 로맨스와 간
결한 플롯에 의지할 수밖에 없다. 한편 왓슨에 대해서 말하면, 7권의
시리즈 가운데에서, 그는 전혀 유머러스하지 않고 농담도 한번 하지
않는다. 진짜 품격을 내기 위해서는 여러 가지 것을 희생해서 견실화
해야 한다. 올리버 골드스미스(영국의 문인)가 존슨 박사(사서편찬가 새

무얼 존슨)를 논하는 글에서 "당신이 작은 고기를 말하면 그들은 고래처럼 떠들어 댄다."를 잊어서는 안 된다.(골드스미스는 작은 고기를 얼마나 작은 고기답게 말하는가 하는 것이 작가의 솜씨라고 말했다.)

대형 관광버스로 런던에 온 프랑스 학생들의 아주 재미있는 이야기를 듣기 전까지, 독자들에게 홈즈가 완전한 실재 인물이 되어 있는 것을 나는 조금도 몰랐다. 학생들에게 런던에서 가장 먼저 보고 싶은 것이 무엇이냐고 묻자 그들은 이구동성으로 홈즈의 베이커 가의 하숙집을 보고 싶다고 했다는 것이다. 지금까지 많은 사람이 그곳이 어느 집인지를 물었는데, 그것은 오히려 확실히 해 두고 싶지 않다.

그 출전이 전해진 것은 아니지만 정기적으로 나타나는 혜성처럼, 일정 기간을 두고 신문이나 잡지에 몇 번이나 나타난 셜록 홈즈 이야기가 몇 개인가 있다.

그 하나는 파리에서 나를 태운 택시기사의 이야기다. 그 운전기사는 나를 보고 말했다. "도일 씨, 당신의 모습을 보니 최근 콘스탄티노플에 갔었군요. 또 부다에도 갔었고. 밀라노 가까이에도 갔었군요." 그래서 내가 "훌륭하군. 어떻게 알았는지 그 비밀을 알려 주면 5프랑을 주겠네." 하고 묻자 "그 트렁크에 붙어 있는 라벨을 보았습니다." 라고 대답했다. 이런 것이다.

또 하나 셜록 홈즈에게 상담을 했다고 하는 여자의 이야기다. "홈즈 씨, 정말 이상한 일입니다. 일주일 사이에 자동차의 경적, 브러시 하나, 골프 공 한 상자, 사전, 그리고 구두 벗기는 기구가 사라졌습니다. 어찌된 일일까요?" 하고 그녀가 묻자 셜록은 "간단한 일입니다, 부인. 당신 이웃에서 염소를 기르는 사람이 있군요."라고 대답했다고 한다.

세 번째 이야기는 셜록 홈즈가 어떻게 해서 천국에 갔는가 하는 것인데, 뛰어난 관찰력으로 곧바로 아담을 발견했는데 여기에서 더 이상 논하기에는 문제가 너무 해부학적이다.

어느 작가나 아주 많은 묘한 편지를 받는다고 생각한다. 나도 마찬가지다. 특이하게도 상당수는 러시아에서 왔다. 또 영어로 쓰여 있는 편지 중에는 생각만 해도 이상한 것들이 있다.

어느 젊은 여자가 보낸 편지는 처음에 꼭 'Good Lord!'라고 쓰여 있다. 또 다른 여성이 보낸 편지에는 순박하게 보이지만 교활한 것도 있다. 바르샤바에서 보낸 것인데, 2년 전부터 누워 있는 환자로, 내 소설이 단 하나의 위로가 되었다는 내용이었다. 그런 감사의 문장에 감동한 나는, 아픈 독자의 수집을 완성시키기 위해 서명을 한 책을 몇 권인가 포장해서 보내려고 했다. 그러나 운 좋게도 같은 날 작가 친구들을 만났기 때문에 진실을 알 수 있었다. 내가 그 감동적인 편지 이야기를 하자 상대는 차갑게 웃으며 주머니에서 완전히 같은 편지를 꺼냈다. 그 작가의 소설도 2년 동안 그녀의 유일한 위로가 된 것이었다. 그 여자가 몇 명의 작가에게 이런 편지를 보냈는지 모르지만 내 상상대로 몇 나라에 보냈다면 그 여자는 아주 재미있는 도서관을 만들었을 것이다.

나를 'Good Lord!'라고 부르는 이 젊은 러시아 여자와 비슷한 경우로, 이보다 더 재미있는 일도 있었다. 내가 나이트 작위를 받고 얼마 지나지 않아, 어느 소매상인으로부터 청구서가 날아왔다. 내용은 상당히 정확하게 쓰여 있었는데 받는 사람이 '셜록 홈즈 경'으로 되어 있었다. 나는 농담은 농담으로 받아들일 줄 아는 사람이지만, 이것은 장난으로 넘기기에는 조금 지나쳤기 때문에 그것을 편지로 엄중히 따졌다. 그 항의를 받고 후회하는 모습의 판매원이 내가 있는 호텔로 와서 이 건에 관해 '좋은 뜻으로 한 일'이라고 반복했다. 내가 "좋은 뜻이라는 것은 어떤 의미인가?"라고 묻자 그는 "가게 동료 말로는 당신은 나이트 작위를 받았고 그럴 때에는 이름을 바꾸는 것이 보통이라, 당신이 홈즈로 이름을 바꿨다고 해서요."라고 대답했다. 결국 나의 불만이 단번에 사라지고 나는 크게 웃었다. 이 남자의 친구들도 거리에서 같은 말을 할 것이다.

홈즈의 추리력을 보이려고 내가 쓴 내용이 실제 체험과 똑같은 적도 몇 번 있다. 홈즈의 수법을 이용해 성공한 예 하나를 여기에 적어 보겠다. 이런 사건이다.

어느 남자가 모습을 완전히 감추고 은행계좌의 잔고 40파운드가 인출된 것이 판명되었다. 그 자신이 직접 인출한 것을 알았는데 그 돈 때문에 살해된 것이 아닌가 하는 가능성도 있다. 그가 실종되기 전에 시골에서 나와 런던의 큰 호텔에 있던 것을 알았다. 그날 저녁, 남자는 연주회를 감상하기 위해 음악회에 갔다가 오후 10시경에 호텔로 돌아왔다. 다음 날 야회복을 거실에 남기고 완전히 사라진 것이다. 호텔을 나온 것을 본 사람은 없지만 옆방에 묵었던 사람이 밤에 그 방에서 소리가 났다고 증언했다. 내가 상담을 받은 것은 일주일 후였는데 경찰은 아무 단서도 발견하지 못했다. 남자는 어디로 사라졌을까?

이상이 시골에 있는 남자의 가족으로부터 얻은 모든 정보다. 나는 홈즈의 눈을 통해서 사건을 해명하려고 노력했다. 나는 시골에 답장을 하고 분명히 글래스고나 에든버러에 있을 거라고 했다. 나중에 남자가 에든버러 갔었던 것이 증명되었는데 일주일 사이에 같은 스코틀랜드에서 다른 곳으로 이동한 것이다.

이야기는 여기까지 하는 게 좋을 것 같다. 왜냐하면 왓슨 의사도 자주 보여주듯이 수수께끼 풀이를 모두 설명하면 미스터리가 없어지기 때문이다. 이미 나와 같이 단서를 잡고 있고, 독자는 이 시점에서 잠시 책을 놓고 자신의 손으로 수수께끼 풀이를 하는 것이 얼마나 간단한지 입증할 수 있을 것이다. 하지만 이와 같은 수수께끼 풀이의 재능이 없는 독자를 위해 내가 추리의 단서를 제공한다. 런던의 호텔이 보통 어떤 것인지 알고 있는 점으로 나는 독자보다도 유리하다. 하지만 그것도 런던의 호텔이 다른 곳과는 다르다고 내가 멋대로 생각하고 있을 뿐인지도 모르겠다.

먼저 사실을 잘 조사해서 확증을 잡을 수 있는 사건과 추측을 나누어 생각해야 한다. 한밤중에 실종자가 방에 있었다는 소리를 들었다고 하는 인물의 증언을 제외하고, 이야기한 내용은 모두 확인을 끝냈다. 이 정도로 큰 호텔에서 옆방의 남자가 다른 소리와 구별해서 들을 수 있을 리가 없다. 만약 전체의 결론과 모순된다면 이 점은 무시해도 좋다.

첫째로 추론할 수 있는 것은 이 남자의 실종은 계획적이라는 것이다. 그렇지 않으면 은행 예금을 찾지 않았을 것이다. 그는 밤중에 호텔을 나갔다. 그러나 호텔에는 야근 포터가 있다. 현관이 일단 닫힌 뒤에 포터에게 발견되지 않고 밖으로 나가는 것은 불가능하다. 호텔의 현관은 극장에 간 손님들이 돌아온 이후, 즉 대개 12시 정도 닫는다. 따라서 남자는 12시 이전에 호텔을 나간 것이다. 음악회에서 돌아온 것이 10시. 그리고 옷을 갈아입고 가방을 갖고 내려와 나간 것이다. 그것을 목격한 사람은 한 명도 없다. 극장에서 돌아온 손님으로 홀이 몹시 혼잡할 때 그는 나갔다. 이것이 11시부터 11시 반까지일 것이다. 그 후는 문이 열려 있다고 해도 출입하는 손님이 적기 때문에, 가방 같은 것을 들고 나가면 눈에 띌 것이다.

어느 정도 수수께끼가 풀리면 다음에 실종된 남자가 이런 시간에 밖으로 나가야 했던 이유를 생각해 보자. 런던에서 모습을 감출 생각이라면 호텔 같은 곳에 가지는 않았을 것이다. 그렇다면 이 남자는 멀리 가려고 분명히 야간열차를 탔을 것이 분명하다. 그러나 야간열차로 지방 역에 내리면 사람 눈에 띄기 쉽다. 그뿐 아니라 인상착의가 알려지면 경비나 포터는 그것을 기억하고 있을 것이다. 때문에 남자가 간 곳은 어딘가의 대도시다. 그렇다면 많은 승객과 같이 기차에서 내려 혼잡 속에 섞이는 것이 가능한 역에 도착할 것이다. 시간표를 보고 심야에 에든버러나 글래스고로 가는 스코틀랜드 방면의 장거리특급에 타면 목적을 이룰 수 있다. 그리고 남자가 야회복을 버렸다는 사실에서 사교계의 예의가 필요 없는 생활을 선택한 것을 추리할 수 있다. 이 추리도 맞은 것이 증명되었다.

이와 같은 사건을 인용한 것은 홈즈 추리의 과정이 실생활에 응용할 수 있는 것을 보이기 위해서다. 그 밖에도 어느 젊은 여자가 외국인과 약혼했는데, 갑자기 실종된 사건이 있었다. 이것도 비슷한 추리 과정을 거친 후 그 남자가 결혼할 가치가 없는 하찮은 존재였기 때문에 여자가 자취를 감추었다는 것을 규명할 수 있었다.

또 하나 아주 불가사의한 사건이 있다. 이 일은 런던의 어느 유명한 출판인으로부터 알게 된 일인데, 이 사람의 직원과 관련된 일이다. 그 이름을 여기에서는 머스그레이브라고 하자. 머스그레이브는 성실한 남자로 성격도 모난 데가 없었다. 그런데 그런 머스그레이브가 죽었다. 죽음 그 자체에 이상한 점은 없었다. 그리고 몇 년이 지나 그에게 편지가 한 통 왔다. 소인을 보니 캐나다의 서부 관광지에서 보낸 것으로 봉투에는 보낸 사람의 이름은 없었다. 죽은 남자에게 친척이 있었다는 기록이 없었기 때문에 출판사 사장은 개봉해 보았다. 그러자 안에는 아무것도 쓰이지 않은 백지가 두 장이 있을 뿐이었다. 편지는 등기였다. 출판사 사장은 어떻게도 할 수 없어서 편지를 그대로 나에게 보냈다. 나도 이렇다 할 방법이 없었기 때문에 백지를 여러 가지 화학 약품과 열로 처리해 보았지만 아무런 결과도 나타나지 않았다. 여자 필적 같다는 것 외에는 아무것도 알 수 없었다. 그것은 지금도 수수께끼로 남아 있다. 편지를 보낸 사람은 머스그레이브가 몇 년 전에 죽은 것도 모르고 어떤 비밀을 통보하려고 한 것일까? 그리고 왜 백지를 등기 우편으로 보냈을까? 나의 화학 실험도 완벽하다고는 생각하지 않지만, 전문가에게 조언을 구했지만 아무것도 얻은 것이 없다. 이것은 분명히 실패의 한 예지만, 아주 흥미를 불러일으키는 사건이다.

나는 또 여러 가지 가짜 사건들을 경험하기도 했다. 표시를 한 명함, 이상한 경고장, 암호 편지, 묘한 통신 등 여러 가지가 있다. 수수께끼를 만드는 것 이외에는 다른 목적이 있는 것도 아닌데, 상당히 고생하는 사람이 있다는 것은 놀라울 뿐이다. 한때 아마추어 당구 대회에 참가하려고 회장에 들어가려고 하자, 담당이 내 앞으로 온 작은 상자를 주었다. 열어 보니 당구장에서 흔히 사용하는 녹색 초크가 들어 있었다. 좋은 물건을 받았다고 생각해 조끼 주머니에 넣고 게임을 하면서 그것을 사용했다. 그리고 몇 개월이 지난 어느 날, 초크에 큐 끝을 문지르자 구멍이 뚫렸다. 구멍 안에 작은 종잇조각이 들어 있어서 무언가 하고 꺼내 보았다. 그 종이에는 '아르센 뤼팽이 셜록 홈즈에게'라고 쓰여 있었다. 상당한 노력을 해서 이런 귀찮은 일을 하는 사람들의 마음을 알고 싶다.

한편, 홈즈에게 들어오는 의뢰 중에는 심령현상을 둘러싼 것도 있어 그도 손을 들었다. 아주 이상한 이야기로, 이것이 사실이라는 증거는 없다. 다만 그것을 전해 온 부인의 편지가 진지하고, 주소도 이름도 확실하다는 것뿐이다. 그 부인을 시그레이브 부인이라고 하자. 시그레이브 부인은 기묘한 오래된 반지를 끼고 있었다. 뱀 모양의 금반지였다. 밤에 잘 때는 빼 두는데 어느 날은 반지를 낀 채로 잤더니 무서운 꿈을 꾸었다. 팔을 무는 무서운 동물을 필사적으로 떼어 내려는 꿈이었다. 잠에서 깨어났어도 팔의 그 부분이 아프고, 다음 날에는 그 부분에 잇자국이 두 개 나타났다. 피부는 찢어지지 않았지만 잇자국은 검푸른 멍이 되었다. 그리고 편지에는 '이 일이 반지와 어떤 관계가 있는지는 모르지만 아무래도 애착이 없어져 얼마동안 끼지 않았습니다. 어느 날 다른 집을 방문하게 되어서 잠시 끼게 되었는데 또 같은 일이 발생했습니다.'라고 쓰여 있었다. 그래서 부인은 반지를 주방의 오븐에 던져 문제와 영원히 작별했다.

이 불가사의한 이야기는 거짓말이 아니라고 생각하지만 초자연적인 것은 아니다. 어느 종류의 강한 정신적 감명이 육체적 효과를 가져다주는 것은 잘 알려진 사실이다. 때문에 꿈에서 무언가에 물렸다면,

육체의 그 부분에 물린 흔적이 생길 수도 있다. 이와 같은 사례는 의학 기록 가운데 충분히 인증되고 있다. 두 번째 사건은 물론 첫 번째 사건처럼 무의식적인 암시에 의한 것으로 생각된다. 아무튼 심령적인 것이든 관능적인 것이든 이 사건은 아주 재미있는 사건이다.

또 숨겨진 보물찾기 같은 사건도 홈즈에게 의뢰되기도 한다. 실제로 일어난 사건에서는 아래와 같은 그림이 남아 있다. 이것은 1782년에 남아프리카 연안에서 조난당한 동인도 회사의 무역선과 관계있다. 만약 내가 젊었다면, 직접 현지에 가서 보물을 찾았을 것이다.

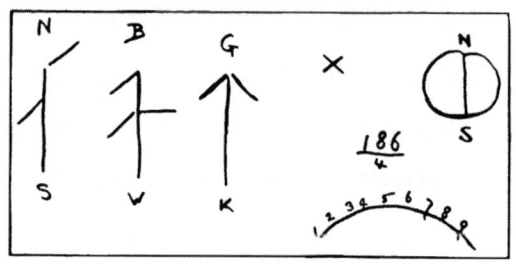

이 배는 델리(인도의 수도)의 왕가의 보물을 포함해 많은 귀중품을 싣고 있었을 것이다. 그 귀중품은 부근 해안에 묻혀 있을 거라고 추정되는데, 이 도면은 그 위치를 나타내는 것이라고 생각된다. 당시 인도인은 독특한 통신용 암호를 갖고 있었고, 그림 왼쪽에 있는 세 개의 십자는 어떤 부호라고 추측할 수 있다. 그것이 무엇을 의미하는가는 인도 관청의 고문서를 조사하면 알 수 있다고 생각한다. 오른쪽의 원형은 방위를 나타낸다. 커다란 원호는 암반의 선을 나타내는 것으로 여겨진다. 그 위의 숫자는 보물의 표시인 'X'에 어떻게 도달하는가를 나타내는 것이다. 난파 현장은 외진 장소이지만, 조만간 이 수수께끼의 해명에 해당하는 것이 나타날 것이다. 그리고 지금 몇 사람이 그 목적으로 움직이고 있다.

이야기가 다른 곳으로 벗어난 것을 사과하면서, 이제 홈즈라는 인물에 대한 이야기는 끝을 내고자 한다. 다음번에는 더욱 다양하고 흥미진진한 소설 뒷이야기들을 가지고 독자들과 다시 만나도록 하겠다.

－《코난 도일 자서전》 중에서